传统文化修养丛书

万首唐人绝句 〈上〉

[宋] 潘永因 ◎ 原编

[明] 赵宧光 黄习远 ◎ 编定

乔继堂 ◎ 编

上海科学技术文献出版社

《万首唐人绝句诗》序

淳熙庚子秋，迈解建安郡印，归时年五十八矣。身入老境，眼意倦疲，不复观书。惟时时教稚儿诵唐人绝句，则取诸家遗集，一切整汇，凡五七言五千四百篇，手书为六秩。起家守婺，赍以自随。逾年再还朝，侍寿皇帝清燕，偶及宫中书扇事。圣语云："比使人集录唐诗，得数百首。"迈因以昔所编具奏。天旨惊其多，且令以原本进入，蒙置诸复古殿书院。又四年，来守会稽，间公事馀分，又讨理向所未尽者。

唐去今四百岁，考《艺文志》所载，以集著录者，几五百家，今仅及半，而或失真。如：王涯在翰林同学士令狐楚、张仲素所赋宫词诸章，乃误入于王维集；金华所刊杜牧之续别集，皆许浑诗也；李益"返照入闾巷，愁来与谁语"一篇，又以为耿湋；崔鲁"白首成何事，无欢可替愁"一篇，又以为张蠙；以薛能"邵平瓜地入吾庐"一篇为曹邺；以狄归昌"马嵬坡下柳依依"一篇为罗隐：如是者不可胜计。今之所编，固亦不能自免，然不暇正。又取郭茂倩《乐府》与稗官小说所载仙鬼诸诗，撮其可读者，合为百卷。刻板蓬莱阁中，而识其本末于首。

绍熙元年十一月戊午，焕章阁学士、宣奉大夫、知绍兴军府事、两浙东路安抚使、魏郡公洪迈序。

《万首唐人绝句》刊定题词

　　文莫先于诗,诗莫先于短韵。言有尽而意无穷,风人之旨,与文章、传记绝然两途,端在于此。自咏言之门一开,于是为歌、为诵,若赋、若骚,支分派别,遂成千蹊万径,而古人之诗几乎坠地矣。后代反古学士,强立乐府以拟之,于是调声量字,校长揭短,始得勉被管弦,不啻九牛扛鼎之力哉!又复时得时失,终然陨丧。衰周之季,《二南》犹有存者;炎汉已降,独有《关雎》;六代而往,此道扫地尽矣。唐人致力于此,以为进取阶梯,由是诸体略备,然所谓乐府者,即不过有其名而无其实。幸斯文未坠,可歌者,惟绝句散在民间,此昊天所以续千古之绝学欤?非人之所能为也。不然,何李唐以无意得之,而古今吻合若此乎?

　　"绝"者,"裁取"也。诗则曰"裁诗",书则曰"裁书"。其他诸文,须首尾呈露,无裁绝之义。何也?诗也者,正所谓"言有尽而意无穷","寄无形于有象"。臣讽其主,女讽其夫,欲言不得吐,欲默不能缄。小可谕大,浅可致深,近可寄远,古可况今,立言之道,法应尔尔。文章、传记然乎哉?不然也。若夫绝句,大旨则又已精而益求其精,已简而益求其简。欲四句如一句,绎稠情于单词,无言之言,若尽不尽。说者云"绝妙之句",即非格制本旨,然亦不大远其名也。

　　有宋列祖,世尚文苑,临池之次,多取唐人短章,以供点染；非以其精简耶，其亦以为有合于风人旨耳。时有魏公洪迈，出其手钞五千馀首，进之陛下，以供挥洒之资。天颜粲然，都俞褒锡。既复搜讨，再得如前以献。于是陛下益喜，题曰《万首唐人绝句》，颁赐文臣，垂之永久。

惜于尔时，洪公旋录旋奏，略无诠次，代不摄人，人不领什。或一章数见者有之，或彼作误此者有之，或律去首尾者有之，或析古一解者有之。至若人采七八而遗二三，或全未收录而家并遗。若此讹误，莫可胜纪。暇日与灵岩诗人黄伯传，悉为厘正，削其十一，皆前失也。复讨寻四唐别、总群集，以及选摘稗官诸家，不遗余力，遂得洪氏阙略者数百篇，合一万若干首。虽去取略复相当，其视原本舛讹失所者，真可谓金枝迸海、草木皆明矣。不有此番审理，能不令观者万古长夜乎？非谓倾短先哲，忘其所自，泯作者之苦心也。良以和氏之璞，不付玉人，终非世宝；非曰有裨唐诗之全，聊以卫洪氏之足。魏公有知，遭我二人，自须貜跳云雾，相视一笑，怅千载之同心也夫？！

万历丙午秋日吴郡赵宧光撰

重刻《万首唐人绝句》跋

　　宋洪魏公撰集唐绝五千四百篇，进重华宫中，以供宸翰，采择题扇。高庙赏公博洽，公遂乞赐颜其堂。于是更搜诸集，旁及传记，期在盈数。随得随录，始于杜少陵，终于薛书记。时代后先，不复诠次，而收载重复，一人三四见者有之。至若裁析乔左司之《绿珠怨》，颠倒贺监之《晓发》；"故人具鸡黍"，则借浩然之律与摩诘"折梅逢驿使"；以宋陆凯为陆开，以《子夜变歌》诸解，直取晋人之词，作陆鲁望矣。如此之谬，殆难更仆数也。及文皇十五篇而只载其一，太白圣于此体，亦遗其脍炙人口者十之二。他若王建之宫词，以三家互入，认王涣而为之涣，任韦绚之假托僧孺，特其小疵耳。

　　原板一百一卷，半刻于会稽，半刻于鄱阳。嘉定辛未，越守汪公纲，合鄱阳之刻于会稽，而加修补焉。迨我嘉靖庚子，陈中丞重校而梓之，然无有正其讹者。万历甲辰春日，予过寒山小宛堂，凡夫先生以兹集授予校雠，乃共芟去其谬且复者共二百一十九首，补入四唐名公共一百一人，遗诗共六百五十九首，总得一万四百七十七首。诗以人汇，人以代次，厘为四十卷。凡三易寒署，而剞劂告成。予谓以魏公博赡，犹有遗误，使我两人者，得称异代功臣，则耳目之外、秘篇所载，尚冀后之君子佐其不逮焉。夫诗之源委，凡夫已详于序中。

　　　　　丁未端午灵岩黄习远伯传识于萧萧斋中

唐绝发凡

一，通本散乱者正之。昔魏公原无诠次，是以四唐不伦，百家互出，并详之题词矣。若宋楚二刻，一从成案，未有振救也。于是厘诗归人，厘人归代，一代先后，冠以大家、名家，旁及野逸。纪纲条目，绝然不紊。即有不类者，因校对重复，旋采独篇补入，故有此异，非漫然乱次。

一，绝句三体，权正互用。原本今本，并以五言为始，七言继之。若六言，则元非正法，且复不多，但附之五言之后，以满卷云尔，非法也。

一，前后不伦者次之。原本五言以杜甫为首，不但非其所长，代复不类。今于四唐卷首，冠以帝王，次名臣，次隐伦，次释道，次闺秀，次仙鬼，外夷终焉。

一，人阙诗者，于新增诗后，注一"补"字，以别所增之诗。如太宗赐房玄龄以下一十三首之类。

一，代阙人者，于新增人名下，注一"补"字，以眩所增全诗。如褚亮、萧德言一首，杨师道三首，杨希道二首之类。

一，于义不通者正之。须彼此校量，委系差讹，方始刊削。此类颇多，不能枚举，世有原刻具在，观者自得之。

一，删去诗。一篇见二人者，如张谓之《咏早梅》，复见戎昱之类。又以彼作此者，并注"旧作某"。非原本，裁律之前中后者，如宋之问《途中寒食》、《早发韶州》，张燕公《端午侍宴》

之类。

古诗一解者,如陈子昂《咏郭隗》之类。

六朝以上非唐诗者,如王建《两头纤纤》之类。五代以下非唐诗者,如周昙一卷,虽前人收入《百家》唐集,今考其人、词并异,断非唐人,在所不录。

原出伪书而词、义并鄙俚不成文者,如李日新"商山食店大悠悠"之类,并不录。

其他虽系粗浅而实出唐人者,不以美恶而去取之。此集本非选摘,存唐绝全体,故不择细流也。

一,他集阙误者,附翼之。近代有《唐诗类苑》,不过以类相从,为类书之助。其法乃继《文苑英华》而作也,乃其叙例漫称无漏。大抵校书如落叶,岂能尽无讹误?雠对遇彼阙者,附注"类苑阙",以俟观者采补。《诗纪》所阙,亦复不少,但绝句则不甚多耳,今亦并及,附注"诗纪阙"。

一,非类者黜之。原本作法,但取四句以备宸翰之需,故洪氏多采郭茂倩《乐府》所辑,悉为收录。尔时郭氏断章取词,以被管弦已耳;若古若律,一不问也。此集既谓之唐绝,则他体岂堪杂厕?委系原刻误入,尽行刊削。

一,题名失实者还本人。如盖嘉运为节帅,采他诗可入乐府者,充乐章于教坊,后人即以其诗题盖氏名。及考《百家》别集,作者具在,并非自作。今亦厘正,各归本人。

一,失收者收之。如寒山大圣无意为诗,虽词不合律,然时当初唐,是有吻合之契,而《诗纪》、《类苑》一不收录,抑亦过矣,或遗误邪?今采其诸绝,除偈子不韵外,在所收录。

一,两可字句考定之。虽去取不同,若世传通行本义反长,而洪氏原本稍不及者,或当从其长,或宜仍其旧,不必以我之校而律彼之短,人自有一家言也。或可注一语于后,以识别之。中多互出，观者自有水鉴之辨。

一，卷帙琐屑者合之。原本分一百卷，每卷领一百篇，欲其匀齐似矣。然一人出二卷者有之，且离析不属。今合作四十卷，必令卷尽其人，人尽其诗。惟白氏过多，一卷不摄者，分截三卷，俱不拘于成数。况今所增已出万首之外，自不能齐也。

一，目录冗长者裁之。总目但备考校，况绝句文短题长，不无虎头鼠尾之消。故重行开列，而长题稍为节损，聊存其概而已，若全文已具本诗之首，可按而得。

一，字体用通文，但更其太俗者。如原本粧（正作妆）、椶（正作棕）、艸（本作艸）、揔（正作总）之类，与凡正而不该俗者，如僊（仙非）、迴（迴讹）、弦（玄俗）、阶（堦俗）之类，则更之。其不必正者，如"花间池洲"之类，则明知其俗而不改也。不特习俗已久，而诗人多两入叶韵，无可正之地矣，非他书比也。

一，考查僻隐，以年表之。诗人先后，多艰于查考，故先列其四唐年号为谱。得其年，斯先后不爽，将令凡求全唐者，皆易为力。其谱因刻之例末，曰《唐风四始考》。

一，分卷无别者识之。原本无总标，今于每卷题名之后，第四行题云：五言几号，七言几号，六言几号。号下题初唐第几，盛唐第几，中、晚第几。若释道、女仙、鬼怪，则各题其类。而云全唐，以晐其通卷所在。

一，行款失所者改之。凡一题多诗者，不别题二、三，但于题下开若干首，俱更端连写。原本每行二十字，故五言连贯不分；今改每行十八字，则无此嫌矣。

一，篇章多寡者首列之。一人数诗，于名下题若干首。或有补者，重题内补若干首。或全补者，题全补。

一，刊误未尽者权留之。凡重诗及非绝非唐诸作而一时误入者,将去之则版阙,欲增补则未考,聊附注其所误于后,以俟搜考阙诗添入,庶几两便。

一,此书虽与伯传共事,各有专司,如刊定则凡夫,窜补则伯传。凡夫不得伯传,无能入其妙;伯传不得凡夫,宁能会其全?非相为臣妾也,其递为君臣乎?

唐风四始考

初唐：自高祖武德至玄宗先天，凡九十五年
　　高祖武德　戊寅至乙酉，凡八年
　　太宗贞观　丙戌至己酉，凡二十四年
　　高宗永徽至末，凡三十四年
　　　　永徽　庚戌至乙卯，凡六年
　　　　显庆　丙辰至庚申，凡五年
　　　　龙朔　辛酉至癸亥，凡三年
　　　　麟德　甲子至乙丑，凡二年
　　　　乾封　丙寅至丁卯，凡二年
　　　　总章　戊辰至己巳，凡二年
　　　　咸亨　庚午至癸酉，凡四年
　　　　上元　甲戌至乙亥，凡二年
　　　　仪凤　丙子至戊寅，凡三年
　　　　调露　己卯
　　　　永隆　庚辰
　　　　开耀　辛巳
　　　　永淳　壬午
　　　　弘道　癸未
　　中宗嗣圣　甲申
　　睿宗文明　甲申

武后光宅至末，凡二十九年
  光宅 甲申
  垂拱 乙酉至戊子，凡四年
  永昌 己丑
  载初 庚寅至辛卯，凡二年
  如意 壬辰
  长寿 壬辰至癸巳，凡二年
  延载 甲午
  证圣 乙未
  天册万岁 乙未至丙申，凡二年
  神功 丁酉
  圣历 戊戌至己亥，凡二年
  久视 庚子
  大足 辛丑
  长安辛丑至甲辰，凡四年
  神龙 乙巳至丙午，凡二年
  景龙 丁未至己酉，凡三年
睿宗景云 庚戌至辛亥，凡二年
玄宗先天至末，凡五十一年
  先天 壬子

盛唐：自玄宗开元至代宗永泰，凡五十三年
  玄宗开元 癸丑至辛巳，凡二十九年
  天宝 壬午至乙未，凡十四年
  至德 丙申至丁酉，凡二年
  乾元 戊戌至辛丑，凡四年
  宝应 壬寅
代宗广德至末，凡四十二年

　　　　广德　癸卯至甲辰，凡二年
　　　　永泰　乙巳
中唐：自代宗大历至文宗太和，凡七十年
　　　　大历　丙午至己未，凡十四年
　　　　建中　庚申至癸亥，凡四年
　　　　兴元　甲子
　　　　贞元　乙丑至甲申，凡二十年
　　顺宗永贞　乙酉
　　宪宗元和　丙戌至庚子，凡十五年
　　穆宗长庆　辛丑至甲辰，凡四年
　　敬宗宝历　乙巳至丙午，凡二年
　　文宗太和至末，凡十四年
　　　　太和　丁未至乙卯，凡九年
晚唐：自文宗开成至哀宗末年，凡七十一年
　　　　开成　丙辰至庚申，凡五年
　　武宗会昌　辛酉至丙寅，凡六年
　　宣宗大中　丁卯至己卯，凡十三年
　　懿宗咸通　庚辰至癸巳，凡十四年
　　僖宗乾符至末，凡十五年
　　　　乾符　甲午至庚子，凡七年
　　　　中和　辛丑至甲辰，凡四年
　　　　光启　乙巳至丁未，凡三年
　　　　文德　戊申
　　昭宗龙纪至末，凡十六年
　　　　龙纪　己酉
　　　　大顺　庚戌至辛亥，凡二年
　　　　景福　壬子至癸丑，凡二年

乾宁　甲寅至丁巳，凡六年
　　光化　戊午至癸亥，凡六年
　　天祐　甲子
哀宗乙丑至丙寅，凡二年
上四唐自祖武德戊寅至哀宗末年　乙丑，凡二百九十年。

总目录

《万首唐人绝句诗》序 …………………………（洪　迈）1
《万首唐人绝句》刊定题词 …………………（赵宧光）2
重刻《万首唐人绝句》跋 ……………………（黄习远）4
唐绝发凡 ……………………………………………… 5
唐风四始考 …………………………………………… 9

第一卷　五言一　初唐全 …………………………… 1
第二卷　五言二　盛唐一 …………………………… 33
第三卷　五言三　盛唐二 …………………………… 58
第四卷　五言四　中唐一 …………………………… 79
第五卷　五言五　中唐二 …………………………… 112
第六卷　五言六　中唐三 …………………………… 150
第七卷　五言七　中唐四 …………………………… 184
第八卷　五言八　晚唐一 …………………………… 220
第九卷　五言九　晚唐二 …………………………… 254
第十卷　五言十　释子、羽流、闺秀、神仙、鬼怪 …… 293
第十一卷　七言一　初唐全 ………………………… 323
第十二卷　七言二　盛唐一 ………………………… 339
第十三卷　七言三　盛唐二 ………………………… 365

第十四卷　七言四　中唐一 …………………… 393
第十五卷　七言五　中唐二 …………………… 426
第十六卷　七言六　中唐三 …………………… 457
第十七卷　七言八　中唐四 …………………… 488
第十八卷　七言九　中唐五 …………………… 517
第十九卷　七言十　中唐六 …………………… 546
第二十卷　七言十一　中唐七 ………………… 572

（以上上册）

第二十一卷　七言十一　中唐八 ……………… 599
第二十二卷　七言十二　中唐九 ……………… 629
第二十三卷　七言十三　中唐十 ……………… 659
第二十四卷　七言十四　中唐十一 …………… 690
第二十五卷　七言十五　中唐十二 …………… 715
第二十六卷　七言十六　中唐十三 …………… 745
第二十七卷　七言十七　中唐十四 …………… 774
第二十八卷　七言十八　晚唐一 ……………… 804
第二十九卷　七言十九　晚唐二 ……………… 839
第三十卷　七言二十　晚唐三 ………………… 873
第三十一卷　七言二十一　晚唐四 …………… 909
第三十二卷　七言二十二　晚唐五 …………… 942
第三十三卷　七言二十三　晚唐六 …………… 975
第三十四卷　七言二十四　晚唐七 …………… 1009
第三十五卷　七言二十五　晚唐八 …………… 1038
第三十六卷　七言二十六　晚唐九 …………… 1071
第三十七卷　七言二十七　晚唐十 …………… 1106

第三十八卷　七言二十八　晚唐十一 …………………… 1138
第三十九卷　七言二十九　释子、羽客 …………………… 1173
第四十卷　七言三十　全唐　宫闱、女郎、神仙、
　　　鬼怪 …………………………………………… 1198
　（以上下册）

上册目录

第一卷 五言一 初唐全（共267首） …… 1	
太宗 …… 1	上官仪 …… 8
褚亮 …… 3	李义府 …… 8
虞世南 …… 3	王勃 …… 9
陈叔达 …… 3	杨炯 …… 12
孔绍安 …… 4	卢照邻 …… 12
萧德言 …… 4	骆宾王 …… 14
杨师道 …… 4	李百药 …… 15
杨希道 …… 4	李峤 …… 15
孔德绍 …… 5	吕太一 …… 15
许敬宗 …… 5	张法 …… 15
长孙无忌 …… 5	张鷟 …… 15
张文恭 …… 5	郑蜀宾 …… 16
王绩 …… 5	韦承庆 …… 16
辛学士 …… 7	李崇嗣 …… 16
郑世翼 …… 7	李福业 …… 16
来济 …… 7	孙处玄 …… 17
何象 …… 8	于季子 …… 17
张文收 …… 8	薛曜 …… 17
张柬之 …… 8	薛稷 …… 17

陈子昂	17	唐　怡	25
沈佺期	18	孙　逖	25
阎朝隐	18	李康代	25
李　乂	18	辛弘智	25
赵彦昭	18	贺知章	25
武平一	18	东方虬	25
宋之问	19	张九龄	26
崔　湜	21	刘元济	27
宋　璟	21	刘夷道	27
郑惟忠	21	萧　意	27
王　适	21	李　播	27
郭元振	21	徐之才	27
卢　僎	22	潘求仁	27
杨重玄	23	沈　宇	27
刘幽求	23	张　说	28
郑　繇	23	赵冬曦	31
苏　颋	23	袁　晖	31
刘庭琦	24	陈子良	31
章玄同	24	元万顷	32
郭　恭	24	崔　融	32
裴　延	24		

第二卷·五言二　盛唐一（共208首） …… 33

玄宗	33	高适	37
王之涣	33	岑参	38
薛维翰	33	王维	40
杜甫	34	王缙	46

郭　向 …………… 46	崔　颢 …………… 53
金昌绪 …………… 46	李　颀 …………… 53
裴　迪 …………… 47	万　楚 …………… 53
孟浩然 …………… 49	薛　据 …………… 53
元　结 …………… 52	崔国辅 …………… 53
朱　斌 …………… 52	薛奇童 …………… 57

第三卷　五言三　盛唐二（共189首）………… 58

李　白 …………… 58	徐九皋 …………… 73
刘方平 …………… 67	邹象先 …………… 74
綦毋潜 …………… 67	颜真卿 …………… 74
储光羲 …………… 67	荆　叔 …………… 74
王昌龄 …………… 69	崔　曙 …………… 74
李　华 …………… 71	梁　锽 …………… 74
丘　为 …………… 71	王　湾 …………… 74
贾　至 …………… 71	萧颖士 …………… 74
独孤及 …………… 71	丁仙芝 …………… 75
蒋　冽 …………… 72	高力士 …………… 75
卢　象 …………… 72	沈如筠 …………… 75
郑　虔 …………… 72	沈千运 …………… 76
毕　曜 …………… 72	邢　巨 …………… 76
李　暇 …………… 72	张　旭 …………… 76
裴儆然 …………… 72	朱　郴 …………… 76
祖　咏 …………… 73	李适之 …………… 76
崔兴宗 …………… 73	张　晕 …………… 76
陆　海 …………… 73	郭　翰 …………… 76
李　收 …………… 73	盖嘉运 …………… 77

山中客 ……………… 78　太上隐者 ……………… 78
西鄙人 ……………… 78

第四卷　五言四　中唐一（共313首）……………… 79

钱　起 ……………… 79　卢　纶 ……………… 105
刘长卿 ……………… 90　杨　衡 ……………… 108
郎士元 ……………… 94　李　端 ……………… 109
李嘉祐 ……………… 94　于　鹄 ……………… 110
耿　湋 ……………… 94　包　何 ……………… 111
戴叔伦 ……………… 96　羊士谔 ……………… 111
李　益 ……………… 102

第五卷　五言五　中唐二（共314首）……………… 112

皇甫冉 ……………… 112　武元衡 ……………… 141
皇甫曾 ……………… 115　裴　度 ……………… 142
韩　翃 ……………… 116　陆长源 ……………… 142
顾　况 ……………… 116　李　绅 ……………… 142
陆　畅 ……………… 121　徐　凝 ……………… 143
张　继 ……………… 121　杨巨源 ……………… 145
张　祜 ……………… 121　韦处厚 ……………… 145
畅　当 ……………… 125　张仲素 ……………… 147
朱　放 ……………… 125　丘　丹 ……………… 148
韦应物 ……………… 126　刘得仁 ……………… 149
司空曙 ……………… 134　陈　润 ……………… 149
韩　愈 ……………… 136　戎　昱 ……………… 149
柳宗元 ……………… 140　严　维 ……………… 149

第六卷　五言六　中唐三（共286首） ……… 150

白居易	…… 150	刘　叉	…… 175
元　稹	…… 162	张　籍	…… 176
刘禹锡	…… 166	施肩吾	…… 179
孟　郊	…… 172	皇甫松	…… 183
刘言史	…… 175		

第七卷　五言七　中唐四（共313首） ……… 184

权德舆	…… 184	张　起	…… 195
王　涯	…… 187	邵　真	…… 195
令狐楚	…… 188	雍裕之	…… 195
潘孟阳	…… 190	卢　储	…… 198
张　荐	…… 191	鲍　溶	…… 198
殷尧藩	…… 191	陈　羽	…… 199
张　碧	…… 191	吕　温	…… 199
窦　牟	…… 191	沈　询	…… 201
窦　群	…… 191	欧阳詹	…… 201
窦　巩	…… 191	胡幽贞	…… 201
熊孺登	…… 192	吕　群	…… 201
李　约	…… 192	吕　渭	…… 202
朱庆馀	…… 192	蔡　京	…… 202
李　躔	…… 193	李　瀚	…… 202
杨　凌	…… 193	杨　收	…… 202
杨　凝	…… 194	杨　炎	…… 202
李　愿	…… 194	王　轩	…… 202
刘　皂	…… 195	李章武	…… 203
柳中庸	…… 195	贾　岛	…… 203

李贺	205	严维	218
王建	208	贾弇	218
刘商	211	樊珣	218
鞠信陵	212	范澄	218
姚合	213	郑概	218
李德裕	214	沈仲昌	218
卢仝	215	刘蕃	219
徐希仁	217	谢良辅	219
石召	218	吕渭	219
鲍防	218	丘丹	219
谢良辅	218		

第八卷 五言八 晚唐一（共296首）………… 220

文宗	220	杨亿	240
宣宗	220	邵谒	240
柳公权	220	李咸用	240
许浑	220	喻凫	241
赵嘏	221	李频	242
马戴	222	温庭筠	242
项斯	223	段成式	243
曹邺	223	陆龟蒙	243
陈陶	226	皮日休	250
李群玉	228	任蕃	251
崔道融	231	崔橹	252
于邺	236	王周	252
杜牧	236		

第九卷　五言九　晚唐二（共 326 首） …… 254

李商隐 …… 254	卢延让 …… 281
于濆 …… 258	路德延 …… 281
司空图 …… 258	周朴 …… 281
卢携常 …… 266	杜荀鹤 …… 281
曹松 …… 266	王镣 …… 282
刘驾 …… 267	卢骈 …… 282
罗隐 …… 268	胡曾 …… 282
霍总 …… 268	罗邺 …… 282
武瓘 …… 269	卢肇 …… 283
孟迟 …… 269	朱景玄 …… 283
韦庄 …… 269	李昌符 …… 284
许鼎 …… 270	裴说 …… 284
张乔 …… 270	崔元翰 …… 284
唐彦谦 …… 270	潘佐 …… 284
高骈 …… 271	赵象 …… 284
储嗣宗 …… 271	窦裕 …… 284
张俨 …… 272	裴諴 …… 285
薛莹 …… 272	郑仆射 …… 285
裴夷直 …… 273	柳明献 …… 285
雍陶 …… 274	朱光弼 …… 285
聂夷中 …… 276	李何 …… 285
崔涂 …… 276	纥于著 …… 285
韩偓 …… 277	王玄 …… 286
高蟾 …… 278	张蕴 …… 286
钱翊 …… 280	朱贞白 …… 286
郑谷 …… 280	魏恋 …… 286

夏侯子云	286	黄滔	290
任　生	286	袁少年	291
李季华	286	吏部选人	291
成文幹	287	射覆客	291
左　偃	287	京师客	291
王梦周	288	邻　士	291
蒋　吉	288	苍头捧剑	292
何仲言	288	少　年	292

第十卷　五言十　释子、羽流、闺秀、神仙、鬼怪（共212首）
　　　　　六言附（共50首） ……………………………… 293

寒　山	293	普　满	300
拾　得	294	水心寺僧	300
丰　幹	294	李　荣	300
皎　然	294	吴　筠	300
玄　览	297	殷文祥	301
灵　一	297	天津道士	301
灵　澈	297	广陵道士	301
子　兰	298	武　后	301
隐　丘	298	徐贤妃	301
贯　休	298	七岁女	301
栖　一	299	上官昭容	302
修　睦	299	侯夫人	302
齐　已	299	明皇宫人	303
法　振	300	宣宗宫人	303
处　默	300	僖宗宫人	303
无　本	300	乔　氏	303

郎大家	303	张生妻	309
郭绍兰	303	长须人	309
王 氏	304	张 垂	309
鲍生妾	304	革囊老人	309
莺 莺	304	慕容垂	310
越溪杨女	304	巴峡人	310
湘驿女子	304	河湄枯骨	310
王 氏	304	周 混	310
孟 氏	305	韦 璜	310
刘采春	305	幽独君	310
梁 琼	305	独孤穆	310
薛 涛	305	县 主	310
张文姬	307	来家娘子	311
织 女	307	商山馆书生	311
吴兴神女	307	安邑坊女	311
水府真君	307	密陀僧	311
洞庭龙女	308	萧中郎	311
女 郎	308	翠幄女	311
毛女正美	308	张女郎	312
马信真	308	小女郎	312
徐湛真	308	韩 弇	312
郭修真	308	唐 晅	312
夏守真	308	张 氏	312
杨敬真	308	冢中人	312
陆 凭	309	李叔霁	313
卢献卿	309	崔嘏妻	313
赵自然	309	苏检妻	313

昌州鬼	313	魏王池畔女	315
大树精	313	蜀道夫人	315
柳藏经	313	焦封	315
东柯院妖	314	阿苏儿	316
春条	314	新林驿女	316
红裳	314	太湖鱼	316
笔精	314	庐山女	316
申屠澄	314	胃藏瓠	316
真符女	314	奚锐金	316
宁茵	315	元氏犬	316
斑寅	315	通儿	317
斑特	315	李逿周	317

六言全附 317

李景伯	317	韩翃	320
沈佺期	317	韦应物	320
裴谈	317	朱放	320
张说	317	柳宗元	320
刘方平	318	白居易	320
王维	318	刘禹锡	321
刘长卿	319	王建	321
郎士元	319	顾况	321
皇甫冉	319	杜牧	322
张继	319	贯休	322
乐府	320	薛涛	322

第十一卷 七言一 初唐全（共 128 首） 323

太宗	323	赵彦昭	323

赵彦伯	323	乔知之	329
上官仪	323	邵大震	329
元万顷	324	萧翼	330
刘宪	324	崔液	330
武平一	324	崔涤	330
李峤	325	沈宇	330
崔湜	325	孙逖	331
李乂	325	王勃	331
岑羲	326	卢照邻	331
卢藏用	326	骆宾王	332
徐彦伯	326	杜审言	332
韦嗣立	327	沈佺期	332
李迥秀	327	宋之问	333
崔日用	327	张法	334
苏颋	327	张谔	334
马怀素	328	张敬忠	334
韦元旦	328	贺知章	334
李适	328	郭震	335
薛稷	329	王翰	336
阎朝隐	329	徐璧	336
阎德隐	329	张说	336
徐坚	329	尹愁	338

第十二卷　七言二　盛唐一（共219首） ············· 339

玄宗	339	蔡希寂	339
张均	339	张子容	340
张垍	339	崔颢	340

贾　至 …… 340	王　沈 …… 360
元　结 …… 342	吴象之 …… 360
卢　象 …… 343	郭知运 …… 360
刘方平 …… 343	张　偶 …… 360
王　偃 …… 343	李　清 …… 360
储光羲 …… 344	张　陵 …… 360
高　适 …… 345	裴　迪 …… 361
李休烈 …… 346	崔兴宗 …… 361
岑　参 …… 346	鲍　防 …… 361
王　维 …… 350	杜　俨 …… 361
王　缙 …… 353	王　乔 …… 361
孟浩然 …… 353	楼　颖 …… 361
独孤及 …… 354	豆卢复 …… 361
王之涣 …… 355	褚朝阳 …… 361
张　谓 …… 355	崔　署 …… 362
严　武 …… 356	沈　颂 …… 362
常　建 …… 356	樊　晃 …… 362
李　华 …… 358	薛维翰 …… 362
李　颀 …… 358	孟云卿 …… 362
崔成甫 …… 358	颜真卿 …… 362
綦毋潜 …… 358	张　颠 …… 363
薛　据 …… 359	韩　滉 …… 364
张　潮 …… 359	刘　晏 …… 364
崔国辅 …… 359	君山老父 …… 364
冷朝光 …… 359	开元名公 …… 364
崔　思 …… 360	无名氏 …… 364
崔敏童 …… 360	

第十三卷　七言三　盛唐二（共274首）…………365

王昌龄 …………… 365　杜　甫 …………… 382
李　白 …………… 373　盖嘉运 …………… 392

第十四卷　七言四　中唐一（共274首）…………393

德　宗 …………… 393　戴叔伦 …………… 402
钱　起 …………… 393　卢　纶 …………… 408
郎士元 …………… 395　李　涉 …………… 415
刘长卿 …………… 397

第十五卷　七言五　中唐二（共254首）…………426

皇甫冉 …………… 426　张　祜 …………… 431
方　泽 …………… 428　朱可久 …………… 443
皇甫曾 …………… 428　顾　况 …………… 443
韩　翃 …………… 428　李　益 …………… 451

第十六卷　七言六　中唐三（共247首）…………457

韦应物 …………… 457　熊孺登 …………… 471
祝天膺 …………… 461　韩　愈 …………… 474
戎　昱 …………… 461　柳宗元 …………… 483
陈　羽 …………… 466

第十七卷　七言七　中唐四（共250首）…………488

刘禹锡 …………… 488　张又新 …………… 506
麹信陵 …………… 506　李德裕 …………… 507
李　约 …………… 506　韦　绚 …………… 508

王　播	…… 509	朱长文	…… 512
杨嗣复	…… 509	顾非熊	…… 512
孟　简	…… 509	吴武陵	…… 512
林　杰	…… 509	崔　涯	…… 512
于　鹄	…… 510	雍裕之	…… 513
白行简	…… 511	卢　仝	…… 514

第十八卷　七言八　中唐五（共238首） …… 517
　白居易 …… 517

第十九卷　七言九　中唐六（共210首） …… 546
　白居易 …… 546

第二十卷　七言十　中唐七（共232首） …… 572
　白居易 …… 572

第一卷 五言一 初唐全

（共二百六十七首）

一 赐房玄龄　太宗（李世民）
　　太液仙舟迥，西园引上才。
　　未晓征车度，鸡鸣关早开。

二 咏　弓
　　上弦明月半，激箭流星远。
　　落雁带书惊，啼鸟绕枝转。

三 咏烛二首
　　①焰畏风来动，花开不待春。
　　　镇下千行泪，非是为思人。
　　②九龙盘焰动，四照逐花生。
　　　郎此流高殿，堪持代月明。

四 赋得早雁出云鸣
　　初秋玉露清，早雁出空鸣。
　　隔云时乱影，因风乍含声。

五 赋得临池柳
　　岸曲丝阴聚，波移带影疏。
　　还将眉里翠，来就镜中舒。

六　赋得临池竹
　　贞条障曲砌，翠叶贯寒霜。
　　拂牖分龙影，临池待凤翔。

七　赋得弱柳鸣秋蝉
　　散影玉阶柳，含翠隐鸣蝉。
　　微形藏叶里，乱响出风前。

八　探得李
　　盘根直盈渚，交干横倚天。
　　舒华光四海，卷叶荫三川。

九　咏小山
　　近谷交紫蕊，遥峰对出莲。
　　径细无全磴，松小未含烟。

一〇　赐萧瑀
　　疾风知劲草，板荡识诚臣。
　　勇夫安失〔识〕义，智者必怀仁。

一一　辽东山夜临秋
　　烟生遥岸隐，月落半崖阴。
　　连山惊鸟乱，隔岫断猿吟。

一二　赐魏征
　　醽醁胜兰生，翠涛过玉薤。
　　千日醉不醒，十年味不败。

一三　太原召侍臣守岁
　　四时运灰琯，一夕变冬春。
　　送寒馀雪尽，迎岁早梅新。

一四　秋雁　褚亮
　　日暮霜风急，羽翮转难任。
　　为有传书意，联翩入上林。

一五　初晴应教　虞世南
　　初日明燕馆，新溜满梁池。
　　归云半入岭，残滴尚悬枝。

一六　春夜
　　春苑月徘徊，竹堂侵夜开，
　　惊鸟排林度，风花隔水来。

一七　舞
　　繁弦奏渌水，长袖转回鸾。
　　一双俱应节，还似镜中颜。

一八　奉和咏风应魏王教
　　逐舞飘轻袖，传歌共绕梁。
　　动枝生乱影，吹花送远香。

一九　咏萤
　　的历流光小，飘飖弱翅轻。
　　恐畏无人识，独自暗中明。

二〇　蝉
　　垂緌饮清露，流响出疏桐。
　　居高声自远，非是藉秋风。

二一　春首　陈叔达
　　雪花联玉树，冰彩散瑶池。
　　翔禽遥出没，积翠远参差。

二二　初年
　　　和风起天路〔表〕，严气消〔销〕冰井。
　　　索索枝未柔，厌厌漏犹永。

二三　菊
　　　霜间开紫蒂，露下发金英。
　　　但令逢采摘，宁辞独晚荣。

二四　侍宴咏石榴　孔绍安
　　　可惜中庭树，移根逐汉臣。
　　　只为来时晚，开花〔花开〕不及春。

二五　舞　萧德言
　　　低身锵玉佩，举袖拂罗衣。
　　　对檐疑燕起，映雪似花飞。

二六　奉和咏弓　杨师道
　　　霜重麒胶劲，风高月影圆。
　　　乌飞随帝辇，雁落逐鸣弦。

二七　咏砚
　　　圆池类璧水，轻翰染烟华。
　　　将军欲定远，见弃不应赊。

二八　奉和正日临朝应诏
　　　皇猷被寰宇，端扆属元辰。
　　　九重丽天色，千门临上春。

二九　咏舞　杨希道
　　　二八如迴雪，三春类早花。
　　　分行向烛转，一种逐风斜。

三〇　侍宴赋得起坐弹鸣琴
　　丝传园客意，曲奏楚妃情。
　　罕有知音者，空劳流水声。

三一　咏叶　孔德绍
　　早秋惊叶落，飘零似客心。
　　翻飞未肯下，犹言惜故林。

三二　拟江令九日归扬州赋　许敬宗
　①心逐南云逝，形随北雁来。
　　故乡篱下菊，今日几花开？
　②本逐征鸿去，还随落叶来。
　　菊花应未满，请待诗人开。
　③游人倦蓬转，乡思逐鸿来。
　　偏想临潭菊，芳蕊对谁开？

三三　灞桥待李将军　长孙无忌
　　飒飒风叶下，遥遥烟景曛。
　　霸陵无醉尉，谁滞李将军？

三四　佳人照镜　张文恭
　　倦采蘼芜叶，贪怜照胆明。
　　两边俱拭泪，一处有啼声。

三五　夜还东溪　王绩
　　石苔应可践，丛枝幸易攀。
　　青溪归路直，乘月夜歌还。

三六　山中别李处士
　　为向东溪道，人来路渐赊。
　　山中春酒熟，何处得停车？

三七　初春
　　春来日渐长，醉客喜年光。
　　稍觉池亭好，偏闻酒瓮香。

三八　醉后
　　阮籍醒时少，陶潜醉日多。
　　百年何足度，乘兴且长歌。

三九　题酒店壁
　　昨夜瓶始尽，今朝瓮即开。
　　梦中占梦罢，还向酒家来。

四〇　戏题卜铺壁
　　旦逐刘伶去，宵随毕卓旋。
　　不应长卖卜，须得杖头钱。

四一　尝春酒
　　野觞浮郑酌，山酒漉陶巾。
　　但令千日醉，何惜两三春！

四二　独酌
　　浮生知几日，无状逐空名。
　　不如多酿酒，时向竹林倾。

四三　秋夜喜遇王处士
　　北场耘藿罢，东皋刈黍归。
　　相逢秋月满，更值夜萤飞。

四四　山夜调琴
　　促轸乘明月，拍弦对白云。
　　从来山水韵，不使俗人闻。

四五　看酿酒
　　六月调神麹，正朝汲美泉。
　　从来作春酒，未省不经年。

四六　题酒店壁五首
　　①洛阳无大宅，长安乏主人。
　　　黄金消未尽，只为酒家贫。
　　②竹叶连糟翠，葡萄带麹红。
　　　相逢不令尽，别后为谁空？
　　③对酒但知饮，逢人莫强牵。
　　　倚垆便得睡，横瓮足堪眠。
　　④此日长昏饮，非关养性灵。
　　　眼看人尽醉，何忍独为醒。
　　⑤有客须交饮，无钱可别酤。
　　　来时长道贳，惭愧酒家胡。

四七　入长安咏秋蓬示辛学士
　　遇坎聊知止，逢风或未归。
　　孤根何处断？轻叶强能飞。

四八　答王绩　辛学士
　　托根虽异所，飘叶早相依。
　　因风若有便，更共入云飞。

四九　见佳人负钱出路　郑世翼
　　独负千金价，应从买笑来。
　　祗持难发口，经为几人开。

五〇　出玉关　来济
　　敛辔遵龙汉，衔凄渡玉关。

今日流沙外，垂涕念生还。

五一　赋得御制句"朔野阵云飞"　何象
　　　塞日穿痕断，边鸿背影飞。
　　　缥渺浮黄屋，阴沉护御衣。

五二　大酺乐　张文收
　　　泪滴珠难尽，容残玉易销。
　　　倘随明月去，莫道梦魂遥。

五三　与国贤良夜歌二首　张柬之
　　①柳台临新堰，楼堞相重复。
　　　窈窕凤凰姝，倾城复倾国。
　　②杏间花照灼，楼上月裴回。
　　　带娇移玉柱，含笑捧金杯。

五四　从驾阊山咏马　上官仪
　　　桂香尘处减，练影月前空。
　　　定惑由关吏，徒嗟塞上翁。

五五　洛堤步月
　　　脉脉广川流，驱马历长洲。
　　　鹊飞山月晓，蝉噪野风秋。

五六　堂堂词二首　李义府
　　　懒整鸳鸯被，羞褰玳瑁床。
　　　春风别有意，密处也寻香。
　　　镂月成歌扇，裁云作舞衣。
　　　自怜回雪影，好取洛川归。

五七　咏乌
　　　日里飏朝彩，琴中伴夜啼。

上林如许树，不借一枝栖。

五八　他乡叙兴　王勃
　　缀叶归烟晚，乘花落照春。
　　边城琴酒处，俱是越乡人。

五九　夜兴
　　野烟含夕渚，山月照秋林。
　　还将中散兴，来偶步兵琴。

六〇　临江二首
　　①泛泛东流水，飞飞北上尘。
　　　归骖将别棹，俱是倦游人。
　　②去骖嘶别路，归棹隐孤舟。
　　　江皋木叶下，应想故城秋。

六一　江亭夜月送别二首
　　①江送巴南水，山横塞北云。
　　　津亭秋月夜，谁见泣离群？
　　②乱烟笼碧砌，飞月向南端。
　　　寂寂〔寞〕离亭掩，江山此夜寒。

六二　别人四首
　　①久客逢馀闰，他乡别故人。
　　　自然堪下泪，谁忍望征尘？
　　②江上风烟积，山幽云雾多。
　　　送君南浦外，还望将如何。
　　③桂轺虽不驻，兰筵幸未开。
　　　林塘风月赏，应待故人来。
　　④霜华净天末，雾色笼江际。

客子常畏人，何为久留滞？

六三　赠李十四首
　　①野客思茅宇，山人爱竹林。
　　　琴樽唯待处，风月自相寻。
　　②小径偏宜草，空庭不厌花。
　　　平生诗与酒，自得会仙家。
　　③乱竹开三径，飞花满四邻。
　　　从来扬子宅，别有尚玄人。
　　④风筵调桂轸，月径引藤杯。
　　　直当花院里，书斋望晓开。

六四　早春野望
　　江旷春潮白，山长晓岫青。
　　他乡临眺极，花柳映边亭。

六五　山中
　　长江悲已滞，万里念将归。
　　况复高风晚，山山黄叶飞。

六六　冬郊行望
　　桂密岩花白，梨疏林叶红。
　　江皋寒望尽，归念断征蓬。

六七　寒夜思友三首
　　①久别侵怀抱，他乡变容色。
　　　月夜调鸣琴，相思此何极。
　　②云间征思断，月下归愁切。
　　　鸿雁西南飞，如何故人别？
　　③朝朝翠山下，夜夜苍江曲。

六八　始平晚息
　　观阙长安近，江山蜀路赊。
　　客行朝复夕，无处是乡家。

六九　扶风昼届离京浸远
　　帝里金茎去，扶风石柱来。
　　山川殊未已，行路方悠哉。

七〇　普安建阴题壁
　　江汉深无极，梁岷不可攀。
　　山川云雾里，游子几时还？

七一　九日
　　九日重阳节，开门有菊花。
　　不知来送酒，若个是陶家？

七二　晚届凤州
　　宝鸡辞旧域，仙凤历遗墟。
　　去此近城阙，青山明月初。

七三　羁春
　　客心千里倦，春事一朝归。
　　还伤北园里，重见落花飞。

七四　林塘怀友
　　芳屏画春草，仙杼织朝霞。
　　何如山水路，对面即飞花。

七五　山扉夜坐
　　抱琴开野室，携酒对情人。

林塘花月夜〔下〕，别是〔似〕一家春。

七六　春庄
　　山中兰叶径，城外李桃园。
　　直知人事静，不觉鸟声喧。

七七　春游
　　客念纷无极，春泪倍成行。
　　今朝花树下，不觉恋年光。

七八　春园
　　山泉两处晚，花柳一园春。
　　还持千日醉，共作百年人。

七九　林泉独饮
　　丘壑经涂赏，花柳遇时春。
　　相逢今不醉，物色自轻人。

八〇　登城春望
　　物外山川近，晴初景霭新。
　　芳郊花柳遍，何处不宜春。

八一　夜送赵纵　杨炯
　　赵氏连城璧，由来天下传。
　　送君还旧府，明月满前川。

八二　曲江池　卢照邻
　　浮香绕曲岸，圆影覆华池。
　　常恐秋风早，飘零君不知。

八三　临阶竹
　　封霜连锦砌，防露拂瑶阶。

聊将仪凤质,暂与俗人谐。

八四　含风蝉
　　高情临爽月,急响送秋风,
　　独有危冠意,还将衰鬓同。

八五　浴浪鸟
　　独舞依盘石,群飞动轻浪。
　　奋迅碧沙前,长怀白云上。

八六　葭川独泛
　　倚櫂春江上,横舟石岸前。
　　山暝行人断,迢迢独泛仙。

八七　送二兄入蜀
　　关山客子路,花柳帝王城。
　　此中一分手,相顾怜无声。

八八　宿玄武二首
　　①方池开晓色,圆月下秋阴。
　　　已乘千里兴,还抚七弦琴。
　　②庭摇北风柳,院绕南溟禽。
　　　累宿恩方重,穷秋叹不深。

八九　九陇津集
　　落落树阴紫,澄澄水华碧。
　　复有翻飞禽,徘徊疑曳舄。

九〇　登玉清
　　绝顶横临日,孤峰半倚天。
　　徘徊拜真老,万里见风烟。

九一　游昌化山精舍
　　宝地乘峰出，香台接汉高。
　　稍觉真途近，方知人事劳。

九二　咏镜　骆宾王
　　写月无芳桂，照日有花菱。
　　不持光谢水，翻将影学冰。

九三　在军登城楼
　　城上风威冷，江中水气寒。
　　戎衣何日定，歌舞入长安？

九四　易水送人
　　此地别燕丹，壮发上冲冠。
　　昔时人已没，今日水犹寒。

九五　挑灯杖
　　禀质非贪热，焦心岂惮焦。
　　终知不自润，何处用脂膏？

九六　咏尘
　　凌波起罗袜，含风染素衣。
　　别有知音调，闻歌应自飞。

九七　玩初月
　　忌满光恒缺，乘昏影暂流。
　　既能明似镜，何用曲如钩。

九八　送别
　　寒更承夜永，凉夕向秋澄。
　　离心何以赠？自有玉壶冰。

九九　咏蝉　李百药
　　清心自饮露，哀响乍吟风。
　　未上华冠侧，先惊翳叶中。

一〇〇　咏萤火示情人
　　窗里怜灯暗，阶前畏月明。
　　不辞逢露湿，只为重宵行。

一〇一　春眺
　　疲痾荷拙患，沦踬合幽襟。
　　栖息在何处？丘中鸣素琴。

一〇二　风　李峤
　　解落三秋叶，能开二月花。
　　过江千尺浪，入竹万竿斜。

一〇三　中秋月二首
　　①盈缺青冥外，东风万古吹。
　　　何人种丹桂，不长出轮枝？
　　②圆魄上寒空，皆言四海同。
　　　安知千里外，不有雨兼风。

一〇四　咏院中丛竹　吕太一
　　擢擢当轩竹，青青重岁寒。
　　心贞徒见赏，箨小未成冠。

一〇五　和　张法
　　闻君庭竹咏，幽意岁寒多。
　　叹息为冠小，良工将奈何！

一〇六　咏燕　张鷟
　　变石身犹重，衔泥力尚微。

从来赴甲第，两起一双飞。

一○七　别亲朋　郑蜀宾
　　　畏途方万里，生涯近百年。
　　　不知将白首，何处入黄泉？

一○八　南行别弟二首　韦承庆
　　①万里人南去，三春雁北飞。
　　　不知何岁月，得共尔同归？
　　②担担长江水，悠悠远客情。
　　　落花相与恨，到地亦无声。

一○九　江楼
　　　独酌芳春酒，登楼已半曛。
　　　谁惊一行雁，冲断过江云。

一一○　览镜　李崇嗣
　　　岁去红颜尽，愁来白发新。
　　　今朝开镜匣，疑是别逢人。

一一一　寒食
　　　普天皆灭焰，匝地尽藏烟。
　　　不知何处火，来就客心然。

一一二　独愁
　　　闻道成都酒，无钱亦可求。
　　　不知将几斗，销得此来愁？

一一三　岭外守岁　李福业
　　　冬去更筹尽，春随斗柄回。
　　　寒暄一夜隔，容鬓两年催。

一一四　咏黄莺儿　孙处玄
　　欲啭声犹涩，将飞羽未调。
　　高风不借便，何处得迁乔？

一一五　咏项羽　于季子
　　北伐虽全赵，东归不王秦。
　　空歌拔山力，羞作渡江人。

一一六　咏汉高祖
　　百战方夷项，三章且代秦。
　　功归萧相国，气尽戚夫人。

一一七　子夜冬歌　薛曜
　　朔风扣群木，严霜凋百草。
　　借问月中人，安得长不老？

一一八　秋朝览镜　薛稷
　　客心惊落木，夜坐听秋风。
　　朝日看容鬓，生涯在镜中。

一一九　题祁山烽树赠乔侍御　陈子昂
　　汉庭荣巧宦，云阁薄边功。
　　可怜骢马使，白首为谁雄？

一二〇　别冀侍御崔司议
　　有道君匡国，无闷〔机〕余在林。
　　白云峨嵋上，岁晚来相寻。

一二一　入峡苦风寄亲友
　　故乡今日友，欢会坐应同。
　　宁知巴峡路，辛苦石尤风。

一二二　题田洗马桔槔
　　望花长为客，商山遂不归。
　　谁怜北陵井，未息汉阴机。

一二三　古意题徐令壁
　　白云苍梧来，氛氲万里色。
　　闻君太平代，栖泊灵台侧。

一二四　灯
　　三五月华新，遨游逐上春。
　　芳宵殊未极，随意守灯轮。

一二五　狱中燕　沈佺期
　　拾〔食〕蕊和丛棘，衔泥怯死灰。
　　不如黄雀语，能雪冶长猜。

一二六　奉和登骊山应制　阎朝隐
　　龙行踏绛气，天半语相闻。
　　混沌疑初判，洪荒若始分。

一二七　元日恩赐柏叶应制　李乂
　　劲节临冬〔凌霜〕劲，芳心待岁芳。
　　能令人益寿，非止麝含香。

一二八　同前　赵彦昭
　　器乏雕梁器，材非构厦材。
　　但将千岁叶，常奉万年杯。

一二九　同前　武平一
　　绿叶迎春绿，寒枝历岁寒。
　　愿持柏叶寿，长奉万年欢。

一三〇　游泾川琴溪
　　环潭澄晓色，叠嶂照秋影。
　　幽致欣所逢，纷虑自兹屏。

一三一　嵩山夜还　宋之问
　　家住嵩山下，好采旧山薇。
　　自省游泉石，何曾不夜归。

一三二　湖上别鉴上人
　　愿与道林近，在意逍遥篇。
　　自有灵佳〔佳?〕寺，何用沃州禅？

一三三　题鉴上人房二首
　　①落花双树积，芳草一庭春。
　　　玩之堪兴尽，何必见幽人。
　　②晚入应真理，经行尚未回。
　　　房中无俗物，林下有青苔。

一三四　答田征君
　　出游杳何处？迟迴伊洛间。
　　归寝忽成梦，宛在嵩丘山。

一三五　渡汉江
　　岭外音书断，经冬复历春。
　　近乡情更怯，不敢问来人。

一三六　伤曹娘二首
　　①凤飞楼伎绝，鸾死镜台空。
　　　独怜脂粉气，犹著舞衣中。
　　②河伯怜娇态，冯夷要姝妓。
　　　寄言游戏人，莫弄黄河水。

一三七　河阳
　　昔日河阳县，氤氲香气多。
　　曹娘娇态尽，春树不堪过。

一三八　燕巢军幕
　　非关怜翠幕，不是厌朱楼。
　　故来呈燕颔，报道欲封侯。

一三九　咏省壁画鹤
　　粉壁图仙鹤，昂藏真气多。
　　骞飞竟不去，当是恋恩波。

一四〇　广州朱长史座观妓
　　歌舞须连夜，神仙莫放归。
　　参差随暮雨，前路湿人衣。

一四一　谒二妃庙
　　还以金屋贵，留兹宝席尊。
　　江凫啸风雨，山鬼泣朝昏。

一四二　赠严侍御
　　受赈清边服，乘骢历塞尘。
　　当闻雪汉耻，羞共虏和亲。

一四三　在荆州重赴岭南
　　梦泽三秋日，苍梧一片云。
　　还将鸂鹭羽，重入鹧鸪群。

一四四　则天皇后挽歌
　　象物行周礼，衣冠集汉都。
　　谁怜事虞舜，下里泣苍梧。

一四五　郑国太夫人挽歌
　　鸾死铅妆歇，人亡锦字空。
　　悲端若能减，渭水亦应穷。

一四六　杨将军挽歌
　　亭寒照苦月，陇暗积愁云。
　　今日山门树，何处有将军？

一四七　喜入长安　崔湜
　　云日能催晓，风光不惜年。
　　赖逢征路尽，归在落花前。

一四八　答苏尚书赴益州　宋璟
　　我望风烟接，君行霰雪霏。
　　园亭若有送，杨柳最依依。

一四九　同赋　郑惟忠
　　离忧将岁尽，归望逐春来。
　　庭花如有意，留艳待人来。

一五〇　江滨梅　王适
　　忽见寒梅树，开花汉水滨。
　　不知春色早，疑是弄珠人。

一五一　春江曲　郭元振
　　江水春沉沉，上有双竹林。
　　竹叶坏水色，郎亦坏人心。

一五二　王昭君三首
　　①自嫁单于国，长衔汉掖悲。
　　　容颜日憔悴，有甚画图时。

②闻有南河信,传言杀画师。
　　始知君念重,更肯惜蛾眉。
③厌践冰霜域,嗟为边塞人。
　　思从漠南猎,一见汉家尘。

一五三　春歌二首（总题"子夜四时歌"）
①青楼含日光,绿池起风色。
　　赠子同心花,殷勤此何极!
②陌头杨柳枝,已被春风吹。
　　妾心正断绝,君怀那得知?

一五四　秋歌二首
①邀欢空伫立,望美频回顾。
　　何时复采菱,江中密相遇。
②辟恶茱萸囊,延年菊花酒。
　　与子结绸缪,丹心此何有?

一五五　冬歌二首
①北极严气升,南至温风谢。
　　调丝竞短歌,拂枕怜长夜。
②帷横双翡翠,被卷两鸳鸯。
　　娇态不自得,宛转君王床。

一五六　题殿前桂叶　卢僎
　　桂树生南海,芳香隔远山。
　　今朝天上见,疑是月中攀。

一五七　南楼望
　　去国三巴远,登楼万里春。
　　伤心江上客,不是故乡人。

一五八　临川送别
　　秋郊日半隐，野树烟初映。
　　风水正萧条，那堪动离咏。

一五九　正朝上左丞张燕公　杨重玄
　　岁去愁终在，春还命不来。
　　长吁问丞相，东阁几时开？

一六〇　书怀　刘幽求
　　心为明时尽，君门尚不容。
　　田园迷径路，归去欲何从？

一六一　经慈涧题　郑繇
　　岸与恩同广，波将慈共深。
　　涓涓劳日夜，长似下流心。

一六二　咏兔　苏颋
　　兔子死兰弹，持来挂竹竿。
　　试将明镜照，何异月中看。

一六三　奉和圣制过潼津关
　　在德何夷险，观风复往还。
　　自能同善闭，中路可无关。

一六四　山驿闲卧即事
　　息燕归檐静，飞花落院闲。
　　不愁愁自著，谁道忆乡关？

一六五　汾上惊秋
　　北风吹白云，万里度河汾。
　　心绪逢摇落，秋声不可闻。

一六六　将赴益州题小园壁
　　　岁穷惟益老，春至却辞家。
　　　可惜东园树，无人也作花。

一六七　咏礼部尚书厅后鹊
　　　怀印喜将归，窥巢恋且依。
　　　自知栖不定，还欲向南飞。

一六八　山鹧鸪词二首
　　　①玉关征戍久，空闺人独愁。
　　　　寒露湿青苔，别来蓬鬓秋。
　　　②人坐青楼晚，莺语百花时。
　　　　愁多人自老，断肠君不知。

一六九　咏木槿　刘庭琦
　　　物情良可见，人事不胜悲。
　　　莫恃朝荣好，君看暮落时。

一七〇　流所赠张锡　章玄同
　　　黄叶因风下，甘从洛浦隈。
　　　白云何所为，还出帝乡来。

一七一　赋得秋池一枝莲　郭恭
　　　秋至皆零落，凌波独吐红。
　　　托根方得所，未肯即随风。

一七二　隔壁闻奏妓　裴延
　　　徒闻管弦切，不见舞腰回。
　　　赖有歌梁共，尘飞一半来。

一七三　咏剪花
　　　花寒未聚蝶，艳色已惊人。

悬知陌上柳，应妒手中春。

一七四　述怀　唐怡
　　万事皆零落，平生不可思。
　　唯馀酒中趣，不减少年时。

一七五　咏破扇
　　轮如明月尽，罗似薄云穿。
　　无由重掩笑，分在秋风前。

一七六　同李少府观永乐公主入蕃　孙逖
　　边地莺花少，年来未觉新。
　　美人天上落，龙塞始应春。

一七七　自君之出矣　李康代
　　自君之出矣，絃吹绝无声。
　　思君如百草，撩乱逐春生。

一七八　自君之出矣　辛弘智
　　自君之出矣，梁尘静不飞。
　　思君如满月，夜夜减容晖。

一七九　赋诗
　　君为河边草，逢春心剩生；
　　妾如台上镜，得照始分明。

一八〇　偶游主人园　贺知章
　　主人不相识，偶坐为林泉。
　　莫漫愁酤酒，囊中自有钱。

一八一　王昭君三首　东方虬
　　①汉道方全盛，朝廷足武臣。

何须薄命妾，辛苦事和亲？
②掩泪辞丹凤，衔悲向白龙。
单于浪惊喜，无复旧时容。
③胡地无花草，春来不似春。
自然衣带缓，非是为腰身。

一八二　春雪
春雪满空来，触处似花开。
不知园里树，若个是真梅。

一八三　奉和圣制经函谷关作　张九龄
函谷虽云险，黄河已复清。
圣心无所隔，空此置关城。

一八四　奉和圣制渡潼关口号
隐嶙故城垒，荒凉空戍楼。
在德不在险，方知王道休。

一八五　答靳博士
上苑春先入，中园花尽开。
唯馀幽轻草，尚待日光催。

一八六　照镜见白发
宿昔青云志，蹉跎白发年。
谁知明镜里，形影自相怜。

一八七　自君之出矣
自君之出矣，不复理残机。
思君如满月，夜夜减清辉。

一八八　登荆州城望江二首
①滔滔大江水，天地相终始。

经阅几世人，复叹谁家子。
②东望何悠悠，西来昼夜流。
岁月既如此，为心那不愁？

一八九　见道边死人　刘元济
凄凉徒见日，冥寞讵知年。
魂兮不可问，应为直如弦。

一九〇　伤死奴　刘夷道
丹籍生涯浅，黄泉归路深。
不及江陵树，千秋长作林。

一九一　长门失宠　萧意
自从别銮殿，长门几度春。
不知金屋里，更贮若为人？

一九二　见美人闻琴不听　李播
洛浦风流雪，阳台朝暮云。
闻琴不肯听，似妒卓文君。

一九三　下山逢故夫　徐之才
踟蹰下山妇，共申别离久。
为问织缣人，何必长相守？

一九四　咏烛寄人　潘求仁
烛与人相似，通宵遽白煎。
不应频下泪，只是为人燃。

一九五　捣衣　沈宇
日暮远天青，霜风入后庭。
洞房寒未掩，砧杵夜泠泠。

一九六　应制奉和潼关　张说
　　天德平无外，关门东复西。
　　不将千里隔，何用一丸泥？

一九七　奉裴中书酒
　　西掖恩华降，南宫命席阑。
　　讵知鸡树后，更接凤池欢。

一九八　被使在蜀
　　即今三伏尽，尚自客临邛。
　　归途千里外，秋月定相逢。

一九九　正朝摘梅
　　蜀地寒犹暖，正朝发早梅。
　　偏惊万里客，已复一年来。

二〇〇　蜀道后期
　　客心争日月，来往预期程。
　　秋风不相待，先至洛阳城。

二〇一　广州江中作
　　去国岁方晏，愁心转不堪。
　　离人与江水，终日向西南。

二〇二　江中遇客
　　危石江中起，孤云岭上还。
　　相逢皆得意，何处是乡关？

二〇三　守岁三首
　　①故岁今宵尽，新年明旦来。
　　　愁心随斗柄，东北望春回。

②夜风吹醉舞，庭户对酣歌。
　　愁逐前年少，欢迎今岁多。
③桃枝堪辟恶，竹爆好惊眠。
　　歌舞留今夜，犹言惜旧年。

二〇四　岳州看黄叶
　　白首看黄叶，徂颜复几何？
　　空惭棠树下，未有政成歌。

二〇五　九日进茱萸山五首
①家居洛城下，举目见嵩山。
　　刻作茱萸节，情生造化间。
②黄花宜泛酒，青岳好登高。
　　稽首明庭内，心为天下劳。
③菊酒携山客，萸囊系牧童。
　　路疑寻大块，人似问鸿濛。
④九日重阳数，三秋万宝成。
　　时来谒轩后，罢去坐蓬瀛。
⑤晚节欢重九，高山上五千。
　　醉中知偶圣，梦里见寻仙。

二〇六　伤妓人董氏四首
①董氏娇娆性，多为窈窕名。
　　人随秋月落，韵入捣衣声。
②粉蕊粘妆篦，金花歇翠条。
　　夜台无戏伴，魂影向谁娇？
③旧亭红粉阁，宿处白云关。
　　春日双飞去，秋风独不还。
④舞席沾残粉，歌梁委旧尘。

独伤窗里月，不见帐中人。

二〇七　幽州元日
今岁元日乐，不谢往年春。
知向来心道，谁为昨夜人？

二〇八　江中诵经
实相归悬解，虚心暗在通。
澄江明月内，应是色成空。

二〇九　奉萧令嵩酒
乐奏天恩满，杯来秋兴高。
更蒙萧相国，对席饮醇醪。

二一〇　奉宇文黄门酒
圣德垂甘露，天章下大风。
又乘黄阁赏，愿作黑头公。

二一一　清夜酌
秋阴士多感，雨息夜无尘。
清尊宜明月，复有平生人。

二一二　醉中作
醉后方知乐，弥胜未醉时。
动容皆是舞，出语总成诗。

二一三　送梁知微渡海东
今日此相送，明年此相待。
天上客星回，知君渡东海。

二一四　寄刘道士舄
真人降紫气，邀我丹田宫。

远寄双飞鸟，飞飞不碍空。

二一五　答香能和尚塔
　　　大师捐世去，空馀法力在。
　　　远寄无碍香，心随到南海。

二一六　岭南送使二首
　　　①狱中生白发，岭外罢红颜。
　　　古来相送处，凡得几人还？
　　　②万里投荒裔，来时不见亲。
　　　一朝成白首，看取报家人。

二一七　耗磨日饮二首
　　　①耗磨传兹日，纵横道未宜。
　　　但令不忌醉，翻是乐无为。
　　　②春来半月度，俗忌一朝闲。
　　　不酌他乡酒，无堪对楚山。

二一八　和　赵冬曦
　　　上月今朝减，流传耗磨辰。
　　　还将不事事，同醉俗中人。

二一九　三月闺怨　袁晖
　　　三月时将尽，空房妾独居。
　　　蛾眉愁自结，蝉鬓没情梳。

二二○　咏雪　陈子良
　　　光映妆楼月，花承歌扇风。
　　　欲妒梅将柳，故落早春中。

二二一　七夕看新妇隔巷停车
　　　隔巷遥停幰，非复为来迟。

只言更尚浅,未是渡河时。

二二二　春日池台　元万顷
　　日影飞花殿,风纹积翠池。
　　凤楼通夜敞,虬辇望春移。

二二三　塞北寄内　崔融
　　旅魂惊塞北,归望断河西。
　　春风若为〔可〕寄,暂为绕兰闺。

第二卷　五言二　盛唐一

（共二百零八首）

一　续薛令之题壁　玄宗（李隆基）
　　啄木嘴距长，凤凰毛羽短。
　　若嫌松桂寒，任逐桑榆暖。

二　潼关口号
　　河曲回千里，关门限二京。
　　所嗟非侍德，设险到天平。

三　千秋节赐群臣镜
　　瑞露垂花绶，寒冰澈宝轮。
　　对兹台上月，聊以庆佳辰。

四　送别　王之涣
　　杨柳东风树，青青夹御河。
　　近来攀折苦，应为别离多。

五　春夜裁缝　薛维翰
　　珠箔因风起，飞蛾入最能。
　　不教人夜作，方便杀明灯。

六　古歌二首
　　美人怨何深，含情倚金阁。

不颦复不语，红泪双双落。
美人闭红烛，独坐裁新锦。
频放剪刀声，夜寒知未寝。

七　因崔五侍御寄高彭州适　杜甫
百年已过半，秋至转饥寒。
为问彭州牧，何时救急难？

八　王录事许修草堂赀不到聊小诘
为嗔王录事，不寄草堂赀。
昨属愁春雨，能忘欲漏时？

九　答郑十七郎
雨后过畦润，花残步屐迟。
把文惊小陆，好〔爱〕客见当时。

一〇　武侯庙
遗庙丹青落，空山草木长。
犹闻辞后主，不复卧南阳。

一一　八阵图
功盖三分国，名成八阵图。
江流石不转，遗恨失吞吴。

一二　即事
百宝装腰带，真珠络臂鞲。
笑时花近眼，舞罢锦缠头。

一三　复愁十二首
①人烟生僻处，虎迹过新蹄。
　野鹘翻窥草，村船逆上溪。
②钓艇收缗尽，昏鸦接翅稀。

月生初学扇，云细不成衣。
③万国尚戎马，故园今若何？
昔归相识少，早已战场多。
④身觉省郎在，家须农事归。
年深荒草径，老恐失柴扉。
⑤金丝镂箭镞，皂尾掣旗竿。
一自风尘起，犹嗟行路难。
⑥贞观铜牙弩，开元锦兽张。
花门小箭好，此物弃沙场。
⑦胡虏何曾盛，干戈不肯休。
闾阎听小子，谈笑觅封侯。
⑧今日翔麟马，先宜驾鼓车。
无劳问河北，诸将角荣华。
⑨任转江淮粟，休添苑囿兵。
由来貔虎士，不满凤凰城。
⑩江上亦秋色，火云终不移。
巫山犹锦树，南国且黄鹂。
⑪每恨陶彭泽，无钱对菊花。
如今九日至，自觉酒须赊。
⑫病减诗仍拙，吟多意有馀。
莫看江总老，犹被赏时鱼。

一四　绝句

江边踏青罢，回首见旌旗。
风起春城暮，高楼鼓角悲。

一五　绝句二首

①迟日江山丽，春风花草香。

泥融新燕子，沙暖睡鸳鸯。
　　②江碧鸟逾白，山青花欲燃。
　　　今春看又过，何日是归年？

一六　绝句六首
　　①日出篱东水，云生舍北泥。
　　　竹高鸣翡翠，沙僻舞鹍鸡。
　　②蔼蔼花蕊乱，飞飞蜂蝶多。
　　　幽栖身懒动，客至欲如何？
　　③急雨捎溪足，斜晖转树腰。
　　　隔巢黄鸟并，翻藻白鱼跳。
　　④凿井交棕叶，开渠断竹根。
　　　扁舟轻袅缆，小径曲通村。
　　⑤舍下笋穿壁，庭中藤刺檐。
　　　地晴丝冉冉，江白草纤纤。
　　⑥江动月移石，溪虚云傍花。
　　　鸟栖知故道，帆过宿谁家？

一七　绝句三首
　　①闻道巴山里，春船正好行。
　　　都将百年兴，一望九江城。
　　②水槛温江口，茅堂石笋西。
　　　携船先主庙，洗药浣花溪。
　　③漫道春来好，狂风大放颠。
　　　吹花随水去，翻却钓鱼船。

一八　归雁
　　春来万里客，乱定几年归？
　　肠断江城雁，高高向北飞。

一九　阙题（原题"嘲三月十八日雪"）
　　三月雪连夜，未应伤物华。
　　只缘春欲尽，留着伴梨花。

二〇　咏史　高适
　　尚有绨袍赠，应怜范叔寒。
　　不知天下士，犹作布衣看。

二一　田家春望
　　出门何所见？春色满平芜。
　　可叹无知己，高阳一酒徒。

二二　闲居
　　柳色惊心事，春风厌索居。
　　方知一杯酒，犹胜百家书。

二三　送兵至蓟北
　　积雪与天迥，屯兵连塞愁。
　　谁知此行迈，不为觅封侯？

二四　封丘作
　　州县才难适，云山道欲穷。
　　揣摩惭黠吏，栖隐谢愚公。

二五　题张处士菜园
　　耕地桑柘间，地肥菜常熟。
　　为问葵藿资，何如庙堂肉？

二六　逢谢偃
　　红颜怆别后〔为别〕，白发始相逢。
　　唯馀昔时意〔泪〕，无复旧时容。

二七　题李道士所居　岑参
　　五粒松花酒,双溪道士家。
　　唯求缩却地,乡路莫教赊。

二八　见渭水思秦川
　　渭水东流去,何时到雍州？
　　凭添两行泪,寄向故园流。

二九　忆长安曲
　　东望望长安,正值日初出。
　　长安不可见,喜见长安日。

三〇　灭胡曲
　　都护新灭胡,士马气亦粗。
　　萧条虏尘净,突兀天山孤。

三一　题汾桥边柳
　　此地曾居住,今来宛似归。
　　可怜汾上柳,相见也依依。

三二　题三会寺仓颉造字台
　　野寺荒台晚,寒天古木悲。
　　空阶布鸟迹,犹似造书时。

三三　九日思长安故园
　　强欲登高去,无人送酒来。
　　遥怜故园菊,应傍战场开。

三四　叹白发
　　白发生偏速,教人不奈何。
　　今朝两鬓上,又较数茎多。

三五　经陇头分水
　　陇水何年有？潺潺逼路旁。
　　东西流不歇，曾断几人肠。

三六　醉里送人赴西镇
　　醉后未能别，待醒方送君。
　　看君走马去，直上火山云。

三七　题城中高居
　　居住最高处，千家恒眼前。
　　题诗饮酒后，只对众峰眠。

三八　戏题关门
　　来亦一布衣，去亦一布衣。
　　羞见关城吏，还从旧路归。

三九　忆长安曲
　　长安何处在？只在马蹄下。
　　明日归长安，为君急走马。

四〇　贺延碛作
　　沙上见日出，沙上见日没。
　　悔向万里来，功名是何物！

四一　寄韩樽使北
　　夫子素多疾，别来未得书。
　　北庭苦寒地，体内今何如？

四二　题僧读经堂
　　结室开三藏，焚香老一峰。
　　云间独坐卧，只是对杉松。

四三　秋思
　　那知芳岁晚，坐见寒叶堕。
　　吾不如腐草，翻飞作萤火。

四四　失题
　　帝乡北近日，泸口南连蛮。
　　何当遇长房，缩地到京关。

四五　尚书念旧垂赐抱衣率题绝句献上申谢
　　富贵情还在，相逢岂间然。
　　绨袍更有赠，犹荷故人怜。

四六　答裴迪忆终南山　王维
　　淼淼寒流广，苍苍秋雨晦。
　　君问终南山，心知白云外。

四七　闻裴迪吟诗戏赠
　　猿吟一何苦，愁朝复悲夕。
　　莫作巫峡声，肠断秋江客。

四八　赠韦穆
　　与君青眼客，共有白云心。
　　不向东山去，自令春草深。

四九　鸟鸣涧
　　人闲桂花落，夜静春山空。
　　月出惊山鸟，时鸣春涧中。

五〇　莲花坞
　　日日采莲去，洲长多暮归。
　　弄篙莫溅水，畏湿红莲衣。

五一　鸬鹚堰
　　乍向红莲没，复出青蒲飏。
　　独立何褵褷，衔鱼古查上。

五二　上平田
　　朝耕上平田，暮耕上平田。
　　借问问津者，宁知沮溺贤？

五三　萍池
　　春池深且广，会待轻舟回。
　　靡靡绿萍合，垂杨扫复开。

五四　孟城坳（总题"辋川二十首"）
　　新家孟城口，古木馀衰柳。
　　来者复为谁？空悲昔人有。

五五　华子冈
　　飞鸟去不穷，连山复秋色。
　　上下华子冈，惆怅情何极！

五六　文杏馆
　　文杏裁为梁，香茅结为宇。
　　不知栋里云，去作人间雨。

五七　斤竹岭
　　檀栾映空曲，青翠漾涟漪。
　　暗入商山路，樵人不可知。

五八　鹿柴
　　空山不见人，但闻人语响。
　　返景入深林，复照青苔上。

五九　木兰柴
　　秋山敛馀照，飞鸟逐前侣。
　　彩翠时分明，夕岚无处所。

六〇　茱萸沜
　　结实红且绿，复如花更开。
　　山中傥留客，置此茱萸杯。

六一　宫槐陌
　　仄径荫宫槐，幽阴多绿苔。
　　应门但迎扫，畏有山僧来。

六二　临湖亭
　　轻舸迎仙客，悠悠湖上来。
　　当轩对尊酒，四面芙蓉开。

六三　南垞
　　轻舟南垞去，北垞淼难即。
　　隔浦望人家，遥遥不相识。

六四　欹湖
　　吹箫凌极浦，日暮送夫君。
　　湖上一回首，青山卷白云。

六五　柳浪
　　分行接绮树，倒影入清漪。
　　不学御沟上，春风伤别离。

六六　栾家濑
　　飒飒秋雨中，浅浅石溜泻。
　　跳波自相溅，白鹭惊复下。

六七　金屑泉
　　日饮金屑泉，少当千馀岁。
　　翠凤翊文螭，羽节朝玉帝。

六八　白石滩
　　清浅白石滩，绿蒲向堪把。
　　家住水东西，浣沙明月下。

六九　北垞
　　北垞湖水北，杂树映朱栏，
　　逶迤南川水，明灭青林端。

七〇　竹里馆
　　独坐幽篁里，弹琴复长啸。
　　深林人不知，明月来相照。

七一　辛夷坞
　　木末芙蓉花，山中发红萼。
　　涧户寂无人，纷纷开且落。

七二　漆园
　　古人非傲吏，自阙经世务。
　　偶寄一微官，婆娑数株树。

七三　椒园
　　桂樽迎帝子，杜若赠佳人。
　　椒浆奠瑶席，欲下云中身。

七四　送黎拾遗
　　相送临高台，川原杳何极。
　　日暮飞鸟还，行人去不息。

七五　山中送别
　　山中相送罢，日暮掩柴扉。
　　春草年年绿，王孙归不归？

七六　别辋川别业
　　依迟动车马，惆怅出松萝。
　　忍别青山去，其如绿水何！

七七　山中寄弟妹
　　山中多法侣，禅诵自为群。
　　城郭遥相望，唯应见白云。

七八　别崔九第
　　城隅一分手，几日还相见？
　　山中有桂花，莫待花如霰。

七九　留别崔兴宗
　　驻马欲分襟，清寒御沟上。
　　前山景气佳，独往还惆怅。

八〇　息夫人
　　莫以今时宠，难〔能〕忘旧日恩。
　　看花满眼泪，不共楚王言。

八一　班婕妤三首
　　①玉窗萤影度，金殿人声绝。
　　　秋夜守罗帷，孤灯耿不灭。
　　②宫殿生秋草，君王恩幸疏。
　　　那堪闻凤吹，门外度金舆。
　　③怪来妆阁闭，朝下不相迎。
　　　总向春园里，花间语笑声。

八二　红牡丹
　　绿艳闲且静，红衣浅复深。
　　花心愁欲断，春色岂知心？

八三　左掖梨花咏
　　闲洒阶边草，轻随箔外风。
　　黄莺弄不足，衔入未央宫。

八四　相思子
　　红豆生南国，秋来发故枝。
　　劝君休采撷，此物最相思。

八五　山茱萸
　　朱实山下开，清香寒更发。
　　幸与丛桂花，窗前向秋月。

八六　菩提寺禁示裴迪
　　安得舍尘网，拂衣辞世喧。
　　悠悠策藜杖，归向桃花源。

八七　杂咏三首
　　①家住孟津河，门对孟津口。
　　　常有江南船，寄书家中否？
　　②君自故乡来，应知故乡事。
　　　来日绮窗前，寒梅着花未？
　　③已见寒梅发，复闻啼鸟声。
　　　愁心视春草，畏向阶前生。

八八　崔兴宗写真咏
　　画君年少时，如今君已老。
　　今时新识人，知君旧时好？

八九　哭孟襄阳
　　故人不可见，汉水日东流。
　　借问襄阳老？江山空蔡州。

九〇　题辋川图
　　宿〔当〕世谬词客，前生〔身〕应画师。
　　不能舍馀习，偶被时人知。

九一　题友人云母障子
　　君家云母障，时向野庭开。
　　自有山泉入，非因采画来。

九二　书事
　　轻阴阁小雨，深院昼慵开。
　　坐看苍苔色，欲上人衣来。

九三　阙题二首
　　①荆溪白石出，天寒红叶稀。
　　　山路元无雨，空翠湿人衣。
　　②相看不忍发，惨淡暮潮平。
　　　语罢更携手，月明洲渚生。

九四　同裴迪和兄维别辋川别业之作　王缙
　　山月晓仍在，林风凉不绝。
　　殷勤如有情，惆怅令人别。

九五　途中口号　郭向
　　抱玉三朝楚，怀书十上秦。
　　年年洛阳陌，花鸟弄归人。

九六　春怨　金昌绪
　　打起黄莺儿，莫教枝上啼。

几回〔啼时〕惊妾梦，不得到辽西。

九七　辋川遇雨忆终南山　裴迪
积雨晦空曲，平沙灭浮彩。
辋水去悠悠，南山复何在？

九八　孟城坳
结庐古城下，时登古城上。
古城非畴昔，今人自来往。

九九　华子冈
落日松风起，还家草露晞。
云光侵履迹，山翠拂人衣。

一〇〇　文杏馆
迢迢文杏馆，跻攀日已屡。
南岭与北湖，前看复回顾。

一〇一　斤竹岭
明流纡且直，绿篠密复深。
一径通山路，行歌望旧岑。

一〇二　鹿柴
日夕见寒山，便为独往客。
不知深林事，但有麏麚迹。

一〇三　木兰柴
苍苍落日时，鸟声乱溪水。
缘溪路转深，幽兴何时已？

一〇四　茱萸沜
飘香乱椒桂，布叶间檀栾。

云日虽回照，森沉犹自寒。

一〇五　宫槐陌
　　门前宫槐陌，是向欹湖道。
　　秋来山雨多，落叶无人扫。

一〇六　临湖亭
　　当轩弥滉漾，孤月正徘徊。
　　谷口猿声发，风传入户来。

一〇七　南垞
　　孤舟信风泊，南垞湖水岸。
　　落日下崦嵫，清波殊淼漫。

一〇八　欹湖
　　空阔湖水广，青荧天色同。
　　舣舟一长啸，四面来清风。

一〇九　柳浪
　　映池同一色，逐吹散如丝。
　　结阴既得地，何谢陶家时。

一一〇　栾家濑
　　濑声喧极浦，沿涉向南津。
　　泛泛凫鸥度，时时欲近人。

一一一　金屑泉
　　萦渟澹不流，金碧如可拾。
　　迎晨含素华，独往事朝汲。

一一二　白石滩
　　跂石复临水，弄波情未极。

日下川上寒，浮云淡无色。

一一三　北垞
　　南山北垞下，结宇临欹湖。
　　每欲采樵去，扁舟出菰蒲。

一一四　竹里馆
　　来过竹里馆，日与道相亲。
　　出入唯山鸟，幽深无世人。

一一五　辛夷坞
　　缘堤春草合，王孙自留玩。
　　况有辛夷花，色与芙蓉乱。

一一六　漆园
　　好闲早成性，果此谐宿诺。
　　今日漆园游，还同庄叟乐。

一一七　椒园
　　丹刺冒人衣，芳香留过客。
　　幸堪调鼎用，愿君垂采摘。

一一八　送崔九
　　归山深浅去，须尽丘壑美。
　　莫学武陵人，暂游桃源里。

一一九　扬子津　孟浩然
　　北固临京口，夷山近海滨。
　　江风白浪起，愁杀渡头人。

一二〇　北涧浮舟
　　北涧流常满，浮舟触处通。

沿洄自有趣,何必五湖中。

一二一　春晓
　　春眠不觉晓,处处闻啼鸟。
　　夜来风雨声,花落知多少?

一二二　问舟子
　　向夕问舟子,前程复几多?
　　湾头正堪泊,淮里足风波。

一二三　檀溪寻故人
　　花伴成龙竹,池分跃马溪。
　　田园人不见,疑向洞中栖。

一二四　赠王九
　　日暮田家远,山中勿久淹。
　　归人须早去,稚子望陶潜。

一二五　洛中访袁拾遗不遇
　　洛阳访才子,江岭作流人。
　　闻说梅花早,何如此地春。

一二六　寻菊花潭主人
　　行至菊花潭,村西日已斜。
　　主人登高去,鸡犬空在家。

一二七　蓟门看灯
　　异俗非乡俗,新年改故年。
　　蓟门看火树,疑是烛龙燃。

一二八　宿建德江
　　移舟泊烟渚,日暮客愁新。

野旷天低树，江清月近人。

一二九　戏主人
　　客醉眠未起，主人呼解醒。
　　已言鸡黍熟，复说瓮头清。

一三〇　洛阳道中
　　珠弹繁华子，金羁游侠人。
　　酒酣白日暮，走马入红尘。

一三一　送朱大入秦
　　游人五陵去，宝剑值千金。
　　分手脱相赠，平生一片心。

一三二　送友人之京
　　君登青云去，予望青山归。
　　云山从此别，泪湿薜萝衣。

一三三　醉后赠马四
　　四海重然诺，吾常闻白眉。
　　秦城游侠客，相得半酣时。

一三四　浙江舟中
　　八月观潮〔涛〕罢，三江越海浔。
　　回瞻魏阙路，无复子牟心。

一三五　登岘山亭寄晋陵张少府
　　岘首风湍急，云帆若鸟飞。
　　凭轩试一问，张翰欲来归？

一三六　送张郎中迁京
　　碧溪常共赏，朱邸忽迁荣。

豫有相思意，闻君琴上声。

一三七　张郎中梅园
　　绮席铺兰杜，珠盘折芰荷。
　　故园留不住，应是恋弦歌。

一三八　石宫四咏　元结
　　①石宫春雪白，白雪宜苍苔。
　　　拂云践石径，俗士谁能来？
　　②石宫夏水寒，寒水宜高林。
　　　远风吹萝蔓，野客熙清阴。
　　③石宫秋气清，清气宜山谷。
　　　落叶逐霜风，幽人爱松竹。
　　④石宫冬日暖，暖日宜温泉。
　　　晨光静水雾，逸者犹安眠。

一三九　即事四首
　　①将牛何处去？耕彼故城东。
　　　相伴有田父，相欢惟牧童。
　　②将牛何处去？耕彼西阳城。
　　　叔闲修农具，直者伴我耕。
　　③将船何处去？钓彼大回中。
　　　叔静能鼓枻，正者随弱翁。
　　④将船何处去？送客小回南。
　　　有时逢恶客，还家亦少酣。

一四〇　登鹳雀楼　朱斌（今题王之涣）
　　白日依山尽，黄河入海流。
　　欲穷千里目，更上一层楼。

一四一　长干曲四首　崔颢
　　①君家何处住？妾住在横塘。
　　　停船暂借问，或恐是同乡。
　　②家临九江水，来去九江侧。
　　　同是长干人，生小不相识。
　　③下渚多风浪，莲舟渐觉稀。
　　　那能不相待，独自逆潮归？
　　④三江潮水急，五湖风浪涌。
　　　由来花性轻，莫畏莲舟重。

一四二　奉送五叔入京兼寄綦毋三　李颀
　　阴云带残日，怅别此何时？
　　欲望黄山道，无由见所思。

一四三　题情人药栏　万楚
　　敛眉语芳草，何许太无情？
　　正见离人别，春心相向生。

一四四　河上逢落花
　　河水浮落花，花流东不息。
　　应见浣纱人，为道长相忆。

一四五　古兴　薛据
　　投珠恐见疑，抱玉但垂泣。
　　道在君不举，功成叹何及。

一四六　魏宫词　崔国辅
　　朝日照红妆，拟上铜雀台。
　　画眉犹未竟，魏帝使人催。

一四七　采莲曲
　　玉淑花争发，金塘水乱流。
　　相逢畏相失，并著采莲舟。

一四八　王孙游
　　自与王孙别，频看黄鸟飞。
　　应由春草误，着处不成归。

一四九　秦女卷衣
　　虽入秦帝宫，不上秦帝床。
　　夜夜玉窗里，与他卷罗裳。

一五〇　王昭君
　　汉使南还尽，胡中妾独存。
　　紫台绵望绝，秋草不堪论。

一五一　子夜冬歌
　　寂寥抱寒心，裁罗又褧褧。
　　夜久频挑灯，霜寒剪刀冷。

一五二　襄阳曲二首
　　①蕙草娇红萼，时光舞碧鸡。
　　　城中美年少，相见白铜鞮。
　　②少年襄阳地，来往襄阳城。
　　　城中轻薄子，知妾解秦筝。

一五三　丽人曲
　　红颜称绝代，欲并真无侣。
　　独有镜中人，由来自相许。

一五四　今别离
　　送别未能旋，相望连水口。

船行欲隐〔映〕洲,几度急摇手。

一五五　小长干曲
　　月暗送潮风,相寻路不通。
　　菱败唱不辍,知在此塘中。

一五六　怨词二首
　　①楼前桃李疏,池上芙蓉落。
　　　织锦犹未成,蛩〔虫〕声入罗幕。
　　②妾有罗衣裳,秦王在时作。
　　　为舞春风多,秋来不堪著。

一五七　少年行
　　遗却珊瑚鞭,白马娇不行。
　　章台折杨柳,春日路傍情。

一五八　中流曲
　　归时日尚早,更欲向芳洲。
　　渡口水流急,回船不自由。

一五九　送韩十四被鲁王推迁往济南
　　西候情何极,南冠怨有馀。
　　梁王虽好事,不察狱中书。

一六〇　渭水西别李仑
　　陇外长亭堠,山深古塞秋。
　　不知呜咽水,何事向西流?

一六一　濮阳女
　　雁来书不至,月照独眠房。
　　贱妾多愁思,不堪秋夜长。

一六二　甘州二首
　　①欲使传消息，空书意不任。
　　　寄君明月镜，偏照故人心。
　　②杨柳千寻色，桃花一苑芳。
　　　风吹入簾里，惟有惹衣香。

一六三　金殿乐
　　一〔人〕夜秋砧动，千门起四邻。
　　不缘楼上月，应与〔为〕陇头人。

一六四　长信草
　　长信宫中草，年年愁处生。
　　时侵珠履迹，不使玉阶行。

一六五　湖南曲
　　湖南送君去，湖北忆君归。
　　湖里鸳鸯鸟，双双他自飞。

一六六　卫艳词
　　淇上桑叶青，青楼含白日。
　　比时遥望君，车马城中出。

一六七　古意二首
　　①玉笼熏绣裳，着罢眠洞房。
　　　不能春风里，吹却兰麝香。
　　②种棘遮蘼芜，畏人来采杀。
　　　比至狂夫还，看看几花发。

一六八　吴声子夜歌
　　净扫黄金阶，飞霜皎如雪。
　　下簾弹箜篌，不忍见秋月。

一六九　思归乐二首　薛奇童
　　①晓〔晚〕日催弦管，春风入绮罗。
　　　杏花如有意，偏落舞衫多。
　　②万里春应尽，三江雁亦稀。
　　　连天汉水广，孤客未言归。

第三卷　五言三　盛唐二
（共一百八十九首）

一　相逢行　李白
　　相逢红尘内，高揖黄金鞭。
　　万户垂杨里，君家阿那边？

二　王昭君
　　昭君拂玉鞍，上马啼红颊。
　　今日汉宫人，明朝胡地妾。

三　玉阶怨
　　玉阶生白露，夜久侵罗袜。
　　却下水晶簾，玲珑望秋月。

四　劳劳亭
　　天下伤心处，劳劳送客亭。
　　春风知别苦，不遣柳条青。

五　自遣
　　对酒不觉暝，落花盈我衣。
　　醉起步溪月，鸟还人亦稀。

六　襄阳曲四首
　　①襄阳行乐处，歌舞白铜鞮。

　　　　江城回绿水，花月使人迷。
　　②山公醉酒时，酩酊襄阳下。
　　　　头上白接䍦，倒着还骑马。
　　③岘山临汉江，水绿沙如雪。
　　　　上有堕泪碑，青苔久磨灭。
　　④且醉习家池，莫看堕泪碑。
　　　　山公欲上马，笑杀襄阳儿。

七　友人赠乌纱帽
　　领得乌纱帽，全胜白接䍦。
　　山人不照镜，稚子道相宜。

八　夜下征虏亭
　　船下广陵去，月明征虏亭。
　　山花如绣颊，江火似流萤。

九　赠内
　　三百六十日，日日醉如泥。
　　虽为李白妇，何异太常妻。

一〇　忆东山二首
　　①不向东山久，蔷薇几度花。
　　　　白云还自散，明月落谁家？
　　②我今携谢妓，长啸绝人群。
　　　　欲报东山客，开关扫白云。

一一　赋得白鹭送宋少府入三峡
　　白鹭拳一足，月明秋水寒。
　　人惊远飞去，直向使君滩。

一二　洛阳陌
　　白玉谁家郎，回车渡天津。
　　看花东陌上，惊动洛阳人。

一三　静夜思
　　床前看月光，疑是地上霜。
　　举头望明月，低头思故乡。

一四　绿水曲
　　绿水明秋月，南湖采白蘋。
　　荷花娇欲语，愁杀荡舟人。

一五　重忆贺监
　　欲向江东去，定将谁举杯？
　　稽山无贺老，却棹酒船回。

一六　题情深树寄象公
　　肠断枝上猿，泪添山下樽。
　　白云见我去，亦为我飞翻。

一七　送侄良携二妓赴会稽戏有此赠
　　携妓东山去，春光半道催。
　　遥看若桃李，双入镜中开。

一八　高句骊
　　金花折风帽，白马小迟回。
　　翩翩舞广袖，似鸟海东来。

一九　秋浦歌十四首
　　①秋浦锦驼鸟，人间天上稀。
　　　山鸡羞渌水，不敢照毛衣。

②两鬓入秋浦,一朝飒已衰。
　猿声催白发,长短尽成丝。
③秋浦多白猿,超腾若飞雪。
　牵引条上儿,饮弄水中月。
④愁作秋浦客,强看秋浦花。
　山川如剡县,风日似长沙。
⑤醉上山公马,寒歌宁戚牛。
　空吟白石烂,泪满黑貂裘。
⑥秋浦千重岭,水车岭最奇。
　天倾欲堕石,水拂寄生枝。
⑦江祖一片石,青天扫画屏。
　题诗留万古,绿字锦苔生。
⑧逻人横鸟道,江祖出鱼梁。
　水急舟行疾,山花拂面香。
⑨水如一匹练,此地即平天。
　耐可乘明月,看花上酒船。
⑩绿水净素月,月明白鹭飞。
　郎听采莲女,一道夜歌归。
⑪炉火照天地,红星乱紫烟。
　赧郎明月夜,歌曲动寒川。
⑫白发三千丈,缘愁似个长。
　不知明镜里,何处得秋霜?
⑬秋浦田舍翁,采鱼水中宿。
　妻子张白鹇,结罝映深竹。
⑭桃波一步地,了了语声闻。
　暗与山僧别,低头礼白云,

二〇　出妓金陵子呈卢六二首
　　①南国新丰酒，东山小妓歌。
　　　对君君不乐，花月奈愁何？
　　②东道烟霞主，西江诗酒筵。
　　　相逢不觉醉，日堕历阳川。

二一　送殷淑
　　痛饮龙筇下，灯青月复寒。
　　醉歌惊白鹭，半夜起沙雄。

二二　送陆判官往琵琶峡
　　水国秋风夜，殊非远别时。
　　长安如梦里，何日是归期？

二三　鲁中都东楼醉起作
　　昨日东城醉，还应倒接䍦。
　　阿谁扶上马，不省下楼时。

二四　留别金陵诸公
　　食出野田美，酒临远水倾。
　　东流若未尽，应见别离情。

二五　别东林寺僧
　　东林送客处，月出白猿啼。
　　笑别庐山远，何须过虎溪？

二六　奔亡道中三首
　　①苏武天山上，田横海岛边。
　　　万重关塞断，何日是归年？
　　②亭伯去安在，李陵降未归。
　　　愁容变海色，短服改胡衣。

③谈笑三军却,交游七贵疏。
仍留一只箭,未射鲁连书。

二七　田园言怀
贾谊三年谪,班超万里侯。
何如牵白犊,饮水对清流。

二八　寄上吴王
坐啸庐江静,闲闻进玉觞。
去时无一物,东壁挂胡床。

二九　初出金门寻王侍御不遇咏壁上鹦鹉
落羽辞金阙,孤鸣托绣衣。
能言终见弃,还向陇西飞。

三〇　醉题王汉阳厅
我似鹧鸪鸟,南迁懒北飞。
时寻汉阳令,取醉月中归。

三一　九日龙山饮
九日龙山饮,黄花笑逐臣。
醉看风落帽,舞爱月留人。

五二　铜官山醉后绝句
我爱铜官乐,千年未拟还。
要须回舞袖,拂尽五松山。

三三　陪侍郎叔游洞庭醉后三首
①今日竹林宴,我家贤侍郎。
三杯容小阮,醉后发清狂。
②船上齐桡乐,湖心泛月归。
白鸥闲不去,争拂酒筵飞。

③划却君山好，平铺湘水流。
　　巴陵无限酒，醉杀洞庭秋。

三四　对雪献从兄虞城宰
　　昨夜梁园雪，弟寒兄不知。
　　庭前看玉树，肠断忆连枝。

三五　哭宣城善酿纪叟
　　纪叟黄泉里，还应酿老春。
　　夜台无晓日，沽酒与何人？

三六　杜陵
　　南登杜陵上，北望五陵间。
　　秋水明落日，流光灭远山。

三七　观放白鹰
　　八月边风高，胡鹰白锦毛。
　　孤飞一片雪，百里见秋毫。

三八　白鹭
　　白鹭下秋水，孤飞如坠霜。
　　心闲且未去，独立沙洲傍。

三九　独坐敬亭山
　　众鸟高飞尽，孤云去独闲。
　　相看两不厌，只有敬亭山。

四〇　陪从祖济南太守泛鹊山湖三首
　　①初谓鹊山近，宁知湖水遥。
　　　此行殊访戴，自可缓归桡。
　　②湖阔数千里，湖光摇碧山。
　　　湖西正有月，独送李膺还。

③水入北湖去，舟从南浦回。
　遥看鹊山转，却似送人来。

四一　青溪半夜闻笛
　　羌笛梅花引，吴溪陇水清。
　　寒山秋浦月，肠断玉关声。

四二　夏日山中
　　懒摇白羽扇，裸袒〔赢体〕青林中。
　　脱巾挂石壁，露顶洒松风。

四三　流夜郎题葵叶
　　惭君能卫足，叹我远移根。
　　白日如分照，还归守故园。

四四　巴女词
　　巴水急如箭，巴船去若飞。
　　十月三千里，郎行几岁归？

四五　越女词五首
　①长干吴儿女，眉目艳星月。
　　屐上足如霜，不著鸦头袜。
　②吴儿多白皙，好为荡舟剧。
　　卖眼掷春心，折花调行客。
　③耶溪采莲女，见客棹歌回。
　　笑入荷花去，佯羞不出来。
　④东阳素足女，会稽素舸郎。
　　相看月未堕，白地断肝肠。
　⑤镜湖水如月，耶溪女如雪。
　　新妆荡新波，光景两奇绝。

四六　怨情
　　美人卷朱簾，深坐顰蛾眉。
　　但見淚痕濕，不知心恨誰？

四七　浣紗石上女
　　玉面耶溪女，青蛾紅粉妝。
　　一雙金齒屐，兩足白如霜。

四八　見韋參軍量移東陽
　　潮水還歸海，流人却到吳。
　　相逢問愁苦，淚盡日南珠。

四九　賈〔估〕客樂
　　海客乘天風，將船遠行役，
　　譬如雲中鳥，一去無蹤迹。

五〇　紫藤樹
　　紫藤挂雲木，花蔓宜陽春。
　　密葉隱歌鳥，香風留美人。

五一　聞謝楊兒吟《猛虎詞》因此有贈
　　同州隔秋浦，聞吟《猛虎詞》。
　　晨朝來借問，知是謝楊兒。

五二　望木瓜山
　　早起見日出，暮看栖鳥還。
　　客心自酸楚，况對木瓜山。

五三　詠山樽
　　擁腫寒山木，嵌空成酒樽。
　　愧無江海量，偃蹇在君門。

五四　系寻阳上崔相涣
　　邯郸四十万，同日陷长平。
　　能回造化笔，或冀一人生。

五五　九月十日即事
　　昨日登高罢，今朝再〔更〕举觞。
　　菊花何太苦，遭此两重阳。

五六　采莲　刘方平
　　落日清江里，荆歌艳楚腰。
　　采莲从小惯，十五即乘潮。

五七　京兆眉
　　新作蛾眉样，谁将月里同？
　　自来凡几日，相效满城中。

五八　春雪
　　飞雪带春风，裴回乱绕空。
　　君看似花处，偏在洛阳东。

五九　望夫石
　　佳人成古石，藓驳覆花黄。
　　犹有春山杏，枝枝似薄妆。

六〇　满公房　綦毋潜
　　世界莲华藏，行人香火缘。
　　灯王照不尽，中夜寂相传。

六一　玉真公主山居　储光羲
　　山北天泉苑，山西凤女家。
　　不言沁园好，独隐武陵花。

六二　游湖
　　竹吹留歌扇，连香入舞衣。
　　前溪多曲溆，乘兴莫先归。

六三　长安道二首
　　①西行一千里，暝色生寒树。
　　　暗闻歌吹声，知是长安路。
　　②鸣鞭过酒肆，袨服游倡门。
　　　百万一时尽，含情无片言。

六四　洛阳道五首
　　①洛水春冰开，洛城春树绿。
　　　朝看大道上，落花乱马足。
　　②大道直如发，春日佳气多。
　　　五陵贵公子，双双鸣玉珂。
　　③春风二月时，道旁柳堪把。
　　　上枝覆宫阁，下枝拂车马。
　　④剧孟不知名，千金买宝剑。
　　　出入平津邸，自言娇且艳。
　　⑤洛水照千门，千门碧空里。
　　　少年不得志，走马游新市。

六五　江西曲四首
　　①绿江深见底，高浪直翻空。
　　　惯是湖边住，舟轻不畏风。
　　②逐流牵荇叶，沿岸摘芦苗。
　　　为惜鸳鸯鸟，轻轻动画桡。
　　③日暮长江里，相邀归渡头。
　　　落花如有意，来去逐船流。

④隔江看树色，沿月听歌声。
不是长干住，哪从此路行？

六六　关山月
一雁过连营，繁霜覆古城。
胡笳在何处，半夜起边声？

六七　沧浪峡
沧浪临古道，道上若成尘。
自有沧浪峡，谁为无事人？

六八　奉真观
真门迥向北，驰道直向西。
为与天光近，云色成虹霓。

六九　题灞池二首　王昌龄
①腰镰欲何之？东园刈秋韭。
世事不复论，悲歌和樵叟。
②开门望长川，薄暮见渔者。
借问白头翁，垂纶几年也？

七〇　击磬老人
双峰褐衣久，一磬白眉长。
谁识野人意？徒看春草芳。

七一　题僧房
棕榈花满院，苔藓入闲房。
彼此名言绝，空中闻异香。

七二　送郭司仓
映门淮水绿，留骑主人心。
明月随良掾，春潮夜夜深。

七三　送李十五
　　怨别秦楚深，江中秋云起。
　　天长杳无隔，月影在寒水。

七四　送胡大
　　荆门不堪别，况乃潇湘秋。
　　何处遥望君？江边朗月楼。

七五　送张四
　　枫林已愁暮，楚水复堪悲。
　　别后冷山月，清猿无断时。

七六　留别武陵田太守
　　仗剑行千里，微躯感一言。
　　曾为大梁客，不负信陵恩。

七七　武陵田太守席送司马卢溪
　　诸侯分楚郡，饮饯五溪春。
　　山水清晖远，俱怜一逐臣。

七八　从军行
　　大将军出战，白日暗榆关。
　　三面黄金甲，单于破胆还。

七九　朝来曲
　　月昃鸣珂动，花连绣户春。
　　盘龙玉台镜，唯待画眉人。

八〇　送谭八之桂林
　　客心仍在楚，江馆复临湘。
　　别意猿鸟外，天寒桂水长。

八一　送刘十五之郡
　　平明江雾寒，客马江上发。
　　扁舟事洛阳，窅窅含楚月。

八二　晚日湖上寄所思　李华
　　与君为近别，不奈远相思。
　　落日平湖上，看山对此时。

八三　寄从弟
　　眼病身亦病，浮生已半空。
　　迢迢千里月，应与惠连同。

八四　奉寄彭城公
　　公子三千客，人人愿报恩。
　　应怜抱关者，贫病老夷门。

八五　左掖梨花　丘为
　　冷艳全欺雪，馀香乍入衣。
　　春风且莫〔浑不〕定，吹向玉阶飞。

八六　赠薛瑶英　贾至
　　舞怯铢衣重，笑疑桃脸开。
　　方知汉成帝，虚筑避风台。

八七　白马
　　白马紫连钱，嘶鸣丹阙前。
　　闻珂自蹀躞，不要下金鞭。

八八　题玉潭　独孤及
　　碧玉徒强名，冰壶难比德。
　　唯当寂照心，可并潙沦色。

八九　夜飞鹊　蒋冽
　　北林夜方久，南月影频移。
　　何啻飞三匝，何言未得枝？

九〇　戏赠邵使君张郎　卢象
　　少妇石榴裙，新妆白玉面。
　　能迷张公子，不许时相见。

九一　闺情　郑虔
　　银钥开香阁，金台点〔照〕夜灯。
　　长征君自惯，独卧妾何曾。

九二　赠独孤常州　毕曜
　　洪炉无久停，日月速若飞。
　　忽然冲人身，饮酒不须疑。

九三　碧玉歌　李暇
　　碧玉上宫妓，出入千花林。
　　珠被玳瑁床，感郎情意深。

九四　怨诗三首
　　①罗敷初总髻，蕙芳正娇小。
　　　月落始归船，春眠恒著晓。
　　②何处期郎游？小苑花台间。
　　　相忆不可见，且复乘月还。
　　③别前花照路，别后露垂叶。
　　　歌舞须及时，如何坐悲妾。

九五　卧街犯禁　裴翛然
　　遮莫冬冬鼓〔动〕，须倾满满杯。
　　金吾如借问，但道玉山颓。

九六　终南山望馀雪　祖咏
　　终南阴岭秀，积雪浮云端。
　　林表明霁色，城中增暮寒。

九七　寄王长史
　　汝颍俱宿好，往来托层峦。
　　终日何寂寞，绕篱生蕙兰。

九八　别怨
　　送别到中流，秋船倚渡头。
　　相看尚不远，未可即回舟。

九九　留别王维　崔兴宗
　　驻马欲分襟，清寒御沟上。
　　前山景气佳，独往还惆怅。

一〇〇　题奉国寺　陆海
　　新秋夜何爽，露下风转凄。
　　一磬竹窗外，千灯花塔西。

一〇一　题龙门寺
　　窗灯林霭里，门〔闻〕磬水声中。
　　更与龙华会，炉烟满夕风。

一〇二　幽情　李收
　　幽人惜春暮，潭上折芳草。
　　佳期何时还，欲寄千里道。

一〇三　途中览镜　徐九皋
　　四海游长倦，百年愁半侵。
　　赖窥明镜里，时见丈夫心。

一〇四　寄萧颖士补正字　邹象先
　　六月度开云，三峰玩山翠。
　　尔时黄绶屈，别后青云致。

一〇五　夜集联句　颜真卿
　　寒花护月色，坠叶占风音。
　　兹夕无尘虑，高云共片心。

一〇六　题慈恩塔　荆叔
　　汉国河山在，秦陵草树深。
　　暮云千里色，无处不伤心。

一〇七　对雨送郑陵　崔曙
　　别愁复兼雨，别泪还如霰。
　　寄心海上云，千里长相见。

一〇八　赠李中华　梁锽
　　莫向嵩山去，神仙多误人。
　　不如朝魏阙，天子重贤臣。

一〇九　闰月七日　王湾
　　耿耿晓河微，神仙此会稀。
　　今年七月闰，应得两重归。

一一〇　重阳日陪元鲁山登北城留别七首　萧颖士
　　①山县绕古堞，悠悠快登望。
　　　雨馀秋天高，目尽无隐状。
　　②绵连浉川迥，杳眇鸦路深。
　　　彭泽兴不浅，临风动归心。
　　③赖兹鸣琴暇，傲睨倾菊酒。
　　　人和岁已登，从政复何有？

④远山十里并〔碧〕，一道衔长云。
　青霞半落日，混合疑晴曛。
⑤渐闻惊栖羽，坐叹清夜月。
　中欢怆有违，行子念明发。
⑥仅能泯宠辱，未免伤别离。
　江湖不可忘，风雨劳相思。
⑦明时当盛才，短伎安所设，
　何日谢百里，从君汉之滏。

一一一　江南曲五曾　丁仙芝
①长干斜路北，近浦是儿家。
　有意来相访，明朝出浣纱。
②发向横塘口，船开值急流。
　知郎旧时意，且请拢船头。
③昨暝逗南陵，风声波浪阻。
　入浦不逢人，归家谁信汝？
④未晓已成妆，乘潮去茫茫。
　因从京口渡，使报邵陵王。
⑤始下芙蓉楼，言发琅琊岸。
　急为打船开，恶许傍人见。

一一二　感巫州荠菜　高力士
　两京作斤卖，五溪无人采。
　夷夏虽有殊，气味终不改。

一一三　闺怨二首　沈如筠
①雁尽书难寄，愁多梦不成。
　愿随孤月影，流照伏波营。
②陇底嗟长别，流襟一动君。

何言幽咽所，更作死生分。

一一四　古歌　沈千运
　　北邙不种田，但种松与柏。
　　松柏未生处，留待市朝客。

一一五　游琴溪　邢巨
　　灵溪非人迹，仙意素所秉。
　　鳞岭森翠微，澄潭照秋景。

一一六　清溪泛舟　张旭
　　旅人倚征棹，薄暮起劳歌。
　　笑揽清溪月，清辉不厌多。

一一七　丹阳作　朱郴
　　暂入新丰市，犹闻旧酒香。
　　抱琴沽一醉，尽日卧垂杨。

一一八　朝退　李适之
　　朱门长不闭，亲友恣相过。
　　年今将半百，不乐复如何？

一一九　罢相作
　　避贤初罢相，乐圣且衔杯。
　　借〔为〕问门前客，今朝几个来〔回〕？

一二〇　诗　张晕
　　茫茫烟水上，日暮阴云飞。
　　孤坐正愁绪，湖南谁捣衣？

一二一　答织女　郭翰
　　①人世将天上，由来不可期。

谁知一回顾，更作两相思。
②赠枕犹香泽，啼衣尚泪痕。
　　玉颜霄汉里，空有往来魂。

一二二　编入乐府词十四首　盖嘉运
①南陌春风早，东邻去日斜。
　　千桃开瑞锦，香扑美人车。
②蟋蟀鸣洞房，梧桐落金井。
　　为君裁舞衣，天寒剪刀冷。
③飞絮惹绿尘，软叶对孤轮。
　　今朝入园去，物色强看人。
④晚日催弦管，春风入绮罗。
　　杏花如有意，偏落舞衫多。
⑤玉管朝朝弄，清歌日日新。
　　折花当驿路，寄与陇头人。
⑥山川虽异所，草木尚同春。
　　亦如溱洧地，自有采花人。
⑦闻道黄花戍，频年不解兵。
　　可怜闺里月，偏落汉家营。
⑧坐对银缸晓，停留玉箸痕。
　　君门常不见，无处谢前恩。
⑨双带仍分影，同心巧结香。
　　不应频换彩，意欲媚红妆。
⑩受律辞元首，相将讨叛臣。
　　咸歌破阵乐，共赏太平人。
⑪四海皇风被，千年德水清。
　　戎衣更不着，今日告功成。
⑫主上开昌历，臣忠奉大猷。

君看偃革后，便是太平秋。
　⑬何处堪愁思，花开长乐宫。
　　　君王不重客，泣泪向春风。
　⑭金谷园中柳，春来自舞腰。
　　　那堪好风景，独上洛阳桥。

一二三　别酒主人　山中客
　　酒尽君莫沽，壶干我当发。
　　城市多嚣尘，还山弄明月。

一二四　哥舒歌　西鄙人
　　北斗七星高，哥舒夜带刀。
　　至今窥牧马，不敢过临洮。

一二五　答人　太上隐者
　　偶来松树下，高枕石头眠。
　　山中无历日，寒尽不知年。

第四卷 五言四 中唐一

（共三百一十三首）

一 江行一百首　钱起
　①倾酒向涟漪，乘流欲去时。
　　寸心同尺璧，投此报冯夷。
　②江曲全萦楚，云氛半自秦。
　　岘山回首望，如别故关人。
　③浦烟函夜色，冷日转秋旻。
　　自有沉碑在，清光不照人。
　④楚岸云空合，楚城人不来。
　　只今谁善舞，莫恨废章台。
　⑤行背青山郭，吟当白露秋。
　　风流无屈宋，空咏古荆州。
　⑥晚来渔父喜，罾重欲收迟。
　　恐有长江使，金钱愿赎龟。
　⑦去指龙沙路，徒悬象阙心。
　　夜凉无远梦，不为偶闻砧。
　⑧霁云疏有叶，雨浪细无花。
　　稳放扁舟去，江天自有涯。
　⑨好日当秋半，层波动旅肠。
　　已行千里外，谁与共秋光？

⑩润色非东里，官曹更建章。
　宦游难自定，来唤櫂船郎。
⑪夜江清未晓，徒惜月光沉。
　不是因行乐，堪伤老大心。
⑫翳日多乔木，维舟取束薪。
　静听江叟语，俱是厌兵人。
⑬箭漏日初短，汀烟草木衰。
　雨馀虽更绿，不是采蘋时。
⑭山雨夜来涨，喜鱼跳满江。
　岸沙平欲尽，垂蓼入船窗。
⑮渚边新雁下，舟上独凄凉。
　俱是南来客，怜君缀一行。
⑯牵路缘江狭，沙崩岸不平。
　尽知行处险，谁肯载时轻？
⑰云密连江暗，风斜著物鸣。
　一杯真战将，笑尔作愁兵。
⑱柳拂斜开路，篱边数户村。
　可能还有意，不掩向江门。
⑲不识相如渴，徒吟子美诗。
　江清唯独看，心外更谁知？
⑳憔悴异灵均，非谗作逐臣。
　如逢渔父问，未是独醒人。
㉑水涵秋色静，云带夕阳高。
　诗癖非吾病，何妨吮短毫。
㉒带舟维古岸，还似阻西陵。
　箕伯无多怒，回头讵不能。
㉓帆翅初张处，云鹏怒翼同。

莫愁千里路，自有到来风。
㉔秋云久无雨，江燕社犹飞。
却笑舟中客，今年未得归。
㉕佳节虽逢菊，浮生正似萍。
故山何处望？荒岸小长亭。
㉖行到楚江岸，苍茫人正迷。
只如秦塞远，格磔鹧鸪啼。
㉗月下江流静，村荒人语稀。
鹭鸶虽有伴，仍共影双飞。
㉘斗转月未落，舟行夜已深。
有村知不远，风便数声砧。
㉙棹惊沙鸟迅，飞溅夕阳波。
不顾鱼多处，应防一目罗。
㉚渐觉江天远，难逢故国书。
可能无往事，空食鼎中鱼。
㉛岸草连荒色，村声乐稔年。
晚晴初获稻，闲却采菱船。
㉜滩浅争游鹭，江清易见鱼。
怪来吟未足，秋物欠红蕖。
㉝蛩响依莎草，萤飞透水烟。
夜凉谁咏史？空泊运租船。
㉞睡稳叶舟轻，风微浪不惊。
任君芦苇岸，终夜动秋声。
㉟自念平生意，曾期一郡符。
岂知因谪宦，斑鬓入江湖。
㊱烟渚复烟渚，画屏休画屏。
引愁天末去，数点暮山青。

㊲水天凉夜月，不是少〔惜〕清光，
好物〔景〕随人物〔秘〕，秦淮忆建康。
㊳古来多思客，摇落恨江潭。
今日秋风至，萧疏独沔南。
㊴映竹疑村好，穿芦觉渚幽。
渐安无旷土，姜芋当农收。
㊵秋风动客心，寂寂不成吟。
飞上危樯立，莺啼报好音。
㊶见底高秋水，开怀万里天。
旅吟还有伴，沙柳数枝蝉。
㊷九日自佳节，扁舟无一杯。
曹园旧尊酒，戏马忆高台。
㊸兵火有馀烬，贫村才数家。
无人争晚渡，残月下寒沙。
㊹渚禽菱芡足，不向稻粱争。
静宿凉湾月，应无失侣声。
㊺轻云未护霜，树杪橘初黄。
信是知名物，微风过水香。
㊻渺渺望天涯，清涟浸赤霞。
难逢星汉使，乌鹊日乘查。
㊼土旷深耕少，江平远钓多。
生平皆弃本，金革竟如何！
㊽海月非常物，等闲不可寻。
披沙应有地，浅处定无金。
㊾风晚冷飕飕，芦花已白头。
旧来红叶寺，堪忆玉京秋。
㊿风好来无阵，云闲去有宗。

钓歌无远近，应喜罢艨艟。
(51)吴疆连楚甸，楚俗异吴乡。
漫把尊中物，无人啄蟹匡。
(52)岸绿野烟远，江红斜照微。
撑开小鱼艇，应到月明归。
(53)雨馀江始涨，漾漾见流薪。
曾叹河中木，斯言忆古人。
(54)叶舟维夏口，烟野独行时。
不见头陀寺，空怀幼妇碑。
(55)晚泊武昌岸，津亭疏柳风。
数株曾手植，好事忆陶公。
(56)坠露晚犹浓，秋花不易逢。
涉江虽已晚，高树搴芙蓉。
(57)舟航依浦定，星斗满江寒。
若比阴霾日，何妨夜未阑。
(58)近戍离金落，孤岑望火门。
唯将知命意，潇洒向乾坤。
(59)丛菊生堤上，此花长后时。
有人还采掇，何必在春期。
(60)夕景残霞落，秋寒细雨晴。
短缨何用濯，舟在月中行。
(61)堤坏漏江水，地坳生〔成〕野塘。
晚荷人不折，留此作秋香。
(62)左宦终何路？摅怀亦自宽。
襞笺嘲白鹭，无意谕枭鸾。
(63)楼空人不归，云白去时衣。
黄鹤无心下，长应笑令威。

㉔白帝朝惊浪，阳台暮映云。
　　等闲生险易，世路只如君。
㉕橹慢生轻浪，帆虚带白云。
　　客船虽狭小，容得庾将军。
㉖风雨正甘寝，云霓忽晚晴。
　　放歌虽自遣，一岁又峥嵘。
㉗静看秋江水，风微浪渐平。
　　人间驰竞处，尘土自波成。
㉘风借帆方疾，风回棹却迟。
　　校量人世事，不减一毫厘。
㉙咫尺愁风雨，匡庐不可登。
　　只疑云雾窟，犹有六朝僧。
㉚幽思正迟迟，沙边濯弄时。
　　自怜非博物，犹未识凫葵。
㉛曾有烟波客，能歌西塞山。
　　落花唯待月，一钓紫菱湾。
㉜千顷水纹细，一拳岚影孤。
　　君山寒树绿，曾过洞庭湖。
㉝光阔重湖水，低斜远雁行。
　　未曾无兴咏，多谢沈东阳。
㉞晚菊绕江垒，忽如开古屏。
　　莫言时节过，白日有馀馨。
㉟秋寒鹰隼健，逐雀下云空。
　　知是江湖阔，无心击塞鸿。
㊱日落长亭晚，山门步障青。
　　可怜无酒分，处处有旗亭。
㊲江草何多思，冬青尚满洲。

谁能惊鹓鸟，作赋为沙鸥。
⑦⑧远岸无行树，经霜有伴红。
停船搜好句，题叶赠江枫。
⑦⑨身世比行舟，无风亦暂休。
敢言终破浪，唯愿稳乘流。
⑧⑩数亩苍苔石，烟濛鹤卵洲。
定因词客遇，名字始风流。
⑧①兴闲停桂楫，路好过松门。
不负佳山水，还开酒一樽。
⑧②幽怀念烟水，长恨隔龙沙。
今日滕王阁，分明见落霞。
⑧③短楫休敲桂，孤根自驻萍。
自怜非剑气，空尚斗牛星。
⑧④江流何渺渺，怀古独依依。
渔父非贤者，芦中但有矶。
⑧⑤高浪如银屋，江风一发时。
笔端降太白，才大语终奇。
⑧⑥细竹渔家路，晴旸看结罾。
喜来邀客坐，分与折腰菱。
⑧⑦幸有烟波兴，宁辞笔砚劳？
缘情无怨刺，却似反离骚。
⑧⑧平湖五百里，江水想通波。
不奈扁舟去，其如决计何？
⑧⑨数逢云断处，去岸映高山。
身到韦江日，应犹未得闲。
⑨⑩一湾斜照水，三板顺风船。
未敢相邀约，劳生只自怜。

㉑江雨正霏微，江村晚渡稀。
　　何曾妨钓艇，更待得鱼归。
㉒沙上独行时，吟情到楚词。
　　难将垂岸蓼，盈把当江蓠。
㉓新野旧楼名，浔阳胜赏情。
　　照人长一色，江月共凄清。
㉔愿饮西江水，那吟北渚愁？
　　莫教留滞迹，远比蔡昭侯。
㉕湖口分江水，东流独有情。
　　当时好风物，谁作谢宣城？
㉖浔阳江畔菊，应似古来秋。
　　为问幽栖客，吟时得酒不？
㉗高峰有佳号，千尺倚寒风。
　　若使炉烟在，犹应为上公。
㉘万木已清霜，江边村事忙。
　　故溪黄稻熟，一夜梦中香。
㉙楚水苦萦迴，征帆落又开。
　　可缘非直路，却有好风来。
㉚远谪岁时晏，暮江风雨寒。
　　仍愁系舟处，惊梦近长滩。

二　赴章陵酬李卿赠别
　　一官叨下秩，九棘谢知音。
　　芳草文园路，春愁满别心。

三　郎员外见寻不遇
　　轩骑来相访，渔樵悔晚归。
　　更怜谁露迹，花里点墙衣。

四　衔鱼翠鸟
　　有意莲叶间，瞥然下高树。
　　擘波得潜鱼，一点翠光去。

五　逢侠者
　　燕赵悲歌士，相逢剧孟家。
　　寸心言不尽，前路日将斜。

六　过故吕侍御宅
　　不见承明客，愁闻长乐钟。
　　马卿何早世，汉主欲登封。

七　九日寄侄
　　采菊偏相忆，传香寄便风。
　　今朝竹林下，莫使桂尊空。

八　崔逸人山亭
　　药径深红藓，山窗满翠微。
　　羡君花下醉，蝴蝶梦中飞。

九　宿洞口馆
　　野竹通溪冷，秋泉入户鸣。
　　乱来人不到，寒草上阶生。

一〇　梨花
　　艳净如笼月，香寒未逐风。
　　桃花徒照地，终被笑妖红。

一一　望山台（总题"蓝溪杂咏十二首"）
　　望山登春台，目尽趣难极。
　　晚景下平阡，花际霞峰色。

一二　板桥
　　静宜樵隐度，远与车马隔。
　　有时行药来，喜遇归山客。

一三　石井
　　片霞照仙井，泉底桃花红。
　　那知幽石下，不与武陵通。

一四　古藤
　　引蔓出云树，垂纶覆巢鹤。
　　幽人对酒时，苔上闲花落。

一五　洞仙径
　　几转到青山，数重度流水。
　　秦人入云去，知向桃源里。

一六　药圃
　　春畦生百药，花叶香初霁。
　　好日与光风，偏来入丛蕙。

一七　石上苔
　　净与溪色连，幽宜松雨滴。
　　谁知古石上，不染世人迹。

一八　竹间路
　　暗归草堂静，半入花源去。
　　有时载酒来，不与清风遇。

一九　东坡
　　永日兴难忘，掇芳春陂曲。
　　新晴花枝下，爱此苔水绿。

二〇　石莲花
　　幽石生芙蓉，百花惭美色。
　　远笑越溪女，闻芳不可识。

二一　潺湲声
　　乱石跳素波，寒声闻几处。
　　飕飕暝风引，散出空林去。

二二　松下雪
　　虽因朔风至，不向瑶台侧。
　　唯助苦寒松，偏明后凋色。

二三　晚归鹭
　　池上静难厌，云间欲去晚。
　　忽背夕阳飞，剩与清风远。

二四　窗里山
　　远岫见如近，千重一窗里。
　　坐来石上云，乍谓壶中起。

二五　竹屿
　　幽鸟清涟上，兴来看不足。
　　新篁压水低，昨夜鸳鸯宿。

二六　砌下泉
　　穿云来自远，激砌流偏驶。
　　能资庭户幽，更引海禽至。

二七　戏鸥
　　乍依菱蔓聚，尽向芦花灭。
　　更喜好风来，数片翻晴雪。

二八　远山钟
　　风送出山钟，云霞度水浅。
　　欲寻〔知〕声尽处，鸟灭寥天远。

二九　池上亭
　　临池架杏梁，待客归烟塘。
　　水上寒簾好，莲间杜若香。

三○　田鹤
　　田鹤望碧宵，无风亦自举。
　　单飞后片云，早晚及前侣。

三一　南陂
　　家住凤城南，门临古陂曲。
　　时怜上林雁，半入池塘宿。

三二　送李明府去官
　　谤言三至后，直道叹何如。
　　今日蓝溪水，无人不夜渔。

三三　言怀
　　夜月霁未好，云泉堪梦归。
　　如何建章漏，催著早朝衣？

三四　逢雪宿芙蓉山　　刘长卿
　　日暮苍山远，天寒白屋贫。
　　柴门闻犬吠，风雪夜归人。

三五　送客之闽中
　　朝无寒士达，家在旧山贫。
　　相送天涯里，怜君更远人。

三六　赠秦系二首
　　①群公谁让位？五柳独知贫。
　　　惆怅青山路，烟霞老此人。
　　②初迷武陵路，复出孟尝门。
　　　回首江南岸，青山与旧恩。

三七　夜中对雪赠秦系，时秦初与谢氏离婚，谢氏在越
　　月明花满地，君自忆山阴。
　　谁遣因风起，纷纷乱此心？

三八　湘妃
　　帝子不可见，秋风来暮思。
　　婵娟湘江月，千载空蛾眉。

三九　斑竹
　　苍梧千载后，斑竹对湘沅。
　　欲识湘妃怨，枝枝满泪痕。

四〇　春草宫怀古
　　君王不可见，芳草旧宫春。
　　犹带罗裙色，青青向楚人。

四一　正朝览镜
　　憔悴逢新岁，芳菲见旧春。
　　朝来明镜里，不忍白头人。

四二　瓜洲送李端公
　　片帆何处去？匹马独归迟。
　　惆怅江南北，青山欲暮时。

四三　送张十八归桐庐
　　归人乘野艇，带月过江村。

正落寒潮水，相随夜到门。

四四　过白鹤观寻岑秀才不遇
　　　不知方外客，何事锁空房？
　　　应向桃源里，教他唤阮郎。

四五　听弹琴
　　　泠泠七弦上，静听松风寒。
　　　古调虽自爱，今人多不弹。

四六　咏墙阴下葵
　　　此地常无日，青青独在阴。
　　　太阳偏不及，非是未倾心。

四七　入百丈涧见桃花晚开
　　　百丈深涧里，过时花欲妍。
　　　应缘地势下，遂使春风偏。

四八　送子婿往扬州四首
　　①渡口发梅花，山中动泉脉。
　　　芜城春草生，君作扬州客。
　　②半逻莺满树，新年人独还。
　　　落花逐流水，共到茱萸湾。
　　③雁还空渚在，人去落潮翻。
　　　临水独挥手，残阳归掩门。
　　④狎鸟携稚子，钓鱼终老身。
　　　殷勤嘱归客，莫话桃源人。

四九　寄龙山道士
　　　悠悠白云里，独住青山客。
　　　林下昼焚香，桂花同寂寂。

五〇　送方外上人
　　孤云将野鹤，岂向人间住。
　　莫买沃洲山，时人已知处。

五一　送灵澈
　　苍苍竹林寺，杳杳钟声晚。
　　荷笠带夕阳，青山独归远。

五二　茱萸湾
　　荒凉野店绝，迢递人烟远。
　　苍苍古木中，多是隋家苑。

五三　赴楚州阻浅
　　楚城今近远，积霭寒塘暮。
　　水浅舟且迟，淮潮至何处？

五四　江中对月
　　空洲夕烟敛，望月秋江里。
　　历历沙上人，月中孤渡水。

五五　平蕃曲三首
　　①吹角报蕃营，回军欲洗兵。
　　　已教青海外，自筑汉家城。
　　②渺渺戍烟孤，茫茫塞草枯。
　　　陇头那用闭，万里不防胡。
　　③绝漠大军还，平沙独成闲。
　　　空留一片石，万古在燕山。

五六　寻贺九不遇
　　楚水日夜绿，傍江春草深。
　　青青遥满目，万里伤归心。

五七　送友人
　　对酒灞亭暮，相看愁自深。
　　河边草已绿，此别难为心。

五八　题佛殿前孤石
　　孤石自何处，对之如旧游。
　　氛氲岘首夕，青翠剡中秋。

五九　山中即事　郎士元
　　入谷多春兴，乘舟棹碧浔。
　　山云昨夜雨，溪水晓来深。

六〇　留卢秦卿
　　知有前期在，欢如此夜中。
　　无将故人酒，不及石尤风。

六一　春日归家　李嘉祐
　　自觉劳乡梦，无人见客心。
　　空馀庭草色，日日伴愁襟。

六二　远寺钟
　　疏钟何处来？度竹兼拂水。
　　渐逐微风敛，依依犹在耳。

六三　白鹭
　　江南渌水多，顾影逗轻波。
　　终日秦云里，山高奈若何！

六四　秋日　耿湋
　　返照入闾巷，愁来谁共语？
　　古道无人行，秋风动禾黍。

六五　拜新月
　　开簾见新月，便即下阶拜。
　　细语人不闻，北风吹裙带。

六六　题云际寺故僧院
　　白发匆匆色，青山草草心。
　　远公仍下世，从此别东林。

六七　观邻老栽松
　　虽过老人宅，不解老人心。
　　何事残阳里，栽松欲待阴？

六八　赠胡居士
　　孔融过五十，海内故人稀。
　　相府恩犹在，知君未拂衣。

六九　荐福寺送元伟
　　送客攀花后，寻僧坐竹时。
　　明朝莫回望，青草马行迟。

七〇　哭苗垂
　　旧友无由见，孤坟草欲长。
　　月斜邻笛尽，车马出山阳。

七一　客行赠人
　　旅行虽别路，日暮各思归。
　　欲下今朝泪，知君亦湿衣。

七二　赠山老人
　　白首独一身，青山为四邻。
　　虽行故乡陌，不见故乡人。

七三　慈恩寺残春
　　双林花已尽，叶色占残芳。
　　若问同游客，高年最断肠。

七四　秋夜
　　高秋夜分后，远客雁来时。
　　寂寂重门掩，无人问所思。

七五　早行
　　匹马晓路归，悠悠渭川道。
　　晴山向孤城，秋日满白草。

七六　赠李庙山人　戴叔伦
　　此意无所欲，闭门风景迟。
　　柳条将白发，相对共垂丝。

七七　题秦隐君丽句亭
　　北人归欲尽，犹自住萧山。
　　闭户不曾出，诗名满世间。

七八　答孙常州见忆
　　画鹢春风里，超遥去若飞。
　　那能寄相忆，不并子猷归。

七九　送裴明州效南朝体
　　沅水连湘水，千波万浪中。
　　知郎未得去，惭愧石尤风。

八〇　戏留顾明府
　　江明雨初歇，山暗云犹湿。
　　丰可动归桡，前程风浪急。

八一　答崔载华
　　文案日成堆，愁眉拽不开。
　　偷归瓮间卧，逢个楚狂来。

八二　将赴行营劝客同醉
　　丝管霜天夜，烟尘淮水西。
　　明朝上征去，相伴醉如泥。

八三　夏夜江楼会别
　　不作十日别，烦君此相留。
　　雨馀江上月，好醉竹间楼。

八四　岁除日追赴抚州辨对留别崔法曹
　　上国杳未到，流年忽复新。
　　回车不自识，君定送何人？

八五　江馆会别
　　离亭一会宿，能有几人同？
　　莫以回车泣，前途不尽穷。

八六　容州回逢陆三别
　　西南积水远，老病喜生归。
　　此地故人别，空馀泪满衣。

八七　古意寄呈王侍郎
　　夜光贮怀袖，待报一顾恩。
　　日向江湖老，此心谁为论？

八八　送李大夫渡口阻风
　　浪息定何时？龙门到恐迟。
　　轻舟不敢渡，空立望旌旗。

八九　过三闾庙
　　沅湘流不尽，屈宋怨何深！
　　日暮秋风起，萧萧枫树林。

九〇　泊湘口
　　湘山千岭树，桂水九秋波。
　　露重猿声绝，风清月色多。

九一　游道林寺
　　佳山路不远，俗侣到常稀。
　　及此烟霞暮，相看复欲归。

九二　后宫曲
　　初入长门宫，谓言君戏妾。
　　宁知秋风至，吹尽庭前叶。

九三　新别离
　　手把杏花枝，未曾经别离。
　　黄昏掩闺后，寂寞心自知。

九四　昭君词
　　汉宫若远近，路在寒沙上。
　　到死不得归，何人共南望？

九五　劝陆三饮酒
　　寒郊好天气，劝酒莫辞频。
　　扰扰钟陵市，无穷不醉人。

九六　关山月
　　月出照关山，秋风人未还。
　　清光无远近，乡泪半宵〔书〕间。

九七　酬崔法曹遗剑
　　临风脱佩剑，相劝静胡尘。
　　自料无筋力，何由答故人？

九八　敬报孙常州二首
　　①衰病苦奔走，未尝追旧游。
　　　何言问憔悴，此日驻方舟。
　　②远道曳故屐，馀春会高斋。
　　　因言别离久，得尽平生怀。

九九　将赴东阳留上包谏议
　　敝邑连山远，仙舟数刻同。
　　多惭屡回首，前路在泥中。

一〇〇　答崔法曹
　　后会知不远，今欢亦愿留。
　　江天梅雨散，况在月中楼。

一〇一　问严居士易
　　自公来问易，不复待加年。
　　更有垂簾会，遥知续草玄。

一〇二　新年第二夜答处上人宿玉芝观见寄
　　阳春已三日，会友闻昨夜。
　　可爱剡溪僧，独寻陶景舍。

一〇三　赴抚州对酬崔法曹夜雨滴空阶五首
　　①雨落湿孤客，心惊比栖鸟。
　　　空阶夜滴繁，相乱应到晓。
　　②高会枣树宅，清言莲社僧。
　　　两乡同夜雨，旅馆又无灯。

③谤议不自辨,亲朋那得知?
　　雨中驱马去,非是独伤离。
④离室雨初晦,客程云斗暗。
　　方为对吏人,敢望邮童探。
⑤纵酒常掷盏,狂歌时入室。
　　离群怨雨声,幽抑方成疾。

一○四　又酬晓灯离暗室五首
①知疑奸叟谤,闲与情人话。
　　犹是别时灯,不眠同此夜。
②寒灯扬晓焰,重屋惊春雨。
　　应想远行人,路逢泥泞阻。
③灯光照虚屋,雨影悬空壁。
　　一向檐下声,远来愁处滴。
④楚僧话寂灭,俗虑比虚空。
　　赖有残灯喻,相传昏暗中。
⑤雨声乱灯影,明灭在空阶。
　　并柱五言赠,知同万里怀。

一○五　同赋龙沙墅
　　回转沙岸近,欹斜林岭重。
　　因君访遗迹,此日见真龙。

一○六　赠张挥使
　　谪戍孤城小,思家万里遥。
　　汉廷求卫霍,剑佩上青霄。

一○七　口号
　　白发千茎雪,寒窗懒著书。
　　最怜吟首蓿,不及向桑榆。

一〇八　遣兴
　　明月临沧海，闲云恋故山。
　　诗名满天下，终日掩柴关。

一〇九　北山游亭
　　西崦水泠泠，沿冈有游亭。
　　自从春草长，遥见只青青。

一一〇　山居
　　麋鹿自成群，何人到白云？
　　山中无外事，终日醉醺醺。

一一一　宿无可上人房
　　偶来人境外，何处染嚣尘？
　　倘许栖林下，僧中老此身。

一一二　草堂一上人
　　一公持一钵，相复度遥岑。
　　地瘦无黄独，春来草更深。

一一三　题天柱山图
　　拔翠五云中，擎天不计功。
　　谁能凌绝顶，看取日升东？

一一四　松鹤
　　雨湿松阴凉，风落松花细。
　　独鹤爱清幽，飞来不飞去。

一一五　堤上柳
　　垂柳万条丝，春来识别离。
　　行人攀折处，闺妾断肠时。

一一六　惜春伤故人孟郎中　李益
　　　畏老身全老，逢春解惜春。
　　　今年看花伴，已少去年人。

一一七　听歌《赤白挑李花》
　　　《赤白桃李花》，先皇在时曲。
　　　欲向西宫唱，西宫宫树绿。

一一八　江南曲
　　　嫁得瞿塘贾，朝朝误妾期。
　　　早知潮有信，嫁与弄潮儿。

一一九　赠卢纶
　　　世故中年别，馀生此会同。
　　　却将悲与病，独对朗陵翁。

一二〇　赠邢校书
　　　俱从四方士，共会九秋中。
　　　断蓬与落叶，相值各因风。

一二一　照镜
　　　衰鬓临朝镜，将看却自疑。
　　　惭君明似月，照我白如丝。

一二二　路傍柳送人赴延州使府
　　　路傍一株柳，此路向延州。
　　　延州在何处？此路起边愁。

一二三　书院无历日问路侍御六月大小
　　　野性迷尧历，松窗有道经。
　　　故人为柱史，为我数阶蓂。

一二四　见亡人题壁
　　今日忆君处，忆君君岂知？
　　空馀暗尘字，读罢泪仍垂。

一二五　军次阳城烽舍北流泉
　　何地可潸然？阳城烽舍边。
　　今朝望乡客，不饮北流泉。

一二六　天津桥南山中
　　野坐分苔石，山行绕菊丛。
　　云衣惹不破，秋色望来空。

一二七　答窦二曹长留酒还榼
　　榼小非由榼，星郎是酒星。
　　解醒元有数，不用吓刘伶。

一二八　闻鸡赠主人
　　胶胶司晨鸣，报尔东方旭。
　　无事恋君轩，今君重凫鹄。

一二九　石楼山见月
　　紫塞连年戍，黄沙碛路穷。
　　故山今夜宿，见月石楼中。

一三〇　答广宣供奉问兰陵居
　　居北有朝路，居南无住人。
　　劳师问家第，山色是南邻。

一三一　观射骑
　　边头射雕将，走马出中军。
　　远见平原上，翻身向暮云。

一三二　幽州
　　　征戍在桑乾，年年蓟水寒。
　　　殷勤驿西路，此去向长安。

一三三　金吾子
　　　绣帐博山炉，银鞍冯子都。
　　　黄昏莫攀折，惊起欲栖乌。

一三四　鹧鸪词
　　　湘江斑竹枝，锦翅鹧鸪飞。
　　　处处湘云合，郎从何处归？

一三五　立秋前一日览镜
　　　万事销身外，生涯在镜中。
　　　惟将满鬓雪，明月对秋风。

一三六　代人乞花
　　　绣户朝眠起，开帘满地花。
　　　春风解人意，吹落妾西家。

一三七　上洛桥
　　　金谷园中柳，春来似舞腰。
　　　何堪好风景，独上洛阳桥。

一三八　扬州怀古
　　　故国歌钟地，长桥车马尘。
　　　彭城阁边柳，偏似不胜春。

一三九　水宿闻雁
　　　早雁忽为双，惊秋风水窗。
　　　夜长人自起，星月满空江。

一四〇　扬州早雁
　　江上三千雁，年年过故宫。
　　可怜江上月，偏照断根蓬。

一四一　下漏楼
　　话旧今应远，逢春喜又悲。
　　看花行拭泪，倍觉下楼迟。

一四二　登楼见白鸟
　　一鸟如霜雪，飞下白楼前。
　　问君何以至？天子太平年。

一四三　乞宽禅师瘿山罍
　　石色疑秋藓，峰形若翼云。
　　谁留柰苑地，好赠杏溪君。

一四四　和张仆射塞下曲六首　卢纶
　　①鹫翎金仆姑，燕尾绣蝥弧。
　　　独立扬新令，千营共一呼。
　　②林暗草惊风，将军夜引弓。
　　　平明寻白羽，没在石棱中。
　　③月黑雁飞高，单于夜遁逃。
　　　欲将轻骑逐，大雪满弓刀。
　　④野幕蔽琼筵，羌戎贺劳旋。
　　　醉和金甲舞，雷鼓动山川。
　　⑤调箭又呼鹰，俱闻出世能。
　　　奔狐将进雉，扫尽古丘陵。
　　⑥亭亭七叶贵，荡荡一隅清。
　　　他日题麟阁，唯应独不名。

一四五　天长地久词三首
　　①玉砌红花树，香风不敢吹。
　　　春光解人意，偏发殿南枝。
　　②虹桥千步廊，半在水中央。
　　　天子方消暑，宫娃起夜妆。
　　③辞辇复当熊，倾心奉六宫。
　　　君王若看貌，甘在众妃中。

一四六　妾薄命
　　妾年初二八，两度嫁狂夫。
　　薄命今犹在，坚贞扫地无。

一四七　酬李益端公夜燕见赠
　　戚戚一西东，十年今始同。
　　可怜歌酒夜，相对两衰翁。

一四八　长门怨
　　空宫古廊殿，寒月落斜晖。
　　卧听未央曲，满箱歌舞衣。

一四九　春词
　　北苑罗裙带，尘衢锦绣鞋。
　　醉眠芳树下，半被落花埋。

一五○　与畅当夜泛秋潭
　　萤火扬莲蕖，水凉多夜风。
　　离人将落叶，俱在一船中。

一五一　送吉中孚校书归楚州旧山十一首
　　①青袍芸阁郎，谈笑挹侯王。
　　　旧箓藏云穴，新诗满帝乡。

②名高闲不得，到处人争识，
　谁知冰雪颜，已杂风尘色。
③此去复如何？来皋歧路多。
　藉芳临紫陌，回首忆沧波。
④年来倦萧索，但说淮南乐。
　并楫湖上游，连樯月中泊。
⑤沿溜入阊〔闽〕门，千灯夜市喧，
　喜逢邻舍伴，遥语问乡园。
⑥下淮风自急，树杪分郊邑。
　送客随岸行，离人出帆立。
⑦渔村绕水田，澹澹隔晴烟。
　欲就林中醉，先期石上眠。
⑧林昏天未曙，但向云边去。
　暗入无路山，心知有花处。
⑨登高日转明，下望见春城。
　洞里草空长，冢边人自耕。
⑩寥寥行异境，过尽千峰影。
　露色凝古坛，泉声落寒井。
⑪仙成不可期，多别自堪悲。
　为问桃源客，何人见乱时？

一五二　酬人
　孤鸾将雀群，晴日丽春云。
　何幸晚飞者，清音长此闻。

一五三　赠别司空曙
　有月曾同赏，无秋不共悲。
　如何与君别，又是菊花时。

一五四　同李益伤秋
　　岁去人头白，秋来树叶黄。
　　搔头向黄叶，与尔共悲伤。

一五五　白发叹
　　发白晓梳头，女惊妻泪流。
　　不知丝色后，堪得几回秋？

一五六　赠李果毅
　　向日磨金镞，当风著锦衣。
　　上城邀贼语，走马截雕飞。

一五七　春游东潭
　　移舟试望家，漾漾似天涯。
　　日昏〔暮〕满潭雪，白鸥和柳花。

一五八　同钱郎中晚春过慈恩庙
　　不见僧中旧，仍逢雨后春。
　　惜花将爱寺，俱是白头人。

一五九　夜半步次古城　　杨衡
　　茫茫行复坐，惟有古时城。
　　夜半无鸟雀，花枝当月明。

一六〇　边思
　　苏武节旄尽，李陵音信稀。
　　花当陇上发，人向陇头归。

一六一　题花树
　　都无看花意，偶到树边来。
　　可怜枝上色，一一为愁开。

一六二　宿吉祥寺寄庐山隐者
　　风鸣云外钟，鹤宿千年松。
　　相思杳不见，月出山重重。

一六三　听筝　李端
　　鸣筝金粟柱，素手玉房前。
　　欲得周郎顾，时时误拂弦。

一六四　杂诗
　　主第辞高饮，石家赴宵会。
　　金谷走车来，玉人骑马待。

一六五　同司空文明过坚上人故院
　　我与雷居士，平生事远公。
　　无人知是旧，共到影堂中。

一六六　赠何兆
　　文章似杨马，风骨又清羸。
　　江汉君犹在，英灵信未衰。

一六七　感兴
　　香炉最高顶，中有高人住。
　　日暮下山来，月明上山去。

一六八　送人下第
　　献策未得意，驰车东出秦。
　　暮年千里客，落日万家春。

一六九　妾薄命
　　自从君弃妾，憔悴不羞人。
　　唯馀坏粉泪，未免映衫匀。

一七〇　送僧游春
　　独将支遁去，欲往戴颙家。
　　晴野人临水，春山树发花。

一七一　晦日游曲江
　　晦日同携手，临流一望春。
　　可怜杨柳陌，愁杀故乡人。

一七二　溪行逢雨与柳中庸
　　日落众山昏，萧萧暮雨繁。
　　那堪两处宿，共听一声猿。

一七三　和张尹忆东篱菊
　　传书报刘尹，何事忆陶家？
　　若为篱边菊，山中有此花。

一七四　芜城
　　风吹城上树，草没城边路。
　　城里月明时，精灵自来去。

一七五　挽歌　于鹄
　　阴风吹黄蒿，晚歌渡秋水。
　　车马却归城，孤坟月明里。

一七六　古词
　　①素丝带拖地，窗间掬飞尘。
　　　偷得凤凰钗，门前戏乞人。
　　②新长青丝发，哑哑言语黠。
　　　随人敲铜镜，街头救明月。
　　③东家新长儿，与妾同时生。
　　　并长两心熟，到大相呼名。

一七七　同诸君寻李方真不遇　包何
闻说到扬州，吹箫有旧游。
人来多不见，疑是〔莫非〕上迷楼。

一七八　城隍庙赛雨二首　羊士谔
①零雨慰斯人，斋心荐绿蘋。
山风箫鼓响，如祭敬亭神。
②积润通千里，推诚奠一卮。
回飙经画壁，忽似偃云旗。

一七九　初移琪树
爱此丘中物，烟霜尽日看。
无穷白云意，更助绿窗寒，

第五卷　五言五　中唐二

（共三百一十四首）

一　远帆　皇甫冉
　　朝见巴江客，暮见巴江客。
　　云帆傥暂驻〔停〕，中路阳台夕。

二　山半横云
　　湘水风日满，楚山朝夕空。
　　连峰虽已见，犹念长云中。

三　题画帐
　　桂水饶枫杉，荆南足烟雨。
　　犹疑黛色中，复是雒阳岨。

四　有怀
　　旧国迷江树，他乡近海门。
　　移家南渡久，童稚解方言。

五　淮口寄赵员外
　　欲逐淮潮上，暂停渔子沟。
　　相望知不见，终是屡回头。

六　门柳
　　接影武昌城，分行汉南道。

何事闲门外，空对青山老。

七 初出沅江夜入湖
　　放溜出江口，回瞻松栝深。
　　不知舟中月，更引湖间心。

八 渡汝水向大和山
　　落日事骞陟，西南投一峰。
　　诚知秋水浅，但怯无人踪。

九 月下作
　　霜风惊度雁，月露皎疏林。
　　处处砧声发，星河秋夜深。

一〇 春早
　　草遍颍阳山，花开武陵水。
　　春色既已同，人心亦相似。

一一 送陆邃
　　高山迥欲登，远水深难渡。
　　杳杳复漫漫，行人别家去。

一二 远山
　　少室尽西峰，鸣皋隐南面。
　　柴门纵复关，终日窗中见。

一三 南涧
　　上客各乘轩，高朋尽鸣玉。
　　宁知饮涧人，自爱轻波渌。

一四 台头寺愿上人院古松下栽小松如毫末与纤草不辨，
　　　重其有凌云干霄之志
　　细草亦全高，秋豪乍堪比。

及至干霄日,何人复居此?

一五　山馆
　　山馆长寂寂,闲云朝夕来。
　　空庭复何有?落日照青苔。

一六　酬李判官度梨岭见寄
　　陇首怨西征,岭南应〔雁〕北顾。
　　行人与流水,共向闽中去。

一七　探得古槎
　　千年古貌多,八月秋涛晚。
　　偶被主人留,那知来近远?

一八　倢伃春怨
　　花枝出建章,凤管发昭阳。
　　借问承恩者,双蛾几许长?

一九　秋怨
　　长信多秋色,昭阳借月华。
　　那堪闲永巷,闻道选良家。

二〇　赠寄权三客舍
　　南桥春日暮,杨柳带清渠。
　　不得同携手,空城意有馀。

二一　咏兴宁寺海石榴花
　　嫩叶生初茂,残花少更鲜。
　　结根龙藏侧,故欲竞〔并〕青莲。

二二　题卢十一所居
　　春风来几日,先入辟疆园。

身外无馀事，闲吟昼闭关。

二三　望南山雪怀山寺普上人
　　　夜夜梦连宫，无由见远公。
　　　朝来出门望，知在雪山中。

二四　病中对石竹花
　　　数点空阶下，闲凝细雨中。
　　　那能久相伴，嗟尔滞秋风。

二五　送人还剡中旧居
　　　海岸耕残雪，溪沙钓夕阳。
　　　家中何所有？春草渐看长。

二六　远客
　　　行随新树深，梦隔重江远。
　　　迢递风日间，苍茫洲渚晚。

二七　禁省梨花
　　　巧解迎人笑，还能乱蝶飞。
　　　春风时入户，几片落朝衣？

二八　送裴陟归常州
　　　夜雨频停棹，秋风暗入衣。
　　　见君常北望，何事却南归？

二九　洪泽馆壁见故礼部尚书题诗
　　　底事洪泽壁，空留黄绢词。
　　　年年淮水上，行客不胜悲。

三〇　山下泉　皇甫曾
　　　漾漾带山光，澄澄倒林影。

那知石上喧，却忆山中静。

三一　洛中
　　　还乡不见家，年老眼多泪。
　　　车马上河桥，城中好天气。

三二　送王司直
　　　西塞云山远，东南道路长。
　　　人心胜潮水，相送过浔阳。

三三　汉宫曲二首　韩翃
　　①骏马绣障泥，红尘扑四蹄。
　　　归时何太晚，日照杏花西。
　　②绣幰珊瑚钩，香烟翡翠楼。
　　　深情不肯道，骄倚钿筌篌。

三四　陪都督祭岳
　　　封疆七百里，禄秩二千石。
　　　拥节祠泰山，寒天霜草白。

三五　忆鄱阳旧游　顾况
　　　悠悠南国思，夜向江南泊。
　　　楚客肠断时，月明枫子落。

三六　梦后吟
　　　醉中还有梦，身外已无心。
　　　明镜唯知老，青山何处深？

三七　题灵山寺
　　　觉地本随身，灵山重结因。
　　　如何战鸟佛，不化捕鱼人？

三八　题元阳观旧读书房赠李范
　　此观千年游，此房千里宿。
　　还来旧窗下，更取君书读。

三九　永嘉
　　东瓯传旧俗，风日江边好。
　　何处乐神声？夷歌出烟岛。

四〇　青弋江
　　凄清回泊夜，沧波激石响。
　　村边草市轿，月下罟师网。

四一　春怀
　　园莺啼已倦，树树陨香红。
　　不是春相背，当由已是〔已自〕翁。

四二　洛阳陌二首
　　①莺声满御堤，堤拂柳丝齐。
　　　凤送名花落，香红衬马蹄。
　　②珂珮逐鸣驺，王孙结伴游。
　　　金丸落飞鸟，乘兴醉青楼。

四三　寄淮上柳十三
　　苇萧中辟户，相映绿淮流。
　　莫讶春潮阔，鸥边可泊舟。

四四　送李泌
　　昔别吴堤雨，春帆去较迟。
　　江波千里绿，□□□□□。

四五　山中夜宿
　　凉月挂层峰，萝床落叶重。

掩关深畏虎，风起撼长松。

四六　登楼
　　高阁成长望，江流雁叫哀。
　　凄凉故吴事，麋鹿走荒台。

四七　江上
　　江青白鸟斜，荡桨冒蘋花。
　　听唱菱歌晚，回塘月照沙。

四八　溪上
　　采莲溪上女，舟小怯摇风。
　　惊起鸳鸯宿，水云撩乱红。

四九　田家
　　带水摘禾穗，夜捣具晨炊。
　　县帖取社长，嗔怪见官迟。

五〇　寄山中僧
　　不爇香炉烟，蒲团坐如铁。
　　尝想同夜禅，风堕松顶雪。

五一　梅湾
　　白石盘盘磴，清香树树梅。
　　山深不吟赏，辜负委苍苔。

五二　听山鹧鸪
　　谁家无春酒，何处无春鸟？
　　夜宿桃花村，踏歌接天晓。

五三　山径柳（总题"临平坞杂题十三首"）
　　宛转若游丝，浅深栽绿埯。

年年立春后，即被啼莺占。

五四　石上藤
　　空山无鸟迹，何物如人意？
　　委曲结绳文，离披草书字。

五五　薜荔庵
　　薜荔作禅庵，重叠庵边树。
　　空山径欲绝，也有人知处。

五六　芙蓉榭
　　风摆莲衣干，月背鸟巢寒。
　　文鱼翻乱叶，翠羽上危栏。

五七　欹松漪
　　湛湛碧涟漪，老松欹侧卧。
　　悠扬绿萝影，下拂波纹破。

五八　焙茶坞
　　新茶已上焙，旧架忧生蠹。
　　旋旋续新烟，呼儿劈寒木。

五九　弹琴谷
　　谷中谁弹琴？琴响谷冥寂。
　　因君扣商调，草虫惊暗壁。

六〇　白鹭汀
　　霢靡汀草碧，淋森鹭毛白。
　　夜起沙月中，思量捕鱼策。

六一　千松岭
　　终日吟天风，有时天籁止。

问渠何旨意？恐落凡人耳。

六二　临平湖
　　　采藕平湖上，藕泥封藕节。
　　　船影入荷香，莫冲莲柄折。

六三　山春洞
　　　引烛踏仙泥，时时乱乳燕。
　　　不知何道士，手把灵书卷。

六四　石窦泉
　　　吹沙复喷石，曲折仍圆旋。
　　　野客漱流时，杯粘落花片。

六五　黄菊湾
　　　时菊凝晓露，露华滴秋湾。
　　　仙人酿酒熟，醉里飞空山。

六六　古仙坛
　　　远山谁放烧，疑是坛边醮。
　　　仙人错下山，拍手坛边笑。

六七　题鄱阳萧寺
　　　不知何世界，有处似南朝。
　　　石路无人扫，松门被火烧。

六八　题山顶寺
　　　遥闻林下语，知是经行所。
　　　日暮香风时，诸天散花雨。

六九　天宝题壁
　　　五十馀年别，伶俜道不行。

却来居处在，惆怅似前生。

七〇　哭李别驾
故人行迹灭，秋草向南悲。
不欲频回步，孀妻正哭时。

七一　春雨不闻百舌
百舌春来哑，愁人共待晴。
不关秋水事，饮恨亦无声。

七二　惊雪　陆畅
怪得北风急，前庭如月辉。
天人宁许巧，剪水作花飞。

七三　闻早蝉
落日早蝉急，客心闻更愁。
一声来枕上，梦里故园秋。

七四　别刘端公
连骑出都门，秋蝉噪高柳。
落日辞故人，自醉不关酒。

七五　长相思　张继
辽阳望河县，白首无人见。
海上珊瑚枝，年年寄春燕。

七六　感怀
调与时人背，心将静者论。
终年帝城里，不识五侯门。

七七　宫词二首　张祜
①故国三千里，深宫二十年。

一声《河满子》，双泪落君前。
②自倚能歌日，先皇掌上怜。
新声何处唱？肠断李延年。

七八　白鼻䯀
为底胡姬酒，长来白鼻䯀。
摘莲抛水上，郎意在浮花。

七九　昭君怨二首
①万里边城远，千山行路难。
举头唯见日，何处是长安？
②汉庭无大议，戎虏几先和。
莫羡倾城色，昭君恨最多。

八〇　夕次竟陵
南风吹五两，日暮竟陵城。
肠断巴江月，夜蝉何处声？

八一　信州水亭
南檐架短廊，沙路白茫茫。
尽日不归处，一庭栀子香。

八二　苏小歌三首
①车轮不可遮，马足不可绊。
长怨十字街，使郎心四散。
②新人千里去，故人千里来。
剪刀横眼底，方觉泪难裁。
③登山不愁峻，涉海不愁深。
中擘庭前枣，教郎见赤心。

八三　树中草
　　青青树中草，托根非不危，
　　草生树却死，荣枯君可知。

八四　七里濑渔家
　　七里垂钩叟，还傍钓台居。
　　莫恨无名姓，严陵不卖鱼。

八五　读曲歌五首
　　①窗中独自起，簾外独自行。
　　　愁见蜘蛛织，寻思直到明。
　　②碓上米不舂，窗中丝罢络。
　　　看渠驾去车，定是无四角。
　　③不见心相许，徒云脚漫勤。
　　　摘荷空摘叶，是底采莲人？
　　④窗外山魈立，知渠脚不多。
　　　三更机底下，摸着是谁梭？
　　⑤郎去摘黄瓜，郎来收赤枣。
　　　郎耕穜麻地，今作西舍道。

八六　玉树后庭花
　　轻车何草草，独唱后庭花。
　　玉座谁为主，徒悲张丽华。

八七　莫愁乐
　　侬居石城下，郎到石城游。
　　自郎石城出，长在石城头。

八八　襄阳乐
　　大堤花月夜，长江春水流。

东风正上信，春夜特来游。

八九　自君之出矣
　　　自君之出矣，万物看成古。
　　　千寻葶苈枝，争奈长长苦。

九〇　梦江南
　　　行吟洞庭句，不见洞庭人。
　　　尽日碧江梦，江南红树春。

九一　将离岳州留献徐员外
　　　高斋长对酒，下客亦需鱼。
　　　不为江南去，还来郡北居。

九二　题彭泽卢明府新楼
　　　碧落新楼迥，清池古树闲。
　　　先贤尽为宰，空看县南山。

九三　赠禅师
　　　坐见三生事，宗传一衲来。
　　　已知无法说，心向定中灰。

九四　江南逢故人
　　　河洛多尘事，江山半旧游。
　　　春风故人夜，又醉白蘋洲。

九五　松江怀古
　　　碧树吴洲远，青山震泽深。
　　　无人踪范蠡，烟水暮沉沉。

九六　书愤
　　　三十未封候，颠狂遍九州。

平生镆邪剑，不报小人雠。

九七　题孟处士宅
高才何必贵，下位不妨贤。
孟简虽持节，襄阳属浩然。

九八　首阳竹
首阳山上〔下〕路，孤竹节长存。
为问无心草，如何庇本根？

九九　题僧影堂
寒叶坠清霜，空簾著烬香。
生前既无事，何事更悲伤？

一〇〇　登鹳雀楼　畅当
迥临飞鸟上，高出世人间。
天势围平野，河流入断山。

一〇一　宿潭上二首
①夜潭有仙舸，与月当水中。
　佳〔嘉〕宾爱明月，游子惊秋风。
②青浦野陂水，白露明月天。
　中夜秋风起，心事坐潸然。

一〇二　别卢纶
故交君独在，又欲与君离。
我有新秋泪，非关秋气悲。

一〇三　铜雀妓　朱放
恨唱歌声咽，愁翻舞袖迟。
西陵日欲暮，是妾断肠时。

一〇四　扬子津送人
　　　今朝扬子津，忽见五溪人。
　　　老病无馀事，丹砂乞五斤。

一〇五　答陆澧
　　　松叶堪为酒，春来酿几多？
　　　不辞山路远，踏雪也相过。

一〇六　题竹林寺
　　　岁月人间促，烟霞此地多。
　　　殷勤竹林寺，能〔更〕得几回过？

一〇七　山中谒皇甫曾
　　　寻源路已尽，笑入白云间。
　　　不解乘舠客，那知有此山？

一〇八　效何水部二首　韦应物
　　　①玉宇含清露，香笼散轻烟。
　　　　应当结沉抱，难从兹夕眠。
　　　②夕漏起遥怨，虫响乱秋阴。
　　　　反复相思字，中有故人心。

一〇九　期元侍御李博士不至各投赠一首
　　　①庭树忽已暗，故人那不来？
　　　　只应厌烦暑，永日坐霜台。
　　　②官荣多所系，闲居亦愆期。
　　　　高阁犹相望，青山欲暮时。

一一〇　澧上醉题寄涤武
　　　芳园知夕燕，西郊已独还。
　　　谁言不同赏，俱是醉花间。

一一一　西郊期涤武不至
　　山高鸣过雨，涧树落残花。
　　非关春不待，当由期自赊。

一一二　对月寄孔谏议
　　思怀在云阙，泊素守中林。
　　出处虽殊迹，明月两知心。

一一三　赠李儋
　　风光山郡少，来看广陵春。
　　残花犹待客，莫问意中人。

一一四　寄释子良史酒
　　秋山僧冷病，聊寄三五杯。
　　应泻山瓢里，还寄此瓢来。

一一五　重寄
　　复寄满瓢去，定见空瓢来。
　　若不打瓢破，终当费酒材。

一一六　送酒瓢
　　此瓢今已到，山瓢知已空。
　　且饮寒塘水，遥将回也同。

一一七　上皇三台
　　不寐倦长更，披衣出户行。
　　月寒秋竹冷，风切夜窗声。

一一八　裹子卧病
　　念子抱沉疾，霜露变滁城。
　　独此高窗下，自然无世情。

一一九　寄璨师
　　林院生夜色，西廊上纱灯。
　　时忆长松下，独坐一山僧。

一二〇　寄卢陟
　　柳叶遍寒塘，晓霜凝高阁。
　　累日此留连，别来成寂寞。

一二一　答李澣三首
　　①孤客逢春暮，缄情寄旧游。
　　　海隅人使远，书到洛阳秋。
　　②马卿犹有壁，渔父自无家。
　　　想子今何处？扁舟隐荻花。
　　③林中观《易》罢，溪上对鸥闲。
　　　楚俗饶词客，何人最往还？

一二二　九日
　　一为吴郡守，不觉菊花开。
　　始有故园思，且喜众宾来。

一二三　宿永阳寄璨师
　　遥知郡斋夜，冻雪封松竹。
　　时有山僧来，悬灯独自宿。

一二四　雪行
　　淅沥覆寒骑，飘摇暗川容。
　　行子郡城晓，披云看杉松。

一二五　秋夜寄丘员外
　　怀君属秋夜，散步咏凉天。
　　山空松子落，幽人应未眠。

一二六　入西斋示僧
　　僧斋地虽密，忘子迹要赊。
　　一来非问讯，自是看山花。

一二七　赠丘员外
　　迹与孤云远，心将野鹤俱。
　　那同石氏子，每到府门趋。

一二八　赠旧识
　　少年游太学，负气蔑诸生。
　　蹉跎三十载，今日海隅行。

一二九　寄淮上綦毋三
　　满城怜傲吏，终日赋新诗。
　　请报淮阴客，春帆浪作期。

一三〇　送房杭州
　　专城未四十，暂谪岂蹉跎。
　　风雨吴门夜，恻怆别情多。

一三一　听江笛送陆侍御
　　远听江上笛，临觞一送君。
　　还愁独宿夜，更向郡斋闻。

一三二　答宾
　　斜月才鉴帷，凝霜偏冷枕。
　　持情须耿耿，故作单床寝。

一三三　送丘员外归山居
　　郡阁始嘉宴，青山忆旧居。
　　为君量革履，且愿住篮舆。

一三四　答崔都水
　　深夜竹庭雪，孤灯案上书。
　　不遇无为化，谁复得闲居？

一三五　酬令狐司录善福精舍见赠
　　野寺望山雪，空斋对竹林。
　　我以养愚地，生君道者心。

一三六　答赵氏生伉
　　暂与云林别，忽陪鸳鹭翔。
　　看山不得去，知尔独相望。

一三七　答王卿送别
　　去马嘶春草，归人立夕阳。
　　元知数日别，要使两情伤。

一三八　怀琅邪二释子
　　白云埋大壑，阴崖滴夜泉。
　　应居西石室，月照山苍然。

一三九　话旧
　　存亡三十载，事过悉成空。
　　不惜霑衣泪，并话一宵中。

一四〇　阊门怀古
　　独鸟下高树，遥知吴苑园。
　　凄凉千古事，日暮倚阊门。

一四一　登楼
　　兹楼日登眺，流岁暗蹉跎。
　　坐厌淮南守，秋山江树多。

一四二　善福寺阁
　　残霞照高阁，青山出远林。
　　晴明一登望，潇洒此幽襟。

一四三　寒食后北楼作
　　园林过新节，风花乱高阁。
　　遥闻击鼓声，蹴鞠军中乐。

一四四　西楼
　　高阁一长望，故园何日归？
　　烟尘拥函谷，秋雁过来稀。

一四五　夜望
　　南楼夜已寂，暗鸟动林间。
　　不见城郭事，沉沉唯四山。

一四六　晚登郡阁
　　怅然高阁望，已掩城东关。
　　春风偏送柳，夜景欲沉山。

一四七　咏玉
　　乾坤有精物，至宝无文章。
　　雕琢为世器，真性一朝伤。

一四八　咏露珠
　　秋荷一滴露，清夜坠玄天。
　　将来玉盘上，不定始知圆。

一四九　咏水精
　　映物随颜色，含情无表里。
　　持来向明月，的皪愁成水。

一五〇　咏珊瑚
　　绛树无花叶，非石亦非琼。
　　世人何处得？蓬莱石上生。

一五一　咏琉璃
　　有色同寒冰，无物隔纤尘。
　　象筵看不见，堪将对玉人。

一五二　咏琥珀
　　曾为老茯神，本是寒松液。
　　蚊蚋落其中，千年犹可觌。

一五三　咏晓
　　军中始吹角，城上河初落。
　　深沉犹隐帷，晃朗先分阁。

一五四　咏夜
　　明从何处去？暗从何处来？
　　但觉年年老，半是此中催。

一五五　咏声
　　万物自生听，大空恒寂寥。
　　还从静中起，却向静中消。

一五六　野居书情
　　世事日可见，身名良蹉跎。
　　尚瞻白云岭，聊作负薪歌。

一五七　郡斋卧疾
　　香炉宿火灭，兰灯宵影微。
　　秋斋独卧病，谁与覆寒衣？

一五八　秋斋独宿
　　山月皎如烛，风霜时动竹。
　　夜半鸟惊栖，窗间人独宿。

一五九　秋夜
　　高阁渐凝露，凉华稍飘闱。
　　忆在南宫直，夜长钟漏稀。

一六〇　咏春雪
　　裴回轻雪意，似惜艳阳时。
　　不悟风花冷，翻令梅柳迟。

一六一　对残灯
　　独照碧窗久，欲随寒烬灭。
　　幽人将遽眠，解带翻成结。

一六二　紫荆花
　　杂英纷已积，含芳独暮春。
　　还如故园树，忽忆故园人。

一六三　玩萤火
　　时节变衰草，物色近新秋。
　　度月影才敛，绕竹光复流。

一六四　移海榴
　　叶有苦寒色，山中霜霰多。
　　虽此蒙阳景，移根意若何？

一六五　题桐叶
　　参差剪绿绮，潇洒覆琼柯。
　　忆在澧东寺，偏书此叶多。

一六六　池上
　　郡中卧病久，池上一来赊。
　　榆柳飘枯叶，风雨倒横查。

一六七　西塞山
　　势从千里奔，直入江中断。
　　岚横秋塞雄，地束惊流满。

一六八　夜闻独鸟啼
　　失侣度山觅，投林舍北啼。
　　今将独夜意，偏知对影栖。

一六九　闻雁
　　故园眇何处？归思方悠哉。
　　淮南秋雨夜，高斋闻雁来。

一七〇　竹里径　司空曙
　　幽径行迹稀，清阴苔色古。
　　萧萧风欲来，乍似蓬山雨。

一七一　玩花与卫象同醉
　　衰鬓千茎白〔雪〕，他乡一树花。
　　今朝与君醉，忘却在长沙。

一七二　黄子陂
　　岸芳春色晓，水影夕阳微。
　　寂寂深烟里，渔舟夜不归。

一七三　田鹤
　　散下渚田中，隐见菰蒲里。
　　哀鸣自相应，欲作凌风起。

一七四　药园
　　春园劳已遍，绿蔓杂红英。
　　独有深山客，时来辨药名。

一七五　石井
　　苔色遍春石，桐阴入寒井。
　　幽人独汲时，先乐残阳影。

一七六　板桥
　　横遮野水石，前带荒村道。
　　来往见愁人，清风柳阴好。

一七七　石莲花
　　今逢石上生，本自波中有。
　　红艳秋风里，谁怜众芳后？

一七八　远寺钟
　　杳杳疏钟发，月风清复引。
　　中宵独听之，似与东林近。

一七九　松下雪
　　不随晴野尽，独向深松积。
　　落照入寒光，偏能伴幽寂。

一八〇　新柳
　　全欺芳蕙晚，似妒寒梅疾。
　　撩乱发青条，春风来几日？

一八一　唐昌公主院看花
　　遗殿空长闭，乘鸾自不回。
　　至今荒草上，寥落旧花开。

一八二　别张赞
　　今口山晴后，蝉残菊发时。
　　登楼见秋色，何处最相思？

一八三　晚思
　　蛩吟窗下月，草湿阶前露。
　　晚景凄我衣，秋风入庭树。

一八四　金陵怀古
　　辇路江枫暗，宫庭野草春。
　　伤心庾开府，老作北朝臣。

一八五　哭麹山人
　　忆昔秋风起，君曾叹逐臣。
　　何言芳草日，自作九泉人。

一八六　同李端过坚上人院
　　旧依支遁宿，曾与戴颙来。
　　今日空林下，唯知见绿苔。

一八七　莎栅联句　韩愈
　　冰溪时咽绝，风栌方轩举。
　　此处不断肠，定知无断处。

一八八　顷以家事获谤因出旧山，每荷观察崔公见知欲归未遂，
　　　　感其留寓诗以赠之
　　初迷武陵路，复出孟尝门。
　　回首江南岸，青山与旧恩。

一八九　青青水中蒲三首
　　①青青水中蒲，下有一双鱼。

君今上陇去，我在与谁居？
②青青水中蒲，长在水中居。
　　寄语浮萍草，相随我不如。
③青青水中蒲，叶短不出水。
　　妇人不下堂，行子在万里。

一九〇　新亭
　　湖上新亭好，公来日出初。
　　水文浮枕簟，瓦影荫龟鱼。

一九一　流水
　　汩汩几时休，从春复到秋。
　　只言池未满，池满强交流。

一九二　竹洞
　　竹洞何年有？公初斫竹开。
　　洞门无锁钥，俗客不曾来。

一九三　月台
　　南馆城阴阔，东湖水气多。
　　直须台上看，始奈月明何？

一九四　渚亭
　　自有人知处，那无步往踪？
　　莫教安四壁，面面看芙蓉。

一九五　竹溪
　　蘺蘺溪流漫，梢梢岸篸长。
　　穿沙碧篸净，落水紫苞香。

一九六　北湖
　　闻说游湖棹，寻常到此回。

应留醒心处,准拟醉时来。

一九七　花岛
　　蜂蝶去纷纷,香风隔岸闻。
　　欲知花岛处,水上觅红云。

一九八　柳溪
　　柳树谁人种,行行夹岸高。
　　莫将条系缆,著处有蝉号。

一九九　西山
　　新月迎宵挂,晴云到晚留。
　　为遮西望眼,终是懒回头。

二〇〇　竹径
　　无尘从不扫,有鸟莫令弹。
　　若要添风月,应除数百竿。

二〇一　荷池
　　风雨秋池上,高荷盖水繁。
　　未谙鸣摵摵,那似卷翻翻。

二〇二　稻畦
　　卦布畦堪数,枝分水莫寻。
　　鱼肥知已秀,鹤没觉初深。

二〇三　柳巷
　　柳巷还飞絮,春馀几许时?
　　吏人休报事,公作送春诗。

二〇四　花源
　　源上花初发,公应日日来。

丁宁红与紫,慎勿一时开。

二〇五　北楼
　　郡楼乘晓上,尽日不能回。
　　晚色将秋至,长风送月来。

二〇六　镜潭
　　非铸复非镕,泓澄忽此逢。
　　鱼虾不用避,只是照蛟龙。

二〇七　孤屿
　　朝游孤屿南,暮戏孤屿北。
　　所以孤屿鸟,与公尽相识。

二〇八　方桥
　　非阁复非船,可居兼可过。
　　君欲问方桥,方桥如此作。

二〇九　梯桥
　　乍似上青冥,初疑蹑菡萏。
　　自无飞仙骨,欲度何由敢。

二一〇　月池
　　寒池月下明,新月池边曲。
　　若不妒清妍,却成相映烛。

二一一　把酒
　　扰扰驰名者,谁能一日闲?
　　我来无伴侣,把酒对南山。

二一二　嘲少年
　　直把春偿酒,都将命乞花。

只知闲信马,不觉误随车。

二一三　酬马侍郎寄酒
　　一壶情所寄,四句意能多。
　　秋到无诗酒,其如月色何。

二一四　次峡石
　　数日方离雪,今朝又出山。
　　试凭高处望,隐约见潼关。

二一五　赠同游者
　　唤起窗前曙,催归日未西。
　　无心花里鸟,更与尽情啼。

二一六　入黄溪闻猿　　柳宗元
　　溪路千里曲,哀猿何处鸣?
　　孤臣泪已尽,虚作断肠声。

二一七　江雪
　　千山鸟飞绝,万径人踪灭。
　　孤舟蓑笠翁,独钓寒江雪。

二一八　春怀故园
　　九雁鸣已晚,楚乡农事春。
　　悠悠故池水,空待灌园人。

二一九　再上湘江
　　好在湘江水,今朝又上来。
　　不知从此去,更遣几年回?

二二〇　长沙驿前南楼感旧
　　海鹤一为别,存亡三十秋。

今来数行泪，独上驿南楼。

二二一　桂州北望秦驿手开竹径至钓矶留待徐容州
幽径为谁开？美人城北来。
王程倘馀暇，一上子陵台。

二二二　登柳州峨山
荒山秋日午，独上意悠悠。
如何望乡处，西北是融州。

二二三　三赠刘员外
信书成自误，经事渐知非。
今日临歧别，何年待汝归？

二二四　零陵早春
问春从此去，几日到秦原？
凭寄还乡梦，殷勤入故园。

二二五　寒食下第　武元衡
柳挂九衢丝，花飘万家雪。
如何憔悴人，对此芳菲节？

二二六　左掖梨花
巧笑解迎人，晴雪花〔香〕堪惜。
随风蝶影飘〔翻〕，误点朝衣赤。

二二七　途中即事
南征复北还，扰扰百年间。
自笑红尘里，生涯不暂闲。

二二八　春日偶作
纵横桃李枝，澹荡春风吹。

美人歌《白纻》，万恨在蛾眉。

二二九　夏夜作
　　夜久喧暂息，池台惟月明。
　　无因驻清景，日出事还生。

二三〇　寒食日同陈六游山院
　　年少轻行乐，东城南陌头。
　　与君寂寞意，共作草堂游。

二三一　喜遇刘二十八　裴度
　　病来佳兴少，老去旧游希。
　　笑语纵横作，盃觞络绎飞。

二三二　送刘二十八
　　不归丹掖去，铜竹漫云云。
　　唯喜因过我，须知未贺君。

二三三　再送
　　顷来多谑浪，此夕任喧纷。
　　故态应犹在，行期未要闻。

二三四　溪居
　　门径俯清溪，茅檐古木齐。
　　红尘飘不到，时有水禽啼。

二三五　答孟东野戏赠　陆长源
　　芙蓉初出水，菡萏露中花。
　　风吹著枯木，无奈值空槎。

二三六　和晋公三首　李绅
　　①凤仪常欲附，蚊力自知微。

愿假樽罍末，膺门自此依。
　②貂蝉公独步，鸳鹭我同群。
　　　插羽先飞酒，交锋便著文。
　③穷阴初莽苍，离思渐氛氲。
　　　残雪午桥岸，斜阳伊水滨。

二三七　古风二首
　①春种一粒粟，秋成万颗子，
　　　四海无闲田，农夫犹饿死。
　②锄禾日当午，汗滴禾下土。
　　　谁知盘中餐，粒粒皆辛苦。

二三八　白镝鞚　徐凝
　騄裹锦障泥，楼头日又西。
　留欢住不住，素齿白铜鞮。

二三九　问渔叟
　生事同萍〔漂〕梗，机心在野船。
　如何临逝水，白发未忘签。

二四〇　阳叛儿
　哀怨阳叛儿，骀荡郎知否？
　香死博山炉，烟生白门柳。

二四一　春寒
　乱雪从教舞，回风任听吹。
　春寒能作底，已被柳条欺。

二四二　庐山独夜
　寒空五老雪，斜月九江云。
　钟声知何处？苍苍树里闻。

二四三　天台独夜
　　银地秋月色，石梁夜溪声。
　　谁知屐齿尽，为披烟苔行。

二四四　送寒岩归士
　　不挂丝纩衣，归向寒岩栖。
　　寒岩风雪夜，又过岩前溪。

二四五　送陈司马
　　家寄茅洞中，身游越城下。
　　宁知许长史，不忆陈司马。

二四六　武夷山仙城
　　武夷无上路，毛径不通风。
　　欲共麻姑住，仙城半在空。

二四七　避署二首
　　①一株金染密，数亩碧鲜疏。
　　　避暑临溪坐，何妨直钓鱼。
　　②斑多筒箪冷，发少角冠清。
　　　避暑长林下，寒蝉又有声。

二四八　浙西李尚书奏废淫昏庙
　　传闻废淫祀，万里静山陂。
　　欲慰灵均恨，先烧靳尚祠。

二四九　酬相公再游云门寺
　　远羡五云路，逶迤千骑回。
　　遗簪唯一去，贵赏不重来。

二五〇　杭州祝涛头二首
　　①不道沙堤尽，犹欺石栈顽。

寄言飞白雪，休去打青山。
②倒打钱塘郭，长驱白浪花。
吞吴休得也，输却五千家。

二五一　香炉峰
香炉一峰绝，顶在寺门前。
尽是玲珑石，时生旦暮烟。

二五二　衔鱼翠鸟　杨巨源
有意莲叶间，瞥然下高树。
擘破得全鱼，一点翠光去。

二五三　和郑相公寻宣上人不遇
方寻莲境去，又值竹房空。
几韵飘寒玉，馀清不在风。

二五四　题范阳金台驿
六国唯求客，千金遂筑台。
若令逢圣代，憔悴郭生回。

二五五　寄薛侍御
世上无穷事，生涯莫废诗。
何曾好风月，不是忆君时。

二五六　隐月岫（总题"盛山十二景诗"）　韦处厚
初映钩如线，终衔镜似钩。
远澄秋水色，高倚晓河流。

二五七　流杯渠
激曲萦飞箭，浮沟泛满卮。
将来山太守，早向习家池。

二五八　竹喦
　　不资冬日秀，为作暑天寒。
　　先植诚非凤，来翔定是鸾。

二五九　绣衣石榻
　　巉巉雪中峤，磊磊标方峭。
　　勿为枕苍山，还当础清庙。

二六〇　宿云亭
　　雨合飞危砌，天开卷晓窗。
　　齐平联郭柳，带绕抱城江。

二六一　梅溪
　　夹岸凝清素，交枝漾浅沦。
　　味调方荐实，腊近又先春。

二六二　桃坞
　　喷日舒红景，通蹊茂绿阴。
　　终期王母摘，不羡武陵深。

二六三　胡卢沼
　　疏凿徒为巧，圆洼自可澄。
　　倒花纷错秀，鉴月静涵冰。

二六四　茶岭
　　顾渚壶觞绝，蒙山蜀信稀。
　　千丛因此始，含露紫英肥。

二六五　盘石磴
　　缭绕缘云上，璘玢嵯玉联。
　　高高曾几折，极目瞰秋鸢。

二六六　琵琶台
　　褊地难层土，因厓遂削成。
　　浅深岚嶂色，尽向此中呈。

二六七　上士瓶
　　绠汲岂无井，颠崖贵非浚。
　　愿洒尘垢馀，一雨根茎润。

二六八　圣明朝三首　张仲素
　①玉帛殊方至，歌钟比屋闻。
　　华夷今一贯，同贺圣明君。
　②海浪恬丹徼，边尘靖黑山。
　　从今万里外，不复镇萧关。
　③九陌祥烟合，千春瑞月明。
　　宫花将苑柳，先发凤凰城。

二六九　宫中乐五首
　①网户交如绮，纱窗薄似烟。
　　乐吹天上曲，人是月中仙。
　②翠匣开寒镜，珠钗挂步摇。
　　妆成只畏晓，更漏促春宵。
　③红果瑶池实，金盘露井冰。
　　甘泉将避暑，台殿晓光凝。
　④月彩浮鸾殿，砧声隔凤楼。
　　笙歌临水槛，红烛乍迎秋。
　⑤奇树留寒翠，神池结夕波。
　　黄山一夜雪，渭水泻声多。

二七〇　春游曲三首
　①烟柳飞轻絮，风榆落小钱。

濛濛百花里，罗绮竞秋千。
②骋望登香阁，争高下砌台。
林间踏青去，席上寄笺来。
③行乐三春节，林花百和香。
当年重意气，先占斗鸡场。

二七一　春闺思三首
①雪尽萱抽叶，风轻水变苔。
玉关书信绝，又见发焦梅。
②袅袅城边柳，青青陌上桑。
提笼忘采叶，昨夜梦渔阳。
③戴胜飞晴野，凌澌下浊河。
春风楼上望，谁见泪痕多。

二七二　春江曲三首
①摇漾越江春，相将采白蘋。
归时不觉夜，出浦月随人。
②家寄征河岸，征人几岁游。
不如潮水信，每日到沙头。
③乘晓南湖去，参差叠浪横。
前洲在何处？雾里雁嘤嘤。

二七三　奉酬韦应物　丘丹
露滴梧叶鸣，风秋桂花发。
中有学仙侣，吹箫弄山月。

二七四　又酬赠
久作烟霞侣，暂将簪组亲。
还同褚伯玉，入馆柰州人。

二七五　听江笛送陆侍御
　　离樽闻夜笛，寥亮入寒城。
　　月落车马散，悽恻主人情。

二七六　下第　刘得仁
　　外族帝王是，中朝亲旧稀。
　　翻令浮议者，不使〔许〕九霄飞。

二七七　贺顾非熊及第
　　愚为童稚时，已解念君诗。
　　及得高科晚，须逢圣主知。

二七八　阙题　陈润
　　丈夫不感恩，感恩宁有泪。
　　心头感恩血，一滴染天地。

二七九　别离作　戎昱
　　手把杏花枝，未曾经别离，
　　黄昏掩门后，寂寞心自知。

二八〇　选人入金华　严维
　　明月双溪水，清风八咏楼。
　　少年为客处，今日送君游。

第六卷　五言六　中唐三

（共二百八十六首）

一　禁中　白居易
　　门严九重静，窗幽一室闲。
　　好是修心处，何必在深山。

二　村雪夜坐
　　南窗背灯坐，风霰暗纷纷。
　　寂寞深村夜，残雁雪中闻。

三　友人夜访
　　檐间清风簟，松下明月杯。
　　幽意正如此，况乃故人来。

四　北亭独宿
　　悄悄壁下床，纱笼耿残烛。
　　夜半独眠觉，疑在僧房宿。

五　晚望
　　江城寒角动，沙洲夕鸟还。
　　独在高亭上，西南望远山。

六　招东邻
　　小榼二升酒，新簟六尺床。

能来夜话否？池畔欲秋凉。

七　山下宿
　　独到山下宿，静向月中行。
　　何处水边碓，夜舂云母声。

八　池畔二首
　　①结构池西廊，疏理池东树。
　　　此意人不知，欲为待月处。
　　②持刀间密竹，竹少风来多。
　　　此意人不会，欲令池有波。

九　禁中秋宿
　　风翻来里幎，雨冷通中枕。
　　耿耿背斜灯，秋床一人寝。

一〇　出关路
　　山州函谷路，尘土游子颜。
　　萧条去国意，秋风生故关。

一一　照镜
　　皎皎青铜镜，斑斑白丝鬓。
　　岂复更藏年，实年君不信。

一二　夜雨
　　早蛩啼复歇，残灯灭又明。
　　隔窗知夜雨，芭蕉先有声。

一三　秋夕
　　叶声落如雨，月色白似霜。
　　夜深方独赴，谁为拂尘床？

一四　微雨夜行
　　漠漠秋云起，悄悄夜寒生。
　　自觉衣裳湿，无点亦无声。

一五　江楼闻砧
　　江南授衣晚，十月始闻砧。
　　一夕高楼月，万里故园心。

一六　宿东林寺
　　经窗灯焰短，僧炉火气深。
　　索落庐山夜，风雪宿东林。

一七　夜雪
　　已讶衾枕冷，复见窗户明。
　　夜深知雪重，时闻折竹声。

一八　忠州郡中
　　乡路音信断，山城日月迟。
　　欲知州近远，阶前摘荔枝。

一九　鳌㐌县北楼望山
　　一为趋走吏，尘土不开颜。
　　辜负平生眼，今朝始见山。

二○　别韦苏州
　　百年愁里过，万感醉中来。
　　惆怅城西别，愁眉两不开。

二一　长安送柳大东归
　　白社羁游伴，青门远别离。
　　浮名相引住，归路不同归。

二二　除夜宿洺州
　　家寄关西住，身为河北游。
　　萧条岁除夜，旅泊在洺州。

二三　冬至夜怀湘灵
　　艳质无由见，寒衾不可亲。
　　何堪最长夜，俱作独眠人。

二四　凉夜有怀
　　清风吹枕席，白露湿衣裳。
　　好是相亲夜，漏迟天气凉。

二五　病中作
　　久为劳生事，不学摄生道。
　　少年已多病，此身岂堪老？

二六　问淮水
　　自嗟名利客，扰扰在人间。
　　何事长淮水，东流亦不闲？

二七　宿樟亭驿
　　夜半樟亭驿，愁人起望乡。
　　月明何所见？潮水白茫茫。

二八　翰林中送独孤起居出院
　　碧落留云住，青冥放鹤还。
　　银台向南路，从此到人间。

二九　感发落
　　昔日愁头白，谁知未白衰。
　　眼前应落尽，无可变成丝。

三〇　禁中闻蛩
　　悄悄禁门闭，夜深无月明。
　　西窗独暗坐，满耳新蛩声。

三一　秋虫
　　切切暗窗下，喓喓深草里。
　　秋天思妇心，雨夜愁人耳。

三二　忆元九
　　眇眇江陵道，相思远不知。
　　近来文卷里，半是忆君诗。

三三　昼卧
　　抱枕无言语，空房独悄然。
　　谁知尽日卧，非病亦非眠。

三四　有感
　　绝弦与断丝，犹有却续时。
　　惟有衷肠断，无应续得期。

三五　答友问
　　似玉童颜尽，如霜病鬓新。
　　莫惊身顿老，心更老于身。

三六　村居
　　门闭仍逢雪，厨寒未起烟。
　　贫家重寥落，半为日高眠。

三七　早春
　　雪散因和气，冰开得暖光。
　　春销不得处，惟有鬓边霜。

三八　重寄元九
　　萧散弓惊雁，分飞剑化龙。
　　悠悠天地内，不死会相逢。

三九　红藤杖
　　交亲过浐别，车马到江回。
　　唯有红藤杖，相随万里来。

四〇　雨中题衰柳
　　湿屈青条折，寒飘黄叶多。
　　不知秋雨意，更遣欲如何？

四一　庾楼新岁
　　岁时销旅貌，风景触乡愁。
　　牢落江湖意，新年上庾楼。

四二　遗爱寺
　　弄石临溪坐，寻花绕寺行。
　　时时闻鸟语，处处是泉声。

四三　自悲
　　火宅煎熬地，霜松摧折身。
　　因知群动内，易死不过人。

四四　问刘十九
　　绿蚁新醅酒，红泥小火炉。
　　晚来天欲雪，能饮一杯无？

四五　醉中对红叶
　　临风杪秋树，对酒长年人。
　　醉貌如霜叶，虽红不是春。

四六　山中戏问韦侍御
　　　我抱栖云志，君怀济世才。
　　　常吟反招隐，那得入山来。

四七　龙昌寺荷池
　　　冷碧新秋水，残红半破莲。
　　　从来寥落意，不似此池边。

四八　商山路有感
　　　万里路长在，六年身始归。
　　　所经多旧馆，太半主人非。

四九　太平乐词二首
　　　①岁丰仍节俭，时泰更销兵。
　　　　圣念长如此，何忧不泰平。
　　　②湛露浮尧酒，薰风起舜歌。
　　　　愿同尧舜意，所乐在人和。

五〇　小曲新词二首
　　　①霁色鲜宫殿，秋声脆管弦。
　　　　圣明千载乐，岁岁似今年。
　　　②红裙明月夜，碧簟早秋时。
　　　　好向昭阳宿，天凉玉漏迟。

五一　闺怨词三首
　　　①朝憎莺百啭，夜妒燕双栖。
　　　　不惯经春别，唯知到晓啼。
　　　②珠箔笼寒月，纱窗背晓灯。
　　　　夜来巾上泪，一半是春冰。
　　　③关山征戍远，闺阁别离难。

苦战应憔悴，寒衣不要宽。

五二　南浦别
　　　南浦凄凄别，西风袅袅秋。
　　　一看肠一断，好去莫回头。

五三　吟元郎中白鬓诗兼饮雪水茶
　　　冷咏霜毛句，闲尝雪水茶。
　　　城中展眉处，只是有元家。

五四　寄王秘书
　　　霜菊花萎日，风梧叶碎时。
　　　怪来秋思苦，缘咏秘书诗。

五五　勤政楼西老柳
　　　半朽临风树，多情立马人。
　　　开元一株柳，长庆二年春。

五六　柳条词送别
　　　南陌伤心别，东风满把春。
　　　莫欺杨柳弱，劝酒胜于人。

五七　怨词
　　　夺宠心那惯，寻思倚殿门。
　　　不知移旧爱，何处作新恩。

五八　不睡
　　　焰短寒缸尽，声长晓漏迟。
　　　年衰自不睡，不是守三尸。

五九　宿阳城驿对月
　　　亲故寻回驾，妻孥未出关。

凤凰池上月，送我过商山。

六〇　山泉煎茶有怀
　　　坐酌泠泠水，看煎瑟瑟尘。
　　　无由持一碗，寄与爱茶人。

六一　吉祥寺见钱侍郎题名
　　　云雨三年别，风波万里行。
　　　秋心正萧索，况见故人名。

六二　城上
　　　城上隆隆鼓，朝衙复晚衙。
　　　为君慵不出，落尽绕城花。

六三　湖上夜饮
　　　郭外迎人月，湖边醒酒风。
　　　谁留使君饮？红烛在舟中。

六四　见李苏州示男阿武诗自感成咏
　　　遥羡青云里，祥鸾正引雏。
　　　自怜沧海畔，老蚌不生珠。

六五　鹤
　　　人各有所好，物固无常宜。
　　　谁谓尔能舞，不如闲立时。

六六　九日代罗樊二妓招舒著作
　　　罗敷敛双袂，樊姬献一杯。
　　　不见舒员外，秋菊为谁开？

六七　远师
　　　东宫白庶子，南寺远禅师。

六八　问远师
　　荤膻停夜食，吟咏散秋怀。
　　笑问东林老，诗应不破斋？

六九　池西亭
　　朱栏映晚树，金魄落秋池。
　　还似钱塘夜，西楼月出时。

七〇　访皇甫七
　　上马行数里，逢花倾一杯。
　　更无停泊处，还是觅君来。

七一　涂山寺独游
　　野径行无伴，僧房宿有期。
　　涂山来去熟，唯是马蹄知。

七二　逢旧
　　久别偶相逢，俱疑是梦中。
　　即今欢乐事，放盏又成空。

七三　恨词
　　翠黛眉低敛，红珠泪暗销。
　　从来恨人意，不省似今朝。

七四　池窗
　　池晚莲芳榭，窗秋竹意深。
　　更无人作伴，唯对一张琴。

七五　题周家歌者
　　清洁如敲玉，深圆似转簧。

一声肠一断,能有几多肠?

七六　萧庶子相过
　　半日停车马,何人在白家?
　　殷勤萧庶子,爱酒不嫌茶。

七七　酬裴相公见寄二首
　　①习静心方泰,劳生事渐希。
　　　可怜安稳地,舍此欲何归?
　　②一双垂翅鹤,数首解嘲文。
　　　总是迂闲物,争堪伴相君。

七八　恨去年
　　老去犹〔唯〕耽酒,春来不著家。
　　去年来校晚,不见洛阳花。

七九　叹槿花
　　朝荣殊可惜,暮落实堪嗟。
　　若向花中比,犹应胜眼花。

八〇　七年元日对酒五首
　　①庆吊经过懒,逢迎拜跪迟。
　　　不因时节易,岂觉此身衰。
　　②众老忧添岁,余衰喜入春。
　　　年开第七秩,屈指几多人?
　　③三杯蓝尾酒,一楪胶牙饧。
　　　除却崔常侍,无人共我争。
　　④今朝吴与洛,相忆一欣然。
　　　梦得君知否?俱过本命年。
　　⑤同岁崔何在?同年杜又无。

应无藏避处，只有且欢娱。

八一　微之敦诗晦叔相次长逝岿然自伤因成二绝
　　①并失鹓鸾侣，空留麋鹿身。
　　　只应嵩洛下，长作独游人。
　　②长夜君先去，残年我几何？
　　　秋风满衫泪，泉下故人多。

八二　尝新酒忆晦叔二首
　　①樽里看无色，杯中动有光。
　　　自君抛我去，此物共谁尝？
　　②世上强欺弱，人间醉胜醒。
　　　自君抛我去，此语更谁听？

八三　寄李相公
　　渐老只谋欢，虽贫不要官。
　　唯求造化力，试为驻春看。

八四　池上二绝
　　①山僧对棋坐，局上竹阴清。
　　　映竹无人见，时闻下子声。
　　②小娃撑小艇，偷采白莲回。
　　　不解藏踪迹，浮萍一道开。

八五　凭李睦州访徐凝山人
　　郡守轻诗客，乡人薄钓翁。
　　解怜徐处士，唯有李郎中。

八六　赠结之
　　欢爱今何在？悲啼亦是空。
　　同为一夜梦，共过十年中。

八七　琴
　　　置琴曲几上，慵坐但含情。
　　　何烦故挥弄，风弦自有声。

八八　题故元少尹集后二首
　　　①黄壤讵知我，白头徒忆君，
　　　　唯将老年泪，一洒故人文。
　　　②遗文三十轴，轴轴金玉声。
　　　　龙门原上土，埋骨不埋名。

八九　前亭〔庭〕凉夜
　　　露簟色似玉，风幌影如波。
　　　坐愁树叶落，中庭明月多。

九〇　早秋独夜
　　　井梧凉叶动，邻杵秋声发。
　　　独向檐下眠，觉来半床月。

九一　老戒
　　　我有白头戒，闻于韩侍郎。
　　　老多忧活计，病更恋班行。

九二　感事三首　元稹
　　　①为国谋羊舌，从来不为身。
　　　　此心长自保，终不学张陈。
　　　②自笑心何劣，区区辨所冤。
　　　　伯仁虽到死，终不向人言。
　　　③富贵年皆长，风尘旧转稀。
　　　　白头方见绝，遥为一霑衣。

九三　题翰林东阁前小松
　　檐碍修鳞亚，霜侵簇翠黄。
　　唯馀入琴韵，终待舜弦张。

九四　西还
　　悠悠洛阳梦，郁郁灞陵树。
　　落日正西归，逢君又东去。

九五　与乐天同葬杓直
　　元伯来相葬，山涛誓抚孤。
　　不知他日事，兼得似君无？

九六　旅眠
　　内外都无隔，帷屏不复张。
　　夜眠兼客坐，同在火炉床。

九七　合衣寝
　　良夕背灯坐，方成合衣寝。
　　酒畔夜未阑，几回颠倒枕。

九八　竹簟
　　竹簟衬重茵，未忍都令卷。
　　忆昨初来日，看君自施展。

九九　牡丹二首
　　①簇蕊风频坏，裁红雨更新。
　　　眼看吹落地，便别一年春。
　　②繁绿阴全合，衰红展渐难。
　　　风光一柂举，犹得暂时看。

一〇〇　象人
　　被色空成象，观空色异真。

自悲人是假,那复假为人。

一〇一　岁日
　　一日今年始,一年前事空。
　　凄凉百年事,应与一年同。

一〇二　赠熊士登
　　平生本多思,况复老逢春。
　　今日梅花下,他乡值故人。

一〇三　夏阳亭临望
　　望远音书绝,临川意绪长。
　　殷勤眼前水,千里到河阳。

一〇四　日高睡
　　隔是身如梦,频来不为名。
　　怜君近南住,时得到山行。

一〇五　辋川
　　世累为身累,闲忙不自由。
　　殷勤辋川水,何事出山流?

一〇六　天坛归
　　为结区中累,因辞洞里花。
　　还来旧城郭,烟火万人家。

一〇七　雨后
　　倦寝数残更,孤灯暗又明。
　　竹梢馀雨重,时复拂帘惊。

一〇八　晴日
　　多病苦虚羸,晴明强展眉。

读书心绪少，闲卧日长时。

一〇九　直台
　　麇入神羊队，乌惊海鹭眠。
　　仍教百馀日，迎送直厅前。

一一〇　行宫
　　寥落古行宫，宫花寂寞红。
　　白头宫女在，闲坐说玄宗。

一一一　醉行
　　秋风方索漠，霜貌足睽携。
　　今日骑骢马，街中醉踏泥。

一一二　指巡胡
　　遣闷多凭酒，公心只仰胡。
　　挺身唯直指，无意独欺愚。

一一三　饮新酒
　　闻君新酒熟，况值菊花秋。
　　莫怪平生志，图销尽日愁。

一一四　香毬
　　顺俗唯团转，居中莫动摇。
　　爱君心不恻，犹讶火长烧。

一一五　嘉陵水
　　尔是无心水，东流有恨无？
　　我心无说处，也共尔何殊？

一一六　漫天岭赠僧
　　五上两漫天，因师忏业缘。

漫天无尽日，浮世有穷年。

一一七　百牢关
天上无穷路，生期七十间。
那堪九年内，五度百牢关。

一一八　二月十九日酬王十八全素
君念世上川，嗟予老瘴天。
那堪十日内，又长白头年。

一一九　古筑城曲五解
①年年塞下丁，长作出塞兵。
　自从冒顿强，官筑遮虏城。
②筑城须努力，城高遮得贼。
　但恐贼路多，有城遮不得。
③丁口传父口，莫问城坚不。
　平城被虏围，汉剧城墙走。
④因兹请休和，虏骑往来过。
　半疑兼半信，筑城犹嵯峨。
⑤筑城安敢烦，愿听丁一言。
　请筑鸿胪寺，兼愁虏出关。

一二〇　逢白公
远路事无限，相逢唯一言。
月色照荣辱，长安千万门。

一二一　寓兴二首　刘禹锡
①常谈即至理，安事非常情。
　寄语何平叔，无为轻老生。
②世途多礼数，鹏鷃各逍遥。

何事陶彭泽，抛官为折腰？

一二二　古调二首
　　①轩后初冠冕，前旒为蔽明。
　　　安知从复道，然后见人情。
　　②簿领乃俗士，清谈信古风。
　　　吾观苏令绰，朱墨一何工？

一二三　红柿子
　　晓连星影出，晚带日光悬。
　　本因遗采掇，翻自保天年。

一二四　经檀道济故垒
　　万里长城坏，荒营野草秋。
　　秣陵多士女，犹唱《白符鸠》。

一二五　君山怀古
　　属车八十一，此地祖长风。
　　千载威灵尽，赭山寒水中。

一二六　敬酬微公见寄二首
　　①凄凉沃洲僧，憔悴柴桑宰。
　　　别来二十年，唯馀两心在。
　　②越江千里镜，越岭四时雪。
　　　中有逍遥人，夜深观水月。

一二七　戏和吕八郡内书怀
　　文苑振金声，循良冠百城。
　　不知今史氏，何处列君名？

一二八　咏史二首
　　①骠骑非无势，少卿终不去。

　　　　世道剧颓波，我心如砥柱。
　　　②贾生明王道，卫绾工车戏。
　　　　同遇汉文时，何人居贵位？

一二九　庭竹
　　　　露涤铅粉节，风摇青玉枝。
　　　　依依似君子，无地不相宜。

一三〇　甘棠馆二首
　　　①公馆似仙家，池清竹径斜。
　　　　山禽忽惊起，冲落半岩花。
　　　②门前洛阳道，门里桃源路。
　　　　尘土与烟霞，其间十馀步。

一三一　饮酒看牡丹
　　　　今日花前饮，甘心醉数杯。
　　　　但愁花有语，不为老人开。

一三二　纪南歌
　　　　风烟纪南城，尘土荆门路。
　　　　天寒多猎骑，走上樊姬墓。

一三三　荆州歌二首
　　　①渚宫杨柳暗，麦城朝雉飞。
　　　　可怜踏青伴，乘暖著轻衣。
　　　②今日好南风，商旅相催发。
　　　　沙头樯竿上，始见春江阔。

一三四　视刀环歌
　　　　常恨言语浅，不如人意深。
　　　　今朝两相视，脉脉万重心。

一三五　三阁词四首
　　①贵人三阁上，日晏未梳头。
　　　不应有恨事，娇甚却成愁。
　　②珠箔曲琼钩，子细见扬州。
　　　北兵那得度，浪语判悠悠。
　　③沉香帖阁柱，金缕画门楣。
　　　回首降幡下，已见黍离离。
　　④三人出晋井，一身登槛车。
　　　朱门漫临水，不可见鲈鱼。

一三六　淮阴行五首
　　①簇簇淮阴市，竹楼缘岸上。
　　　好日起樯竿，乌飞惊五两。
　　②今日转船头，金乌指西北。
　　　烟波与春草，千里同一色。
　　③船头大铜镮，摩挲光陈陈。
　　　早晚便风来，沙头一眼认。
　　④何物令侬羡？羡郎船尾燕。
　　　衔泥趁樯竿，宿食长相见。
　　⑤隔浦望行船，头昂尾戁戁。
　　　无奈脱菜时，清淮春浪软。

一三七　浑侍中宅牡丹
　　径尺千馀朵，人间有此花。
　　今朝见颜色，更不向诸家。

一三八　秋风引
　　何处秋风至，萧萧送雁群。
　　朝来入庭树，孤客最先闻。

一三九　柳花词三首
　　①开从绿条上，散逐香风远。
　　　故取花落时，悠扬占春晚。
　　②轻飞不假风，轻落不委地。
　　　撩乱舞晴空，发人无限思。
　　③晴天黯黯雪，来送青春暮。
　　　无意似多情，千家万家去。

一四〇　路傍曲
　　南山宿雨晴，春入凤凰城。
　　处处闻弦管，无非送酒声。

一四一　纥那曲词二首
　　①杨柳郁青青，竹枝无限情。
　　　周郎一回顾，听唱《纥那》声。
　　②踏曲兴无穷，调同词不同。
　　　愿郎千万寿，长作主人翁。

一四二　伤段右丞
　　江海多豪气，朝廷有直声。
　　何言马蹄下，一旦是佳城。

一四三　伤独孤舍人
　　昔别矜年少，今悲丧国华。
　　远来同社燕，不见早梅花。

一四四　伤庞京兆
　　京兆归何处？章台空暮尘。
　　可怜鸾镜下，哭杀画眉人。

一四五　鄂渚留别李表臣
　　高樯起行色，促柱动离声。
　　欲问江深浅？应如远别情。

一四六　答表臣赠别二首
　　昔为瑶池侣，飞舞集蓬莱。
　　今作江汉别，风雪一徘徊。
　　嘶马立未还，行舟路将转。
　　江头暝色深，挥袖依稀见。

一四七　答柳子厚
　　年方伯玉早，恨比四愁多。
　　会待休车骑，相随出罻罗。

一四八　始发鄂渚寄表臣二首
　　①祖帐管弦绝，客帆西风生。
　　　回车已不见，犹听马嘶声。
　　②晓发柳林戍，遥城闻五鼓。
　　　忆与故人眠，此时犹晤语。

一四九　出鄂州界怀表臣二首
　　①离席一挥杯，别愁今尚醉。
　　　迟迟有情处，却恨江帆驶。
　　②梦觉疑连榻，舟行忽千里。
　　　不见黄鹤楼，寒沙雪相似。

一五〇　和游房公旧竹亭闻琴
　　尚有竹间路，永无綦下尘。
　　一闻流水曲，重忆餐霞人。

一五一　和西川李尚书知与元武昌有旧远示二篇
　　①如何赠琴日，已是绝弦时。
　　　无复双金报，空馀挂剑悲。
　　②宝匣从此闭，朱弦谁复调？
　　　只应随玉树，同向土中销。

一五二　别苏州二首
　　①三载为吴郡，临歧祖帐开。
　　　虽非谢桀黠，且为一徘徊。
　　②流水阊门外，秋风吹柳条。
　　　从来送客去，今日自魂销。

一五三　罢和州游建康
　　秋水清无力，寒山暮多思。
　　官闲不计程，遍上南朝寺。

一五四　九日登高
　　世路山河险，君门烟雾深。
　　年年上高处，未省不伤心。

一五五　叹疆场　孟郊
　　闻道行人至，妆梳对镜台。
　　泪痕犹尚在，笑靥自然开。

一五六　归信吟
　　泪墨洒为书，将寄万里亲。
　　书去魂亦去，兀然空一身。

一五七　古怨
　　试妾与君泪，两处滴池水。
　　看取芙蓉花，今年为谁死？

一五八　闺怨
　　妾恨比斑竹，下盘烦冤根。
　　有笋未出土，中已含泪痕。

一五九　古意
　　河边织女星，河畔牵牛郎。
　　未得渡清浅，相对遥相望。

一六〇　乐府戏赠陆大夫十二丈三首
　　①莲子不可得，荷花生水中。
　　　犹胜道傍柳，无事荡春风。
　　②绿萍与荷叶，同此一水中。
　　　风吹荷叶在，绿萍西复东。
　　③莲叶〔花〕未开时，苦心终日卷。
　　　春水徒荡漾，荷花未开展。

一六一　再下第
　　一夕九起嗟，梦短不到家。
　　两度长安陌，空将泪见花。

一六二　渭上思归
　　独访千里信，迥临千里河。
　　家在吴楚乡，泪寄东南波。

一六三　朔风邀花伴
　　边地春不足，十里见一花。
　　及时须邀游，日暮饶风沙。

一六四　看花
　　独游终难醉，挈榼徒经过。
　　闲花不解语，劝得酒无多。

一六五　过彭泽
　　扬帆过彭泽，舟人讶叹息。
　　不见种柳人，霜风空寂历。

一六六　旅行
　　楚水结冰薄，楚云为雨微。
　　野梅参差发，旅榜逍速归。

一六七　送柳淳
　　青山临黄河，下有长安道。
　　世上名利人，相逢不知老。

一六八　征妇怨三首
　　①良人昨日去，明月又不圆。
　　　别时各有泪，零落青楼前。
　　②生在丝萝下，不识渔阳道。
　　　良人自戍东，夜夜梦中到。
　　③渔阳千里道，近如中门限。
　　　中门踰有时，渔阳长在眼。

一六九　古别离
　　欲别牵郎衣，郎今到何处？
　　不恨归来迟，莫向临邛去。

一七〇　古兴
　　楚血未干衣，荆虹尚埋晖。
　　痛玉不痛身，抱璞求所归。

一七一　游子
　　萱草生堂阶，游子行天涯。
　　慈亲〔母〕倚堂前〔门〕，不见萱草花。

一七二　看花
　　三年此村落，春色入心悲。
　　料得一孀妇，经时独泪垂。

一七三　赠契公
　　师住青山寺，清华常绕身。
　　虽然到城郭，衣上不栖尘。

一七四　留弟郢不得送之江南
　　刚有下水船，白日留不得。
　　老人独自归，苦泪满眼黑。

一七五　春雨
　　朝见一片云，暮成千里雨。
　　凄清湿高枝，散漫沾荒土。

一七六　春后雨
　　昨夜一霎雨，天意苏群物。
　　何物最先知？虚庭草争出。

一七七　别落花　刘言史
　　风艳霏霏去，羁人处处游。
　　明年纵相见，不在此枝头。

一七八　立秋
　　兹晨戒流火，商飙早已惊。
　　云天收夏色，木叶动秋声。

一七九　老恨　刘叉
　　风打杉雪残，补书书不完。
　　懒学渭上翁，辛苦把竹竿。

一八〇　独饮
　　尽欲调大羹，自古无好手。
　　所以山中人，兀兀但饮酒。

一八一　赠姚秀才小剑
　　一条万古水，向我手心流。
　　临行泻赠君，勿荡〔薄〕细碎仇。

一八二　嘲荆卿
　　白虹千里气，颈血一剑义。
　　报恩不到头，徒作轻生事。

一八三　与孟东野
　　寒衣草木皮，饥食草木根。
　　不为孟夫子，岂识市井门。

一八四　爱碣石山
　　碣石何青青，挽我双眼睛。
　　爱尔多古峭，不到人间行。

一八五　代牛言
　　渴饮颍川水，饿喘吴门月。
　　黄金如可种，我力终不歇。

一八六　饿咏
　　文王久不出，贤士如土贱。
　　妻孥从饿死，敢爱黄金篆。

一八七　宿云亭寺　张籍
　　清净当深处，虚明向远开。
　　卷帘无俗客，应只见云来。

一八八　桃坞
　　春坞桃花发，多将野客游。
　　日西殊未厌，看望酒缸头。

一八九　竹岩
　　独入千竿里，缘岩踏石层。
　　笋头齐欲出，更不许人登。

一九〇　胡芦沼
　　曲沼春流满，新蒲映野鹅。
　　闲斋朝饭后，拄杖绕行多。

一九一　隐月岫
　　月出深峰里，清凉夏亦寒。
　　每嫌西落疾，不得到明看。

一九二　琵琶台
　　台上绿萝春，闲登不待人。
　　每当休暇日，著履戴玄巾。

一九三　梅溪
　　自爱新梅好，行寻一径斜。
　　不教人扫石，恐损落来花。

一九四　绣衣石榻
　　山城无别味，药草兼鱼果。
　　时到绣衣人，同来石上坐。

一九五　茶岭
　　紫芽连白蕊，初向岭头生。
　　自看家人摘，寻常触露行。

一九六　上士泉瓶
　　阶上一眼泉，四边青石瓮。
　　唯有护净僧，添瓶将盥漱。

一九七　流杯渠
　　渌酒白螺杯，随流去复回。
　　似知人把处，各向面前来。

一九八　盘石磴
　　垒石盘空远，层层势不危。
　　不知行几匝，得到上头时。

一九九　寄西峰僧
　　松暗水涓涓，夜凉人未眠。
　　西峰月犹在，遥忆草堂前。

二〇〇　禅师
　　独在西峰顶，年年闭石房。
　　定中无弟子，人到为焚香。

二〇一　送远客
　　憔悴远归客，殷勤欲别杯。
　　九星坛下露，几日见重来？

二〇二　题晖禅师影堂
　　早日欲参禅，竟无相识缘。
　　道场今独到，惆怅影堂前。

二〇三　惜花
　　山中春已晚，处处见花稀。
　　明日来应尽，林间宿不归。

二〇四　泾州塞
　　行到泾州塞，唯闻羌戍鼙。
　　道边双古堠，犹记向安西。

二〇五　岸花
　　可怜岸边树，红蕊发青条。
　　东风吹度水，冲着木兰桡。

二〇六　别于鹄
　　离灯及晨晖，行人起复思。
　　出门两相顾，青山路逶迤。

二〇七　野中
　　幕幕野田草，草中牛羊道。
　　古墓无子孙，白杨不得老。

二〇八　幼女词　　施肩吾
　　幼女才六岁，未知巧与拙。
　　向夜在堂前，学人拜新月。

二〇九　买地词
　　买地不惜钱，为多芳桂丛。
　　所期在清凉，坐起闻香风。

二一〇　弋阳访古
　　行逢葛溪水，不见葛仙人。
　　空抛青竹杖，咒作葛陂神。

二一一　幽居乐
　　万籁不在耳，寂寥心境清。
　　无妨茎莲竹，时有萧萧声。

二一二　湘川怀古
　　　湘水终日流，湘妃昔时哭。
　　　美色已成尘，泪痕犹在竹。

二一三　秋山吟
　　　夜吟秋山上，袅袅秋风归。
　　　月色清且冷，桂香落人衣。

二一四　寒衣
　　　三复招隐吟，不知寒夜深。
　　　看看西来月，移到青天心。

二一五　惜花
　　　落尽万株红，无人解系风。
　　　今朝芳径里，惆怅锦机空。

二一六　冲夜行
　　　夜行无月时，古路多荒榛。
　　　山鬼遥把火，自照不照人。

二一七　夜愁曲
　　　歌者歌未绝，愁人愁转增。
　　　空把琅玕枝，强挑无心灯。

二一八　杂古词五首
　　　①可怜江北女，惯唱江南曲。
　　　　摇荡木兰舟，双凫不成浴。
　　　②郎为匕上香，妾作笼下灰。
　　　　归时即暖热，去罢生尘埃。
　　　③夜裁鸳鸯绮，朝织蒲桃绫。
　　　　欲试一寸心，待逢三尺冰。

④怜时鱼得水，怨罢商与参。
　　不如山栀子，却能结同心。
⑤红颜感暮花，白日同流水。
　　思君若孤灯，一夜一心死。

二一九　湘竹词
　　万古湘江竹，无穷奈怨何？
　　年年长春笋，只是泪痕多。

二二〇　观花后游慈恩寺
　　世事知难了，应须问苦空。
　　羞将看花眼，来入梵王宫。

二二一　乞巧词
　　乞巧望星河，双双并绮罗。
　　不嫌针眼小，只道月明多。

二二二　不见来词
　　乌鹊语千回，黄昏不见来。
　　漫教脂粉匣，闭了又重开。

二二三　夜起来
　　香销连理带，尘覆合欢杯。
　　懒卧相思枕，愁吟夜起来。

二二四　笑卿卿词
　　笑向卿卿道，耽书夜夜多。
　　出来看玉兔，又欲过银河。

二二五　感遇词
　　一种貌如仙，人情要自偏。
　　罗敷有底好，最得使君怜。

二二六　及第后夜访月仙子
　　　自喜寻幽夜，新当及第年。
　　　还将天上桂，来访月中仙。

二二七　定情乐二首
　　　①敢嗟君不怜，自是命不谐。
　　　　着破三条裙，却还双股钗。
　　　②感郎双条脱，新破八幅绡。
　　　　不惜榆荚钱，买人金步摇。

二二八　宿南一上人山房
　　　窗牖月色多，坐卧禅心静。
　　　青鬼来试人，夜深弄灯影。

二二九　兰渚泊
　　　家在洞水西，身作兰渚客。
　　　天昼无纤云，独坐空江碧。

二三〇　经吴真君旧宅
　　　古仙炼丹处，不测何岁年。
　　　至今空宅基，时有五色烟。

二三一　古相思
　　　十访九不见，甚于菖蒲花。
　　　可怜云中月，今夜堕我家。

二三二　瀑布
　　　豁开青冥颠，泻出万丈泉。
　　　如裁一条素，白日悬秋天。

二三三　秋洞宿
　　　夜深秋洞里，风雨报龙归。

何事触人睡，不教蝴蝶飞。

二三四　登郭隗台　皇甫松
　　燕相谋在兹，积金黄巍巍。
　　上者欲何颜，使我千载悲。

二三五　劝僧酒
　　劝僧一杯酒，共看青青山。
　　酣然万象灭，不动心即闲。

第七卷　五言七　中唐四

（共三百一十三首）

一　醉后　权德舆
　　美禄与贤人，相逢自可亲。
　　愿将花柳月，尽赏醉乡春。

二　山下泉
　　漾漾带山光，澄澄倒林影。
　　那知石上喧，却忆山中静。

三　和邵端公
　　莫羡檐前柳，春风独蚤归。
　　阳和次第发，桃李更芳菲。

四　李韶州书论释氏州有能公遗迹诗以问之
　　常日区中暇，时闻象外言。
　　曹溪有宗旨，一为勘心源。

五　岭上逢久别者又别
　　十年曾一别，征旆此相逢。
　　马首向何处？夕阳千万峰。

六　敷水驿
　　空见水名敷，秦楼昔事无。

临风驻征驿，聊复捋髭须。

七　次滕老庄
　　征途无旅馆，当昼喜逢君。
　　羸病仍留客，朝朝扫白云。

八　晓（总题"江行四首"）
　　晓风摇五两，残月映石壁。
　　稍稍曙光开，片帆在空碧。

九　昼
　　孤舟漾暖景，独鹤下秋空。
　　安流正日昼，浮绿天无风。

一〇　晚
　　古树夕阳尽，空江暮霭收。
　　寂寞扣舷坐，独生千里愁。

一一　夜
　　猿声到枕上，愁梦纷难理。
　　寂寂深夜寒，清霜落秋水。

一二　感南阳墓
　　枯荄没古墓，驳藓蔽丰碑。
　　向晚微风起，如闻坐啸时。

一三　春日雪酬潘侍郎回文
　　酒杯春醉好，飞雪晚庭闲。
　　久忆同前赏，中秋对远山。

一四　相思树
　　家远江东道，身对江南春。

空见相思树，不见相思人。

一五　九日
　　重九共欢娱，秋光景气殊。
　　他时头似雪，还对插茱萸。

一六　中书送敕赐斋馔戏酬内
　　常日每齐眉，今朝共解颐。
　　遥知大官膳，应与众雏嬉。

一七　敕赐长寿酒
　　恩霑长寿酒，归遗同心人。
　　满酌共君醉，一杯千万春。

一八　玉台体十首
　　①隐映罗衫薄，轻盈玉腕圆。
　　　相逢不肯语，微笑画屏前。
　　②知向辽东去，由来几许愁？
　　　破颜君莫怪，娇小不禁羞。
　　③楼上吹箫罢，闺中刺绣阑。
　　　佳期不可见，尽日泪潺潺。
　　④睡足珊瑚枕，魂销玳瑁床。
　　　罗衣不忍着，羞见绣鸳鸯。
　　⑤君去期花时，花时君不至。
　　　檐前双燕飞，落妾相思泪。
　　⑥空闺灭烛夜，罗幌独眠时。
　　　泪尽肠欲断，心知人不知。
　　⑦秋风一夜至，吹尽后庭花。
　　　莫作经时别，西邻是宋家。
　　⑧独自披衣坐，更深月露寒。

隔簾肠欲断，争敢下阶看。
　　⑨昨夜裙带解，今朝蟢子飞。
　　　铅华不可弃，莫是槁砧归。
　　⑩万里行人至，深闺夜未眠。
　　　双眉灯下扫，不待镜台前。

一九　夏至日作
　　　璇枢无停运，四序相错行。
　　　寄言赫曦景，今日一阴生。

二〇　知非
　　　名教自可乐，搢绅贵行道。
　　　何必学狂歌，深山对丰草。

二一　太平词二首　王涯
　　①风俗今和厚，君王在穆清。
　　　行看探花曲，尽是太阶平。
　　②圣德超千古，皇威静四方。
　　　苍生今息战，无事觉时长。

二二　游春曲二首
　　①万树江边杏，新开一夜风。
　　　满园深浅色，照在绿波中。
　　②上苑何穷树，花开次第新。
　　　香车与丝骑，风静亦生尘。

二三　送春词
　　　日日人空老，年年春更归。
　　　相欢在尊酒，不用惜花飞。

二四　陇上行
　　　负剑到边州，鸣笳度陇头。
　　　云黄知塞近，草白见边秋。

二五　塞上曲二首
　　　①天骄远塞行，鞘里宝刀鸣。
　　　　定是酬恩日，今朝觉命轻。
　　　②塞虏常为敌，边风已报秋。
　　　　平生多志气，箭底觅封侯。

二六　从军行二首
　　　①旅甲从军久，风云识阵难。
　　　　今朝拜韩信，计日斩成安。
　　　②燕颔多奇相，狼头敢犯边。
　　　　寄言班定远，正是立功年。

二七　闺人寄远五首
　　　①花明绮陌春，柳拂御沟新。
　　　　为报辽阳客，流芳不待人。
　　　②远戍功名薄，幽闺年貌伤。
　　　　妆成对春树，不语泪千行。
　　　③啼莺绿树深，语燕雕梁晚。
　　　　不省出门行，沙场知近远？
　　　④形影一朝别，烟波千里分。
　　　　君看望君处，只是起行云。
　　　⑤洞房今夜月，如练复如霜。
　　　　为照离人恨，亭台到晓光。

二八　宫中乐五首　　令狐楚
　　　①楚塞金陵靖，巴山玉垒空。

万方无一事，端拱大明宫。
②雪霁长杨苑，冰开太液池。
　　宫中行乐日，天下盛明时。
③柳色烟相似，梨花雪不如。
　　春风真有意，一一丽皇居。
④月上宫花静，烟含苑树深。
　　银台门已闭，仙漏夜沉沉。
⑤九重青琐闼，百尺碧云楼。
　　明月秋风起，珠簾上玉钩。

二九　游春词三首
①晓游临碧殿，日上望春亭。
　　芳树罗仙仗，青山展翠屏。
②一夜好风吹，新花一万株。
　　风前调玉管，花下簇金羁。
③阊阖春风起，蓬莱雪水消。
　　相将折杨柳，争取最长条。

三〇　远别离二首
①杨柳黄金穗，梧桐碧玉枝。
　　春来消息断，蚤晚是归期？
②玳织鸳鸯履，金装翡翠簪。
　　畏人相借问，不拟到城南。

三一　长相思二首
①君行登陇上，妾梦在闺中。
　　玉筯千行落，银床一半空。
②几度春眠觉，纱窗晓望迷。
　　朦胧残梦里，独自在辽西。

三二　从军行五首
　　①荒鸡隔水啼，汗马逐风嘶。
　　　终日随征旆，何时罢鼓鼙？
　　②孤心眠夜雪，满眼是秋沙。
　　　万里犹防塞，三年不见家。
　　③却望冰河阔，前登雪岭高。
　　　征人几多在？又拟战临洮。
　　④胡风千里惊，汉月五更明。
　　　纵有还家梦，犹闻出塞声。
　　⑤暮雪连青海，阴霞覆白山。
　　　可怜班定远，生入玉门关。

三三　思君恩三首
　　①小苑莺歌歇，长门蝶舞多。
　　　眼看春又去，翠辇不曾过。
　　②鸡鸣天汉晓，莺语禁林春。
　　　谁入巫山梦？唯应洛水神。
　　③紫禁香如雾，青天月似霜。
　　　云韶何处奏？只是在昭阳。

三四　王昭君二首
　　①锦车天外去，毳幕雪中开。
　　　魏阙苍龙远，萧关赤雁哀。
　　②仙娥今下嫁，骄子自同和。
　　　剑戟归田尽，牛羊绕塞多。

三五　春日雪回文绝句　潘孟阳
　　春梅杂落雪，发树几花开？
　　真须尽兴饮，仁里愿同来。

三六　和潘孟阳回文绝句　张荐
　　迟迟日气暖，漫漫雪天春。
　　知君欲醉饮，思见此交亲。

三七　偶题　殷尧藩
　　越女收龙眼，蛮儿拾象牙。
　　长安千万里，走马送谁家？

三八　贫女　张碧
　　岂是昧容华？岂不知机织？
　　自是生寒门，良媒不相识。

三九　幽思
　　金炉烟霭微，银釭残影灭。
　　出户独徘徊，落花满明月。

四〇　李舍人惠家醖　窦牟
　　禁锁天浆嫩，虞行夜月寒。
　　一瓢那可醉，应遣试尝看。

四一　草堂夜坐　窦群
　　匣中三尺剑，天上少微星。
　　勿谓相去远，壮心曾不停。

四二　观画鹤
　　华亭不相识，卫国复谁知？
　　怅望冲天羽，甘心任画师。

四三　游仙词　窦巩
　　海上神山绿，溪边杏树红。
　　不知何处去，月照玉楼空。

四四　新成小亭月夜　　熊孺登
　　已被月知处，斩新风到来。
　　无人伴幽境，多取木兰栽。

四五　赠韦征君　李约
　　我有心中事，不向〔与〕韦三说。
　　秋夜洛阳城，明月照张八。

四六　送萧校书　朱庆馀
　　马识青山路，人随白浪船。
　　别君犹有泪，学道漫经年。

四七　宿道士观
　　堂闭仙人影，空坛月露初。
　　闲听道家子，盥漱读灵书。

四八　送陈标
　　满酌劝童仆，好随郎马蹄。
　　春风戒行李，莫上白铜鞮。

四九　重阳宴百花亭
　　闲携九日酒，共到百花亭。
　　醉里求诗境，回看岛屿青。

五〇　酬李躔侍御
　　此去非关兴，君行不当游。
　　无因两处马，共饮一溪流。

五一　别李侍御后亭夜坐却寄
　　已作亭下别，未忘灯下情。
　　吟多欲就枕，更漏转分明。

五二　天长路别朱大　李躔
　　驿骑难随伴，寻山半忆君。
　　苍崖残月路，犹数过溪云。

五三　酬朱大
　　十夜郡城宿，苦吟身未闲。
　　那堪西郭别，雪路问看山。

五四　送客往睦州　杨凌
　　水阔尽天南〔南天〕，孤舟去渺然。
　　惊秋路傍客，日暮数声蝉。

五五　送客之蜀
　　西蜀三千里，巴南水一方。
　　晓云天际断，夜月峡中长。

五六　剡溪看花
　　花落千回舞，莺声百啭歌。
　　还同异方乐，不奈客愁多。

五七　江中风
　　白浪暗江中，南零路不通。
　　高樯帆自满，出浦莫呼风。

五八　破扇
　　粉落空床弃，尘生故箧留。
　　先来无一半，情断不胜愁。

五九　贾客怨
　　山水路悠悠，逢滩即滞〔殢〕留。
　　西江风未便，何日到荆州？

六〇　留别　杨凝
　　玉节随东阁，金闺别旧僚。
　　若为花满寺，跃马上河桥。

六一　送客往洞庭
　　九江归路远，万里客船〔舟〕还。
　　若过巴江水，湘东满碧烟。

六二　别友人
　　倦客惊危路，伤禽绕树枝。
　　非逢暴公子，不敢涕流离。

六三　初度淮北岸
　　别梦虽难觉，悲魂最易销。
　　殷勤淮北岸，乡近去家遥。

六四　咏雨
　　尘裹多人路，泥归足燕家。
　　可怜撩〔缭〕乱点，湿尽满宫花。

六五　柳絮
　　河畔多杨柳，追游尽狭斜。
　　春风一回送，乱入莫愁家。

六六　花枕
　　席上沉香枕，楼中荡子妻。
　　那堪一夜里，长湿两行啼。

六七　思妇　李愿
　　良人久不至，惟恨锦屏孤。
　　憔悴衣宽日，空房问女巫。

六八　边城柳　刘皂
　　一株新柳色，十里断孤城。
　　为近东西路，长悬离别情。

六九　江行　柳中庸
　　繁阴乍隐洲，落叶初飞浦。
　　萧萧楚客帆，暮入寒江雨。

七〇　春情　张起
　　画阁馀寒在，新年旧燕归。
　　梅花犹带雪，未得试春衣。

七一　寻人偶题　邵真
　　日昃不复午，落花难归树。
　　人生能几何？莫餍〔厌〕相逢遇。

七二　自君之出矣　雍裕之
　　自君之出矣，宝镜为谁明？
　　思君如陇水，长闻呜咽声。

七三　剪䌽花
　　敢竞桃李色，自呈刀尺功。
　　蝶犹迷剪翠，人岂辨裁红？

七四　三月晦日送客
　　野酌乱无巡，送君兼送春。
　　明年春色至，莫作未归人。

七五　四气
　　春禽犹竞啭，夏木忽交阴。
　　稍觉秋山远，俄惊冬霰深。

七六　四色四首
　　①壶中冰始结，盘上露初圆。
　　　何意瑶池雪，欲夺鹤毛鲜。
　　②道士牛已至，仙家鸟亦来。
　　　骨为神不朽，眼向故人开。
　　③劳舫莲渚内，汗马火旂间。
　　　平生血诚尽，不独左轮殷。
　　④已见池尽墨，谁言突不黔。
　　　漆身恩未报，貂裘弊岂嫌。

七七　大言
　　四溟杯渌醑，五岳髻青螺。
　　挥汗曾成雨，画地亦成河。

七八　细言
　　蚊眉自可托，蜗角岂劳争。
　　欲效丝毫力，谁知蝼蚁诚？

七九　山中桂
　　八树拂丹霄，四时青不凋。
　　秋风何处起，先袅最长条。

八〇　芦花
　　夹岸复连沙，枝枝摇浪花。
　　月明浑似雪，无处认渔家。

八一　江边柳
　　袅袅古堤边，青青一树烟。
　　若为丝不断，留取系郎船。

八二　江上山
　　绮霞明赤岸，锦缆绕丹枝。
　　楚客正愁绝，西风且莫吹。

八三　游丝
　　游丝何所似？应最似春心。
　　一向风前乱，千条不可寻。

八四　柳絮
　　无风才到地，有风还满空。
　　缘渠偏似雪，莫近鬓毛生。

八五　残莺
　　花闲莺亦懒，不语似含情。
　　何言百啭舌，唯馀一两声。

八六　早蝉
　　一声清溽暑，几处促流年。
　　志士心偏苦，初闻独泫然。

八七　秋蛩
　　雨绝苍苔地，月斜青草阶。
　　蛩鸣谁不怨，况是正离怀。

八八　江上闻猿
　　枫岸月斜明，猿啼旅梦惊。
　　愁多肠易断，不待第三声。

八九　折柳赠行人
　　那言柳乱垂，尽日任风吹。
　　欲识千条恨，和烟折一枝。

九〇　题蒲葵扇
　　　倾心曾向日，在手幸摇风。
　　　羡尔逢提握，知名自谢公。

九一　赠苦行僧
　　　幽深红叶寺，清净白毫僧。
　　　古殿长鸣磬，低头礼昼灯。

九二　迎内子题庭花　卢储
　　　芍药斩新栽，当庭数朵开。
　　　东风与拘束，留待细君来。

九三　送僧南游　鲍溶
　　　且攀隋宫柳，莫惜江南春。
　　　师有怀乡志，未为无事人。

九四　玉清坛
　　　上阳宫里女，玉色楚人多。
　　　西信无因得，东游奈乐何。

九五　酬江公见寄
　　　曾答雁门偈，为怜同社人。
　　　多惭惠休日，偕得此阳春。

九六　酬范侍御六首
　　　①云鬟凤文钿，对君歌少年。
　　　　万金酬一醉，莫惜十千钱。
　　　②玉管倾杯乐，春园斗草惊。
　　　　野花无限意，处处逐行人。
　　　③闻道山中酒，一杯千日醒。
　　　　黄莺似传语，劝酒太丁宁。

④红袂歌声起,因君始得闻。
　黄昏小垂手,与我驻浮云。
⑤相劝醉年华,莫醒春日斜。
　春风宛陵道,万里晋阳花。
⑥岁日劝屠苏,楚声山鹧鸪。
　春风入君意,千日不须臾。

九七　山居
　窈窕垂涧萝,蒙茸采葛花。
　鸳鸯怜碧水,照影舞金沙。

九八・送灵一上人　陈羽
　十年劳远别,一笑喜相逢。
　又上青山去,青山千万重。

九九　梁城老人怨
　朝为耕种人,暮作刀枪鬼。
　相看父子血,共染城壕水。

一〇〇　和舍弟恭惜花　吕温
　去岁无花看,今年未看花。
　更闻飘落尽,走马向谁家?

一〇一　浴后赠主人
　新浴振轻衣,满堂寒月色。
　主人有美酒,况是曾相识。

一〇二　吐蕃馆月夜
　三五穷荒月,还应照北堂。
　回身向暗卧,不忍见圆光。

一〇三　题梁宣帝陵二首
　　①即仇终自剪，覆国岂为雄？
　　　假号孤城里，何殊在甬东？
　　②祀夏功何薄，尊周义不成。
　　　凄凉庾信赋，千载共伤情。

一〇四　雪中送杨七
　　愁云重拂地，飞雪乱遥程。
　　莫虑前山暗，归人眼自明。

一〇五　衡州早春二首
　　①碧水何逶迤，东风吹莎草。
　　　烟波千万曲，不辨嵩阳道。
　　②病肺不饮酒，伤心不看花。
　　　唯惊望乡处，犹自隔长沙。

一〇六　书怀寄刘连州窦夔州
　　朱邑何为者？桐乡有古祠。
　　我心常所慕，二郡老人知。

一〇七　偶作二首
　　①栖栖复汲汲，忽觉年四十。
　　　今朝满衣泪，不是伤春泣。
　　②中夜兀然坐，无言空涕洟。
　　　丈夫志气事，儿女安得知？

一〇八　听笼中山鹊
　　掩抑冲天意，栖怆触笼音。
　　惊晓一闻处，伤春千里心。

一〇九　巩路感怀
　　马嘶白日暮,剑鸣秋气来。
　　我心浩无际,河上空徘徊。

一一〇　楚州追制后舍弟长安失囚花下共饮
　　天子收郡印,京兆责狱囚。
　　狂兄与狂弟,不解对花愁。

一一一　更著实词　沈询
　　莫打南来雁,从他向北飞。
　　打时双打取,莫遣两分离。

一一二　蜀门与林蕴分路　欧阳詹
　　村步如延寿,川原似福平。
　　无人相共识,独自故乡情。

一一三　读《周太公传》
　　论兵去商虐,讲德兴周道。
　　屠沽未遇时,岂异兹川老?

一一四　题西施浣纱石　胡幽贞
　　一朝入紫宫,万古遗芳尘。
　　至今溪边花,不敢娇青春。

一一五　归四明
　　海色连四明,仙舟去容易。
　　天籁岂辄问,不是卑朝士。

一一六　题僧院二首　吕群
　　①路行三蜀尽,身及一阳生。
　　赖有残灯火,相依坐到明。

②社后辞巢燕，霜前别蒂蓬。
愿为蝴蝶梦，飞去觅关中。

一一七　贡院寄前主司　吕渭
独坐贡闱里，愁心芳草生。
山公昨夜事，应见此时情。

一一八　泊舟浯溪　蔡京
停桡积水中，举目孤烟外。
借问浯溪人，谁家有山卖？

一一九　房公旧竹亭闻琴　李瀚
石室寒飙驾，孙枝雅器裁。
坐来山水操，弦断爭尘〔遗〕埃。

一二〇　戏咏蛙　杨收
兔边分玉树，龙底曜铜仪。
会当同鼓吹，不复问官私。

一二一　咏笔
虽非〔匪〕囊中物，何坚不可钻。
一朝操政柄，定使冠三端。

一二二　嘲吴人压门藩丶
尔非赢角者〔尔幸无赢角〕，何用触吾藩。
若是升堂者，还应自得门。

一二三　流崖州至鬼关作　杨炎
一去一万里，千知千不还。
崖州何处在？生度鬼门关。

一二四　题西施石　王轩
岭上千峰秀，江边细草春。

今逢浣纱石，不见浣纱人。

一二五　答王妇二首　李章武
　　①分从幽显隔，岂谓有佳期？
　　　宁辞重重别，所叹去何之？
　　②后期杳无约，前恨已相寻。
　　　别路无行信，何因得寄心？

一二六　剑客　贾岛
　　十年磨一剑，霜刃未尝试。
　　今日把示君，谁有不平事？

一二七　宿悬泉驿
　　晓行沥水楼，暮到悬泉驿。
　　林月值云遮，山灯照愁寂。

一二八　天津桥南山中各题一句
　　野坐分苔石，山行绕菊丛。
　　云衣惹不破，秋色望来空。

一二九　壮士吟
　　壮士不曾悲，悲即无回期。
　　如何易水上，未歌先泪垂。

一三〇　绝句
　　海底有明月，圆于天上轮。
　　得之一寸光，可买千里春。

一三一　口号
　　中夜忽自起，汲此百尺泉。
　　林木含白露，星斗在青天。

一三二　咏韩氏二子
　　千岩一尺璧，八月十五夕。
　　清露堕桂花，白鸟舞虚碧。

一三三　送别
　　丈夫未得意，行行且低眉。
　　素琴弹复弹，会有知音知。

一三四　送郑山人游江湖
　　南游衡岳上，东往天台里。
　　足躐华峰顶，目观沧海水。

一三五　送客游江湖
　　莫叹迢递分，何如咫尺别。
　　江楼到夜登，还见南台月。

一三六　对菊
　　九日不出门，十日见黄菊。
　　灼灼尚繁英，美人无消息。

一三七　寄令狐相公
　　策杖驰山驿，逢人问梓州。
　　长江那可到，行客替生愁。

一三八　投李益
　　四十归燕字，千年外始吟。
　　已将书北岳，不甩比南金。

一三九　雨中怀友人
　　对雨思君子，尝茶近竹幽。
　　儒家邻古寺，不到又逢秋。

一四〇　寄远
　　家住锦水上，身征辽海边。
　　十书九不到，一到忽经年。

一四一　昆明池泛舟
　　一枝青竹榜，泛泛绿萍里。
　　不见钓鱼人，渐入秋塘水。

一四二　上乐使君救康成公
　　曾梦诸侯笑，康囚议脱枷。
　　千根池里藕，一朵火中花。

一四三　贵公子夜阑曲　李贺
　　袅袅沉水烟，乌啼夜阑景。
　　曲沼芙蓉波，腰围白玉冷。

一四四　马诗二十三首
　①龙脊贴连钱，银蹄白踏烟。
　　无人织锦韂，谁为铸金鞭？
　②忽忆周天子，驱车上玉门。
　　鸣驺辞凤苑，赤骥最承恩。
　③大漠沙如雪，燕山月似钩。
　　何当金络脑，万里踏青秋。
　④西母酒将阑，东王饭已干。
　　君王若燕去，谁为曳车辕？
　⑤赤兔无人用，当须吕布骑。
　　吾闻果下马，羁策任蛮儿。
　⑥饥叔死匆匆，如今不豢龙。
　　夜来霜压栈，骏骨折西风。

⑦内马赐宫人，银鞯刺骐驎。
　年时盐坂上，蹭蹬滥风尘。
⑧批竹初攒耳，桃花未上身。
　他时须搅阵，牵去借将军。
⑨宝玦谁家子，长闻侠骨香。
　堆金买骏骨，将送楚襄王。
⑩香幞赭罗新，盘龙蹙镫鳞。
　回看南陌上，谁道不逢春。
⑪不从桓公猎，何能伏虎威。
　一朝沟陇出，看取拂云飞。
⑫白铁剉青禾，砧间落细莎。
　世人怜小颈，金埒畏长牙。
⑬伯乐向前看，旋毛在腹间。
　只今掊白草，何日蓦青山。
⑭萧寺驮经马，元从竺国来。
　空知有善相，不解走章台。
⑮汗血到王家，随鸾撼玉珂。
　少君骑海上，人见是青骡。
⑯武帝爱神仙，烧金得紫烟。
　厩中皆肉马，不解上青天。
⑰腊月草根甜，天街雪似盐。
　未知口硬软，先拟蒺藜衔。
⑱此马非凡马，房星本是星。
　向前敲瘦骨，犹自带铜声。
⑲饥卧骨查牙，粗毛刺破花。
　鬣焦朱色落，发断锯长麻。
⑳催榜渡乌江，神骓泣向风。

君王分解剑，何处逐英雄？
　㉑唐剑斩隋公，拳毛属太宗。
　　莫嫌金甲重，且去捉飘风。
　㉒重围如燕尾，宝剑似鱼肠。
　　欲求千里脚，先采眼中光。
　㉓暂系腾黄马，仙人上綵楼。
　　须鞭玉勒吏，何事谪高州？

一四五　塞下曲三首
　①胡角引北风，蓟门白于水。
　　天含青海道，城头月千里。
　②露下旗濛濛，寒金鸣夜刻。
　　蕃甲锁蛇鳞，马嘶青冢白。
　③秋静见旄头，沙远席羁愁。
　　帐北天应尽，河声出塞流。

一四六　昌谷读书示巴童
　　虫响灯光薄，宵寒药气浓。
　　君怜垂翅客，辛苦尚相从。

一四七　巴童答
　　巨鼻宜山褐，庞眉入苦吟。
　　非君唱乐府，谁识怨秋深？

一四八　代崔家送客
　　行盖柳烟下，马蹄白翩翩。
　　恐送行处尽，何忍重扬鞭。

一四九　莫种树
　　园中莫种树，种树四时愁。

独睡南床月，今秋似去秋。

一五〇　将发
东床卷席罢，漻落将行去。
秋白遥遥空，日满门前路。

一五一　塘上行
藕花凉露湿，花缺藕根涩。
飞下雌鸳鸯，塘水声溰溰。

一五二　京城
驱马出门意，牢落长安心。
两事向谁道？自作秋风吟。

一五三　秋夜　王建
夜久叶露滴，秋虫入户飞。
卧多骨髓冷，起覆旧绵衣。

一五四　南涧
野桂香满溪，石沙寒覆水。
爱此南涧头，一日潺潺里。

一五五　题柏岩禅师影堂
山中砖塔闭，松下影堂新。
恨不生前识，今朝礼画身。

一五六　送人
河亭收酒器，语尽各西东。
回首不相见，行车秋雨中。

一五七　春意二首
①去日丁宁别，情知寒食归。

缘逢好天气，教熨看花衣。
　　②谁是杏园主，一枝临古岐。
　　　从伤早春意，乞取欲开枝。

一五八　早发汾南
　　　桥上车马发，桥南烟树开。
　　　青山斜不断，迢递故乡来。

一五九　夜闻子规
　　　子规啼不歇，到晓口应穿。
　　　况是不眠夜，声声在耳边。

一六○　四望驿松
　　　当初北涧别，直至此庭中。
　　　何意闻鞞耳，听君枝上风。

一六一　江馆
　　　水面细风生，菱歌慢慢声。
　　　客亭临小市，灯火夜妆明。

一六二　题江台驿
　　　水北金台路，年年行客稀。
　　　近闻天子使，多取雁门归。

一六三　赠谪者
　　　何罪过长沙，年年北望家。
　　　重封岭头信，一树海边花。

一六四　新嫁娘词三首
　　①邻家人不识，床上坐堆堆。
　　　郎来傍门户，满口索钱财。
　　②锦帐两边横，遮掩待娘行。

遣郎铺簟席，相并拜亲情。
③三日入厨下，洗手作羹汤。
未谙姑食性，先遣小姑尝。

一六五　秋灯
　　向壁暖悠悠，对帏寒寂寂。
　　斜照碧山圆，松间一片石。

一六六　水精
　　映色水不别，向光月还度。
　　倾在荷叶中，有人看是露。

一六七　香印
　　闲坐烧香印，满房松柏气。
　　火尽转分明，青苔碑上字。

一六八　落叶
　　陈绿向参差，初红已重叠。
　　中庭新扫地，绕池三两叶。

一六九　园果
　　雨中梨果病，每树无数个。
　　小儿出入看，一半鸟啄破。

一七〇　野菊
　　晚艳出荒篱，冷香著秋水。
　　忆向山中见，伴蛩石壁里。

一七一　荒园
　　朝日满园霜，牛冲篱落坏。
　　扫掠黄叶中，时时一窠薤。

一七二　晚蝶
　　粉翅嫩如水,绕砌乍依风。
　　日高霜露解,飞入菊花中。

一七三　小松
　　小松初数尺,未有直生枝。
　　闲即傍边立,看多长却迟。

一七四　戏酬卢秘书
　　芸香阁里人,手摘御园春。
　　取此和仙药,犹治老病身。

一七五　别自栽小树
　　去年今日栽,临去见花开。
　　好住守空院,夜间人不来。

一七六　田家
　　啾啾雀满树,霭霭东坡雨。
　　田家夜无食,水中摘禾黍。

一七七　送从弟赴上都　刘商
　　车骑秦城远,囊装楚客贫。
　　月明思远道,诗罢诉何人?

一七八　登相国寺阁
　　晴日登临好,春风各望家。
　　垂杨夹城路,客思逐杨花。

一七九　酬濬上人采药见寄
　　玉英期共采,云岭独先过。
　　应得灵芝也,诗情一倍多。

一八〇　曲水寺枳实
　　枳实绕僧房，攀枝置药囊。
　　洞庭山上橘，霜落也应黄。

一八一　酬问师
　　虚空无处所，髣髴似琉璃。
　　诗境何人到，禅心又过诗。

一八二　殷秀才求诗
　　倾盖见芳姿，晴天琼树枝。
　　连城犹隐石，唯有卞和知。

一八三　行营即事
　　万姓厌干戈，三边尚未和。
　　将军夸宝剑，功在杀人多。

一八四　绿珠怨
　　从来上台榭，不敢倚阑干。
　　零落知成血，高楼直下看。

一八五　古意
　　达曙寝衣冷，开帷霜露凝。
　　风吹昨夜泪，一片枕前冰。

一八六　哭萧抡
　　何处哭故人？青门水如箭。
　　当时水头别，从此不相见。

一八七　长安道　鞠信陵
　　朱门映绿杨，双阙抵通庄。
　　玉珮声逾远，红尘犹自香。

一八八　访法通师不遇　姚合
　　访师师不遇，礼佛佛无言。
　　依旧将烦恼，黄昏入宅门。

一八九　石碑
　　荒田一片石，文字满青苔。
　　不是逢闲客，何人肯读来？

一九〇　老马
　　卧多扶不起，唯向主人嘶。
　　惆怅东郊道，秋来雨不泥。

一九一　鹤雏
　　白毛生未足，嶣峭丑于鸡。
　　每夜穿笼出，捣衣砧上栖。

一九二　新菊
　　黄金色未足，摘取且新尝。
　　若待重阳日，何时异众香？

一九三　春日游慈恩寺
　　年长归何处？青山未有家。
　　赏春无酒饮，多看寺中花。

一九四　送薛郎中往婺州
　　我住浙江西，君去浙江东。
　　日日心来往，不畏浙江风。

一九五　和李舍人冬至日
　　献寿人皆庆，南山复北堂。
　　从今千万日，此日又初长。

一九六　酬张郎中
　　白发年来尽，沧江归去迟。
　　何当得携手，松下静吟诗。

一九七　别杭州
　　醉与江涛别，江涛惜我游。
　　他年婚嫁了，终踞此江头。

一九八　秋中夜坐
　　疏散永无事，不眠常夜分。
　　月中松露滴，风引鹤同闻。

一九九　晦日送穷三首
　　①年年到此日，沥酒拜街中。
　　　万户千门看，无人不送穷。
　　②送穷穷不去，相泥欲何为？
　　　今日官家宅，淹留又几时？
　　③古人皆恨别，此别恨销魂。
　　　只是空相送，年年不出门。

二〇〇　嘲胡子小男
　　明明复夜夜，胡子忽〔即〕成翁。
　　唯是真如性，不来生灭中。

二〇一　送卢拱游魏
　　官闲身自在，诗俭语分明。
　　车马应回晚，烟花满去尘。

二〇二　房公旧竹亭闻琴　李德裕
　　流水音长在，青霞意不传。
　　独悲形解后，谁听广陵弦？

二〇三　题罗浮石
　　清景持劳菊，凉天倚茂松。
　　名山何必去，此地有群峰。

二〇四　无题
　　松倚苍崖老，兰临碧涧衰。
　　不劳邻舍笛，吹起旧时悲。

二〇五　题冠盖里
　　偶来冠盖里，愧是旧三公。
　　自喜无兵术，轻裘上閟宫。

二〇六　雪霁晨起
　　雪覆寒溪竹，风卷野田蓬。
　　四望无行迹，谁怜孤老翁？

二〇七　题奇石
　　蕴玉抱清晖，闲庭日萧洒。
　　块然天地间，自是孤生者。

二〇八　上张相公写旧唱和诗
　　赋感邻人笛，诗留夫子墙。
　　延年如有作，应不用山王。

二〇九　访韦楚老不遇
　　昔日征黄绮，余惭在凤池。
　　今来招隐士，恨不见琼技。

二一〇　寄外兄　卢仝
　　何处堪惆怅，情亲不得亲。
　　兴宁楼上月，辜负酒家春。

二一一　守岁
　　老来经节腊，乐事甚悠悠。
　　不及儿童日，都卢不解愁。

二一二　新月
　　仙宫云箔卷，露出玉簾钩。
　　清光无所赠，相忆凤凰楼。

二一三　解闷
　　人生都几日，一半是离忧。
　　但有樽中物，从他万事休。

二一四　忆酒寄刘诗郎
　　爱酒如偷蜜，憎醒似见刀。
　　君为麹糵主，酒醴莫辞劳。

二一五　新蝉
　　泉溜潜幽咽，琴鸣乍往还。
　　长风剪不断，还在树枝间。

二一六　村醉
　　村醉黄昏归，健倒三四五。
　　摩挲青莓苔，莫嗔惊着汝。

二一七　石让竹
　　自顾掇不转，何敢当主人？
　　竹弟有清风，可以娱嘉宾。

二一八　竹答石
　　竹弟谢石兄，清风非所任。
　　随分有萧瑟，实无坚重心。

二一九　酬徐公以新文见招
　　昨夜霜明月，果有清音生。
　　便欲走相和，愁闻寒玉声。

二二〇　客赠石
　　竹下青莎中，细长三四片。
　　主人虽不归，长见主人面。

二二一　石请客
　　竹弟虽让客，不敢当客恩。
　　自惭埋没久，满面苍苔痕。

二二二　客答石
　　遍索天地间，彼此最痴癖。
　　主人幸未来，与君为莫逆。

二二三　马兰请客
　　马兰是小草，不怕郎君骂。
　　愿得随君行，暂到嵩山下。

二二四　蛱蝶请客
　　粉末为四体，春风为生涯。
　　愿得纷飞去，与君为眼花。

二二五　客请蛱蝶
　　君是轻薄子，莫窥君子肠。
　　且须看雀儿，雀儿衔尔将。

二二六　招玉川子咏新文　徐希仁
　　清气宿我心，结为清泠音。
　　一夜吟不足，君来相和吟。

二二七　早行遇雪　石召
　　荒郊昨夜雪，羸马又须行。
　　四顾无人迹，鸡鸣第一声。

二二八　状江南十二月景十二首
　　①孟春　鲍防
　　江南孟春天，荇叶大如钱。
　　白雪装梅树，青袍似莳田。
　　②仲春　谢良辅
　　江南仲春天，细雨色如烟。
　　疏为武昌柳，布作石门泉。
　　③季春　严维
　　江南季春天，莼菜细如弦。
　　湖边草作径，湖上叶如船。
　　④孟夏　贾弇
　　江南孟夏天，慈竹笋如编。
　　蜃气为楼阁，蛙声作管絃。
　　⑤仲夏　樊珣
　　江南仲夏天，时雨下如川。
　　卢橘垂金弹，甘蕉吐白莲。
　　⑥季夏　范澄
　　江南季夏天，身热汗如泉。
　　蚊蚋成雷泽，袈裟作水田。
　　⑦孟秋　郑概
　　江南孟秋天，稻花白如毡。
　　素腕惭新藕，残妆妒晚莲。
　　⑧仲秋　沈仲昌

江南仲秋天，鳣鼻大如船。
雷是樟亭浪，苔为界石钱。
⑨季秋　刘蕃
江南季秋天，栗实大如拳。
枫叶红霞举，芦花白浪穿。
⑩孟冬　谢良辅
江南孟冬天，荻穗软如绵。
绿绢芭蕉裂，黄金橘柚悬。
⑪仲冬　吕渭
江南仲冬天，紫蔗节如鞭。
海将盐作雪，山用火耕田。
⑫季冬　丘丹
江南季冬天〔月〕，红蟹大如瓯。
湖水龙为镜，炉峰气作烟。

第八卷　五言八　晚唐一

（共二百九十六首）

一　宫中题　文宗（李昂）
　　辇路生春草，上林花发时。
　　凭高何限意，无复侍臣知。

二　夏日联句
　　人皆苦炎热，我爱夏日长。
　　薰风自南来，殿阁生微凉。

三　赐群臣　宣宗（李忱）
　　款塞旋征骑，和戎委庙贤。
　　倾心方倚注，协力共安边。

四　贺边军支春衣二首　柳公权
　　①去岁虽无战，今年未得归。
　　　皇恩何以报，春日得春衣。
　　②挟纩非真纩，分衣是假衣。
　　　从今貔武士，不惮戍金微。

五　雨后思湖上居　许浑
　　前山风雨凉，歇马坐垂杨。
　　何处芙蓉落？南渠秋水香。

六　闻歌
　　新秋弦管清，时转遏云声。
　　曲尽不知处，月高风满城。

七　思天台山
　　赤城云雪深，山客负归心。
　　昨夜西斋宿，月明琪树阴。

八　长安早春怀江南
　　云月有归处，故山清洛南。
　　秦城一花发，春梦遍江南。

九　塞下
　　夜战桑乾北，秦兵半不归。
　　朝来有乡信，犹自寄征衣。

一〇　送客南归
　　野寺薜萝晚，官渠杨柳春。
　　归心已无限，更送洞庭人。

一一　下第　赵嘏
　　南溪抱瓮客，失意自怀羞。
　　晚路谁携手？残春自白头。

一二　到家
　　童稚牵衣叫，归来何太迟？
　　共谁争岁月，赢得鬓边丝。

一三　春酿
　　春酿正风流，梨花莫问愁。
　　马卿思一醉，不借鹔鹴裘。

一四　寒塘
　　晓发梳临水，寒塘坐见秋。
　　乡心正无限，一雁度南楼。

一五　闻瀑布冰折　马戴
　　万仞冰峭折，寒声投白云。
　　光摇山月堕，我向石床闻。

一六　过亡友墓
　　忆昨送君葬，今看坟树高。
　　寻思后期者，只是益生劳。

一七　白鹿原晚望
　　浐曲雁飞下，秦原人葬回。
　　丘坟与城阙，草树共尘埃。

一八　秋思二首
　　万木秋霖后，孤山夕照馀。
　　田园无岁计，寒近忆樵渔。
　　亭树霜霰满，野塘凫雁多。
　　蕙兰不可折，楚老徒悲歌。

一九　黄神谷纪事
　　霹雳振秋岳，折松横洞门。
　　云龙忽变化，但觉玉潭昏。

二〇　赠道者
　　深居白云穴，静注赤松经。
　　往往龙潭上，焚香礼斗星。

二一　华下逢杨侍御
　　巨灵掌上月，玉女盆中泉。

柱史息车看,孤云心浩然。

二二　新春闻赦
　　道在猜谗息,仁深疾苦除。
　　尧聪能下听,汤网本来疏。

二三　江村夜归　项斯
　　月落江路黑,前村人语稀。
　　几家深树里,点火夜渔归。

二四　送越僧
　　静中无伴住,今亦独随缘。
　　昨夜离空室,焚番净去船。

二五　金井怨　曹邺
　　西风吹急景,美人照金井。
　　不见面上花,去恨井中影。

二六　庭草
　　庭草根自浅,造化无遗功。
　　低回一寸心,不敢怨春风。

二七　自退
　　寒女面如花,寂寂常对影。
　　况我不嫁容,甘为瓶堕井。

二八　早起
　　月堕沧浪西,门开树无影。
　　此时归梦阑,独立梧桐井。

二九　思不见
　　但见出门踪,不见入门迹。

却笑山头女，无端化为石。

三〇　古莫买妾行
　　千扇不当路，未似开一门。
　　若遣绿珠丑，石家应尚存。

三一　杂诫
　　带香入鲍肆，香气同鲍鱼。
　　未入犹可悟，已入当何如？

三二　乐府体
　　莲子房房嫩，菖蒲叶叶齐。
　　共结池中根，不餍池中泥。

三三　筑城三首
　　①郎有蘼芜心，妾有芙蓉质。
　　　不辞嫁与郎，筑城无休日。
　　②鸣鸣啄人鸦，轧轧上城车，
　　　力尽土不尽，得归亦无家。
　　③筑人非筑城，围秦岂围我？
　　　不知城上土，化作宫中火。

三四　甲第
　　游人未入门，花影出门前。
　　将军来此住，十里无荒田。

三五　望不来
　　见花忆郎面，常愿花色新。
　　为郎容貌好，难有相似人。

三六　入关
　　衡门亦无路，何况入西秦？

灸病不得穴，徒为采艾人。

三七　过白起墓
　　夷陵火焰灭，长平生气低。
　　将军临老病，赐剑咸阳西。

三八　四怨三愁五情诗十二首
　　①美人如新花，许嫁还独守。
　　　岂无青铜镜，终日自疑丑。
　　②庭花已结子，岩花犹弄色。
　　　谁令生处远，用尽春风力。
　　③短鬟一如螓，长眉一如蛾。
　　　相共棹莲舟，得花不如他。
　　④手推讴轧车，朝朝暮暮耕。
　　　未曾分得谷，空得老农名。
　　⑤远梦如水急，白发如草新。
　　　归期待春至，春至还送人。
　　⑥涧草短短青，山月朗朗明。
　　　此夜目不掩，屋头鸟啼声。
　　⑦别家鬓未生，到城鬓似发。
　　　朝朝临川望，灞水不入越。
　　⑧东西是长江，南北是官道。
　　　牛羊不恋山，只恋山中草。
　　⑨阿娇生汉宫，西施住南国。
　　　专房莫相妒，各自有颜色。
　　⑩蛱蝶空中飞，夭桃庭中春。
　　　见他夫妇好，有女初嫁人。
　　⑪槟榔自无柯，椰叶自无阴。

常羡亭前竹，生笋高于林。
　⑫野雀满〔空〕城饥，交交复飞飞。
　　　勿怪官仓粟，官仓无空时。

三九　续古二十六首　陈陶
　①大尧登宝位，麟凤焕宸居。
　　　海曲沾恩泽，还生比目鱼。
　②生值揖逊历，长歌东南春。
　　　钓鳌年二十，未见天子巡。
　③轩辕承化日，群凤戏池台。
　　　大朴衰丧后，仲尼生不来。
　④大道归孟门，萧兰日争长。
　　　想得巢居时，碧江应无浪。
　⑤矻矻蓬舍下，慕君麒麟阁。
　　　笑杀王子乔，寥天乘白鹤。
　⑥杳杳巫峡云，悠悠汉江水。
　　　愁杀几少年，春风相忆地。
　⑦吴洲采芳客，桂棹木兰船。
　　　日晚欲有待，徘徊春风前。
　⑧仙家风景晏，浮世年华速。
　　　邂逅汉武时，蟠桃海东熟。
　⑨南国珊瑚树，好裁天马鞭。
　　　鱼龙不解语，海曲空婵娟。
　⑩周穆恣游幸，横天驱八龙。
　　　宁知泰山下，日日望登封。
　⑪秦国饶罗网，中原绝鳞风。
　　　万乘巡海回，鲍鱼空相送。
　⑫秦家无庙略，遮虏续长域。

万姓陇头死，中原荆棘生。
⑬秦作东海桥，中州鬼辛苦。
　　纵得跨蓬莱，群仙亦飞去。
⑭隋炀弃中国，龙舟巡海涯。
　　春风广陵死，不见秦宫花。
⑮范子相勾践，灭吴成大勋。
　　虽然五湖去，终愧磻溪云。
⑯麟凤识翔蛰，圣贤明卷舒。
　　哀哉嵇叔夜，智不及鹔鹴。
⑰战地三尺骨，将军一身贵。
　　自古苦弔冤，落花少于泪。
⑱楚国千里早，土龙日已多。
　　九谷竟枯死，好云闲嵯峨。
⑲汉家三殿色，恩泽若飘风。
　　今日黄金屋，明朝长信宫。
⑳秦王卷衣贵，本自倡家子。
　　金殿一承恩，貂蝉满乡里。
㉑魏宫薛家女，秀色倾三殿。
　　武帝鼎湖归，一身似秋扇。
㉒婵娟越机里，织得双栖凤。
　　慰此殊世花，金梭忽停弄。
㉓学古三十载，犹依白云居。
　　每览班超传，令人慵读书。
㉔雄剑久濩落，夜吟秋风起。
　　不是懒为龙，此非延平水。
㉕朝为杨柳色，暮作芙蓉好。
　　春风若有情，江山相逐老。

㉖景龙临太极,五凤当庭舞。
    谁信壁间梭,升天作云雨。

四〇　永嘉赠别
    芳草温阳客,归心浙水西。
    临风青桂楫,几日白蘋溪。

四一　静夜相思　　李群玉
    山空天籁寂,水榭延轻凉。
    浪定一浦月,藕花闲自香。

四二　桂州经佳人故居
    桂水依旧绿,佳人本不还。
    只应随暮雨,飞入九疑山。

四三　放鱼
    早觅为龙去,江湖莫漫游。
    须知香饵下,触口是铦钩。

四四　莲叶
    根是泥中玉,心承露下珠。
    在君塘下种,埋没任春蒲。

四五　客愁二首
    ①客愁看柳色,日日逐春深。
      荡漾春风起,谁知历乱心?
    ②客愁看柳色,日日逐春长。
      凭送湘流水,绵绵入帝乡。

四六　洞庭干二首
    ①借问蓬莱水,谁逢清浅年?
      伤心云梦泽,岁岁作桑田。

②朱宫紫贝阙，一旦作沙洲。
八月还平在，鱼虾不用愁。

四七　病起别主人
益愧千金少，情将一饭殊。
恨无泉客泪，尽泣感恩珠。

四八　火炉前坐
孤灯照不寐，风雨满西林。
多少关心事，书灰到夜深。

四九　古词
一合相思泪，临江洒素秋。
碧波如会意，却与向西流。

五○　嘲卖药翁
钁尽春山土，辛勤卖药翁。
莫抛破笠子，留作败天公。

五一　伤幼女
哭尔春日短，支颐长叹嗟。
不如半死树，犹吐一枝花。

五二　青鹨
独立蒹葭雨，低飞浦屿风。
须知毛色异，莫入鹭鸶丛。

五三　池塘晚景
风荷珠露倾，惊起睡鸂鶒。
月落池塘静，金刀剪一声。

五四　投从叔
可惜出群蹄，毛焦久卧泥。

孙阳如不顾，骐骥向谁嘶？

五五　恼自澄
　　常闻天女会，玉指散天花。
　　莫遣春风里，红芳点袈裟。

五六　读《贾谊传》
　　卑湿长沙地，空抛出世才。
　　已齐生死理，鵩鸟莫为灾。

五七　寄人
　　寄语双莲子，须知用意深。
　　莫嫌一点苦，便拟弃莲心。

五八　寄韦秀才
　　荆台兰渚客，寥落共含情。
　　空馆相思夜，孤灯照雨声。

五九　春日寄友
　　晴气熏樱蕊，丰濛雪满林。
　　请君三斗酒，醉卧白罗岑。

六〇　怀初公
　　不见休上人，空伤碧云思。
　　何处开宝书？秋风海光寺。

六一　龙安寺佳人阿最歌八首
　　①团团明月面，冉冉柳枝腰。
　　　未入鸳鸯被，心长似火烧。
　　②见面知何益，闻名忆转深。
　　　拳挛荷叶子，未得展莲心。
　　③欲摘不得摘，如看波上花。

若教亲玉树，情愿作蒹葭。
④门路穿茶焙，房门映竹烟。
会须随鹿女，乞火到窗前。
⑤不是求心印，都缘爱绿珠。
何须同泰寺，然后始为奴。
⑥既为金界客，任改净人名。
愿扫琉璃池，烧香过一生。
⑦素腕撩金索，轻红约翠纱。
不如栏下水，终日见桃花。
⑧第一龙宫女，相怜是阿谁？
好鱼输獭尽，白鹭镇长饥。

六二　野鸭
　　鸂鶒借毛衣，喧呼鹰隼稀。
　　云披菱藻地，任汝作群飞。

六三　铜雀妓二首　　崔道融
　　严妆垂玉箸，妙舞对清风。
　　光复君王顾，春来起渐慵。
　　歌咽新翻曲，香销旧赐衣。
　　陵园风雨暗，不见六龙归。

六四　春闺二首
　　寒食月明雨，落花香满泥。
　　佳人持锦字，无雁寄征西。
　　欲剪宜春字，春寒入剪刀。
　　辽阳在何处，莫忘寄征袍。

六五　访僧不遇
　　寻僧已寂寞，林下锁山房。

松竹虽无语,牵衣借晚凉。

六六　田上
　　两足高田白,披蓑半夜耕。
　　人牛力俱尽,东方殊未明。

六七　月夕
　　月上随人意,人闲月更清。
　　朱楼高百尺,不见到天明。

六八　槿花
　　槿花不见夕,一日一回新。
　　东风吹桃李,须到明年春。

六九　西施滩
　　宰嚭亡吴国,西施陷恶名。
　　浣纱春水急,似有不平声。

七〇　江上逢故人
　　故里琴樽侣,相逢近腊梅。
　　江村买一醉,破泪却成咍。

七一　牧竖
　　牧竖持蓑笠,逢人气傲然。
　　卧牛吹短笛,耕却傍溪田。

七二　过农家
　　欲羡农家子,秋新看刈禾。
　　苏秦无负郭,六印又如何?

七三　江夕
　　江心秋月白,起柁信潮行。

蛟龙化为人，半夜吹笛声。

七四　春墅
　　蛙声近过社，农事忽已忙。
　　邻妇饷田归，不见百花芳。

七五　江村
　　日暮片帆落，江村如有情。
　　独对沙上月，满船人睡声。

七六　拟乐府子夜四时歌四首
　　①吴子爱桃李，月色不到地。
　　　明朝欲看花，六宫人不睡。
　　②凉轩待月生，暗里萤飞出。
　　　低回不称意，蛙鸣乱清瑟。
　　③月色明如昼，虫声入户多。
　　　狂夫自不归，满地无天河。
　　④银釭照残梦，零泪霑粉臆。
　　　洞房犹自寒，何况关山北。

七七　寄人二首
　　①花上断续雨，江头来去风。
　　　相思春欲尽，未遣酒尊空。
　　②澹澹长江水，悠悠远客情。
　　　落花相与恨，到地一无声。

七八　江鸥
　　白鸟波上栖，见人懒飞起。
　　为存求鱼心，不是恋江水。

七九　春晚
　　三月寒食时，日色浓于酒。
　　落尽墙头花，莺声隔原柳。

八〇　汉宫词
　　独诏胡衣出，天花落殿堂。
　　他人不敢妒，垂泪向君王。

八一　旅行
　　少壮经勤苦，衰年始浪游。
　　谁怜不龟手，他处却封侯。

八二　班婕妤
　　宠极辞同辇，恩深弃后宫。
　　自题秋扇后，不敢怨春风。

八三　有题
　　十载元正酒，相欢意转深。
　　自量麋鹿分，只合在山林。

八四　古树
　　古树春风入，阳和力太迟。
　　莫言生意尽，更引万年枝。

八五　春题二首
　　①青春未得意，见花却如仇。
　　　路逢白面郎，醉插花满头。
　　②满眼桃李花，愁人如不见。
　　　别有惜花人，东风莫吹散。

八六　长安春
　　长安牡丹开，绣毂辗晴雷。

若使花长在，人应看不回。

八七　病起二首
　　①病起春已晚，曳筇伤绿苔。
　　　强攀庭树枝，唤作花未开。
　　②病起绕庭除，春泥粘屐齿。
　　　如从万里来，骨肉满面喜。

八八　峡路
　　清猿啼不住，白水下来新。
　　八月莫为客，夜长愁杀人。

八九　长门怨
　　长门春欲尽，明月照花枝。
　　买得相如赋，君恩不可移。

九〇　月夕有怀
　　圆光照一海，远客在孤舟。
　　相忆无期见，中宵独上楼。

九一　夜泊九江
　　夜泊江门外，欢声月下楼。
　　明朝归去路，犹隔洞庭秋。

九二　寒食夜
　　满池梨花白，风吹碎月明。
　　大家寒食夜，独贮望乡情。

九三　归燕
　　海燕频来去，西人独滞留。
　　天边又相送，肠断故园秋。

九四　长安春
　　珠箔映高柳，美人红袖垂。
　　忽闻半天语，不见上楼时。

九五　洛中有怀　于邺
　　潺潺伊洛河，寂寞隔〔少〕恩波。
　　銮驾不东幸〔久不幸〕，洛阳春草多。

九六　送魏山田处士西游
　　阴阴田际闲，相顾惨离颜。
　　一片云飞去，嵯峨空魏山。

九七　长春宫
　　莫问古宫名，古宫空古城。
　　唯应东去水，不改旧时声。

九八　高楼
　　远天明月出，照此谁家楼？
　　上有罗衣裳，凉风吹不休。

九九　劝酒
　　劝君金屈卮，满酌不须辞。
　　花发多风雨，人生足别离。

一〇〇　晚春别韩琮
　　晚日低霞绮，晴山远画眉。
　　青青河畔草，不是望乡时。

一〇一　长安秋望　杜牧
　　楼倚霜树外，镜天无一毫。
　　南山与秋色，气势两相高。

一〇二　独酌
　　窗外正风雪，拥炉开酒缸。
　　何如钓船雨，蓬底睡秋江。

一〇三　醉眠
　　秋醪雨中熟，寒斋落叶中。
　　幽人本多睡，更酌一尊空。

一〇四　不饮赠酒
　　细算人生事，彭殇共一筹。
　　与愁争底事，要尔作戈矛。

一〇五　过田家宅
　　安邑市门外，谁家板筑高？
　　奉诚园里地，墙缺觅蓬蒿。

一〇六　独柳
　　含烟一株柳，拂地摇风久。
　　佳人不忍折，怅望回纤手。

一〇七　将赴湖州题亭菊
　　陶菊手自种，楚兰心有期。
　　遥知渡江日，正是撷芳时。

一〇八　折菊
　　篱东菊径深，折得自孤吟。
　　雨中衣半湿，拥鼻自知心。

一〇九　哭李给事中敏
　　阳陵郭门外，坡陁丈五坟。
　　九泉如结友，兹地好埋君。

一一〇　黄州竹径
　　竹冈蟠小径，屈折斗蛇来。
　　三年得归去，知绕几千回。

一一一　题寺楼
　　暮景千山雪，春寒百尺楼。
　　独登还独下，谁会我悠悠？

一一二　入松院小石
　　雨滴珠玑碎，苔生紫翠重。
　　故关何日到？且看小三峰。

一一三　送人游湖南
　　贾傅松醪酒，秋来美更香。
　　怜君片云思，一棹去潇湘。

一一四　筹笔驿
　　邮亭寄人世，人世寄邮亭。
　　何如自筹度，鸿路有冥冥。

一一五　寄远
　　只影随惊雁，单栖锁画笼。
　　向春罗袖薄，谁念舞台风？

一一六　送卢秀才
　　春濑与烟远，送君孤棹开。
　　潺湲如不改，愁更钓鱼来。

一一七　醉题
　　金镊洗霜翼，银觥敌露桃。
　　醉头扶不起，三丈日还高。

一一八　山庄
　　好鸟疑敲磬，风蝉认轧筝。
　　修篁与嘉树，偏倚半岩生。

一一九　盆池
　　凿破苍苔地，偷他一片天。
　　白云生镜里，明月落阶前。

一二〇　有寄
　　云阔烟深树，江澄水浴秋。
　　美人何处在？明月万山头。

一二一　寄远人
　　终日求人卜，回回道好音。
　　那时离别后，入梦到如今。

一二二　别沈处士
　　旧事参差梦，新程迤逦秋。
　　故人如见忆，时到寺东楼。

一二三　遣怀
　　道泰身还泰，时来命不来。
　　何当离城市，高卧博山隈。

一二四　江楼
　　独酌芳春酒，登楼已半醺。
　　谁惊一行雁，冲断过江云。

一二五　骕骦坂二首
　　①瑶池罢游宴，良乐委尘沙。
　　　遭遇不遭遇，盐车与鼓车。

②荆州一万里，不如躝易度。
仰首望飞鸣，伊人何异趣。

一二六　题水西寺
三日去还住，一生焉再游。
含情碧溪水，重上粲公楼。

一二七　夜宿山寺　杨亿
危楼高百尺，手可摘星辰。
不敢高声语，恐惊天上人。

一二八　贞女墓　邵谒
生持节操心，死作坚贞鬼。
至今坟上春，草木无花卉。

一二九　送友人江行
送君若浪水，叠叠愁思起。
梦魂如月明，相送秋江里。

一三〇　瞽者叹
我心岂不平，我目自不明。
徒云备双足，天下何由行。

一三一　苍颉台　李咸用
先贤忧民诈，观迹成纲纪。
自有书契来，争及结绳理。

一三二　荆山
良工指君疑，真玉却非玉。
寄言怀宝人，不须伤手足。

一三三　自君之出矣
自君之出矣，鸾镜空尘生。

思君如明月，明月逐君行。

一三四　妾薄命
　　妾命何太薄，不及宫中水。
　　时时对天颜，声声入君耳。

一三五　君子行
　　君子慎所履，小人多所疑。
　　尼甫至圣贤，犹为匡所縻。

一三六　赠空禅师　喻兔
　　虎见修行久，松知夏腊高。
　　寒堂坐风雨，瞑目尚波涛。

一三七　西山寒日逢韦侍御
　　解鹰霜中貌，龙钟病后颜。
　　凄伤此身事，风雪动江山。

一三八　题禅院
　　无花地亦香，有鹤松多直。
　　向此奚必孤，山僧尽相识。

一三九　感寓
　　江乡十年别，京国累日同。
　　在客几多事，俱付酒杯中。

一四〇　晚思
　　鹤下紫阁云，沉沉翠微雨。
　　独坐正无言，孤庄数声杵。

一四一　惊秋
　　莺啭才间关，蝉鸣旋萧屑。

如何两鬓毛，不作千枝雪。

一四二　赠桂林友人　李频
　　君家桂林下，日伐桂林炊。
　　何事东堂桂，年年待一枝。

一四三　题长孙桐树
　　一去龙门侧，千年凤影移。
　　空馀剪圭处，无复在孙枝。

一四四　长安感怀
　　一第知何日，全家待此身。
　　空将灞陵酒，酌送向东人。

一四五　和友人落第将归感怀
　　帝里无春意，归山对物华。
　　即应来到日，九陌踏槐花。

一四六　游蜀中简友人
　　别来十二月，去到漏天边。
　　不是因逢闰，须知已隔年。

一四七　闻北虏入灵州二首
　　①河冰一夜合，虏骑满灵州。
　　　岁岁征兵去，徒防塞草秋。
　　②见说灵州战，沙中血不干。
　　　将身归告急，走马向长安。

一四八　地肺山春日　温庭筠
　　苒苒花明岸，涓涓水绕山。
　　几时抛俗事，来共白云闲。

一四九　碧涧驿晓思
　　香灯伴残梦，楚国在天涯。
　　月落子规歇，满庭山杏花。

一五〇　敷水小桃
　　敷水小桥东，娟娟照露丛。
　　所嗟非胜地，堪恨是春风。

一五一　题贺知章故居作迭韵
　　废砌翳薛荔，枯湖无菰蒲。
　　老媪宝藁草，愚儒输逋租。

一五二　哭李群玉　段成式
　　曾话黄陵事，今为白日催。
　　老无儿女累，谁哭到泉台？

一五三　筑城词　陆龟蒙
　　①城上一抔〔掊〕土，手中千万杵。
　　　筑城畏不坚，坚城在何处？
　　②莫叹将军逼，将军要却敌。
　　　城高功亦高，尔命何劳惜。

一五四　春晓
　　春庭晓景列〔别〕，清露花逦迤。
　　黄蜂一过慵，夜夜栖香蕊。

一五五　杂兴
　　桃李傍檐楹，无人赏春华。
　　时情重不见，却忆菖蒲花。

一五六　雁
　　南北路何长，中间万弋张。

不知烟雾里，几只到衡阳。

一五七　寄
　　鬓乱羞云卷，眉空羡月生。
　　中原犹将将，何日重卿卿。

一五八　庭前
　　合欢能解恚，萱草信忘忧。
　　尽向庭前种，萋萋特地愁。

一五九　洞房怨
　　玉锸朝扶鬓，金梯晚下台。
　　春衫将别泪，一夜两难裁。

一六〇　江行
　　酒旗菰叶外，楼影浪花中。
　　醉帆张数幅，唯待鲤鱼风。

一六一　巫峡
　　巫峡七百里，巫山十二重。
　　年年自云雨，环珮竞谁逢。

一六二　归路
　　渐入新丰路，衰红映小桥。
　　浑如七年病，初得一丸销。

一六三　南塘曲
　　妾住东湖下，郎居南浦边。
　　闲临烟水望，认得采菱船。

一六四　黄金二首
　　①自古黄金贵，犹沽骏与才。

近来簪珥重，无可上高台。
②平分从满箧，醉掷任成堆。
　　恰莫持千万，明明买祸胎。

一六五　夕阳
　　渡口和帆落，城边带角收。
　　如何茂陵客，江上倚危楼。

一六六　残雪
　　桂冷微停素，峰干不遍岚。
　　何溪背林处，犹覆定僧庵。

一六七　山中吟叠韵
　　琼英轻明生，石脉滴沥碧。
　　玄铅仙偏怜，白帻客亦惜。

一六八　溪上思双声
　　溪空唯容云，木密不陨雨。
　　迎渔隐映间，安问讴鸦櫓。

一六九　古态
　　古态日渐薄，新妆心更劳。
　　城中皆一尺，非妾髻鬟高。

一七〇　大堤
　　大堤春日暮，骢马解镂衢。
　　请君留上客，容妾荐雕胡。

一七一　金陵道
　　北雁行行直，东流澹澹春。
　　当时六朝客，还道帝乡人。

一七二　离骚
　　　天问复招魂,无因彻帝阍。
　　　岂知千丽句,不敌一谗言。

一七三　寄南岳客乞灵芜香
　　　闻说融峰下,灵香似反魂。
　　　春来正堪采,试为剸云根。

一七四　山阳燕中郊乐录
　　　淮上能无雨,回头总是情。
　　　蒲帆浑未织,争得一欢成。

一七五　对酒
　　　后代称欢伯,前贤号圣人。
　　　且须谋日富,不要道家贫。

一七六　偶作
　　　双眉初出茧,两鬓正藏鸦。
　　　自有王昌在,何劳近宋家。

一七七　有示
　　　相对莫辞贫,蓬蒿任塞门。
　　　无情是金玉,不报主人恩。

一七八　秋思三首
　　①桐露珪初落,兰风珮欲衰。
　　　不知能赋客,何似捉刀儿。
　　②谁在嫖姚幕,能教辟历车。
　　　至今思秃尾,无以代寒菹。
　　③未得同齑杵,何时减药囊?
　　　莫言天帝醉,秦暴不灵长。

一七九　早春
　　雨冷唯添暑，烟初不著春。
　　数枝花颣小，愁杀扈芳人。

一八〇　怀仙三首
　　①闻道阳都女，连娟耳细长。
　　　自非黄犊客，不得到云房。
　　②但服镮刚子，兼吟曲素词。
　　　须知臣汉客，还见布龙儿。
　　③神烛光华丽，灵祛羽翼生。
　　　已传餐玉粒，犹自买云英。

一八一　芙蓉
　　闲吟鲍昭赋，更起屈平愁。
　　莫引西风动，红衣不耐秋。

一八二　春思
　　怨莺新语涩，双蝶斗飞高。
　　作个名春恨，浮生百倍劳。

一八三　春
　　山连翠羽屏，草接烟华席。
　　望尽南飞燕，佳人断消息。

一八四　夏
　　兰眼抬露斜，莺唇映花老。
　　金龙倾漏尽，玉井敲冰早。

一八五　秋
　　凉汉清氿寥，衰林怨风雨。
　　愁听络纬唱，似与羁魂语。

一八六　冬
　　　南光走冷圭，北籁号空木。
　　　年年任霜霰，不减筼筜绿。

一八七　风人诗四首
　　　①十万全师出，遥知正忆君。
　　　　一心如瑞麦，长作两岐分。
　　　②破粿供朝饔，须知是苦辛。
　　　　晓天窥落宿，谁识独醒人？
　　　③旦日思双屦，明时愿早谐。
　　　　丹青传四渎，难写是秋怀。
　　　④闻道更新帜，多应废旧旗。
　　　　征衣无伴捣，独处自然悲。

一八八　回文
　　　静烟临碧树，残雪背晴楼。
　　　冷天侵极戍，寒月对行舟。

一八九　双吹管（总题"乐府杂咏六首"）
　　　长短裁浮筠，参差作飞凤。
　　　高楼明月夜，吹出江南弄。

一九〇　东飞凫
　　　裁得尺锦书，欲寄东飞凫。
　　　胫短翅亦短，雌雄恋菰蒲。

一九一　花成子
　　　春风等君意，亦解欺桃李。
　　　写得去时真，归来不相似。

一九二　月成弦
　　孤光照还没，转益伤离别。
　　妾若是嫦娥，长圆不教缺。

一九三　孤烛怨
　　前回边使至，闻道交河战。
　　坐想鼓鼙声，寸心攒百箭。

一九四　金吾子
　　嫁得金吾子，常闻轻薄名。
　　君心如不重，妾腰独自轻。

一九五　人日代客子
　　人日兼春日，长怀复短怀。
　　遥知双綵胜，并在一金钗。

一九六　追和幽独君诗
　　灵气独不死，尚能成绮文。
　　如何孤窆里，犹自读三坟。

一九七　江南曲五首
　　①鱼戏莲叶间，参差隐叶扇。
　　　䴔䴖鸂𪄠窥，潋滟无因见。
　　②鱼戏莲叶东，初霞射红尾。
　　　傍临谢山侧，恰值清风起。
　　③鱼戏莲叶西，盘盘舞波急。
　　　潜依曲岸凉，正对斜光入。
　　④鱼戏莲叶南，欹危午烟迷。
　　　光摇越鸟巢，影乱吴娃楫。
　　⑤鱼戏莲叶北，澄阳动微涟。

　　　　回看帝子渚，稍俏鄂君船。

一九八　　闲夜酒醒　　皮日休
　　　　醒来山月高，孤枕群书里。
　　　　酒渴漫思茶，山童呼不起。

一九九　　和陆鲁望风人诗三首
　　　①刻石书离恨，因成别后悲。
　　　　莫言春茧薄，犹有万重思。
　　　②镂出容刀饰，亲逢巧笑难。
　　　　日中骚客珮，争奈即阑干。
　　　③江上秋声起，从来浪得名。
　　　　逆风犹挂席，若不会凡情。

二〇〇　　和幽独君
　　　　念尔风雅魄，幽咽犹能文。
　　　　空令伤魂鸟，啼破山边坟。

二〇一　　山中吟迭韵
　　　　穿烟泉潺湲，触竹犊觳觫。
　　　　荒篁香墙匡，熟鹿伏屋曲。

二〇二　　溪上思双声
　　　　疏杉低通滩，冷莺立乱浪。
　　　　草彩欲夷犹，云容空淡荡。

二〇三　　古函关
　　　　破落古关城，犹能厄帝京。
　　　　今朝行客过，不待晓鸡鸣。

二〇四　　聪明泉
　　　　一勺如琼液，将愚拟望贤。

欲知心不变，还似饮贪泉。

二〇五　史处士
山期须早赴，世累莫迟留。
忽遇狂风起，闲心不自由。

二〇六　芳草波
溪南越乡音，古柳渡江深。
日晚无来客，闲船系绿阴。

二〇七　古宫词三首
①楼殿倚明月，参差如乱峰。
　宫花半夜发，不待景阳钟。
②闲骑小步马，独绕万年枝。
　尽日看花足，君王自不知。
③玉枕寐不足，宫花空触檐。
　梁间燕不睡，应怪夜明簾。

二〇八　伤小女
一岁犹未满，九泉何太深。
唯馀卷葹草，相对共伤心。

二〇九　汉江晚望
万顷湖天碧，一星飞鹭白。
此时放怀望，不厌为浮客。

二一〇　惜花　任蕃
无语与花别，细看枝上红。
明年又相见，还恐是愁中。

二一一　怨
泪干红落脸，心尽白垂头。

自此方知怨，从来岂信愁。

二一二　述怀　崔橹
　　　白首成何事，无欢可替悲。
　　　空馀酒中兴，犹似少年时。

二一三　使风　王周
　　　风起即千里，风迴翻问津。
　　　沉思宦游者，何啻使风人。

二一四　采桑女二首
　　①渡水采桑归，蚕老催上机。
　　　扎扎得盈尺，轻素何人衣？
　　②采桑知蚕饥，投梭惜夜迟。
　　　谁夸罗绮丛，新画学月眉。

二一五　渡溪
　　　渡溪溪水急，水溅罗衣湿。
　　　日暮犹未归，盈盈水边立。

二一六　落叶
　　　素律铄欲脆，青女妒复稀。
　　　月冷天风吹，叶叶干红飞。

二一七　霞
　　　拂拂生残晖，层层如裂绯。
　　　天风剪成片，疑作仙人衣。

二一八　巴江
　　　巴江江水色，一带浓蓝碧。
　　　仙女瑟瑟衣，风梭晚来织。

二一九　金口步
　　两山斗咽喉，群石矗牙齿。
　　行客无限愁，横吞一江水。

第九卷 五言九 晚唐二

（共三百二十六首）

一　散关遇雪　李商隐
　　剑外从军远，无家与寄衣。
　　散关三尺雪，回梦旧鸳机。

二　乐游原
　　向晚意不适，驱车登古原。
　　夕阳无限好，只是近黄昏。

三　巴江
　　巴江可惜柳，柳色绿侵江。
　　好向金銮殿，移阴入绮窗。

四　听鼓
　　城头迭鼓声，城下暮江清。
　　欲问《渔阳掺》，时无祢正平。

五　忆梅
　　定定住天涯，依依向物华。
　　寒梅最堪恨，长作去年花。

六　漫成二首
　　①沈约怜何逊，延年毁谢庄。

清新俱有得，名誉底相伤。
　　②雾夕咏芙蕖，何郎得意初。
　　　此时谁最赏？沈范两尚书。

七　柳下暗记
　　　无奈巴南柳，千条傍吹台。
　　　更将黄映白，拟作杏花媒。

八　妓席
　　　乐府闻桃叶，人前道得无，
　　　劝君书小字，切莫唤官奴。

九　风
　　　撩钗盘孔雀，恼带拂鸳鸯。
　　　罗荐谁教近，斋时锁洞房。

一〇　代应
　　　昨夜双钩败，今朝百草输。
　　　关西狂小吏，唯喝绕床卢。

一一　张恶子庙
　　　下马捧椒浆，迎神白玉堂。
　　　如何铁如意，独自与姚苌。

一二　百果嘲樱桃
　　　朱实虽先熟，琼莩纵早开。
　　　流莺犹故向，争得讳含来？

一三　樱答
　　　众果莫相消，天生名品高。
　　　何因古乐府，唯有郑樱桃。

一四　袜
　　尝闻宓妃袜，渡水欲生尘。
　　好偕嫦娥著，清秋踏月轮。

一五　追代卢家人嘲堂内
　　道却横波字，人前莫漫羞。
　　只应同楚水，长短入淮流。

一六　天涯
　　春日在天涯，天涯日又斜。
　　莺啼如有泪，为湿最高花。

一七　早起
　　风露澹清晨，帘间独起人。
　　莺花啼又笑，毕竟是谁春？

一八　细雨
　　帷飘白玉堂，簟卷碧牙床。
　　楚女当时意，萧萧发影凉。

一九　歌舞
　　遏云歌响清，迴雪舞腰轻。
　　只要君流盼，君倾国自倾。

二〇　房君珊瑚散
　　不觅姮娥影，清秋守月轮。
　　月中闲杵臼，桂子捣成尘。

二一　嘲樱桃
　　朱实鸟含尽，青楼人未归。
　　南园无限树，独自叶如帏。

二二　自况
　　陶令弃官后，仰眠书屋中。
　　谁将五斗米，拟换北窗风？

二三　蝶
　　孤蝶小徘徊，翩翩粉翅开。
　　并应伤皎洁，频近雪中来。

二四　夜意
　　帘垂幕半卷，枕冷被仍香。
　　如何为相忆，魂梦过潇湘。

二五　李夫人二首
　　①一带不结心，两股方安髻。
　　　惭愧白茅人，月没教星替。
　　②剩结茱萸枝，多擘秋莲的。
　　　独自有波光，綵囊盛不得。

二六　滞雨
　　滞雨长安夜，残灯独客愁。
　　故乡云水地，归梦不宜秋。

二七　微雨
　　初随林霭动，稍共夜凉分。
　　窗迥侵灯冷，庭虚近水闻。

二八　高花
　　花将人共笑，篱外露繁枝。
　　宋玉临江宅，墙低不拟窥。

二九　嘲桃
　　无赖妖桃面，平明露井东。

春风为开了，却拟笑春风。

三〇　饯席重送从叔之梓州
　　　莫叹万重山，君还我未还。
　　　武关犹怅望，何况百牢关。

三一　柳枝五首
　　　①花房与蜜脾，蜂雄夹蝶雌。
　　　　同时不同类，那复更相思。
　　　②本是丁香树，春条结始生。
　　　　玉作弹棋局，中心亦不平。
　　　③嘉瓜引蔓长，碧玉冰寒浆。
　　　　东陵虽五色，不忍值牙香。
　　　④柳枝井上蟠，莲叶浦中干。
　　　　锦鳞与绣羽，水陆有伤残。
　　　⑤画屏绣步障，物物自成双。
　　　　如何湖上望，只是见鸳鸯。

三二　青楼曲　于濆
　　　青楼临大道，一上一回老。
　　　所思终不来，极目伤春草。

三三　中秋　司空图
　　　闲吟秋景外，万事觉悠悠。
　　　此夜若无月，一年虚过秋。

三四　偶题
　　　水榭花繁处，春晴日午前。
　　　鸟窥临槛镜，马过隔墙鞭。

三五　闲步
　　几处白烟断，一川红树时。
　　坏桥侵辙水，残照背村碑。

三六　春中
　　伏溜侵阶润，繁花隔竹香。
　　娇莺方晓听，无事过南塘。

三七　独望
　　绿树连村暗，黄花出陌稀。
　　远陂春草绿，犹有水禽飞。

三八　杂题
　　孤枕闻莺起，幽怀独悄然。
　　地融春力润，花泛晓光鲜。

三九　漫题三首
　　①乱后他乡节，烧残故国春。
　　　自怜垂白首，犹伴踏青人。
　　②齿落伤情久，心惊健忘频。
　　　蜗庐经岁客，蚕市异乡人。
　　③率怕人言谨，闲宜酒韵高。
　　　山林若无虑，名利不难逃。

四〇　河上二首
　　①惨惨日将暮，驱羸独到庄。
　　　沙痕傍墟落，风色入牛羊。
　　②新霁田园处，夕阳禾黍明。
　　　沙村平见水，深巷有鸥声。

四一　早朝
　　　白日新年好,青春上国多。
　　　街平双阙近,尘起五云和。

四二　即事二首
　　①茶爽添诗句,天清莹道心。
　　　只留鹤一只,此外逛空林。
　　②御礼征奇策,人心注盛时。
　　　从来留振滞,只待济临危。

四三　永夜
　　　永夜疑无日,危时只赖山。
　　　旷怀休戚外,孤迹是非间。

四四　秦关
　　　形胜今虽在,荒凉恨不穷。
　　　虎狼秦国破,狐兔汉陵空。

四五　渡江
　　　秋江共僧渡,乡泪滴船回。
　　　一夜吴船梦,家书立马开。

四六　退居漫题七首
　　①花缺伤难缀,莺喧奈细听。
　　　惜春春已晚,珍重草青青。
　　②堤柳自绵绵,幽人无恨牵。
　　　只忧诗病发,莫寄校书笺。
　　③燕语曾来客,花催欲别人。
　　　莫愁春又过,看着又新春。
　　④身外都无事,山中久避喧。

破巢看乳燕，留果待啼猿。
⑤诗家通籍美，工部与司勋。
　　　高贾虽难敌，徽宫偶胜君。
⑥努力省前非，人生上寿稀。
　　　青云无直道，暗室有危机。
⑦燕拙营巢苦，鱼贪触网惊。
　　　岂缘身外事，亦似我劳形。

四七　即事九首
①宿雨川原霁，凭高景物新。
　　　陂痕侵牧马，云影带耕人。
②十年深隐地，一雨太平心。
　　　匣涩休看剑，窗明复上琴。
③明时那弃置，多病自迟留。
　　　疏磬和吟断，残灯照卧幽。
④衰鬓闲生少，丹梯望觉危。
　　　松须依石长，鹤不傍人卑。
⑤落叶频惊鹿，连峰欲映雕。
　　　此生诗病苦，此病更萧条。
⑥旅思又惊夏，庭前长小松。
　　　远峰生瑞气，残月敛衰容。
⑦林鸟频窥静，家人亦笑慵。
　　　旧居留稳枕，归卧听秋钟。
⑧华宇知难保，烧来又却修。
　　　只应巢燕惜，未必主人留。
⑨幽鸟穿篱去，邻翁采药回。
　　　云从潭底出，花向佛前开。

四八　松滋渡二首
　　①步上短亭久，看迥官渡船。
　　　江乡宜晚霁，楚老语丰年。
　　②楚岫积乡思，茫茫归路迷。
　　　更堪斑竹驿，初听鹧鸪啼。

四九　华清宫
　　帝业山河固，离宫宴幸频。
　　岂知驱战马，只是太平人。

五〇　牛头寺
　　终南最佳处，禅诵出青霄。
　　群木澄幽寂，疏烟泛沉寥。

五一　感时上卢相
　　兵待皇威振，人随国步安。
　　万方休望幸，封岳始鸣銮。

五二　乱后三首
　　①丧乱家难保，艰虞病懒医。
　　　空将忧国泪，犹拟洒丹墀。
　　②流芳能几日，惆怅又闻蝉。
　　　行在多新贵，幽栖独长年。
　　③世事尝艰险，僧居愤寂寥。
　　　美香闻夜合，清景见寅朝。

五三　秋景
　　景物皆难驻，伤春复怨秋。
　　旋书红叶落，拟画碧云收。

五四　避乱
　　乱离身偶在，窜迹任浮沉。
　　虎暴荒居迥，萤孤黑夜深。

五五　长亭
　　梅雨和乡泪，终年共洒〔酒〕衣。
　　殷勤华表鹤，羡尔亦曾归。

五六　村西杏花二首
　　①薄腻力偏羸，看看怆别时。
　　　东风狂不惜，西子病难医。
　　②肌细分红咏，香浓破紫苞。
　　　无因留得玩，争忍折来抛。

五七　独坐
　　幽径入桑麻，坞西逢一家。
　　编篱新带茧，补屋草和花。

五八　借居
　　借住郊园久，仍逢夏景新。
　　绿苔行屐稳，黄鸟傍窗频。

五九　重阳
　　菊开犹阻雨，蝶意切于人。
　　亦应知暮节，不比惜残春。

六〇　偶书五首
　　①衰谢当何忏？惟应悔壮图。
　　　磬声花外远，人影塔前孤。
　　②色变莺雏长，竿齐笋箨垂。
　　　白头身偶在，清夏景还移。

③蜀妓轻成妙，吴娃狎共纤。
　晚妆留拜月，卷上水精簾。
④独步荒郊暮，沉思远墅幽。
　平生多少事，弹指一时休。
⑤掩谤知迎吠，欺心见强颜。
　有名人易困，无契债难还。

六一　杂题九首
①病来胜未病，名缚便忘名。
　今日甘为客，当时注愍征。
②暑湿深山雨，荒居破屋灯。
　此生无忏处，此去作高僧。
③不须频怅望，旦喜脱喧嚣。
　亦有终焉意，陂南看稻苗。
④楼带猿吟迥，庭容鹤舞宽。
　晒书因阅画，封药偶和丹。
⑤宴罢论诗久，亭高拜表频。
　岸香蕃舶月，洲色海烟春。
⑥驿步堤萦阁，军城鼓振桥。
　鸥和湖雁下，雪隔岭梅飘。
⑦带雪南山道，和钟北阙明。
　太平当共贺，开化喝来声。
⑧舴艋猿偷上，蜻蜓燕竞飞。
　樵香烧桂子，苔湿挂莎衣。
⑨溪涨渔家近，烟收鸟道高。
　松花飘可惜，睡里洒离骚。

六二　古乐府
　　一叶随西风，君行亦向东。
　　知妾飞书意，无劳待早鸿。

六三　有感
　　灯影看须黑，墙阴惜草青。
　　岁阑悲物我，同是冒霜萤。

六四　休休亭
　　且喜安能保，那堪病更忧。
　　可怜藜杖者，真个种瓜侯。

六五　漫书二首
　　①剩欲逢花折，须判冒雨频。
　　　晴明开渐少，莫怕湿新巾。
　　②小蝶尔何竞，追飞不惮劳。
　　　远教群雀见，宁悟祸梯高。

六六　岁尽二首
　　①明日添一岁，端忧奈尔何？
　　　冲寒出洞口，犹校夕阳多。
　　②莫话伤心事，投春满鬓霜。
　　　殷勤共尊酒，今岁只残阳。

六七　牡丹
　　得地牡丹盛，晓添龙麝香。
　　主人犹自惜，锦幕护春霜。

六八　乱后
　　羽书传栈道，风火隔乡关。
　　病眼那堪泣，伤心不到闲。

六九　春山
　　可是武陵溪，春芳着处迷。
　　花明催曙早，云腻惹空低。

七〇　乐府
　　宝马跋尘光，双驰照路旁。
　　喧传报戚里，明日幸长杨。

七一　乱前上卢相
　　虏黠虽多变，兵骄即易乘。
　　犹须劳斥候，勿遣大河冰。

七二　上元日放二雉
　　婴网虽皆困，褰笼喜共归，
　　无心期尔报，相见莫惊飞。

七三　题司空图壁　卢携常
　　姓氏司空贵，官班御史卑。
　　老夫如且在，不用叹屯奇。

七四　金谷园　曹松
　　当年歌舞时，不说草离离。
　　今日歌舞尽，满园秋露垂。

七五　寒食日题杜鹃花
　　一朵又一朵，并开寒食时。
　　谁家不禁火，总在此花枝。

七六　春草
　　不独满池塘，梦中佳句香。
　　春风有馀力，引上古城墙。

七七　夏日东斋
　　三庚到秋伏，偶来松槛立。
　　热少清风多，开门放山入。

七八　南朝
　　离离〔三篱〕盖驰道，风烈一无取。
　　时见牧牛童，嗔牛吃禾黍。

七九　言怀
　　出山不得意，谒帝值戈鋋。
　　岂料为文日，翻成用武年。

八〇　滕王阁春日晚望
　　凌春帝子阁，偶眺日移西。
　　浪势平花坞，帆影〔阴〕上柳堤。

八一　望归马　刘驾
　　东人望归马，归马莲峰下。
　　莲峰与地平，亦不更征兵。

八二　田西边
　　刀剑作犁锄，耕田古城下。
　　高秋黍稷多，无地放羊马。

八三　乐边人
　　在乡身亦劳，在边腹亦饱。
　　父兄若一处，任向边头老。

八四　筑城词
　　前杵与后杵，筑城功〔声〕不住。
　　我愿筑更高，得见秦皇墓。

八五　秦娥
　　秦娥十四五，面白于指爪。
　　羞人夜采桑，惊起戴胜鸟。

八六　牧童
　　牧童见客拜，山果怀中落。
　　昼日驱牛归，前溪风雨恶。

八七　雪　罗隐
　　尽道丰年瑞，丰年瑞若何？
　　长安有贫者，为瑞不宜多。

八八　寄陆鲁望
　　龙楼李丞相，昔岁仰高文。
　　黄阁今无主，青山竟不焚。

八九　遇边使
　　累年无的信，每夜梦边城。
　　袖掩千行泪，书封一尺情。

九〇　移住别友
　　自到西川住，唯君别有情。
　　常逢对门远，又隔一重城。

九一　塥口逢友人
　　艰难别离久，中外往还深。
　　已改当时发，空馀旧日心。

九二　采莲女　霍总
　　舟中采莲女，两两催妆梳。
　　闻早渡江去，日高来起居。

九三　感事　武瓘
　　花开蝶满枝，花谢蝶还希。
　　唯有旧巢燕，主人贫亦归。

九四　题嘉祥驿　孟迟
　　树顶烟微绿，山根菊暗香。
　　何人独鞭马，落日上嘉祥？

九五　徐波渡
　　晓月千重树，春烟十里溪。
　　过来还过去，此路不堪迷。

九六　壮士吟
　　壮士何曾悲，悲即无回期。
　　如何易水上，未歌泪先垂。

九七　怀郑洎
　　风兰舞幽香，雨叶堕寒滴。
　　美人来不来，前山看向夕。

九八　饮散呈主人　韦庄
　　梦觉笙歌散，空堂寂寞秋。
　　更闻城角弄，烟雨不胜愁。

九九　即事
　　乱世时偏促，阴天日易昏。
　　无言搔白首，憔悴倚东门。

一〇〇　勉儿子
　　养尔逢多难，常忧学已迟。
　　辟疆为上相，何必待从师。

一〇一　春早
　　　闻莺才觉晓，闭户已知晴。
　　　一带窗间日，斜穿枕上明。

一〇二　赠姬人
　　　莫恨红裙破，休嫌白屋低。
　　　请看京与洛，谁在旧香闺？

一〇三　登岭望　许鼎
　　　淼淼三江水，悠悠五岭间。
　　　雁来犹不度，人去若为还。

一〇四　送友人及第归海东　张乔
　　　东风日边起，草木一时春。
　　　自笑中华路，年年送远人。

一〇五　夜渔
　　　钓艇去悠悠，烟波春复秋。
　　　惟将一点火，何处宿芦洲？

一〇六　小院　唐彦谦
　　　小院无人夜，烟斜月转明。
　　　清宵易惆怅，不必有离情。

一〇七　春雪初霁杏花正芳月夜闲吟
　　　霁景明如练，繁英杏正芳。
　　　姮娥应有语，悔共雪争光。

一〇八　文惠宫人
　　　认得前家令，宫人泪满裾。
　　　不知梁佐命，全是沈尚书。

一〇九　赠窦尊师
　　我爱窦高士，弃官仍在家。
　　为嫌勾漏令，兼不要丹砂。

一一〇　南海神祠　高骈
　　沧溟八千里，今古畏波涛。
　　此日征南将，安然渡万艘。

一一一　送春
　　水浅鱼争跃，花深鸟竞啼。
　　春光看欲尽，判却醉如泥。

一一二　海翻
　　几经人事变，又见海涛翻。
　　徒起如山浪，何曾洗至冤。

一一三　筇竹杖寄僧
　　坚轻筇竹杖，一枝有九节。
　　寄与沃州人，闲步秋山月。

一一四　遣兴
　　把盏非怜酒，持竿不为鱼。
　　唯应嵇叔夜，似我性慵疏。

一一五　登芜城　储嗣宗
　　昔人登此地，丘垄已前恋。
　　今日又非昔，春风几能时。

一一六　送春
　　无语共春别，细腰枝上红。
　　来年又相见，还恐是愁中。

一一七　垓城
　　百战未言非,孤军惊夜围。
　　山河意气尽,泪溅美人衣。

一一八　村月
　　月午离南道,前村半隐林。
　　田翁独归处,乔麦露花深。

一一九　早春
　　野树花初发,空山独见时。
　　踟蹰历阳道,乡思满南枝。

一二〇　谒先主庙　张俨
　　雄名垂竹帛,荒陵压阡陌。
　　终古更何闻,悲风入松柏。

一二一　锦　薛莹
　　轧轧弄寒机,功多力渐微。
　　惟忧机上锦,不称舞人衣。

一二二　羡僧
　　处世曾无着,生前事尽非。
　　一瓶兼一衲,南北去如归。

一二三　秋日湖上
　　落日五湖游,烟波处处愁。
　　沉浮千古事,谁与问东流。

一二四　寄旧山隐侣
　　旧山储隐伦,身在若无身。
　　莫锁白云路,白云多娱人。

一二五　访武陵道者不遇
　　花发鸟仍啼，行行路欲迷。
　　二真无问处，虚度武陵溪。

一二六　江山闲望
　　渺渺无穷尽，风涛几日平？
　　年光与人事，东去一声声。

一二七　水亭　裴夷直
　　岁律行将变，君恩竟未回。
　　门前即潮水，朝去暮还来。

一二八　扬州寄诸子
　　千里隔烟波，孤舟宿何处？
　　遥思耿不眠，淮南夜风雨。

一二九　酬卢郎中游寺见招不遇
　　偶出送山客，不知游梵宫。
　　秋光古松下，谁伴一仙翁？

一三〇　寓言
　　秋树却逢暖，未凋能几时？
　　何须尚松陡，摇动暂青枝。

一三一　唁人丧侍儿
　　夜情河耿耿，春恨草绵绵。
　　唯有嫦娥月，从今照墓田。

一三二　席上夜别张主簿
　　红烛剪还明，绿尊添又满。
　　不愁前路长，只畏今宵短。

一三三　方丈泉
　　　循涯不知浅，见底似非深。
　　　永日无波浪，澄澄照我心。

一三四　晚望
　　　日下夕阴长，前山凝积翠。
　　　白鸟一行飞，联联粉书字。

一三五　前山
　　　只谓一苍翠，不知犹数重。
　　　晚来云映处，更见两三峰。

一三六　发交州日留题解炼师房
　　　久喜房廊接，今成道路赊。
　　　明朝回首处，此地是天涯。

一三七　令和州买松
　　　好觅凌霜质，仍须带雨栽。
　　　须知剖竹日，便是看松来。

一三八　题《断金集》后
　　　一览《断金集》，再悲埋玉人。
　　　牙絃千古绝，珠泪万行新。

一三九　春怀旧游　雍陶
　　　吟想旧经过，花时奈远何？
　　　别来长似见，春梦入关多。

一四○　离京城宿商山作
　　　山月吟声苦，春风别思长。
　　　无由及尘土，犹带杏花香。

一四一　秋馆雨夜
　　夜雨空馆静，幽人起徘徊。
　　长安醉眠客，岂知新雁来。

一四二　闻子规
　　百鸟有啼时，子规声不歇。
　　春寒四邻静，独叫三更月。

一四三　怀无可上人
　　山寺秋时后，僧家夏满时。
　　清凉多古迹，几处有新诗？

一四四　长安客感
　　客泪如危叶，长悬零落心。
　　况是悲秋日，临风制不禁。

一四五　送客遥望
　　别远心更苦，遥将目送君。
　　光华不可见，孤鹤没秋云。

一四六　伤靡草
　　靡草似客心，年年亦先死。
　　无由伴花落，暂得因风起。

一四七　感兴
　　贫女貌非丑，要须缘嫁迟。
　　还似求名客，无媒不及时。

一四八　长安客感
　　日过千万家，一家非所依。
　　不及行尘影，犹随马蹄归。

一四九　杂怨　聂夷中
　　良人昨日去，明月又不圆。
　　别时各有泪，零落青楼前。

一五〇　乌夜啼
　　众鸟各归枝，乌乌尔不栖。
　　还应知妾恨，故向绿窗啼。

一五一　起夜来
　　念远心如烧，不觉中夜起。
　　桃花带露泛，立在月明里。

一五二　古别离
　　欲别牵郎衣，问郎游何处？
　　不恨归日迟，莫向临邛去。

一五三　长安道
　　此地无驻马，夜中犹走轮。
　　所以路傍草，少于衣上尘。

一五四　公子家
　　种花满西园，花发青楼道。
　　花下一禾生，去之为恶草。

一五五　田家
　　父耕原上田，子劚山下荒。
　　六月禾未秀，官家已修仓。

一五六　过二妃庙　崔涂
　　残阳楚水畔，独弔舜时人。
　　不及庙前草，至今江上春。

一五七　送友人
　　登高迎送远，春恨并依依。
　　不得沧洲信，空看白鹤归。

一五八　橹声
　　烟外桡声远，天涯客梦回。
　　争知江上客，不是故乡来？

一五九　效崔国辅体四首　韩偓
　　①淡月照中庭，海棠花自落。
　　　独立俯闲阶，风动秋千索。
　　②酒力惹睡眸，卤莽闻街鼓。
　　　欲明花更寒，东风打窗雨。
　　③罗幕生春寒，绣窗愁未眠。
　　　南湖夜来雨，应湿采莲船。
　　④雨后碧苔院，霜来红叶楼。
　　　闲阶上斜日，鹦鹉伴人愁。

一六〇　半睡
　　抬镜仍嫌重，更衣又怕寒。
　　宵分未归帐，半睡待郎看。

一六一　早归
　　去是黄昏后，归当胧朣〔朦胧〕时。
　　衩衣吟宿醉，风露动相思。

一六二　两处
　　楼上淡山横，楼前沟水清。
　　怜山又怜水，两处总牵情。

一六三　春闺二首
　　　①愿结交加梦，因倾潋滟尊。
　　　　醒来情绪恶，帘外正黄昏。
　　　②氲氲帐远香，薄薄睡时妆。
　　　　长吁解罗带，怯见上空床。

一六四　花时与钱尊师同醉
　　　桥下浅深水，竹间红白花。
　　　酒仙同避世，何用厌长沙。

一六五　从猎三首
　　　①猎犬谙斜路，宫嫔认画旗。
　　　　马前双兔走，宣示羽林儿。
　　　②小镫狭鞧鞘，鞍轻妓细腰。
　　　　有时齐走马，也学唱交交。
　　　③踆踆巴驿骏，陪鳃碧野鸡。
　　　　忽闻仙乐动，赐酒玉偏提。

一六六　与僧
　　　江海扁舟客，云山一食僧。
　　　相逢两相语，若个是南能？

一六七　野钓
　　　细雨桃花水，轻沤逆浪飞。
　　　凤头归阻棹，坐睡倚蓑衣。

一六八　感事　高蟾
　　　浊河从北下，清洛向东流。
　　　清浊皆如此，何人不白头。

一六九　楚思
　　叠浪与云急，翠兰和意香。
　　风流化为雨，日暮下巫阳。

一七〇　雪中
　　金阁倚云开，朱轩犯雪来。
　　三冬辛苦样，天意似难裁。

一七一　道中有感
　　一醉六十日，一裘三十年。
　　年华经几日，日日掉征鞭。

一七二　宋汴道中
　　平野有千里，居人无一家。
　　甲兵年正少，日久戍天涯。

一七三　秋思
　　天地太萧索，山川何渺茫。
　　不堪星斗柄，犹把岁寒量。

一七四　即事
　　三年离水石，一旦隐樵渔。
　　为问青云上，何人识卷舒？

一七五　渔家
　　野水千年在，闲花一夕空。
　　近来浮世狭，何似钓船中。

一七六　关中
　　风雨去愁晚，关河归思凉。
　　西游无紫气，一夕九回肠。

一七七　归思
　　紫府归期断，芳洲别思迢。
　　黄金作人世，只被岁寒消。

一七八　送王郎中　钱翊
　　惜别远相送，却成惆怅多。
　　独归回首处，争奈暮山何。

一七九　感兴　郑谷
　　禾黍不阳艳，竞栽桃李春。
　　翻令力耕者，多〔半〕作卖花人。

一八〇　望湖亭
　　湘水似伊水，湘人非故人。
　　登临独无语，风柳自摇春。

一八一　采桑
　　晓陌携笼去，桑林路隔淮。
　　何如斗百草，赌取凤凰钗。

一八二　闷题
　　落第春相困，无心惜落花。
　　荆山归不得，归得亦无家。

一八三　牡丹
　　乱前看不足，乱后眼偏明。
　　却得蓬蒿力，遮藏见太平。

一八四　玉蕊花
　　唐昌树已荒，天意眷文昌。
　　晚入微风起，春时雪满墙。

一八五　嘉陵
　　细雨湿凄凄，人稀江日西。
　　春肠已愁断，不待子规啼。

一八六　弔贾员外
　　八韵与五字，俱为时所传〔先〕。
　　幽魂应自慰，李白墓相连。

一八七　乳毛松
　　松格一何高，何人号乳毛？
　　霜天寓直夜，愧尔伴闲曹。

一八八　櫄里子墓
　　贤人骨已销，墓树几荣凋。
　　正直魂如在，斋心愿一招。

一八九　寒食日戏赠李侍御　卢延让
　　十二街如市，红尘咽不开。
　　洒蹄骢马汗，没处看花来。

一九○　芭蕉　路德延
　　一种灵苗异，天然体性虚。
　　叶如斜界纸，心似倒抽书。

一九一　塞上　周朴
　　受降城必破，回落陇头移。
　　蕃道北海北，谋生今始知。

一九二　感寓　杜荀鹤
　　大海波涛浅，小人方寸深。
　　海枯终见底，人必不知心。

一九三　春闺怨
　　朝喜花艳春，暮悲花委尘。
　　不悲花落早，悲妾似花身。

一九四　钓叟
　　茅屋深湾里，钓船横竹门。
　　经营衣食外，犹得弄儿孙。

一九五　马上作
　　五里复五里，住时无住时。
　　日将家渐远，犹恨马行迟。

一九六　感事　王镣
　　击石易得火，扣人难动心。
　　今日朱门者，曾恨朱门深。

一九七　题青龙精舍　卢骈
　　寿夭虽云命，荣枯亦大偏。
　　不知雷氏剑，何处更冲天？

一九八　戏妻族语不正　胡曾
　　呼十却为石，唤针将作真。
　　忽然云雨至，总道是天因。

一九九　秋蝶二首　罗邺
　　①秦楼花发时，秦女笑相随。
　　　及到秋风日，飞来欲问谁？
　　②似厌栖寒菊，翩翩占晚阳。
　　　愁人如见此，应下泪千行。

二〇〇　秋别
　　别路垂杨柳，秋风凄管弦。

青楼君去后,明月为谁圆?

二〇一　御沟水　卢肇
万壑朝溟海,萦迴岁月多。
无如此沟水,咫尺奉天波。

二〇二　水阁　朱景玄
楼居半池上,澄影共相空。
谢守题诗处,莲开净碧中。

二〇三　迎风亭
山雨留清气,溪飙送早凉。
时回石门步,阶下碧云光。

二〇四　双楷亭
连檐对双树,冬翠夏无尘。
未肯惭桃李,成阴不待春。

二〇五　莲亭
回塘最幽处,拍水小亭开。
莫怪阑干湿,鸂鶒夜宿来。

二〇六　中峰亭
中峰上翠微,窗晓早霞飞。
几引登山屐,春风踏雪归。

二〇七　飞云亭
上结孤圆顶,飞轩出泰清。
有时迷处所,梁栋晓云生。

二〇八　四望亭
高亭群峰首,四面俯晴川。

每见晨光晓，阶前万井烟。

二〇九　望莲台
　　　秋台好登望，菡萏发清池。
　　　半似红颜醉，凌波欲暮时。

二一〇　茶亭
　　　静得尘埃外，茶芳小华山。
　　　此亭真寂寞，世路少人闲。

二一一　伤春　李昌符
　　　即是春风尽，仍沾夜雨归。
　　　明朝更来此，兼恐落花稀。

二一二　寄僧知乾　裴说
　　　貌高清入骨，帝里旧临坛。
　　　出语经相似，行心佛证安。

二一三　雨中对后檐丛竹　崔元翰
　　　含风摇砚水，带雨拂墙衣。
　　　乍似秋江上，渔家半掩扉。

二一四　送人往宣城　潘佐
　　　江畔送行人，千山生暮氛。
　　　谢安团扇上，为画敬亭云。

二一五　寄非烟　赵象
　　　一睹倾城貌，尘心只自猜。
　　　不随萧史去，拟学阿兰来。

二一六　洋州馆亭吟　窦裕
　　　家依楚水岸，身寄汴州馆，

望月独相思，尘襟泪痕满。

二一七　南歌子词三首　裴諴
　　①不知厨中皪，争如炙里心。
　　　井边银钏落，展转恨还深。
　　②不信长相忆，抬头问取天。
　　　风吹荷叶动，无夜不摇莲。
　　③鲜蜡为红烛，情知不自由。
　　　细丝斜结网，争奈眼相钩。

二一八　湘中怨讽　郑仆射
　　青鹢苦幽独，隔江相对稀。
　　夜寒芦叶雨，空作一声归。

二一九　游昌化精舍　柳明献
　　宝台侵汉远，金地受〔接〕霞高。
　　何必游天外，忻此契卢敖。

二二〇　铜雀妓　朱光弼
　　魏王铜雀妓，日暮管弦清。
　　一见西陵树，心悲舞不成。

二二一　宫词
　　梦里君王近，宫中河汉高。
　　秋风能再热，团扇不辞劳。

二二二　观妓　李何
　　向晚小乘游，朝来新上头。
　　从来许长袖，未有客难留。

二二三　赏残花　纥干著
　　零落多依草，芳香散着人。

低檐一枝在，犹占满堂春。

二二四　听琴　王玄
　　拂尘开按匣，何事独颦眉？
　　古调俗不乐，正声君自知。

二二五　醉吟三首　张蕴
　①去岁无田种，今春乏酒材。
　　从他花鸟笑，佯醉卧楼台。
　②下调无人采，高心又被瞋。
　　不知时俗意，教我若为人？
　③入市非求利，过朝不为名。
　　有时随俗物，相伴且营营。

二二六　格子屏风　朱贞白
　　道格何曾格，言糊又不糊。
　　浑身总是眼，还解识人无？

二二七　登清居台　魏峦
　　迤逦清居台，连延白云外。
　　侧聆天工〔上〕语，下视飞鸟背。

二二八　药圃　夏侯子云
　　绿叶红英遍，仙经自讨论。
　　偶移岩畔菊，锄断白云根。

二二九　题升山　任生
　　城外升山寺，城中望宛然。
　　及登无半日，欲到已经年。

二三〇　题季子庙　李季华
　　季子让社稷，又能听国风。

宁知千载后，蘋藻满〔冷〕祠宫。

二三一　江上枫　成文幹
　　江枫自蓊郁，不竞松筠力。
　　一叶落渔家，斜〔残〕阳带秋色。

二三二　夜夜曲
　　自从君去夜，锦幌孤兰麝。
　　敧枕对银缸，秦筝绿窗下。

二三三　村行
　　暧暧村烟暮，牧童出深坞。
　　骑牛不顾人，吹笛寻山去。

二三四　郊原晚望怀李秘书　左偃
　　归鸟入平野，寒云在远村。
　　徒令睇望久，不复见王孙。

二三五　言怀别同志
　　渐老将谁托，劳生每自惭。
　　何当重携手，风雨满江南。

二三六　汉宫词
　　寒烛照清夜，笙歌隔藓墙。
　　一从飞燕入，便不见君王。

二三七　送君去
　　关河月未晓，行子心已急。
　　佳人无一言，独背残灯泣。

二三八　秋晚野望
　　倚筇聊一望，何处是秦川？

草色初晴路，鸿声欲暮天。

二三九　诣李侍郎　王梦周
　　　文字元无底，功夫转到难。
　　　苦心三百首，暂请侍郎看。

二四〇　吊灵均
　　　万古汨罗深，骚人道不沉，
　　　明明唐日月，应见楚臣心。

二四一　吊韩侍郎
　　　星落少微宫，高人入古风。
　　　几年才子泪，并写五言中。

二四二　石城　蒋吉
　　　系缆石城下，恣吟怀暂开。
　　　江人桡艇子，将谓莫愁来。

二四三　寄进士贾希
　　　恨苦泪不落，耿然东北心。
　　　空囊与瘦马，羁绁意应深。

二四四　高溪有怀
　　　驻马高溪侧，旅人千里情。
　　　雁山山下水，还作此泉声。

二四五　汉东道中
　　　九十九冈遥，天寒雪未消。
　　　羸童牵瘦马，不敢过危桥。

二四六　春雪　何仲言
　　　可闻不可见，能重复能轻。

镜前飘落粉,琴上听馀声。

二四七　送褚都曹
　　君随结客去,我乃倦游归。
　　本愿同栖宿〔息〕,今成相背飞。

二四八　送马舍人五城
　　随风飘岸叶,行雨暗江流。
　　居人会应返,空欲送行舟。

二四九　苑中见美人
　　罗袖风前卷,玉钗林中耀。
　　团扇承落花,复持掩面笑。

二五〇　边城思
　　柳黄未吐叶,水渌〔绿〕半含苔。
　　春色边城动,客思故乡来。

二五一　送司马长沙
　　独留信南浦,望别乃西浮。
　　以今笑为别,复使夏成秋。

二五二　为人妾怨二首
　　①燕戏还檐隙〔际〕,花飞落枕前。
　　　寸心悲〔君〕不见,拭泪坐调弦。
　　②机中刺绣所,窗下朝妆处。
　　　未忆神已伤,欲忘悲不去。

二五三　相送
　　客心已百念,孤游重千里。
　　江暗雨欲来,浪白风初起。

二五四　闺怨二首
　　①竹叶响南窗，月光照东壁。
　　　谁欲〔知〕夜独觉，枕前双泪滴。
　　②闺阁行人断，房栊月影斜。
　　　谁能北窗下，独对后园花。

二五五　苑中
　　苑门闭千扇，苑户开万扉。
　　楼殿闻朱履，竹树隔罗衣。

二五六　离夜听琴
　　别离既有绪，琴瑟反成悲。
　　美人多怨态，亦复惨长眉。

二五七　相送
　　高轩虽暂驻，馀日久无晖。
　　以我辞乡泪，沾君送别衣。

二五八　寄题崔校书郊舍　黄滔
　　一片寒塘水，寻常立鹭鸶。
　　主人贫爱客，沽酒往吟诗。

二五九　愁思
　　碧嶂猿啼夜，新秋雨霁天。
　　谁人爱明月，露坐洞庭船。

二六〇　芳草
　　泽国多芳草，年年长自春。
　　应从屈平后，更苦不归人。

二六一　辇下书事
　　北阙新王业，东城入羽书。

秋风满林起，谁道有鲈鱼。

二六二　辇下偶题
对酒何曾醉，寻僧不觉闲。
无人不惆怅，终日见南山。

二六三　赋君山　袁少年
风波千里阔，台榭半天高。
此兴将何比？身如插羽毛。

二六四　赋南岳庙
峰峦多秀色，松桂足清声。
自有山林趣，全忘城阙情。

二六五　赋罗浮山
罗浮南海外，昔日已闻之。
千里来游览，幽情我自知。

二六六　送南中尉　吏部选人
羡君初拜职，嗟我独无名。
且是正员尉，全胜兼试卿。

二六七　占历包橘　射覆客
太岁当头立，诸神莫敢当。
其中有一物，常带洞庭香。

二六八　题青龙寺门　京师客
鼋龙东去海，时日隐西斜。
敬文今不在，碎石入流沙。

二六九　赠妇　邻士
吹火朱唇动，添薪玉腕斜。

遥看烟里面，恰似雾中花。

二七〇　偶题　苍头捧剑
　　　青鸟衔葡萄，飞上金井栏。
　　　美人恐惊去，不敢卷帘看。

二七一　报孟氏　少年
　　　神女配张硕，文君遇长卿。
　　　逢时两相得，聊足慰多情。

第十卷 五言十 释子、羽流、闺秀 神仙、鬼怪

（共二百一十二首）

六言附 （共五十首）

一 杂诗十首 寒山
①吾心似秋月，碧潭清皎洁。
　无物堪比伦，教我如何说。
②碧涧泉水清，寒山月华白。
　默知神自明，观空境逾寂。
③嗔是心中火，能烧功德林。
　欲行菩萨道，忍辱护真心。
④闲自访高僧，烟山万万层。
　师亲指归路，月挂一轮灯。
⑤闲游华顶上，天〔日〕朗昼光晖。
　四顾晴空里，白云同鹤飞。
⑥多少天台人，不识寒山子。
　莫知真意度，唤作闲言语。
⑦身著空花衣，足蹑龟毛履。
　手把兔角弓，拟射无明鬼。
⑧沙门不持戒，道士不服药。
　自古多少贤，尽在青山脚。

⑨家有寒山诗，胜如〔汝〕看经卷。
　书放屏风上，时时看一遍。
⑩无嗔即是戒，心净即出家。
　我性与汝合，一切法无差。

二　杂诗　拾得
　　嗟见世间人，永劫在迷津。
　　不省这个意，修行徒苦辛。

三　杂诗　丰干
　　本来无一物，亦无尘可拂。
　　若能了达此，不用坐兀兀。

四　赠柳先生　皎然
　　一见嵩山老，吾生恨太迟。
　　问君年几许？曾见上皇时。

五　酬李纾补阙
　　不住东山寺，云泉处处行。
　　近臣那得识，禅客本无名。

六　湖南兰若
　　未到无为岸，空怜不系舟。
　　东山白云意，岁晚尚悠悠。

七　答李季兰
　　天女来相试，将花欲染衣。
　　禅心竟不起，还捧旧花归。

八　法华寺望高峰赠如献上人
　　峰色秋天见，松声静夜闻。
　　影孤长不在，行道入深云。

九　赠陆羽
　　只将陶与谢，终日可忘情。
　　不欲多相识，逢人懒道名。

一○　留别阎士和
　　不惯人间别，多应忘别时。
　　逢山又逢水，只却恐来迟。

一一　界石守风望天竺灵隐
　　山顶东西寺，江中旦暮潮。
　　归心不可到，松路在青霄。

一二　九日与陆处士饮茶
　　九日山僧院，东篱菊也黄。
　　俗人多泛酒，谁解助茶香？

一三　望远村
　　林杪不可分，水步遥难辩。
　　一片山翠边，依稀见邨远。

一四　惜暮景
　　疏阴花不动，片景松梢度。
　　夏日旧来长，佳游何易暮？

一五　待山月
　　夜夜忆故人，长教山月待。
　　今宵故人至，山月知何在？

一六　杂兴二首
　　①人生分已定，富贵岂妄来？
　　　不见海底泥，飞上成尘埃。

②吾道本无我，未曾嫌世人。
如今到城市，弥觉此心真。

一七　前溪作
　　　春歌已寂寂，吉水自涓涓。
　　　徒误时人辈，伤心作逝川。

一八　偶作
　　　乐禅心自荡，吾道不能妨。
　　　独晤歌还笑，谁言老更狂？

一九　春陵登望
　　　西底空流水，东垣但聚云。
　　　最伤梅岭望，花雪正纷纷。

二〇　寄朱兵曹巨川
　　　欹枕听寒更，寒更发还住。
　　　一夜千万声，几声到君处？

二一　寄融上人
　　　常爱西林寺，池中月在时。
　　　芭蕉一片叶，书取寄吾师。

二二　送灵澈
　　　我欲长生梦，无心解伤别。
　　　千里万里心，只似眼前月。

二三　寄路温州
　　　欲问采灵药，如何学无生。
　　　爱鹤颇似君，且非求仙情。

二四　赠颜主簿
　　　汉家仪礼盛，名教出诸颜。

更说〔见〕尚书后,能文有〔在〕子山。

二五　渡前溪
不意入前溪,爱溪从错落。
清清鉴不足,非是深难度。

二六　问天
天翁〔公〕何时有?谈者皆不经。
谁道贤人死,今为傅说星。

二七　偶作三首
①真隐不须〔须无〕矫,忘名要似愚。
　只将两条事,空却汉潜夫。
②房语嫌不学,胡音从不翻。
　说禅颠倒是,乐杀金王孙。
③偶世寂无喧,吾心了性源。
　可嫌虫蚀〔食〕木,不笑鸟能言。

二八　题竹上　玄览
欲知吾道廓,不与物情违。
大海从鱼跃,长空任鸟飞。

二九　送朱放　灵一
苦见人间世,思归洞里天。
纵令山鸟语,不废野人眠。

三〇　题天姥　灵澈
天台众峰外,岁晚当寒空。
有时半不见,崔嵬在云中。

三一　远公墓
古墓石棱棱,寒云晚景凝。

空悲虎溪月，不见雁门僧。

三二　城上吟　子兰
　　古冢密于草，新坟侵古道。
　　城外无闲地，城中人又老。

三三　诫贪
　　多求待心足，未足旋倾覆。
　　明知贪者心，求荣不求辱。

三四　襄阳曲
　　为忆南游人，移家大堤住。
　　千帆万帆来，过尽门前去。

三五　石桥琪树　隐丘
　　山上天将近，人间路渐遥。
　　谁当云里见，知欲度〔渡〕仙桥。

三六　少年行二首　贯休
　①自拳五色毬，进入他人宅。
　　却捉苍头奴，玉鞭打一百。
　②面白如削玉，猖狂曲江侧。
　　马上黄金鞍，适来新赌得。

三七　春野作
　　大牛苦耕田，乳犊望似泣。
　　万事皆天意，绿草头戢戢。

三八　寒江上望
　　荒岸烧未死，白云凝不动。
　　极目无人行，浪打取鱼笼。

三九　晚望
　　落日碧江静，莲唱清且闲。
　　更寻花发处，借月过前湾。

四〇　早霜寄蔡大
　　昨夜楚钟鸣，飞霜下楚城。
　　定知仙客鬓，先向鉴中生。

四一　月夕
　　霜月夜徘徊，楼中羌管〔笛〕催。
　　晓风吹不尽，江上落残梅。

四二　怀赠武昌　栖一
　　风清江上月，霜洒月中砧。
　　得句先呈佛，无人知此心。

四三　怀故园　修睦
　　故园归未得，此日意何伤。
　　独坐水边草，水流春日长。

四四　放鹭鸶　齐己
　　洁白虽堪爱，腥膻不奈何。
　　到头从所欲，还汝旧沧波。

四五　送僧游香山寺
　　君到香山寺，探幽莫损神。
　　且寻风雅主，细看乐天真。

四六　扑满子
　　只爱满我腹，争知满害身。
　　到头须扑破，却散与他人。

四七　月夜泛舟　法振
　　西塞长云尽，南湖片月斜。
　　泛〔漾〕舟人不见，卧入武陵花。

四八　咏萤　处默
　　熠熠与娟娟，池塘竹树边。
　　乱飞如拽〔同曳〕火，成聚作囊悬〔却无烟〕。

四九　寻隐不遇二首　无本
　　①松下问童子，言师采药去。
　　　只在此山中，云深不知处。
　　②闻说到扬州，吹箫有旧游。
　　　人来多不见，莫是上迷楼。

五〇　题潞州壁　普满
　　此水连泾水，双珠血满川。
　　青牛将赤虎，还贺太平年。

五一　赠贾松先辈　水心寺僧
　　嵯峨山上石，岁岁色长新。
　　若使尽成宝，谁为知己人？

五二　戏咏兴善寺佛殿灾　李荣
　　道善何曾善，言兴又不兴。
　　如来烧亦尽，惟有一群僧。

五三　别童叟　吴筠
　　平昔同邑里，经年不相思。
　　今日成远别，相对心悽其。

五四　题缙云岭永望馆
　　人惊此路险，我爱山前深。

犹恐佳趣尽，欲行且沉吟。

五五　题华山人所居
　　故人住南郭，邀我对芳樽。
　　欢畅日云暮，不知城市喧。

五六　醉歌　殷文祥
　　弹琴碧玉调，药炼白朱砂。
　　解酝顷刻酒，能开非时花。

五七　阳春曲
　　愁见唱阳春，令人离肠结。
　　郎去未归家，柳自飘香雪。

五八　梦石季武赠李愬　天津道士
　　耸辔排金阙，乘轩上汉查〔槎〕。
　　浮名何足恋，高举入烟霞。

五九　赠刘商　广陵道士
　　无事到扬州，相携上酒楼。
　　药囊为赠别，千载更何求？

六〇　将游上范　武后
　　明朝游上苑，火急报春知。
　　花须连夜发，莫待晓风吹。

六一　上太宗　徐贤妃
　　朝来临镜望〔台〕，妆罢暂徘徊。
　　千金始一笑，一召讵能来。

六二　送兄　七岁女
　　别路云初起，离亭叶正稀。

所嗟人异雁，不作一行飞。

六三　长宁公主宅流杯池九首　　上官昭容
　①攀藤招逸客，偃桂叶〔协〕幽情。
　　水中看树影，风里听松声。
　②携琴待叔夜，负局访安期。
　　不应题石壁，为记赏山时。
　③泉石多仙趣，岩壑写奇形。
　　欲知堪悦耳，唯听水泠泠。
　④岩壑恣登临，莹目复怡心。
　　风篁类长笛，流水当鸣琴。
　⑤懒步天台路，唯登地肺山。
　　幽岩仙桂满，今日恣情攀。
　⑥暂游仁智所，萧然松桂情。
　　寄言栖遁客，勿复访蓬瀛。
　⑦瀑溜晴疑雨，丛篁昼似昏。
　　山中真可玩，暂请报王孙。
　⑧傍池聊赋笔，倚石旋题诗。
　　豫弹山水调，终拟待钟期。
　⑨横铺豹皮褥，侧戴鹿胎巾。
　　借问何为者？山中有逸人。

六四　自感四首　　侯夫人
　①庭绝玉辇迹，芳草渐成窠。
　　隐隐闻箫鼓，君恩何处多？
　②欲泣不成泪，悲来翻强歌。
　　庭花方烂熳，无计奈春何！
　③春阴正无际，独步意如何？

不及闲花草,翻承雨露多。
④妆成多自恨〔惜〕,梦好却成悲。
不及杨花意,春来到处飞。

六五　遣愁
　　秘洞扃仙卉,雕房锁玉人。
　　毛生〔君〕真可戮,不肯写昭君。

六六　题洛苑梧桐叶上　明皇宫人
　　一入深宫里,年年不见春。
　　聊题一片叶,寄与有情人。

六七　题红叶　宣宗宫人
　　流水何太急,深宫尽日闲。
　　殷勤谢红叶,好去到人间。

六八　战袍中金锁　僖宗宫人
　　玉烛制袍夜,金刀呵手裁。
　　锁寄千里客,锁心终不开。

六九　咏破帘　乔氏
　　已漏风声罢,罗帏〔绳持〕也不禁。
　　一从经落节〔后〕,无复有真〔贞〕心。

七〇　采桑　郎大家
　　春来南雁归,日去西蚕远。
　　妾思纷何极,客游殊未返。

七一　寄夫　郭绍兰
　　我婿去重湖,临窗泣血书。
　　殷勤凭燕翼,寄与薄情夫。

七二　同夫游秦　王氏
　　　路扫饥寒迹，天哀志气人。
　　　休零离别泪，携手入西秦。

七三　送韦生酒　鲍生妾
　　　白露湿庭砌，素月临前轩。
　　　此时去留恨，含思独无言。

七四　明月三五夜　莺莺
　　　待月西厢下，迎风户半开。
　　　拂墙花影动，疑是玉人来。

七五　绝张生
　　　弃置今何道？当时且自亲。
　　　还将旧来意，怜取眼前人。

七六　与谢生联句　越溪杨女
　　　珠簾半床月，青竹满林风。
　　　何事今宵景，无人解与同。

七七　春日
　　　春尽花随尽，其如自是花。
　　　从来说花意，不过此容华。

七八　题玉泉溪　湘驿女子
　　　红树醉秋色，碧溪弹夜弦。
　　　佳期不可再，风雨杳如年。

七九　与夫永诀二首　王氏
　　　①河汉已倾斜，神魂欲超越。
　　　　愿郎更回抱，终天从此诀。

②昔辞怀后会，今别便终天。
　新悲与旧恨，千古闭穷泉。

八〇　独游家园　孟氏
　　可惜春时节，依前独自游。
　　无端两行泪，长只对花流。

八一　赠少年
　　谁家少年儿，心中暗自欺？
　　不道终不可，可即恐郎知。

八二　啰唝曲六首　刘采春
　①不喜秦淮水，生憎江上船。
　　载儿夫婿去，经岁又经年。
　②借问东园柳，枯来得几年？
　　自无枝叶分，莫怨太阳偏。
　③莫作商人妇，金钗当卜钱。
　　朝朝江口望，错认几人船。
　④那年离别日，只道住桐庐。
　　桐庐人不见，今得广州书。
　⑤昨日胜今日，今年老去年。
　　黄河清有日，白发黑无缘。
　⑥昨日北风寒，牵船浦里安。
　　潮来打缆断，摇橹始知难。

八三　远意　梁琼
　　脉脉长摅气，微微不动心。
　　叩头从此去，烦恼阿谁禁？

八四　续父井梧吟　薛涛
　　庭除一古桐，耸干入云中。

枝迎南北鸟，叶送往来风。

八五　风
　　　猎蕙微风远，飘弦唳一声。
　　　林梢月淅沥，松径夜凄清。

八六　宣上人见示与诸公唱和
　　　许厕高斋唱，涓泉定不知。
　　　可怜谯记室，流水满禅居。

八七　蝉
　　　露涤清音远，风吹故叶齐。
　　　声声似相接，各在一枝栖。

八八　月
　　　魄依钩样小，扇逐汉机团。
　　　细影将圆质，人间几处看？

八九　池上双凫
　　　双栖绿池上，朝去暮飞还。
　　　更忆将雏日，同心莲叶间。

九〇　春望词四首
　　　①花开不同赏，花落不同悲。
　　　　欲问相思处，花开花落时。
　　　②揽草结同心，将以遗知音。
　　　　春愁正断绝，春鸟复哀吟。
　　　③风花日将老，佳期犹渺渺。
　　　　不结同心人，空结同心草。
　　　④那堪花满枝，翻作两相思。
　　　　玉簪垂朝镜，春风知不知？

九一　陈情上韦令公二首
　　①闻说边城苦，今来到始知。
　　　羞将门下曲，唱与陇头儿。
　　②黠虏犹违命，烽烟直北愁。
　　　却教严谴妾，不敢向松州。

九二　鸳鸯草
　　绿英满香砌，两两鸳鸯小。
　　但娱春日长，不管春〔秋〕风早。

九三　溪口云　张文姬
　　一片〔溶溶〕溪口云，才向溪中吐。
　　不复归溪中，还作溪中雨。

九四　沙上鹭
　　沙头一水禽，鼓翼扬清音。
　　只待高风便，非无云汉心。

九五　赠郭翰二首　织女
　　①河汉虽云阔，三秋尚有期。
　　　情人终已矣，良会更何时？
　　②朱阁临清汉，琼宫结紫房。
　　　佳期情在此，只是断人肠。

九六　赠谢府君　吴兴神女
　　玉钗空中堕，金钿〔钏〕色已歇。
　　独泣谢春风，秋夜伤明月。

九七　迎月二首　水府真君
　　①日落烟水黯，骊珠色岂昏？
　　　寒光射万里，霜缟遍千门。

②玉魄东方开，嫦娥逐影来。
　　徘徊此光景，恍若游春台。

九八　感怀示许汉阳　　洞庭龙女
　　海门连洞庭，每去三千里。
　　十载一归来，辛苦潇湘水。

九九　赠杨真伯　　女郎
　　君子竟迷执，无由达情素。
　　明月海上山，秋风独归去。

一〇〇　赠华山游人　　毛女正美
　　药苗不满筥，又更上危巅。
　　回首归去路，相将入翠烟。

一〇一　仙诗（总题"五真导意五首"）　　马信真
　　几劫澄烦思，今身仅小成。
　　誓将云外隐，不向世间行。

一〇二　又　　徐湛真
　　绰约离尘世，从容上大清。
　　云衣无绽日，鹤驾没遥程。

一〇三　又　　郭修真
　　华岳无三尺，东瀛仅一杯。
　　入云骑彩凤，歌舞上蓬莱。

一〇四　又　　夏守真
　　共作云山侣，俱辞世界尘。
　　静思前日事，抛却几年身。

一〇五　又　　杨敬真
　　人世徒纷扰，其生似舜华。

谁言今夕里,俯首视云霞?

一〇六　梦赠沈芰浮云诗　陆凭
虚虚复空空,瞬息天地中。
假合成此像,吾亦非吾躬。

一〇七　梦人赠诗　卢献卿
卜筑郊原古,青山唯四邻。
扶疏绕屋树,寂寞独归人。

一〇八　梦阴真君　赵自然
常欲栖山岛,闲眠玉洞寒。
丹哥时引舞,来去跨云鸾。

一〇九　梦中唱送胡人酒二首　张生妻
①切切夕风急,露滋庭草湿。
　良人去不回,焉知掩闺泣?
②萤火穿白杨,悲风入荒草。
　疑是梦中游,愁迷故园道。

一一〇　歌送张生妻　长须人
花前始相见,花下又相送。
何必言梦中,人生尽如梦。

一一一　梦赠张省躬　张垂
戚戚复戚戚,秋堂百草〔年〕色。
而我独茫茫,荒郊遇寒食。

一一二　游兜玄国　革囊老人
风暖景和煦,异香馥林塘。
登高一长望,信美非吾乡。

一一三　冢上答唐太宗　慕容垂
　　我昔胜君昔，君今胜我今。
　　荣华备异代，何用苦追寻。

一一四　夜吟　巴峡人
　　秋径填黄叶，寒崖露草根。
　　猿声一叫断，客泪数重痕。

一一五　谢人致祭　河湄枯骨
　　我本邯郸士，祇役死河滨。
　　不得家人哭，劳君行路悲。

一一六　忆亡妻　周浞
　　兰阶兔月斜，银烛半含花。
　　自怜长夜客，泉路以为家。

一一七　寄夫周浞　韦璜
　　不得长相守，青春夭蕣华。
　　旧游今永已，泉路却为家。

一一八　题虎丘山上　幽独君
　　幽明虽异路，平昔忝工文。
　　欲知潜寐处，山北两孤坟。

一一九　赠临淄县主　独孤穆
　　金闺久无主，罗袂坐生尘。
　　愿作吹箫伴，同为骑凤人。

一二〇　答独孤穆　县主
　　朱轩下长路，青草启孤坟。
　　犹胜阳台上，空看朝暮云。

一二一　歌一首　来家娘子
　　平阳县中树，久作广陵尘。
　　不意何郎至，黄泉永见春。

一二二　述怀示祖价三首　商山馆书生
　　①家住驿北路，百里无四邻。
　　　往来不相问，寂寂山家春。
　　②南冈夜萧萧，青松与白杨。
　　　家人应有梦，远客已无肠。
　　③寒草白露里，乱山明月中。
　　　是夕苦吟罢，寒烛与君同。

一二三　幽恨篇　安邑坊女
　　卜得上峡日，秋天风浪多。
　　江陵一夜雨，肠断木兰歌。

一二四　赠沈恭礼　密陀僧
　　黄帝上天时，鼎湖元在兹。
　　七十二玉女，化作黄金芝。

一二五　商馆联句二首　萧中郎
　　①秋月圆如镜，秋风利似刀；
　　　秋云轻比絮，秋草细同毛。
　　②山树高高影，山花寂寂香；
　　　山天遥历历，山水急汤汤。

一二六　洛川吟赠张郁二首　翠幄女
　　①彩云入帝乡，白鹤又徊翔。
　　　久留深不可，蓬岛路遥长。
　　②空爱长生术，不是长生人。

今日洛川别，可惜洞中春。

一二七　赠沈警镜　张女郎
　　忆昔窥宝镜，相望看明月。
　　彼此俱照人，莫令光影灭。

一二八　赠沈警金缕含欢结歌　小女郎
　　心缠万结缕，结缕几千回。
　　结怨无穷极，结心终不开。

一二九　别后篇
　　飞笺报沈郎，寻已到衡阳。
　　若存金石契，风月两相望。

一三〇　悲吟呈李绩　韩夳
　　我有敌国仇，无人可为雪。
　　每至漳河头，游魂自呜咽。

一三一　赠亡妻张氏　唐晅
　　峄阳桐半死，延津剑一沉。
　　如何宿昔内，空负百年心？

一三二　答二首　张氏
　　不分殊幽显，那堪异古今。
　　阴阳途自隔，聚散两难心。
　　兰阶兔月斜，银烛半含花。
　　自怜长夜客，泉路以为家。

一三三　续郑郊吟二句　冢中人
　　冢上两竿竹，风吹常袅袅。
　　下有百年人，长眠不知晓。

一三四　寄兄亡后见梦　李叔霁
　　忽作无期别，沉冥恨有馀。
　　长安虽不远，无信可传书。

一三五　梦见题诗授毂　崔毂妻
　　莫以贞留妾，从他理管弦。
　　容华难久住，知得几多年？

一三六　寄夫亡后见梦　苏检妻
　　楚水平如镜，周回白鸟飞。
　　金陵几多地，一去不知归？

一三七　题州牧任彦思厅舍袱上　昌州鬼
　　物类易千变，我行人不见。
　　珍重任彦思，相别日已远。

一三八　答许生问
　　厌世逃名者，谁能答姓名。
　　曾闻三乐否？看取路傍情。

一三九　白幽求闻树枝为风相磨如人诵诗　大树精
　　①玉幢亘碧虚，此乃真人居。
　　　徘徊仍未进，邪省犹难除。
　　②玉魄东方开，嫦娥逐影来。
　　　洗心兼涤目，光影游春台。
　　③清波滔碧乌，天藏黭黮连。
　　　二仪不辨处，忽吐清光圆。

一四〇　赠薛弘机二首　柳藏经（柳树精）
　　①寒水停圆沼，秋池满败荷。
　　　杜门穷典籍，所得事全多。

②谁谓三才贵，予观万化同。
心虚嫌蠹食，年老怯狂风。

一四一　谑陇城杜令二首　东柯院妖
①虽共蒿兰伍，南朝有宗祖。
莫打绿袍人，空中且歌舞。
②堪怜木边土，非儿不似女。
瘦马上高山，登临何自苦。

一四二　题张不疑家户牖　春条（明器精）
幽室锁妖艳，无人兰蕙芳。
春风三十载，不尽罗衣香。

一四三　为杨稹歌　红裳（石瓮寺灯精）
金殿不胜秋，月斜石楼冷。
谁是相顾人？寒帏弔孤影。

一四四　上崔壳二首　笔精
①昔荷蒙恬惠，寻遭仲叔投。
夫君不肯〔指〕使，何处觅银钩？
②学问从君有，诗书自我传。
须知王逸少，名价动千年。

一四五　赠内　申屠澄
一宦惭梅福，三年愧孟光。
此情何所谕？川上有鸳鸯。

一四六　妻答一首　真符女（虎）
琴瑟情虽重，山林志自深。
常忧时节变，辜负百年心。

一四七　共南山将军桃林处士吟　宁茵
　　　晓读云水静，夜吟山月高。
　　　焉能履虎尾，岂用学牛刀？

一四八　共宁茵吟　斑寅（虎）
　　　但得居林啸，焉能当路蹲。
　　　渡河何所适？终是怯刘琨。

一四九　共宁茵吟　斑特（牛）
　　　无非怜宁戚，终是怯庖丁。
　　　若遇龚为守，蹄涔向北溟。

一五〇　摘萱草吟　魏王池畔女（猿）
　　　彼见是忘忧，此看同腐草。
　　　青山与白云，方展我怀抱。

一五一　赠焦封　蜀道夫人（猩猩）
　　　妾失鸳鸯伴，君方萍梗游。
　　　少年欢醉后，必恐苦相留。

一五二　送焦封
　　　鹊桥织女会，也是不多时。
　　　今日送君处，羞言连理枝。

一五三　酬蜀道夫人　焦封
　　　心常名宦外，终不耻狂游。
　　　误入桃源里，仙家争肯留。

一五四　留别
　　　但保同心结，无劳织锦诗。
　　　苏秦求富贵，自有一回时。

一五五　陈娇词　阿苏儿（鹦鹉）
　　昔请马相如，为作《长门赋》。
　　纵使费百金，君王终不顾。

一五六　吟示欧阳训　新林驿女（生飞虫）
　　月明阶悄悄，影只腰身小。
　　谁是骞翔人，愿为比翼鸟。

一五七　头上朱书　太湖鱼
　　九登龙门山〔天〕，三饮太湖水。
　　必竟不成龙，见杀张公子。

一五八　赠朱朴　庐山女（鲤鱼）
　　但持冰洁心，不识风霜冷。
　　任是怀礼容，无人顾形影。

一五九　答苗介立　胃藏瓠（猬）
　　鸟鼠是家川，周王昔猎贤。
　　一从离子卯，应见海桑田。

一六〇　近诗三首　奚锐金（鸡）
　　①舞镜争鸾彩，临场定鹘拳。
　　　正思仙仗日，翘首御〔仰〕楼前。
　　②养斗形如木，迎春质似泥。
　　　信如风雨在，何惮迹卑栖。
　　③为脱田文难，常怀纪渻恩。
　　　欲知疏野态，霜晓叫荒村。

一六一　咏元嘉中兄弟　元氏犬
　　言我不能歌，听我歌梅花。
　　今年故复可，奈汝明年何。

一六二　赠卢传素　通儿（马）
　　既食丈人粟，又食〔饱〕丈人刍，
　　今日相偿了，永离三恶途。

一六三　谶诗　李遐周
　　燕市人皆去，函关马不归。
　　若逢山下鬼，环上系罗衣。

六言全（共五十首）

一　回波词　李景伯
　　回波尔时酒卮，微臣职在箴规。
　　侍宴既过三爵，喧呼窃恐非仪。

二　回波词　沈佺期
　　回波尔时佺期，流向岭外生归。
　　身名已蒙齿录，袍笏未复牙绯。

三　回波词　裴谈
　　回波尔时栲栳，怕妇也是大好。
　　外边只有裴谈，内里无过李老。

四　舞马词六首　张说
　　①万玉朝宗凤扆，千金率舞〔领〕龙媒。
　　　盼〔昐〕鼓凝骄躞蹀，听歌弄影徘徊。
　　②天鹿遥征卫叔，日龙上借羲和。
　　　将共两骖争舞，来随八骏齐歌。
　　③彩旄八佾成行，时龙五色因方。

　　　　屈膝衔杯赴节，倾心献寿无疆。
　　④帝皂龙驹沛艾，星阑骥子权奇。
　　　　腾倚骧洋应节，繁骄接迹不移。
　　⑤二圣先天合德，群灵率土可封。
　　　　击石骖騄紫燕，摐金顾步苍龙。
　　⑥圣君出震应箓，神马浮河献图。
　　　　足踏天庭鼓舞，心将帝乐踟蹰。

五　拟娼楼节怨　刘方平
　　上苑离离莺度，昆明幂幂蒲生。
　　时光春华可惜，何须对镜含情。

六　田园乐七首　王维
　　①出入千门万户，经过北里南邻。
　　　　蹀躞鸣珂有底，崆峒散发何人？
　　②再见封侯万户，立谈赐璧一双。
　　　　讵胜耦耕南亩，何如高卧东窗。
　　③采菱渡头风急，策杖村西日斜。
　　　　杏树坛边渔父，桃花源里人家。
　　④萋萋春草秋绿，落落长松夏寒。
　　　　牛羊自归村巷，童稚未识衣冠。
　　⑤山下孤烟远村，天边独树高原，
　　　　一瓢颜回陋巷，五柳先生对门。
　　⑥桃红复含宿雨，柳绿更带春烟。
　　　　花落家童未扫，莺啼山客犹眠。
　　⑦酌酒会临泉水，抱琴好倚长松。
　　　　南园露葵朝折，东舍〔谷〕黄粱夜舂。

七　寻山居　刘长卿
　　危石才通鸟道，空山更有人家。
　　桃源定在深处，涧水浮来落花。

八　送陆澧还吴中
　　瓜步寒潮送客，杨花暮雨沾衣。
　　故山南望何处，秋水连天独归。

九　赴润州留别鲍侍御
　　对水看山别离，孤舟日暮行迟。
　　江南江北春草，独向金陵去时。

一〇　寄李袁州桑落酒　郎士元
　　色比琼浆犹嫩，香同甘露仍春。
　　十千提携一斗，远送潇湘故人。

一一　小江怀灵一上人　皇甫冉
　　江上年年春早，津头日日人行。
　　借问山阴远近，犹闻薄暮钟声。

一二　送郑二之茅山
　　水流绝涧终日，草长深山暮云。
　　犬吠鸡鸣几处，条桑种杏何人？

一三　问李二司直所居云山
　　门外水流何处，天边树绕谁家？
　　山色东西多少，朝朝几度云遮？

一四　奉寄皇甫补阙　张继
　　京口情人别久，扬州估客来疏。
　　潮至浔阳回去，相思无处通书。

一五　塞姑一首　乐府
　　昨日卢梅塞口，整见诸人镇守。
　　都护三年不归，折尽江边杨柳。

一六　宿甑山寺二首　韩翃
　　①山中今夜何人？阙下当年逐〔近〕臣。
　　青琐应须早去，白云何用相亲。
　　②一身趋侍丹墀，西路翩翩去时。
　　惆怅青山绿水，何年更是来期？

一七　三台词二首　韦应物
　　①一年一年老去，明日后日花开。
　　未报长安平定，万国岂得衔杯？
　　②冰泮寒塘始绿，雨馀瓦草皆生。
　　朝来门阁无事，晚下高斋有情。

一八　剡溪舟行　朱放
　　月在沃洲山上，人归剡县溪边。
　　漠漠黄花覆水，时时白鹭惊船。

一九　诏追南来诸宾　柳宗元
　　一生判却归休，谓著南冠到头。
　　冶长虽解缧绁，无由得见东周。

二〇　寄刘梦得二首　白居易
　　①扬子津头月下，临都驿里灯前。
　　昨日老于前日，去年春似今年。
　　②谢守归为秘监，冯唐老作郎官。
　　前事不须问著，新诗且更吟看。

二一　答乐天　刘禹锡
　　①北固山边波浪，东都城里风尘。
　　　世事不同心事，新人何似故人。
　　②一政政官轧轧，一年年老骎骎。
　　　身外名何足算，到〔别〕来诗且同吟。

二二　酬杨侍郎
　　十年毛羽摧颓，一旦天书召回。
　　看看瓜时欲到，故侯也好归来。

二三　宫中三台词二首　王建
　　①鱼藻池边射鸭，芙蓉园里看花。
　　　日色柘黄相似，不着红鸾扇遮。
　　②池北池南草绿，殿前殿后花红。
　　　天子千秋万岁，未央明月清风。

二四　江南三台词四首
　　①扬州桥边小妇，长干市里商人。
　　　三年不得消息，各自拜鬼求神。
　　②青草台〔湖〕边草色，飞猿岭上猿声。
　　　万里三湘客到，有风有雨人行。
　　③树头花落花开，道上人去人来。
　　　朝愁暮愁即老，百年几度三台！
　　④闻身强健且为，头白齿落难追。
　　　准拟百年千岁，能得几许多时？

二五　归山　顾况
　　心事数茎白发，生涯一片青山。
　　空林〔山〕有雪相待，古路〔道〕无人独还。

二六　思归
　　不能经论大经，甘作草莽闲臣。
　　青琐应须长别，白云漫与相亲。

二七　过山农家
　　板桥人渡泉声，茅檐日午鸡鸣。
　　莫嗔焙茶烟暗，却喜晒谷天晴。

二八　代人寄远二首　杜牧
　①河桥酒旆风软，候馆梅花雪娇。
　　宛陵楼上瞪目，我郎何处情饶？
　②绣领任垂蓬髻，丁香闲结春梢。
　　剩宜〔肯〕新年归否？江南绿草迢迢。

二九　春野作　贯休
　　闲步浅青平绿，流水征车自速〔逐〕。
　　谁家挟弹少年，拟打红衣啄木。

三〇　咏八十一颗　薛涛
　　色比丹霞朝日，形如合浦圆珰。
　　开时九九知数，见处双双颉颃。

第十一卷 七言一 初唐全
（共一百二十八首）

一 破阵乐 太宗（李世民）
   秋风四面足风沙，塞外征人暂别家。
   千里不辞行路远，时光早晚到天涯。

二 奉和圣制人日玩雪应制 赵彦昭
   始见青云干律吕，俄逢瑞雪应阳春。
   今日回看上林树，梅花柳絮一时新。

三 奉和圣制幸韦嗣立山庄应制
   廊庙心存岩壑中，銮舆瞩在灞城东。
   逍遥自有蒙庄子，汉主徒言河上公。

四 秋朝水芙蓉
   水面芙蓉秋已衰，繁条偏是著花迟。
   平明露滴垂红脸，似有朝愁暮落悲。

五 从宴桃花园应制 赵彦伯
   红萼竞燃春苑曙，粉茸新吐御筵开。
   长年愿奉西王宴，近侍渐无方朔才。

六 春日 上官仪
   花轻蝶乱仙人杏，叶密莺啼帝女桑。

飞云阁上春应至，明月楼中夜未央。

七　春日　元万顷
凤辇迎风乘紫阁，鸾车避日转彤闱。
中堂促管淹春望，后殿清歌开夜扉。

八　奉和人日玩雪应制　刘宪
胜日登临云叶起，芳风摇动雪花飞。
呈晖幸得承金镜，飏影还持奉玉衣。

九　夜燕安乐公主新宅
层轩洞户旦新披，度曲飞觞夜不疲。
绮缀玲珑河色绕，珠簾隐映月华窥。

一○　饯唐永昌
始见郎官拜洛阳，旋闻近侍发雕章。
绪言已勖期年政，绮字当生满路光。

一一　奉和圣制游苑遇雪应制
龙骖晓入望春宫，正逢春雪舞香风。
花光并洒天文上，寒气行销御酒中。

一二　奉和圣制幸韦嗣立山庄应制
非史非隐晋尚书，一丘一壑降乘舆。
天藻缘情两曜合，山卮献寿万年馀。

一三　奉和圣制上巳日祓禊渭滨应制
桃花欲落柳条长，沙头水上足风光。
此时御跸来游处，愿奉年年祓禊觞。

一四　奉和圣制幸韦嗣立山庄　武平一
鸣銮赫奕下重楼，羽盖逍遥向一丘。

汉日唯闻白衣宠，唐年更睹赤松游。

一五　安乐公主宅夜宴
　　王孙帝女下仙台，金榜珠箔入夜开。
　　遽惜琼筵欢正洽，唯愁银箭晓相催。

一六　饯唐永昌
　　闻君墨绶出丹墀，双凫飞来仡有期。
　　寄谢铜街攀柳日，无忘粉署握兰时。

一七　侍宴桃花园咏桃花应制　　李峤
　　岁去无言忽憔悴，时来含笑吐氛氲。
　　不能拥路迷仙客，故欲开蹊待圣君。

一八　奉和圣制幸韦嗣立山庄应制
　　万骑千官拥帝车，八龙三马访仙家。
　　凤凰原上窥青壁，鹦鹉杯中弄紫霞。

一九　送司马先生
　　蓬阁桃源两处分，人间海上不相闻。
　　一朝琴里悲黄鹤，何日山头望白云？

二〇　奉和游苑遇雪应制
　　散漫祥云遂圣回，飘飘瑞雪绕天来。
　　不能落后争飞絮，故欲迎前定早梅。

二一　奉和幸韦嗣立山庄应制　　崔湜
　　竹径桃源本出尘，松轩茅栋别惊新。
　　御跸何须林下驻，山公不是俗中人。

二二　奉和幸韦嗣立山庄应制　　李乂
　　曲榭回廊绕涧幽，飞泉喷水溢池流。

只应感发明王梦，遂得邀迎圣主游。

二三　侍宴桃花园咏桃花应制
绮萼成蹊遍蔺芳，红英扑地满筵香。
莫将秋宴传王母，来比春华寿圣皇。

二四　宴安乐公主宅
牵牛南度象昭回，学凤楼成帝女来。
平旦鹓鸾歌舞席，方宵鹦鹉献酬杯。

二五　饯唐永昌
田郎才貌出咸京，潘子文华向洛城。
愿以深心留善政，当令强项谢高名。

二六　奉和祓禊渭滨应制
上林花鸟暮春时，上巳陪游乐在兹。
此日欣逢临渭赏，昔年空道济汾词。

二七　安乐公主宅夜宴　岑羲
金榜重楼开夜扉，琼筵爱客未言归。
衔欢不觉银河曙，尽醉那知玉露晞。

二八　安乐公主宅夜宴　卢藏用
侯家主第一时新，上席华年不惜春。
珠缸缀月那知夜，玉斝流霞畏底晨。

二九　饯唐永昌　徐彦伯
金溪碧水玉潭砂，凫鸟翩翩弄日华。
斗鸡香陌行春倦，为摘东园桃李花。

三○　人日遇雪应制
千钟圣酒御筵披，六出祥霙乱绕枝。

即此神仙对琼圃，何烦辙迹向瑶池。

三一　侍宴桃花园
　　源水丛花无数开，丹跗红萼间青梅。
　　从今结子三千岁，预喜仙游复摘来。

三二　上巳祓禊渭滨应制
　　晴风丽日满芳洲，云幕春筵祓锦流。
　　皆言侍跸璜溪宴，暂似乘槎天上游。

三三　夜宴安乐公主宅
　　凤楼开阖引明光，花醑连添醉益香。
　　欲知帝女熏天贵，金柯玉柱夜成行。

三四　奉和圣制祓禊渭滨应制　韦嗣立
　　乘春祓禊逐风光，扈跸陪銮渭渚傍。
　　还笑当时水滨老，衰年八十待文王。

三五　安乐公主宅夜宴　李迥秀
　　金榜昭峣云里开，玉箫参差天际回。
　　莫惊侧弁还归路，只为平阳歌舞催。

三六　安乐公主宅夜宴　崔日用
　　银烛金屏坐碧堂，只言河汉动神光。
　　主家盛明欢不极，才子能歌夜未央。

三七　饯唐永昌
　　洛阳桴鼓今不鸣，朝野咸推重太平。
　　冬至冰霜俱怨别，春来花鸟共为情。

三八　公主宅夜宴　苏颋
　　车如流水马如龙，仙史高台十二重。

天上初移衡汉匹,可怜歌舞夜相从。

三九　侍宴咏桃花应制
　　　桃夭灼灼有光辉,无数成蹊点更飞。
　　　为见芳林含笑待,遂同温树不言归。

四〇　重送舒公
　　　散骑金貂服彩衣,桃花水上遂春归。
　　　悬知邑里遥相望,事主荣亲代所稀。

四一　奉和圣制幸嗣立山庄应制
　　　树色参差隐翠微,泉流百尺向空飞。
　　　传闻此处投竿佐,遂使兹辰凫趹归。

四二　安乐公主宅夜宴　马怀素
　　　凤楼?窣凌三袭,翠幌玲珑瞰九衢。
　　　复道中宵留宴衎,弥令上客想踟蹰。

四三　饯唐永昌
　　　闻君出宰洛阳隅,宾友称觞饯路衢。
　　　别后相思在何处?只应阙下望仙凫。

四四　安乐公主宅夜宴　韦元旦
　　　主第新成银作榜,宾筵广宴玉为楼。
　　　壶觞既卜仙人夜,歌舞疑停织女秋。

四五　安乐公主宅夜宴　李适
　　　银河半倚凤凰台,玉酒相传鹦鹉杯。
　　　若见君平须借问,仙槎一去几时来?

四六　饯唐永昌
　　　闻道飞凫向洛阳,翩翩矫翮度文昌。

因声寄意三花树，少室岩前几过香。

四七　安乐公主宅夜宴　薛稷
　　秦楼夜宴月徘徊，妓筵银烛满庭开。
　　坐中香气排花出，扇后歌声逐酒来。

四八　饯唐永昌
　　河洛风烟壮市朝，送君飞凫去渐遥。
　　更思明年桃李月，花红柳绿宴浮桥。

四九　安乐公主宅夜宴　阎朝隐
　　凤凰鸣舞乐昌年，蜡烛花开夜管弦。
　　半醉徐击珊瑚树，已闻钟漏晓声传。

五〇　饯唐永昌
　　洛阳难理若梦丝，椎破连环定不疑。
　　鹦鹉休言秦地乐，回头一顾一相思。

五一　三月歌　阎德隐
　　洛阳城路九春衢，洛阳城外柳千株。
　　能得来时作限觅，天津桥侧锦屠苏。

五二　饯唐永昌　徐坚
　　郎官出宰赴伊瀍，征传駸駸灞水前。
　　此时怅望新丰道，握手相看共黯然。

五三　折杨柳　乔知之
　　可怜濯濯春杨柳，攀折将来就纤手。
　　妾容与此同盛衰，何必君恩能独久。

五四　九月九日旅望　邵大震
　　九月九日望遥空，秋水秋天生夕风。

寒雁一向南飞远，游人几度菊花丛。

五五　留题云门　萧翼
　　绝顶高峰路不分，岚烟长锁绿苔纹。
　　猕猴推落临崖石，打落下方遮月云。

五六　上元夜六首　崔液
　①玉漏铜壶且莫催，铁关金锁彻明开。
　　谁家见月能闲坐，何处闻灯不看来。
　②神灯佛火百轮张，刻像图形七宝装。
　　影里如开金口说，空中似散玉毫光。
　③今年春色胜常年，此夜风光最可怜。
　　鸤鹊楼前新月满，凤凰台上宝灯燃。
　④金勒银鞍控紫骝，玉轮朱〔珠〕幰驾青牛。
　　骖驔始散东城曲，倏忽还来〔逢〕南陌头。
　⑤公子王孙意气骄，不论相识也相邀。
　　最怜长袖风前弱，更赏新弦暗里调。
　⑥星移汉转月将微，露洒烟飘灯渐稀。
　　犹惜道傍歌舞处，踟蹰相顾不能归。

五七　登韩公堆　崔涤
　　韩公堆上望秦川，渺渺关山西接连。
　　孤客一身千里外，未知何日是归年。

五八　送别　沈宇
　　菊黄芦白雁初飞，羌笛胡琴泪满衣。
　　送君肠断秋江水，一去东流何日归？

五九　代闺人
　　杨柳青青鸟乱吟，春花香霭洞房深。

百花簾下朝窥镜，明月窗前夜理琴。

六〇　途中　孙逖
邺城东北望陵台，珠翠繁华去不回。
无复新妆艳红粉，空馀故垄满青苔。

六一　秋江送别二首　王勃
①早是他乡值早秋，江亭明月带江流。
　已觉逝川伤别念，复看津树隐离舟。
②归舟归骑俨成行，江南江北互相望。
　谁谓波澜裁一水，已觉山川是两乡。

六二　蜀中九日
九月九日望乡台，他席他乡送客杯。
人今已厌南中苦，鸿雁那从北地来？

六三　河阳桥代窦郎中佳人答杨中舍
披风听鸟长河路，临津织女遥相妒。
判知秋夕带啼还，那及春朝携手度？

六四　登封大酺歌四首　卢照邻
①明君封禅日重光，天子垂衣历数长。
　九州四海常无事，万岁千秋乐未央。
②日观仙云随凤辇，天门瑞雪照龙衣。
　繁弦绮席方终夜，妙舞清歌欢未归。
③翠凤逶迤登介丘，仙鹤徘徊天上游。
　借问乾封何所乐？人皆寿命得千秋。
④千年圣主应昌期，万国淳风王化基。
　请比上古无为代，何如今日太平时。

六五　九月九日旅眺
　　　九月九日眺山川，归心归望积风烟。
　　　他乡共酌金花酒，万里同悲鸿雁天。

六六　忆蜀地佳人　骆宾王
　　　东西吴蜀关山远，鱼来雁去两难闻。
　　　莫怪常有千行泪，只为阳台一片云。

六七　赠苏管记　杜审言
　　　知君书记本翩翩，为许从戎赴朔边。
　　　红粉楼中应计日，燕支山下莫经年。

六八　戏赠赵使君美人
　　　红粉青娥映楚云，桃花马上石榴裙。
　　　罗敷独向东方去，漫学他家作使君。

六九　发湘江
　　　迟日园林悲昔游，今春花鸟作边愁。
　　　独怜京国人南窜，不似湘江水北流。

七○　奉和祓禊渭滨应制　沈佺期
　　　宝马香车清渭滨，红桃碧柳禊堂春。
　　　皇情尚忆垂竿佐，天瑞先呈捧剑人。

七一　狱中闻驾幸长安二首
　　　①传闻圣旨向秦京，谁念羁囚滞洛城？
　　　　扈从由来是方朔，为申冤气在长平。
　　　②无事今朝来下狱，谁期十月见横河。
　　　　君看鹰隼俱罢击，为报蜘蛛收网罗。

七二　奉和幸韦嗣立山庄应制
　　　东山朝日翠屏开，北阙晴空绿仗来。

喜遇天文七曜动,少微今夜近三台。

七三　夜宴安乐公主宅
濯龙门外主家亲,鸣凤楼中天上人。
自有金杯迎甲夜,还将绮席代阳春。

七四　饯唐永昌
洛阳旧有神明宰,辇毂由来天地中。
馀邑政成何足贵,因君取则四方同。

七五　邙山
北邙山上列坟茔,万古千秋对洛城。
城中日夕歌钟起,山上唯闻松柏声。

七六　奉和春日玩雪应制
北阙彤云掩曙霞,东风吹雪舞山家。
琼章定少千人和,银树长芳六出花。

七七　苑中逢雪应制　宋之问
紫禁仙舆诘旦来,青旗遥倚望春台。
不知庭霰今朝落,疑是林花昨夜开。

七八　送司马道士游天台
羽客笙歌此地违,离筵数处白云飞。
蓬莱阙下长相忆,桐柏山头去不归。

七九　登逍遥楼
逍遥楼上望乡关,绿水泓澄云雾间。
此去衡阳二千里,无因雁足系书还。

八〇　伤曹娘二首
①可怜冥漠去何之,独立丰茸无见期。

君看水上芙蓉色,恰似生前歌舞时。
②前溪妙舞今应尽,子夜新歌遂不传。
无复绮罗娇白日,直将珠玉闭黄泉。

八一　怨诗　张汯
去年离别雁初归,今夜裁缝萤已飞。
征客近来音信断,不知何处寄寒衣。

八二　九日宴　张谔
秋叶风吹黄飒飒,晴云日照白鳞鳞。
归来得问茱萸女,今日登高醉几人?

八三　边词　张敬忠
五原春色旧来迟,二月垂杨未挂丝。
即今河畔冰开日,正是长安花落时。

八四　回乡偶书二首　贺知章
①离别家乡岁月多,近来人事半消磨。
惟有门前镜湖水,春风不改旧时波。
②幼〔少〕小离家老大回,乡音无〔未〕改鬓毛衰。
儿童相见不相识,笑问客从何处来?

八五　采莲
稽山罢雾郁嵯峨,镜水无风也自波。
莫言春度芳菲尽,别有中流采芰荷。

八六　咏柳
碧玉妆成一树高,万条垂下绿丝绦。
不知细叶谁裁出,二月春风似剪刀。

八七　答朝士
鈒镂银盘盛蛤蜊,镜湖莼菜乱如丝。

乡曲近来佳此味，遮渠不道是吴儿。

八八　萤　郭震
　　秋风凛凛月依依，飞过高梧影里时。
　　处暗若教同众类，世间争得有人知？

八九　蛩
　　愁杀离家未达人，一声声到枕前闻。
　　苦吟莫向朱门里，满耳笙歌不听君。

九〇　云
　　聚散虚空去复还，野人闲处倚筇看。
　　不知身外无根物，蔽月遮星作万端。

九一　题龙华山寺
　　昔年曾到此山回，百鸟声中酒一杯。
　　最好寺边开眼处，段文昌有读书台。

九二　野井
　　纵无汲引味清澄，冷浸寒空月一轮。
　　凿处若教当要路，为君常济往来人。

九三　米囊花
　　开花空道胜于草，结实何曾济得民？
　　却笑野田禾与黍，不闻弦管过青春。

九四　惜花
　　艳拂衣襟蕊拂杯，绕枝闲共蝶徘徊。
　　春风满目还惆怅，半欲离披半未开。

九五　莲花
　　脸腻香薰似有情，世间何物比轻盈？

湘妃雨后来池看,碧玉盘中弄水晶。

九六　春日思归　王翰
杨柳青青杏发花,年光误客转思家。
不知湖上菱歌女,几个春舟在若耶?

九七　凉州词二首
①葡萄美酒夜光杯,欲饮琵琶马上催。
　醉卧沙场君莫笑,古来征战几人回!
②秦中花鸟已应阑,塞外风沙犹自寒。
　夜听胡笳折杨柳,教人气尽忆长安。

九八　观蛮童为伎之作
长裾〔裙〕锦带还留客,广额青蛾亦效颦。
共惜不成金谷妓,虚令看杀玉车人。

九九　催妆　徐璧
传闻烛下调红粉,明镜台前别作春。
不须满面浑妆却,留著双眉待画人。

一〇〇　侍宴临渭亭　张说
青郊上巳艳阳年,紫禁皇游被渭川。
幸得欢娱承湛露,心同草树乐春天。

一〇一　奉和圣制幸韦嗣立山庄应制
西京上相出扶阳,东郊别业好池塘。
自非仁智符天赏,安能日月共回光。

一〇二　桃花园马上
林间艳色骄天马,苑里浓华伴丽人。
愿逐南风飞帝席,年年含笑舞青春。

一〇三　奉和圣制同玉真公主游大哥山池
　　　池如明镜月华开，山学香炉云气来。
　　　神藻飞为鹡鸰赋，仙声扬出凤凰台。

一〇四　望归舟
　　　山亭〔庭〕迥迥面长川，江树重重极远烟。
　　　形影相随〔追〕高耆鸟，心肠并断北风船。

一〇五　襄阳路逢寒食
　　　去年寒食桐庭波，今年寒食襄阳路。
　　　不辞着处寻山水，只畏还家落春暮。

一〇六　泛洞庭
　　　平湖一望上连天，林景千寻下洞泉。
　　　忽惊水上江华满，疑是乘舟到日边。

一〇七　十五夜御前口号踏歌词二首
　　①花萼楼前雨露新，长安城里太平人。
　　　龙衔火树千重焰，鸡踏莲花万岁春。
　　②帝宫三五戏春台，行雨流风莫妒来。
　　　西域灯轮千影合，东华金阙万重开。

一〇八　苏摩遮五首
　　①摩遮本出海西胡，琉璃宝眼紫髯须。
　　　闻道皇恩遍宇宙，来将歌舞助欢娱。
　　②绣装帕额宝花冠，夷歌骑舞借人看。
　　　自能激水成阴气，不虑今年寒不寒。
　　③腊月凝阴积帝台，齐歌急鼓送寒来。
　　　油囊取得天河水，将添上寿万年杯。
　　④寒气宜人最可怜，故将寒水散庭前。

　　　　唯愿圣君无限寿，长取新年续旧年。
　　　⑤昭成皇后之家亲，荣乐诸人不比伦。
　　　　往日霜前花委地，今年雪后树逢春。

一〇九　三月三日定昆池奉和萧令得潭字
　　　　暮春三月日重三，春水桃花满禊潭。
　　　　广乐逶迤天上下，仙舟摇衍镜中酣。

一一〇　和张燕公泛洞庭　尹愁
　　　　风光淅沥草中飘，日彩荧荧水上摇。
　　　　幸奉潇湘云壑意，山傍容与动仙桡。

第十二卷　七言二　盛唐一
（共二百一十九首）

一　过大哥山池　玄宗（李隆基）
　　澄潭皎镜石崔嵬，万壑千岩暗绿苔。
　　林亭自有幽真趣，况复秋深爽气来。

二　傀儡吟
　　刻木牵丝作老翁，鸡皮鹤发与真同。
　　须臾弄罢寂无事，还似人生一梦中。

三　题梅妃画真
　　忆昔娇妃在紫宸，铅华不御得天真。
　　霜绡虽似当时态，争奈娇波不顾人。

四　送梁六归洞庭湖作　张均
　　巴陵一望洞庭秋，日见孤峰水上浮。
　　闻道神仙不可接，心随湖水共悠悠。

五　流合浦岭外作　张垍
　　瘴江西去火为山，炎徼南穷鬼作关。
　　从此更投人境外，生涯应在有无间。

六　洛阳客会逢祖咏留宴　蔡希寂
　　绵绵钟漏洛阳城，客舍贫居绝送迎。

逢君贳酒因成醉，醉后焉知世上情。

七　赠张敬微
　　大河东北望桃林，杂树冥冥结翠阴。
　　不知君作神仙尉，特讶行来云雾深。

八　巫山　张子容
　　巫岭岹峣天际重，佳期宿昔愿相从。
　　朝云暮雨连天暗，神女知来第几峰。

九　维扬送友还苏州　崔颢
　　长安南下几程途，得到邗沟吊绿芜。
　　渚畔鲈鱼舟上钓，羡君归老向东吴。

一〇　答严大夫　贾至
　　今夕秦天一雁来，梧桐叶坠捣衣催。
　　思君独步华庭月，旧馆秋阴生绿苔。

一一　赠陕掾梁宏
　　梁子工文四十年，诗颠名过草书颠。
　　白头仍作功曹掾，禄薄难供沽酒钱。

一二　西亭春望
　　日长风暖柳青青，北雁归飞入窅冥。
　　岳阳城上闻吹笛，能使春心满洞庭。

一三　送南给事贬崖州
　　畴昔丹墀与凤池，即今相见两相悲。
　　朱崖云梦三千里，欲别俱为恸哭时。

一四　重别南给事
　　谪宦三年尚未回，故人今日又重来。

闻道崖州一万里，今朝须尽数千杯。

一五　别裴九弟
　　西江万里向东流，今夜江边驻客舟。
　　月色更添春色好，芦风似胜竹风幽。

一六　送王道士还京
　　一片仙云入帝乡，数声秋雁至衡阳。
　　借问清都旧花月，岂知仙客泣潇湘。

一七　巴陵夜别王八员外
　　柳絮飞时别洛阳，梅花发后在三湘。
　　世情已逐浮云散，离恨空随江水长。

一八　岳阴楼重宴别王八员外贬长沙
　　江路东连千里潮，青云北望紫微遥。
　　莫道巴陵湖水阔，长沙南畔更萧条。

一九　江南送李卿
　　双鹤南飞度楚山，楚南相见忆秦关。
　　愿值回风吹羽翼，早随阳雁及春还。

二〇　洞庭送李十二赴零陵
　　今日相逢落叶前，洞庭秋水远连天。
　　共说京华旧游处，回看北斗欲潸然。

二一　送李侍郎赴常州
　　雪晴云散北风寒，楚水吴山道路难。
　　今日送君须尽醉，明朝相忆路漫漫。

二二　出塞曲
　　万里平沙一聚尘，南飞羽檄北来人。

　　　　传道五原烽火急，单于昨夜寇西秦。

二三　春思二首
　　①草色青青柳色黄，桃花历乱李花香。
　　　东风不为吹愁去，春日偏能惹恨长。
　　②红粉当垆弱柳垂，金花腊酒解酴醿。
　　　笙歌日暮能留客，醉杀长安轻薄儿。

二四　勤政楼观乐
　　银河帝女下三清，紫禁笙歌出九城。
　　为报延州来听乐，须知天下欲昇平。

二五　初至巴陵与李十二裴九同泛洞庭三首
　　①江上相逢皆旧游，湘山永望不堪愁。
　　　明月秋风洞庭水，孤鸿落叶一扁舟。
　　②江畔枫叶初带霜，渚边菊花亦已黄。
　　　轻舟落日兴不尽，三湘五湖意何长。
　　③枫岸纷纷落叶多，洞庭秋水晚来波。
　　　乘兴轻舟无近远，白云明月弔湘娥。

二六　欸乃曲五首　元结
　　①独存名迹在人间，顺俗与时未安闲。
　　　来谒大官兼问政，扁舟却入九疑山。
　　②湘江二月春水平，满月和风宜夜行。
　　　唱桡欲过平阳戍，守吏相呼问姓名。
　　③千里枫林烟雨深，无朝无暮有猿吟。
　　　停桡静听曲中意，好是云山韶濩音。
　　④零陵郡北湘水东，浯溪形胜满湘中。
　　　溪口石颠堪自逸，谁能相伴作渔翁？
　　⑤下泷船似入深渊，上泷船似欲开天。

陇南始到九疑郡，应绝高人乘兴船。

二七　同王维过崔处士林亭　卢象
　　　映竹时闻转辘轳，当窗只见网蜘蛛。
　　　主人非病常高卧，环堵蒙茏一老儒。

二八　寄段十六
　　　与君相见即相亲，闻道君家在孟津。
　　　为见行舟试借问，客中时有洛阳人？

二九　送别　刘方平
　　　华亭霁色满今朝，云里樯竿去转遥。
　　　莫怪山前深复浅，清淮一日两回潮。

三〇　夜月
　　　更深月色半人家，北斗阑干南斗斜。
　　　今夜偏知春气暖，虫声新透绿窗纱。

三一　春怨二首
　　　①纱窗日落渐黄昏，金屋无人见泪痕。
　　　　寂寞空庭春欲晚，梨花满地不开门。
　　　②朝日残莺伴妾啼，开帘只见草萋萋。
　　　　庭前时有东风入，杨柳千条尽向西。

三二　夜夜曲　王偃
　　　北斗星移银汉低，班姬愁思凤城西。
　　　青槐陌上人行绝，明月楼前乌夜啼。

三三　明君词
　　　北望单于日半斜，明君马上泣胡沙。
　　　一双泪滴黄河水，应得东流入汉家。

三四　明妃词四首　储光羲
　　①彩骑双双引宝车，羌笛两两奏胡笳。
　　　若为别得横桥路，不忆宫中玉树花。
　　②西行陇上泣胡天，南向云中指渭川。
　　　毳幕夜来时宛转，何由得似汉王边。
　　③胡王知妾不胜悲，乐府皆传汉国词。
　　　朝来马上箜篌引，稍似宫中闲夜时。
　　④日暮惊沙乱雪飞，傍人相劝易罗衣。
　　　强来前帐看歌舞，共待单于夜猎归。

三五　题茅山华阳洞
　　华阳洞口片云飞，细雨濛濛欲湿衣。
　　玉箫遍满仙坛上，应是茅家兄弟归。

三六　同武平一游湖五首
　　①朝来仙阁听絃歌，暝入花亭见绮罗。
　　　池边命酒怜风月，浦口回船惜芰荷。
　　②朦胧竹影蔽岩扉，淡荡荷风飘舞衣。
　　　舟寻绿水宵将半，月隐青林人未归。
　　③红荷碧篠夜相鲜，皂盖兰桡浮翠筵。
　　　舟中对舞邯郸曲，月下双弹卢女絃。
　　④青林碧屿暗相期，缓楫挥觥欲赋诗。
　　　借问娇歌凡几转？河低月落五更时。
　　⑤花潭竹屿傍幽蹊，画楫浮空入夜溪。
　　　菱荷覆水船难进，歌舞留人月易低。

三七　寄孙山人
　　新林二月孤舟还，水满清江花满山。
　　借问故园隐君子，时时来去在人间。

三八　除夜作　高适
　　旅馆寒灯独不眠，客心何事转凄然？
　　故乡今夜思千里，愁〔霜〕鬓明朝又一年。

三九　塞上听吹笛
　　雪净胡天牧马还，月明羌笛戍楼间。
　　借问梅花何处落？风吹一夜满关山。

四〇　听张立本女吟
　　危冠广袖楚宫妆，独步闲庭逐夜凉。
　　自把玉钗敲砌竹，清歌一曲月如霜。

四一　别董大二首
　　①六翮飘飖私自怜，一离京洛十馀年。
　　　丈夫贫贱应未足，今日相逢无酒钱。
　　②千里黄云白日曛，北风吹雁雪纷纷。
　　　莫愁前路无知己，天下谁人不识君。

四二　初至封丘
　　可怜薄暮宦游子，独卧虚斋思无已。
　　去家百里不得归，到官数月秋风起。

四三　送桂阳孝廉
　　桂阳年少西入秦，数经甲科犹白身。
　　即今江海一归客，他日云霄〔山〕万里人。

四四　玉真公主歌二首
　　①常言龙德本天仙，谁谓仙人每学仙？
　　　更道玄元指李日，多于王母种桃年。
　　②仙宫仙府有真仙，天宝天仙秘莫传。
　　　为问轩皇三百岁，何如大道一千年？

四五　营州歌
　　营州少年厌原野，皮裘蒙茸猎城下。
　　房酒千钟不醉人，胡儿十岁能骑马。

四六　九曲词三首
　　①铁骑横行铁岭头，西看逻逤取封侯。
　　　青海只今将饮马，黄河不用更防秋。
　　②许国从来彻庙堂，连年不为在坛场。
　　　将军天上封侯印，御史台中异姓王。
　　③万骑争歌杨柳春，千场对舞绣麒麟。
　　　到处尽逢欢洽事，相看总是太平人。

四七　客舍送李少府
　　相逢旅馆意多违，暮雪初晴候雁飞。
　　主人酒尽君未醉，薄暮途遥归不归？

四八　毁天枢　李休烈
　　天门街上倒天枢，火急先须卸火珠。
　　计合一条麻线挽，何劳两县索人夫。

四九　苜蓿峰寄家人　岑参
　　苜蓿峰边逢立春，胡芦河上泪沾巾。
　　闺中只是空相忆，不见沙场愁杀人。

五〇　玉关寄长安主簿
　　东去长安万里馀，故人何惜一行书。
　　玉关西望肠堪断，况复明朝是岁除。

五一　逢入京使
　　故园东望路漫漫，双袖龙钟泪不干。
　　马上相逢无纸笔，凭君传语报平安。

五二　过燕支寄杜位
　　燕支山西酒泉道，北风吹沙卷白草。
　　长安遥在日光边，忆君不见令人老。

五三　春梦
　　洞房昨夜春风起，遥忆美人湘江水。
　　枕上片时春梦中，行尽江南数千里。

五四　过碛
　　黄沙碛里客行迷，四望云天直下低。
　　为言地尽天还尽，行到安西更向西。

五五　碛中作
　　走马西来欲到天，辞家见月两回圆。
　　今夜不知何处宿，平沙万里绝人烟。

五六　酒泉太守席上醉后作
　　酒泉太守能剑舞，高堂置酒夜击鼓。
　　胡笳一曲断人肠，座上相看泪如雨。

五七　送刘判官赴碛西
　　火山五月人行〔行人〕少，看君马上〔去〕疾如鸟。
　　都护行营太白西，角声一动胡天晓。

五八　虢州后亭送李判官使赴晋绛
　　西原驿路挂城头，客散江亭雨未收。
　　君去试看汾水上，白云犹似汉时秋。

五九　原头送范侍御
　　百尺原头酒色殷，路傍骢马汗斑斑。
　　别君只有相思梦，遮莫千山与万山。

六〇　醉戏赠窦子美人
　　朱唇一点榴〔桃〕花殷，宿妆娇羞偏髻鬟。
　　细看只似阳台女，醉著莫许归巫山。

六一　秋夜闻笛
　　天门街西闻捣帛，一夜愁杀湘南客。
　　长安城中百万家，不知何人夜吹〔吹夜〕笛？

六二　封大夫破播仙凯歌六首
　　①汉将承恩西破戎，捷书先奏未央宫。
　　　天子预开麟阁待，只今谁数贰师功？
　　②官军西出过楼兰，营幕傍临月窟寒。
　　　蒲海晓霜凝马尾，葱山夜雪扑旌竿。
　　③鸣笳叠鼓拥回军，破国平蕃昔未闻。
　　　大夫鹊印摇边月，天将龙旗掣海云。
　　④日落辕门鼓角鸣，千群面缚出蕃城。
　　　洗兵鱼海云迎阵，秣马龙堆月照营。
　　⑤蕃军遥见汉家营，满谷连山遍哭声。
　　　万箭千刀一夜杀，平明流血浸空城。
　　⑥暮雨旌旗湿未干，胡烟白草日光寒。
　　　昨夜将军连晓战，蕃军只见马空鞍。

六三　送贾侍御史江外
　　新骑骢马复承恩，使出金陵过海门。
　　荆南渭北难相见，莫惜衫襟著酒痕。

六四　赵将军歌
　　九月天山风似刀，城南猎马缩寒毛。
　　将军纵博场场胜，赌得单于貂鼠袍。

六五　送人还京
　　匹马西从天外归，扬鞭只共鸟争飞。
　　送君九月交河北，雪里题诗泪满衣。

六六　草堂村寻人不遇
　　数株垂柳色依依，深巷斜阳暮鸟飞。
　　门前雪满无行迹，应是先生出未归。

六七　赴北庭度陇思家
　　西向轮台万里馀，也知乡信日应疏。
　　陇山鹦鹉能言语，为报家人数寄书。

六八　题观楼
　　荒楼荒井闭空山，关令乘云去不还。
　　羽盖霓旌何处在，空留药臼向人间。

六九　送李明府赴陆州觐太夫人
　　手把铜章望海云，夫人堂上泣罗裙。
　　严滩一点舟中月，万里烟波也梦君。

七〇　虢州西山亭送范端公
　　百尺红亭对万峰，平明相送到斋钟。
　　骢马劝君教〔皆〕卸却，使君家酝旧来浓。

七一　胡歌
　　黑姓蕃王貂鼠裘，葡萄宫锦醉缠头。
　　关西老将能苦战，七十行兵仍未休。

七二　戏问花门酒家翁
　　老人七十仍沽酒，千壶百瓮花门口。
　　道傍榆荚巧似钱，摘来沽酒君肯否？

七三　入蒲关寄故人
　　秦山数点似青黛，渭水一条如白练。
　　京师故人不可见，寄将两眼看飞燕。

七四　五月四日送人
　　仙掌分明引马头，西看一点是关楼。
　　五日也应须到舍，知君不肯更淹留。

七五　山房春事
　　风恬日暖荡春光，戏蝶游蜂乱入房。
　　数枝门柳低衣桁，一片山花落笔床。

七六　崔仓曹席上送殷寅赴淮南
　　清淮无底绿江深，宿处江〔津〕亭枫树林。
　　驷马欲辞丞相府，一樽须尽故人心。

七七　春兴戏题赠期李侯
　　黄雀始欲衔花来，君家种桃花未开。
　　长安二月眼看尽，寄报春风早为催。

七八　山房春事
　　梁园日暮乱飞鸦，极目萧条三两家。
　　庭树不知人去尽，春来还发旧时花。

七九　冬夕
　　浩汗霜风刮天地，温泉火井无生意。
　　泽国龙蛇冻不伸，南山瘦柏消残翠。

八〇　少年行四首　王维
　　①新丰美酒斗十千，咸阳游侠多少年。
　　　相逢意气为君饮，系马高楼垂柳边。

②出身仕汉羽林郎，初随骠骑战渔阳。
孰知不向边庭苦，纵死犹闻侠骨香。
③一身能擘两雕弧，虏骑千群只似无。
偏坐金鞍调白羽，纷纷射杀五单于。
④汉家君臣欢宴终，高议云台论战功。
天子临轩赐侯印，将军佩出明光宫。

八一 叹白发
宿昔朱颜成暮齿，须臾白发变垂髫。
一生几许伤心事，不向空门何处销。

八二 秋夜曲二首
①丁丁漏永夜何长，漫漫轻云露月光。
秋逼暗虫通夕响，寒衣未寄莫飞霜。
②桂魄初生秋露微，轻罗已薄未更衣。
银筝夜久殷勤弄，心怯空房不忍归。

八三 赠裴旻将军
腰间宝剑七星文，臂上雕弓百战勋。
见说云中擒黠虏，始知天上有将军。

八四 九月九日忆山东兄弟
独在异乡为异客，每逢佳节倍思亲。
遥知兄弟登高处，遍插茱萸少一人。

八五 戏题磐石
可怜磐石临泉水，复有垂杨拂酒杯。
若道春风不解意，何因吹送落花来？

八六 戏题辋川别业
柳条拂地不须折，松树披云从更长。

　　　　藤花欲暗藏猱子，柏叶初齐养麝香。

八七　过崔处士林亭
　　　　绿树重阴盖四邻，青苔日厚自无尘。
　　　　科头箕踞长松下，白眼看他世上人。

八八　送王尊师归蜀中
　　　　大罗天上神仙客，濯锦江头花柳春。
　　　　不为碧鸡称使者，唯令白鹤报乡人。

八九　送元二使安西
　　　　渭城朝雨裛轻尘，客舍青青柳色新。
　　　　劝君更尽一杯酒，西出阳关无故人。

九〇　灵云池送从弟
　　　　金杯缓酌清歌转，画舸轻移艳舞回。
　　　　自叹鹡鸰临水别，不同鸿雁向池来。

九一　寒食汜上作
　　　　广武城边逢暮春，汶阳归客泪沾巾。
　　　　落花寂寂啼山鸟，杨柳青青渡水人。

九二　嘲史寰
　　　　清风细雨湿梅花，骤马先过碧玉家。
　　　　正值楚王宫里至，门前初下七香车。

九三　菩提寺禁闻逆贼凝碧池上作乐
　　　　万户伤心生野烟，百官何日更朝天？
　　　　秋槐叶落空宫里，凝碧池头奏管絃。

九四　齐州送祖三
　　　　送君南浦泪如丝，君向东州使我悲。

为报故人憔悴尽，如今不似洛阳时。

九五　送韦评事
欲逐将军取右贤，沙场走马向居延。
遥知汉使萧关外，愁见孤城落日边。

九六　送沈子归江东
杨柳渡头行客稀，罟师荡桨向临圻。
唯有相思似春色，江南江北送君归。

九七　凉州赛神
凉州城外少行人，百尺峰头望虏尘。
健儿击鼓吹羌笛，共赛城东越骑神。

九八　哭殷遥
送君返葬石楼山，松柏苍苍宾驭还。
埋骨白云长已矣，空馀流水向人间。

九九　李龟年所歌
清风朗月苦相思，荡子从戎十载馀。
征人去日殷勤祝，归雁来时数附书。

一〇〇　九日作　王缙
莫将边地比京都，八月严霜草已枯。
今日登高樽酒里，不知能有菊花无？

一〇一　过崔处士林亭
身名不问十年馀，老大谁能更读书。
林中独酌邻家酒，门外时闻长者车。

一〇二　凉州词二首　孟浩然
①浑成紫檀金屑文，作得琵琶声入云。

　　　　胡地迢迢三万里，那堪马上送明君。
　　②异方之乐令人悲，羌笛胡筋不用吹。
　　　　坐看今夜关山月，思杀边城游侠儿。

一〇三　初秋
　　　　不觉初秋夜渐长，清风习习重凄凉。
　　　　炎炎暑退茅斋静，阶下丛莎有露光。

一〇四　济江问舟子
　　　　潮落江平未有风，轻舟共济与君同。
　　　　时时引领望天末，何处青山是越中？

一〇五　送杜十四之江南
　　　　荆吴相接水为乡，君去春江正渺茫。
　　　　日暮征帆何处泊？天涯一望断人肠。

一〇六　越中送人归秦中
　　　　试登秦望望秦川，遥忆青门春可怜。
　　　　仲月送君从此去，瓜时须及邵平田。

一〇七　答送别　独孤及
　　　　洞庭正及蘋叶衰，岂是秦吴远别时。
　　　　谢君箧中绮端赠，何以报之长相思。

一〇八　陪王员外北楼待月
　　　　劝酒论心夜不疲，含情有待问谁思。
　　　　伫看明月澄清景，来照江楼酩酊时。

一〇九　海上怀洛中旧游
　　　　凉风台上三峰月，不夜城边万里沙。
　　　　离别莫言关塞远，梦魂长在子真家。

一一〇　将还越留别豫章诸公
　　客鸟倦飞思旧林，徘徊犹恋众花阴。
　　他时相忆双航苇，莫问吴江深不深。

一一一　送别荆南张判官
　　辎车驷马往从谁，梦浦兰台日更迟。
　　欲识桃花最深处，前程问取武陵儿。

一一二　和虞部韦郎中寻杨驸马不遇
　　金屋琼台萧史家，暮春三月渭川花。
　　到君仙洞不相见，谓已吹箫乘早霞。

一一三　垂花坞醉后戏题
　　紫蔓青条覆酒壶，落花时与竹风俱。
　　归时自负花前醉，笑向鯈鱼问乐无？

一一四　九日送别　王之涣
　　蓟庭萧瑟故人稀，何处登高且送归？
　　今日暂同芳菊酒，明朝应作断蓬飞。

一一五　凉州词二首
　　①黄沙〔河〕远上白云间，一片孤城万仞山。
　　　羌笛何须怨杨柳，春光不度玉门关。
　　②单于北望拂云堆，杀马登坛祭几回？
　　　汉家天子今神武，不肯和亲归去来。

一一六　宴词
　　长堤春水绿悠悠，畎入漳河一道流。
　　莫听声声催去棹，桃溪浅处不胜舟。

一一七　送卢举使河源　张谓
　　故人行役向边州，匹马今朝不少留。

长路关山何日尽,满堂丝竹为君愁。

一一八　长沙失火后戏题莲花寺
　　金园宝刹半长沙,劫火旁延一万家。
　　楼殿总随烟焰尽,火中何处出莲花?

一一九　赠赵使君美人
　　红粉青娥映楚云,桃花马上石榴裙。
　　罗敷独向东方去,漫学他家作使君。

一二〇　题长安主人壁
　　世人结交须黄金,黄金不多交不深。
　　纵令然诺暂相许,终是悠悠行路心。

一二一　早梅
　　一树寒梅白玉条,迥临村路傍溪桥。
　　不知近水花先发,疑是经冬雪未消。

一二二　军城早秋　严武
　　昨夜秋风入汉关,朔云边雪满西山。
　　更催飞将追骄虏,莫遣沙场匹马还。

一二三　岭猿　常建
　　袅袅凄凄〔杳杳袅袅〕清且切,鹧鸪飞处又斜阳。
　　相思岭上相思泪,不到三声合断肠。

一二四　送宇文六
　　花映垂杨汉水清,微风林里一枝轻。
　　即今江北还如此,愁杀江南离别情。

一二五　落第长安
　　家园好在尚留秦,耻作明时失路人。

恐逢故里莺花笑，且向长安度一春。

一二六　题法院
胜景门闲对远山，竹深松老半含烟。
素〔皓〕月殿中三度磬，水精宫里一僧禅。

一二七　塞下
铁马胡裘出汉营，分麾百道救龙城。
左贤未遁旌竿折，过在将军不在兵。

一二八　三日寻李九庄
雨歇杨林东渡头，永和三日荡轻舟。
故人家在桃花岸，直到门前溪水流。

一二九　吴故宫
越女歌长君且听，芙蓉香满水边城。
岂知一日终非主，犹自如今有怨声。

一三〇　戏题湖上
湖上老人坐矶头，湖里桃花水却流。
竹竿袅袅波无际，不知何者吞吾钩？

一三一　塞下曲四首
①玉帛朝回望帝乡，乌孙归去不称王。
　天涯静处无征战，兵气消为日月光。
②北海阴风动地来，明君祠上望龙堆。
　髑髅皆是长城卒，日暮沙场飞作灰。
③龙斗雌雄势已分，山崩鬼哭恨将军。
　黄河直北千馀里，冤气苍茫成黑云。
④因嫁单于怨在边，蛾眉万古葬胡天。
　汉家此去三千里，青冢常无草木烟。

一三二　春行寄兴　李华
　　宜阳城下草萋萋，涧水东流复向西。
　　芳树无人花自落，春山一路鸟空啼。

一三三　遇刘五　李颀
　　洛阳一别梨花新，黄鸟飞飞逢故人。
　　携手当年共为乐，无惊蕙草惜残春。

一三四　送五叔入京兼寄綦毋三
　　吏部明年拜官后，西城必与故人期。
　　寄书春草年年色，莫道相逢玉女祠。

一三五　寄韩鹏
　　为政心闲物自闲，朝看飞鸟暮飞还。
　　寄书河上神明宰，羡尔城头姑射山。

一三六　送崔婴赴汉阳
　　中外相连弟与兄，新加小县子男名。
　　年才三十佩铜印，知尔弦歌汉水清。

一三七　野老曝背
　　百岁老翁不种田，惟知曝背乐残年。
　　有时扪虱独搔首，目送归鸿篱下眠。

一三八　赠李十二　崔成甫
　　我是潇湘放逐臣，君辞明主汉江滨。
　　天外常求太白老，金陵捉得酒仙人。

一三九　过上人兰若　綦毋潜
　　山头禅室挂僧衣，窗外无人溪鸟飞。
　　黄昏半在山下路，却听钟声连翠微。

一四〇　早发上东门　薛据
　　十五能行西入秦，三十无家作路人。
　　时命不将明主笞，素衣空染洛阳尘。

一四一　采莲词　张潮
　　朝出沙头日正红，晚来云起半江中。
　　赖逢邻女曾相识，并著莲舟不畏风。

一四二　江南行
　　茨菰叶烂别西湾，莲子花开犹未还。
　　妾梦不离江水上，人传郎在凤凰山。

一四三　九日　崔国辅
　　江边枫落菊花黄，少长登高一望乡。
　　九日陶家虽载酒，三年楚客已霑裳。

一四四　白纻词二首
　　①洛阳梨花落如霰，河阳桃叶生复齐。
　　　坐恐玉楼春欲尽，红绵粉絮裛妆啼。
　　②董贤女弟在椒风，窈窕繁华贵后宫。
　　　璧带金釭皆翡翠，一朝零落变成空。

一四五　王昭君
　　一回望月一回悲，望月月移人不移。
　　何时得见汉朝使，为妾传书斩画师。

一四六　甘州
　　亭亭孤日照行舟，寂寂长江万里流。
　　乡国不知何处是，云山漫漫使人愁。

一四七　越溪怨　冷朝光
　　越王宫里如花人，越水溪头采白蘋。

白蘋未尽人先尽，谁见江南春复春。

一四八　宴城东庄　崔思
　　　一月生人笑几回？相逢相值且衔杯。
　　　眼看春色如流水，今日残花昨日开。

一四九　同前　崔敏童
　　　一年过又一年春，百岁曾无百岁人。
　　　能向花中几回醉，十千沽酒莫辞频。

一五〇　婕妤怨　王沈
　　　长信梨花暗欲栖，应门上钥草萋萋。
　　　春风吹花乱扑户，班绝车声不至啼。

一五一　少年行　吴象之
　　　承恩借猎小平津，使气常游中贵人。
　　　一掷千金浑是胆，家无四壁不知贫。

一五二　凉州歌　郭知运
　　　朔风吹叶雁门秋，万里烟尘昏戍楼。
　　　征马长思青海上〔北〕，胡笳夜听陇山头。

一五三　辞房相公　张俌
　　　秋风飒飒雨霏霏，秋色〔愁杀〕凄皇一布衣。
　　　辞君且作随阳雁，海内无家何处归？

一五四　咏石季伦　李清
　　　金谷繁华石季伦，只能谋富不谋身。
　　　当时纵与绿珠去，犹有无穷歌舞人。

一五五　虏患　张陵
　　　今日汉家探使回，蚁迭胡兵来未歇。

春风渭水不敢流，总作六军心上血。

一五六　过崔处士林亭　裴迪
乔柯门里自成阴，散发窗中曾不簪。
逍遥且喜从吾事，荣宠从来非我心。

一五七　酬王摩诘过林亭　崔兴宗
穷巷空林常闭关，悠然独卧对前山。
今朝忽枉嵇生驾，倒屣开门遥解颜。

一五八　上巳寄孟中丞　鲍防
世间禊事风流处，镜里云山若画屏。
今日会稽王内史，好将宾客醉兰亭。

一五九　客中作　杜俨
书剑催人不暂闲，洛阳羁旅复秦关。
容颜岁岁愁迁改，乡国时时梦里还。

一六〇　过故人宅　王乔
故人轩骑罢归来，旧宅园林闭不开。
唯馀挟瑟高堂妇，哭向平生歌舞台。

一六一　西施石　楼颖
西施昔日浣纱津，石上青苔思杀人。
一去姑苏不复返，岸傍桃李为谁春？

一六二　落第留别主人　豆卢复
客里愁多不记春，闻莺始叹柳条新。
年年下第东归去，羞见长安旧主人。

一六三　上徐中书　褚朝阳
中禁仙池越凤凰，池边词客紫薇郎。

既能作颂雄风起,何不时吹兰蕙香。

一六四　嵩山寻冯炼师不遇　崔署
　　青溪访道凌烟曙,王子仙成已飞去。
　　更值空山雷雨时,云林薄暮归何处?

一六五　春旦歌　沈颂
　　①尝闻嬴女玉箫台,奏曲情深彩凤来。
　　　欲登此地消归恨,却羡双飞去不回。
　　②卫风愉艳宜春色,淇水清泠增暮愁。
　　　总使榴花能一醉,终须萱草暂忘忧。

一六六　南中感怀　樊晃
　　南路蹉跎客未回,常嗟物候暗相催。
　　四时不变江头草,十月先开岭上梅。

一六七　怨歌　薛维翰
　　百尺朱楼临狭斜,新妆能唱美人车。
　　皆言贱妾红颜好,要自狂夫不忆家。

一六八　春女怨
　　白玉堂前一树梅,今朝忽见数花开。
　　几家门户寻常闭,春色因何得入来?

一六九　寒食　孟云卿
　　二月江南花满枝,他乡寒食远堪悲。
　　贫居往往无烟火,不独明朝为子推。

一七〇　大言联句　颜真卿
　　高歌阆风步瀛洲,燀鹏瀹鲲餐未休。
　　四方上下无外头,一啜顿涸沧溟流。

一七一　乐语联句
　　苦河既济真僧喜，新知满坐笑相视。
　　戍客归来见妻子，学生放假偷向市。

一七二　馋语联句
　　拈饊舐指不知休，欲炙侍立涎交流。
　　过屠大嚼肯知羞，食店门外强淹留。

一七三　醉语联句
　　逢糟遇麯便酩酊，覆车坠马皆不醒。
　　倒著接䍦发垂领，狂心乱语无人并。

一七四　桃花矶　张颠
　　隐隐飞桥隔野烟，石矶西畔问渔船：
　　桃花尽日随流水，洞在清溪何处边？

一七五　山行留客
　　山光物态弄春晖，莫为轻阴便拟归。
　　纵使晴明无雨色，入云深处亦霑衣。

一七六　春游值雨
　　欲寻轩槛倒清尊，江上烟云向晚昏。
　　须倩东风吹散雨，明朝却待入华园。

一七七　自书
　　春草青青万里馀，边城落日见离居。
　　情知海上三年别，不寄云间一纸书。

一七八　柳
　　濯濯烟条拂地垂，城边楼畔结春思。
　　请君细看风流意，未减灵和殿里时。

一七九　晦日呈诸判官　韩滉
　　晦日新晴春自娇，万家攀折渡长桥。
　　年年老向江城寺，不觉东风换柳条。

一八〇　听乐怅然自述
　　万事伤心对管弦，一身含泪向春烟。
　　黄金用尽教歌舞，留与他人乐少年。

一八一　咏王大娘戴竿　刘晏
　　楼前百戏竞争新，惟有长竿妙入神。
　　谁谓绮罗翻有力，犹自嫌轻更著人。

一八二　闲吟　君山老父
　　湘中老人读黄老，手援紫菡坐碧草。
　　春至不知湘水深，日暮忘却巴陵道。

一八三　裴给事宅牡丹　开元名公
　　长安豪贵惜春残，争赏新开紫牡丹。
　　别有玉盘承露冷，无人起就月中看。

一八四　胡笳曲　无名氏
　　月明星稀霜满野，毡车夜宿阴山下。
　　汉家自失李将军，单于日暮〔公然〕来牧马。

第十三卷　七言三　盛唐二

（共二百七十四首）

一　李仓曹宅夜饮　　王昌龄
　　霜天留饮故情欢，银烛金炉夜不寒。
　　欲问吴江别来意，青山明月梦中看。

二　旅望
　　白花原头〔垣上〕望京师，黄河水流无尽时。
　　秋天〔穷秋〕旷野行人绝，马首东来知是谁？

三　闺怨
　　闺中少妇不曾愁，春日凝妆上翠楼。
　　忽见陌头杨柳色，悔教夫婿觅封侯。

四　浣纱女
　　钱塘江畔是谁家？江上女儿全胜花。
　　吴王在时不得出，今日公然来浣纱。

五　题朱炼师山房
　　叩齿焚香出世尘，斋坛鸣磬步虚人。
　　百花仙酝能留客，一饭胡麻度几春？

六　听流人水调子
　　孤舟微月对枫林，分付鸣筝与客心。

岭色千重万重雨，断弦收与泪痕深。

七　宴春源
　　源向春城花几重，江明深翠引诸峰。
　　与君醉失松溪路，山馆寥寥传暝钟。

八　龙标野宴
　　沅溪夏晚足凉风，春酒相携就竹丛。
　　莫道弦歌愁远谪，青山明月不曾空。

九　观猎
　　角鹰初下秋草稀，铁骢抛鞍去如飞。
　　少年猎得平原兔，马后横捎意气归。

一〇　梁苑
　　梁园秋竹古时烟，城外风悲欲暮天。
　　万乘旌旗何处在，平台宾客有谁怜？

一一　送薛大赴安陆
　　津头云雨暗湘山，迁客离愁楚地颜。
　　遥送扁舟安陆郡，天边何处穆陵关？

一二　别李浦之京
　　故园今在霸陵西，江畔逢君醉不迷。
　　小弟邻庄尚渔猎，一封书寄数行啼。

一三　萧驸马花烛
　　青鸾飞入合欢宫，紫凤衔花出禁中。
　　可怜今夜千门里，银汉星槎〔回〕一道通。

一四　甘泉歌
　　乘舆执玉已登坛，细草沾衣春殿寒。

昨夜云生拜初月,万年甘露水晶盘。

一五　芙蓉楼送辛渐二首
　　①寒雨连江夜入吴,平明送客楚山孤。
　　　洛阳亲友如相问,一片冰心在玉壶。
　　②丹阳城南秋海阴,丹阳城北楚云深。
　　　高楼送客不能醉,寂寂寒江明月心。

一六　重别李评事
　　莫道秋江离别难,舟船明日是长安。
　　吴姬缓舞留君醉,随意青枫白露寒。

一七　别陶副使归南海
　　南越归人梦海楼,广陵新月海亭秋。
　　宝刀留赠长相忆,当取戈船万户侯。

一八　送狄宗亨
　　秋在水清山暮蝉,洛阳树色明〔鸣〕皋烟。
　　送君归去愁不尽,又惜空度凉风天。

一九　送人归江夏
　　寒江绿水楚云深,莫道离忧迁远心。
　　晓夕双帆归鄂渚,愁将孤月梦中寻。

二〇　送李五
　　玉碗金罍倾送君,江西日入起黄云。
　　扁舟乘月暂来去,谁道沧浪吴楚分?

二一　送十五舅
　　深林秋水近日空,归棹演漾清阴中。
　　夕浦离觞意何已,草根寒露悲鸣虫。

二二　留别郭八
　　长亭伫马未能前，井邑苍茫含暮烟。
　　醉别何须更惆怅，回头不语但垂鞭。

二三　送宝七
　　清江月色傍林秋，波上荧荧望一舟。
　　鄂渚轻帆须早发，江边明月为君留。

二四　巴陵送李十二
　　摇曳巴陵洲渚分，清江传语便风闻。
　　山长不见秋城色，日暮蒹葭空水云。

二五　送别魏二
　　醉别江楼橘柚香，江风引雨入船凉。
　　忆君遥在潇湘月，愁听清猿梦里长。

二六　送裴图南
　　黄河渡头归问津，离家几日茱萸新。
　　漫道闺中飞破镜，犹看陌上别行人。

二七　留别司马太守
　　辰阳太守念王孙，远谪沅溪何可论。
　　黄鹤青云当一举，明珠吐著报君恩。

二八　卢溪别人
　　武陵溪口驻扁舟，溪水随君向北流。
　　行到荆门上三峡，莫将孤月对猿愁。

二九　送程六
　　冬夜离觞〔伤离〕在五溪，青鱼雪落鲙橙齑。
　　武冈前路看斜月，片片舟中云向西。

三〇　送朱越
　　　远别舟中蒋山暮，君行举首燕城路。
　　　蓟门秋月隐黄云，期向金陵醉红树。

三一　别辛渐
　　　别馆萧条风雨寒，扁舟月色渡江看。
　　　酒酣不识关西道，却望春江云尚残。

三二　采莲曲二首
　　①荷叶罗裙一色裁，芙蓉向脸两边开。
　　　乱入池中看不见，闻歌始觉有人来。
　　②吴姬越艳楚王妃，争弄莲舟水湿衣。
　　　来时浦口花迎入，采罢江头月送归。

三三　送柴侍御
　　　沅水通流接武冈，送君不觉有离伤。
　　　青山一道同云雨，明月何曾是两乡。

三四　寄穆侍御出幽州
　　　一从恩谴度潇湘，塞北江南万里长。
　　　莫道蓟门书信少，雁飞犹得到衡阳。

三五　西江寄越弟
　　　南浦逢君岭外还，沅溪更远洞庭山。
　　　尧时恩泽如春雨，梦里相逢共入关。

三六　长信秋词五首
　　①金井梧桐秋叶黄，珠簾不卷夜来霜。
　　　熏笼玉枕无颜色，卧听南宫清漏长。
　　②高殿秋砧响夜阑，霜深犹忆御衣寒。
　　　银灯青琐裁缝歇，还向金城明主看。

③奉帚平明秋〔金〕殿开，且〔暂〕将团扇暂〔共〕徘徊。
玉颜不及寒鸦色，犹带昭阳日影来。
④真成薄命久寻思，梦见君王觉后疑。
火照西宫知夜饮，分明复道奉恩时。
⑤长信宫中秋月明，昭阳殿下捣衣声。
白露堂中细草迹，红罗帐里不胜情。

三七　西宫春怨
西宫夜静百花香，欲卷珠帘春恨长。
斜抱云和深见月，朦胧树色隐昭阳。

三八　西宫秋怨
芙蓉不及美人妆，水殿风来珠翠香。
却恨含情掩秋扇，空悬明月待君王。

三九　从军行七首
①烽火城西百尺楼，黄昏独上海风秋。
更吹羌笛关山月，无那金闺万里愁。
②琵琶起舞换新声，总是关山离别情。
缭乱边愁听不尽，高高秋月照长城。
③青海长云暗雪山，孤城遥望玉门关。
黄沙百战穿金甲，不破楼兰终不还。
④胡瓶落膊紫薄汗，碎叶城西秋月团。
明敕星驰封宝剑，辞君一夜取楼兰。
⑤玉门山嶂几千重，山北山南总是烽。
人依远戍须看火，马踏深山不见踪。
⑥大漠风尘日色昏，红旗半卷出辕门。
前军夜战洮河北，已报生禽吐谷浑。
⑦关城榆叶早疏黄，日暮云沙古战场。

表请回军掩尘骨,莫教兵士哭龙荒。

四〇　春宫曲
　　昨夜风开露井桃,未央前殿月轮高。
　　平阳歌舞新承宠,簾外春寒赐锦袍。

四一　殿前曲二首
　　①贵人妆梳殿前催,香风吹入殿后来。
　　　仗引笙歌大宛马,白莲花发照池台。
　　②胡部笙歌西殿头,梨园弟子和《凉州》。
　　　新声一段高楼月,圣主千秋乐未休。

四二　青楼怨
　　香帏风动花入楼,高调鸣筝缓夜愁。
　　肠断关山不解说,依依残月下簾钩。

四三　青楼曲二首
　　①白马金鞍从武皇,旌旗十万宿长杨。
　　　楼头小妇鸣筝坐,遥见飞尘入建章。
　　②驰道杨花满御沟,红妆漫绾上青楼。
　　　金章紫绶千馀骑,夫婿朝回初拜侯。

四四　武陵开元观黄炼师院三首
　　①松间白发黄尊师,童子烧香禹步时。
　　　欲访桃源入溪路,忽闻鸡犬使人疑。
　　②先贤盛说桃花源,尘忝何堪武陵郡。
　　　闻道秦时避地人,至今不与人通问。
　　③山观空虚清净门,从官役吏扰尘喧。
　　　暂因问俗到真境,便欲投诚依道源。

四五　送高三之桂林
　　留名夜饮对潇湘，从此归舟客梦长。
　　岭上梅花侵雪暗，归时还拂桂枝香。

四六　黄道士房问《易》
　　斋心问《易》太阳宫，八卦真形一气中。
　　仙老言馀鹤飞去，玉清坛上雨濛濛。

四七　送万大归长沙
　　桂杨秋水长沙县，楚竹离声为君变。
　　青山隐隐孤舟微，白鹤双飞忽相见。

四八　送吴十九往沅陵
　　沅江流水到辰阳，溪口逢君驿路长。
　　远谪唯知望雷雨，明年春水共还乡。

四九　别皇甫五
　　溆浦潭阳隔楚山，离尊不用起愁颜。
　　明祠灵响期昭应，天泽俱从此路还。

五〇　送崔参军往龙溪
　　龙溪只在龙标上，秋月孤山两相向。
　　谴谪离心是丈夫，鸿恩共待春江涨。

五一　送郑判官
　　东楚吴山驿树微，韬车衔命奉恩辉。
　　英寮携出新丰酒，半道遥看班马归。

五二　送姚司法归吴
　　吴掾留觞楚郡心，洞庭秋雨海门阴。
　　但令意远扁舟送，不道沧江百丈深。

五三　寄陶副使
　　闻道将兵破海门，如何远请渡湘沅。
　　春来明主封西岳，自有还君紫绶恩。

五四　至南陵答皇甫岳
　　与君同病复漂沦，昨夜宣城别故人。
　　明主恩深非岁久，长江还共五溪滨。

五五　河上歌
　　河上老人坐古槎，合丹只用青莲花。
　　至今八十如四十，口道沧溟是我家。

五六　出塞二首
　　①秦时明月汉时关，万里长征人未还。
　　　但使龙城飞将在，不教胡马度阴山。
　　②骝马新跨白玉鞍，战罢沙场月色寒。
　　　城头铁鼓声犹振，匣里金刀血未干。

五七　春怨
　　音书杜绝白狼西，桃李无颜黄鸟啼。
　　寒雁春深归去尽，出门肠断草萋萋。

五八　结袜子　李白
　　燕南壮士吴门豪，筑中置铅鱼隐刀。
　　感君恩重许君命，太山一掷轻鸿毛。

五九　巴陵赠贾舍人
　　贾生西望忆京华，湘浦南迁莫怨嗟。
　　圣主恩深汉文帝，怜君不遣到长沙。

六〇　送贺宾客归越
　　镜湖流水漾清波，狂客归舟逸兴多。

　　　　山阴道士如相见，应写《黄庭》换白鹅。

六一　送韩侍御之广德令
　　　　昔日绣衣何足荣，今宵贳酒与君倾。
　　　　暂就东山赊月色，酣歌一夜送渊明。

六二　送外甥郑灌从军三首
　　　①六博争雄好彩来，金盘一掷万人开。
　　　　丈夫赌命报天子，当斩胡头衣锦回。
　　　②丈八蛇矛出陇西，弯弧拂箭白猿啼。
　　　　破胡必用龙韬策，积甲应将熊耳齐。
　　　③月蚀西方破敌时，及瓜归日未应迟。
　　　　斩胡血变黄河水，枭首当悬白鹊旗。

六三　长门怨
　　　　桂殿长愁不记春，黄金四屋起秋尘。
　　　　夜悬明镜青天上，独照长门宫里人。

六四　春怨
　　　　白马金羁辽海东，罗帷绣被卧春风。
　　　　落月低轩窥烛尽，飞花入户笑床空。

六五　酬崔侍御
　　　　严陵不从万乘游，归卧空山钓碧流。
　　　　自是客星辞帝坐，元非太白醉扬州。

六六　送孟君之广陵
　　　　故人西辞黄鹤楼，烟花三月下扬州。
　　　　孤帆远影碧山尽，惟见长江天际流。

六七　春夜洛城闻笛
　　　　谁家玉笛暗飞声，散入春风满洛城。

此夜曲中闻折柳，何人不起故园情！

六八　峨眉山月歌

峨眉山月半轮秋，影入平羌江水流。
夜发青溪向三峡，思君不见下渝州。

六九　永王东巡歌十一首

①永王正月东出师，天子遥分龙虎旗。
　楼船一举风波静，江汉翻为雁鹜池。
②三川北虏乱如麻，四海南奔似永嘉。
　但用东山谢安石，为君谈笑静胡沙。
③雷鼓嘈嘈喧武昌，云旗猎猎过浔阳。
　秋毫不犯三吴悦，春日遥看五色光。
④龙盘虎踞帝王州，帝子金陵访古丘。
　春风试暖昭阳殿，明月还过鳷鹊楼。
⑤二帝巡游俱未回，五陵松柏使人哀。
　诸侯不救河南地，更喜贤王远道来。
⑥丹阳北固是吴关，画出楼台云水间。
　千岩烽火连沧海，两岸旌旗绕碧山。
⑦王出三江按五湖，楼船跨海次扬都。
　战舰森森罗虎士，征帆一一引龙驹。
⑧长风挂席势难回，海动山倾古月摧。
　君看帝子浮江日，何似龙骧出峡来。
⑨祖龙浮海不成桥，汉武浔阳空射蛟。
　我王楼舰轻秦汉，却似文皇欲渡辽。
⑩帝宠贤王入楚关，扫清江汉始应还。
　初从云梦开朱邸，更取金陵作小山。
⑪试借君王玉马鞭，指麾戎虏坐琼筵。

南风一扫胡尘静,西入长安到日边。

七〇　横江词五首
①海朝南去过浔阳,牛渚由来险马当。
　横江欲渡风波恶,一水牵愁万里长。
②横江西望阻西秦,汉水东连扬子津。
　白浪如山那可渡,狂风愁杀峭帆人。
③海神东过恶风回,浪打天门石壁开。
　浙江八月何如此,涛似连山喷雪来。
④横江馆前津吏迎,向余东指海云生。
　郎今欲渡缘何事,如此风波不可行。
⑤日晕天风雾不开,海鲸东蹙百川回。
　惊波一起三山动,公无渡河归去来。

七一　上皇西巡南京歌十首
①胡尘轻拂建章台,圣主西巡蜀道来。
　剑壁门高五千仞,石为楼阁九天开。
②九天开出一成都,万户千门入画图。
　草树云山如锦绣,秦川得及此间无?
③华阳春树似新丰,行入新都若旧宫。
　柳色未饶秦地绿,花光不减上阳〔林〕红。
④谁道君王行路难,六龙西幸万人欢。
　地转锦江成渭水,天回玉垒作长安。
⑤万国同风共一时,锦江何谢曲江池。
　石镜更明天上月,后宫亲得照蛾眉。
⑥濯锦清江万里流,云帆龙舸下扬州。
　北地虽夸上林苑,南京还有散花楼。
⑦锦水东流绕锦城,星桥北挂象天星。

四海此中朝圣主，峨眉山上列仙庭。
　⑧秦开蜀道置金牛，汉水元通星汉流。
　　　天子一行遗圣迹，锦城长作帝王州。
　⑨水绿天青不起尘，风光和暖胜三秦。
　　　万国烟花随玉辇，西来添作锦江春。
　⑩剑阁重关蜀北门，上皇归马若云屯。
　　　少帝长安开紫极，双悬日月照乾坤。

七二　与史郎中饮听黄鹤楼上吹笛
　　一为迁客去长沙，西望长安不见家。
　　黄鹤楼中吹玉笛，江城五月落梅花。

七三　望庐山瀑布水
　　日照香炉生紫烟，遥看瀑布挂长川。
　　飞流直下三千尺，疑是银河落九天。

七四　白帝下江陵
　　朝辞白帝彩云间，千里江陵一日还。
　　两岸猿声啼不尽，轻舟已过万重山。

七五　巫山枕障
　　巫山枕障画高丘，白帝城边树色秋。
　　朝云夜入无行处，巴水横天更不流。

七六　吴王舞人半醉
　　风动荷花水殿香，姑苏台上宴吴王。
　　西施醉舞娇无力，笑倚东窗白玉床。

七七　望庐山五老峰
　　庐山东南五老峰，青天削出金芙蓉。
　　九天秀色可揽结，吾将此地巢云松。

七八　宣城见杜鹃花
　　蜀国曾闻子规鸟，宣城还见杜鹃花。
　　一叫一回肠一断，三春三月忆三巴。

七九　哭晁卿
　　日本晁卿辞帝都，征帆一片绕蓬壶。
　　明月不归沉碧海，白云秋色满苍梧。

八〇　秋下荆门
　　霜落荆门江树空，布帆无恙挂秋风。
　　此行不为鲈鱼鲙，自爱名山入剡中。

八一　鲁东门泛舟二首
　　①日落沙明天倒开，波摇石动水萦回。
　　　轻舟泛月寻溪转，疑是山阴雪后来。
　　②水作青龙盘石堤，桃花夹岸鲁门西。
　　　若教月下乘舟去，何啻风流到剡溪。

八二　庐江主人妇
　　孔雀东飞何处栖？庐江小吏仲卿妻。
　　为客裁缝君自见，城乌独宿夜空啼。

八三　陪族叔刑部侍郎晔及中书贾舍人至游洞庭五首
　　①洞庭西望楚江分，水尽南天不见云。
　　　日落长沙秋色远，不知何处吊湘君？
　　②南湖秋水夜无烟，耐可乘流直上天。
　　　且就洞庭赊月色，将船买酒白云边。
　　③洛阳才子谪湘川，元礼同舟月下仙。
　　　记得长安还欲笑，不知何处是西天？
　　④洞庭湖西秋月晖，潇湘江北早鸿飞。

醉客满船歌《白纻》，不知霜露入秋衣。
⑤帝子潇湘去不还，空馀秋草洞庭间。
淡扫明湖开玉镜，丹青画出是君山。

八四　望天门山
天门中断楚江开，碧水东流直北回。
两岸青山相对出，孤帆一片日边来。

八五　与谢良辅游泾川陵岩寺
乘君素舸泛泾西，宛似云门对若溪。
且从康乐寻山水，何必东流入会稽。

八六　山中答俗人
问余何事栖碧山，笑而不答心自闲。
桃花流水窅然去，别有天地非人间。

八七　鲁国见狄博通
去年别我向何处？有人传道游江东。
谓言挂席渡沧海，却来应是无长风。

八八　山中与幽人对酌
两人对酌山花开，一杯一杯复一杯。
我醉欲眠卿且去，明朝有意抱琴来。

八九　长门怨
天回北斗挂西楼，金屋无人萤火流。
月光欲到长门殿，别作深深一段愁。

九〇　南流夜郎寄内
夜郎天外怨离居，明月楼中音信疏。
北雁春归看欲尽，南来不得豫章书。

九一　陌上赠美人
　　　骏马骄行踏落花，垂鞭直拂五云车。
　　　美人一笑褰珠箔，遥指江楼是妾家。

九二　别内三首
　　①王命三征去未还，明朝离别出吴关。
　　　白玉高楼看不见，相思须上望夫山。
　　②出门妻子强牵衣，问我西行几日归？
　　　来时傥佩黄金印，莫见苏秦不下机。
　　③翡翠为楼金作梯，谁人独宿倚门啼？
　　　夜坐寒灯连晓月，行行泪尽楚关西。

九三　清平调词三首
　　①云想衣裳花想容，春风拂槛露华浓。
　　　若非群玉山头见，会向瑶台月下逢。
　　②一枝红艳露凝香，云雨巫山枉断肠。
　　　借问汉宫谁得似，可怜飞燕倚新妆。
　　③名花倾国两相欢，长得君王带笑看。
　　　解释春风无限恨，沉香亭北倚栏干。

九四　戏赠杜甫
　　　饭颗山前逢杜甫，头戴笠子日卓午。
　　　借问别来太瘦生，总为从前作诗苦。

九五　少年行
　　　五陵年少金市东，银鞍白马度春风。
　　　落花踏尽游何处？笑入胡姬酒肆中。

九六　从军行
　　　百战沙场碎铁衣，城南已合数重围。

突营射杀呼延将，独领残兵千骑归。

九七　客中行
　　兰陵美酒郁金香，玉碗盛来琥珀光。
　　但使主人能醉客，不知何处是他乡。

九八　赠华州王司士
　　淮水不绝涛澜高，盛德未泯生英髦。
　　知君先负庙堂器，今日还须赠宝刀。

九九　答湖州迦叶司马问白是何人
　　青莲居士谪仙人，酒肆藏名三十春。
　　湖州司马何须问，金粟如来是后身。

一〇〇　苏台览古
　　旧苑荒台杨柳新，菱歌清唱不胜春。
　　只今唯有西江月，曾照吴王宫里人。

一〇一　越中览古
　　越王勾践破吴归，义士还家尽锦衣。
　　宫女如花满春殿，只今唯有鹧鸪飞。

一〇二　流夜郎闻酺不预
　　北阙圣人歌太康，南冠君子窜遐荒。
　　汉酺闻奏钧天乐，愿得风吹到夜郎。

一〇三　白胡桃
　　红罗袖里分明见，白玉盘中看却无。
　　疑是老僧休念诵，腕前推下水晶珠。

一〇四　赠段七娘
　　罗袜凌波生网尘，那能得计访情亲。

千杯绿酒何辞醉,一面红妆恼杀人。

一〇五　出妓金陵子呈卢六二首
　　①安石东山三十春,傲然携妓出风尘。
　　　楼中见我金陵子,何似阳台云雨人。
　　②小妓金陵歌楚声,家僮丹砂学凤鸣。
　　　我亦为君饮清酒,君心不背向人倾。

一〇六　闻王昌龄左迁龙标尉遥有此寄
　　杨花落尽子规啼,闻道龙标过五溪。
　　我寄愁心与明月,随风直到夜郎西。

一〇七　虢国夫人　杜甫
　　虢国夫人承主恩,平明骑马入金门。
　　却嫌脂粉污颜色,淡扫蛾眉朝至尊。

一〇八　黄河二首
　　①黄河北岸海西军,椎鼓鸣钟天下闻。
　　　铁马长鸣不知数,胡人高鼻动成群。
　　②黄河西岸是吾蜀,欲须供给家无粟。
　　　愿驱众庶戴君王,混一车书弃金玉。

一〇九　绝句三首
　　①前年渝州杀刺史,今年开州杀刺史。
　　　群盗相随剧虎狼,食人更肯留妻子。
　　②二十一家同入蜀,惟残一人出骆谷。
　　　自说二女啮臂时,回头却看〔向〕秦云哭。
　　③殿前兵马虽骁勇,纵暴略与羌浑同。
　　　闻道杀人汉水上,妇女多在官军中。

一一〇　赠李白
　　秋来相顾尚飘蓬，未就丹砂愧葛洪。
　　痛饮狂歌空度日，飞扬跋扈为谁雄？

一一一　漫兴九首
　　①眼见客愁愁不醒，无赖春色到江亭。
　　　即遣花开深造次，便觉莺语太丁宁。
　　②手种桃李非无主，野老墙低还是家。
　　　恰似春风相欺得，夜来吹折数枝花。
　　③熟知茅斋绝低小，江上燕子故来频。
　　　衔泥点污琴书内，更接飞虫打着人。
　　④二月已破三月来，渐老逢春能几回？
　　　莫思身外无穷事，且尽生前有限杯。
　　⑤肠断江春欲尽头，杖藜徐步立芳洲。
　　　颠狂柳絮随风舞，轻薄桃花逐水流。
　　⑥懒慢无堪不出村，呼儿自在掩柴门。
　　　苍苔浊酒林中静，碧水春风野外昏。
　　⑦糁径杨花铺白毡，点溪荷叶迭青钱。
　　　笋根雉子无人见，沙上凫雏傍母眠。
　　⑧舍西柔桑叶可拈，江畔细麦复纤纤。
　　　人生几何春已夏，不放香醪如蜜甜。
　　⑨隔户杨柳弱袅袅，恰似十五女儿腰。
　　　谁谓朝来不作意，狂风挽断最长条。

一一二　赠花卿
　　锦城丝管日纷纷，半入江风半入云。
　　此曲只应天上有，人间能得几回闻！

一一三　少年行
　　马上谁家白面郎，临阶下马坐人床。
　　不通姓字粗豪甚，指点银瓶索酒尝。

一一四　觅桃栽
　　奉乞桃栽一百根，春前为送浣花村。
　　河阳县里虽无数，濯锦江边未满园。

一一五　觅棉竹
　　华轩蔼蔼他年到，棉竹亭亭出县高。
　　江上舍前无此物，奉分苍翠拂波涛。

一一六　觅桤木栽
　　草堂堑西无树林，非子谁复见幽心？
　　饱闻桤木三年大，与致溪边十亩阴。

一一七　觅松树子
　　落落出群非榉柳，青青不朽岂杨梅。
　　欲存老盖千年意，为觅霜根数寸栽。

一一八　觅果栽
　　草堂少花今欲栽，不问绿李与黄梅。
　　石笋街中却归去，果园坊里为求来。

一一九　赠郑炼赴襄阳
　　郑子将行罢使臣，囊无一物献尊亲。
　　江山路远羁离日，裘马谁为感激人？

一二○　江畔独步寻花七首
　　①江上被花恼不彻，无处告诉只颠狂。
　　　走觅南邻爱酒伴，经旬出饮独空床。

②稠花乱蕊裹江滨，行步欹危实怕春。
　诗酒尚堪驱使在，未须料理白头人。
③江深竹静两三家，多事红花映白花。
　报答春光知有处，应须美酒送生涯。
④东望少城花满烟，百花高楼更可怜。
　谁能载酒开金盏，唤取佳人舞绣筵。
⑤黄师塔前江水东，春光懒困倚微风。
　桃花一簇开无主，可爱深红映浅红。
⑥黄四娘家花满蹊，千朵万朵压枝低。
　留连戏蝶时时舞，自在娇莺恰恰啼。
⑦不是爱花即欲死，只恐花尽老相催。
　繁枝容易纷纷落，嫩蕊商量细细开。

一二一　春水二首
　①二月六夜春水生，门前小滩浑欲平。
　　鸬鹚鸂鶒莫漫喜，吾与汝曹俱眼明。
　②一夜水高二尺强，数日不可更禁当。
　　南市津头有船卖，无钱即买系篱傍。

一二二　官池春雁二首
　①自古稻粱多不足，至今鸂鶒乱为群。
　　且休怅望看春水，更恐归飞满暮云。
　②青春欲尽急还乡，紫塞宁论尚有霜。
　　翅在云天终不远，力微缯缴绝须防。

一二三　中丞严公雨中垂寄见忆奉答二首
　①雨映行宫辱赠诗，元戎肯赴野人期。
　　江边老病虽无力，强拟晴天理钓丝。
　②昨〔何〕日雨晴云出溪，白沙青石洗无泥。

　　　　只须伐竹开荒径，拄杖穿花听马嘶。

一二四　谢严中丞送青城山道士乳酒
　　　　山瓶乳酒下青云，气味浓香幸见分。
　　　　鸣鞭走送怜渔父，洗盏开尝对马军。

一二五　得房公池鹅
　　　　房相西亭鹅一群，眠沙泛浦白于云。
　　　　凤凰池上应回首，为报笼随王右军。

一二六　戏作寄上汉中王二首
　　　　①云里不闻双雁过，掌中贪见一珠新。
　　　　秋风袅袅吹江汉，只在他乡何处人。
　　　　②谢安舟楫风还起，梁苑池台雪欲飞。
　　　　杳杳东山携妓去，泠泠修竹待王归。

一二七　投简梓州幕府兼简韦十郎官
　　　　幕下郎官安稳无？从来不奉一行书。
　　　　固知贫病人须弃，能使韦郎迹也疏。

一二八　答杨梓州
　　　　闷到房公池水头，坐逢杨子镇东州。
　　　　却向青溪不相见，回船应载阿戎游。

一二九　惠义寺园送辛员外
　　　　朱樱此日垂朱实，郭外谁家负郭田？
　　　　万里相逢贪握手，高才仰望足离筵。

一三○　乞大邑瓷碗
　　　　大邑烧瓷轻且坚，扣如哀玉锦城传。
　　　　君家白碗胜霜雪，急送茅斋也可怜。

一三一　奉和严郑公军城早秋
　　秋风袅袅动高旌，玉帐分弓射房营。
　　已收滴博云间戍，更夺蓬婆雪外城。

一三二　阙题四首
　　①堂西长笋别开门，堑北行椒却背村。
　　　梅熟许同朱老吃，松高拟对阮生论。
　　②欲作鱼梁云复湍，因惊四月雨声寒。
　　　青溪先有蚊龙窟，竹石如山不敢安。
　　③两个黄鹂鸣翠柳，一行白鹭上青天。
　　　窗含西岭千秋雪，门泊东吴万里船。
　　④药条药甲润青青，色过棕亭入草亭。
　　　苗满空山愧取誉，根居隙地怯成形。

一三三　李司马桥了承高使君自成都回
　　向来江上手纷纷，二日功成事出群。
　　已传童子骑青竹，总拟桥东待使君。

一三四　漫成
　　江月去人只数尺，风灯照夜欲三更。
　　沙头宿鹭联拳静，船尾跳鱼拨剌鸣。

一三五　承闻河北诸道节度入朝欢喜口号十二首
　　①禄山作逆降天诛，更有思明亦已无。
　　　汹汹人寰犹不定，时时斗战欲何须？
　　②社稷苍生计必安，蛮夷杂种错相干。
　　　周宣汉武今王是，孝子忠臣后代看。
　　③喧喧道路多歌谣，河北将军尽入朝。
　　　始是乾坤王室正，却教江汉客魂销。

④北〔不〕道诸公无表来，茫然庶事遣人猜。
　　　拥兵相学干戈锐，使者徒劳万里回。
　　⑤鸣玉锵金尽正臣，修文偃武不无人。
　　　兴王会静妖氛气，圣寿宜过一万春。
　　⑥英雄见事若通神，圣哲为心小一身。
　　　燕赵休矜出佳丽，宫闱不拟选才人。
　　⑦抱病江天白首郎，空山楼阁暮春光。
　　　衣冠是日朝天子，草奏何时入帝乡？
　　⑧澶漫山东一百州，削成如桉抱青丘。
　　　苞茅重入归关内，王祭还供尽海头。
　　⑨东逾辽水北呼沱，星象风云喜共和。
　　　紫气关临天池阔，黄金台贮俊贤多。
　　⑩渔阳突骑邯郸儿，酒酣并辔金鞭垂，
　　　意气即归双阙舞，雄豪复造五陵知。
　　⑪李相将军拥蓟门，白头惟有赤心存。
　　　竟能尽说诸侯入，知有从来天子尊。
　　⑫十二年来多战场，天威已息阵堂堂。
　　　神灵汉代中兴主，功亚汾阳异姓王。

一三六　喜闻盗贼蕃寇总退口号五首
　　①萧关陇水入官军，青海黄河卷塞云。
　　　北极转愁龙虎气，西戎休纵犬羊群。
　　②赞普多教使入秦，数通和好止烟尘。
　　　朝廷忽用哥舒将，杀伐虚悲公主亲。
　　③崆峒西极过昆仑，驰马由来拥国门。
　　　逆气数年吹略断，蕃人闻道渐星奔。
　　④勃律天西采玉河，坚昆碧碗最来多。
　　　旧随汉使千堆宝，少答胡王万匹罗。

⑤今春喜气满乾坤,南北东西拱至尊。
　大历三年调玉烛,玄元皇帝圣云孙。

一三七　存殁口号二首
　①席谦不见近弹棋,毕曜仍传旧小诗。
　　玉局他年无限笑,白扬今日几人悲?
　②郑公粉绘随长夜,曹霸丹青已白头。
　　天下何曾有山水,人间不解重骅骝。

一三八　上卿翁请修武侯庙遗像阙落时崔卿权夔州
　大贤为政即多闻,刺史真符不必分。
　尚有西郊诸葛庙,卧龙无首对江濆。

一三九　解闷十二首
　①草阁柴扉星散居,浪翻江黑雨飞初。
　　山禽引子哺红果,溪友得钱留白鱼。
　②商胡离别下扬州,忆上西陵故驿楼。
　　为问淮南米贵贱,老夫乘兴欲东游。
　③一辞故国十经秋,每见秋瓜忆故丘。
　　今日南湖采薇蕨,何人为觅郑瓜州?
　④沈范早知何水部,曹刘不待薛郎中。
　　独当省署开文苑,兼泛沧浪学钓翁。
　⑤李陵苏武是吾师,孟子论文更不疑。
　　一饭未曾留俗客,数篇今见古人诗。
　⑥复忆襄阳孟浩然,清诗句句尽堪传。
　　即今耆旧无新语,漫钓槎头缩项鳊。
　⑦陶冶性灵存底物,新诗改罢自长吟。
　　孰知二谢将能事,颇学阴何苦用心。
　⑧不见高人王右丞,蓝田丘壑蔓寒藤。

　　　　最传秀句寰区满，未绝风流相国能。
　　⑨先帝贵妃今寂寞，荔枝还复入长安。
　　　　炎方每续朱樱献，玉座应悲白露团。
　　⑩忆过泸戎摘荔枝，青枫隐映石逶迤。
　　　　京华应见无颜色，红颗酸甜只自知。
　　⑪翠瓜碧李沉玉甃，赤梨葡萄寒露成。
　　　　可怜先不异枝蔓，此物娟娟长远生。
　　⑫侧生野岸及江蒲，不熟丹宫满玉壶。
　　　　云壑布衣鲐背死，劳人重马翠眉须。

一四〇　夔州歌十首
　　①中巴之东巴东山，江水开辟流其间。
　　　　白帝高为三峡镇，夔州险过百牢关。
　　②白帝夔州各异城，蜀江楚峡混殊名。
　　　　英雄割据非天意，霸主并吞在物情。
　　③群雄竞起问前朝，王者无外见今朝。
　　　　比讶渔阳结怨恨，无〔元〕听舜日旧箫韶。
　　④赤甲白盐俱刺天，闾阎缭绕接山巅。
　　　　枫林橘树丹青合，复道重楼锦绣悬。
　　⑤瀼东瀼西一万家，江北江南春冬花。
　　　　背飞鹤子遗琼蕊，相趁凫雏入蒋牙。
　　⑥东屯稻畦一百顷，北有涧水通青苗。
　　　　晴浴狎鸥分处处，雨随神女下朝朝。
　　⑦蜀麻吴盐自古通，万斛之舟行若风。
　　　　长年三老长歌里，白昼摊钱高浪中。
　　⑧忆昔咸阳都市合，山水之图张卖时。
　　　　巫峡曾经宝屏见，楚宫犹对碧峰疑。
　　⑨武侯祠堂不可忘，中有松柏参天长。

干戈满地客愁破,云日如火炎天凉。
⑩阆风玄圃与蓬壶,中有高堂天下无。
借问夔州压何处? 峡门江腹拥城隅。

一四一　书堂饮既夜复邀李尚书下马月下赋
湖月林风相与清,残尊下马复同倾。
久拚野鹤如双鬓,遮莫邻鸡下五更?

一四二　戏为六首
①庾信文章老更成,凌云健笔意纵横。
今人嗤点流传赋,不觉前贤畏后生。
②杨王卢骆当时体,轻薄为文哂未休。
尔曹身与名俱灭,不废江河万古流。
③纵使卢王操翰墨,劣于汉魏近风骚。
龙文虎脊皆君驭,历块过都见尔曹。
④才力应难跨数公,凡今谁是出群雄?
或看翡翠兰苕上,未掣鲸鱼碧海中。
⑤不薄今人爱古人,清词丽句必为邻。
窃攀屈宋宜方驾,恐与齐梁作后尘。
⑥未及前贤更勿疑,递相祖述复先谁?
别裁伪体亲风雅,转益多师是汝师。

一四三　少年行二首
①莫笑田家老瓦盆,自从盛酒长儿孙。
倾银注玉惊人眼,共醉终同卧竹根。
②巢燕养雏浑去尽,江花结子已无多。
黄衫年少来宜数,不见堂前东逝波。

一四四　阙题三首
①楸树馨香倚钓矶,斩新花蕊未应飞。

　　　　不如醉里风吹尽，可忍醒时雨打稀。
　　②门外鸬鹚去不来，沙头忽见眼相猜。
　　　　自今已后知人意，一日须来一百回。
　　③无数春笋满林生，柴门密掩断人行。
　　　　会须上番看成竹，客至纵嗔不出迎。

一四五　江南逢李龟年
　　　　岐王宅里寻常见，崔九堂前几度闻。
　　　　正是江南好风景，落花时节又逢君。

一四六　编进乐府词　　盖嘉运
　　①猛将关西意气多，能骑骏马弄琱戈。
　　　　金鞍宝铗精神出，倚笛新翻水调歌。
　　②陇头一断气长秋，举目萧条总是愁。
　　　　只为征人多下泪，年年添作断肠流。
　　③日晚笳声咽戍楼，陇云漫漫水东流。
　　　　行人万里向西去，满目关山空自愁。
　　④鸳鸯殿里笙歌起，翡翠楼前出舞人。
　　　　唤上紫微三五夕，圣明万寿一千春。
　　⑤雁门山上雁初飞，马邑栏中马正肥。
　　　　日昨山西逢驿便，殷勤南北送征衣。
　　⑥私言切切谁人会，海燕双飞绕画梁。
　　　　君学秋胡不相识，妾亦无心去采桑。
　　⑦天边物色更无春，只有牛羊与马群。
　　　　谁家营里吹羌笛，哀怨教人不忍闻。
　　⑧岁去年来拜圣朝，更无山阙对溪桥。
　　　　九门杨柳浑无半，犹自千条与万条。
　　⑨细草河边一雁飞，黄龙关里挂戎衣。
　　　　为受明王恩宠甚，从事经年不复归。

第十四卷　七言四　中唐一

（共二百七十四首）

一　九日　德宗（李适）
　　禁苑秋来爽气多，昆明风动起沧波。
　　中流箫鼓诚堪赏，讵假横汾发棹歌。

二　送欧阳子还江华郡　钱起
　　江华胜事接湘滨，千里湖山入兴新。
　　才子思归催去棹，汀花且为驻残春。

三　访李少卿不遇
　　画戟朱楼映晚霞，高梧寒柳度飞鸦。
　　门前不见归轩过，城上愁看落日斜。

四　与赵莒茶䜩
　　竹下忘言对紫茶，全胜羽客对流霞。
　　尘心洗尽兴难尽，一树蝉声片影斜。

五　长安落第
　　花繁柳暗九门深，对饮悲歌泪满襟。
　　数日莺花皆落羽，一回春至一伤心。

六　王右丞堂前芍药花开悽然感怀
　　芍药花开出旧栏，春衫掩泪再来看。

　　　　主人不在花长在，更胜青松守岁寒。

七　秋夜送人归襄阳
　　　　斗酒忘言良夜深，红萱露滴鹤惊林。
　　　　欲知别后思今夕，汉水东流是寸心。

八　夜泊鹦鹉洲
　　　　月照溪边一罩蓬，夜闻清唱有微风。
　　　　小楼深巷敲方响，水国人家在处同。

九　春郊
　　　　水透冰渠渐有声，气融烟坞晚来明。
　　　　东风好作阳和使，逢草逢花报发生。

一〇　送崔山人归山
　　　　东山残雨挂斜晖，野客巢由指翠微。
　　　　别酒稍酣乘兴去，知君不羡白云归。

一一　过故洛城
　　　　故城门前春日斜，故城门里无人家。
　　　　市朝欲认不知处，漠漠野田空草花。

一二　陇城
　　　　三军版筑脱金刀，黎庶翻惭将士劳。
　　　　不记新城连障起，唯惊画角入云高。

一三　暮春归故山草堂
　　　　谷口春残黄鸟稀，辛夷花尽杏花飞。
　　　　独〔始〕怜幽竹山窗下，不改清阴待我归。

一四　归雁
　　　　萧湘何事等闲回？水碧沙明两岸苔。

二十五絃弹夜月，不胜清怨却飞来。

一五　晚过横灞寄蓝田
乱水东流落照时，黄花满径客来迟。
林端忽见南山色，马上还吟陶令诗。

一六　九日田舍
今日吾家野兴偏，东篱黄菊映秋田。
浮云暝鸟飞将尽，始达青山新月前。

一七　送张参及第还家
太学三千闻琢玉，东堂一举早成名。
借问还家何处好？玉人含笑下机迎。

一八　送符别驾还钱塘
骥足骎骎吴越关，屏星复与紫书还。
已知从事元无事，城上愁看海上山。

一九　晚归严明府题门
降士林霜蕙草寒，空惊翰苑失鹓鸾。
秋中回首君门阻，马上应歌《行路难》。

二〇　僧壁画山水
连山画出暎禅扉，粉壁香筵满翠微。
坐来炉气萦空彻，共指晴云向岭归。

二一　校猎曲
长杨杀气连云飞，汉主秋畋正掩围。
重门日晏红尘出，数骑畋人猎兽归。

二二　赠强山人　郎士元
或棹轻舟或杖藜，寻常适意钓前溪。

草堂竹径在何处？落日孤烟寒渚西。

二三　柏林寺南望
　　溪上遥闻精舍钟，泊舟微径度深松。
　　青山霁后云犹在，画出西南四五峰。

二四　听邻家吹笙
　　风吹声如隔彩霞，不知墙外是谁家？
　　重门深锁无寻处，疑有碧桃千树花。

二五　郢城秋望
　　白首思归归不得，空山闻雁雁声哀。
　　高城落日望西北，又见秋风逐水来。

二六　送别
　　穆陵关上秋云起，安陆城边远行子。
　　薄暮寒蝉三两声，回望故乡千万里。

二七　送麹司直
　　曙雪苍苍兼曙云，朔风燕雁不堪闻。
　　贫交此别无他赠，唯有青山远送君。

二八　留别常著
　　岁晏苍郊蓬转时，游人相见说归期。
　　宓君堂上能留客，明日还家应未迟。

二九　送张光归吴
　　看取庭芜白露新，劝君不用久风尘。
　　秋来多见长安客，解爱鲈鱼能几人？

三〇　闻吹杨叶者二首
　　①妙吹杨叶动悲笳，胡马迎风起恨赊。

　　　　若是雁门寒月夜，此时应卷尽惊沙。
　　②天生一艺更无伦，寥亮幽音妙入神。
　　　　吹向别离攀折处，当应合有断肠人。

三一　夜泊湘江
　　　　湘山木落洞庭波，湘水连云秋雁多。
　　　　寂寞舟中谁借问？月明只自听渔歌。

三二　题真人祠
　　　　窅窅云旗去不还，阴阴祠宇闭空山。
　　　　我来始悟丹青妙，稽首如逢冰雪颜。

三三　家园瓜熟是故萧相公所遗瓜种凄然感旧因赋此诗　　刘长卿
　　　　事去人亡迹自留，黄花绿蒂不胜愁。
　　　　谁能更向青门外，秋草茫茫觅故侯。

三四　寄许尊师
　　　　独上云梯入翠微，濛濛烟雨映禅扉。
　　　　世人知在中峰里，遥礼青山恨不归。

三五　酬李穆见寄
　　　　孤舟相访至天涯，万转云山路更赊。
　　　　欲扫柴门迎远客，青苔黄叶满贫家。

三六　送王司马秩满西归
　　　　汉主何年放逐臣，江边几度送归人。
　　　　同官岁岁先辞满，唯有青山伴老身。

三七　寄别朱拾遗
　　　　天书远召沧浪客，几度临歧病未能。
　　　　江海茫茫春欲遍，行人一骑发金陵。

三八　会赦后酬主簿所问
　　江南海北长相忆，浅水深山独掩扉。
　　重见太平身已老，桃源久住不能归。

三九　赠秦系
　　向风长啸戴纱巾，野鹤由来不可亲。
　　明日东归变名姓，五湖烟水觅何人？

四〇　酬灵澈公相招
　　石涧泉声久不闻，独临长路雪纷纷。
　　如今渐欲生黄发，愿脱头冠与白云。

四一　赠崔九
　　怜君一见一悲歌，岁岁无如老去何！
　　白屋渐看秋草没，青云莫道故人多。

四二　送建州陆使君
　　汉庭初拜建安侯，天子临轩寄所忧。
　　从此向南无限路，双旌已去水悠悠。

四三　送秦侍御外甥张篆之福州谒鲍大夫秦侍御与大夫有旧
　　万里闽中去渺然，孤舟水上入寒烟。
　　辕门拜首儒衣弊，貌似牢之岂不怜。

四四　闻奉迎皇太后使沈判官至
　　长乐宫人扫落花，君王正候五云车。
　　万方臣妾同瞻望，疑在层城阿母家。

四五　送刘宣之道州谒崔大夫
　　沅水悠悠湘水春，临歧一望一沾巾。
　　信陵门下三千客，君到长沙见几人？

四六　过郑山人所居
　　寂寂孤莺啼杏园，寥寥一犬吠桃源。
　　落花芳草无寻处，万壑千峰独闭门。

四七　奉送贺若郎中贼退后之杭州
　　江上初收战马尘，莺声柳色待行春。
　　双旌谁道来何暮，万井如今有几人？

四八　瓜州驿送梁郎中
　　渺渺云山去几重，依依独听广陵钟。
　　明朝借问南来客，五马双旌何处逢？

四九　奉使鄂渚
　　沧洲不复恋渔竿，白发那堪戴铁冠。
　　客路向南何处是？芦花千里雪漫漫。

五〇　新息道中
　　萧条独向汝南行，客路多逢汉骑营。
　　古木苍苍离乱后，几家同住一孤城。

五一　春日宴魏万城湘水亭
　　何年家住此江滨，几度门前北渚春。
　　白发乱生相顾老，黄莺自语岂知人。

五二　重送道标上人
　　衡阳千里古人稀，遥逐孤云入翠微。
　　春草青青新覆地，深山无路若为归。

五三　送李判官之润州行营
　　万里辞家事鼓鼙，金陵驿路楚云西。
　　江春不肯留行客，草色青青送马蹄。

五四　将赴南巴至馀干别李十二
　　　江上花催问礼人,鄱阳莺报越乡春。
　　　谁怜此别悲欢异,万里青山送逐臣。

五五　时平后春日思归
　　　一尉何曾及布衣,时平却忆卧柴扉。
　　　故园柳色催南客,春水桃花待北归。

五六　送陶十赴杭州摄掾
　　　莫叹江城一掾卑,沧洲未是阻心期。
　　　浙中山色千万状,门外潮声朝暮时。

五七　使还七里濑上逢薛承规赴江西贬
　　　迁客归人醉晚寒,孤舟暂泊子陵滩。
　　　怜君更去三千里,落日青山江上看。

五八　使回赴苏州道中作
　　　春风何是远相催,路尽天涯始却回。
　　　万里无人空楚水,孤帆送客到苏台。

五九　昭阳曲
　　　昨夜承恩宿未央,罗衣犹带御炉香。
　　　芙蓉帐小云屏暗,杨柳风多水殿凉。

六〇　罪所留系每夜闻长洲军笛声
　　　白日浮云闭不开,黄沙谁问冶长猜？
　　　只怜横笛关山月,知处愁人夜夜来。

六一　赠微上人
　　　禅门来往翠微间,万里千峰在剡山。
　　　何时共到天台里,身与浮云处处闲。

六二　东湖送朱逸人归
　　山色湖光并在东，扁舟归去有樵风。
　　莫道野人无外事，开田凿井白云中。

六三　舟中送李十八
　　释子身心无垢纷，独将衣钵去人群。
　　相思晚望西林寺，唯有钟声出白云。

六四　送李穆归淮南
　　扬州春草新年绿，未去先愁去不归。
　　淮水问君来早晚，老人偏畏过芳菲。

六五　观李溱所画美人障子
　　华堂翠幕春风来，内阁金屏曙色开。
　　此中一见乱人眼，只疑行雨到阳台。

六六　明月湾寻贺九不遇
　　故人川上复何之，明月湾南空所思。
　　故人不在明月在，谁见孤舟来去时？

六七　送友人东归
　　关路迢迢匹马归，垂杨寂寂数莺飞。
　　怜君献策十馀载，今去犹为一布衣。

六八　七里濑送严维
　　秋江渺渺水空波，越客孤舟欲榜歌。
　　手折衰杨悲老大，故人零落已无多。

六九　重送裴郎中贬吉州
　　猿啼客散暮江头，人自伤心水自流。
　　同作逐臣君更远，青山万里一孤舟。

七〇　寻盛禅师兰若
　　秋草黄花覆古阡,隔林何处起人烟?
　　山僧独在山中老,唯有寒松见少年。

七一　同崔载华赠日本聘使
　　怜君异域朝周远,积水连天何处通?
　　遥指来从初日外,始知更有扶桑东。

七二　赠商亮　戴叔伦
　　日日河边见水流,伤春未已复悲秋。
　　山中旧宅无人住,来往风尘共白头。

七三　夜发袁江寄李颖川刘侍御
　　半夜回舟入楚乡,月明山水共苍苍。
　　孤猿更叫秋风里,不是愁人亦断肠。

七四　对酒
　　三重江水万重山,山里春风度日闲。
　　且向白云求一醉,莫教愁梦到乡关。

七五　对月答袁明府
　　山上孤城月上迟,相留一醉本无期。
　　明年此夕游何处,纵有清光知对谁?

七六　送上饶严明府摄玉山
　　家在故林吴楚间,冰为溪水玉为山。
　　更将旧政化邻邑,遥见逋人相逐还。

七七　听歌回
　　秋风里许杏花开,杏树傍边醉客来。
　　共待客深听一曲,醒人骑马断肠回。

七八　酬骆侍御答诗
　　风传画阁空知晓，雨湿江城不见春。
　　堆案绕床君莫怪，已经愁思古时人。

七九　送孙直游郴州
　　孤舟上水过湘沅，桂岭南枝花正繁。
　　行客自知心有托，不闻惊浪与啼猿。

八〇　麓山寺会送尹秀才
　　湖上逢君亦不闲，暂将离别到深山。
　　飘蓬惊鸟那自定，强欲相留云树间。

八一　送董颋
　　霜雁群飞下楚田，羁人掩泪望秦天。
　　君行江海无定所，别后相思何处边？

八二　别张员外
　　木叶纷纷湘水滨，此中何事往频频？
　　临风自笑归时晚，更送浮云逐故人。

八三　送张评事
　　城郭喧喧争送远，危梁裹裹渡东津。
　　杨花展转引征骑，莫怪山中多看人。

八四　送吕少府
　　共醉流芳独归去，故园高士日相亲。
　　深山古路无杨柳，折取桐花寄远人。

八五　送人游岭南
　　少别华阳万里游，近南风景不曾秋。
　　红芳绿笋是行路，纵有啼猿听却幽。

八六　妻亡后别妻弟
　　杨柳青青满路垂，赠行惟折古松枝。
　　停舟一对湘江哭，哭罢无言君自知。

八七　和崔法曹建溪闻猿
　　曾向巫山峡里行，羁猿一叫一回惊。
　　闻道建溪肠欲断，的知断着第三声。

八八　湘南即事
　　卢橘花开枫叶衰，出门何处望京师？
　　沅湘日夜东流去，不为愁人住少时。

八九　代书寄京洛旧游
　　今年十月温风起，湘水悠悠生白蘋。
　　欲寄远书还不敢，却愁惊动故乡人。

九〇　蕲州行营作
　　蕲水城西向北看，桃花落尽柳花残。
　　朱旗半卷山川小，白马连嘶草树寒。

九一　题武当逸禅师兰若
　　我身本似远行客，况是乱时多病身。
　　经山涉水向何处？羞见竹林禅定人。

九二　谷城逢杨评事
　　远自五陵独窜身，筑阳山中归路新。
　　横流夜长不得渡，驻马荒亭逢故人。

九三　听韩使君美人歌
　　仙人此夜忽凌波，更唱瑶台一遍歌。
　　嫁与将军天上住，人间可得再相过？

九四　旅次寄湖南张郎中
　　闭门茅底偶为邻，北阮那怜南阮贫。
　　却是梅花无世态，隔墙分送一枝春。

九五　塞上曲二首
　　①军门频纳受降书，一剑横行万里馀。
　　　汉祖谩夸娄敬策，却将公主嫁单于。
　　②汉家旌帜满阴山，不遣胡儿匹马还。
　　　愿得此身长报国，何须生入玉门关。

九六　闺怨
　　看花无语泪如倾，多少春风怨别情。
　　不识玉门关外路，梦中昨夜到边城。

九七　题友人山居
　　四郭青山处处同，客怀无计答秋风。
　　数家茅屋清溪上，千树蝉声落日中。

九八　过柳溪道院
　　溪上谁家掩竹扉，鸟啼浑似惜春晖。
　　日斜深巷无人迹，时见梨花片片飞。

九九　忆原上人
　　一两棕鞋八尺藤，广陵行遍又金陵。
　　不知竹雨竹风夜，吟对秋山那寺灯？

一○○　赠鹤林上人
　　日日涧边寻茯苓，岩扉常掩凤山青。
　　归来挂衲高林下，自剪芭蕉写佛经。

一○一　苏溪亭
　　苏溪亭上草漫漫，谁倚东风十二阑？

燕子不归春事晚，一汀烟雨杏花寒。

一〇二　敬酬陆山人二首
　　①党议连诛不可闻，直臣高士去纷纷。
　　　当时漏夺无人问，出宰东阳笑杀君。
　　②由来海畔逐樵渔，奉诏因乘使者车。
　　　却掌山中子男印，自看犹是旧潜夫。

一〇三　答崔法曹赋四雪
　　楚僧蹑雪来招隐，先访高人积雪中。
　　已别剡溪逢雪去，雪山修道与师同。

一〇四　抚州被推昭雪答陆太祝三首
　　①求理由来许便宜，汉朝龚遂不为疵。
　　　如今谤起翻成累，唯有新人子细知。
　　②贫交相爱果无疑，共向人间听直词。
　　　从古以来何限枉，惭知暗室不曾欺。
　　③春风旅馆长庭芜，俯首低眉一老夫。
　　　已对铁冠穷事本，不知廷尉念冤无？

一〇五　送独孤悮还京
　　举家相逐还乡去，不向秋风怨别时。
　　湖水两重山万里，定知行尽到京师。

一〇六　临流送顾东阳
　　海上独归惭不及，邑中遗爱定无双。
　　兰桡起唱逐流去，却恨山溪通外江。

一〇七　行营送马侍御
　　万里羽书来未绝，五关烽火昼仍传。
　　故人多病尽归去，唯有刘桢不得眠。

一〇八　送秦系
　　五都来往无旧业，一代公卿尽故人。
　　不肯低头受羁束，远师溪上拂缨尘。

一〇九　送裴判官回湖南
　　莫怕南风且尽欢，湘山多雨夏中寒。
　　送君万里不觉远，此地曾为心铁官。

一一〇　再巡道永留别
　　鬓下初惊白发时，更逢离别助秋悲。
　　从今不学四方事，已共家人海上期。

一一一　别崔法曹
　　欲作别离西入秦，芝田枣径往来频。
　　东湖此夕更留醉，逢着庐山学道人。

一一二　送萧二
　　拟向闲田老此身，寒郊怨别甚于春。
　　又闻故里朋游尽，到日知逢何处人？

一一三　湘川野望
　　怀王独与佞人谋，闻道忠臣入乱流。
　　今日登高望不见，楚云湘水各悠悠。

一一四　将至道州寄李使君
　　九疑深路绕山回，木落天清猿昼哀。
　　犹隔箫韶一峰在，遥传五马向东来。

一一五　与虞沔州谒藏真上人
　　故侯将我到山中，更上西风见远公。
　　共问置心何处好？主人挥手指虚空。

一一六　题招隐寺
　　昨日临川谢病还，求田问舍独相关。
　　宋时有井如今在，却种胡麻不买山。

一一七　过珥渎单老
　　毫末成围海变田，单家依旧住溪边。
　　比来已向人间老，今日相过却少年。

一一八　族兄各年八十馀见招游洞
　　鹤发婆娑乡里亲，相邀共看往年春。
　　拟将儿女归来住，且是茅山见老人。

一一九　登高回乘月寻僧
　　插鬓茱萸来未尽，共随明月下沙堆。
　　高缁寂寂不相问，醉客无端入定来。

一二〇　闲思
　　伯劳东去鹤西还，云总无心亦度山。
　　何似严陵滩上客，一竿长伴白鸥闲。

一二一　春怨
　　金鸭香销欲断魂，梨花春雨掩重门。
　　欲知别后相思意，回看罗衣积泪痕。

一二二　山中　卢纶
　　饥拾松花渴饮泉，偶从山后到山前。
　　阳陂软草厚如织，因与鹿麛相伴眠。

一二三　与从弟瑾同下第出关言别四首
　　①同作金门献赋人，二年悲见故园春。
　　　到阙不沾新雨露，还家空带旧风尘。

②杂花飞尽柳阴阴，官路逶迤绿草深。
　　对酒已成千里客，望山空寄两乡心。
③出关愁暮一沾裳，满野蓬生古战场。
　　孤村树色昏残雨，远寺钟声带夕阳。
④谁怜苦志已三冬，却欲穷耕学老农。
　　流水白云寻不尽，期君何处得相逢？

一二四　逢病军人
　　行多有病住无粮，万里还乡未到乡。
　　蓬鬓哀吟古城下，不堪秋气入金疮。

一二五　村雨逢病叟
　　双膝过颐项在肩，四邻知姓不知年。
　　卧驱鸟雀惜禾黍，犹恐诸孙无社钱。

一二六　河中府崇福寺看花
　　闻道山花如火红，平明登寺已经风。
　　老僧无见亦无说，应与看人心不同。

一二七　浑赞善东斋戏赠陈归
　　长裾珠履飒轻尘，间以琴书列上宾。
　　公子无仇可邀请，侯嬴此坐是何人？

一二八　春日登楼有怀
　　花正浓时人正愁，逢花却欲替花羞。
　　年来笑伴皆归去，今日晴朗独上楼。

一二九　题玉真公主影殿
　　夕照临窗起暗尘，青松绕殿不知春。
　　君看白发诵经者，半是宫中歌舞人。

一三〇　贼中与严越卿西江看花
　　红枝欲折紫枝殷，隔水连宫不用攀。
　　会待长风吹落尽，始能开眼向青山。

一三一　赠别李纷
　　头白乘驴悬布囊，一回言别泪千行。
　　儿孙满眼无归处，唯到尊前似故乡。

一三二　古艳词二首
　　①残妆色浅髻鬟开，笑映珠帘觑客来。
　　　推醉唯知弄花钿，潘郎不敢使人催。
　　②自拈裙带结同心，暖处偏知香气深。
　　　爱捉狂夫问闲事，不知歌舞用黄金。

一三三　宫中乐二首
　　①台殿云深秋色微，君王初赐六宫衣。
　　　楼船泛罢归犹早，行遣才人斗射飞。
　　②云日呈祥礼物殊，彤庭生献五单于。
　　　塞垣万里无飞鸟，可在〔是〕边城用郅都。

一三四　春日有怀
　　桃李风多日欲阴，伯劳飞处落花深。
　　贫居静久难逢信，知隔春山不可寻。

一三五　王驸马花烛诗四首
　　①万条银烛引天人，十月长安半夜春。
　　　步障三千无间断，几多珠翠落香尘。
　　②一人女婿万人怜，一夜稠疏抵百年。
　　　为报司徒好将息，明珠解转又能圆。
　　③人主人臣是亲家，千秋万岁保荣华。

几时曾向高天上，得觅〔见〕今宵月里花。
　④比翼和鸣双凤凰，欲栖金帐满城香。
　　　平明却入天泉里，日气曈昽五色光。

一三六　曲江春望三首
　①菖蒲翻叶柳交枝，暗上莲舟鸟不知。
　　　更到无花最深处，玉楼金殿影参差。
　②翠黛红妆画鹢中，共惊云色带微风。
　　　箫管曲长吹未尽，花南水北雨濛濛。
　③泉声遍野入芳洲，拥沫吹花上碧流。
　　　二月行人渐无路，巢蜂乳燕满高楼。

一三七　题念济寺
　　灵空闻偈夜清净，雨里花枝朝暮开。
　　故里〔友〕九泉留语别，逐臣千里寄书来。

一三八　题悟真寺
　　万绿交掩一峰开，晓色常从天上来。
　　似到西方诸佛国，莲花影里数楼台。

一三九　河口逢江州朱道士因听琴
　　庐山道士夜携琴，映月相逢辨语音。
　　引坐霜中弹一弄，满船商客有归心。

一四〇　苦雨闻包谏议欲见访戏赠
　　草气厨烟咽不开，绕床连壁尽生苔。
　　常时多病因多雨，那敢烦君车马来。

一四一　小鱼咏寄泾州杨侍郎
　　莲花影里暂相离，才出浮萍值罟师。
　　上得龙门还失浪，九江何处是归期？

一四二　送韦判官
　　前峰后岭碧濛濛，草拥惊泉树带风。
　　人语马嘶听不得，更堪长路在云中。

一四三　途中遇雨留别二端公
　　阴雷慢转野云长，骢马双嘶爱雨凉。
　　应念龙钟在泥客，欲摧肝胆事王章。

一四四　送颍阳徐少府
　　颍阳春色似河阳，一望繁花一县香。
　　今日送君君最恨，可怜才子白须长。

一四五　赴虢州留别故人
　　世故相逢各未闲，百年多在别离间。
　　昨夜秋风今夜雨，不知何处入空山？

一四六　送畅当还旧山
　　常逢明月马尘间，是夜照君归处山。
　　山中松桂花发尽，头白属君如等闲。

一四七　送僧
　　金缕袈裟国大师，能销坏宅火烧时。
　　复来拥膝说无住，知向人天何处期？

一四八　将赴京留献令公
　　沙鹤惊鸣野雨收，大河风物飒然秋。
　　力微恩重谅难报，不是行人不解愁。

一四九　酬灵澈上人
　　军人奉役本无期，叶落花开总不知。
　　走马尘中头雪白，若为将面见汤师。

一五〇　雨中酬友人
　　看山独行归竹院，水绕前阶草生遍。
　　空林细雨暗无声，唯有愁心两相见。

一五一　哭苗主簿
　　原头殡御绕新茔，原下行人望哭声。
　　更想秋山连古木，惟应石上见君名。

一五二　凭姚校书附书达郗推官
　　寄书常切到常迟，今日凭君寄莫辞。
　　若问玉人殊易识，莲花府里最清羸。

一五三　驿中望山戏赠渭南陆贽主簿
　　官微多惧事多同，拙性偏无主驿功。
　　山在门前登不得，鬓毛衰尽落尘巾。

一五四　赠韩山人
　　见君何事不惭颜，白发生来未到山。
　　更叹无家又无药，往来惟在酒徒间。

一五五　玩春戏呈李益
　　披垣春色自天来，红药当阶次第开。
　　萱草丛丛尔何物，等闲穿破绿莓苔。

一五六　出山逢耿湋
　　云雪离披山万重，别来曾住最高峰。
　　暂到人间归不得，长安陌上又相逢。

一五七　奘公院闻琴
　　娱以声音祈远公，请将徽轸付秋风。
　　漾漾峡流吹不尽，月华如在白波中。

一五八　题印禅师影堂
　　　双屦参差锡杖斜，衲衣交膝对天花。
　　　瞻空悟问修持劫，似指前溪无数沙。

一五九　题伯夷庙
　　　中条山下黄礓石，迭作夷齐庙里神。
　　　落叶满阶尘满座，不知浇酒为何人？

一六〇　华清宫二首
　　①汉家天子好经过，白日青山宫殿多。
　　　见说只今生草处，禁泉荒石已相和。
　　②天气朦胧暖画梁，一回开殿满山香。
　　　宫娃几许经歌舞，白首翻令忆建章。

一六一　过仙游寺
　　　上方下方雪中路，白云流水如闲步。
　　　数峰行尽犹未归，寂寞经声竹阴暮。

一六二　题野寺
　　　寺前山远古陂宽，寺里人稀春草寒。
　　　何事最堪悲色相？折花将与老僧看。

一六三　看弄郃翁伯
　　　洛下渠头百卉新，满筵歌笑独伤春。
　　　何须更看郃翁伯，即我此身如此人。

一六四　新茶咏寄上西川相公二十三舅大夫二十四男
　　　三献蓬莱始一尝，自调金鼎阅芳香。
　　　贮之玉合才半饼，寄与惠连题数行。

一六五　渡浙江
　　　前船后船未相及，五两头平北风急。

飞沙卷地日色昏，一半征帆浪花湿。

一六六　送史采滑州谒贾仆射
朱门洞启俨行车，金镂装囊半是书。
君向东州问徐胤，羊公何事灭吹鱼？

一六七　题鹤林寺　李涉
终日昏昏醉梦间，忽闻春尽强登山。
因过竹院逢僧话，偷得浮生半日闲。

一六八　重过文上人院
南随越鸟北燕鸿，松月三年别远公。
无限心中不平事，一宵清话又成空。

一六九　双峰寺得舍弟书
暂入松门拜祖师，殷勤再读塔前碑。
回头忽见浔阳使，太守如今是惠持。

一七〇　木兰花
碧落真人著紫衣，始堪相并木兰枝。
今朝绕郭花看遍，尽是深村田舍儿。

一七一　过招隐寺
每忆中林访惠持，今来正遇早春时。
自从休去无心事，唯向高僧说便知。

一七二　酬举生许遇山居
琉璃潭上新秋月，清净泉中智惠珠。
不似本宗疏二教，许过云壑访潜夫。

一七三　春晚游鹤林寺
野寺寻花春已迟，背岩惟有两三枝。

明朝携酒犹堪赏,为报春风且莫吹。

一七四　题开圣寺
　　宿雨初收草木浓,群鸦飞散下堂钟。
　　长廊无事僧归院,尽日门前独看松。

一七五　奉使淮南
　　汉使征兵诏未休,南行旌旆接扬州。
　　试上高楼望春色,一年风景尽堪愁。

一七六　登北固山亭
　　海绕重山江抱城,隋家宫苑此分明。
　　居人不觉三吴恨,却笑关山又战争。

一七七　秋日过员太祝林园
　　望水寻山二里馀,竹林斜到地仙居。
　　秋光何处堪消日?玄晏先生满架书。

一七八　题武关
　　来往悲欢万里心,多从此路计浮沉。
　　皆缘不得空门要,舜葬苍梧直至今。

一七九　题温泉宫
　　能使时平四十春,开元圣主得贤臣。
　　当时姚宋拜燕许,尽是骊山从驾人。

一八〇　经溳川馆寄使府群公
　　溳川水竹十家馀,渔艇蓬门对岸居。
　　大胜尘中走鞍马,与他军府判文书。

一八一　葺夷陵幽居
　　负郭依山一径深,万竿如束翠沉沉。

从来爱物多成癖，辛苦移家为竹林。

一八二　再游头陀寺
无因暂泊鲁阳戈，白发兼愁日日多。
只恐雪晴花便尽，数来山寺亦无他。

一八三　看射柳枝
玉弝朱弦敕赐弓，新加二斗得秋风。
万人齐看翻金勒，百步穿杨逐箭空。

一八四　寄岐州韦郎中
年过五十鬓如丝，不必前程更问师。
幸得休耕乐尧化，楚山深处最相宜。

一八五　赠田玉卿
长安里巷旧邻居，未解梳头五岁馀。
今朝嫁得风流婿，歌舞闲时看读书。

一八六　题招隐寺即戴颙旧宅
两崖古树千般色，一井寒泉数丈冰。
欲问前朝戴居士，野烟秋草〔色〕是丘陵。

一八七　山居送僧
失意因休便买山，白云深处寄柴关。
若逢城邑人相问，报道花时也不闲。

一八八　过襄阳上于司空
方城汉水旧城池，陵谷依然世自移。
歇马独来寻故事，逢人唯说岘山碑。

一八九　送魏简能东游二首
①献赋论兵命未通，却乘羸马出关东。

　　　　灞陵原上重回首，十载长安似梦中。
　　　②燕市悲歌又送君，目随征雁过寒云。
　　　　孤亭宿处时看剑，莫使尘埃蔽斗文。

一九〇　中秋夜君山台望月
　　　　大堤花里锦江前，诗酒同游四十年。
　　　　不料中秋最明夜，洞庭湖上见当天。

一九一　酬彭伉
　　　　公孙阁里见君初，衣锦南归二十馀。
　　　　莫叹屈声犹未展，同年今日在中书。

一九二　硖石遇赦
　　　　天网初开释楚囚，残骸已废自知休。
　　　　荷蓑不是人间事，归去沧江有钓舟。

一九三　赠龙泉洞尘上人
　　　　八十山僧眼未昏，独寻流水到穷源。
　　　　自言共得龙神语，拟作茅庵住洞门。

一九四　题湖台
　　　　山有松门江有亭，不劳他处问青冥。
　　　　有时带月昇床到，一阵风来酒尽醒。

一九五　送妻入道
　　　　人无回意似波澜，琴有离声为一弹。
　　　　纵使空门再相见，还如秋月水中看。

一九六　遇湖州妓宋态宜二首
　　　①曾识云仙至小时，芙蓉头上绾青丝。
　　　　当时惊觉高唐梦，唯有如今宋玉知。
　　　②陵阳夜会使君筵，解语花枝出眼前。

一从明月西沉海，不见嫦娥二十年。

一九七　逢旧二首
　　　①碧落高高云万重，当时孤鹤去无踪。
　　　　不期陵谷迁朝市，今日辽东特地逢。
　　　②将作乘槎去不还，便寻云海住三山。
　　　　不知留得支机石，却逐黄河到世间。

一九八　润州听暮角
　　　江城吹角水茫茫，曲引边声怨思长。
　　　惊起暮天沙上雁，海门斜去两三行。

一九九　头陀寺看竹
　　　寺前新笋已成竿，策马重来独自看。
　　　可惜斑皮空满地，无人解取作头冠。

二〇〇　奉使京西
　　　卢龙已复两河平，烽火楼边处处耕。
　　　何事书生走羸马？原州城下又添兵。

二〇一　题连云堡
　　　由来天地有关扃，断堑连山接杳冥。
　　　一出纵知边上事，满朝谁信语堪听。

二〇二　宿武关
　　　远别秦城万里游，乱山高下入商州。
　　　关门不锁寒溪水，一夜潺湲送客愁。

二〇三　长安闷作
　　　宵分独坐到天明，又策羸骖信脚行。
　　　每日除书虽〔空〕满纸，不曾闻有介推名。

二〇四　和尚书舅见寄
　　欲随流水去幽栖，喜伴归云入虎溪。
　　深谢陈蕃怜寂寞，远飞芳字警沉迷。

二〇五　送王六觐巢县叔父二首
　　①巢岸南分战鸟山，水云程尽到东关。
　　　弦歌自是君家事，莫怪今来一邑闲。
　　②长忆山阴旧会时，王家兄弟尽相随。
　　　老来放逐潇湘路，泪滴秋风引献之。

二〇六　偶怀
　　转知名宦是悠悠，分付空源始到头。
　　待送妻儿下山了，便随云水一生休。

二〇七　秋夜题夷陵水馆
　　凝碧初高海气秋，桂轮斜落到江楼。
　　三更浦上巴歌歇，山影沉沉水不流。

二〇八　与梧州刘中丞
　　三代卢龙将相家，五分符竹到天涯。
　　瘴山江上重相见，醉里同看豆蔻花。

二〇九　听多美唱歌
　　黄莺慢转引秋蝉，冲断行云直入天。
　　一曲梁州听初了，为君别唱想夫怜。

二一〇　题涧饮寺
　　百年如梦竟何成，白发重来此地行。
　　还似萧郎许玄度，再看庭石悟前生。

二一一　赠苏仙宅枯松
　　几年苍翠在仙家，一旦枝枯类海槎。

不如酸涩棠梨树，却占高城独放花。

二一二　山居
一从身世两相遗，往往关门到午时。
想得俗流应大笑，不知年老识便宜。

二一三　听邻女吟
含情遥夜几人知，闲脉风流小谢诗。
还似霓旌下烟露，月边吹落上清词。

二一四　题宇文秀才樱桃
风光莫占少年家，白发殷勤最恋花。
今日颠狂任君笑，趁愁得醉眼麻茶。

二一五　竹枝词四首
①石壁千重树万重，白云斜掩碧芙蓉。
　昭君溪上年年月，偏照婵娟色最浓。
②十二峰头月欲低，空舲滩上子规啼。
　孤舟一夜东归客，泣向春风忆建溪。
③荆门滩急水潺湲〔潺〕，两岸猿啼烟满山。
　渡头年少应官去，月落西陵望不还。
④巫峡云开神女祠，绿潭红树影参差。
　下牢戍口初相问，无义滩头剩别离。

二一六　送杨敬之倅湖南
久嗟尘匣掩青萍，见说除书试一听。
闻君却作长沙傅，便逐秋风过洞庭。

二一七　送孙尧夫赴举
自说轩皇息战威，万方无复事戎衣。
却教孙子藏兵术〔法〕，空把文章向礼闱。

二一八　题水月台
　　平流白日无人爱,桥上闲行若个知?
　　水似晴天天似水,两重星点碧琉璃。

二一九　早春霁后发头陀寺寄院中
　　红楼金刹倚晴冈,雨雪初收望汉阳。
　　草檄可中能有暇,迎春一醉也无妨。

二二〇　哭田布
　　魏师临阵却抽营,谁管豺狼作信兵。
　　纵使将军能伏剑,何人岛上哭田横?

二二一　京口送朱昼之淮南
　　两行客泪愁中落,万树山花雨里残。
　　君到扬州见桃叶,为传风水渡江难。

二二二　黄葵花
　　此花莫遣俗人看,新染鹅黄色未干。
　　好逐秋风上天去,紫阳宫女要头冠。

二二三　别南溪二首
　　①如云不厌苍梧远,似雁逢春又北飞〔归〕。
　　　惟有隐山溪上月,年年相望两依依。
　　②常叹春泉去不回,我今此去更难来。
　　　欲知别后留情处,手种岩花次第开。

二二四　井栏砂宿遇夜客
　　暮雨萧萧江上村,绿林豪客夜知闻。
　　他时不用逃名姓,世上如今半是君。

二二五　谢王连州送海阳图
　　谢家为郡实风流,画得青山寄楚囚。

惊起草堂寒气晚,海阳潮水到床头。

二二六　再谪夷陵题长乐寺
当时谪宦向夷陵,愿得身闲便作僧。
谁知渐渐因缘重,羞见长燃一盏灯。

二二七　谪康州先寄兄渤
唯将直道信苍苍,可料无名抵宪章。
阴鹭却应先有谓,已交鸿雁早随阳。

二二八　赠廖道士
膏以明煎信矣哉,二年人世不归来。
庭前为报仙桃树,今岁花时好好开。

二二九　山花
六出花开赤玉盘,当中红湿耐春寒。
长安若有〔在〕五侯宅,谁肯将钱买牡丹?

二三〇　听歌
飒飒先飞梁上尘,朱唇不动翠眉颦。
愿得春风吹更远,直教愁杀满城人。

二三一　送颜觉赴举
颜子将才应四科,料量时辈更谁过?
居然一片荆山玉,可怕无人是卞和。

二三二　题五松驿
云木苍苍数万株,此中言命的应无。
人生不得如松树,却遇秦封作大夫。

二三三　湘妃庙
斑竹林边有古祠,鸟啼花发尽堪悲。

当时惆怅同今日,南北行人可得知。

二三四　赠长安小主人
上清真子玉童颜,花态娇羞月思闲。
仙路迷人应有术,桃源不必在深山。

二三五　邠州词献高尚书三首
①单于都护再分疆,西引双旌出帝乡。
朝日诏书添战马,即闻千骑取河湟。
②将家难立是威声,不见多传卫霍名。
一自元和平蜀后,马头行处即长城。
③朔方忠义旧来闻,尽是邠城父子军。
今日兵符归上将,旄头不用更妖氛。

二三六　游西林寺
十地初心在此身,水能生月即离尘。
如今再结林中社,可羡当年会里人。

二三七　题白鹿兰若
只去都门十里强,竹阴流水绕回廊。
满城车马皆知有,每唤同游尽道忙。

二三八　寄赵准乞湘川山居
闲说班超有旧居,山横水曲占商於。
知君不用磻溪石,乞取终年独钓鱼。

二三九　晓过函谷关
因韩为赵两游秦,十月冰霜渡孟津。
纵使鸡鸣遇关吏,不知余也是何人?

二四〇　再至长安
十年谪宦鬼方人,三遇鸿恩始到秦。

今日九衢骑马望，却疑浑是刹那身。

二四一　赠道器法师
水作形容雪作眉，早知谈论两川知。
如今不用空求佛，但把令狐宰相诗。

二四二　庐山得元侍御书
惭君知我命龙钟，一纸书来意万重。
正著白衣寻古寺，忽然邮递到云峰。

二四三　汉上偶题
谪仙唐世游兹郡，花下听歌醉眼迷。
今日汉江烟树尽，更无人唱白铜鞮。

二四四　奉和九兄渤见寄绝句
忽启新缄吟近诗，诗中韵出碧云词。
且喜陟冈愁已散，登舟只恨渡江迟。

二四五　赠友人孩子
骊龙颔下亦生珠，便与人间众宝殊。
他时若要追风日，须得君家万里驹。

二四六　奉宣慰使鱼十四郎
年才二十众知名，孤鹤仪容彻骨清。
口传天语来人世，却逐祥云上玉京。

二四七　题善光寺
云门天竺旧姻缘，临老移家住玉泉。
早到可中滇南寺，免得翻经住几年。

二四八　题查化寺道元上人居
二十年前不系身，草堂曾与雪为邻。
常思和尚当时语，衣钵留将与此人。

第十五卷　七言五　中唐二

（共二百五十四首）

一　舟中送李八　皇甫冉
　　词客金门未有媒，游吴适越任舟回。
　　远水迢迢分手去，天边山色待人来。

二　题蒋道士房
　　轩窗缥缈起烟霞，诵诀存思白日斜。
　　闻道昆仑有仙籍，何时青鸟送丹砂？

三　送裴阐
　　道向毗陵岂是归，客中谁与换春衣。
　　今夜孤舟行近远，紫〔子〕荆零雨正霏霏。

四　秋夜戏题刘方平壁
　　鸿悲月白时将谢，正可招寻惜遥夜。
　　翠帐兰房曲且深，宁知户外清霜下。

五　鲁山送别
　　栖栖〔凄凄〕游子若飘蓬，明月清樽只暂同。
　　南望千山如黛色，愁君客路在其中。

六　送云阳少府
　　渭曲春光无远近，池阳谷口倍芳菲。

官舍村桥来几日，残花寥落待君归。

七 寄振上人寺居
恋亲时见在人群，多在东山就白云。
独坐焚香诵经处，深山古寺雪纷纷。

八 酬张继
怅望南徐登北固，迢遥西塞限东关。
落日临川问音信，寒潮唯带夕阳还。

九 送陆邃
何事千年遇圣君，坐令双鬓老江云。
南行更入山深浅，岐路悠悠水自分。

一〇 送郭勋
才见吴洲百草春，已闻燕雁一声新。
秋风何处催年急，偏逐山行水宿人。

一一 送谢二十判官
四牡驰驱千里馀，越山稠迭海林疏。
不辞终日离家远，应为刘公一纸书。

一二 晚望南岳寺怀普门上人
释子身心无垢氛，独将衣钵去人群。
相思晚望松林寺，惟有钟声出白云。

一三 重阳日酬寄二首
①不见白衣来送酒，但令黄菊自开花。
　愁看日晚良辰过，步步行寻陶令家。
②露湿青芜时欲晚，水流黄叶意无穷。
　节近重阳念归否，眼前篱菊带秋风。

一四　少室山韦炼师升仙歌
　　红霞紫气昼氤氲,降节青童迎少君。
　　忽从林下升天去,空使时人礼白云。

一五　送魏十六还苏州
　　秋夜沉沉此送君,阴虫切切不堪闻。
　　归舟明日毗陵道,回首姑苏是白云。

一六　临平道中赠同舟人
　　远山谁辨江南北,长路空随树浅深。
　　流荡飘飖此何极,惟应行客共知心。

一七　赴李少府庄失路
　　君家南郭白云连,正待天晴〔情人〕弄石泉。
　　月照烟花迷客路,苍苍何处是伊川?

一八　武昌阻风　方泽
　　江上春风留客舟,无穷归思满东流。
　　与君尽日闲临水,贪看飞花忘却愁。

一九　岩岭四望　皇甫曾
　　汉家仙仗在咸阳,洛水东流出建章。
　　野老至今犹望幸,离宫秋树独苍苍。

二○　酬窦拾遗秋日见呈
　　孤城永巷时相见,衰柳闲门日半斜。
　　欲送近臣朝魏阙,犹怜残菊在陶家。

二一　寄杨衡州　韩翃
　　湘竹斑斑湘水春,衡阳太守虎符新。
　　朝来笑向归鸿道,早晚南飞见主人。

二二　羽林少年行二首
　　①骏马牵来御柳中，鸣鞭欲向渭桥东。
　　　红蹄乱踏春城雪，花颔骄嘶上苑风。
　　②千点斑斓喷玉骢，青丝结尾绣缠鬃。
　　　鸣鞭晓出章台路，叶叶春衣杨柳风。

二三　看调马
　　鸳鸯赭白齿新齐，晚日花间散碧蹄。
　　玉勒斗回初喷沫，金鞭欲下不成嘶。

二四　宿石邑山中
　　浮云不共此山齐，山霭苍苍望转迷，
　　晓月暂飞千〔高〕树里，秋河隔在数峰西。

二五　江南曲
　　长乐花枝雨点消，江城日暮好相邀。
　　春楼不闭葳蕤锁，绿水回通宛转桥。

二六　赠张千牛
　　蓬莱阙下是天家，上路新回白鼻騧。
　　急管昼催平乐酒，春衣夜宿杜陵花。

二七　汉宫曲二首
　　①五柞宫中过腊看，万年枝上雪花残。
　　　绮窗夜闭玉堂静，素绠朝垂金井寒。
　　②家在长陵小市中，珠簾绣户对春风。
　　　君王昨日移仙仗，玉辇迎将入汉宫。

二八　赠李冀
　　王孙别舍拥朱轮，不羡空名乐此身。
　　门外碧潭春洗马，楼前红烛夜迎人。

二九　寒食
　　春城无处不飞花，寒食东风御柳斜。
　　日暮汉宫传蜡烛，轻烟散入五侯家。

三〇　送客贬五溪
　　南过猿声一逐臣，回看秋草泪沾巾。
　　寒天暮雪空山里，几处蛮家是主人。

三一　题玉真观
　　白云斜日影深松，玉宇瑶坛知几重。
　　把酒题诗人散后，华阳洞里有疏钟。

三二　送齐山人
　　旧事仙人白兔公，掉头归去又乘风。
　　柴门流水依然在，一路寒山万木中。

三三　梁城赠一二同幕
　　五营河畔列旌旗，吹角鸣鼙日暮时。
　　曾是信陵门下客，雨回相吊不胜悲。

三四　送客之潞府
　　官柳青青匹马嘶，回风暮雨入铜鞮。
　　佳期别在春山里，应是人参五叶齐。

三五　寄裴郓州
　　乌纱灵寿对秋风，怅望浮云济水东。
　　官树阴阴铃阁暮，州人转忆白须翁。

三六　送客之鄂州
　　江口千家带楚云，江花乱点雪纷纷。
　　春风落日谁相见？青翰舟中有鄂君。

三七　题弋阳馆　张祜
　　一叶飘然下弋阳，残霞昏日树苍苍。
　　吴溪漫淬干将剑，却是猿声断客肠。

三八　容儿钵头
　　争走金车叱鞅牛，笑声唯是说千秋。
　　两边角子羊门里，犹学容儿弄钵头。

三九　题秀师影堂
　　阴阴古寺杉松下，记得长明一焰灯。
　　尽日看山人不会，影堂中是别来僧。

四〇　赠李修源
　　岳阳新尉晓衙参，却是傍人意未甘。
　　昨夜与君思贾谊，长沙犹在洞庭南。

四一　瓜洲闻晓角
　　寒耿稀星照碧霄，月楼吹角夜江遥。
　　五更人起烟霜静，一曲残声送落潮。

四二　元日仗
　　文武千官岁仗兵，万方同轨奏升平。
　　上皇一御含元殿，丹凤门开白日明。

四三　连昌宫
　　龙虎旌旗雨露飘，玉楼吹断碧山遥。
　　玄宗上马太真去，红树满园香自销。

四四　正月十五夜灯
　　千门开锁万灯明，正月中旬动帝京。
　　三百内人连袖舞，一时天上著词声。

四五　上巳乐
　　猩猩血綵系头幖〔标〕，天上齐声举画桡。
　　却是内人争渡〔意〕切，六宫红〔罗〕袖一时招。

四六　千秋乐
　　八月平时花萼楼，万方同乐奏千秋。
　　倾城人看长竿出，一技初成赵解愁。

四七　春莺啭
　　兴庆池南柳未开，太真先把一枝梅。
　　内人已唱春莺啭，花下傞傞软舞来。

四八　大酺乐二首
　　①车驾东来值太平，大酺三日洛阳城。
　　　小儿一伎竿头绝，天下传呼万岁声。
　　②紫陌酺归日欲斜，红尘开路薛王家。
　　　双餐笑说楼前鼓，两仗争轮好落花。

四九　邠王小管
　　虢国潜行韩国随，宜春深院映花枝。
　　金舆远幸无人见，偷把邠王小管吹。

五〇　李谟笛
　　平时东津洛阳城，天乐宫中夜彻明。
　　无奈李谟偷曲谱，酒楼吹笛是新声。

五一　宁哥来
　　日映宫城雾半开，太真簾下畏人猜。
　　黄翻绰指向西树，不信宁哥回马来。

五二　孟才人叹
　　偶因歌态咏娇颦，传唱宫中十二春。

却为一声河满子，下泉须弔旧才人。

五三　邺中怀古
邺中城下漳河水，日夜东流莫记春。
肠断宫中望陵处，不堪台上也无人。

五四　读杜员外杜秋娘诗
年少多情杜牧之，风流仍作杜秋诗。
可知不是长门闭，也得相如第一词。

五五　杭州开元寺牡丹
浓艳初开小药栏，人人惆怅出长安。
风流却是钱塘寺，不踏红尘见牡丹。

五六　招徐宗偃画松石
咫尺云山便出尘，我生长日自因循。
凭君画取江南胜，留向东斋伴老身。

五七　平阴夏日作
西来渐觉细尘红，扰扰舟车路向东。
可惜夏天明月夜，土山前面障南风。

五八　赠处士
小径上山山甚小，每邻僧院笑僧禅。
人间莫道无难事，二十年来已是玄。

五九　邠娘羯鼓
新教邠娘羯鼓成，大酺初日最先呈。
冬儿指向贞贞说，一曲乾鸣两杖轻。

六〇　退宫人二首
①开元皇帝掌中怜，流落人间二十年。

　　　　长说承天门上宴，百官楼下拾金钱。
　　②歌喉新退出宫闱，泣话伶官上许归。
　　　　犹说入时欢圣寿，内人初着五方衣。

六一　耍娘歌
　　　　宜春花夜雪千枝，妃子偷行上密随。
　　　　便唤耍娘歌一曲，六宫生老是蛾眉。

六二　悖拏儿舞
　　　　春风南内百花时，道唱《梁州》急遍吹。
　　　　揭手便拈金椀舞，上皇惊笑悖拏儿。

六三　题灵彻上人旧房
　　　　寂寞空门支道林，满堂诗板旧知音。
　　　　秋风吹叶古廊下，一半绳床灯影深。

六四　晚秋潼关西门作
　　　　日落寒郊烟物清，古槐阴黑少人行。
　　　　关门西去华山色，秦地东来河水声。

六五　赠内人
　　　　禁门宫树月痕过，媚眼唯看宿燕窠。
　　　　斜拔玉钗灯影畔，剔开红焰救飞蛾。

六六　洛中作
　　　　元和天子昔平戎，惆怅金舆尚未通。
　　　　尽日洛桥闲处看，秋风时节上阳宫。

六七　折杨柳枝二首
　　①莫折宫前杨柳枝，玄宗曾向笛中吹。
　　　　伤心日暮烟霞起，无限春愁生翠眉。
　　②凝碧池边敛翠眉，景阳楼下绾青丝。

那胜妃子朝元阁,玉手和烟弄一枝。

六八　华清宫四首
　　①风树离离月稍明,九天龙气在华清。
　　　宫门深锁无人觉,半夜云中羯鼓声。
　　②天阙沉沉夜未央,碧云仙曲舞霓裳。
　　　一声玉笛向空尽,月满骊山宫漏长。
　　③红树萧萧阁半开,上皇曾幸此宫来。
　　　至今风俗骊山下,村笛犹吹阿滥堆。
　　④水绕宫墙处处声,残红长绿露华清。
　　　武皇一夕梦不觉,十二玉楼空月明。

六九　赠窦家小儿
　　深绿衣裳小小人,每来听里解相亲。
　　天生合去云霄上,一尺松栽已出尘。

七〇　听崔侍御叶家歌
　　宛罗重縠起歌筵,活凤生花动碧烟。
　　一声唱断无人和,触破秋云直上天。

七一　长门怨
　　日映宫墙柳色寒,笙歌遥指碧云端。
　　珠铅滴尽无心语,强把花枝冷笑看。

七二　读老庄
　　等闲缉缀闲言语,夸向时人唤作诗。
　　昨日偶拈庄老读,万寻山上一毫厘。

七三　偶题
　　古来名下岂虚为,李白颠狂自称时。
　　唯恨世间无贺老,谪仙长在没人知。

七四　丁巳仲冬江上作
　　南来驱马渡江濆，稍息前年此月闻。
　　唯是贾生先恸哭，不堪天意重阴云。

七五　别玉华仙侣
　　绕舍烟霞为四邻，寒泉白石自相亲。
　　尘机不尽住不得，珍重玉山山上人。

七六　汴上送客
　　河流西下雁南飞，楚客相逢泪湿衣。
　　张翰思乡何太切，扁舟不住又东归。

七七　题邮亭残花
　　云暗山横日欲斜，邮亭下马对残花。
　　自从身逐征西府，每到花时不在家。

七八　秋晓送郑侍御
　　离鸿声怨碧云净，楚瑟调高清晓天。
　　尽日相看俱不语，西风摇落数枝莲。

七九　宿武牢关
　　行人候晓久徘徊，不待鸡鸣未得开。
　　堪羡寒溪自无事，潺潺一夜向关来。

八〇　宿溢浦逢崔升
　　江流不动月西沉，南北行人万里心。
　　况是相逢雁天夕，星河寥落水云深。

八一　京城寓怀
　　三十年持一钓竿，偶随书荐入长安。
　　由来不是求名者，唯待春风看牡丹。

八二　集灵台
　　日光斜照集灵台，红树花迎晓露开。
　　昨夜上皇新授箓，太真含笑入帘来。

八三　感归
　　行却江南路几千，归来不把一文钱。
　　乡人笑我穷寒鬼，还似襄阳孟浩然。

八四　偶作
　　遍识青霄路上人，相逢只是语逡巡。
　　可胜饮尽江南酒，岁月犹残李白身。

八五　劝饮酒
　　烧得硫黄漫学仙，未胜长付酒家钱。
　　窦常不吃齐推药，却在人间八十年。

八六　阿㶑汤
　　月照宫城红树芳，绿窗灯影在雕梁。
　　金舆未到长生殿，妃子偷寻阿㶑汤。

八七　马嵬坡
　　旌旗不整奈君何，南去人稀北去多。
　　尘土已残香粉艳，荔枝犹到马嵬坡。

八八　太真香囊子
　　蹙金妃子小花囊，销耗胸前结旧香。
　　谁为君王重解得，一生遗恨系心肠。

八九　雨霖铃
　　雨霖铃夜却归秦，犹见张徽一曲新。
　　长说上皇和泪教，月明南内更无人。

九〇　听歌二首
　　①儿郎漫说转喉轻，须待情来意自生。
　　　只是眼前丝竹和，大家声里唱新声。
　　②十二年前边塞行，坐中无语叹歌情。
　　　不堪昨夜先垂泪，西去阳关第一声。

九一　听筝
　　十指纤纤玉笋红，雁行轻遏翠弦中。
　　分明似说长城苦，水咽云寒一夜风。

九二　王家琵琶
　　金屑檀槽玉腕明，子弦轻捻为多情。
　　只愁拍尽《凉州》破，画出风雷是拨声。

九三　李家柘枝
　　红铅拂脸细腰人，金绣罗衫软着身。
　　长恐舞时残拍尽，却思云雨更无因。

九四　楚州韦中丞箜篌
　　千重钩锁撼金铃，万颗真珠泻玉瓶。
　　恰值满堂人欲醉，甲光才触一时醒。

九五　边上逢歌者
　　垂老愁歌出塞庭，遏云相付旧秦青。
　　少年翻掷新声尽，却向人前侧耳听。

九六　听李简上人吹芦管二首
　　①细芦僧管夜沉沉，越鸟巴猿寄恨吟。
　　　吹到耳边声尽处，一条丝断碧云心。
　　②月落江城树绕鸦，一声芦管是天涯。
　　　分明西国人来说，赤佛堂西是汉家。

九七　塞上闻笛
　　一夜梅花笛里飞，冷沙晴槛月光辉。
　　北风吹尽向何处？高入塞云燕雁稀。

九八　经旧游
　　去年来送行人处，依旧虫声古岸南。
　　斜日照溪云影断，水葓花穗倒空潭。

九九　东山寺
　　寒色苍苍老柏风，石苔清滑露光融。
　　半夜四山钟磬尽，水精宫殿月玲珑。

一〇〇　峰顶寺
　　月明如水山头寺，仰面看天石上行。
　　夜半深廊人语定，一枝松动鹤来声。

一〇一　润州鹤林寺
　　古寺名僧多异时，道情虚遣俗情悲。
　　千年鹤在市朝变，来去旧山人不知。

一〇二　胜上人山房
　　清昼房廊山半开，一瓶新汲洒莓苔。
　　古松百尺始生叶，飒飒风声天上来。

一〇三　李夫人词
　　延年不语望三星，莫说夫人上涕零。
　　争奈世间惆怅在，甘泉宫夜看图形。

一〇四　金陵渡
　　金陵津渡小山楼，一宿行人自可愁。
　　潮落夜江斜月里，两三星火是瓜洲。

一〇五　过阴陵
　　壮士悽惶到山下，行人惆怅上山头。
　　生前此路已迷失，寂寞孤魂何处游？

一〇六　纵游淮南
　　十里长街市井连，月明桥上看神仙。
　　人生只合扬州死，禅智山光好墓田。

一〇七　登乐游原
　　几年诗酒滞江干，水积云重思万端。
　　今日南方惆怅尽，乐游原上见长安。

一〇八　过石头城
　　累累墟墓葬西原，六代同归蔓草根。
　　唯是岁华流尽处，石头城下水千痕。

一〇九　黄蜀葵
　　名花八叶嫩黄金，色照书窗透竹林。
　　无奈美人闲把嗅，直疑檀口印中心。

一一〇　杨花
　　散乱随风处处匀，庭前几日雪花新。
　　无端惹着潘郎鬓，惊杀绿窗红粉人。

一一一　蔷薇花
　　晓风抹尽燕支颗，夜雨催成蜀锦机。
　　当昼开时正明媚，故乡疑是买臣归。

一一二　戏颜郎中猎
　　忽闻射猎出军城，人着戎衣马带缨。
　　倒把角弓呈一箭，满川狐兔当头行。

一一三　江上旅泊呈杜员外
　　牛渚南来沙岸长，远吟佳句望池阳。
　　野人未必非毛遂，太守还须是孟尝。

一一四　热戏乐
　　热戏争心剧火烧，铜槌暗执不相饶。
　　上皇失喜宁王笑，百尺幢竿果动摇。

一一五　玉环琵琶
　　宫楼一曲琵琶声，满眼云山是去程。
　　回顾段师非汝意，玉环休把恨分明。

一一六　题酸枣驿前碑
　　苍苔古涩字雕疏，谁道中郎笔力馀？
　　长爱当时遇王粲，每来碑下不关书。

一一七　献王智兴
　　十年受命镇方隅，孝节忠规两有馀。
　　谁信将坛嘉政外，李陵章句右军书。

一一八　题朱兵有山居
　　朱氏西斋万卷书，水门山阔自高疏。
　　我来穿穴非无意，愿向君家作蠹鱼。

一一九　赠画僧二首
　　①骨峭情高彼岸人，一杯长泛海为津。
　　　僧仪又入清流品，却恐前生是许询。
　　②瘦颈隆肩碧眼僧，翰林亲赞虎头能。
　　　终年不语看如意，似证禅心入大乘。

一二〇　送走马使
　　新样花文配蜀罗，同心双带蹙金蛾。

惯将喉舌传君好，马迹铃声遍两河。

一二一　题御沟
　　万树垂杨拂御沟，溶溶漾漾绕神州。
　　都缘济物心无阻，从此恩波处处流。

一二二　题青龙寺
　　二十年沉沧海间，一游京国也因闲。
　　人人尽到求名处，独向青龙寺看山。

一二三　硫黄
　　一粒硫黄入贵门，寝堂深处问玄言。
　　时人尽说韦山甫，昨日馀干弔子孙。

一二四　散花楼
　　锦江城外锦城头，回望秦川上轸忧。
　　正值血魂来梦里，杜鹃声在散花楼。

一二五　王家五絃
　　五条絃出万端情，捻拨间关漫态生。
　　唯羡风流田太守，小金铃子耳边鸣。

一二六　听薛阳陶吹芦管
　　紫清人下薛阳陶，末曲新箚调更高。
　　无奈一声天外绝，百年已死断肠刀。

一二七　听简上人吹芦管
　　蜀国僧吹芦一枝，陇西游客泪先垂。
　　至今留得新声在，却为中原人不知。

一二八　过汾水关
　　千里南来背日行，关中无事一侯嬴。

山根百尺路前去，半夜耳中汾水声。

一二九　樱桃
　　石榴未拆梅犹小，爱此山花四五株。
　　斜日庭前风袅袅，碧油千片漏红珠。

一三〇　酬凌秀才惠枕
　　八寸黄杨惠不轻，虎头光照簟文清。
　　空心想此缘成梦，拔剑灯前一夜行。

一三一　感春申君
　　薄俗何心议感恩，谄容卑迹赖君门。
　　春申还道三千客，寂寞无人杀李园。

一三二　西亭晚宴　朱可久
　　虫声已静菊花干，共坐松阴向晚寒。
　　对酒看山俱惜去，不知斜日下阑干。

一三三　望简寂观　顾况
　　青嶂青溪直复斜，白鸡白犬到人家。
　　仙人住在最高处，向晚春泉流白花。

一三四　江村乱后
　　江村日暮寻遗老，江水东流横浩浩。
　　竹里闲窗不见人，门前旧路生青草。

一三五　五两歌送张真
　　竿头五两风裹裹，水上云帆遂飞鸟。
　　送君初出扬州时，霭霭曈曈江溢晓。

一三六　山中听子规
　　野人自爱山中宿，况是葛洪丹井西。

庭前有个长松树，夜半子规来上啼。

一三七　山僧兰若
绝顶茅庵老此生，寒云孤木伴经行。
世人那得知幽径，遥向青峰礼磬声。

一三八　临海所居三首
①此是昔年征战处，曾经永日绝人行。
千家寂寂对流水，唯有汀洲春草生。
②此去临溪不是遥，楼中望见赤城标。
不知迭嶂重霞里，更有何人度石桥？
③家在双峰兰若边，一声秋磬发孤烟。
山连极浦鸟飞尽，月上青林人未眠。

一三九　听角思归
故园黄叶满青苔，梦后城头晓角哀。
此夜断肠人不见，起行残月影徘徊。

一四〇　酬柳相公
天下如今已太平，相公何事唤狂生？
个身恰似笼中鹤，东望沧溟叫数声。

一四一　题明霞台
野人本自不求名，欲向山中过一生。
莫嫌憔悴无知己，别有烟霞似弟兄。

一四二　哭绚法师
楚客停桡欲问谁？白沙江草翦尘丝。
生公手种殿前树，唯有花开鹎鸠悲。

一四三　送柳宜城葬
鸣笳已逐春风咽，匹马犹依旧路嘶。

遥望柳家门外树，恐闻黄鸟向人啼。

一四四　宫词五首
　　①禁柳烟中闻晓乌，风吹玉漏尽铜壶。
　　　内官先向蓬莱殿，金合开香泻御炉。
　　②玉楼天半起笙歌，风送宫娘笑语和。
　　　月殿影开闻夜漏，水精簾卷近银河。
　　③玉阶容卫宿千官，风猎青旗晓仗寒。
　　　侍女先来荐琼蕊，露浆新下九霄盘。
　　④九重天乐降神仙，步舞分行踏锦筵。
　　　嘈囋一声钟鼓歇，万人楼下拾金钱。
　　⑤金吾持戟护新檐，天乐声传万姓瞻。
　　　楼上美人相倚看，红妆透出水精簾。

一四五　寻桃花岭潘三姑台
　　桃花岭上觉天低，人上青山马隔溪。
　　行到三姑学仙处，还如刘阮二郎迷。

一四六　夜中望仙观
　　日暮衔花飞鸟还，月明溪上见青山。
　　遥知玉女窗前树，不是仙人不得攀。

一四七　送李侍御往吴兴
　　世间只有情难说，今夜应无不醉人。
　　若向洞庭山下过，暗知浇沥圣姑神。

一四八　送李秀才入京
　　五湖秋叶满行船，八月灵槎欲上天。
　　君入长安予适越，独登秦望望秦川。

一四九　越中席上看弄老人
　　　不到山阴二十〔十二〕春，镜中相见白头新。
　　　此生不复为年少，今日从他弄老人。

一五〇　赠朱放
　　　野客归时无四邻，黔娄别久桉常贫。
　　　渔樵旧路不堪入，何处空山犹有人？

一五一　听歌
　　　子夜新声何处传，悲翁更忆太平年。
　　　只今法曲无人唱，已逐霓裳飞上天。

一五二　赠韦清将军
　　　身执金吾主禁兵，腰间宝剑重横行。
　　　接舆亦是狂歌者，更就将军乞一声。

一五三　赠僧二首
　　　①家住义兴东舍溪，溪边莎草雨无泥。
　　　　上人一向心入定，春鸟年年空自啼。
　　　②出头皆是新年少，何处能容老病翁？
　　　　更把浮荣喻生灭，世间无事不虚空。

一五四　登楼望水
　　　鸟啼花发柳含烟，掷却风光忆少年。
　　　更上高楼望江水，故乡何处一归船？

一五五　湖中
　　　青草湖边日色低，黄茅嶂里鹧鸪啼。
　　　丈夫飘荡今如此，一曲长歌楚水西。

一五六　岁日作
　　　不觉老将春共至，更悲携手几人全。

还舟寂寞羞明镜，手把屠苏让少年。

一五七　山中赠客
　　山中好处无人别，涧梅伪作山中雪。
　　野客相逢夜不眠，山中童子烧松节。

一五八　王郎中妓席五咏
　　①玉作搔头金步摇，高张苦调响连宵。
　　　欲知写尽相思梦，度水寻云不用桥。
　　②汗浥新装画不成，丝催急节舞衣轻。
　　　落花绕树疑无影，回雪从风暗有情。
　　③柳拂青楼花满衣，能歌宛转世应稀。
　　　空中几处闻清响，欲绕行云不遣飞。
　　④秦声楚调怨无穷，陇水胡笳咽复通。
　　　莫遣黄莺花里啭，参差撩乱妒春风。
　　⑤欲写人间离别心，须听鸣凤似龙吟。
　　　江南曲尽归何处？洞水山云知浅深。

一五九　送李山人还玉溪
　　好鸟共鸣临水树，幽人独欠买山钱。
　　若为种得千竿竹，引取君家一眼泉。

一六〇　送少微上人还鹿门
　　少微不向吴中隐，为个生缘在鹿门。
　　行入汉江秋月色，襄阳耆旧几人存？

一六一　宿昭应
　　武帝祈灵太一坛，新丰树色绕千官。
　　岂知今夜长生殿，独闭空山月影寒。

一六二　题琅邪上方
　　东晋王家在此溪，南朝树色隔窗低。
　　沉碑字灭昔人远，谷鸟犹向寒花啼。

一六三　安仁港口望仙人城
　　楼台彩翠远分明，闻说仙家在此城。
　　欲上仙城无路上，水边花里有人声。

一六四　寄祕书包监
　　一别长安路几千，遥知旧日主人怜。
　　贾生只是三年谪，独自无才已四年。

一六五　小孤山
　　吉庙枫林江水边，寒鸦接饭雁横天。
　　大孤山远小孤出，月照洞庭归客船。

一六六　叶道士山房
　　水边垂柳赤栏桥，洞里仙人碧玉箫。
　　近得麻姑书信否？浔阳江上不通潮。

一六七　送李秀才游嵩山
　　嵩山石壁挂飞流，无限神仙在上头。
　　采得新诗题石壁，老人惆怅不同游。

一六八　从剡溪至赤城
　　灵溪宿处接灵山，窈映高楼向月闲。
　　夜半鹤声残梦里，犹疑琴曲洞房间。

一六九　叶上题诗从苑中流出
　　花落深宫莺亦悲，上阳宫女断肠时。
　　君恩不闭东流水，叶上题诗寄与谁？

一七〇　崦里桃花
　　崦里桃花逢女冠，林间杏叶落仙坛。
　　老人方授上清箓，夜听步虚山月寒。

一七一　听子规
　　西霞山中子规鸟，口边血出啼不了。
　　山僧后夜初出定，闻似不闻山月晓。

一七二　竹枝曲
　　帝子苍梧不复归，洞庭叶下荆云飞。
　　巴人夜唱《竹枝》后，肠断晓猿声渐稀。

一七三　寻僧二首
　　①方丈玲珑花竹闲，已将心印出人间。
　　　家家门外长安道，何处相逢是宝山？
　　②弥天释子本高情，往往山中独自行。
　　　莫怪狂人游楚国，莲花只在淤泥生。

一七四　桃花曲
　　魏帝宫人舞凤楼，隋家天子泛龙舟。
　　君王夜醉春眠晏，不觉桃花逐水流。

一七五　赠远
　　暂出河边思远道，却来窗下听新莺。
　　故人一别几时见？春草还从旧处生。

一七六　早春思归有唱竹枝歌者坐中下泪
　　渺渺春生楚水波，楚人齐唱竹枝歌。
　　与君皆是思归客，拭泪看花奈老何！

一七七　送郭秀才
　　故人曾任丹徒令，买得青山拟独耕。

不作草堂招远客，却将垂柳借啼莺。

一七八　宫词
　　长乐宫连上苑春，玉楼金殿艳歌新。
　　君门一入无由出，唯有宫莺得见人。

一七九　忆故园
　　惆怅山多人复稀，杜鹃啼处泪沾衣。
　　故园此去千馀里，春梦犹能夜夜归。

一八〇　樱桃曲
　　百舌犹来上苑花，游人独自忆京华。
　　遥知寝庙尝新后，敕赐樱桃向几家？

一八一　代佳人赠别
　　万里行人欲渡溪，千行珠泪滴为泥。
　　已成残梦随君去，犹有惊乌半夜啼。

一八二　奉和韩晋公晦日
　　江南无处不闻歌，晦日中军乐更多。
　　不是风光催柳色，却缘威令动阳和。

一八三　悲歌四首
　　①我欲升天隔霄汉，我欲渡水水无桥；
　　　我欲上山山路险，我欲汲水水泉遥。
　　②越人翠被今何寂，独立江边沙草碧。
　　　紫燕西飞欲寄书，白云何处逢来客？
　　③新结青丝百尺绳，心在君家辘轳上。
　　　我心皎洁君不知，辘轳一转一惆怅。
　　④何处春风吹晓幕？江南绿水通朱阁。
　　　美人二八颜如花，泣向春风畏花落。

一八四　海鸥咏
　　万里飞来为客鸟，曾蒙丹凤借枝柯。
　　一朝凤去梧桐死，满目鸱鸢奈尔何。

一八五　过马嵬　李益
　　汉将如云不直言，寇来翻罪绮罗恩。
　　托君休洗莲花血，留寄千年妾泪痕。

一八六　观石将军舞
　　微月东南上戍楼，琵琶起舞锦缠头。
　　更闻横笛关山远，白草胡沙西塞秋。

一八七　春夜闻笛
　　寒山吹笛唤春归，迁客相看泪满衣。
　　洞庭一夜无穷雁，不待天明尽北飞。

一八八　夜上受降城闻笛
　　回乐峰前沙似雪，受降城外月如霜。
　　不知何处吹芦管？一夜征人尽望乡。

一八九　答许端公
　　晚逐旌旗俱白首，少游京洛共缁尘。
　　不堪身外悲前事，强向杯中觅旧春。

一九〇　塞下曲五首
　　①蕃州部落能结束，朝暮驰猎黄河曲。
　　　燕歌未断塞鸿飞，牧马群嘶边草绿。
　　②秦筑长城城已摧，汉武北上单于台。
　　　古来征战虏不尽，今日还复天兵来。
　　③黄河东流流九折，沙场埋恨何时绝？
　　　蔡琰没去造胡笳，苏武归来持汉节。

④为报如今都护雄,匈奴且莫下云中。
请书塞北阴山石,愿比燕然车骑功。
⑤伏波唯愿裹尸还,定远何须生入关。
莫遣只轮归海窟,仍留一箭射天山。

一九一　边思
腰垂锦带佩吴钩,走马曾防玉塞秋。
莫笑关西将家子,只将诗思入梁州。

一九二　春晓闻莺
蜀道山川心易惊,绿窗残梦晓闻莺。
分明似写文君恨,万怨千愁弦上声。

一九三　送客还幽州
怊怅秦城送独归,蓟门云树远依依。
秋来莫射南来〔飞〕雁,从遣乘春更北飞。

一九四　柳杨送客
背枫江畔白蘋洲,楚客伤离不待秋。
君见隋朝更何事,柳杨南渡水悠悠。

一九五　从军北征
天山雪后海风寒,横笛偏吹《行路难》。
碛里征人三十万,一时回向月中看。

一九六　牡丹
紫蕊丛开未到家,却教游客赏繁华。
始知年少求名处,满眼空中别有花。

一九七　扬州送客
南行直入鹧鸪群,万岁桥边一送君。
闻道望乡闻不得,梅花暗落岭头云。

一九八　统汉峰下
　　统汉峰西降户营，黄河战骨拥长城。
　　只今已勒燕然石，北地无人空月明。

一九九　避暑女冠
　　雾袖烟裾云母冠，碧琉璃簟井水〔冰〕寒。
　　焚香欲使三青〔清〕鸟，静拂桐阴上玉坛。

二〇〇　行舟
　　柳花飞入正行舟，卧引菱花信碧流。
　　闻道风光满扬子，天晴共上望乡楼。

二〇一　隋宫燕
　　燕语如伤旧国春，宫花一落旋〔已〕成尘。
　　自从一闭风光后，几度飞来不见人。

二〇二　送人归岳阳
　　烟草连天枫树齐，岳阳归路子规啼。
　　春江万里巴陵戍，落日看沉碧水西。

二〇三　上汝州郡楼
　　黄昏鼓角似边州，三十年前上此楼。
　　今日山川对垂泪，伤心不独为悲秋。

二〇四　临滹沱见蕃使列名
　　漠南春色到滹沱，边柳青青塞马多。
　　万里江山今不闭，汉家频许郅支和。

二〇五　写情
　　水纹珍簟思悠悠，千里嘉〔佳〕期一夕休。
　　从此无心爱良夜，任他明月下西楼。

二〇六　夜上西城听《凉州曲》二首
　　①行人夜上西城宿，听唱《凉州》双管逐。
　　　此时秋月满关山，何处关山无此曲？
　　②鸿雁新从北地来，闻声一半却飞回。
　　　金河戍客肠应断，更在秋风百尺台。

二〇七　听晓角
　　边霜昨夜堕关榆，吹角当城片〔汉〕月孤。
　　无限塞鸿飞不度，秋风吹〔卷〕入小单于。

二〇八　暮过回乐峰
　　烽火高飞百尺台，黄昏遥自碛南〔西〕来。
　　昔时征战回应乐，今日从军乐未回。

二〇九　拂云堆
　　汉将新从虏地来，旌旗半上拂云堆。
　　单于每近沙场猎，南望阴山哭始回。

二一〇　汴河曲
　　汴水东流无限春，隋家宫阙已成尘。
　　行人莫上长堤望，风起杨花愁杀人。

二一一　中桥北送穆质兄弟应制戏赠萧二策
　　洛水桥边雁影疏，陆机兄弟驻行车。
　　欲陈汉帝登封草，犹待萧郎寄内书。

二一二　九月十日雨中过张伯佳期柳镇未至
　　柳吴兴近无消息，张长公贫苦寂寥。
　　惟有角巾沾雨至，手持残菊向西招。

二一三　暖川
　　胡风冻合鸊鹈泉，牧马千群逐暖川。

塞外征行无尽日，年年移帐雪中天。

二一四　诣红楼院寻广宣不遇
　　胡风翻红霜景秋，碧天如水倚红楼。
　　隔窗爱竹无人问，遣向邻房觅户钩。

二一五　宫怨
　　露湿晴花春殿香，月明歌吹在昭阳。
　　似将海水添宫漏，共滴长门一夜长。

二一六　度破讷沙二首
　　①眼见风来沙旋移，经年不省草生时。
　　　莫言塞北无春到，纵有春来何处知？
　　②破讷沙头雁正飞，鸊鹈泉上战初归。
　　　平明日出东南地，满碛寒光生铁衣。

二一七　和武相公郊居
　　黄扉晚下禁垣钟，归坐南闱山万重。
　　独有月中高兴尽，雪峰明处见寒松。

二一八　邠宁春日
　　桃李年年上国新，风沙日日塞垣人。
　　伤心更见庭前柳，忽有千条欲占春。

二一九　上黄堆峰
　　心期紫阁山中月，身过黄堆峰上云。
　　年发已从书剑老，戎衣更逐霍将军。

二二〇　赴渭北宿石泉驿南望黄堆
　　边城已在房尘中，烽火南飞入汉宫。
　　汉庭议事先黄老，麟阁何人定战功？

二二一　逢归信偶寄
　　无事将心寄柳条，等闲书字满芭蕉。
　　乡关若有东流信，遣送扬州近驿桥。

第十六卷 七言六 中唐三

（共二百四十七首）

一 与村老对饮　韦应物
鬓眉雪色犹嗜酒，言词淳朴古人风。
乡村年少生离乱，见话先朝如梦中。

二 答令狐士曹、独孤兵曹联骑暮归望山见寄
共爱青山住近南，行牵吏役背双骖。
枕书独宿对流水，遥羡归时满夕岚。

三 赠令狐士曹
秋檐滴滴对床寝，山路迢迢联骑行。
到家俱及东篱菊，何事先归半日程？

四 闲居赠僧
满郭春风岚已昏，鸦栖吏散掩重门。
虽居世网常清净，夜对高僧无一言。

五 将往滁城恋新竹简崔都水示端
停车欲去绕丛竹，偏爱新筠十数竿。
莫遣儿童触琼粉，留待幽人回日看。

六 夜雪早朝望省中
南望青山满禁闱，晓陪鸳鹭正差池。

共爱朝来何处雪？蓬莱宫里拂松枝。

七　闲居寄人
　　山明野寺晓钟微，雪满幽林人迹稀。
　　闲居寥落生高兴，无事风尘独不归。

八　寄诸弟
　　秋草生庭白露时，故园诸弟益相思。
　　尽日高斋无一事，芭蕉叶上独题诗。

九　登楼寄王卿
　　踏阁攀林恨不同，楚云沧海思无穷。
　　数家砧杵秋山下，一郡荆榛寒雨中。

一〇　寄诸弟
　　岁暮兵戈乱京国，帛书间道访存亡。
　　还信忽从天上落，唯知彼此泪千行。

一一　寒食寄京师诸弟
　　雨中禁火空斋冷，江上流莺独坐听。
　　把酒看花想诸弟，杜陵寒食草青青。

一二　简二甥
　　忽羡后生连榻话，独依寒烛一斋空。
　　时流欢笑事从别，把酒吟诗待尔同。

一三　寄黄尊师
　　结茅种杏在云端，扫雪焚香宿石坛。
　　灵祇不许世人到，忽作雷风登岭难。

一四　寄棕衣居士
　　兀兀山行无处归，山中猛虎识棕衣。

俗客欲寻应不遇，云溪道士见犹稀。

一五　送从叔
　　独树沙边人迹稀，欲行愁远暮钟时。
　　野泉几处侵应尽，不遇山僧知问谁？

一六　送王校书
　　同宿高斋换时节，共看移石复栽杉。
　　送君江浦已惆怅，更上西楼望远帆。

一七　送仓部萧员外
　　襆被蹉跎老江国，情人邂逅此相逢。
　　不随鸳鹭朝天去，遥想蓬莱台阁重。

一八　送王卿
　　别酌春林啼鸟稀，双旌背日晚风吹。
　　却忆回来花已尽，东郊立马望城池。

一九　送秦系赴润州
　　近作新婚镊白髯，长怀旧卷映蓝衫。
　　更欲携君虎丘寺，不知方伯望征帆。

二〇　酬柳郎中春日归扬州南郭见别之作
　　广陵三月花正开，花里逢君醉一回。
　　南北相过殊不〔未〕远，暮潮从去早潮来。

二一　答东林道士
　　紫阁西边第几峰，茅斋夜雪虎行踪。
　　遥看黛色知何处，欲出山门寻暮钟。

二二　答端弟
　　坐忆故园人已老，宁知远郡雁还来。

长瞻西北是归路，独上城楼日几回。

二三　寄刘尊师
　　　世间茌苒萦此身，长望碧山到无因。
　　　白鹤徘徊看不去，遥知下有清都人。

二四　答秦十四校书
　　　知掩山扉三十秋，鱼须翠碧弃床头。
　　　莫道谢公方在郡，五言今日为君休。

二五　故人重九日求橘
　　　怜君卧病思新橘，试摘犹酸亦未黄。
　　　书后欲题三百颗，洞庭须待满林霜。

二六　休日访人不遇
　　　九日驱驰一日闲，寻君不遇又空还。
　　　怪来诗思清人骨，门对寒流雪满山。

二七　因省风俗访道士侄不见
　　　去年涧水今亦流，去年杏花今又坼。
　　　山人归来问是谁？还是去年行春客。

二八　春思
　　　野花如雪绕江城，坐见年芳忆帝京。
　　　闾阖晓开凝碧树，曾陪鸳鹭听流莺。

二九　登宝意上方
　　　翠岭香台出半天，万家烟树满晴川。
　　　诸僧近住不相识，坐听微钟记往年。

三〇　琅邪山
　　　石门有雪无行迹，松壑凝烟满众香。

馀食施庭寒鸟下，破衣挂树老僧亡。

三一　寻简寂观瀑布
　　蹑石欹危过急涧，攀崖迢递弄悬泉。
　　犹将虎竹为身累，欲付归人绝世缘。

三二　野次听元昌奏横笛
　　立马莲塘吹横笛，微风动柳生水波。
　　北人听罢泪将落，南朝曲中怨更多。

三三　听琴
　　竹林高宇霜露清，朱丝玉徽多故情。
　　暗识啼乌与别鹤，只缘中有断肠声。

三四　九日
　　今朝把酒复惆怅，忆在杜陵田舍时。
　　明年九日知何处？世难还家未有期。

三五　滁州西涧
　　独怜幽草涧边生，上有黄鹂深树鸣。
　　春潮带雨晚来急，野渡无人舟自横。

三六　子规啼
　　高林滴露夏夜清，南山子规啼一声。
　　邻家孀妇抱儿泣，我独展转何为情？

三七　梦仙　祝天膺
　　蟾蜍夜作青冥镜，蟛蜞晴为碧落梯。
　　好个分明上天路，谁教移入武陵溪。

三八　采莲曲　戎昱
　　涔阳女儿花满头，毵毵同泛木兰舟。

秋风日暮南湖里，争唱菱歌不肯休。

三九　塞上曲
　　胡风略地烧连山，碎叶孤城未下关。
　　山头烽子声声叫，知是将军夜猎还。

四〇　塞下曲
　　汉将归来虏塞空，旌旗初下玉关东。
　　高蹄战马三千匹，落日平原秋草中。

四一　征人归乡
　　三月江城柳絮飞，五年游客送人归。
　　故将别泪和乡泪，今日阑干湿汝衣。

四二　宿湘江
　　九月湘江水漫流，沙边维缆月华秋。
　　金风浦上吹黄叶，一夜纷纷满客舟。

四三　戏赠张使君
　　数载蹉跎罢缙绅，五湖乘兴转迷津。
　　如今野客无家第，醉处寻常是主人。

四四　题宋玉亭
　　宋玉亭前悲暮秋，阳台路上雨初收。
　　应缘此处人多别，松竹萧萧也带愁。

四五　公安贾明府
　　叶县门前江水深，浅于羁客报恩心。
　　把君诗卷西归去，一度相思一度吟。

四六　过商山
　　雨晴商山过客稀，路傍孤店闭柴扉。

卸鞍良久茆檐下，待得主人樵采归。

四七　早春雪中
阴云万里昼漫漫，愁坐关心事几般。
为报春风休下雪，柳条初放不禁寒。

四八　秋月二首
①江干入夜杵声秋，百尺疏桐挂斗牛。
思苦自缘明月苦，人愁不是月华愁。
②秋宵月色胜春宵，万里天涯静寂寥。
近来数夜飞霜重，只畏婆娑树叶凋。

四九　云安阻雨
日长巴峡雨濛濛，又说归舟路未通。
游人不及西江水，先得东流到渚宫。

五〇　霁雪
风卷长空暮雪晴，江烟洒尽柳条轻。
檐前数片无人扫，又得书窗一夜明。

五一　槿花
自用金钱买槿栽，二年方始得花开。
鲜红未许佳人见，蝴蝶争知早到来。

五二　湖南春日二首
①自怜春日客长沙，江上无人转忆家。
光景却添乡思苦，檐前数片落梅花。
②三湘漂寓若流萍，万里湘乡隔洞庭。
羁客春来心欲碎，东风莫遣柳条青。

五三　移家别湖上亭
好是春风湖上亭，柳条藤蔓系离情。

黄莺久住浑相识，欲别频啼四五声。

五四　送零陵妓赴于公召
宝钿香蛾翡翠裙，装成淹泣欲行云。
殷勤好取襄王意，莫向阳台梦使君。

五五　过东平军
画角初鸣残照微，营营鞍马往来稀。
相逢士卒皆垂泪，八座朝天何日归？

五六　湘南曲
虞帝南游不复还，翠娥幽怨水云间。
昨夜月明湘浦宿，闺中珂珮度空山。

五七　旅次寄湖南张郎中
寒江近户慢流声，竹影临窗乱月明。
归梦不知湖水阔，夜来还到洛阳城。

五八　收襄阳城二首
①悲风惨惨雨修修，岘北山低草木愁。
　暗发前军连夜战，平明旌斾入襄州。
②五营飞将拥霜戈，百里僵尸满浐河。
　日暮归来看剑血，将军却恨杀人多。

五九　出军
龙绕旌竿兽满旗，翻营乍似雪山移。
中军一队三千骑，尽是并州游侠儿。

六〇　寂上人禅房
俗尘浮垢闭禅关，百岁身心几日闲。
安得此生同草木，无营长在四时间。

六一　桂州口号
　　画角三声动客愁，晓霜如雪覆江楼。
　　谁道桂林风景暖，到来重著皂貂裘。

六二　红槿花
　　花是深红叶麹尘，不将桃李共争春。
　　今日惊秋自怜客，折来持赠少年人。

六三　哭黔中薛大夫
　　亚相何年镇百蛮，生涯万事瘴云间。
　　夜郎城外谁人哭？昨日空馀旌节还。

六四　感春
　　看花泪尽知春尽，魂断看花只恨春。
　　名位未霑身欲老，诗书宁救眼前贫？

六五　途中寄李二
　　杨柳烟含灞岸春，年年攀折为行人。
　　好风若借低枝便，莫遣青丝扫路尘。

六六　寄许炼师
　　扫石焚香礼碧空，露华偏湿蕊珠宫。
　　如何说得天坛上，万里无云月正中。

六七　下第留辞顾侍郎
　　绮陌彤彤花照尘，王门侯邸尽朱轮。
　　城南旧有山村路，欲向云霞觅主人。

六八　题云公山房
　　云公兰若深山里，月明松殿微风起。
　　试问空门清净心？莲花不着秋潭水。

六九　吴王庙　陈羽
　　姑苏城上〔畔〕千年木，刻作夫差庙里神。
　　幡〔冠〕盖寂寥尘满坐〔室〕，不知箫鼓乐何人？

七〇　夏日宴九华池赠主人
　　池上高台五月凉，百花开尽水芝香。
　　黄金买酒邀诗客，醉倒檐前青玉床。

七一　长安早春言志
　　九衢日暖树苍苍，万里吴人忆水乡。
　　汉主未曾亲羽猎，不知将底谏君王。

七二　读苏属国传
　　天山西北居延海，沙塞重重不见春。
　　肠断帝乡遥望日，节旄零落汉家臣。

七三　吴城览古
　　吴王旧国水烟空，香径无人兰叶红。
　　春色似怜歌舞地，年年先发馆娃宫。

七四　犍为城下夜泊闻夷歌
　　犍为城下牂牁路，空冢滩西贾客舟。
　　此夜可怜江上月，夷歌铜鼓不胜愁。

七五　和王中丞使君春日过高评事幽居
　　风光满路旗幡出，林下高人待使君。
　　笑藉紫兰相向醉，野花千树落纷纷。

七六　和王中丞中和日
　　节应中和天地晴，繁弦叠鼓动高城。
　　汉家分刺诸侯贵，一曲阳春江水清。

七七　同韦中丞花下夜饮赠歌人
　　银烛煌煌半醉人，娇歌宛转动朱唇。
　　繁花落尽春风里，绣被郎官不负春。

七八　若耶溪逢陆澧
　　溪上春晴聊看竹，谁言驿使此相逢。
　　担簦蹑屐仍多病，笑杀云间陆士龙。

七九　夜泊荆溪
　　小雪已晴芦叶暗，长波乍急鹤声嘶。
　　孤舟一夜宿流水，眼看山头月落溪。

八〇　南山别僧
　　惆怅人间多别离，梅花满眼独行时。
　　无家度日多为客，欲共山僧何处期？

八一　戏题山居二首
　　①云盖秋松幽洞近，水穿危石乱山深。
　　　门前自有千竿竹，免向人家看竹林。
　　②虽有柴门长不关，片云高木共身闲。
　　　犹嫌住久人知处，见欲移居更上山。

八二　山中秋夜喜周士闲见过
　　青山高处上不易，白云深处行亦难。
　　留君不宿对秋月，莫厌山空泉石寒。

八三　过栎阳山溪
　　众草穿沙芳色齐，踏莎行草过春溪。
　　闲云相引上山去，人到山头云却低。

八四　姑苏台怀古
　　忆昔吴王争霸日，歌钟满地上高台。

三千宫女看花处，人尽台崩花自开。

八五　将归旧山留别
　　相共游梁今独还，异乡摇落忆空山。
　　信陵死后无公子，徒向夷门学抱关。

八六　游洞灵观
　　初访西城礼少君，独行深入洞天云。
　　风吹青桂寒花落，香绕仙坛处处闻。

八七　旅次沔阳闻克复而用师者穷兵黩武因书简之
　　江上烟消汉水清，王师大破绿林兵。
　　干戈用尽人成血，韩信空传壮士名。

八八　湘君祠
　　二妃哭处湘江深，二妃愁处云沉沉。
　　商人酒滴庙前草，萧索风生斑竹林。

八九　送辛吉甫常州觐省
　　西去兰陵家不远，到家还及采兰时。
　　新年送客我为客，惆怅门前黄柳丝。

九〇　题舞花山大师遗居
　　西过流沙归路长，一生遗迹在东方。
　　空堂寂寞闭灯影，风动四山松柏香。

九一　广陵秋夜对月
　　霜落寒空月上楼，月中歌吹满扬州。
　　相看醉舞倡楼月，不觉隋家陵树秋。

九二　伏冀西洞送人
　　洞里春晴花正开，看花出洞几时回？

殷勤好去武陵客,莫引世人相逐来。

九三　早秋浐水送人归越
凉叶萧萧生远风,晓鸦飞度望春宫。
越人归去一摇首,肠断马嘶秋水东。

九四　步虚词
汉武清斋读鼎书,内官扶上画云车。
坛上月明宫殿闭,仰看星斗礼空虚。

九五　小江驿送陆侍御归湖上山
鹤唳天边秋水空,荻花芦叶起西风。
今夜渡江何处宿?会稽山在月明中。

九六　送李德舆归山居
乌巾年少归何处?一片彩霞仙洞中。
惆怅别时花似雪,行人不肯醉春风。

九七　赠人
或棹孤舟或杖藜,寻常适意钓长溪。
草堂竹径在何处?落日红烟寒渚西。

九八　九月十日即事
汉江天外东流去,巴塞连山万里秋。
节过重阳人病起,一枝残菊不胜愁。

九九　酬幽居闲上人喜及第后赠
九霄心在劳相问,四十年间岂足惊。
风动自然云出岫,高僧不用笑浮生。

一〇〇　洛下赠彻公
天竺沙门洛下逢,请为同社笑相容。

支颐忽望碧云里,心爱嵩山第几重?

一〇一　观朱舍人归葬吴中
　　翩翩绛旐寒流上,行远东归万里魂。
　　几处州人临水哭,共看遗草有王言。

一〇二　襄阳过孟子旧居
　　襄阳城郭春风里,汉水东流去不还。
　　孟子死来江树老,烟霞犹在鹿门山。

一〇三　步虚词
　　楼殿层层阿母家,昆仑山顶驻红霞。
　　笙歌出见穆天子,相引笑看琪树花。

一〇四　送友人游嵩山
　　嵩山归路远天坛,云影松声满谷寒。
　　君见九龙坛上月,莫辞清夜水中看。

一〇五　题清镜寺留别
　　路入千山愁自知,雪花撩乱压松枝。
　　世人并道离别苦,谁信山僧轻别离?

一〇六　从军行
　　海畔风吹冻泥裂,枯桐叶落枝梢折。
　　横笛闻声不见人,红旗直上天山雪。

一〇七　宿淮阴作
　　秋灯点点淮阴市,楚客联樯宿淮水。
　　夜深风起鱼鳖腥,韩信祠堂明月里。

一〇八　春日南山行
　　处处看山不可行,野花相向笑无成。

长嫌为客过州县,渐被时人识姓名。

一〇九　与左兴宗溢城别　熊孺登
江逢九派人将别,猿到三声月为愁。
不知相见更何日,此夜少年堪白头。

一一〇　八月十五日夜卧疾
一年只有今宵月,尽上江楼独病眠。
寂寞竹窗闲不闭,夜深斜影到床前。

一一一　正月十五日
汉家遗事今宵见,楚郭明灯几处张。
深夜行歌声绝后,紫姑神下月苍苍。

一一二　曲池陪宴即事上窦中丞
水自山阿绕坐来,珊瑚台上木绵开。
欲知举目无情罚,一片花流酒一杯。

一一三　董监庙
仁杰淫祠废欲无,枯枫老栎两三株。
神乌惯得商人食,飞趁征帆过蠡湖。

一一四　赠侯山人
一见清容惬素闻,有人传是紫阳君。
来时玉女裁春服,剪破湘山几片云。

一一五　送马判官赴安南
故人交趾去从军,应笑狂生挥阵云。
省得蔡州今日事,旧曾都护帐前闻。

一一六　送准上人归石经院
旃檀刻像今犹少,白石镌经古未曾。

归去更寻翻译寺,前山应遇雁门僧。

一一七　寒食野望
拜扫无过骨肉亲,一年唯此两三辰。
冢头莫种有花树,春色不关泉下人。

一一八　祗役遇风谢湘中春色
水生风熟布帆新,唯〔只〕见公程不见春。
应被百花撩乱笑,比来天地一闲人。

一一九　湘江夜泛
江流如箭月如弓,行尽三湘数夜中。
无那子规知向蜀,一声声似怨春风。

一二〇　蜀江水
日夜朝宗来万里,共怜江水引善心。
若论巴峡愁人处,猿比滩声是好音。

一二一　寄安南马中丞
龙韬能致虎符分,万里霜台压瘴云。
蕃客不须愁海路,波神今伏马将军。

一二二　奉贺窦中丞岁酒见小男两岁
更添十岁应为相,岁酒从今把未休。
闻得一毛还五色,眼看相逐凤池头。

一二三　甘子堂陪宴上韦大夫
武陵楼上春长早,甘子堂前花落迟。
楚乐怪来声竟起,新歌尽是大夫词。

一二四　青溪村居二首
①家占溪南千个竹,地临湖上一群山。

渔船多在马长放，出处自由闲不闲？
　　②深树黄骊晓一声，林西江上月犹明。
　　　野人早起无他事，贪绕沙泉看笋生。

一二五　奉和兴元郑相公早春送杨侍郎
　　　征鞍欲上醉还留，南浦春生百草头。
　　　丞相新裁别离曲，声声飞出旧梁州。

一二六　送舍弟孺复往庐山
　　　能骑竹马辨西东，未省烟花暂不同。
　　　第一早归春欲尽，庐山好看过湖风。

一二七　野别留少微上人
　　　若为相见还分散，翻觉浮云亦不闲。
　　　何处留师暂且住？家贫唯有坐中山。

一二八　经古墓
　　　碑折松枯山火烧，夜台从闭不曾朝。
　　　那将逝者比流水，流水东流逢上潮。

一二九　赠灵彻上人
　　　诗句能生世界春，僧家更有姓汤人。
　　　况闻暗忆前朝事，知是修行第几身？

一三〇　春郊醉中赠章八元
　　　三月踏青能几日，百回添酒莫辞频。
　　　看君倒卧杨花里，始觉春光为醉人。

一三一　送僧游山
　　　云身自在山山去，何处灵山不是归。
　　　日暮寒林投古寺，雪花飞满水田衣。

一三二　雪中答僧书
　　八行银字非常草，六出天花尽是梅。
　　无所与陈童子别，雪中辛苦远山来。

一三三　题逍遥楼伤故韦大夫
　　利及生人无更为，落花流水旧城池。
　　逍遥楼上雕龙字，便是羊公堕泪碑。

一三四　戏赠费冠卿
　　但恐红尘虚白首，宁论蹇逸分先后。
　　莫占莺花笑寂寥，长安春色年年有。

一三五　题楚昭王庙　韩愈
　　丘坟〔园〕满目衣冠尽，城阙连云草树荒。
　　犹有国人怀旧德，一间茅屋祭昭王。

一三六　湘中酬张十一功曹
　　休垂绝徼千行泪，共泛清湘一叶舟。
　　今日岭猿兼越鸟，可怜同听不知愁。

一三七　郴口又赠二首
　　①山作剑攒江写镜，扁舟斗转疾于飞。
　　　回头笑向张公子，终日思归此日归。
　　②雪飐霜翻看不分，雷惊电激语难闻。
　　　沿崖宛转到深处，何限青天无片云。

一三八　题木居士二首
　　①火透波穿不计春，根如头面干如身。
　　　偶然题作木居士，便有无穷求福人。
　　②为神讵比沟中断，遇赏还同爨下馀。
　　　朽蠹不胜刀锯力，匠人虽巧欲何如。

一三九　湘中
　　猿愁鱼踊水翻波，自古流传是汨罗。
　　蘋藻满盘无处奠，空闻渔父叩舷歌。

一四〇　别盈上人
　　山僧爱山出无期，俗士牵俗来何时？
　　祝融峰下一回首，即是此生长别离。

一四一　闻梨花发赠刘师命
　　桃蹊惆怅不能过，红艳纷纷落地多。
　　闻道郭西千树雪，欲将君去醉如何？

一四二　梨花下赠刘师命
　　洛阳城外清明节，百花寥落梨花发。
　　今日相逢瘴海头，共惊烂漫开正月。

一四三　和归工部送僧约
　　早知皆是自拘囚，不学因循到白头。
　　汝既出家还扰扰，何人更得死前休？

一四四　入关咏马
　　岁老岂能充上驷，力微当自慎前程。
　　不知何故翻骧首，牵过关门妄一鸣。

一四五　榴花
　　五月榴花照眼明，枝间时见子初成。
　　可怜此地无车马，颠倒青苔落绛英。

一四六　井
　　贾谊宅中今始见，葛洪山下昔曾窥。
　　寒泉百尺空看影，正是行人喝死时。

一四七　蒲萄
　　　新茎未遍半犹枯，高架支离倒复扶。
　　　若欲满盘堆马乳，莫辞添竹引龙须。

一四八　峡石西泉
　　　居然鳞介不能容，石眼环环水一钟。
　　　闻说旱时求得雨，只疑科斗是蛟龙。

一四九　酬王二十舍人雪中见寄
　　　三日柴门拥不开，阶平庭满白皑皑。
　　　今朝踏作琼瑶迹，为有诗从凤沼来。

一五〇　送侯喜
　　　已作龙钟后时者，懒于街里踏尘埃。
　　　如今便别长官去，直到新年衙日来。

一五一　题百叶桃花
　　　百叶双桃晚更红，临窗映竹见玲珑。
　　　应知侍史归天上，故伴仙郎宿禁中。

一五二　春雪
　　　新年都未有芳华，二月初惊见草芽。
　　　白雪却嫌春色晚，故穿庭树作飞花。

一五三　盆池五首
　　　①老翁真个似童儿，汲井埋盆作小池。
　　　　一夜青蛙鸣到晓，恰如方口钓鱼时。
　　　②莫道盆池作不成，藕梢初种已齐生。
　　　　从今有雨君须记，来听萧萧打叶声。
　　　③瓦沼晨朝水自清，小虫无数不知名。
　　　　忽然分散无踪影，唯有鱼儿作队行。

④泥盆浅小讵成池，夜半青蛙听得知。
　一听暗来将伴侣，不烦鸣唤斗雄雌。
⑤池光天影共青青，拍岸才添水数瓶。
　且待夜深乘月去，试看涵泳几多星。

一五四　芍药
　浩态狂香昔未逢，红灯烁烁绿盘龙。
　觉来独对忽惊恐，身在仙宫第几重？

一五五　赛神
　白布长衫紫领中，差科未动是闲人。
　麦苗含穗桑生葚，共向田头乐社神。

一五六　题于宾客庄
　榆荚车前盖地皮，蔷薇蘸水笋穿篱。
　马蹄无入朱门迹，纵使春归可得知。

一五七　晚春
　草树知春不久归，百般红紫斗芳菲。
　杨花榆荚无才思，惟解漫天作雪飞。

一五八　落花
　已分将身著地飞，那羞践踏损光晖。
　无端又被春风误，吹落西家不得归。

一五九　楸树三首
①几岁生成为大树，一朝缠绕困长藤。
　谁人与脱青罗帐，看吐高花万万层。
②幸自枝条能树立，何烦萝蔓作交加。
　傍人不解寻根本，却道新花胜旧花。
③青轳紫盖立童童，细雨浮烟作彩龙。

　　　　不得画师来貌取,定知难见一生中。

一六〇　风折花枝
　　　　浮艳侵天难就看,清香扑地可遥闻。
　　　　春风也是多情思,故拣繁枝折赠君。

一六一　赠张十八助教
　　　　喜君眸子重清朗,携手城南历旧游。
　　　　忽见孟生题竹处,相看泪落不能收。

一六二　晚雨
　　　　廉纤晚雨不能晴,池岸草间蚯蚓鸣。
　　　　投竿跨马踏归路,才到城门〔闻〕打鼓声。

一六三　出城
　　　　暂出城门踏青草,远于林下见春山。
　　　　应须韦杜家家到,兴有今朝一日闲。

一六四　遣兴
　　　　断送一生惟有酒,寻思百计不如闲。
　　　　莫忧世事兼身事,须著人间比梦间。

一六五　和武相公早春闻莺
　　　　争晚飞来入锦城,谁人教解百般鸣?
　　　　春风红树惊眠处,似妒歌童作艳声。

一六六　游太平公主山庄
　　　　公主当年欲占春,故将台榭压城闉。
　　　　欲知前面花多处,直到南山不属人。

一六七　晚春
　　　　谁收春色将归去?慢绿妖红半不存。

榆荚只能随柳絮，等闲撩乱走空园。

一六八　过鸿沟
　　龙瘦虎闲割川原，亿万苍生性命存。
　　谁劝君王回马首，真成一掷赌乾坤。

一六九　送张侍郎
　　司徒东镇驰书谒，丞相西来走马迎。
　　两府元臣今转密，一方逋寇不难平。

一七〇　赠刑部马侍郎
　　红旗照海压南荒，征入台中作侍郎。
　　暂从相公平小寇，便归天阙致时康。

一七一　和裴相公东征途经女几山下作
　　旗穿晓日云霞杂，山倚秋空剑戟明。
　　敢请相公平贼后，暂携诸吏上峥嵘。

一七二　郾城晚饮赠副使马侍郎及冯宿李宗闵二员外
　　城上赤云呈胜气，眉间黄色见归期。
　　幕中无事惟须饮，即是连镳向阙时。

一七三　别留后侍郎
　　为文无出相如右，谋帅难居郤縠先。
　　归去雪消溱洧动，西来旌旆拂晴天。

一七四　同李二十八员外从裴相公野宿西界
　　四面星辰著地明，散烧烟火宿天兵。
　　不关破贼须归奏，自趁新年贺太平。

一七五　过襄城
　　郾城辞罢过襄城，颍水嵩山刮眼明。

已去蔡州三百里，家人不用远来迎。

一七六　宿神龟招李二十八冯十七
　　　荒山野水照斜晖，啄雪寒鸦趁影飞。
　　　夜宿驿亭愁不睡，幸来相就盖征衣。

一七七　和李二十八司勋过连昌宫
　　　夹道疏槐出老根，高薨巨桷压山原。
　　　宫前遗老来相问，今是开元几叶孙？

一七八　次潼关先寄张十二阁老使君
　　　荆山行尽〔已去〕华山来，日照〔出〕潼关四面〔扇〕开。
　　　刺史莫辞迎候远，相公新破蔡州回。

一七九　次潼关上都统相公
　　　暂辞堂印执兵权，尽管诸军破贼年。
　　　冠盖相望催入相，待将功德格皇天。

一八〇　桃林夜贺晋公
　　　西来骑火照山红，夜宿桃林腊月中。
　　　手把命珪兼相印，一时重迭赏元功。

一八一　元日酬蔡州马十二尚书去年蔡州元日见寄之什
　　　元日新诗已去年，蔡州遥寄荷相怜。
　　　今朝纵有谁人领，自是三冬不敢眠。

一八二　答道士寄树鸡
　　　软湿青黄状可猜，欲烹还啄木盘回。
　　　烦君自入华阳洞，直割乖龙左耳来。

一八三　武关西逢配流吐蕃
　　　嗟尔戎人莫惨然，湖南近地保生全。

我今罪重无归望，直去长安路八千。

一八四　题临泷寺
不觉离家已五千，仍将衰病入泷船。
潮阳未到人先说，海气昏昏水拍天。

一八五　晚次宣溪韶州张使君惠书叙别酬以二章
①韶州南去接宣溪，云水苍茫日向西。
　客泪数行先自落，鹧鸪休傍耳边啼。
②兼金安足比清文，白首相随愧使君。
　俱是岭南巡管内，莫欺荒僻断知闻。

一八六　题秀禅师房
桥夹水松行百步，竹床莞席到僧家。
暂拳一手支头卧，还把渔竿下钓沙。

一八七　将至韶州先寄张使君借图经
曲江山水闻来久，恐不知名访倍难。
愿借图经将入界，每逢佳处便开看。

一八八　过始兴江口感怀
忆作儿童随伯氏，南来今只一身存。
目前百口还相逐，旧事无人可共论。

一八九　游西林寺题故萧二郎中旧堂，公有女为尼在汝州
中郎有女能传业，伯道无儿可保家。
偶到匡山曾住处，几行衰泪落烟霞。

一九○　题广昌馆
白水龙飞已几春，偶寻遗迹问耕人。
丘坟发掘当官道，何处南阳有近亲？

一九一　寄随州周员外
　　陆孟丘杨久作尘，同时存者更谁人？
　　金丹别后知传得，乞取刀圭救病身。

一九二　早春与张十八博士籍游杨尚书林亭寄
　　　　第三阁老兼呈白冯二阁老
　　墙下春渠入禁沟，渠冰初破满渠浮。
　　凤池近日长先暖，流到池时更不流。

一九三　寿阳驿
　　风光欲动别长安，春半边城特地寒。
　　不见园花兼巷柳，马头惟有月团团。

一九四　镇州初归
　　别来杨柳街头树，摆弄春风只欲飞。
　　还有小园桃李在，留花不发待郎归。

一九五　同张水部籍春游曲江寄白二十二舍人
　　漠漠轻阴晚自开，青春白日映楼台。
　　曲江水满花千树，有底忙时不肯来。

一九六　早春呈水部张十八员外二首
　　①天街小雨润如酥，草色遥看近却无。
　　　最是一年春好处，绝胜烟柳满皇都。
　　②莫道官忙身老大，即无年少逐春心。
　　　凭君先到江头看，柳色如今深未深？

一九七　奉使镇州行次承天行营奉酬裴司空相公
　　窜逐三年海上归，逢公复此著征衣。
　　旋吟佳句还鞭马，恨不身先去鸟飞。

一九八　镇州路上谨酬裴司空相公重见寄
　　　衔命山东抚乱师，日驰三百自嫌迟。
　　　风霜满面无人识，何处如今更有诗？

一九九　和李相公题萧家林亭
　　　山公自是林园主，叹惜前贤造作时。
　　　岩洞幽深门尽锁，不因丞相几人知。

二〇〇　赠贾岛
　　　孟郊死葬北邙山，从此风云得暂闲。
　　　世上不教才子绝，更生贾岛著人间。

二〇一　赠译经僧
　　　万里休言道路赊，有谁教汝渡流沙？
　　　只今中国方多事，不用无端更乱华。

二〇二　雨中赠仙人山贾山人　柳宗元
　　　寒江夜雨声潺潺，晓云遮尽仙人山。
　　　遥知玄豹在深处，下笑羁绊泥途间。

二〇三　夏昼偶作
　　　南州溽暑醉如酒，隐几熟眠开北牖。
　　　日午独觉无馀声，山童隔竹敲茶臼。

二〇四　雨晴后至江渡
　　　江雨初晴思远步，日西独向愚溪渡。
　　　渡头水落村径成，撩乱浮槎在高树。

二〇五　与浩初上人同看山寄京华亲故
　　　海畔尖山似剑铓，秋来处处割愁肠。
　　　若为化得身千亿，散上峰头望故乡。

二〇六　诏追赴都
　　每忆纤鳞游尺泽，翻愁弱羽上丹霄。
　　岸旁古堠应无数，次第行看别路遥。

二〇七　过衡山见新花开却寄弟
　　故国名园久别离，今朝楚树发南枝。
　　晴天归路好相逐，正是峰前回雁时。

二〇八　汨罗
　　南来不作楚臣悲，重入修门自有期。
　　为报春风汨罗道，莫将波浪枉明时。

二〇九　离觞不醉至驿却寄相送诸公
　　无限居人送独醒，可怜寂寞到长亭。
　　荆州不遇高阳侣，一夜春寒满下厅。

二一〇　清水驿
　　檐下疏篁十二茎，襄阳从事寄幽情。
　　只应更使伶伦见，写尽雌雄双凤鸣。

二一一　诏追赴都
　　十一年前南渡客，四千里外北归人。
　　诏书许逐阳和至，驿路开花处处新。

二一二　李西川荐琴石
　　远师驺忌鼓鸣琴，去和南风慰舜心。
　　从此他山千古重，殷勤曾是奉徽音。

二一三　奉酬杨侍郎
　　正一来时送綵笺，一行归雁慰惊弦。
　　翰林寂寞谁为主，鸣凤应须早上天。

二一四　柳州二月
　　宦情羁想共悽悽，春半如秋意转迷。
　　山城过雨百花尽，榕叶满庭莺乱啼。

二一五　浩初上人见贻绝句欲登仙人山因以酬
　　珠树玲珑隔翠微，病来方外事多违。
　　仙山不属分符客，一任凌空锡杖飞。

二一六　答殷贤戏批书后寄刘连州并示孟仑二童
　　书成欲寄庚安西，纸背应劳手自题。
　　闻道近来诸子弟，临池寻已厌家鸡。

二一七　铜鱼使
　　行尽关山万里馀，到时闾井是荒墟。
　　附庸唯有铜鱼使，此后无因寄远书。

二一八　韩漳州书报彻上人亡二绝
　　①早岁经华听越吟，闻君江海分逾深。
　　　他时若写兰亭会，莫画高僧支道林。
　　②频把琼书出袖中，独吟遗句立秋风。
　　　桂江日夜流千里，挥泪何时到甬东？

二一九　重赠梦得二首
　　①闻说将雏向墨池，刘家还有异同词。
　　　如今试遣隈墙问，已道世人那得知。
　　②世上悠悠不识真，姜芽尽是捧心人。
　　　若道柳家无子弟，往年何事乞西宾？

二二〇　迭前
　　小学新翻墨沼波，羡君琼树散枝柯。
　　在家弄玉唯娇女，空觉庭前鸟迹多。

二二一　迭后
　　事业无成耻艺成，南宫起草旧连名。
　　劝君火急添功用，趁取当时二妙声。

二二二　闻彻上人亡寄杨侍郎
　　东越高僧还姓汤，几时琼珮触鸣珰。
　　空花一散不知处，谁采金英与侍郎？

二二三　段九秀才处见吕衡州书迹
　　交侣平生意最亲，衡阳往事似分身。
　　袖中忽见三行字，拭泪相看是故人。

二二四　重别梦得
　　二十年来万事同，今朝歧路忽西东。
　　皇恩若许归田去，晚岁当为邻舍翁。

二二五　种木槲花
　　上苑年年占物华，飘零今日在天涯。
　　只应长作龙城守，剩种庭前木槲花。

二二六　摘樱桃
　　海上朱樱赠所思，楼居况是望仙时。
　　蓬莱羽客如相访，不是偷桃一小儿。

二二七　酬曹侍御
　　破额山前碧玉流，骚人遥驻木兰舟。
　　春风无限潇湘意，欲采蘋花不自由。

二二八　始见白发题所种石榴
　　几年封植爱芳丛，韶艳朱颜竟不同。
　　从此休论上春事，看成古木对衰翁。

二二九　闻籍田有感
　　天田不日降皇舆，留滞长沙岁又除。
　　宣室无由问釐事，《周南》何处托成书？

二三〇　柳州寄京中亲故
　　林邑山联〔连〕瘴海秋，牂牁水向郡前流。
　　劳君远问龙城地，正北三千到锦州。

第十七卷 七言七 中唐四

（共二百五十首）

一　题欹器图　刘禹锡
　　秦国功成思税驾，晋臣名遂叹危机。
　　无因上蔡牵黄犬，愿作丹徒一布衣。

二　扬州春夜同会水馆夜艾独醒
　　寂寂独看金烬落，纷纷只见玉山颓。
　　自羞不是高阳侣，一夜星星骑马回。

三　王学士入翰林
　　厩马翩翩禁外逢，星槎上汉杳难从。
　　定知欲报淮南诏，促召王褒入九重。

四　阙下口号呈柳仪曹
　　綵仗神旗猎晓风，鸡人一唱鼓蓬蓬。
　　铜壶漏水何时歇，如此相催即老翁。

五　戏赠崔千牛
　　学道深山许老人，留名万代不关身。
　　劝君多买长安酒，南陌东城占取春。

六　诏追江湘逐客宿都亭有怀
　　雷雨江湘起卧龙，武陵樵客蹑仙踪。

十年楚水枫林下，今夜初闻长乐钟。

七　诏还京师见旧番官
前者匆匆襆被行，十年憔悴到京城。
南宫旧吏来相问，何处淹留白发生？

八　故洛城古墙
粉落椒飞知几春？风吹雨洒旋成尘。
莫言一片危基在，犹过无穷来往人。

九　自朗州至京戏赠看花诸君子
紫陌红尘拂面来，无人不道看花回。
玄都观里桃千树，尽是刘郎去后栽。

一〇　再游玄都观
百亩庭中半是苔，桃花净尽菜花开。
种桃道士归何处？前度刘郎今又来。

一一　望夫石（总题"金陵五题"）
终日望夫夫不归，化为孤石苦相思。
望来已是几千载，只似当时初望时。

一二　石头城
山围故国周遭在，雨打空城寂寞回。
淮水东边旧时月，夜深还过女墙来。

一三　乌衣巷
朱雀桥边野草花，乌衣巷口夕阳斜。
旧时王谢堂前燕，飞入寻常百姓家。

一四　台城
台城六代竞豪华，结绮临春事最奢。

万户千门成野草，只缘一曲《后庭花》。

一五　生公讲堂
　　生公说法鬼神听，身后空堂夜不扃。
　　高坐寂寥尘漠漠，一方明月可中庭。

一六　江令宅
　　南朝词臣北朝客，归来唯见秦淮碧。
　　池台竹树三亩馀，至今人道江家宅。

一七　秋夜安国观闻笙
　　织女分明银汉秋，桂枝梧叶共飕飗。
　　月露满庭人寂寂，《霓裳》一曲在高楼。

一八　台城怀古
　　清江悠悠王气沉，六朝遗事何处寻？
　　宫墙隐嶙围野泽，鹳鹆夜鸣秋色深。

一九　谢吴大夫夜泊湘川见寄
　　夜泊湘川逐客心，月明猿苦血沾襟。
　　湘妃旧竹痕犹浅，从此因君染更深。

二〇　与歌者米嘉荣
　　唱得《凉州》意外声，旧人唯数米嘉荣。
　　近来时世轻先辈，好染髭须事后生。

二一　听旧宫人穆氏唱歌
　　曾随织女度天河，记得云间第一歌。
　　休唱正元供奉曲，当时朝士已无多。

二二　与歌者何戡
　　二十馀年别帝京，重闻天乐不胜情。

旧人唯有何戡在，更与殷勤唱渭城。

二三　与童亩田顺郎
　　天下能歌御史娘，花前月底奉君王。
　　九重深处无人见，分付新声与顺郎。

二四　题燕尔馆破屏风
　　画时应遇空亡日，卖处难逢识别人。
　　唯有多情往来客，强将衫袖拂埃尘。

二五　牡丹
　　庭前芍药妖无格，池上芙蓉净少情。
　　唯有牡丹真国色，花开时节动京城。

二六　步虚词二首
　　①阿母种桃云海际，花落子成三千岁。
　　　海风吹折最繁枝，跪捧琼槃献天帝。
　　②华表千年一鹤归，凝丹为顶雪为衣。
　　　星星仙语人听尽，却向五云翻翅飞。

二七　隄上行三首
　　①酒旗相望大隄头，隄下连樯隄上楼。
　　　日暮行人争渡急，桨声咿〔幽〕轧满中流。
　　②江南江北望烟波，入夜行人相应歌。
　　　桃叶传情竹枝怨，水流无限月明多。
　　③长隄缭绕水裵回，酒舍旗亭次第开。
　　　日晚出簾招估客，轲峨大舳落帆来。

二八　踏歌词四首
　　①春江月出大隄平，隄上女郎连袂行。
　　　唱尽新词欢不见，红霞映树鹧鸪鸣。

②桃蹊柳陌好经过,灯下装成月下歌。
　为是襄王故宫地,至今犹自细腰多。
③新词宛转递相传,振袖倾鬟风露前。
　月落乌啼云雨散,游童陌上拾花钿。
④日暮江头闻《竹枝》,南人行乐北人悲。
　自从雪里唱新曲,直到三春花尽时。

二九　魏宫词二首
①日晚长秋簾外报,望陵歌舞在明朝。
　欲添炉火熏衣麝,忆得分时不忍烧。
②日映西陵松柏枝,下台相顾一相悲。
　朝来乐府长歌曲,唱著君王自作词。

三〇　秋词二首
①自古逢秋悲寂寥,我言秋日胜春朝。
　横空一鹤排云上,便引诗情到碧霄。
②山明水净夜来霜,数树深红出浅黄。
　试上高楼清入骨,岂如春色嗾人狂。

三一　阿娇怨
　望见葳蕤举翠华,试开金屋扫庭花。
　须臾宫女传来信,言幸平阳公主家。

三二　竹枝词十一首
①白帝城头春草生,白盐山下蜀江清。
　南人上来歌一曲,北人莫上动乡情。
②山桃红花满上头,蜀江春水拍山流。
　花红易衰似郎意,水流无限似侬愁。
③江上朱楼新雨晴,瀼西春水縠文生。
　桥东桥西好杨柳,人来人去唱歌行。

④日出三竿春雾消,江头蜀客驻兰桡。
　凭寄狂夫书一纸,家在〔住〕成都万里桥。
⑤两岸山花似雪开,家家春酒满银杯。
　昭君坊中多女伴,永安宫外踏青来。
⑥城西门前滟滪堆,年年波浪不能摧。
　懊恼人心不如石,少时东去复西来。
⑦瞿唐嘈嘈十二滩,此中道路古来难。
　长恨人心不如水,等闲平地起波澜。
⑧巫峡苍苍烟雨时,清猿啼在最高枝。
　个里愁人肠自断,由来不是此声悲。
⑨山上层层桃李花,云间烟火是人家。
　银钏金钗来负水,长刀短笠去烧畲。
⑩杨柳青青江水平,闻郎江上唱歌声。
　东边日出西边雨,道是无晴却有晴。
⑪楚水巴山江雨多,巴人能唱本乡歌。
　今朝北客思归去,回入纥那披绿罗。

三三　秋扇词
　莫道恩情无重来,人间荣谢递相催。
　当时初入君怀袖,岂念寒炉有死灰。

三四　杨柳枝词十一首
①塞北梅花羌笛吹,淮南桂树小山词。
　请君莫奏前朝曲,听唱新翻《杨柳枝》。
②南陌东城春早时,相逢何处不依依。
　桃红李白皆夸好,须得垂杨相发挥。
③凤阙轻遮翡翠帏,龙墀遥望魏尘丝。
　御沟春水相辉映,狂杀长安年少儿。

④金谷园中莺乱飞，铜驼陌上好风吹。
　如今直上银河去，同到牵牛织女家。
　城东桃李须臾尽，争似垂杨无限时。
⑤花萼楼前初种时，美人楼上斗腰支。
　如今抛掷长街里，露叶如啼欲恨谁？
⑥炀帝行宫汴水滨，数株残柳不胜春。
　晚来风起花如雪，飞入宫墙不见人。
⑦御陌青门拂地垂，千条金缕万条丝。
　如今绾作同心结，将赠行人知不知？
⑧城外春风吹酒旗，行人挥袂日西时。
　长安陌上无穷树，唯有垂杨管别离。
⑨轻盈袅娜占年华，舞榭妆楼处处遮。
　春尽絮飞留不得，随风好去落谁家？
⑩迎得春光先到来，浅黄轻绿映楼台。
　只缘裹娜多情思，便被春风长挫摧。
⑪巫峡巫山杨柳多，朝云暮雨远相和。
　因想阳台无限事，为君回唱竹枝歌。

三五　浪淘沙词九首
①九曲黄河万里沙，浪淘风簸自天涯。
　如今直上银河去，同到牵牛织女家。
②洛水桥边春日斜，碧流清浅见琼沙。
　无端陌上狂风急，惊起鸳鸯出浪花。
③汴水东流虎眼文，清淮晓色鸭头春。
　君看渡口淘沙处，渡却人间多少人。
④鹦鹉洲头浪飐沙，青楼春望日将斜。
　衔泥燕子争归舍，独自狂夫不忆家。
⑤濯锦江边两岸花，春风吹浪正淘沙。
　女郎剪下鸳鸯锦，将向中流定晚霞。

⑥日照澄洲江雾开，淘金女伴满江隈。
　美人首饰侯王印，尽是沙中浪底来。
⑦八月涛声吼地来，头高数丈触山回。
　须臾却入海门去，卷起沙堆似雪堆。
⑧莫道谗言如浪深，莫言迁客似沙沉。
　千淘万漉虽辛苦，吹尽狂沙始到金。
⑨流水淘沙不暂停，前波未灭后波生。
　令人忽忆潇湘渚，回唱迎神三两声。

三六　伤愚溪三首
①溪水幽幽春自来，草堂无主燕飞回。
　隔帘唯见中庭草，一树山榴依旧开。
②草圣数行留坏壁，木奴千树属邻家。
　唯见里门通德牓，残阳寂寞出樵车。
③柳门竹巷依依在，野草青苔日日多。
　纵有邻人解吹笛，山阳旧侣更谁过？

三七　洛中逢韩七之吴兴五首
①昔年意气结群英，几度朝回一字行。
　海北天南零落尽，两人相见洛阳城。
②自从云散各东西，每日欢娱却惨悽。
　离别苦多相见少，一生心事在书题。
③今朝无意诉离杯，何况清絃急管催。
　本欲醉中轻远别，不知翻引酒悲来。
④骆驼桥上蘋风起，鹦鹉杯中箬下春。
　水碧山青知好处，开颜一笑向何人？
⑤溪中士女出笆篱，溪上鸳鸯避画旗。
　何处人间似仙境？春山携妓采茶时。

三八　夜宴福建卢常侍宅因送之镇
　　　暂驻旌旗洛水隈，绮筵红烛醉兰闺。
　　　美人美酒长相逐，莫怕猿声发建溪。

三九　送廖参谋东游二首
　　　①九陌逢君又别离，行云别鹤本无期。
　　　望嵩楼上忽相见，看过花开花落时。
　　　②繁花落尽君辞去，绿草垂杨引征路。
　　　东道诸侯皆故人，留连必是多情处。

四〇　赠长沙赟头陀
　　　外道邪山千万重，真言一发尽摧峰。
　　　有时明月无人夜，独向昭潭制恶龙。

四一　送僧赴江陵谒马逢侍御
　　　西北秋风凋蕙兰，洞庭波上碧云寒。
　　　茂陵才子江陵住，乞取新诗合掌看。

四二　送僧游天台
　　　曲江僧向松江觅，又道天台看石桥。
　　　鹤恋故巢云恋岫，比君犹自不逍遥。

四三　伤桃源薛道士
　　　坛边僧在鹤巢空，白鹿闲行旧径中。
　　　手植红桃千树发，满山无主任春风。

四四　王思道碑堂下作
　　　苍苍冢树起寒烟，尚有威名海内传。
　　　四府旧闻多故吏，几人垂泪拜碑前。

四五　代靖安佳人怨二首
　　　①宝马鸣珂踏晓尘，鱼文匕首犯车茵。

适来行哭里门外，昨夜华堂歌舞人。
②秉烛朝天遂不回，路人弹指望高台。
墙东便是伤心地，夜夜秋萤飞去来。

四六　碧涧寺见元九和展上人诗
廊下题诗满壁尘，塔前松树已鳞皴。
古来唯有王文度，重见平生竺道人。

四七　赠元九文石枕
文章似锦气如虹，宜荐华簪绿殿中。
纵使良飙生旦夕，犹堪拂试愈头风。

四八　寄唐州杨八
淮西既是平安地，鸦路今无羽檄飞。
闻道唐州最清静，战场耕尽野花稀。

四九　伤循州浑尚书
贵人沦落路人哀，碧海连天丹旐回。
遥想长安此时节，朱门深巷百花开。

五〇　同乐天登栖灵寺塔
步步相携不觉难，九层云外倚栏杆。
忽然语笑半天上，无限游人举眼看。

五一　和裴相公傍水闲行
为爱逍遥第一篇，时时闲步赏风烟。
看花临水心无事，功业成来二十年。

五二　杏园花下
二十馀年作逐臣，归来还见曲江春。
游人莫笑白头醉，老醉花间有几人？

五三　有所嗟二首
　　①庾令楼中初见时，武昌城外似腰肢。
　　　相逢相识尽如梦，为雨为云今不知。
　　②鄂渚濛濛烟雨微，女郎梦逐暮云归。
　　　只应长在汉阳渡，化作鸳鸯一只飞。

五四　春词
　　新妆宜面下朱楼，深锁春光一院愁。
　　行到中庭数花朵，蜻蜓飞上玉搔头。

五五　虎丘寺见元相公题名
　　浐水送君君不还，见君题字虎丘山。
　　因知早贵兼才子，不得多时在世间。

五六　唐昌观玉蕊花二首
　　①玉女来看玉蕊花，异香先引七香车。
　　　攀枝弄雪时回首〔顾〕，惊怪人间日易斜。
　　②雪蕊琼葩满院春，衣轻步步不生尘。
　　　君平簾下徒相问，长伴吹箫别有人。

五七　酬海南马大夫
　　新辞将印拂朝缨，临水登山四体轻。
　　犹念天涯未归客，瘴云深处守孤灯。

五八　寄赠小樊
　　花面鸦头十三四，春来绰约向人时。
　　终须买取名春草，处处相将步步随。

五九　忆乐天
　　寻常相见意殷勤，别后相思梦更频。
　　每遇登临好风景，羡它天性有情人。

六〇　醉答乐天
　　洛城洛城何日归？故人故人今转稀。
　　莫嗟雪里暂时别，终拟云间相逐飞。

六一　酬乐天自问
　　亲友关心皆不见，风光满眼独伤神。
　　洛阳城里多池馆，几处花开有主人？

六二　和令狐相公别牡丹
　　平章宅里一栏花，临到开时不在家。
　　莫道两京非远别，春明门外即天涯。

六三　赠刘景擢第
　　湘中才子是刘郎，望在长沙住桂阳。
　　昨日鸿都新上第，五陵年少让清光。

六四　和令狐相公闻《思帝乡》有感
　　当初造曲者为谁？说得思乡恋阙时。
　　沧海西头旧丞相，停杯处分不须吹。

六五　酬令狐相公见寄
　　群玉山头住四年，每闻笙鹤看诸仙。
　　何时得把浮丘袖，白日将升第九天。

六六　酬令狐相公春意
　　一纸书封四句诗，芳辰对酒远相思。
　　长吟尽日西南望，犹及残春花落时。

六七　城内花园值春霜一夕萎谢
　　楼下芳园最占春，年年结伴〔侣〕采花频。
　　繁霜一夜相撩治，不似佳人似老人。

六八　和裴晋公凉风亭睡觉
　　骊龙睡后珠元在，仙鹤行时步又轻。
　　方寸莹然无一事，水声来似玉琴声。

六九　答裴公雪夜讶诸公不相访
　　玉树琼楼满眼新，的知开阁待诸宾。
　　迟迟来去非无意，拟作梁园座右人。

七〇　和人忆江西故吏歌
　　侯家故吏歌声发，逸处能高怨处低。
　　今岁洛中无雨雪，眼前风景似江西。

七一　赏牡丹
　　偶然相遇人间世，合在增城阿姥家。
　　有此倾城好颜色，天教晚发赛诸花。

七二　和裴令公诮乐天寄奴买马
　　常奴安得似方回，争望追风绝足来。
　　若把翠娥酬騄駬，始知天下有奇才。

七三　酬牛相见寄
　　官冷如浆病满身，凌寒不易遇天津。
　　少年留取多情兴，请待花时作主人。

七四　答张侍御
　　又被时人写姓名，春风引路入京尘。
　　知君忆得前身事，分付莺花与后生。

七五　赴连州诸公置酒相送
　　谪在三湘最远州，边鸿不到水南流。
　　如今暂寄尊前笑，明日辞君步步愁。

七六　梁国词
　　梁国三郎威德尊，女巫箫鼓走乡村。
　　万家长见空山上，雨气苍茫生庙门。

七七　酬元九
　　无事寻花至仙境，等闲栽树比封君。
　　金门通籍真多事，黄纸除书每日闻。

七八　酬杨侍郎
　　翔鸾阙底谢皇恩，缨上沧浪旧水痕。
　　疏傅挥金忽相忆，远擎长句与招魂。

七九　答杨敬之时亦谪居
　　饱霜孤竹声偏切，带火焦桐韵不悲。
　　今日知音一留听，是君心事不同时。

八〇　李贾二大谏拜命后寄杨八
　　谏省新登二直臣，万方惊喜捧丝纶。
　　共知天子明如日，肯放淮阳高卧人。

八一　洛中春末送杜录事
　　尊前花下长相见，明日忽为千里人。
　　君过午桥回首望，洛城犹自有残春。

八二　酬杨八副使将赴湖南见寄
　　知逐征南冠楚才，远劳书信到阳台。
　　明朝若上君山望，一道巴江自此来。

八三　和元相公
　　玉人紫绶相辉映，却要霜须一两茎。
　　其奈无成空老去，每临明镜若为情。

八四　谢惠斑竹杖
　　一茎炯炯琅玕色,数节重重玳瑁文。
　　拄到高山未登处,青云路上愿逢君。

八五　常州杨给事新楼
　　文昌新像尽东来,油幕朱门次第开。
　　旦上新楼看风月,会乘云雨一时回。

八六　和裴令公夜宴
　　天下苍生望不休,东山虽有但时游。
　　后来海上仙桃树,肯逐人间风露秋。

八七　酬李侍郎惠药
　　隐几支颐对落晖,故人书信到柴扉。
　　周南留滞商山老,星象如今属少微。

八八　寄李表臣二首
　　①对酒临流奈别何,君今已贵我蹉跎。
　　　分明记取星星鬓,他日相逢应更多。
　　②世间人事有何穷,过后思量尽是空。
　　　早晚同归洛阳陌,卜邻须近祝鸡翁。

八九　酬牛相公别后梦同游
　　已嗟池上别魂惊,忽报梦中携手行。
　　此夜独归还乞梦,老人无睡到天明。

九〇　酬裴尹携酒兼喜眼疾平
　　卷尽轻云月更明,金篦不用且闲行。
　　若倾家酿招来客,何必池塘春草生。

九一　和滑州李尚书上巳忆江南禊事
　　白马津头春日迟,沙洲归雁拂旌旗。

柳营唯有军中戏，不似江南三月时。

九二　和西川李尚书伤孔雀及薛涛
　　玉儿已遂金镮葬，翠羽先随秋草萎。
　　唯见芙蓉含晓露，数行红泪滴清池。

九三　后梁二帝碑堂下作
　　玉马朝周从此辞，园陵寂寞对丰碑。
　　千行宰树荆州道，暮雨萧萧闻子规。

九四　答柳柳州三首
　①日日临池弄小雏，还思写论付宫奴。
　　柳家新样元和脚，且尽姜芽敛手徒。
　②小儿弄笔不能嗔，涴壁书窗且赏勤。
　　闻彼梦熊犹未兆，女中谁是卫夫人？
　③昔日佣工寄姓名，远劳辛苦写西京。
　　近来渐有临池兴，为报元常欲抗衡。

九五　重答柳柳州
　　弱冠同怀长者忧，临歧回想尽悠悠。
　　耦耕若便遗身世，黄发相看万事休。

九六　登清晖楼
　　浔阳江色潮添满，彭蠡秋声雁送来。
　　南望庐山千万仞，共夸新出栋梁材。

九七　遇毛仙翁
　　武昌山下蜀江东，重向仙舟见葛洪。
　　又得案前亲礼拜，大罗天诀玉函封。

九八　寄毗陵杨给事三首
　①挥毫起制来东省，蹯目修名谒外台。

好著櫜鞬莫惆怅，出文入武是全才。
②曾主鱼书轻刺史，今朝自谙左鱼来。
青云直上无多地，却要斜飞取势回。
③东城南陌昔同游，坐上无人第二流。
屈指如今已零落，且须欢喜作邻州。

九九　陪宴杏园
更将何面上春台，百事无成老又催。
唯有落花无俗态，不嫌憔悴满头来。

一〇〇　曹刚
大弦嘈囋小弦清，喷雪含风意思生。
一听曹刚弹《薄媚》，人生不合出京城。

一〇一　寄湖州韩中丞
老郎日日忧苍鬓，远守年年厌白蘋。
终日相思不相见，长频相见见何人？

一〇二　杨柳枝
杨子江头烟景迷，隋家宫树拂金堤。
嵯峨犹有当时色，半蘸波中水鸟栖。

一〇三　韩信庙
将略兵机命世雄，苍黄钟室叹良弓。
遂令后代登坛者，每一寻思怕立功。

一〇四　美温尚书镇定兴元
旌旗入境犬无声，戮尽鲸鲵汉水清。
从此世人开耳目，始知名将出书生。

一〇五　田顺郎歌
清歌不是世间音，玉殿常开称主心。

唯有顺郎全学得，一声飞出九重深。

一〇六　夜闻商人船中筝
　　　　大舶高船一百尺，清声促柱十三弦。
　　　　扬州市里商人女，来占江西明月天。

一〇七　闻道士弹思归引
　　　　仙翁一奏思归引，逐客初闻自泫然。
　　　　莫怪殷勤悲此曲，越声长苦已三年。

一〇八　喜康将军见访
　　　　谪居愁寂似幽栖，百草当门茅舍低。
　　　　夜猎将军忽相访，鹧鸪惊起绕篱啼。

一〇九　尝茶
　　　　生拍芳丛鹰嘴芽，老郎封寄谪仙家。
　　　　今宵更有湘江月，照出霏霏满碗花。

一一〇　月望洞庭
　　　　湖光秋月两相和，潭面无风镜未磨。
　　　　遥望洞庭山水翠，白银盘里一青螺。

一一一　赴连山
　　　　当时并冕奉天颜，委珮低簪綵仗间。
　　　　今日独来张乐地，万重云水望桥山。

一一二　监祠夕月
　　　　西皞司分昼夜平，羲和停午太阴生。
　　　　铿锵揖让秋光里，观者如云出凤城。

一一三　赠李司空妓
　　　　发鬟梳头宫样妆，春风一曲杜韦娘。

司空见惯浑闲事,断尽苏州刺史肠。

一一四　过真律师旧院　鞠信陵
　　寂然秋院闭秋光,过客闲来礼影堂。
　　坚冰销尽还成水,本自无形何足伤。

一一五　酬谈上人咏海石榴
　　真僧相劝外浮华,万法无常可叹嗟。
　　但试寻思阶下树,何人种此我看花。

一一六　出自贼中谒恒上人
　　再拜吾师喜复悲,誓心从此永归依。
　　浮生恍忽若真梦,何事于中有是非。

一一七　观祈雨　李约
　　桑条无叶土生烟,箫管迎龙水庙前。
　　朱门几处看歌舞,犹恐春阴咽管弦。

一一八　江南春
　　池塘春暖水纹开,堤柳垂丝间野梅。
　　江上年年芳意早,蓬瀛春色逐朝来。

一一九　过华清宫
　　君王游乐万机轻,一曲《霓裳》四海兵。
　　玉辇升天人已尽,故宫犹有树长生。

一二〇　病中宿宜阳馆闻雨
　　难眠夏夜抵秋赊,帘幔深垂窗烛斜。
　　风吹桐竹更无雨,白发病人心到家。

一二一　赠广陵妓　张又新
　　云雨分飞二十年,当时求梦不曾眠。

今来头白重相见，还上襄王玳瑁筵。

一二二　牡丹
　　牡丹一朵值千金，将谓从来色最深。
　　今日满阑开似雪，一生辜负看花心。

一二三　赠圆明上人　李德裕
　　远公说《易》长松下，龙树双经海藏中。
　　今日导师闻佛慧，始知前路化成空。

一二四　赠奉律上人
　　知君学地厌多闻，广度群生出世氛。
　　饭色不应殊宝器，树香皆遣入禅薰。

一二五　长安秋夜
　　内官传诏问戎机，载笔金銮夜始归。
　　万户千门皆寂寂，月中清露点朝衣。

一二六　怀京国
　　海上东风犯雪来，腊前先折镜湖梅。
　　遥思禁苑青春夜，坐待宫人画诏回。

一二七　登崖州城作
　　独上高楼望帝京，鸟飞犹是半年程。
　　青山似欲留人住，百匝千遭绕郡城。

一二八　伊川晚望
　　桑叶初黄梨叶红，伊川落日尽无风。
　　汉储何假终南客，甪里先生在谷中。

一二九　寄茅山孙炼师二首
　　①石上溪荪发紫茸，碧山幽霭水溶溶。

菖花定是无人见，春日惟应羽客逢。
②独寻兰渚玩迟晖，闲倚松窗望翠微。
遥想春山明月晓，玉坛清磬步虚归。

一三〇　上巳日忆江南禊事
黄河西绕郡城流，上巳应无祓禊游。
为忆渌江春水色，更随宵梦向吴洲。

一三一　阙题
肉视具寮忘匕箸，气吞同列削寒温。
当时谁是承恩者，肯有馀波达鬼村。
画阁不开梁燕去，朱门罢扫乳乌归。
千岩万壑应惆怅，流水斜倾出武闱。

一三二　薄后（总题"薄太后庙七首"）　韦绚
月寝花宫得奉君，至今犹愧管夫人。
汉家旧日笙歌处，烟草几经秋复春。

一三三　王昭君
雪里穹廷不见春，汉衣虽旧泪常新。
如今最恨毛延寿，爱把丹青错画人。

一三四　戚夫人
自别汉宫休楚舞，不施妆粉恨君王。
无金岂得迎商叟，吕氏何曾畏木强。

一三五　杨太真
金钗堕地别君王，红泪流珠满御床。
云雨马嵬分散后，骊宫不复舞霓裳。

一三六　潘妃
秋月春风几度归，江山犹是旧宫非。

东昏旧作莲花地,空想曾披金缕衣。

一三七　绿珠
此日人非昔日人,笛声空怨赵王伦。
红残翠碎花楼下,金谷千年更不春。

一三八　牛僧孺
香风引到大罗天,月地云阶拜洞仙。
共道人间惆怅事,不知今夕是何年?

一三九　题惠照寺二首　王播
①三十年前此院游,木兰花发院新修。
　如今再到经行处,树老无花僧白头。
②上堂揖〔已〕了各西东,惭愧阇黎饭后钟。
　三十年来尘扑面,如今始得碧纱笼。

一四〇　题李处士山居　杨嗣复
卧龙决起为时君,寂寞康庐唯白云。
今日仲容修故业,草堂焉敢更移文。

一四一　谢寄新茶
石上生牙二月中,蒙山顾渚莫争雄。
封题寄与杨司马,应为前衔是相公。

一四二　酬施先辈　孟简
襄阳才子得声多,四海皆传古镜歌。
乐府正声三百首,梨园新入教青娥。

一四三　王仙坛　林杰
羽客已登云路去,丹炉草木尽烧残。
不知千载归何日,空使时人扫旧坛。

一四四　乞巧
　　七夕今宵看碧霄，牵牛织女渡河桥。
　　家家乞巧望秋月，穿尽红丝几万条。

一四五　别旧山　于鹄
　　旧伴同游尽却回，云中独宿守花开。
　　自是去人身渐老，暮山流水任东来。

一四六　寄周恽
　　家在荒陂长似秋，蓼花芹叶水虫幽。
　　去年相伴寻山客，明月今宵何处游？

一四七　江南意
　　偶向江头〔边〕采白蘋，还随女伴赛江神。
　　众中不敢分明语，暗掷金钱卜远人。

一四八　寓意
　　自小看花情不足，江边寻得一株红。
　　黄昏人散春风起，吹落谁家明月中？

一四九　巴女谣
　　巴女骑牛唱《竹枝》，藕丝菱叶傍江时。
　　不愁日暮还家错，记得芭蕉出槿篱。

一五〇　别齐太守
　　花里南楼春夜寒，还如王屋上天坛。
　　归山不道无明月，谁共相从到晓看？

一五一　登古城
　　独上闲城却下迟，秋山惨惨冢累累。
　　当时还有登城者，荒草如今知是谁？

一五二　题美人
　　秦女窥人不解羞，攀花趁蝶出墙头。
　　胸前空带宜男草，嫁得萧郎爱远游。

一五三　赠碧玉
　　新绣笼裙豆蔻花，路人笑上返金车。
　　霓裳禁曲无人解，暗问梨园弟子家。

一五四　舟中月夜闻笛
　　浦里移舟候信风，芦花漠漠夜江空。
　　更深何处人吹笛，疑是龙吟寒水中。

一五五　题合溪乾洞
　　渡水傍山寻绝壁，白云飞处洞天开。
　　仙人来往行无迹，石径春风长绿苔。

一五六　买山吟
　　买得幽山属汉阳，槿篱疏处种桄榔。
　　唯有猕猴来往熟，弄人抛果满书堂。

一五七　种树
　　一树新栽盖四邻，野夫如到旧山春。
　　树成多是人先老，垂白看他攀折人。

一五八　哭李暹
　　驱马街中哭送君，一车碾雪隔城闻。
　　唯有山僧与樵客，共舁孤榇入幽坟。

一五九　望郡南山寄乐天　白行简
　　临江一嶂白云间，红绿层层锦绣斑。
　　不作巴南天外意，何殊昭应望骊山。

一六〇　送梁补阙赋得荻花　朱长文
　　柳家汀洲孟冬月，云寒水清荻花发。
　　一枝持赠朝天人，愿比蓬莱殿前雪。

一六一　望中有怀
　　龙向洞中衔雨出，鸟从花里带香飞。
　　白云断处见明月，黄叶落时闻捣衣。

一六二　送张主簿　顾非熊
　　松窗久是餐霞客，山县新为主印官。
　　混俗故来分利禄，不教长作异人看。

一六三　瓜洲送朱万言
　　渡头风晚叶飞频，君去还吴我入秦。
　　双泪别家犹未断，不堪仍送故乡人。

一六四　秋夜长安病后作
　　秋中帝里经旬雨，晴后蝉声更不闻。
　　牢落闲庭新病起，故乡南去雁成群。

一六五　题王使君片玉
　　势似孤峰一片成，坐来疑有白云生。
　　主人莫怪殷勤看，远客长怀旧隐情。

一六六　愤题于路左佛堂　吴武陵
　　雀儿来逐飐风高，下视鹰鹯意气豪。
　　自谓能生千里翼，黄昏依旧入蓬蒿。

一六七　嘲妓　崔涯
　　布袍披袄火烧毡，纸补筀篏麻接绽。
　　更着一双皮屦子，纥梯纥榻出门前。

一六八　嘲李端端
　　黄昏不语不知行，鼻似烟囱耳似铛。
　　独把象牙梳插鬓，昆仑山上月初生。

一六九　重赠
　　觅得黄骝鞁绣鞍，善和坊里取端端。
　　扬州近日浑成画，一朵能行黑〔白〕牡丹。

一七〇　杂嘲二首
　　①二年不到宋家东，阿母深居僻巷中。
　　　含泪向人羞不语，琵琶弦断倚屏风。
　　②日暮迎来香阁中，百年心事一宵同。
　　　寒鸡鼓翼纱窗外，已觉恩情逐晓风。

一七一　悼妓
　　赤板桥西小竹篱，槿花还似去年时。
　　淡黄衫子浑无色，肠断丁香画雀儿。

一七二　别妻
　　陇上流泉陇下分，断肠呜咽不堪闻。
　　姮娥一入月宫去，巫峡千秋空白云。

一七三　侠士
　　太行岭上三尺雪，崔涯袖中三尺铁。
　　一朝若遇有心人，出门便与妻儿别。

一七四　两头纤纤　雍裕之
　　两头纤纤八字眉，半白半黑灯影帷。
　　腷腷膊膊晓禽飞，磊磊落落秋果垂。

一七五　了语
　　扫却烟尘寇初剿，深水高林放鱼鸟。

鸡人唱绝残漏晓，仙乐拍终天悄悄。

一七六　不了语
　　浮名世利知多少？朝市喧喧坐扰扰。
　　车马交驰往复来，钟鼓相催天又晓。

一七七　听弹沉湘
　　贾谊投文吊屈平，瑶琴能写此时情。
　　秋风一奏沉湘曲，流水千年作恨声。

一七八　豪家夏冰咏
　　金错银盘贮赐冰，清光如耸玉山棱。
　　无论尘客闲停扇，直到消时不见蝇。

一七九　宿棣华馆闻雁
　　不堪旅宿棣华馆，况有离群鸿雁声。
　　一点秋灯残影下，不知寒梦几回惊。

一八〇　农家望晴
　　尝闻秦地西风雨，为问西风早晚回。
　　白发老农如鹤立，麦场高处望云开。

一八一　宫人斜
　　几多江粉委黄泥，野鸟如歌又似啼。
　　应有春魂化为燕，年年飞入未央栖。

一八二　曲江池上
　　殷勤春在曲江头，全藉群仙占胜游。
　　何必三山待鸾鹤，年年此地是瀛洲。

一八三　逢郑三游山　卢仝
　　相逢之处花茸茸，石壁攒峰千万重。

他日期君何处好？寒流石上一株松。

一八四　扬子津
　　风卷鱼龙暗楚关，白波沉却海门山。
　　鹏腾鳌倒且快性，地圻天门总是闲。

一八五　悲新年
　　新年何事最堪悲？病客遥听百舌儿。
　　太岁只游桃李径，春风肯管岁寒枝。

一八六　客淮南病
　　扬州蒸毒似燀汤，客病清枯鬓欲霜。
　　且喜闭门无俗物，四肢安稳一张床。

一八七　风中琴
　　五音六律十三徽，龙吟鹤响思庖羲。
　　一弹流水一弹月，水月风生松树枝。

一八八　逢病军人
　　行多有病住无粮，万里还乡未到乡。
　　蓬鬓哀吟古城下，不堪秋气入金疮。

一八九　送萧二十三二首
　　①淮上客情殊冷落，蛮方春早客何如。
　　　相思莫道无来使，回雁峰前好寄书。
　　②南方山水时生兴，教有新诗得寄余。
　　　路带长安迢递急，多应不逐使君书。

一九〇　庭竹
　　负霜停雪旧根枝，龙笙凤管君莫截。
　　春风一番琴上来，摇碎金樽碧天月。

一九一　山中
　　饥拾松花渴饮泉，偶从山后到山前。
　　阳坡软草厚如织，困与鹿麇相伴眠。

一九二　白鹭鸶
　　刻成片玉白鹭鸶，欲捉纤鳞心自急。
　　翘足沙头不得时，傍人不知谓闲立。

一九三　客请马兰
　　嵩山未必怜兰兰，兰兰已受郎君恩。
　　不须刷帚跳踪走，只拟兰浪出其门。

一九四　人日立春
　　春度春归无限春，今朝方始觉成人。
　　从今克己应犹及，愿与梅花俱自新。

第十八卷 七言八 中唐五

（共二百三十八首）

一 春题华阳观　白居易
　　帝子吹箫逐凤凰，空留仙洞号华阳。
　　落花何处堪惆怅？头白宫人扫影堂。

二 秋雨中赠元九
　　不堪红叶青苔地，又是凉风暮雨天。
　　莫怪独吟秋思苦，比君较近二毛年。

三 城东闲游
　　宠辱忧欢不到情，任他朝市自营营。
　　独寻秋景城东去，白鹿原头信马行。

四 华阳观桃花时招李六拾遗饮
　　华阳观里仙桃发，把酒看花心自知。
　　争忍开时不同醉，明朝后日即空枝。

五 洛中春感
　　莫悲金谷园中月，莫叹天津桥上春。
　　若学多情寻往事，人间何处不伤神。

六 寄陆补阙
　　忽忆前年科第后，此时鸡鹤暂同群。

秋风惆怅须吹散，鸡在中庭鹤在云。

七　华阳观中八月十五日夜招友玩月
　　人道中秋明月好，欲邀同赏意如何？
　　华阳洞里秋坛上，今夜清光此处多。

八　曲江忆元九
　　春来无伴闲游少，行乐三分减二分。
　　何况今朝杏园里，闲人逢尽不逢君。

九　过刘三十二故宅
　　不见刘君来近远，门前两度满枝花。
　　朝来惆怅宣平过，柳巷当头第一家。

一〇　下邽庄南桃花
　　村南无限桃花发，唯我多情独自来。
　　日暮风吹红满地，无人解惜为谁开？

一一　三月三十日题慈恩寺
　　慈恩春色今朝尽，尽日徘徊倚寺门。
　　惆怅春归留不得，紫藤花下渐黄昏。

一二　看浑家牡丹花戏赠李二十
　　香胜烧兰红胜霞，城中最数令公家。
　　人人散后君须看，归到江南无此花。

一三　戏题新栽蔷薇
　　移根易地莫憔悴，野外庭前一种春。
　　少府无妻春寂寞，花开将尔当夫人。

一四　酬王十八李大见招游山
　　自怜幽会心期阻，复愧嘉招书信频。

王事牵身去不得，满山松雪属他人。

一五　县南花下醉中留刘五
　　百岁几回同酩酊，一年今日最芳菲。
　　愿将花赠天台女，留取刘郎到夜归。

一六　宿杨家
　　杨氏弟兄俱醉卧，披衣独起下高斋。
　　夜深不语中庭立，月照藤花影上阶。

一七　醉中留别杨六兄弟
　　春初携手春深散，无日花间不醉狂。
　　别后何人堪共醉？犹残十日好风光。

一八　醉中归盩厔
　　金光门外昆明路，半醉腾腾信马回。
　　数日非关王事系，牡丹花尽始归来。

一九　游云居寺赠穆三十六地主
　　乱峰深处云居路，共踏花行独惜春。
　　胜地本来无定主，大都山属爱山人。

二〇　和王十八蔷薇涧花时有怀萧侍御兼见赠
　　霄汉风尘俱是系，蔷薇花萎故山深。
　　怜君独向涧中立，一把红芳三处心。

二一　再因公事到骆口驿
　　今年到时夏云白，去年来时秋树红。
　　两度见山心有愧，皆因王事到山中。

二二　期李十二文略王十八质夫不至独宿仙游寺
　　文略也从牵吏役，质夫何故恋嚣尘？

始知解爱山中宿，千万人中无一人。

二三　酬赵秀才赠新登科诸先辈
　　　莫羡蓬莱鸾鹤侣，道成羽翼自生身。
　　　看君名在丹台者，尽是人间修道人。

二四　过天门街
　　　雪尽终南又欲春，遥怜翠色对红尘。
　　　千车万马九衢上，回首看山无一人。

二五　惜玉蕊花有怀集贤王校书起
　　　芳意将阑风又吹，白云离叶雪辞枝。
　　　集贤雠校无闲日，落尽瑶花君不知。

二六　重到毓材宅有感
　　　欲入中门泪满巾，庭花无主两回春。
　　　轩窗簾幕皆依旧，只是堂前欠一人。

二七　乱后过流沟寺
　　　九月徐州新战后，悲风杀气满山河。
　　　惟有流沟山下寺，门前依旧白云多。

二八　叹发落
　　　多病多愁心自知，行年未老发先衰。
　　　随梳落去何须惜，不落终须变作丝。

二九　留别吴七正字
　　　成名共记甲科上，署吏同登芸阁间。
　　　唯是尘心殊道性，秋蓬常转水长闲。

三〇　邯郸冬至夜思家
　　　邯郸驿里逢冬至，抱膝灯前影伴身。

想得家中夜深坐,还应说著远行人。

三一　感故张仆射诸妓
　　黄金不惜买蛾眉,拣得如花三四枝。
　　歌舞教成心力尽,一朝身去不相随。

三二　游仙游山
　　暗将心地出人间,五六年来人怪闲。
　　自嫌恋著未全尽,犹爱云泉多在山。

三三　见尹公亮新诗
　　袖里新诗十首馀,吟看句句是琼琚。
　　如何持此将干谒,不及公卿一字书。

三四　长安闲居
　　风竹松烟昼掩关,意中长似在深山。
　　无人不怪长安住,何独朝朝暮暮闲。

三五　祕书省中忆旧山
　　厌从薄宦校青简,悔别故山思白云。
　　犹喜兰台非傲吏,归时应免动移文。

三六　江南送北客因凭寄徐州兄弟书
　　故园望断欲何如?楚水吴山万里馀。
　　今日因君访兄弟,数行乡泪一封书。

三七　长安正月十五日
　　喧喧车骑帝王州,羁病无心逐胜游。
　　明月春风三五夜,万人行乐一人愁。

三八　宿桐庐馆同崔存度醉后作
　　江海漂漂共旅游,一樽相劝散穷愁。

夜深醒后愁还在，雨滴梧桐山馆秋。

三九　寒食月夜

风香露重梨花湿，草舍无灯愁未入。
南邻北里歌吹时，独倚柴门月中立。

四〇　晚秋闲居

地僻门深少送迎，披衣闲坐养幽情。
秋庭不扫携藤杖，闲踏梧桐黄叶行。

四一　为薛台悼亡

半死梧桐老病身，重泉一念一伤神。
手携稚子夜归院，月冷房空〔空房〕不见人。

四二　途中寒食

路旁寒食行人尽，独占春愁在路旁。
马上垂鞭愁不语，风吹百草野田香。

四三　题流沟寺古松

烟叶葱茏苍尘尾，霜皮驳落紫龙鳞。
欲知松老看尘壁，死却题诗几许人？

四四　代邻叟言怀

人生何事心无定，宿昔如今意不同。
宿昔愁身不得老，如今恨作白头翁。

四五　寄湘灵

泪眼凌寒冻不流，每经高处即回头。
遥知别后西楼上，应凭阑干独自愁。

四六　冬至宿杨梅馆

十一月中长至夜，三千里外远行人。

若为独宿杨梅馆,冷枕单床一病身。

四七　临江送夏瞻
　　悲君老别我霑巾,七十无家万里身。
　　愁见舟行风又起,白头浪里白头人。

四八　冬夜示敏巢
　　炉火欲销灯欲尽,夜长相对百忧生。
　　他时诸处重相见,莫忘今宵灯下情。

四九　及第后忆旧山
　　偶献《子虚》登上第,却吟《招隐》忆中林。
　　春萝秋桂莫惆怅,纵有浮名不系心。

五〇　题窗竹
　　不用裁为鸣凤管,不须截作钓鱼竿。
　　千花百草凋零后,留向纷纷雪里看。

五一　花下自劝酒
　　酒盏酌来须满满,花枝看即落纷纷。
　　莫言三十是年少,百岁三分已一分。

五二　题李十一东亭
　　相思夕上松台立,蛩思蝉声满耳秋。
　　惆怅东亭风月好,主人今夜在鄜州。

五三　重寻杏园
　　忽忆芳时频酩酊,却寻醉处重徘徊。
　　杏花结子春深后,谁解多情又独来?

五四　曲江独行
　　独来独去何人识,厩马朝衣野客心。

闲爱无风水边坐，杨花不动树阴阴。

五五　同李十一醉忆元九
　　　花时同醉破春愁，醉折花枝作酒筹。
　　　忽忆故人天际去，计程今日到梁州。

五六　同钱员外题绝粮僧
　　　三十年来坐对山，唯将无事化人间。
　　　斋时往往闻钟笑，一食何如不食闲。

五七　代书赠钱员外
　　　欲寻秋景闲行去，君病多慵我兴孤。
　　　可惜今朝山最好，强能骑马出来无？

五八　禁中九日对菊花酒忆元九
　　　赐酒盈杯谁共持？宫花满把独相思。
　　　相思只傍花边立，尽日吟君咏菊诗。

五九　答张籍
　　　怜君马瘦衣裘薄，许到江东访鄙夫。
　　　今日正闲天又暖，可能扶病暂来无？

六〇　曲江早春
　　　曲江柳条渐无力，杏园伯劳初有声。
　　　可怜春浅游人少，好傍池边下马行。

六一　见元九悼亡诗
　　　夜泪暗销明月幌，春肠遥断牡丹庭。
　　　人间此病治无药，唯有《楞伽》四卷经。

六二　寒食夜
　　　无月无灯寒食夜，夜深犹立暗花前。

忽因时节惊年几？四十如今欠一年。

六三　杏园花落时招钱员外同醉
　　花园欲去去应迟，正是风吹狼籍时。
　　近西数树犹堪醉，半落春风半在枝。

六四　同钱员外禁中夜直
　　宫漏三声知半夜，好风凉月满松筠。
　　此时闲坐寂无语，药树影中唯两人。

六五　禁中夜作书与元九
　　心绪万端书两纸，欲封重读意迟迟。
　　五声宫漏初明后，一点窗灯欲灭时。

六六　寄陈式五兄
　　年来白发两三茎，忆别君时髭未生。
　　惆怅料君应满鬓，当初是我十年兄。

六七　送元八归凤翔
　　莫适岐州三日程，其如风雪一身行。
　　与君况是经年别，暂到城来又出城。

六八　雨雪放朝因怀微之
　　归骑纷纷满九衢，放朝三日为泥涂。
　　不知雨雪江陵府，今日排衙得免无？

六九　咏怀
　　岁去年来尘土中，眼看变作白头翁。
　　如何办得归山计，两顷村田一亩宫。

七〇　酬钱员外雪中见寄
　　松雪无尘小院寒，闭门不似住长安。

烦君想我看心坐，报道心空无可看。

七一　独酌忆微之
　　独酌花前最忆君，与君春别又逢春。
　　惆怅银杯来处重，不曾盛酒劝闲人。

七二　微之宅残牡丹
　　残红零落无人赏，雨打风摧花不全。
　　诸处见时犹怅望，况当元九小亭前。

七三　酬王十八见寄
　　秋思太白峰头雪，晴忆仙游洞口云。
　　未报皇恩归未得，惭君为寄北山文。

七四　和钱员外青龙寺上方望旧山
　　旧峰松雪旧溪云，怅望今朝遥属君。
　　共道使臣非俗吏，南山莫动北山文。

七五　惜牡丹花二首
　　①惆怅阶前红牡丹，晚来唯有两枝残。
　　　明朝风起应吹尽，夜惜衰红把火看。
　　②寂寞萎红低向雨，离披破艳散随风。
　　　晴明落地犹惆怅，何况飘零泥土中。

七六　答元奉礼同宿见赠
　　相逢俱叹不闲身，直日常多斋日频。
　　晓鼓一声分散去，明朝风景属何人？

七七　和元九骆口驿旧题诗
　　拙诗在壁无人爱，鸟污苔侵文字残。
　　唯有多情元侍御，绣衣不惜拂尘看。

七八　山枇杷花二首
　　　万重青嶂蜀门口，一树红花山顶头。
　　　春尽忆家归未得，低红如解替君愁。
　　　叶如裙色碧绡浅，花似芙蓉红粉轻。
　　　若使此花兼解语，推囚御史定违程。

七九　亚枝花
　　　山邮花木似平阳，愁杀多情骢马郎。
　　　还似升平池畔坐，低头向水自看妆。

八〇　江上笛
　　　江上何人夜吹笛，声声似忆故园春。
　　　此时闻者堪头白，况是多愁少睡人。

八一　迦陵夜有怀二首
　　①露湿墙花春意深，西廊月上半床阴。
　　　怜君独卧无言语，唯我知君此夜心。
　　②不明不暗胧胧月，非暖非寒慢慢风。
　　　独卧空床好天气，平明闲事到心中。

八二　夜深行
　　　百牢关外夜行客，三殿角头宵直人。
　　　莫道近臣胜远使，其如同是不闲人。

八三　望驿台
　　　靖安宅里当窗柳，望驿台前扑地花。
　　　两处春光同日尽，居人思客客思家。

八四　江岸梨花
　　　梨花有思缘和叶，一树江头恼杀君。
　　　最似孀闺年少妇，白妆素袖碧纱裙。

八五　寄上大兄
　　秋鸿过尽无书信，病戴纱巾强出门。
　　独上荒台东北望，日西愁立到黄昏。

八六　寄内
　　桑条初绿即为别，柿叶半红犹未归。
　　不如村妇知时节，解为田夫秋捣衣。

八七　叹元九
　　不入城门来五载，同时班列尽官高。
　　何人牢落犹依旧？唯有江陵元士曹。

八八　得袁相书
　　谷苗深处一农夫，面黑头斑手把锄。
　　何意使人犹识我？就田来送相公书。

八九　游悟真寺山下别张殿衡
　　世缘未了住不得，孤负青山心共知。
　　愁君又入都门去，即是红尘满眼时。

九〇　病中得樊大书
　　荒村破屋经年卧，寂绝无人问病身。
　　唯有东邻樊著作，至今书信尚殷勤。

九一　开元九诗书卷
　　红笺白纸两三束，半是君诗半是书。
　　经年不展缘身病，今日开看生蠹鱼。

九二　夜坐
　　庭前尽日立到夜，灯下有时坐彻明。
　　此情不语何人会，时复长吁三两声。

九三　暮立
　　黄昏独立佛堂前，满地槐花满树蝉。
　　大抵四时心总苦，就中肠断是秋天。

九四　村夜
　　霜草苍苍虫切切，村南村北行人绝。
　　独出前门望野田，月明荞麦花如雪。

九五　王昭君二首
　　①满面胡沙满鬓风，眉销残黛脸销红。
　　　愁苦辛勤憔悴尽，如今却似画图中。
　　②汉使却回凭寄语，黄金何日赎蛾眉？
　　　君王若问妾颜色，莫道不如宫里时。

九六　闻虫
　　暗虫唧唧夜绵绵，况是秋阴欲雨天。
　　犹恐愁人暂得睡，声声移近卧床前。

九七　池上寓兴
　　濠梁庄惠漫相争，未必人情知物情。
　　獭捕鱼来鱼跃出，此非鱼乐是鱼惊。

九八　滩声
　　碧玉斑斑沙历历，清流决决响泠泠。
　　自从造得滩声后，玉管朱弦可要听？

九九　题石泉
　　殷勤傍石绕前行，不说何人知我情？
　　渐恐耳聋兼眼暗，听泉看石不分明。

一〇〇　招山僧
　　能入城中乞食否，莫辞尘土污袈裟。

欲知住处东城下，绕竹泉声是白家。

一〇一　池鹤八首

①鸡赠鹤
一声警露君能薄，五德司晨我用多。
不会悠悠时俗士，重君轻我意如何？

②鹤答鸡
尔争伉俪泥中斗，吾整羽仪松上栖。
不可遣他天下眼，却轻野鹤重家鸡。

③乌赠鹤
与君白黑太分明，纵不相亲莫见轻。
我每夜啼君怨别，玉徽琴里忝同声。

④鹤答乌
吾爱栖云上华表，汝多攫肉下田中。
吾音中羽汝声角，琴曲虽同调不同。

⑤鸢赠鹤
君夸名鹤我名鸢，君叫闻天我戾天。
更有与君相似处，饥来一种啄腥膻。

⑥鹤答鸢
无妨自是莫相非，清浊高低各有归。
鸢鹤群中彩云里，几时曾见喘鸢飞？

⑦鹅赠鹤
君因风送入青云，我被人驱向鸭群。
雪颈霜毛红网掌，请看何处不如君？

⑧鹤答鹅
右军殁后欲何依？只合随鸡逐鸭飞。
未必牺牲及吾辈，大都我瘦胜君肥。

一〇二　禽虫十二首

①燕违戊巳鹊避岁，兹事因何羽族知。
　疑有凤凰颁鸟历，一时一日不参差。
②水中科蚪长成蛙，林下桑虫老作蛾。
　蛙跳蛾舞仰头笑，焉用鹓鹏鳞羽多。
③江鱼群从称妻妾，塞雁联行号弟兄。
　但恐世间真眷属，亲疏亦是强为名。
④蚕老茧成不庇身，蜂饥蜜熟属他人。
　须知年老忧家者，恐是二虫虚苦辛。
⑤阿阁鹓鸾田舍乌，妍媸贵贱两悬殊。
　如何闭向深笼里，一种摧颓触四隅。
⑥兽中刀枪多怒吼，鸟遭罗弋尽哀鸣。
　羔羊口在缘何事？暗死屠门无一声。
⑦蟭螟杀敌蚊巢上，蛮触交争蜗角中。
　应似诸天观下界，一微尘内斗英雄。
⑧蟏蛸网上罥蜉蝣，反复相持死始休。
　何异浮生临老日，一弹指顷报恩仇。
⑨蚁王化饭为臣妾，蠃母偷虫作子孙。
　彼此假名非本物，其间何怨复何恩？
⑩鹅乳养雏遗在水，鱼心想子变成鳞。
　细微幽隐何穷事，知者唯应是圣人。
⑪豆苗鹿嚼解乌毒，艾叶雀衔夺燕巢。
　鸟兽不曾看本草，谙知药性是谁教？
⑫一鼠得仙生羽翼，众鼠相看有羡色。
　岂知飞上未半空，已作乌鸢口中食。

一〇三　寒食夜有怀
　　寒食非长非短夜，春风不热不寒天。
　　可怜时节堪相忆，何况无灯各早眠。

一〇四　得钱舍人书问眼疾
　　春来眼暗少心情，点尽黄连尚未平。
　　惟得君书胜得药，开缄未读眼先明。

一〇五　九日寄行简
　　摘得菊花携得酒，绕村骑马思悠悠。
　　下邽田土平如掌，何处登高望梓州？

一〇六　村居
　　田园苍莽经春早，篱落萧条尽日风。
　　若问经过谈笑者，不过田舍白头翁。

一〇七　游城南留元九李二十晚归
　　老游春饮莫相违，不独花稀人亦稀。
　　更劝残杯看日影，犹应趁得鼓声归。

一〇八　重见元九
　　容貌一日减一日，心情十分无九分。
　　每逢陌路犹嗟叹，何况今朝是见君。

一〇九　高相宅
　　青苔故里怀恩地，白发新生抱病身。
　　涕泪虽多无哭处，永宁门馆属他人。

一一〇　张十八
　　谏垣几见迁遗补，宪府频闻转殿监。
　　独有咏诗张太祝，十年不改旧官衔。

一一一　刘家花
　　刘家墙上花还发，李十门前草又春。
　　处处伤心心始悟，多情不及少情人。

一一二　裴五
　　莫怪相逢无笑语，感今思旧戟门前。
　　张家伯仲偏相似，每见清扬一惘然。

一一三　仇家酒
　　年年老去欢情少，处处春来感事深。
　　时到仇家非爱酒，醉时心胜醒时心。

一一四　恒寂师
　　旧游分散人零落，如此伤心事几条。
　　会逐禅师坐禅去，一时灭尽定中销。

一一五　靖安北街赠李二十
　　榆荚抛钱柳展眉，两人并马语行迟。
　　还似往年安福寺，共君私试却回时。

一一六　赋得听边鸿
　　惊风吹起塞鸿群，半拂平沙半入云。
　　为问昭君月下听，何如苏武雪中闻？

一一七　和元八侍御升平新居四首
　　①看花屋
　　忽惊映树新开屋，却似当檐故种花。
　　可惜年年红似火，今春始得属元家。
　　②累土山
　　堆土新高山意出，终南移入户庭间。
　　玉峰蓝水应惆怅，恐见新山忘旧山。

③高亭
　　亭脊太高君莫折，东家留取当西山。
　　好看落日斜啣处，一片春岚映半环。
④松树
　　白金换得青松树，君既先栽我不栽。
　　幸有西风易凭仗，夜深偷送好音来。

一一八　醉后却寄元九
　　蒲池村里匆匆别，澧水桥边兀兀回。
　　行到城门残酒醒，万重离恨一时来。

一一九　重别华阳观旧居
　　忆昔初年三十二，当时秋思已难堪。
　　若为重入华阳院，病鬓愁心四十三。

一二〇　答劝酒
　　莫怪近来都不饮，几回因醉却沾巾。
　　谁料平生狂酒客，如今变作酒悲人。

一二一　题王侍御池亭
　　朱门深锁春池满，岸落蔷薇水浸莎。
　　毕竟林塘谁是主？主人来少客来多。

一二二　听水部吴员外新诗
　　朱绂仙郎白雪歌，和人虽少爱人多。
　　明朝说向诗家道，水部如今不姓何。

一二三　雨夜忆元九
　　天阴一日便堪愁，何况连宵雨不休。
　　一种雨中君最苦，褊〔偏〕梁阁道向通州。

一二四　雨中携元九诗访元八侍御
　　微之诗卷忆同开，暇日多应不入台。
　　好句无人堪共咏，冲泥踏水就君来。

一二五　寄生衣与微之
　　浅色縠衫轻似雾，纺花纱袴薄于云。
　　莫嫌轻薄但知著，犹恐通州热杀君。

一二六　白牡丹
　　白花冷澹无人爱，亦占芳名道牡丹。
　　应似东官白赞善，被人还唤作朝官。

一二七　梦旧
　　别来老大苦修道，炼得离心成死灰。
　　平生忆念销磨尽，昨夜因何入梦来？

一二八　戏题卢祕书新移蔷薇
　　风动翠条腰袅娜，露垂红萼泪阑干。
　　移他到此须为主，不为花人莫使看。

一二九　曲江夜归闻元八见访
　　自入台来见面稀，班中遥得挹容辉。
　　早知相忆来相访，悔待江头明月归。

一三〇　苦热题恒寂师禅室
　　人人避暑走如狂，独有禅师不出房。
　　可是禅房无热到？但能心静即身凉。

一三一　病中答招饮者
　　顾我镜中悲白发，尽君花下醉青春。
　　不缘眼痛兼身病，可是尊前第二人。

一三二　燕子楼三首
　　①满窗明月满簾霜，被冷灯残拂卧床。
　　　燕子楼中霜月夜，秋来只为一人长。
　　②钿晕罗衫色似烟，几回欲着即潸然。
　　　自从不舞霓裳曲，迭在空箱十一年。
　　③今春有客洛阳回，曾到尚书墓上来。
　　　见说白杨堪作柱，争教红粉不成灰！

一三三　初贬官过望秦岭
　　草草辞家忧后事，迟迟去国问前途。
　　望秦岭上回头立，无限秋风吹白须。

一三四　蓝桥驿见元九诗
　　蓝桥春雪君归日，秦岭秋风我去时。
　　每到驿亭先下马，循墙绕柱觅君诗。

一三五　韩公堆寄元九
　　韩公堆北涧西头，冷雨凉风拂面秋。
　　努力南行少惆怅，江州犹似胜通州，

一三六　武关南见元九题山石榴花见寄
　　往来同路不同时，前后相思两不知。
　　行过关门三四里，榴花不见见君诗。

一三七　题商山庙
　　避逃秦乱起安刘，舒卷如云得自由。
　　若有精灵应笑我，不成一事谪江州。

一三八　白鹭
　　人生四十未全衰，我为愁多白发垂。
　　何故水边双白鹭，无愁头上亦垂丝？

一三九　江上吟元八绝句
　　大江深处月明时，一夜吟君小律诗。
　　应有水仙潜出听，翻将唱作步虚词。

一四〇　登郢州白雪楼
　　白雪楼中一望乡，青山簇簇水茫茫。
　　朝来渡口逢京使，说道烟尘近洛阳。

一四一　舟夜赠内
　　三声猿后垂乡泪，一叶舟中载病身。
　　莫凭水窗南北望，月明月暗向愁人。

一四二　逢旧
　　我梳白发添新恨，君扫青蛾减旧容。
　　应被傍人怪惆怅，少年离别老相逢。

一四三　浦中夜泊
　　暗上江堤还独立，水风霜气夜棱棱。
　　回看深浦停舟处，芦荻花中一点灯。

一四四　舟中读元九诗
　　把君诗卷灯前读，诗尽灯残天未明。
　　眼痛灭灯犹暗坐，逆风吹浪打船声。

一四五　题李山人
　　厨无烟火室无妻，篱落萧条屋舍低。
　　每日将何疗饥渴？井华云粉一刀圭。

一四六　岁暮道情二首
　　①壮日苦曾经岁月，长年都不惜光阴。
　　　为学空门平等法，先齐老少死生心。

②半故青山半白头,雪风吹面上江楼。
　　禅功自见无人觉,合是愁时亦不愁。

一四七　强酒
　　若不坐禅销忘想,即须行醉放狂歌。
　　不然秋月春风夜,争那闲思往事何!

一四八　听崔七妓人筝
　　花脸云发坐玉楼,十三弦里一时愁。
　　凭君向道休弹去,白尽江州司马头。

一四九　望江州
　　江回望见双华表,知是浔阳西郭门。
　　犹去孤舟三四里,水烟沙雨欲黄昏。

一五〇　宿西林寺
　　木落天晴山翠开,爱山骑马入山来。
　　心知不及柴桑令,一宿西林便却回。

一五一　代春赠
　　山吐晴岚水放光,辛夷花白柳梢黄。
　　但知莫作江西意,风景何曾异帝乡。

一五二　答春
　　草烟低重水花明,从道风光似帝京。
　　其奈山猿江上叫,故乡无此断肠声。

一五三　惜落花赠崔二十四
　　漠漠纷纷不奈何,狂风急雨两相和。
　　晚来怅望君知否,枝上稀疏地〔池〕上多。

一五四　移山樱桃
　　亦知官舍非吾宅,且斸山樱满院栽。

上佐近来多五考,少应四度见花开。

一五五　见紫薇花忆微之
一丛暗淡将何比?浅碧笼裙衬紫巾。
除却微之见应爱,人间少有惜花人。

一五六　过郑处士
闻道移居村坞间,竹林多处独开关。
故来不是求他事,暂借南亭一望山。

一五七　题庐山山下汤泉
一眼汤泉流向东,浸泥浇草暖无功。
骊山温水因何事,流入金铺玉甃中?

一五八　秋热
西江风候接南威,暑气常多秋气微。
犹道江州最凉冷,至今九月着生衣。

一五九　阶下莲
叶展影翻当砌月,花开香散入簾风。
不如种在天池上,犹胜生于野水中。

一六〇　厅前桂
天台岭上凌霜树,司马厅前委地丛。
一种不生明月里,山中犹较胜尘中。

一六一　闻李十一出牧澧州崔二十二出牧果州因寄
平生相见即眉开,静念无如李与崔。
各是天涯为刺史,缘何不觅九江来?

一六二　上香炉峰
倚石攀萝歇病身,青筇竹杖白纱巾。

他时画出庐山障，便是香炉峰上人。

一六三　三月三日登庾楼寄庾三十二
　　　　三日欢游辞曲水，三年愁卧在长沙。
　　　　每登高处长相忆，何况兹楼属庾家。

一六四　大林寺桃花
　　　　人间四月芳菲尽，山寺桃花始盛开。
　　　　长恨春归无觅处，不知转入此中来。

一六五　箬岘东池
　　　　箬岘亭东有小池，早荷新荇绿参差。
　　　　中宵把火行人发，惊起双栖白鹭鸶。

一六六　建昌江
　　　　建昌江水县门前，立马教人唤渡船。
　　　　忽忆往年归蔡渡，草风莎雨渭河边。

一六七　哭从弟
　　　　伤心一尉便终身，叔母年高新妇贫。
　　　　一片绿衫消不得，腰金拖紫是何人？

一六八　临水坐
　　　　昔为东掖垣中客，今作西方社内人。
　　　　手把杨枝临水坐，闲思往事似前身。

一六九　读僧灵彻诗
　　　　东林寺里西廊下，石片镌题数首诗。
　　　　言句怪来还校别，看名知是老法师。

一七〇　听琵琶
　　　　声似胡儿弹舌语，愁如塞月恨边云。

闲人暂听犹眉敛，可使和蕃公主闻。

一七一　闲吟
　　自从苦学空门法，销尽平生种种心。
　　唯有诗魔降未得，每逢风月一闲吟。

一七二　戏问山石榴
　　小树山榴近砌栽，半含红萼带花来。
　　争知司马夫人妒，移到庭前便不开。

一七三　湖上闲望
　　藤花浪沸紫茸条，菰叶风翻绿剪刀。
　　闲弄水芳生楚思，时时合眼咏《离骚》。

一七四　梦微之
　　晨起临风一惆怅，通川溢水断相闻。
　　不知忆我因何事？昨夜三回梦见君。

一七五　题韦家泉池
　　泉落青山出白云，萦村绕郭几家分。
　　自从引作池中水，深浅方圆一任君。

一七六　点额鱼
　　龙门点额意何如？红尾青鬐却返初。
　　见说在天行雨苦，为龙未必胜为鱼。

一七七　闻龟儿咏诗
　　怜渠已解咏诗章，摇膝支颐学二郎。
　　莫学二郎吟太苦，才年四十鬓如霜。

一七八　对酒
　　未济卦中休卜命，《参同契》里莫劳心。

无如饮此销愁物,一餉愁销直万金。

一七九　东墙夜合树去秋为风雨所摧今年花时怅然有感
　　　碧荑红萼今何在?风雨飘将去不回。
　　　惆怅去年墙下地,今春唯有荠花开。

一八〇　病起
　　　病不出门无限时,今朝强出与谁期?
　　　经年不上江楼醉,劳动春风飏酒旗。

一八一　梦亡友刘太白同游彰敬寺
　　　三千里外卧江州,十五年前哭老刘。
　　　昨夜梦中彰敬寺,死生魂魄暂同游。

一八二　与果上人殁时题此决别兼简二林僧社
　　　本结菩提香火社,为嫌烦恼电泡身。
　　　不须惆怅从师去,先请西方作主人。

一八三　刘十九同宿
　　　红旗破贼非吾事,黄纸除书无我名。
　　　唯共嵩阳刘处士,围棋赌酒到天明。

一八四　衰病
　　　老辞游冶寻花伴,病到荒狂旧酒徒。
　　　更恐五年三岁后,些些谈笑亦应无。

一八五　答微之
　　　君写我诗盈寺壁,我题君句满屏风。
　　　与君相遇知何处?两叶浮萍大海中。

一八六　戏答诸少年
　　　愿我长年头似雪,饶君壮岁气如云。

朱颜今日虽欺我，白发他时不放君。

一八七　题崔使君新楼
　　忧人何处可销忧？碧甃红阑溢水头。
　　从此浔阳风月夜，崔公楼替庾公楼。

一八八　醉吟二首
　　①空王百法学未得，姹女丹砂烧即飞。
　　　事事无成身也老，醉乡不去欲何归！
　　②两鬓千茎新似雪，十分一盏欲如泥。
　　　酒狂又引诗魔发，日午悲吟到日西。

一八九　湖亭与行简宿
　　浔阳少有风情客，招宿湖亭尽却回。
　　水槛虚凉风月好，夜深惟共阿怜来。

一九〇　赠江客
　　江柳影寒新雨地，塞鸿声急欺霜天。
　　愁君独自沙头宿，岸绕芦花月满船。

一九一　问韦山人山甫
　　身名身事两蹉跎，试就先生问若何。
　　从此神仙学得否？白须虽有未为多。

一九二　送萧炼师步虚诗二首
　　①欲上瀛洲临别时，赠君十首步虚词。
　　　天仙若爱应相问，可道江州司马诗。
　　②花纸瑶缄松墨字，把将天上共谁开？
　　　试呈王母如堪唱，发遣双成更取来。

一九三　赠李兵马使
　　身得贰师馀气概，家藏都尉旧诗章。

江南别有楼船将，燕颔虬须不姓杨。

一九四　罢药
　　自学坐禅休服药，从他时服病沉沉。
　　此身不要全强健，强健多生人我心。

一九五　酬钱员外
　　雪中重寄雪山偈，问答殷勤四句中。
　　本立空名缘破妄，若能无妄亦无空。

一九六　和元九答山驿梦
　　入君旅梦来千里，闭我幽魂欲二年。
　　莫忘平生行坐处，后堂阶下竹丛前。

一九七　萧员外寄新蜀茶
　　蜀茶寄到但惊新，渭水煎来始觉珍。
　　满瓯似乳堪持玩，况是春深酒渴人。

一九八　病中作
　　病来城里诸亲故，厚薄亲疏心总知。
　　唯有蔚章于我分，深于同在翰林时。

一九九　感化寺见元刘题名
　　微之谪去千馀里，太白无来十一年。
　　今日见名如见面，尘埃壁上破窗前。

二〇〇　发商州
　　商州馆里停三日，待得妻孥相逐行。
　　若比李三犹自胜，儿啼妇哭不闻声。

二〇一　红鹦鹉
　　安南远进红鹦鹉，色似桃花语似人。

文章辩慧皆如此，笼槛何年出得身？

二〇二　读《庄子》
　　去国辞家谪异方，中心自怪少忧伤。
　　为寻庄子知归处，认得无何是本乡。

二〇三　梦中赠昙禅师
　　五年不入慈恩寺，今日寻师始一来。
　　欲知火宅焚烧苦，方寸如今化作灰。

二〇四　戏赠户部李判官
　　好语民曹李判官，少贪公事且谋欢。
　　男儿未死争能料，莫作忠州刺史看。

二〇五　送高侍御因寄杨八
　　明月峡边逢制使，黄茅岸上是忠州。
　　到城莫说忠州恶，无益虚教杨八愁。

二〇六　棣华驿见杨八题梦兄弟诗
　　遥闻旅宿梦兄弟，应有邮亭名棣华。
　　名作棣华来早晚，自题诗后属杨家。

二〇七　赴杭州重宿驿感题
　　往恨今愁应不殊，题诗梁下又踟蹰。
　　羡君犹梦见兄弟，我到天明睡亦无。

二〇八　慈恩寺有感
　　自问有何惆怅事，寺门临入却迟回？
　　李家哭泣元家病，柿叶红时独自来。

第十九卷　七言九　中唐六

（共二百一十首）

一　洪州逢熊孺登　白居易
　　靖安院里辛夷下，醉笑狂吟气最粗。
　　莫问别来多少苦，低头看取白髭须。

二　初着刺史绯答贺客
　　银章暂假为专城，贺客来多懒起迎。
　　似挂绯衫衣架上，朽株枯竹有何荣？

三　别草堂三首
　　①正听山鸟向阳眠，黄纸除书落枕前。
　　　为感君恩须暂起，炉峰不拟住多年。
　　②久眠褐被为居士，忽挂绯袍作使君。
　　　身出草堂心不出，庐山未要勒移文。
　　③山〔三〕间茅舍向山开，一带山泉绕舍回。
　　　山色泉声莫惆怅，三年官满却归来。

四　钟陵饯送
　　翠幕红筵高在云，歌钟一曲万家闻。
　　路人指点滕王阁，看送忠州白使君。

五 题峡中石上
巫女庙花红似粉,昭君村柳翠于眉。
诚知老去风情少,见此争无一句诗。

六 赠康叟
八十秦翁老不归,南宾太守乞寒衣。
再三怜汝非他意,天宝遗民见渐稀。

七 木莲树三首
①如折芙蓉投旱地,似抛芍药挂高枝。
云埋水隔无人识,唯有南宾太守知。
②红似燕支腻如粉,伤心好物不须臾。
山中风起无时节,明日重来得在无?
③已愁花落荒岩底,复恨根生乱石间。
几度欲移移不得,天教抛掷在深山。

八 听竹枝歌赠李侍御
巴童巫女竹枝歌,懊恼何人怨咽多。
暂听遣君犹怅望,长闻教我复如何!

九 画木莲花图寄元郎中
花房腻似红莲朵,艳色鲜如紫牡丹。
唯有诗人应解爱,丹青写出与君看。

一〇 九日题涂溪
蓍草席铺枫叶岸,竹枝歌送菊花杯。
明年尚作南宾守,或可重阳更一来。

一一 和万州杨使君四首
①竞渡
竞渡相传为汨罗,不能止遏意无他。

自经放逐来憔悴，能校灵均死几多。
②江边草
闻君泽畔伤春草，忆在天门街里时。
漠漠凄凄愁满眼，就中惆怅是江篱。
③嘉庆李
东都绿李万州栽，君手分题我手开。
把得欲尝先怅望，与渠同别故乡来。
④白槿花
秋蕣晚英无艳色，何因栽种在人家？
使君只别罗敷面，争解回头爱白花。

一二　三月三日怀微之
良时光景长虚掷，壮岁风情已暗销。
忽忆同为校书日，每年共醉是今朝。

一三　和行简望郡南山
返照前山云树明，从君苦道似华清。
试听肠断巴猿叫，早晚骊山有此声。

一四　种荔枝
红颗真珠诚可爱，白须太守亦何痴。
十年结子知谁在，自向庭中种荔枝。

一五　东楼醉
天涯深峡无人地，岁暮穷阴欲夜天。
不向东楼时一醉，如何拟过二三年？

一六　东楼招客夜饮
莫辞数数醉东楼，除醉无因破得愁。
唯有绿樽红烛下，暂时不似在忠州。

一七　醉后戏题
　　自知清冷似冬凌，每被人呼作律僧。
　　今夜酒醺罗绮暖，被君融尽玉壶冰。

一八　竹枝词四首
　　瞿塘峡口水烟低，白帝城头月向西。
　　唱到《竹枝》声咽处，寒猿闇鸟一时啼。
　　《竹枝》苦怨怨何人？夜静山空歇又闻。
　　蛮儿巴女齐声唱，愁杀江楼病使君。
　　巴东船舫上巴西，波面风生雨脚齐。
　　水蓼冷花红簇簇，江蓠湿叶碧萋萋。
　　江畔谁人唱《竹枝》？前声断咽后声迟。
　　怪来调苦缘词苦，多是通州司马诗。

一九　寄题杨万州四望楼
　　江上新楼名四望，东西南北水茫茫。
　　无由得与君携手，同凭阑干一望乡。

二〇　答杨使君登楼见忆
　　中万楼中忆故人，南州烟水北州云。
　　两州何事偏相忆，各是笼禽作使君。

二一　题东楼前李使君所种樱桃花
　　身入青云无见日，千栽红树又逢春。
　　唯留花向楼前看，故故抛愁与后人。

二二　奉酬李相公
　　碧油幢下捧新诗，荣贱虽殊共一悲。
　　涕泪满襟君莫怪，甘泉待从最多时。

二三　戏赠萧处士清禅师
　　三杯磊块〔嵬峨〕忘机客，百衲头陀任运僧。
　　又有放慵巴郡守，不营一事共腾腾。

二四　钱虢州以三堂绝句见寄因以本韵和之
　　同事空王岁月深，相思远寄定中吟。
　　遥知清净中和化，只用金刚三昧心。

二五　三月三日
　　暮春风景初三日，流世光阴半百年。
　　欲作闲游无好伴，半江惆怅却回船。

二六　寒食夜
　　四十九年身老日，一百五夜月明天。
　　抱膝思量何事在？痴儿痴女唤秋千。

二七　代州民问
　　龙昌寺底开山路，巴子台前种柳林。
　　官职家乡都忘却，谁人会得使君心？

二八　答州民
　　宦情抖擞随生去，乡思销磨逐日无。
　　唯拟腾腾作闲事，遮渠不道使君愚。

二九　荔枝楼对酒
　　荔枝新熟鸡冠色，烧酒初开琥珀香。
　　欲摘一枝倾一盏，西楼无客共谁尝？

三〇　醉后赠人
　　香毬趁拍回环匼，花盏抛巡取次飞。
　　自入春来未同醉，那能夜去独先归？

三一　别种东坡花树二首
　　①二年留滞在江城，草树禽鱼尽有情。
　　　何处殷勤重回首？东坡桃李种新成。
　　②花林好住莫憔悴，春至但知依旧春。
　　　楼上明年新太守，不妨还是爱花人。

三二　别桥上竹
　　穿桥迸竹不依行，恐碍行人被损伤。
　　我去自惭遗爱少，不教君得似甘棠。

三三　商山路驿桐树
　　与君前后多迁谪，五度经过此路隅。
　　笑问中庭老桐树，这回归去免来无？

三四　残春曲
　　禁苑残莺三四声，景迟风慢暮春情。
　　日西无事墙阴下，闲踏宫花独自吟。

三五　长安春
　　青门柳枝软无力，东风吹作黄金色。
　　街东酒薄醉易醒，满眼春愁销不得。

三六　长乐坡
　　行人南北分征路，流水东西接御沟。
　　终日坡前恨离别，漫名长乐是长愁。

三七　独眠吟
　　夜长无睡起阶前，寥落星河欲晓天。
　　十五年来明月夜，何曾一夜不孤眠。

三八　期不至
　　红烛青尊延久伫，出门入门天欲曙。

　　　　星稀月落竟不来，烟柳胧胧鹊飞去。

三九　长洲苑
　　　　春入长洲草又生，鹧鸪飞起少人行。
　　　　年深不辨娃宫处，夜夜苏台空月明。

四〇　忆江柳
　　　　曾栽杨柳江南岸，一别江南两度春。
　　　　遥忆青青江岸上，不知攀折是何人？

四一　三年别
　　　　悠悠一别已三年，相望相思明月天。
　　　　肠断青山望明月，别来三十六回圆。

四二　伤春词
　　　　深浅檐花千万枝，碧纱窗外转黄鹂。
　　　　残妆含泪下帘坐，尽日伤春春不知。

四三　后宫词二首
　　　①泪湿罗巾梦不成，夜深前殿按歌声。
　　　　红颜未老恩先断，斜倚熏笼坐到明。
　　　②雨露由来一点恩，争能遍布及千门？
　　　　三千宫女胭脂面，几个春来无泪痕！

四四　吴七郎中山人待制班中偶赠
　　　　金马东门只日开，汉庭待诏重仙才。
　　　　第三松树非华表，那得辽东鹤下来。

四五　寄题忠州小楼桃花
　　　　再游巫峡知何日，总是秦人说向谁？
　　　　长忆小楼风月夜，红阑干上两三枝。

四六　朝回和元少尹二首
　　①朝客朝回回望好，尽纡朱紫佩金银。
　　　此时独与君为伴，马上青袍惟两人。
　　②凤阁舍人京亚尹，白头俱未着绯衫。
　　　南宫起请无消息，朝散何时得入衔？

四七　醉后
　　酒后高歌且放狂，门前闲事莫思量。
　　犹嫌小户长先醒，不得多时住醉乡。

四八　紫薇花
　　丝纶阁下文章静，钟鼓楼中刻漏长。
　　独坐黄昏谁是伴？紫薇花对紫薇郎。

四九　冯阁老处见与严郎中唱和诗因戏赠
　　乍来天上宜清净，不用回头望故山。
　　纵有旧游君莫忆，尘心起即堕人间。

五〇　立秋日登乐游园
　　独行独语曲江头，回马迟迟上乐游。
　　萧飒凉风与衰鬓，谁教计会一时秋。

五一　夜筝
　　紫袖红絃明月中，自弹自感暗低容。
　　絃凝指咽声停处，别有深情一万重。

五二　旧房
　　远壁秋声虫络丝，入檐新影月低眉。
　　床帷半故帘旌断，仍是初寒欲夜时。

五三　自问
　　黑花满眼丝满头，早衰因病病因愁。

宦途气味已谙尽，五十不休何日休？

五四　和韩侍郎题杨舍人林池见寄
渠水暗流若冻解，风吹日炙不成凝。
凤池冷暖君谙否，二月因何更有冰？

五五　送冯舍人阁老往襄阳
紫微阁底送君回，第一厅簾下不开。
莫恋汉南风景好，岘山花尽早归来。

五六　酬韩侍郎张博士雨后游曲江见寄
小园新种红樱树，闲绕花行便当游。
何必更随鞍马队，冲泥踏雨曲江头。

五七　曲江忆李十一
李君殁后共谁游？柳岸荷亭两度秋。
独绕曲江行一匝，依前还立水边愁。

五八　青门柳
青青一树伤心色，曾入几人离恨中。
为近都门多送别，长条折尽减春风。

五九　梨园弟子
白头垂泪语梨园，五十年前雨露恩。
莫问华清今日事，满山红叶锁宫门。

六〇　暮江吟
一道残阳铺水中，半江瑟瑟半江红。
谁怜九月初三夜，露似真珠月似弓。

六一　思妇眉
春风摇荡自东来，折尽樱桃绽尽梅。

唯馀思妇愁眉结，无限春风吹不开。

六二　寒闺怨
　　寒月沉沉洞房静，真珠簾外梧桐影。
　　秋霜欲下手先知，灯底裁缝剪刀冷。

六三　秋房夜
　　云露青天月漏光，中庭立久却归房。
　　水窗席冷未能卧，挑尽残灯秋夜长。

六四　采莲曲
　　菱叶萦波荷飐水，荷花深处小船通。
　　逢郎欲语低头笑，碧玉搔头落水中。

六五　邻女
　　娉婷十五胜天仙，白日姮娥旱地莲。
　　何处闲教鹦鹉语？碧纱窗下绣床前。

六六　闺妇
　　斜凭绣床愁不动，红绡带缓绿鬟低。
　　辽阳春尽无消息，夜合花前日又西。

六七　移牡丹栽
　　金钱买得牡丹栽，何处辞丛别主来？
　　红芳堪惜还堪恨，百处移将百处开。

六八　听夜筝有感
　　江州去日听筝夜，白发新生不愿闻。
　　如今况是头成雪，弹到天明亦任君。

六九　琵琶
　　絃清拨剌语铮铮，背却残灯就月明。

赖是心无惆怅事,不然争奈子絃声。

七〇　和人琴思
　　秋水莲冠春草裙,依稀风调似文君。
　　烦君玉指分明语,知是琴心佯不闻。

七一　听弹《湘妃怨》
　　玉轸朱弦瑟瑟徽,吴娃征调奏《湘妃》。
　　分明曲里愁云雨,似道萧郎久不归。

七二　寓言题僧
　　劫风火起烧荒宅,苦海波生荡破船。
　　力小无因救焚溺,清凉山下且安禅。

七三　内乡县村路作
　　日下风高野路凉,缓驱疲马暗思乡。
　　渭村秋物应如此,枣赤梨红稻穗黄。

七四　虚白堂
　　虚白堂前衙退后,更无一事到中心。
　　移床就日檐间卧,卧咏闲诗侧枕琴。

七五　题灵隐寺红辛夷花戏酬光上人
　　紫粉笔含尖火焰,红胭脂染小莲花。
　　芳情香思知多少?恼得山僧悔出家。

七六　候山亭同诸客醉
　　谢安山下空携妓,柳恽洲边只赋诗。
　　不及湖亭今日醉,嘲花咏水赠蛾眉。

七七　送李校书趁寒食归义兴山居
　　大见腾腾诗酒客,不忧生计似君稀。

到舍将何作寒食？满船唯载树阴归。

七八　独行
暗诵《黄庭经》在口，闲携青竹杖随身。
肩花新笋堪为伴，独入林行不要人。

七九　戏题木兰花
紫房日照胭脂折，素艳风吹腻粉开。
怪得独饶脂粉态，木兰曾作女郎来。

八〇　湖中自照
重重照影看容鬓，不见朱颜见白丝。
失却少年无觅处，泥他湖水欲何为？

八一　木芙蓉花下招客饮
晚凉思饮两三杯，召得江头酒客来。
莫怕秋无伴醉物，水莲花尽木莲开。

八二　重酬周判官
秋爱吟诗春爱醉，诗家眷属酒家仙。
若教早被浮名系，可得闲游三十年？

八三　代卖薪女赠诸妓
乱蓬为鬓布为裙，晓踏寒山自负薪。
一种钱塘江畔女，着红骑马是何人？

八四　游恩德寺
云水埋藏恩德寺，簪裾束缚使君身。
暂来不宿归州去，应被山呼作俗人。

八五　题清头陀
头陀独宿寺西峰，百尺禅庵半夜钟。

烟月苍苍风瑟瑟，更无杂事对山松。

八六　自叹二首
　　①形羸自觉朝飧减，睡少偏知夜漏长。
　　　实事渐销虚事在，银鱼金带绕腰光。
　　②二毛晓落梳头懒，两眼春昏点药频。
　　　唯有闲行犹得在，心情未到不如人。

八七　赠内
　　漠漠暗苔新雨地，微微凉露欲秋天。
　　莫对月明思往事，损君颜色减君年。

八八　戏答思黯
　　狂夫与我世相忘，故态些些亦不妨。
　　纵酒放歌聊自乐，接舆争解教人狂？

八九　醉后听唱桂华曲
　　桂华词意苦丁宁，唱到嫦娥醉便醒。
　　此是世间肠断曲，莫教不得意人听。

九〇　答闲上人问风疾
　　一床方丈向阳开，劳动文殊问疾来。
　　欲界凡夫何足道，四禅天始免风灾。

九一　罢灸
　　病身佛说将何喻，变灭须臾岂不闻？
　　莫遣净名和〔知〕我笑，休将火艾灸浮云。

九二　强起迎春
　　杖策人扶废病身，晴和强起一迎春。
　　他时蹇跛纵行得，笑杀平原楼上人。

九三　夜凉
　　露白风清庭户凉，老人先著夹衣裳。
　　舞腰歌袖抛何处？唯对无弦琴一张。

九四　寄潮州杨继之
　　相府潮阳俱梦中，梦中何者是穷通？
　　他时事过方应悟，不独荣空辱亦空。

九五　赠思黯
　　为怜清浅爱潺湲，一日三回到水边。
　　若道归仁滩更好，主人何故别三年？

九六　离别难词
　　绿杨陌上送行人，马去车回一望尘。
　　不觉别时红泪尽，归来无可更沾巾。

九七　竹楼宿
　　小书楼下千竿竹，深火炉前一盏灯。
　　此处与谁相伴宿？烧丹道士坐禅僧。

九八　戏醉客
　　莫言鲁国书生懦，莫把杭州刺史欺。
　　醉客请君闲眼望，绿杨风下有红旗。

九九　紫阳花
　　何年植向仙坛上，早晚移栽到梵家。
　　虽在人间人不识，与君名作紫阳花。

一〇〇　吴宫词
　　淡红花帔浅檀蛾，睡脸初开似剪波。
　　坐对朱笼闲理曲，琵琶鹦鹉语相和。

一〇一　答微之上船后留别
　　烛下尊前一分手，舟中岸上两回头。
　　归来虚白堂中梦，合眼先应到越州。

一〇二　答微之泊西陵见寄
　　烟波尽处一点白，应是西陵古驿台。
　　知在台边望不见，暮潮空送渡船回。

一〇三　自感
　　宴游寝食渐无昧，杯酒管弦徒绕身。
　　宾客欢娱童仆饱，始知官职为他人。

一〇四　柳絮
　　三月尽时头白日，与春老别更依依。
　　凭莺为向杨花道，绊惹春风莫放归。

一〇五　醉戏诸妓
　　席上争飞使君酒，歌中多唱舍人诗。
　　不知明日休官后，逐我东山去是谁？

一〇六　潮
　　早潮才落晚潮来，一月周流六十回。
　　不独光明朝复暮，杭州老去被潮催。

一〇七　闻歌妓唱严郎中诗
　　已留旧政布中和，又付新词与艳歌。
　　但是人家有遗爱，就中苏小感恩多。

一〇八　急乐世辞
　　正抽碧线绣红罗，忽听黄莺敛翠娥〔蛾〕。
　　秋思冬愁春怅望，大都不称意时多。

一〇九　重寄别微之
　　凭仗江波寄一词，不须惆怅报微之。
　　犹胜往岁峡中别，滟滪堆边招手时。

一一〇　别周军事
　　主人头白官仍冷，去后怜君是底人。
　　试谒会稽元相去，不妨相见却殷勤。

一一一　看常州柘枝赠贾使君
　　莫惜新衣舞柘枝，也从尘污汗霑垂。
　　料君即却归朝去，不见银泥衫故时。

一一二　河阴夜泊忆微之
　　忆君我正泊行舟，望我君应上郡楼。
　　万里月明同此夜，黄河东面海西头。

一一三　杭州回舫
　　自别钱塘山水后，不多饮酒懒吟诗。
　　欲将此意凭回棹，与报西湖风月知。

一一四　爱咏诗
　　词章讽咏成千首，心行归依向一乘。
　　坐倚绳床闲自念，前生应是一诗僧。

一一五　卧疾
　　闲官卧疾绝经过，居处萧条近洛河。
　　水北水南秋月夜，管弦声少杵声多。

一一六　酬杨八
　　君以旷怀宜静境，我因蹇步称闲官。
　　闭门足病非高士，劳作云心鹤眼看。

一一七　梦行简
　　　天气妍和水色鲜，闲吟独步小桥边。
　　　池塘草绿无佳句，虚卧春窗梦阿怜。

一一八　云和
　　　非琴非瑟亦非筝，拨柱推弦调未成。
　　　欲举〔散〕白头千万恨，只消红袖两三声。

一一九　春老
　　　欲随年少强游春，自觉风光不属身。
　　　歌舞屏风花障上，几时曾画白头人？

一二〇　春雪过皇甫家
　　　晚来蓝舆雪中回，喜遇君家门正开。
　　　惟要主人青眼待，琴诗谈笑自将来。

一二一　崔侍御以孩生三日以诗见示因和之
　　①洞房门上挂桑弧，香水盆中浴凤雏。
　　　还似初三生日魄，嫦娥满月即成珠。
　　②爱惜肯将同宝玉，喜欢应胜得公侯。
　　　弄璋诗句多才思，愁杀无儿老邓攸。

一二二　晚春寄微之并崔湖州
　　　洛阳陌上少交亲，履道城边欲暮春。
　　　崔在吴兴元在越，出门骑马觅何人？

一二三　东城桂三首
　　①子堕本从天竺寺，根槃今在阖庐城。
　　　当时应逐南风落，落向人间取次生。
　　②雪霰压多虽不死，荆榛长疾欲相埋。
　　　长忧落在樵人手，卖作苏州一束柴。

③遥知天上桂华孤，试问嫦娥更要无。
　　　月宫幸有闲田地，何不中央种两株。

一二四　新栽梅
　　池边新种七株梅，欲到花时点检来。
　　莫怕长洲桃李妒，今年好为使君开。

一二五　戏和贾常州醉中二首
　　①闻道毗陵诗酒兴，近来积渐学姑苏。
　　　罨头新令从偷去，刮骨清吟得似无？
　　②越调管吹留客曲，吴吟诗送暖寒杯。
　　　娃宫无限风流事，好遣孙心暂学来。

一二六　清明夜
　　好风胧月清明夜，碧砌红轩刺史家。
　　独绕回廊行复歇，遥听弦管暗看花。

一二七　三月二十八日赠周判官
　　一春惆怅残三日，醉问周郎忧得无？
　　柳絮送人莺劝酒，去年今日别东都。

一二八　酬别周从事二首
　　①腰痛拜迎人客倦，眼昏勾押簿书难。
　　　辞官归去缘衰病，莫作陶潜范蠡看。
　　②洛下田园久抛掷，吴中歌酒莫留连。
　　　嵩阳云树伊川月，已校归迟四五年。

一二九　见小侄龟儿咏灯诗并腊娘制衣因寄行简
　　已知腊子能裁服，复报龟儿解咏灯。
　　巧妇才人常薄命，莫教男女苦多能。

一三〇　写新诗寄微之偶题卷后
　　写了吟看满卷愁，浅红笺纸小银钩。
　　未容寄与微之去，已被人传到越州。

一三一　宝历二年八月三十日在梦后作
　　尘缨忽解诚堪喜，世网重来未可知。
　　莫忘全吴馆中梦，岭南泥雨步行时。

一三二　与梦得同登栖灵塔
　　半月悠悠在广陵，何楼何塔不同登。
　　共怜筋力犹堪在，上到栖灵第九层。

一三三　梦苏州水阁寄冯侍御
　　扬州驿里梦苏州，梦到花桥水阁头。
　　觉后不知冯御史，此中昨夜共谁游？

一三四　答次休上人
　　姓白使君无丽句，名休座主有新文。
　　禅心不合生分别，莫爱馀霞嫌碧云。

一三五　祕省后厅
　　槐花雨润新秋地，桐叶风翻欲夜天。
　　尽日后厅无一事，白头老监枕前眠。

一三六　登观音台望贤城
　　百千家似围棋局，十二街如种菜畦。
　　遥认微微入朝火，一条星宿五门西。

一三七　登灵应台北望
　　临高始见人寰小，对远方知色界空。
　　回首却归朝市去，一稊米落太仓中。

一三八　闲出
　　兀兀出门何处去？新昌街晚树阴斜。
　　马蹄知意缘行熟，不向杨家即庾家。

一三九　奉使途中戏赠张常侍
　　早风吹土满长衢，驿骑星轺尽疾驱。
　　共笑篮舆亦称使，日驰一驿向东都。

一四〇　种白莲
　　吴中白藕洛中栽，莫恋江南花懒开。
　　万里携归尔知否？红蕉朱槿不将来。

一四一　和刘郎中伤鄂姬
　　不独君嗟我亦嗟，西风北雪杀南花。
　　不知月夜魂归处，鹦鹉洲头第几家？

一四二　雪中寄令狐相公兼呈梦得
　　兔园春雪梁王会，想对金罍咏玉尘。
　　今日相如身在此，不知客右坐何人？

一四三　和刘郎中鹤叹二首
　　①辞乡远隔华亭水，逐我来栖缑岭云。
　　惭愧稻粱长不饱，未曾回眼向鸡群。
　　②荒草院中池水畔，衔恩不去又经春。
　　见君惊喜双回顾，应为吟声似主人。

一四四　宿窦使君庄水亭
　　使君何在在江东，池柳初黄杏欲红。
　　有兴即来闲便宿，不知谁是主人翁。

一四五　龙门下作
　　龙门涧下濯尘缨，拟作闲人过此生。

筋力不将诸处用，登山临水咏诗行。

一四六　姚侍御见过戏赠
晓起春寒慵裹头，客来池上偶同游。
东台御史多提举，莫按金章系布裘。

一四七　和钱华州题少华清光
高情雅韵三峰守，主领清光管白云。
自笑亦曾为刺史，苏州肥腻不如君。

一四八　送陕府王大夫
金马门前回剑佩，铁牛城下拥旌旗。
他时万一为交代，留取甘棠三两株。

一四九　代迎春花招刘郎中
幸与松筠相近栽，不随桃李一时开。
杏园岂敢妨君去，未有花时且看来。

一五○　玩迎春花赠杨郎中
金英翠萼带春寒，黄色花中有几般？
凭君语向游人道，莫作蔓菁花眼看。

一五一　座上赠卢判官
把酒承花花落频，花香酒味相和春。
莫言不是江南会，虚白亭中旧主人。

一五二　曲江有感
曲江西岸有春风，万树花前一老翁。
遇酒逢花还且醉，莫论惆怅事何穷。

一五三　杏园花下赠刘郎中
怪君把酒偏惆怅，曾是贞元花下人。

自别花来多少事，东风二十四回春。

一五四　伊州
老去将何散老愁，新教小玉唱伊州。
亦应不得多年听，未教成时已白头。

一五五　酬严给事玉蕊花
瀛女偷乘风下时，洞中潜歇弄琼枝。
不缘啼鸟春饶舌，青琐仙郎可得知？

一五六　京路
西来为看秦山雪，东去缘寻洛苑春。
来去腾腾两京路，闲行除我更无人。

一五七　华州西
每逢人静慵多歇，不计程行困即眠。
上得篮舆未能去，春风敷水店门前。

一五八　送春
银花凿落从君劝，金屑琵琶为我弹。
不独送春兼送老，更尝一酹更听君。

一五九　春词
低花树映小妆楼，春入眉心两点愁。
斜依阑干背鹦鹉，思量何事不回头。

一六〇　花酒
香醅浅酌浮如蚁，云鬓新梳薄似蝉。
为报洛城花酒道，莫辞送老二三年。

一六一　杨家南亭
小亭门外月斜开，满地凉风满地苔。

　　　　北院好弹秋思处，终须一夜抱琴来。

一六二　广府胡尚书频寄诗因答
　　　　尚书清白临南海，虽饮贪泉心不回。
　　　　唯向诗中得珠玉，时时寄到帝乡来。

一六三　读鄂公传
　　　　高卧深居不见人，功名抖擞似灰尘。
　　　　唯留一部清商乐，月下风前伴老身。

一六四　冬夜闻虫
　　　　虫声冬思苦于秋，不解愁人闻亦愁。
　　　　我是老翁听不畏，少年莫听白君头。

一六五　听田顺儿歌
　　　　戛玉敲冰声未停，嫌云不遏入青冥。
　　　　争得黄金满衫袖，一时抛与断年听。

一六六　听曹刚琵琶兼示重莲
　　　　拨拨弦弦意不同，胡啼番语两玲珑。
　　　　谁能截得曹刚手，插向重莲衣袖中。

一六七　对酒五首
　　　　①巧拙贤愚相是非，何如一醉尽忘机。
　　　　　君知天地中宽窄，雕鹗鸾凰各自飞。
　　　　②蜗牛角上争何事，石火光中寄此身。
　　　　　随富随贫且欢乐，不开口笑是痴人。
　　　　③丹砂见火去无迹，白发泥人来不休。
　　　　　赖有酒仙相暖热，松乔醉即到前头。
　　　　④百岁无多时壮健，一春能几日晴明。
　　　　　相逢且莫推辞醉，听唱阳关第四声。

⑤昨日低眉问疾来，今朝收泪弔人回。
　　眼前流例君看取，且遣琵琶送一杯。

一六八　僧院花
　　欲悟色空为佛事，故栽芳树在僧家。
　　细看便是华严偈，方便风开智慧花。

一六九　不出
　　檐前新叶覆残花，席上馀杯对早茶。
　　好是老身销日处，谁能骑马傍人家？

一七〇　老病
　　昼听笙歌夜醉眠，若非月下即花前。
　　如今老病须知分，不负春来二十年。

一七一　忆晦叔
　　游山弄水携诗卷，看月寻花把酒杯。
　　六事尽思君作伴，几时归到洛阳来？

一七二　琴酒
　　耳根得听琴初畅，心地忘机酒半酣。
　　若使启期兼解醉，应言四乐不言三。

一七三　听幽兰
　　琴中有曲是幽兰，为我殷勤更弄看。
　　欲得身心俱静好，自弹不及听人弹。

一七四　送客
　　病上篮舆相送来，衰容秋思两悠哉。
　　凉风袅袅吹槐子，却请行人劝一杯。

一七五　戏答皇甫监
　　寒宵劝酒君须饮，君是孤眠七十身。

  莫道非人身不暖，十分一盏暖于人。

一七六 池边即事
  毡帐胡琴出塞曲，兰塘越棹弄潮声。
  何言此处同风月，蓟北江南万里情。

一七七 别陕州王司马
  笙歌惆怅欲为别，风景阑珊初过春。
  争得遣君诗不苦，黄河岸上白头人。

一七八 答尉迟少尹问所须
  乍到频劳问所须，所须非玉亦非珠。
  爱君水阁宜闲咏，每有诗成许去无？

一七九 答苏庶子月夜闻家僮奏乐见赠
  墙西明月水东亭，一曲霓裳按小伶。
  不敢邀君无别意，弦生管涩未堪听。

一八〇 白莲池泛舟
  白藕新花照水开，红窗小舫信风回。
  谁教一片江南兴，逐我殷勤万里来。

一八一 答崔十八
  劳将白叟比黄公，今古由来事不同。
  我有商山君未见，清泉白石在胸中。

一八二 答苏六
  但喜暑随三伏去，不知秋送二毛来。
  更无别计相宽慰，故遣阳关劝一杯。

一八三 秋游
  下马闲行伊水头，凉风清景胜春游。

何事古今诗句里，不多说着洛阳秋。

一八四　期宿客不至
　　风飘雨洒簾帏故，竹映松遮灯火深。
　　宿客不来嫌冷落，一樽酒对一张琴。

一八五　问移竹
　　问君移竹意如何？切勿排行但间窠。
　　多种少栽皆有意，大都少校不如多。

一八六　重阳席上赋白菊
　　满园花菊郁金黄，中有孤丛色似霜。
　　还似今朝歌酒席，白头翁入少年场。

第二十卷 七言十 中唐七

（共二百三十二首）

一 寄两银榼与裴侍郎因题　白居易
　　①贫无好物堪为信，双榼虽轻意不轻。
　　　愿奉谢公池上酌，丹心绿酒一时倾。
　　②惯和麴蘖堪盛否，重用盐梅试洗看。
　　　小器不知容几许，襄阳米贱酒升宽。

二 小桥柳
　　细水涓涓似泪流，日西惆怅小桥头。
　　衰阳叶尽空枝在，犹被霜风吹不休。

三 哭微之二首
　　①八月凉风吹白幕，寝门廊下哭微之。
　　　妻孥朋友来相吊，唯道皇天无所知。
　　②文章卓荦生无敌，风骨英灵没有神。
　　　哭送咸阳北原上，可能随例作灰尘。

四 任老
　　不愁陌上春光尽，亦任庭前日影斜。
　　面黑眼昏头雪白，老应无可更增加。

五　劝欢
　　　火急欢娱切勿迟，眼看老病悔难追。
　　　樽前花下歌筵里，会有求来不得时。

六　晚归府
　　　晚从履道来归府，街路虽长尹不嫌。
　　　马上凉于床上坐，绿槐风透紫蕉衫。

七　宿龙潭寺
　　　夜上九潭谁是伴？云随飞盖月随杯。
　　　明年尚作三川守，此地兼将歌舞来。

八　过温尚书旧庄
　　　白石清泉抛济口，碧幢红斾照河阳。
　　　村人都不知时事，犹自呼为处士庄。

九　赠神照上人
　　　心如定水随形应，口似悬河逐病治。
　　　曾向众中先礼拜，西方去日莫相遗。

一〇　自远禅师
　　　自出家来长自在，缘身一衲一绳床。
　　　令人见即心无事，每一相逢是道场。

一一　宗上人
　　　荣华恩爱弃成唾，戒定真如和作香。
　　　今古虽殊同一法，瞿昙抛却转轮王。

一二　清闲上人
　　　梓潼眷属何年别？长寿坛场近日开。
　　　应是蜀人皆度了，法轮移向洛中来。

一三　弹秋思
　　信意闲弹秋思时，调清声直韵疏迟。
　　近来渐喜无人听，琴格高低心自知。

一四　春风
　　春风先发苑中梅，樱杏桃李次第开。
　　荠花榆荚深村里，亦道春风为我来。

一五　洛阳春
　　洛阳陌上春长在，昔别今来二十年。
　　唯觅少年心不得，其馀万事尽依然。

一六　早出晚归
　　早起或因携酒出，晚归多是看花回。
　　若抛风景长闲坐，自问东京作底来？

一七　魏王堤
　　花寒懒发鸟慵啼，信马闲行到日西。
　　何处未春先有思？柳条无力魏王堤。

一八　劝行乐
　　少年信美何曾久，春日虽迟不再中。
　　欢笑胜愁歌胜哭，请君莫道等头空。

一九　老慵
　　岂是交亲向我疏，老慵自爱闭门居。
　　近来渐喜知闻断，免恼嵇康索报书。

二〇　夜调琴忆崔少卿
　　今夜调琴忽有情，欲弹惆怅忆崔卿。
　　何人解爱中徽上？秋思头边八九声。

二一　王子晋庙
　　子晋庙前山月明，人闻往往夜吹笙。
　　鸾吟凤唱听无拍，多似霓裳散序声。

二二　晚出寻人不遇
　　篮舆不乘乘晚凉，相寻不遇亦无妨。
　　轻衣稳马槐阴下，自要闲行一两坊。

二三　舟中夜坐
　　潭边霁后多清景，桥下凉来足好风。
　　秋鹤一双船一只，夜深相伴月明中。

二四　题西亭
　　多见朱门富贵人，林园未毕即无身。
　　我今幸作西亭主，已见池塘五度春。

二五　观游鱼
　　绕池闲步看鱼游，正值儿童弄钓舟。
　　一种爱鱼心各异，我来施食尔垂钩。

二六　看采莲
　　小桃闲上小莲船，半采红莲半白莲。
　　不似江南恶风浪，芙蓉池在卧床前。

二七　看采菱
　　菱池如镜净无波，白点花稀青角多。
　　时唱一声新水调，谩人道是采菱歌。

二八　夭老
　　早世身如风里烛，暮年发似镜中丝。
　　谁人断得人间事？少夭堪伤老又悲。

二九　秋池
　　　洗浪清风透水霜，水边闲坐一绳床。
　　　眼尘心垢见皆尽，不是秋池是道场。

三〇　新雪二首
　　　①不思北省烟霄地，不忆南宫风月天。
　　　　唯忆静恭杨阁老，小园新雪暖炉前。
　　　②不思朱雀街东鼓，不忆青龙寺后钟。
　　　　唯忆夜深新雪后，新昌台上七株松。

三一　和微之任校书郎日过三乡
　　　三乡过日君年几，今日君年五十馀。
　　　不独年催身亦变，校书郎变作尚书。

三二　和微之十七与君别及陇月花枝之咏
　　　别时十七今头白，恼乱君心三十年。
　　　垂老休吟花月句，恐君更结后身缘。

三三　疑梦二首
　　　①莫惊宠辱虚忧喜，莫计恩仇浪苦辛。
　　　　黄帝孔丘无处问，安知不是梦中身？
　　　②鹿疑郑相终难辩，蝶化庄生讵可知。
　　　　假使如今不是梦，能长于梦几多时？

三四　除夜
　　　病眼少眠非守岁，老心多感又临春。
　　　火销灯尽天明后，便是平头六十人。

三五　府西池
　　　柳无气力枝先动，池有波文冰尽开。
　　　今日不知谁计会，春风春水一时来。

三六　府酒五首
　　①变法
　　自惭到府来周岁，惠爱威棱一事无。
　　唯是改张官酒法，渐从浊水作醍醐。
　　②招客
　　日午微风且暮寒，春风冷峭雪干残。
　　碧毡帐下红炉畔，试为来尝一盏看。
　　③辨味
　　甘露太甜非正味，醴泉虽洁不芳馨。
　　杯中此物何人别，柔旨之中有典刑。
　　④自劝
　　忆昔羁贫应举年，脱衣典酒曲江边。
　　十千一斗犹赊饮，何况官供不著钱。
　　⑤谕妓
　　烛泪夜粘桃叶袖，酒痕香污石榴裙。
　　莫辞辛苦供欢宴，老后思量悔杀君。

三七　履道居三首
　　①莫嫌地窄林亭小，莫厌家贫活计微。
　　　大有高门锁宽宅，主人到老不曾归。
　　②东里素帏犹未彻，南邻丹旐又新悬。
　　　衡门蜗舍自惭愧，收得身来已五年。
　　③世事平分众所知，何尝苦乐不相随。
　　　唯馀耽酒狂歌客，只有乐时无苦时。

三八　戏招诸客
　　黄醅绿醑迎冬熟，绛帐红炉逐夜开。
　　谁道洛中多逸客，不将书唤不曾来。

三九　将归
　　欲去公门返野扉，预思泉竹已依依。
　　更怜家酝迎春熟，一瓮醍醐待我归。

四〇　睡觉
　　官初罢后归来夜，天欲明前睡觉时。
　　起坐思量更无事，身心安乐复谁知？

四一　感旧诗卷
　　夜深吟罢一长吁，老泪灯前湿白须。
　　二十年前旧诗卷，十人酬和九人无。

四二　凉风叹
　　昨夜凉风又飒然，萤飘叶坠卧床前。
　　逢秋莫叹须知分，已过潘安三十年。

四三　送考功崔郎中赴阙
　　称意新官又少年，秋凉身健好朝天。
　　青云上了无多路，却要徐驱稳着鞭。

四四　闻歌者唱微之诗
　　新诗绝笔声名歇，旧卷生尘箧笥深。
　　时向歌中闻一句，未容倾耳已伤心。

四五　衰荷
　　白露凋花花不残，凉风吹叶叶初干。
　　无人解爱萧条境，更绕枯蘩一匝看。

四六　池上送考功崔郎中兼别房窦二妓
　　文昌列宿征还日，洛浦行云放散时。
　　鹓鹭上天花逐水，无由再会白家池。

四七　自问
　　依仁台废悲风晚，履信池荒宿草春。
　　自问老身骑马出，洛阳城里觅何人？

四八　秋夜听高调凉州
　　楼上金风声渐紧，月中银字韵初调。
　　促张弦柱吹高管，一曲《凉州》入沉廖。

四九　香山寺二首
　　①空门寂静老夫闲，伴鸟随云往复还。
　　　家酝满瓶书满架，半移生计入香山。
　　②爱风岩上攀松盖，恋月潭边坐石棱。
　　　且共云泉结缘境，他生当作此山僧。

五〇　负春
　　病来道士教调气，老去山僧劝坐禅。
　　辜负春风杨柳曲，去年断酒到今年。

五一　春池上戏赠李郎中
　　满池春水何人爱？唯我回看指示君。
　　直似挼蓝新汁色，与君南宅染罗裙。

五二　木兰花
　　腻如玉指涂朱粉，光似金刀剪紫霞。
　　从此时时春梦里，应添一树女郎花。

五三　杨柳枝词八首
　　①六么水调家家唱，白雪梅花处处吹。
　　　古歌旧曲君休听，听取新翻《杨柳枝》。
　　②陶令门前四五树，亚夫营里百千条。
　　　何似东都正二月，黄金枝映洛阳桥。

③依依袅袅复青青，勾引清风无限情。
　白雪花繁空扑地，绿丝条弱不胜莺。
④红板江桥青酒旗，馆娃宫暖日斜时。
　可怜雨歇东风定，万树千条各自垂。
⑤苏州杨柳任君夸，更有钱塘胜馆娃。
　若解多情寻小小，绿杨深处是苏家。
⑥苏家小女旧知名，杨柳风前别有情。
　剥条盘作银环样，卷叶吹为玉笛声。
⑦叶含浓露如啼眼，枝袅轻风似舞腰。
　小树不禁攀折苦，乞君留取两三条。
⑧人言柳叶似愁眉，更有愁肠似柳丝。
　柳丝挽断肠牵断，彼此应无续得期。

五四　浪淘沙词六首
①一泊沙来一泊去，一重浪灭一重生。
　相搅相淘无歇日，会教山海一时平。
②白浪茫茫与海连，平沙浩浩四无边。
　暮去朝来淘不住，遂令东海变桑田。
③青草湖中万里程，黄梅雨里一人行。
　愁见滩头夜泊处，风翻暗浪打船声。
④借问江湖与海水，何似君情与妾心？
　相恨不如潮有信，相思始觉海非深。
⑤海底飞尘终有日，山头化石岂无时。
　谁道小郎抛小妇，船头一去没回期。
⑥随波逐浪到天涯，迁客生还有几家？
　却到帝乡重富贵，请君莫忘浪淘沙。

五五　问鹤
　　乌鸢争食鹊争窠，独立池边风雪多。
　　尽日踏冰翘一足，不鸣不动意如何？

五六　代鹤答
　　鹰爪攫鸡鸡肋折，鹘拳蹴雁雁头垂。
　　何如敛翅水边立，飞上云松栖稳枝。

五七　少年问
　　少年怪我问如何，何事朝朝醉复歌？
　　号作乐天应不错，忧愁时少乐时多。

五八　问少年
　　千首诗堆青玉案，十分酒泻白金盂。
　　回头却问诸年少，作个狂夫得了无？

五九　代林园戏赠二首
　　①南院今秋游宴少，西坊近日往来频。
　　　假如宰相池亭好，作客何如作主人。
　　②集贤池馆从他盛，履道林亭勿自轻。
　　　往往归来嫌窄小，年年为主莫无情。

六〇　戏答林园
　　①岂独西坊来往频，偷闲处处作游人。
　　　衡门虽是栖迟地，不可终朝锁老身。
　　②小水低亭自可亲，大池高馆不关身。
　　　林园莫妒裴家好，憎故怜新岂是人。

六一　早秋登天宫寺阁赠诸客
　　天宫阁上醉萧辰，丝管闲听酒慢巡。
　　为向凉风清景道，今朝属我两三人。

六二　醉游平泉
　　狂歌箕踞酒樽前，眼不看人面向天。
　　洛客最闲唯有我，一年四度到平泉。

六三　集贤池答侍中问
　　主人晚入皇城宿，问客徘徊何所须？
　　池月幸闲无用处，今宵能借客游无？

六四　和同州杨侍郎夸柘枝见寄
　　细吟冯翊使君诗，忆作馀杭太守时。
　　君有一般输我事，柘枝看校十年迟。

六五　冬日平泉路晚归
　　山路难行日易斜，烟村霜树欲栖鸦，
　　夜归不到应闲事，热饮三杯即是家。

六六　利仁北街作
　　草色斑斑春雨晴，利仁坊北面西行。
　　踟蹰立马缘何事？认得张家歌吹声。

六七　洛阳堰闲行
　　洛阳堰上新晴日，长夏门前欲暮春。
　　遇酒即沽逢树歇，七年此地作闲人。

六八　过永宁
　　村杏野桃繁似雪，行人不醉为谁开？
　　赖逢山县卢明府，引我花前劝一杯。

六九　罗敷水
　　野店东头花落处，一条流水号罗敷。
　　芳魂艳骨知何在？春草茫茫墓亦无。

七〇　龙门送别皇甫泽州赴任、韦山人南游
　　隼旟归洛知何日，鹤驾还嵩莫过春。
　　惆怅香山云水冷，明朝便是独游人。

七一　寄杨六侍郎
　　西户最荣君好去，左凭虽稳我慵来。
　　秋风一箸鲈鱼鲙，张翰摇头唤不回。

七二　即事
　　重裘暖帽宽毡履，小阁低窗深地炉。
　　身稳心安眠未起，西京朝士得知无？

七三　家园三首
　　①沧浪峡水子陵滩，路远江深欲去难。
　　　何似家池通小院，卧房阶下捆鱼竿。
　　②篱下先生时得醉，瓮间吏部暂偷眠。
　　　何如家酝双鱼榼，雪夜花时长在前。
　　③鸳鸯怕捉竟难亲，鹦鹉虽笼不着人。
　　　何似家禽双白鹤，闲行一步亦随身。

七四　惜园花
　　晓来红萼凋零尽，始见空枝四五株。
　　前日狂风昨夜雨，残芳更合得存无？

七五　樟亭双樱
　　南馆西轩两树樱，春条长足夏阴成。
　　素华朱实今虽尽，碧叶风来别有情。

七六　问杨琼
　　古人唱歌兼唱情，今日唱歌惟唱声。
　　欲说向君君不会，试将此语问杨琼。

七七　和郭使君题枸杞
　　　山阳太守政严明，吏静人安无犬惊。
　　　不知灵药根成狗，怪得时闻吠夜声。

七八　元相国祯挽歌词四首
　　　①铭旌官重威仪盛，骑吹声繁卤簿长。
　　　　后魏帝孙唐宰相，六年七月葬咸阳。
　　　②墓门已闭筘箫去，惟有夫人哭不休。
　　　　苍苍露草咸阳陇，此是千秋第一秋。
　　　③送葬万人皆惨澹，反虞驷马亦悲鸣。
　　　　琴书剑佩谁收拾？三岁遗孤新学行。
　　　④相看掩泪俱无语，别有伤心事岂知。
　　　　想得咸阳原上树，已抽三丈白杨枝。

七九　病免后喜除宾客
　　　卧在漳滨满十旬，起为商皓伴三人。
　　　从今且莫嫌身病，不病何由索得身？

八〇　叹病鹤
　　　右翅低垂左胫伤，可怜风貌甚昂藏。
　　　亦知白日青天好，未要高飞且养疮。

八一　醉中重留梦得
　　　刘郎刘郎莫先起，苏台苏台隔云水。
　　　酒盏来从一百分，马头去便三千里。

八二　送崔驸马赴兖州
　　　戚里夸为贤驸马，儒家认作好诗人。
　　　鲁侯不得辜风景，沂水年年有暮春。

八三　送僧游江南
　　忽辞洛下缘何事，拟向江南住几时？
　　每过石头应问法，无妨菩萨是船师。

八四　往年丧白马题诗厅壁感怀
　　路傍埋骨蒿草合，壁上题诗尘藓生。
　　马死七年犹怅望，自知无乃太多情。

八五　二月二日
　　二月二日新雨晴，草芽菜甲一时生。
　　轻衫细马春年少，十字津头一字行。

八六　裴令公席上赠别梦得
　　年老官高多别离，转难相见转难思。
　　雪销酒尽梁王起，便是邹枚分散时。

八七　寻春题诸家园林
　　貌随年老欲何如？兴遇春牵尚有馀。
　　遥见人家花便入，不论贵贱与亲疏。

八八　笑春风兼赠李二十侍郎二首
　　①树根雪尽催花发，池岸冰销放草生。
　　　唯有鬓霜依旧白，春风于我独无情。
　　②道场斋戒今初毕，酒伴欢娱久不同。
　　　不把一杯来劝我，无情亦得似春风。

八九　奉和令公绿野堂种花
　　绿野堂开占物华，路人指道令公家。
　　令公桃李满天下，何用堂前更种花。

九〇　寄明州于驸马使君三首
　　①有花有酒有笙歌，其奈难逢亲故何！

　　　　近海饶风春足雨，白须太守闷时多。
　　②平阳音乐随都尉，留滞三年在浙东。
　　　　吴越声邪无法用，莫教偷入管弦中。
　　③何郎小妓歌喉好，严老呼为一串珠。
　　　　海味腥咸损声气，听看犹得断肠无？

九一　雨中听琴弹《别鹤操》
　　双鹤分离一何苦，连明雨夜不堪闻。
　　莫教迁客孀妻听，嗟叹悲啼泥杀君。

九二　香山避暑二首
　　①六月滩声如猛雨，香山楼北畅师房。
　　　夜深起凭阑干立，满耳潺湲满面凉。
　　②纱巾草履竹疏衣，晚下香山踏翠微。
　　　一路凉风十八里，卧乘篮舆睡中归。

九三　赠谈客
　　上客清谈何亹亹，幽人闲思自寥寥。
　　请君休说长安事，膝上风清琴正调。

九四　初入香山院对月
　　老住香山初到夜，秋逢白月正圆时。
　　从今便是家山月，试问清光知不知？

九五　病中赠南邻觅酒
　　头痛牙疼三日卧，妻看煎药婢来扶。
　　今朝似校抬头语，先问南邻有酒无？

九六　晓眠后寄杨户部
　　软绫腰褥薄棉被，凉冷秋天稳暖身。
　　一觉晓眠殊有味，无因寄与早朝人。

九七　酬令公雪中见赠讶不与梦得同相访
　　　雪以鹅毛飞散乱，人披鹤氅立徘徊。
　　　邹生枚叟非无兴，唯待梁王召即来。

九八　杨六尚书新授东川节度代妻戏贺兄嫂二首
　　　①刘纲与妇共升仙，弄玉随夫亦上天。
　　　　何似沙哥领崔嫂，碧油幢引向东川。
　　　②金花银碗饶君用，罨画罗衣尽嫂裁。
　　　　觅得黔娄为妹婿，可能空寄蜀茶来？

九九　因梦得题公垂所寄蜡烛因寄公垂
　　　照梁初日光相似，出水新莲艳不如。
　　　却寄两条君领取，明年双引入中书。

一〇〇　令公南庄花柳正盛欲偷一赏先寄二诗
　　　①最忆楼花千万朵，偏怜堤柳两三株。
　　　　拟提社酒携村妓，擅入朱门莫怪无。
　　　②可惜亭台闲度日，欲偷风景暂游春。
　　　　只愁花里莺饶舌，飞入宫城报主人。

一〇一　和裴令公南庄
　　　陶庐僻陋那堪比，谢墅幽闲不足攀。
　　　何似嵩峰三十六，长随申甫作家山。

一〇二　宅西有流水墙下构小楼临玩之时颇有幽趣偶题五首
　　　①伊水分来不自由，无人解爱为谁流？
　　　　家家抛向墙根底，唯我栽莲起小楼。
　　　②水色波文何所似？麴尘罗带一条斜。
　　　　莫言罗带春无主，自置楼来属白家。
　　　③日滟水光摇素壁，风飘树影拂朱栏。

皆言此处宜弦管，试奏《霓裳》一曲看。
④《霓裳》奏罢唱梁州，红袖斜翻翠黛愁。
应是遥闻胜近听，行人欲过尽回头。
⑤独醉还须得歌舞，自娱何必要亲宾。
当时一部清商乐，亦不长将乐外人。

一〇三　送卢郎中赴河东裴令公幕
别时暮雨洛桥岸，到日凉风汾水波。
荀令觅君应问我，为言秋草闭门多。

一〇四　戏和梦得答李侍郎诗有文星之句
看题锦绣报琼瓌，俱是人天第一才。
好遣文星守躔次，亦须防有客星来。

一〇五　戏答思黯
何时得见十三弦，待取无云有月天。
愿得金波明以镜，镜中照出月中仙。

一〇六　酬裴令公赠马相戏
安石风流无奈何，欲将赤骥换青娥。
不辞便送东山去，临老何人与唱歌？

一〇七　早春持斋
正月晴和风景新，纷纷已有醉游人。
帝城花笑长斋客，二十年来负早春。

一〇八　谢杨东川寄衣服
年年衰老交游少，处处萧条书信稀。
唯有巢兄不相忘，春茶未断寄秋衣。

一〇九　东城晚归
一条筇杖悬龟榼，双角吴童控马衔。

晚入东城谁识我，短靴低帽白蕉衫。

一一〇　苏州故吏
江南故吏别来久，今日池边识我无？
不独使君头似雪，华亭鹤死白莲枯。

一一一　得杨湖州书
岂独爱民兼爱客，不唯能饮又能文。
白蘋洲上春传语，柳使君输杨使君。

一一二　听歌
管妙弦清歌入云，老人合眼醉醺醺。
诚知不及当年听，犹觉闻时胜不闻。

一一三　西楼独立
身着白衣头似雪，时时醉立小楼中。
路人回颜应相怪，十一年来见此翁。

一一四　早春独登天宫阁
天宫日暖阁门开，独上迎春饮一杯。
无限游人遥怪我，缘何最老最先来？

一一五　送苏州李使君二首
①忆抛印绶辞吴郡，衰病当时已有馀。
　今日贺君兼自喜，八回看换旧铜鱼。
②馆娃宫深春日长，乌鹊桥高秋夜凉。
　风月不知人世变，奉君直似奉吴王。

一一六　长洲曲新词
茂苑绮罗佳丽地，女湖桃李艳阳时。
心奴已死胡容老，后辈风流是阿谁？

一一七　春眠
　　　枕低被暖身安稳，日照房中帐未开。
　　　还有少年春气味，时时暂到睡中来。

一一八　病中五首
　　　①世间生老病相随，此事心中久自知。
　　　　今日行年将七十，犹须惭愧病来迟。
　　　②方寸成灰鬓作丝，假如强健亦何为？
　　　　家无忧累身无事，正是安闲好病时。
　　　③李君墓上松应拱，元相池头竹尽枯。
　　　　多幸乐天今始病，不知合要苦治无？
　　　④目昏思寝即安眠，足软妨行便坐禅。
　　　　身作医王心是药，不劳和扁到门前。
　　　⑤交亲不要苦相忧，亦拟时时强出游。
　　　　但有心情何用脚，陆乘肩舆水乘舟。

一一九　送嵩客
　　　登山临水分无期，泉石烟霞今属谁？
　　　君到嵩阳吟此句，与教三十六峰知。

一二〇　卖骆马
　　　五年花下醉骑行，临卖回头嘶一声。
　　　项籍顾骓犹解叹，乐天别骆岂无情。

一二一　别柳枝
　　　两枝杨柳小楼中，袅娜多年伴醉翁。
　　　明日放归归去后，世间应不要春风。

一二二　岁暮呈思黯相公皇甫朗之及梦得尚书
　　　岁暮皤然一老夫，十分流辈九分无。

莫嫌身病人扶侍，犹胜无身可遣扶。

一二三　感苏州旧舫
　　　画梁朽折红窗破，独立池边尽日看。
　　　守得苏州船舫烂，此身争合不衰残。

一二四　戏礼经老僧
　　　香火一炉灯一盏，白头夜礼佛名经。
　　　何年饮著声闻酒，直到如今醉未醒？

一二五　前有别柳枝诗梦得继和云"春尽絮飞留不得，
　　　　随风好去落谁家"又复戏答
　　　柳老春深日又斜，任他飞向别人家。
　　　谁能更学孩童戏，寻逐春风捉柳花。

一二六　五年秋病后独宿香山寺三首
　　　①经年不到龙门寺，今夜何人知我情。
　　　　还向杨师房里宿，新秋月色旧滩声。
　　　②饮徒歌伴今何在？雨散云飞尽不回。
　　　　从此香山风月夜，只应长是一身来。
　　　③石盆泉畔石楼头，十二年来昼夜游。
　　　　更过今年年七十，假如无病亦宜休。

一二七　题香山新经堂招僧
　　　烟满秋堂月满庭，香花漠漠磬泠泠。
　　　谁能来此寻真谛，白老新开一藏经。

一二八　早入皇城赠王留守仆射
　　　津桥残月晓沉沉，风露凄清禁署深。
　　　城柳宫槐漫摇落，悲愁不到贵人心。

一二九　山下留别佛光和尚
　　劳师送我下山行，此别何人识此情？
　　我已七旬师九十，当知后会在他生。

一三〇　岭上云（总题"山中五首"）
　　岭上白云朝未散，田中青麦早将枯。
　　自生自灭成何事，能逐东风作雨无？

一三一　石上苔
　　漠漠斑斑石上苔，幽芳静绿绝纤埃。
　　路傍凡草荣遭遇，曾得七香车辗来。

一三二　林下樗
　　香檀文桂苦雕镌，生理何曾得自全。
　　知有无材老樗否？一枝不损尽天年。

一三三　涧中鱼
　　海水桑田欲变时，风涛翻覆沸天池。
　　鲸吞蛟斗波成血，深涧游鱼乐不知。

一三四　洞中蝙蝠
　　千年鼠化白蝙蝠，黑洞深藏避网罗。
　　远害全身诚得计，一生幽暗又如何？

一三五　心问身（总题"自戏三绝句"）
　　心问身云何泰然？严冬暖被日高眠。
　　放君快活知恩否，不早朝来十一年。

一三六　身报心
　　心是身王身是宫，君今居在我宫中。
　　是君家舍君须爱，何事论恩自说功。

一三七　心重答身
　　因我疏慵休罢早，遣君安乐岁时多。
　　世间老苦人何限，不放君闲奈我何。

一三八　病后喜过刘家
　　忽忆前年初病后，此生甘分不衔杯。
　　谁能料得今春事，又向刘家饮酒来。

一三九　赠举之仆射
　　鸡毬饧粥屡开筵，谈笑讴吟间管弦。
　　一月三回寒食会，春光应不负今年。

一四〇　卢尹贺梦得会中作
　　病闻川守贺筵开，起伴尚书饮一杯。
　　任意少年长笑我，老人自觅老人来。

一四一　题朗之槐亭
　　春风可惜无多日，家酝唯残软半瓶。
　　犹望君归同一醉，篮舆早晚入槐亭。

一四二　劝梦得酒
　　谁人功画麒麟阁，何客新投魑魅乡？
　　两处荣枯君莫问，残春更醉两三场。

一四三　过裴令公故宅二首
　　①风吹杨柳出墙枝，忆得同欢共醉时。
　　　每到集贤坊北过，不曾一度不低眉。
　　②梁王旧馆雪濛濛，愁杀邹枚二老翁。
　　　假使明朝深一尺，亦无人到兔园中。

一四四　新涧亭
　　烟萝初合涧新开，闲上西亭日几回。

　　　　老病归山应未得，且移泉石就身来。

一四五　寄黔州马常侍
　　　　闲看双节信为贵，乐饮一杯谁与同？
　　　　可惜风情与心力，五年抛掷在黔中。

一四六　雪暮俱与梦得同致仕裴宾客王尚书饮
　　　　黄昏惨惨雪霏霏，白首相欢醉不归。
　　　　四个老人三百岁，人间此会亦应稀。

一四七　都子歌（总题"听歌六绝句"）
　　　　都子新歌有性灵，一声格转已堪听。
　　　　更听唱到嫦娥字，犹有樊家旧典刑。

一四八　乐世
　　　　管急弦繁拍渐稠，六么宛转曲终头。
　　　　诚知乐世声声乐，老病人听未免愁。

一四九　水调
　　　　五言一遍最般勤，调少情多似有因。
　　　　不会当时翻曲意，此声肠断为何人？

一五〇　想夫怜
　　　　玉管朱弦莫急催，容听歌送十分杯。
　　　　长爱夫怜第二句，请君重唱夕阳开。

一五一　何满子
　　　　世传满子是人名，临就刑时曲始成。
　　　　一曲四词歌八迭，从头便是断肠声。

一五二　闲眠
　　　　暖床斜卧日曛腰，一觉闲眠百病销。

尽日一餐茶两碗，更无所要到明朝。

一五三　南侍御以石相赠助成水声因以谢之
　　　　泉石磷磷声似琴，闲眠静听洗尘心。
　　　　莫轻两片青苔石，一夜潺湲值万金。

一五四　寒亭留客
　　　　今朝闲坐石亭中，炉火销残樽又空。
　　　　冷落若为留客住，冰池霜竹雪髯翁。

一五五　新小滩
　　　　石浅沙平流水寒，水边斜插一渔竿。
　　　　江南客见生乡思，道似严陵七里滩。

一五六　卯饮
　　　　短屏风掩卧床头，乌帽青毡白氎裘。
　　　　卯饮一杯眠一觉，世间何事不悠悠。

一五七　借杨六尚书太湖石
　　　　借君片石意何如？置向庭中慰索居。
　　　　每就玉山倾一酌，兴来如对醉尚书。

一五八　永丰坊园中垂柳
　　　　一树春风千万枝，嫩如金色软于丝。
　　　　永丰西角荒园里，尽日无人属阿谁？

一五九　和卢尹
　　　　一树衰残委泥土，双枝荣耀植天庭。
　　　　定知玄象今春后，柳宿光中添两星。

一六〇　出斋日喜皇甫十早访
　　　　三旬斋满欲衔杯，平旦敲门门未开。

除却朗之携一榼,的应不是别人来。

一六一　携酒往朗之庄居同饮
慵中又少经过处,别后都无劝酒人。
不挈一壶相就醉,若为将老度残春。

一六二　客有说
近有人从海上回,海山深处见楼台。
中有仙龛虚一室,多传此待乐天来。

一六三　答客说
吾学空门非学仙,恐君此说是虚传。
海山不是吾归处,归即应归兜率天。

一六四　游赵村杏花
赵村红杏每年开,十五年来看几回。
七十三人难再到,今春来是别花来。

一六五　戏问牛司徒
抖擞尘缨拃白须,半酣扶起问司徒:
不知诏下悬车后,醉舞狂歌有例无?

一六六　喜裴涛尚书携诗见访
忽闻叩户醉吟声,不觉停杯倒屣迎。
共放诗狂同酒癖,与君别是一亲情。

一六七　宿府西亭
池上平桥桥下亭,夜深睡觉上桥行。
白头老尹重来宿,十五年前旧月明。

一六八　见杨弘贞诗赋因题绝句以自谕
赋句诗章妙入神,未年三十即无身。

常嗟薄命形憔悴，若比弘贞是幸人。

一六九　戏赠李十三判官
　　垂鞭相送醉醺醺，遥见庐山指似君。
　　想君初觉从军乐，未爱香炉峰上人。

一七〇　望郡南山寄行简
　　临江一嶂白云间，红绿层层锦绣斑。
　　不作巴南天外意，何如昭应望骊山。

一七一　池上离兴
　　水浅鱼稀白鹭饥，劳心瞪目待鱼时。
　　外容闲暇中心苦，似是而非谁得知？

一七二　思子台有感二首
　　①曾家机上闻投杼，尹氏园中见掇蜂。
　　　但以恩情生隙罅，何人不解作江充？
　　②暗生魑魅蠹生虫，何异谗生疑阻中？
　　　但使武皇心似烛，江充不敢作江充。

一七三　欢喜二偈
　　①得老加年诚可喜，当春对酒亦宜欢。
　　　心中别有欢喜事，开得龙门八节滩。
　　②眼暗头旋耳重听，唯馀心口尚醒醒。
　　　今朝欢喜缘何事？礼彻佛名百部经。

一七四　吟前篇因寄微之
　　君颜贵茂不清羸，君句雄华不苦悲。
　　何事遣君还似我，髭须早白亦无儿。

一七五　寄胡饼与杨万州
　　胡麻饼样学京都，面脆油香新出炉。

寄与饥馋杨大使，尝看得似辅兴无？

一七六　夜惜禁中桃花因怀钱员外
　　　前日归时花正红，今夜宿时枝半空。
　　　坐惜残芳君不见，风吹狼藉月明中。

一七七　读《老子》
　　　言者不如知者默，此语吾闻与老君。
　　　若道老君是知者，缘何自著五千文？

一七八　读《庄子》
　　　庄生齐物同归一，我道同中有不同。
　　　遂性逍遥虽一致，鸾凰终校胜蛇虫。

一七九　感旧石上字
　　　闲拨船行寻旧地〔池〕，幽情往事复谁知？
　　　太湖石上镌三字，十五年前陈结之。

一八〇　梨园弟子
　　　白头垂泪话梨园，五十年前雨露恩。
　　　莫问华清今日事，满山红叶锁宫门。

一八一　感月悲逝者
　　　存亡感月一潸然，月色今宵似往年。
　　　何处曾经同望月？樱桃树下后堂前。

一八二　病气
　　　自知气发每因情，情在何由气得平？
　　　若问病根深与浅，此身应与病齐生。

传统文化修养丛书

万首唐人绝句
〈下〉

[宋]潘永因 ◎ 原编
[明]赵宧光 黄习远 ◎ 编定

乔继堂 ◎ 编

上海科学技术文献出版社
Shanghai Scientific and Technological Literature Press

下册目录

第二十一卷　七言十一　中唐八（共262首）　…………　599
　元　稹　…………　599　李　贺　…………　625
　吕　温　…………　621　皇甫松　…………　627
　朱　绎　…………　625

第二十二卷　七言十二　中唐九（共241首）　…………　629
　窦　常　…………　629　徐　凝　…………　635
　窦　牟　…………　629　欧阳詹　…………　644
　窦　群　…………　630　羊士谔　…………　647
　窦　庠　…………　631　刘　商　…………　651
　窦　巩　…………　632

第二十三卷　七言十三　中唐十（共256首）　…………　659
　施肩吾　…………　659　裴　度　…………　686
　朱　褒　…………　677　李　绅　…………　686
　武元衡　…………　677　章孝标　…………　688

第二十四卷　七言十四　中唐十一（共252首）　…………　690
　王　建　…………　690　苏　拯　…………　712
　彭　伉　…………　712　马　逢　…………　712

柯　崇 …………………… 713　　高　衢 …………………… 713
孟宾于 …………………… 713　　韦　水 …………………… 714
陆　洞 …………………… 713　　李昌邺 …………………… 714
王　硕 …………………… 713　　王　祝 …………………… 714
李　缟 …………………… 713　　刘　谷 …………………… 714
张　绮 …………………… 713　　王　条 …………………… 714

第二十五卷　七言十五　中唐十二（共262首）………… 715
　张　籍 …………………… 715　　王　涯 …………………… 736
　孟　郊 …………………… 728　　令狐楚 …………………… 740
　姚　合 …………………… 729　　杨巨源 …………………… 741
　朱庆馀 …………………… 733

第二十六卷　七言十六　中唐十三（共241首）………… 745
　张　继 …………………… 745　　刘言史 …………………… 761
　权德舆 …………………… 746　　李　翱 …………………… 768
　鲍　溶 …………………… 753　　贾　岛 …………………… 768
　陆　畅 …………………… 757

第二十七卷　七言十七　中唐十四（共253首）………… 774
　严　维 …………………… 774　　商尧藩 …………………… 780
　李嘉祐 …………………… 775　　严休复 …………………… 781
　耿　湋 …………………… 776　　张仲素 …………………… 781
　李　端 …………………… 776　　包　佶 …………………… 783
　杨　衡 …………………… 778　　杨　凭 …………………… 783
　张　登 …………………… 778　　杨　凝 …………………… 785
　司空曙 …………………… 779　　杨　凌 …………………… 787

王 毂	……	787	长孙翱 ……	795
朱 放	……	788	崔子向 ……	795
长孙佐辅	……	789	崔希丹 ……	795
王 叡	……	789	郑德璘 ……	795
秦 系	……	789	郭 圆 ……	796
段文昌	……	791	严公弼 ……	796
刘 皂	……	791	张文规 ……	796
崔 护	……	791	崔 生 ……	796
裴交泰	……	791	卢 贞 ……	796
高崇文	……	791	王仲舒 ……	797
韦 丹	……	792	李 虞 ……	797
韦 皋	……	792	崔 郊 ……	797
张 碧	……	792	柳 谈 ……	797
杨汝士	……	793	胡幽贞 ……	797
韦同则	……	793	寥有方 ……	798
郑 絪	……	793	焦 郁 ……	798
滕 迈	……	793	骆 浚 ……	798
王智兴	……	793	李 昇 ……	798
舒元舆	……	794	奉天文士 ……	798
张 顶	……	794	段弘吉 ……	798
蔡 京	……	794	李 甘 ……	798
朱冲和	……	794	费冠卿 ……	799
卢 储	……	794	孙叔向 ……	799
李 锜	……	794	刘 叉 ……	799
元 载	……	794	王 初 ……	800
李章武	……	795	沈亚之 ……	801
繁知一	……	795	朱 泽 ……	801

苏　郁 …………………… 802　亡名氏 …………………… 802
卫　象 …………………… 802　无名子 …………………… 803

第二十八卷　七言十八　晚唐一（共287首）………… 804
　文　宗 …………………… 804　李商隐 …………………… 804
　宣　宗 …………………… 804　李群玉 …………………… 829
　柳公权 …………………… 804　卢　肇 …………………… 836

第二十九卷　七言十九　晚唐二（共291首）………… 839
　许　浑 …………………… 839　来　鹄 …………………… 867
　韩　偓 …………………… 845　任　翻 …………………… 870
　温庭筠 …………………… 857　张　演 …………………… 870
　段成式 …………………… 862　张　蠙 …………………… 870

第三十卷　七言二十　晚唐三（共290首）…………… 873
　郑　谷 …………………… 873　方　干 …………………… 898
　韦　庄 …………………… 883　李　洞 …………………… 902
　唐彦谦 …………………… 893　杜荀鹤 …………………… 904

第三十一卷　七言二十一　晚唐四（共287首）……… 909
　赵　嘏 …………………… 909　张　乔 …………………… 927
　裴夷直 …………………… 923　薛　能 …………………… 930

第三十二卷　七言二十二　晚唐五（共282首）……… 942
　杜　牧 …………………… 942　李　郢 …………………… 970
　陈　陶 …………………… 964　曹　邺 …………………… 972

第三十三卷　七言二十三　晚唐六（共294首）……975

陆龟蒙 …………… 975　雍　陶 …………… 999
皮日休 …………… 993

第三十四卷　七言二十四　晚唐七（共283首）……1009

高　蟾 …………… 1009　司空图 …………… 1013
李山甫 …………… 1011　司马礼 …………… 1036

第三十五卷　七言二十五　晚唐八（共299首）……1038

崔　涂 …………… 1038　萧　彻 …………… 1069
喻　凫 …………… 1041　孙玄照 …………… 1069
江　为 …………… 1041　王仙山 …………… 1069
胡　曾 …………… 1041　潘　雍 …………… 1069
曹　唐 …………… 1054　聂通志 …………… 1070
汪　遵 …………… 1061　沈　警 …………… 1070
何光远 …………… 1069

第三十六卷　七言二十六　晚唐九（共325首）……1071

刘得仁 …………… 1071　高　骈 …………… 1080
褚　载 …………… 1073　罗　邺 …………… 1084
马　戴 …………… 1073　罗　隐 …………… 1089
项　斯 …………… 1075　裴　说 …………… 1097
崔道融 …………… 1075　罗　虬 …………… 1098

第三十七卷　七言二十七　晚唐十（共266首）……1106

杨敬之 …………… 1106　崔　橹 …………… 1106
王　驾 …………… 1106　孟　迟 …………… 1107

于邺	……	1109	李远 ……	1119
韩琮	……	1109	李频 ……	1120
邵谒	……	1109	郑畋 ……	1121
薛宜僚	……	1110	李毂 ……	1122
崔铉	……	1110	张贲 ……	1123
刘邺	……	1110	郑璧 ……	1124
林宽	……	1110	严恽 ……	1124
章碣	……	1111	吴融 ……	1124
周朴	……	1111	孙光宪 ……	1126
卢隐	……	1112	孙蜀 ……	1126
储嗣宗	……	1112	李昌符 ……	1126
张为	……	1113	平曾 ……	1127
谭铢	……	1114	刘鲁风 ……	1127
吴仁璧	……	1114	赵璜 ……	1127
孙鲂	……	1115	裴思谦 ……	1127
刘兼	……	1115	卢延让 ……	1128
曹松	……	1116	卢注 ……	1128
李讷	……	1117	徐振 ……	1128
杨知言	……	1117	柳棠 ……	1128
封彦冲	……	1117	郑愚 ……	1128
卢邺	……	1118	南卓 ……	1128
高湘	……	1118	钱翊 ……	1128
卢渥	……	1118	李嵘 ……	1129
崔元范	……	1118	李搏 ……	1129
薛逢	……	1118	冷朝阳 ……	1129
裴庆馀	……	1119	狄归昌 ……	1129
郑合敬	……	1119	李拯 ……	1130

刘　驾 …………… 1130	魏　扶 …………… 1133
秦韬玉 …………… 1130	郑云叟 …………… 1133
赵　象 …………… 1131	王希羽 …………… 1134
韩定辞 …………… 1131	乾符童谣 ………… 1134
马　戴 …………… 1131	裴　澈 …………… 1134
黄崇嘏 …………… 1131	钟离权 …………… 1134
姚　鹄 …………… 1131	朱　元 …………… 1135
张　署 …………… 1132	杨　鸿 …………… 1135
张　泌 …………… 1132	沈　彬 …………… 1135
韦　蟾 …………… 1132	顾　云 …………… 1135
崔　珏 …………… 1132	李昭象 …………… 1135
郑仁表 …………… 1132	王贞白 …………… 1136
陆希声 …………… 1133	朱景玄 …………… 1136
萧　镇 …………… 1133	周　繇 …………… 1136
李宣古 …………… 1133	唐　求 …………… 1137
伍唐珪 …………… 1133	

第三十八卷　七言二十八　晚唐十一（共295首） ………… 1138

黄　滔 …………… 1138	杨奇鲲 …………… 1143
滕　潜 …………… 1141	刘山甫 …………… 1143
纥于著 …………… 1141	李　令 …………… 1143
阎钦爱 …………… 1142	刘虚白 …………… 1143
李和风 …………… 1142	狄　焕 …………… 1144
尹　璞 …………… 1142	令狐挺 …………… 1144
吴　烛 …………… 1142	欧阳澥 …………… 1144
顾甄远 …………… 1142	万彤云 …………… 1144
李归唐 …………… 1143	韦鹏翼 …………… 1144

孔　融	1144	崔　江	1151
黎　瓘	1144	李九龄	1151
卢　弼	1144	周　濆	1154
吉师老	1145	左　偃	1155
裴　瑶	1145	卢士衡	1155
韦氏子	1145	潘　咸	1155
朱子真	1145	翁承赞	1156
张　隐	1146	徐　夤	1156
杨　玢	1146	孙元晏	1157
杜　常	1146	蔡　昆	1166
陈去病	1146	王　嵒	1166
方　愚	1146	王梦周	1167
郏　峭	1146	蒋　吉	1167
陈寡言	1147	李谨言	1169
侯　台	1147	许　坚	1169
尤启中	1147	陈　㟪	1169
崔　渥	1147	熊　皦	1169
程紫霄	1147	萧　建	1169
韩　浦	1147	崔　公	1169
裴　諴	1148	曹　生	1170
李梦符	1148	天竺牧童	1170
李　伉	1148	捧　剑	1170
颜　荛	1148	方壶居士	1170
卢子发	1148	建业卜者	1170
易　偲	1148	骊山游者	1170
成文幹	1149	幽州士子	1170
滕　白	1151	天峤游人	1171

衡山舟子	1171	无名人	1171
洛中举子	1171	无名氏	1171

第三十九卷 七言二十九 全唐 释子、羽客（共210首） … 1173

寒　山	1173	无　本	1186
拾　得	1173	无　闷	1186
景　云	1174	贯　休	1186
云　表	1174	元　孚	1190
皎　然	1174	怀　濬	1191
灵　一	1181	齐　己	1191
法　震	1182	隐　峦	1196
清　塞	1182	怀　素	1196
灵　澈	1183	无　则	1196
清　江	1184	可　鹏	1197
常　雅	1184	亚　栖	1197
子　兰	1184	良　乂	1197
文　秀	1186	处　默	1197
尚　颜	1186	许　碏	1197

第四十卷 七言三十 全唐 宫闱、女郎、神仙、鬼怪（共285首） … 1198

武则天	1198	廉　氏	1199
梅　妃	1198	程长文	1199
杨贵妃	1198	姚月华	1199
上官昭容	1198	刘　媛	1200
元和内人	1199	崔　氏	1200
裴羽仙	1199	刘　氏	1200

崔莺莺	1200	滕传胤	1215
王　氏	1200	广利王女	1215
关盼盼	1201	雪溪神	1215
京兆女	1201	湘　王	1215
非　烟	1201	洛浦神女	1216
鲍生妾	1202	织绡娘子	1216
张　氏	1202	萧　旷	1216
孙　氏	1202	裴　航	1216
李舜弦夫人	1202	樊夫人	1216
卓英英	1202	芙蓉老人	1216
眉　娘	1203	秦宫毛女	1216
葛氏女	1203	南溟夫人	1216
慎　氏	1203	上元夫人	1217
若耶溪女	1203	王氏女	1217
谯氏女	1204	戚逍遥	1217
鱼玄机	1204	杨监真	1217
崔仲容	1205	王　母	1218
崔公远	1205	汉武帝	1218
张窈窕	1205	王子晋	1218
莲花妓	1206	茅　盈	1218
武昌妓	1206	巢　父	1218
太原妓	1206	伊用昌	1218
红绡妓	1206	洞庭君	1218
李季兰	1206	张　辞	1218
徐月英	1206	毛女正美	1219
薛　涛	1207	许　碏	1219
洛苑花神	1215	陈季卿	1219

明月潭龙女	1219	刘兰翘	1223
太白山玄士	1219	张云容	1224
桃花夫人	1219	薛　昭	1224
紫微孙处士	1220	韦　璜	1224
青城丈人	1220	郑琼罗	1224
太一真君	1220	襄阳举人	1224
李太玄	1220	无名人	1224
刘道昌	1220	老青衣	1224
邻场道人	1221	王使君女	1225
后土夫人	1221	崔季衡	1225
王　母	1221	五原女	1225
麻　姑	1221	九华山白衣	1225
上元夫人	1221	张丽华	1225
弄　玉	1221	孔贵嫔	1225
太　真	1221	张幼芳	1225
杨　损	1221	颜　濬	1225
许学士	1222	马绍隆	1226
京昭仪宝仙	1222	到　溉	1226
张夫人华国	1222	台城妓	1226
景才人舜英	1222	湘　妃	1226
芎萝川女	1222	西　施	1226
峡中白衣	1222	桃源仙子	1226
客户里女	1223	洞庭龙女	1226
郑　适	1223	素　娥	1227
张仲妹	1223	韦洵美	1227
湘妃庙女	1223	苏　检	1227
萧凤台	1223	刘氏妇	1227

无名人	1227	铁 铫	1229
朱衣人	1227	破 笛	1229
紫衣人	1228	秃 帚	1230
张仁宝	1228	韦曲女仙	1230
谢 翱	1228	袁 氏	1230
美 人	1228	夭 桃	1230
黄陵美人	1228	庐山女	1230
长安美人	1228	新林驿女	1230
韦 检	1228	和且耶	1230
亡 姬	1228	卢倚马	1231
青萝帐女	1229	敬去文	1231
守茔青衣	1229	嵩山小儿	1231
红 裳	1229	侬智高	1231
笔 精	1229	苗介立	1232

整理后记 …………………………………………… 1233

第二十一卷 七言十一 中唐八

（共二百六十二首）

一 和裴校书鹭鸶 元稹
  鹭鸶鹭鸶何遽飞？鸦惊鹊噪难久依。
  清江见底草堂在，一点白光终不归。

二 夜池
  荷叶团圆茎削削，绿萍面上红衣落。
  满地月明思啼螀，高屋无人风张幕。

三 寒食日毛空路示侄
  我昔提孩从我兄，我今衰白尔初成。
  分明记取原头路，百世长须此路行。

四 别孙村老人
  年年渐看老人稀，欲别孙翁泪满衣。
  未死不知何处去？此身终向此原归。

五 和乐天刘家花
  闲坊静曲同消日，泪草伤花不为春。
  遍问旧交零落尽，十人才有两三人。

六 褒城驿二首
  ①容别诗句在褒城，几度经过眼暂明。

　　　　今日重看满衫泪，可怜名字已前生。
　　　②忆昔万株梨映竹，遇逢黄令醉残春。
　　　　梨枯竹尽黄令死，今日载来衰病身。

七　和乐天梦亡友刘太白同游二首
　　　①君诗昨日到通州，万里知君一梦刘。
　　　　闲坐思量小来事，只应元是梦中游。
　　　②老来东郡复西州，行处生尘为丧刘。
　　　　纵使刘君魂魄在，也应至死不同游。

八　醉醒
　　　　积善坊中前度饮，谢家诸婢笑扶行。
　　　　今宵还似当时醉，半夜觉来闻哭声。

九　感梦
　　　　行吟坐叹知何极，影绝魂消动隔年。
　　　　今夜商山馆中梦，分明同在后堂前。

一〇　六年春遣怀八首
　　　①伤禽我是笼中鹤，沉剑君为泉下龙。
　　　　重纩犹存孤枕在，春衫无复旧裁缝。
　　　②检得旧书三四纸，高低阔狭但成行。
　　　　自言并食寻常事，唯念山深驿路长。
　　　③公无渡河音响绝，已隔前春复去秋。
　　　　今日闲窗拂尘土，残弦犹迸钿筝篌。
　　　④婢仆晒君馀服用，娇痴稚女绕床行。
　　　　玉梳钿朵香醪解，尽日风吹玳瑁筝。
　　　⑤伴客销愁长日饮，偶然乘兴便醺醺。
　　　　怪来醒后傍人泣，醉里时时错问君。
　　　⑥我随楚泽波中梗，君作咸阳泉下泥。

　　　　百事无心值寒食，身将稚女帐前啼。
　　⑦童稚痴狂撩乱走，綵毯花仗满堂前。
　　　　病身一到繐帷下，还向临阶背日眠。
　　⑧小于潘岳头先白，学取庄周泪莫多。
　　　　止竟悲君须自省，川流前后各风波。

一一　答友封
　　荀令香销潘簟空，悼亡诗满旧屏风。
　　扶床小女君先识，应为些些自外翁。

一二　梦成之
　　烛暗船风独梦惊，梦君频问向南行。
　　觉来不语到明坐，一夜洞庭湖水声。

一三　哭小女降真
　　雨点轻沤风复惊，偶来何事去何情？
　　浮生未到无生地，暂到人间又一生。

一四　哭女樊
　　秋天净绿月分明，何事巴猿不剩鸣？
　　应是一声肠断去，不容啼到第三声。

一五　妻满月日相唁
　　十月辛勤一月悲，今朝相见泪淋漓。
　　狂花落尽莫惆怅，犹胜因花压折枝。

一六　杏园
　　浩浩长安车马尘，狂风吹送每年春。
　　门前本是空虚界，何是栽花误世人。

一七　菊花
　　秋丛绕舍是陶家，遍绕篱边日渐斜。

不是花中偏爱菊，此花开尽更无花。

一八　寻西明寺僧不遇
　　春来日日到西林，飞锡经行不可寻。
　　莲池旧是无波水，莫逐狂风起浪心。

一九　与吴侍御春游
　　苍龙阙下陪骢马，紫阁峰头见白云。
　　满眼流光随日度，今朝花落更纷纷。

二〇　晚春
　　昼静簾疏燕语频，双双斗雀动阶尘。
　　柴扉日暮随风掩，落尽闲花不见人。

二一　先醉
　　今日尊前败饮名，三杯未尽不能倾。
　　怪来花下常先醉，半是春风荡酒情。

二二　独醉
　　一树芳菲也当春，漫随车马拥行尘。
　　桃花解笑莺能语，自醉自眠那藉人？

二三　宿醉
　　风引春心不自由，等闲冲席饮多筹。
　　朝来始向花前觉，度却醒时一夜愁。

二四　惧醉
　　闻道秋来怯夜寒，不辞泥水为杯盘。
　　殷勤惧醉有深意，愁到醒时灯火阑。

二五　羡醉
　　绮陌高楼竞醉眠，共期憔悴不相怜。

也应自有寻春日，虚度而今正少年。

二六　忆醉
　　自叹旅人行意速，每嫌杯酒缓归期。
　　今朝偏遇醒时别，泪落风前忆醉时。

二七　病醉
　　醉伴见侬因病酒，道侬无酒不相窥。
　　那知下药还沽底，人去人来剩一卮。

二八　拟醉
　　九月闲宵初向火，一罇清酒始行杯。
　　怜君城外遥相忆，冒雨冲泥黑地来。

二九　劝醉
　　窦家能酿销愁酒，但是愁人便与销。
　　顾我共君俱寂寞，只应连夜复连朝。

三〇　任醉
　　本怕酒醒浑不饮，因君相劝觉情来。
　　殷勤满酌从听醉，乍可欲醒还一杯。

三一　同醉
　　柏树台中推事人，杏花坛上炼真形。
　　心源一种闲如水，同醉樱桃树下春。

三二　狂醉
　　一自柏台为御史，二年辜负两京春。
　　岘亭今日颠狂醉，舞引红娘乱打人。

三三　伴僧行
　　春来求事百无成，因向愁中识道情。

芘满杏园千万树，几人能伴老僧行？

三四　古寺
　　古寺春馀日半斜，竹风萧爽胜人家。
　　花时不到有花院，意在寻僧不在花。

三五　定僧
　　落魄闲行不著家，偏寻春寺赏年华。
　　野僧偶向花前定，满树狂风满树花。

三六　观心处
　　满座喧喧笑语频，独怜方丈了无尘。
　　灯前便是观心处，要似观心有几人？

三七　智度师二首
　　①四十年前马上飞，功名藏尽拥禅衣。
　　　石榴园下擒生处，独自闲行独自归。
　　②三陷思明三突围，铁衣抛尽衲〔纳〕禅衣。
　　　天津桥上无人识，闲凭阑干望落晖。

三八　西明寺牡丹
　　花向琉璃地上生，光风眩转紫云英。
　　自从天女盘中见，直至今朝眼更明。

三九　忆杨十二
　　去时芍药才堪赠，看却残花已度春。
　　只为情深偏怆别，等闲相见莫相亲。

四〇　送复梦赴韦令幕
　　世上如今重捡身，吾徒耽酒作狂人。
　　西曹旧事多持法，切莫吐他丞相茵。

四一　送刘太白
　　洛阳大抵居人少，从善坊西最寂寥。
　　想到刘君独骑马，古堤秋树隔中桥。

四二　奉诚园
　　萧相深诚奉至尊，旧居求作奉诚园。
　　秋来古巷无人扫，树满空墙闭戟门。

四三　与太白同之东洛至栎阳太白染疾驻行，
　　　予九月二十五日至华岳寺雪后望山
　　共作洛阳千里伴，老刘因疾驻行轩。
　　今朝独自山前立，雪满三峰倚寺门。

四四　野狐泉柳林
　　去日野狐泉上柳，紫芽初绽拂眉低。
　　秋来寥落惊风雨，叶满空林踏作泥。

四五　酬胡三凭人问牡丹
　　窃见胡三问牡丹，为言依旧满西栏。
　　花时何处偏相忆？寥落衰红雨后看。

四六　酬乐天《秋兴》见赠末句云"莫怪独吟秋兴苦，
　　　比君校近二毛年"
　　劝君休作悲秋赋，白发如星也任垂。
　　毕竟百年同是梦，长年何异少何为？

四七　雪后宿同轨店上法护寺钟楼望月
　　满山残雪满山风，野寺无门院院空。
　　烟火渐稀孤店静，月明深夜古楼中。

四八　陪韦尚书文归履信宅
　　紫垣驺骑入华居，公子文衣护锦舆。

眠阁书生复何事？也骑羸马从尚书。

四九　永真二年正月二日上御丹凤楼赦天下，予与李公垂
　　　庚顺之间行曲江不及盛观
　　　春来饶梦慵朝起，不看千官拥画〔御〕楼。
　　　却著闲行是忙事，数人同傍曲江头。

五〇　韦居守晚岁常言退休之志因署其居曰大隐洞命予赋诗
　　　谢公潜有东山意，已向朱门启洞门。
　　　大隐犹疑恋朝市，不知名作罢归园。

五一　赠李十二牡丹花片
　　　莺涩馀声絮堕风，牡丹花尽叶成丛。
　　　可怜颜色经年别，收取朱栏一片红。

五二　题李十一修行里居壁
　　　云阙朝回尘骑合，杏花春尽曲江闲。
　　　怜君虽在城中住，不隔人家便是山。

五三　靖安穷居
　　　喧静不由居远近，大都车马就权门。
　　　野人住处无名利，草满空阶树满园。

五四　赠乐天
　　　等闲相见销长日，也有闲时更学琴。
　　　不是眼前无外物，不关心事不经心。

五五　骆口驿二首
　　　①邮亭壁上数行字，崔李题名王白诗。
　　　　尽日无人共言语，不离墙下至行时。
　　　②二星徼外通蛮服，五夜灯前草御文。
　　　　我到东川恰相半，向南看月北看云。

五六　清明日
　　当年寒食好风轻，触处相随取次行。
　　今日清明汉江上，一身骑马县官迎。

五七　亚枝红
　　平阳宅上亚枝红，怅望山邮是事同。
　　还向万竿新竹里，一枝浑卧碧流中。

五八　梁州梦
　　梦君同绕曲江头，也向慈恩院里游。
　　亭吏呼人排去马，忽惊身在古梁州。

五九　江上行
　　闷见汉江流不息，悠悠漫漫竟何成！
　　江流不语意相问：何事远来江上行？

六〇　汉江上笛
　　少年为写游梁赋，最说汉江闻笛愁。
　　今夜听时在何处？月明西县驿南楼。

六一　邮亭月献崔二十二
　　君多务实我多情，大抵偏嗔步月明。
　　今夜山邮与蛮瘴，君应坚卧我还行。

六二　嘉陵驿二首
　　①嘉陵驿上空床客，一夜嘉陵江水声。
　　　仍对墙南满山树，野花撩乱月胧明。
　　②墙外花枝压短墙，月明还照半张床。
　　　无人会得此时意，一夜独眠西畔廊。

六三　百牢关
　　嘉陵江上万重山，何事临江一破颜？

自笑只缘任敬仲,等闲身度百牢关。

六四　江花落
　　　日暮嘉陵江水东,梨花万片逐江风。
　　　江花何处最肠断?半落江流半在空。

六五　嘉陵江二首
　　①秦人惟识秦中水,长想吴江与蜀江。
　　　今日嘉川驿楼下,可怜如练绕明窗。
　　②千里嘉陵江水深,何年重绕此江行?
　　　只应添得清宵梦,时见满江秋月明。

六六　西县驿
　　　去时楼上清明夜,月照楼前撩乱花。
　　　今日成阴复成子,可怜春尽未还家。

六七　望喜驿
　　　满眼文书堆案边,眼昏偷得暂时眠。
　　　子规惊觉灯又灭,一道月光横枕前。

六八　好时节
　　　身骑骢马峨嵋下,面带霜威卓氏前。
　　　虚度东川好时节,酒楼元被蜀儿眠。

六九　夜深行
　　　夜深犹自绕江行,震地江声似鼓声。
　　　渐见戍楼疑近驿,百牢关吏火前迎。

七〇　望驿台
　　　可怜三月三旬足,怅望江边望驿台。
　　　料得孟光今日语,不曾春尽不归来。

七一　封书
　　鹤台南望白云关，城市犹存暂一还。
　　书出步虚三百韵，蕊珠文字在人间。

七二　仁风李著作园醉后寄李十
　　胧明春月照花枝，花下莺声似管儿。
　　却笑西京李员外，五更骑马趁朝时。

七三　灯影
　　洛阳昼夜无车马，漫挂红纱满树头。
　　见说平时灯影里，玄宗潜伴太真游。

七四　书乐天纸
　　金銮殿里书残纸，乞与荆州元判司。
　　不忍拈将等闲用，半封京信半题诗。

七五　送元颖杜君
　　江上五年同送客，与君常羡北归人。
　　今朝又送君先去，千里洛阳城里尘。

七六　酬李甫见赠十首
　　①宋玉悲秋续楚辞，阴铿官慢足闲诗。
　　　亲情书札相安慰，多道萧何作判司。
　　②杜甫天才颇绝伦，每寻诗卷似情亲。
　　　怜渠直道当时语，不著心源傍古人。
　　③千岁荒狂任博徒，援莎五木掷枭卢。
　　　野诗良辅偏怜假，长借金鞍迓酒胡。
　　④曾经倬立侍丹墀，绽蕊宫花拂面枝。
　　　雉尾扇开朝日出，柘黄衫对碧霄垂。
　　⑤一自低心翰墨场，箭靫抛尽负书囊。

　　　　近来兼爱休粮药，柏叶莎罗杂豆黄。
　　⑥莫笑风尘满病颜，此生元在有无间。
　　　　卷舒莲叶终难湿，去住云心一种闲。
　　⑦无事抛棋侵虎口，几时开眼复联行？
　　　　终须杀尽缘边敌，四面通流掩太荒。
　　⑧原宪甘贫每自开，子春伤足少人哀。
　　　　巷南唯有陈居士，时学文殊一问来。
　　⑨每识闲人如未识，与君相识便相怜。
　　　　经旬不解来过宿，忍见空床夜夜眠。
　　⑩开拆新书展大珍，明珠眩转玉音浮。
　　　　酬君十首三更坐，减却当时半夜愁。

七七　和乐天招钱蔚章看山
　　碧落招邀闲旷望，黄金城外玉方壶。
　　人间还有大江海，万里烟波天上无。

七八　折花枝送行
　　樱桃花下送君时，一寸春心逐折枝。
　　别后相思最多处，千株万片绕林垂。

七九　哭子十二首
　①维鹈受刺因吾过，得马生灾念尔冤。
　　　独在中庭倚闲树，乱蝉嘶噪欲黄昏。
　②才能辨别东西位，未解分明管带身。
　　　自食自眠犹未得，九重泉路托何人？
　③尔母溺情连夜哭，我身因事有时悲。
　　　钟声欲绝东方动，便是寻常上学时。
　④莲花上品生真界，兜率天中离世途。
　　　彼此业冤多障碍，不知还得见儿无？

⑤节量梨栗愁生疾,教示诗书望早成。
鞭朴校多怜校少,又缘遗恨哭三声。
⑥深嗟尔更无兄弟,自叹予应绝子孙。
寂寞讲堂基址在,何人车马入高门?
⑦往年鬓已闻潘岳,垂老年教作邓攸。
烦恼数中除一事,自兹无复子孙忧。
⑧长年苦境知何限,岂得因儿独丧明。
消遣又来缘尔母,夜深和泪有经声。
⑨乌生八子今无七,猿叫三声月正孤,
寂寞空堂天欲曙,拂簾双燕引新雏。
⑩频频子落长江水,夜夜巢边旧处栖。
若是愁肠终不断,一年添得一声啼。
⑪雨点轻沤风复惊,偶来何事去何情?
浮生未到无生地,暂到人间又一生。
⑫愁云惨澹月微明,不那巴猿彻晓鸣。
自哭女樊肠已断,不妨啼过第三声。

八〇　为乐天自勘诗集
　　春野醉吟十里程,斋宫潜咏万人惊。
　　今宵不寐到明读,风雨晓闻开锁声,

八一　题长庆四年历日尾
　　残历半张馀十四,灰心雪鬓两凄然。
　　定知新岁御楼后,从此不名长庆年。

八二　襄阳为卢窦纪事二首
　　①帝下真符召玉真,偶逢游子暂相亲。
　　素书三卷留为赠,从向人间说向人。
　　②花枝临水复临堤,闲照江流亦照泥。

　　　　千万春风好抬举，夜来曾有凤凰栖。

八三　寄刘颇二首
　　　①平生嗜酒颠狂甚，不许诸公占丈夫。
　　　　唯爱刘君一片胆，近来还敢似人无？
　　　②前年碣石烟尘起，共看官军过洛城。
　　　　无限公卿因战得，与君依旧绿衫行。

八四　晨起送使病不能行因过王十一馆二首
　　　①自笑今朝误夙兴，逢他御史疟相仍。
　　　　过君未起房门掩，深映寒窗一盏灯。
　　　②密宇深房小火炉，饭香鱼熟近中厨。
　　　　野人爱静仍耽寝，自问黄昏肯去无？

八五　送孙胜
　　　　桐花暗淡柳惺憁，池带轻波柳带风。
　　　　今日与君临水别，可怜春尽朱亭中。

八六　远望
　　　　满眼伤心冬景和，一山红树寺边多。
　　　　仲宣无限思乡泪，漳水东流碧玉波。

八七　陪张湖南宴望岳楼
　　　　观象楼前奉末班，绛峰只似殿亭间。
　　　　今日高楼重陪宴，雨笼衡岳是南山。

八八　岳阳楼
　　　　岳阳楼上日衔窗，影到深潭赤玉幢。
　　　　怅望残春万般意，满椸湖水入西江。

八九　寄庾敬休
　　　　小来同在曲江头，不省春时不共游。

今日江风好暄暖，可怜春尽古湘州。

九〇　买花栽二首
　　①买得山花一两栽，离乡别土易摧颓。
　　　欲知北客留南意，看取南花北地来。
　　②南花北地种应难，且向船中尽日看。
　　　纵使将来眼前死，犹胜抛掷在空栏。

九一　宿石矶
　　石矶江水夜潺湲，半夜江风引杜鹃。
　　灯暗酒醒颠倒枕，五更斜月入空船。

九二　桐花
　　去日桐花半桐叶，别来桐树老桐孙。
　　城中过尽无穷事，白发满头归故园。

九三　西归十二首
　　①双堠频频减去程，渐知身得近京城。
　　　春来爱有归乡梦，一半犹疑梦里行。
　　②五年江上损容颜，今日春风到武关。
　　　两纸京书临水读，小桃花树满商山。
　　③同归谏院韦丞相，共贬河南亚大夫。
　　　今日还乡独憔悴，几人怜见白髭须？
　　④只去长安六日期，多应及得杏花时。
　　　春明门外谁相待，不梦闲人梦酒卮。
　　⑤白头归舍意如何？贺处无穷吊亦多。
　　　左降去时裴相宅，旧来车马几人过？
　　⑥还乡何用泪沾襟，一半云霄一半沉。
　　　世事惭多饶怅望，旧曾行处便伤心。
　　⑦闲游寺观从容到，遍问亲知次第寻。

肠断裴家光德宅，无人扫地戟门深。
⑧一世营营死是休，生前无事定无由。
　　不知山下东流水，何事长须日夜流？
⑨今朝西渡丹河水，心寄丹河无限愁。
　　若到庄前竹园下，殷勤为绕故山流。
⑩寒窗风雪拥深炉，彼此相伤指白须。
　　一夜思量十年事，几人强健几人无。
⑪云覆蓝桥雪满溪，须臾便与碧峰齐。
　　风迴面市连天合，冻压花枝著水低。
⑫寒花带雪满山腰，著柳冰珠满碧条。
　　天色渐明回一望，玉尘随马渡蓝桥。

九四　小碎
　　小碎诗篇取次书，等闲题柱意何如？
　　诸郎到处应相问，留取三行代鲤鱼。

九五　和乐天高相宅
　　莫愁已去无穷事，漫苦如今有恨身。
　　二百年来城里宅，一家知换几多人？

九六　和乐天仇家酒
　　病嗟酒户年年减，老觉尘机渐渐深。
　　饮罢醒馀更惆怅，不如闲事不经心。

九七　和乐天赠云寂僧
　　欲离烦恼三千界，不在禅门八万条。
　　心火自生还自灭，云师无路与君销。

九八　澧西别
　　今朝相送自同游，酒语诗情替别愁。

忽到澧西总固去，一身骑马向通州。

九九　寄昙嵩寂三上人
　　长学对治思苦处，偏将死苦教人间。
　　今因为说无生死，无可对治心更闲。

一〇〇　题漫天岭智明师兰若
　　僧临大道阅浮生，来往憧憧利与名。
　　二十八年何限客，不曾闲见一人行。

一〇一　苍溪县寄扬州兄弟
　　苍溪县下嘉陵水，入峡穿江到海流。
　　凭仗鲤鱼将远信，雁回时节到扬州。

一〇二　长滩梦李绅
　　孤吟独寝意千般，合眼逢君一夜欢。
　　惭愧梦魂无远近，不辞风雨到长滩。

一〇三　见乐天诗
　　通州到日日平西，江馆无人虎印泥。
　　忽向破檐残漏处，见君诗在柱心题。

一〇四　闻乐天授江州司马
　　残灯无焰影幢幢，此夕闻君谪九江。
　　垂死病中惊起坐，暗风吹雨入寒窗。

一〇五　岁日赠去非
　　君思曲水嗟身老，我望通州感道穷。
　　同入新年两行泪，白头翁坐说城中。

一〇六　雨声
　　风吹竹叶休还动，雨点荷心暗复鸣。

曾向西江船上宿，惯闻寒夜滴篷声。

一○七　奉和荥阳公离筵作
　　南郡生徒辞绛帐，东山妓乐拥红旌。
　　钧天排比箫韵待，犹顾人间有别情。

一○八　嘉陵水
　　古时应是山头水，自古流来江路深。
　　若使江流会人意，也应知我远来心。

一○九　阆州开元寺壁题乐天诗
　　忆君无计写君诗，写尽千行说向谁？
　　题在阆州东寺壁，几时知是见君时？

一一○　凭李忠州寄书乐天
　　万里寄书将出峡，却凭巫峡寄江州。
　　伤心最是江头月，莫把书将上庾楼。

一一一　得乐天书
　　远信入门先有泪，妻惊女哭问何如？
　　寻常不省曾如此，应是江州司马书。

一一二　寄白乐天
　　无身尚拟魂相就，身在那无梦往还。
　　直到他身亦相觅，不能空寄树中环。

一一三　酬知退
　　终须修到无修处，闻尽声闻始不闻。
　　莫著妄心销彼我，我心无我亦无君。

一一四　通州
　　平生欲得山中住，天与通州绕郡山。

睡到日西无一事，月储三万买教闲。

一一五　喜李十一景信到
何事相逢翻有泪？念君缘我到通州。
刘君剩住君须住，我不自由君自由。

一一六　与李十一夜饮
寒夜灯前赖酒壶，与君相对兴犹孤。
忠州刺史应闲卧，江水猿声睡得无？

一一七　赠李十一
淮水连年起战尘，油旌三换一何频。
共君前后俱从事，羞见功名与别人。

一一八　寒食日
今年寒食好风流，此日一家同出游。
碧水青山无限思，莫将心道是涪州。

一一九　别李十一五首
①巴南分与亲情别，不料与君床并头。
　为我远来休怅望，折君灾难是通州。
②京城每与闲人别，犹自伤心与白头。
　今日别君心更苦，别君缘是在通州。
③万里尚能来远道，一程那忍便分头。
　鸟笼猿槛君应会，十步向前非我州。
④来时见我江南岸，今日送君江上头。
　别后料添新梦寐，虎惊蛇伏是通州。
⑤闻君欲去潜销骨，一夜暗添新白头。
　明朝别后应肠断，独棹破船归到州。

一二〇　酬乐天醉别
　　前回一去五年别，此别又知何日回？
　　好住乐天休怅望，譬如元不到京来。

一二一　酬乐天雨后见忆
　　雨滑危梁性命愁，差池一步一生休。
　　黄泉便是通州郡，渐入深泥渐到州。

一二二　和乐天题王家亭子
　　风吹笋箨飘红砌，雨打桐花盖绿莎。
　　都大资人无暇日，泛池全少买池多。

一二三　酬乐天频梦微之
　　山水万重书断绝，念君怜我梦相闻。
　　我今因病魂颠倒，唯梦闲人不梦君。

一二四　琵琶
　　学语胡儿撼玉铃，甘州破里最星星。
　　使君自恨常多事，不得工夫夜夜听。

一二五　春词
　　山翠湖光似欲流，蜂声鸟思却堪愁。
　　西施颜色今何在？但看春风百草头。

一二六　酬乐天舟泊夜读微之诗
　　知君暗泊西江岸，读我闲诗欲到明。
　　今夜通州还不睡，满山风雨杜鹃声。

一二七　酬乐天武关南见微之题山石榴花诗
　　比因酬赠为花时，不为君行不复知。
　　又更几年还共到？满墙尘土两篇诗。

一二八　酬乐天寄生衣
　　秋茅处处流痎疟，夜乌声声哭瘴云。
　　羸骨不胜纤细物，欲将文服却还君。

一二九　酬乐天三月三日见寄
　　常年此日花前醉，今日花前病里销。
　　独倚破簾闲怅望，可怜虚度好春朝。

一三〇　瘴塞
　　瘴塞巴山哭鸟悲，红妆少妇敛啼眉。
　　殷勤奉药来相劝，云是前年欲病时。

一三一　红荆
　　庭中栽得红荆树，十月花开不待春。
　　直到孩提尽惊怪，一家同是北来人。

一三二　黄草峡听柔之琴二首
　　①胡笳夜奏塞声寒，是我乡音听渐难。
　　　料得小来辛苦学，又应知向峡中弹。
　　②别鹤凄清觉露寒，离声渐咽命雏难。
　　　怜君伴我涪州宿，犹有心情彻夜弹。

一三三　书剑
　　渝江剑刃皆欧冶，巴吏书踪尽子云。
　　唯我心知有来处，泊船黄草夜思君。

一三四　别毅郎二首
　　①尔爷只为一杯酒，此别那知死与生。
　　　儿有何辜才七岁，亦教儿作瘴江行。
　　②爱惜尔爷唯有我，我今憔悴望何人？
　　　伤心自比笼中鹤，剪尽羽翎愁到身。

一三五　自责
　　犀带金鱼束紫袍，不能将命报分毫。
　　他时得见牛常侍，为尔君前捧佩刀。

一三六　送公度之福建
　　棠阴犹在建康矶，此去那论是与非。
　　若见白头须尽敬，恐曾江岸识胡威。

一三七　喜五兄自泗州至
　　眼中三十年来泪，一望南云一度垂。
　　惭愧临淮李常侍，远教形影暂相随。

一三八　杏花
　　常年出入古银台，每怪春风例早回。
　　惭愧杏园行在景，同州园里也先开。

一三九　第三岁日咏春风凭杨员外寄长安柳
　　三日春风已有情，拂人头面稍怜轻。
　　殷勤为报长安柳，莫惜枝条动软声。

一四〇　听妻弹《别鹤操》
　　《别鹤》声声怨夜弦，闻君此奏欲潸然。
　　商陵〔瞿〕五十知无子，便付琴书与仲宣。

一四一　赠乐天
　　莫言邻境易经过，彼此分符欲奈何？
　　垂老相逢暂离别，白头期限各无多。

一四二　重赠
　　休遣玲珑唱我词，我词多是寄君诗。
　　明朝又向江头别，月落潮平是去时。

一四三　别后西陵晚眺
　　晚日未抛诗笔砚，夕阳空望郡楼台。
　　与君后会知何日？不似潮头暮却回。

一四四　酬乐天重寄别
　　却报君侯听苦词，老头抛我欲何之？
　　武牢关外虽分手，不似如今衰白时。

一四五　寄浙西李大夫四首
　　①柳眼梅心渐欲春，白头西望忆何人？
　　　金陵太守曾相伴，共踏银台一路尘。
　　②蕊珠深处少人知，网索西临太液池。
　　　浴殿晓闻天语后，步廊骑马笑相随。
　　③禁林同直话交情，无夜无曾不到明。
　　　最忆西楼人静后，玉宸钟磬两三声。
　　④由来鹏化便图南，浙右虽雄我未甘。
　　　早渡西江好归去，莫抛舟楫滞春潭。

一四六　玉蕊院真人降
　　弄玉潜过玉树时，不教青鸟出花枝。
　　的应未有诸人觉，只是严郎不得知。

一四七　自江华之衡阳　　吕温
　　孤棹迟迟怅有违，沿湘数日逗晴晖。
　　人生随分为忧喜，回雁峰南是北归。

一四八　看浑中丞山桃花
　　朝来驻马香街里，风度遥闻笑语声。
　　无事闭门教日晚，山桃落尽不胜情。

一四九　酬何处士怀郡楼月
　　　清质悠悠素彩融，长天迥陆合为空。
　　　佳人甚近山城闭，一夜相望水镜中。

一五〇　别江华毛令
　　　布帛精粗任土宜，疲人识信每先期。
　　　今朝别后无他嘱，虽是蒲鞭也莫施。

一五一　戏赠灵彻上人
　　　僧家亦有芳春兴，自是禅心无滞境。
　　　君看池水湛然时，何曾不受花枝影。

一五二　感贞元旧节寄窦三卢七
　　　同侍先皇立玉墀，中和旧节又支离。
　　　今朝各自看花处，万里遥知掩泪时。

一五三　初发道州答崔连州海阳亭
　　　吏中习隐好登攀，不扰疲人便自闲。
　　　闻说殷勤海阳事，今人转忆舜祠山。

一五四　答段秀才
　　　尽日看花君不来，江城半夜为君开。
　　　楼中共指南园火，红烬随花落碧苔。

一五五　吐蕃别馆卧病寄朝中亲故二首
　　　①星汉纵横车马喧，风摇玉珮烛花繁。
　　　　岂知羸卧穷荒外，日满山头犹闭门。
　　　②清时令节千官会，绝域穷荒一病夫。
　　　　遥想满堂歌笑处，几人似我向西隅？

一五六　宗礼欲往贵州苦雨戏赠
　　　农人辛苦绿苗齐，正爱梅天水满堤。

知汝使车行意速，但令骢马着障泥。

一五七　道州寄襄阳裴相公
悠悠世路自浮沉，岂问仁贤待物心。
最忆过时留宴处，艳歌催酒后亭深。

一三八　江陵酒中留别坐客
寻常纵恣倚青春，不契心期便不亲。
今日烟波九疑去，相逢尽是眼中人。

一五九　道州送何山人
匣有青萍笥有书，何门不可曳长裾。
应须定取真知者，遣对明君说子虚。

一六〇　送戴处士谒杨侍郎
羸马孤童鸟道微，三千客散独南归。
山公念旧偏知我，今日因君泪满衣。

一六一　游黄溪
偶寻黄溪日欲没，早梅未尽山樱发。
无事江城闭此身，不能坐待花间月。

一六二　衡州夜后把火看花留客
红芳暗落碧池头，把火遥看且少留。
半夜忽然风更起，明朝不复上南楼。

一六三　看花招李兵曹不至
夭桃红烛正相鲜，傲吏闲斋困独眠。
应是梦中飞作蝶，悠扬只在此花前。

一六四　镜中叹白发
年过潘岳才三岁，还觅星星两鬓中。

纵使他时能早达，定知不作黑头公。

一六五　迴风有怀
　　银宫翠岛烟霏霏，珠树玲珑朝日晖。
　　神仙望见不得到，却逐迴风何处归？

一六六　题河州赤岸村
　　左南桥上见河州，遗老相依赤岸头。
　　匝塞歌钟受恩者，谁怜被发哭东流？

一六七　题阳人城
　　忠驱义感即风雷，谁道南方乏武才？
　　天下起兵诛董卓，长沙弟子最先来。

一六八　晋王龙骧墓
　　虎旗龙舰顺天〔长〕风，坐引全吴入掌中。
　　孙皓小儿何足取，便令千载笑争功。

一六九　刘郎浦
　　吴蜀成婚此水浔，明珠步障屋黄金。
　　谁将一女轻天下，欲换刘郎鼎峙心。

一七〇　临洮送袁书记归朝
　　忆年十五作江湄，闻说平凉且半疑。
　　岂料殷勤洮水上，却将家信寄袁师。

一七一　题石勒城二首
　　①长驱到处积人头，大斾连营压上游。
　　　建业乌棲何足问，慨然归去王中州。
　　②天生杰异固难驯，应变摧枯若有神。
　　　夷甫自能疑倚笑，忍将虚诞误时人。

一七二　友人邀听歌有感
　　文章抛尽爱功名，三十无成白发生。
　　辜负壮心羞欲死，劳君贵买断肠声。

一七三　旱甚见权门移芍药花
　　绿原青陇渐成尘，汲井开园日日新。
　　四月带花移芍药，不知忧国是何人？

一七四　冬夜即事
　　百忧攒心起复卧，夜长耿耿不可过。
　　风吹雪片似花落，日照冰纹如镜破。

一七五　道州郡斋卧病寄东馆诸贤
　　东池送客醉年华，闻道风流胜习家。
　　独卧郡斋寥落处，来年微雨湿梨花。

一七六　示小弟
　　忆吾未冠赏年华，二十年间在咄嗟。
　　今来羡汝看花岁，似汝追思昨日花。

一七七　读勾践传
　　丈夫可杀不可羞，如何送我海西头？
　　更生更聚终须报，二十年间死却休。

一七八　春女怨　朱绛
　　独坐纱窗刺绣迟，紫荆枝上啭黄鹂。
　　欲知无限伤春意，并〔尽〕在停针不语时。

一七九　出城寄权璩杨敬之　李贺
　　草暖云昏万里春，宫花拂面送行人。
　　自言汉剑当飞去，何事还车载病身？

一八〇　南园一十二首

①花枝草蔓眼中开，小白长红越女腮。
　可怜日暮嫣香落，嫁与春风不用媒。
②宫北田塍晓气酣，黄桑饮露窣宫帘。
　长腰健妇偷攀折，将馁吴王八茧蚕。
③竹里缲丝挑网车，青蝉独噪日光斜。
　桃胶迎夏香琥珀，自课越佣能种瓜。
④三十未有二十馀，白日长饥小甲蔬。
　桥头长老相哀念，因遗戎韬一卷书。
⑤男儿何不带吴钩？收取关山五十州。
　请君暂上凌烟阁，若个书生万户侯。
⑥寻章摘句老雕虫，晓月当帘挂玉弓。
　不见年年辽海上，文章何处哭秋风？
⑦长卿牢落悲空舍，曼倩诙谐取自容。
　见买若耶溪水剑，明朝归去事猿公。
⑧春水初生乳燕飞，黄蜂小尾扑花归。
　窗含远色通书幌，鱼拥香钩近石矶。
⑨泉沙软卧鸳鸯暖，曲岸回篙舴艋迟。
　泻酒木兰椒叶盖，病容扶起种菱丝。
⑩边壤今朝忆蔡邕，无心裁曲度春风。
　舍南有竹堪书字，老去溪头作钓翁。
⑪长峦谷口倚嵇家，白昼千峰老翠华。
　自履藤鞋收石蜜，手牵苔絮长莼花。
⑫松溪黑水新龙卵，桂洞生硝旧马牙。
　谁为虞卿裁道帔，轻绡一匹染朝霞。

一八一　昌谷北园新笋四首
　　①箨落长竿削玉开，君看母笋是龙材。
　　　更容一夜抽千尺，别却池园数寸埃。
　　②斫取青光写楚辞，腻香春粉墨离离。
　　　无情有恨何人见，露染烟啼千万枝。
　　③家泉入眼两三茎，晓看阴根紫脉生。
　　　今年水曲春沙上，笛管新篁拔玉青。
　　④古竹老梢惹碧云，茂陵归卧叹清贫。
　　　风吹千亩迎雨啸，鸟重一枝入酒尊。

一八二　三月过行宫
　　渠水红繁拥御墙，风娇小叶学蛾妆。
　　垂簾几度青春老，堪锁千年白日长。

一八三　酬答二首
　　①金鱼公子夹衫长，密装腰鞓割玉方。
　　　行处春风随马尾，柳花偏打内家香。
　　②雍州二月梅池春，御水鸂鶒暖白蘋。
　　　试问酒旗歌板地，今朝谁是拗花人？

一八四　十二月乐词
　　日脚澹光红洒洒，薄霜不消桂枝下。
　　依稀和气解冬严，已就长日辞长夜。

一八五　浪淘沙二首　皇甫松
　　①滩头细草接疏林，浪恶罾船半欲沉。
　　　宿鹭眠洲非旧浦，去年沙觜是江心。
　　②蛮歌豆蔻北人愁，松雨蒲风野艇秋。
　　　浪起鸂鶒眠不得，寒沙细细入江流。

一八六　杨柳枝词二首
　　①烂漫春环〔归〕水国时，吴王宫殿柳丝垂。
　　　黄莺长叫香〔空〕闺畔，西子无因更得知。
　　②春入行宫暖翠旗，玄宗侍女舞烟丝。
　　　如今柳向空城绿，玉笛何人更把吹？

第二十二卷 七言十二 中唐九
（共二百四十一首）

一 商山祠堂即事　窦常
　　夺嫡心萌事可忧，四贤西笑暂安刘。
　　后王不敢论珪组，土偶人前枳树秋。

二 七夕
　　露盘花水望三星，仿佛虚无为降灵。
　　斜汉没时人不寐，几条蛛网下风庭。

三 过宋氏五女旧居
　　谢庭风韵婕好才，天纵斯文去不回。
　　一宅柳花今似雪，乡人拟筑望仙台。

四 杏山馆听子规
　　楚塞馀春听渐稀，断猿今夕让霑衣。
　　云埋老树空山里，仿佛千声一度飞。

五 奉酬扬侍郎　窦牟
　　翠羽雕虫日日新，翰林工部欲何神？
　　自悲由瑟无弹处，今作关西门下人。

六 杏园渡
　　卫郊多垒少人家，南渡天寒日又斜。

君子素风悲已矣，杏园无复一枝花。

七　奉诚园闻笛
　　曾绝朱缨吐锦茵，欲披荒草访遗尘。
　　秋风忽洒西园泪，满目山阳笛里人。

八　酬舍弟庠罢举从辟
　　之荆且愿依刘表，折桂终惭见郄诜。
　　舍弟未应丝作鬓，园公不用印随身。

九　初入谏司喜家室至　窦群
　　一旦悲欢见孟光，十年辛苦伴沧浪。
　　不知笔砚缘封事，犹问佣书日几行？

一〇　春雨
　　昨日偷闲看花了，今朝多雨奈人何？
　　人间尽似逢花雨，莫爱芳菲湿绮罗。

一一　送内弟袁德师
　　南渡登舟即水仙，西垣有客思悠然。
　　因君相问为官意，不卖毗陵负郭田。

一二　赠刘大兄院长
　　万年枝下昔同趋，三事行中半已无。
　　路自长沙急相见，共惊双鬓别来殊。

一三　晚自台中归
　　白发骎骎生有涯，青襟曾爱紫河车。
　　自怜悟主难归去，马上看山恐到家。

一四　假日寻花
　　武陵缘源不可到，河阳带县讵堪夸。

枝枝如雪南关外，一日休闲尽属花。

一五　经中牟鲁公庙
　　青史编名在箧中，故林遗庙揖仁风。
　　还将文字如颜色，暂下蒲车为鲁公。

一六　段都尉别业　窦庠
　　曾识将军段匹磾，几场花下醉如泥。
　　春来欲问林园主，桃李无言鸟自啼。

一七　灵台镇
　　晓日天山雪半晴，红旗遥识汉家营。
　　近来胡骑休南牧，羊马城边春草生。

一八　赠道芬上人
　　云湿烟村不可窥，画时惟有鬼神知。
　　几回逢着天台客，认得岩西最老枝。

一九　金山寺
　　一点青螺碧浪中，全依水府与天通。
　　晴江万里云飞尽，鳌背参差日气红。

二〇　冬夜寓怀寄翰林王补阙
　　满地霜芜叶下枝，几回吟断四愁诗。
　　汉家若欲论封禅，须及相如未病时。

二一　赠符载
　　白社会中尝共醉，青云路上未相逢。
　　时人莫小池中水，浅处无妨有卧龙。

二二　龙门看花
　　无叶无枝不见空，连天扑地径才通。

山莺惊起酒醒处，火焰烧人雪喷风。

二三　陪留守巡内至上阳宫感兴二首
　　①翠辇西归七十春，玉堂珠缀俨埃尘。
　　　武皇弓剑埋何处？泣问上阳宫里人。
　　②愁云漠漠草离离，太液钩陈处处疑。
　　　薄暮毁垣春雨里，残花犹发万年枝。

二四　陕府览房杜二公仁寿中题记　窦巩
　　仁寿元和二百年，蒙笼水墨淡如烟。
　　当时憔悴题名日，汉祖龙潜未上天。

二五　早春送宇文十
　　春迟不省似今年，二月无花雪满天。
　　村店闭门何处宿？夜深遥唤渡江船。

二六　经窦车骑故城
　　荒陂古堞欲千年，名振图书剑在泉。
　　今日诸孙拜坟树，愧无文字续燕然。

二七　赌王氏小儿
　　竹林会里偏怜小，淮水清时最觉贤。
　　莫倚儿童轻岁月，丈人曾共尔同年。

二八　唐州东途作
　　绿林兵起结愁云，白羽飞书未解纷。
　　天子欲开三面网，莫将弓箭射官军。

二九　新罗进白鹰
　　御马新骑禁苑秋，白鹰来自海东头。
　　汉皇无事须游猎，雪乱争飞锦臂鞲。

三〇　秋夕
　　护霜云映月朦胧，乌鹊争飞井上桐。
　　夜半酒醒人不觉，满池荷叶动秋风。

三一　襄阳寒食寄宇文籍
　　烟水初销见万家，东风吹柳万条斜。
　　大堤欲上谁相问〔伴〕，马踏春泥半是花。

三二　奉使蓟门
　　自从身属富人侯，蝉噪槐花已四秋。
　　今日一茎新白发，懒骑官马到幽州。

三三　送刘禹锡
　　十年憔悴武陵溪，鹤病深林玉在泥。
　　今日太行平似砥，九霄初倚入云梯。

三四　送元稹西归
　　南州风土滞龙媒，黄纸初飞敕字来。
　　二月曲江连旧宅，阿婆情熟牡丹开。

三五　过骊山
　　翠辇红旌去不回，苍苍宫树锁青苔。
　　有人说得当时事，曾见长生玉殿开。

三六　洛中即事
　　高梧叶尽鸟巢空，洛水潺湲夕照中。
　　寂寂天桥车马绝，寒鸦飞入上阳宫。

三七　寻道者所隐不遇
　　篱外涓涓涧水流，槿花半点夕阳收。
　　欲题名字知相访，又恐芭蕉不奈秋。

三八　寄南游兄弟
　　书来未报几时还，知在三湘五岭间。
　　独立衡门秋水阔，寒鸦飞去日衔山。

三九　宫人斜
　　离宫路远北风斜，生死恩深不到家。
　　云雨今归何处去？黄鹏飞上野棠花。

四〇　代邻叟
　　年来七十罢耕桑，就暖支羸强下床。
　　满眼儿孙身外事，闲梳白发向残阳。

四一　新营别墅寄家兄
　　懒性如今成野人，行藏由兴不由身。
　　莫惊此度归来晚，买得西山正值春。

四二　自京中将赴黔南
　　风雨荆州二月天，问人初顾峡中船。
　　西南一望和云水，犹道黔南有四千。

四三　南游感兴
　　伤心欲问前朝事，惟见江流去不回。
　　日暮东风春草绿，鹧鸪飞上越王台。

四四　题剑津
　　风前摧折千年剑，岩下澄空万古潭。
　　双剑变成龙化去，两溪相并水归南。

四五　放鱼
　　金钱赎得免刀痕，闻道禽鱼亦感恩。
　　好去长江千万里，不须辛苦上龙门。

四六　汉宫曲　徐凝
　　水色簾前流玉霜，赵家飞燕侍昭阳。
　　掌中舞罢箫声绝，三十六宫秋夜长。

四七　和嵩阳客月夜忆上清人
　　独夜嵩阳忆上仙，月明三十六峰前。
　　瑶池月胜嵩阳月，人在玉清眠不眠？

四八　八月望夕雨
　　今年八月十五夜，寒雨萧萧不可闻。
　　如练如霜在何处？吴山越水万重云。

四九　观浙江涛
　　浙江悠悠海西绿，惊涛日夜两翻覆。
　　钱塘郭里看潮人，直至白头看不足。

五〇　庐山瀑布
　　虚空落泉千仞直，雷奔入江不暂息。
　　千古长如白练飞，一条界破青山色。

五一　嘉兴寒食
　　嘉兴郭里逢寒食，落日家家拜扫回。
　　唯有县前苏小小，无人送与纸钱来。

五二　忆扬州
　　萧娘脸下难胜泪，桃叶眉头易得愁。
　　天下三分明月夜，二分无赖是扬州。

五三　八月灯夕寄游越施秀才
　　四天净色寒如水，八月清晖冷似霜。
　　想得越人今夜见，孟家珠在镜中央。

五四　八月十五夜
　　皎皎秋空八月圆，嫦娥端正桂枝鲜。
　　一年无似如今夜，十二峰前看不眠。

五五　题伍员庙
　　千载空祠云海头，夫差亡国已千秋。
　　浙波只有灵涛在，拜奠青山人不休。

五六　员峤先生
　　员峤先生无白发，海烟深处采青芝。
　　逢人借问陶唐主，欲进冰蚕五色丝。

五七　莫愁曲
　　玳瑁床头刺战袍，碧纱窗外叶骚骚。
　　若为教作辽西梦，月冷如针风似刀。

五八　寄白司马
　　三条九陌花时节，万户千车看牡丹。
　　争遣江州白司马，五年风景忆长安。

五九　相思林
　　逐客远游新过岭，每逢芳树问芳名。
　　长林遍是相思树，争遣愁人独自行。

六〇　寄海峤丈人
　　万丈只愁沧海浅，一身谁测岁年遥。
　　自言来此云边住，曾看秦王树石桥。

六一　寄潘先生
　　至人知姓不知名，闻道黄金骨节轻。
　　世上仙方无觅处，欲来西岳事先生。

六二　宫中曲二首
　　①披香侍宴插仙花，厌着龙绡着越纱。
　　　恃赖倾城人不及，擅妆唯约数条霞。
　　②身轻入宠尽恩私，腰细偏能舞柘枝。
　　　一日新妆抛旧样，六宫争画黑烟眉。

六三　七夕
　　一道鹊桥横渺渺，千声玉佩过玲玲。
　　别离还有经年客，怅望不如河鼓星。

六四　八月九月望夕雨
　　八月繁云连九月，两回三五晦漫漫。
　　一年怅望秋将近，不得嫦娥正面看。

六五　喜雪
　　长爱谢家能咏雪，今朝见雪亦狂歌。
　　杨花道即偷人句，不那杨花似雪何。

六六　春饮
　　乌家若下蚁还浮，白玉尊前倒即休。
　　不是春来偏爱酒，应须得酒遣春愁。

六七　二月望日
　　长短一年相似夜，中秋未必胜中春。
　　不寒不暖看明月，况是从来少睡人。

六八　读远书
　　两转三回读远书，画檐愁见燕归初。
　　百花时节教人懒，云髻朝来不欲梳。

六九　古树
　　古树欹斜临古道，枝不生花腹生草。

行人不见树少时，树见行人几番老。

七〇　独住僧
　　百补裂裟一比丘，数茎长睫覆青眸。
　　多应独住山林惯，唯照寒泉自剃头。

七一　伤画松道芬上人
　　百法驱驰百年寿，五劳消瘦五株松。
　　昨来闻道严陵死，画到青山第几重？

七二　观钓台画图
　　一水寂寥青霭合，两崖崔崒白云残。
　　画人心到啼猿破，欲作三声出树难。

七三　荆巫梦思
　　楚水白波风袅袅，荆门暮色雨萧萧。
　　相思合眼梦何处？十二峰高巴字遥。

七四　浙东故孟尚书种柳
　　孟家种柳东城去，临水逶迤思故人。
　　不似当时大司马，重来得觅汉南春。

七五　长洲览古
　　吴王上国长洲奢，翠黛寒江一道斜。
　　伤见摧残旧宫树，美人曾插九枝花。

七六　却归旧山望月有寄
　　年年明月总相似，大抵人情自不同。
　　今夜故山依旧见，班家扇样碧峰东。

七七　再归松溪旧居宿西林
　　五粒松深溪水清，众山摇落月偏明。

西林静夜重来宿，暗记人家犬吠声。

七八　玩花五首
①一树梨花春向暮，雪枝残处怨风来。
　明朝渐校无多去，看到黄昏不欲回。
②麹尘溪上素红枝，影在溪流半落时。
　时人自惜花肠断，春风却是等闲吹。
③朱霞焰焰山枝动，绿野声声杜宇来。
　谁为蜀王身作鸟，自啼还自有花开。
④谁家踯躅情林里，半见殷花焰焰枝。
　忆得倡楼人送客，深红衫子影门时。
⑤花到蔷薇明艳绝，燕支颗破麦风秋。
　一番弄色一番退，小妇轻妆大妇愁。

七九　长庆春
山头水色薄笼烟，久客新愁长庆年。
身上五劳仍病酒，夭桃窗下背花眠。

八〇　山鹧鸪词
南越岭头山鹧鸪，传是当时守贞女。
化为飞鸟怨何人，犹有啼声带蛮语。

八一　郑女出参丈人词
凤钗翠翘双宛转，出见丈人梳洗晚。
掣曳罗绡跪拜时，柳条无力花枝软。

八二　春雨
花时闷见联绵雨，云入人家水毁堤。
昨日春风源上路，可怜红锦枉抛泥。

八三　和白使君木兰花
　　枝枝转势雕弓动，片片摇光玉剑斜。
　　见说木兰征戍女，不知那作酒边花。

八四　正月十五夜呈幕中诸公
　　宵游二万七千人，独坐重城圈一身。
　　步月游山俱不得，可怜辜负白头春。

八五　乐府新诗
　　一声卢女十三弦，早嫁城西好少年。
　　不羡越溪歌者苦，采莲归去绿窗眠。

八六　奉陪相公看花宴会二首
　　丞相邀欢事事同，玉箫金管咽东风。
　　百分荐酒莫辞醉，明日的无今日红。
　　木兰花谢可怜条，远道音书转寂寥。
　　春去一年春又尽，几回空上望江桥。

八七　牡丹
　　何人不爱牡丹花，占断城中好物华。
　　疑是洛川神女作，千娇万态破朝霞。

八八　过马当
　　风波隐隐石苍苍，送客灵鸦拂去樯。
　　三月尽头云叶秀，小姑新着好衣裳。

八九　金谷览古
　　金谷园中数尺土，问人知是绿珠台。
　　绿珠歌舞天下绝，唯与石家生祸胎。

九〇　上阳红叶
　　洛下三分红叶秋，二分翻作上阳愁。

千声万片御沟上，一片出宫何处流？

九一　洛城秋砧
　　三川水上秋砧发，五凤楼前明月新。
　　谁为秋砧明月夜，洛阳城里更愁人。

九二　和川守侍郎缑山题仙庙
　　王子缑山石殿明，白家诗句咏吹笙。
　　安知散席人间曲，不是寥天鹤上声。

九三　和夜题玉泉寺
　　岁岁云山玉泉寺，年年车马洛阳尘。
　　风清月冷水边宿，诗好官高能几人？

九四　和秋游洛阳
　　洛阳自古多才子，唯爱春风烂漫游。
　　今到白家诗句出，无人不咏洛阳秋。

九五　和嘲春风
　　源上拂桃烧水发，江边吹杏暗园开。
　　可怜半死龙门树，懊恼春风作底来。

九六　侍郎宅泛池
　　莲子花边回竹岸，鸡头叶上荡兰舟。
　　谁知洛北朱门里，便到江南绿水游。

九七　和侍郎邀宿不至
　　蟾蜍有色门应锁，街鼓无声夜自深。
　　料得白家诗思苦，一篇诗了一弹琴。

九八　自鄂渚至河南将归江外留辞侍郎
　　一生所遇唯元白，天下无人重布衣。

欲别朱门泪先尽,白头游子白身归。

九九　蛮入西川后
守隘一夫何处在?长桥万里只堪伤。
纷纷塞外乌蛮贼,驱尽江头濯锦娘。

一〇〇　忆紫溪
长忆紫溪春欲尽,千岩交映水回斜。
岩空水满溪自紫,水态更笼南烛花。

一〇一　夸红槿
谁道槿花生感促?可怜相计半年红。
何如桃李无多少,并打千枝一夜风。

一〇二　汴河览古
炀帝龙舟向北行,三千宫女绿桡轻。
渡河不似如今唱,为是谁家怨思声?

一〇三　柬白丈人
昔时丈人鬓发白,千年松下锄茯苓。
今来见此松树死,丈人斩新鬓发青。

一〇四　览镜词
宝镜磨来寒水清,青衣把就绿窗明。
潘郎懊恼新秋发,拔却一茎生两茎。

一〇五　寄玄阳先生
不能相见见人传,嶵岸山中岱岸边。
颜貌只如三二十,道年三百亦藏年。

一〇六　白人
暖风入烟花漠漠,白人梳洗寻常薄。

泥郎为插珑璁钗，争教一朵牙云落。

一〇七　奉酬元相公上元
出拥楼船千万人，入为台辅九霄身。
如何更羡看灯夜，曾见宫花拂面春。

一〇八　奉和鹦鹉
毛羽曾经剪处残，学人言语道暄寒。
任饶长被金笼阖，也免栖飞雨雪难。

一〇九　将至妙喜寺
清风袅袅越水陂，远树苍苍妙喜寺。
自有车轮与马蹄，未曾到此波心地。

一一〇　红蕉
红蕉曾到岭南看，校小巴蕉几一般。
差是斜刀剪红绢，卷来开去叶中安。

一一一　见少室
适我一箪孤客性，问人三十六峰名。
青云无忘白云在，便可嵩阳老此生。

一一二　语儿见新月
几处天边见新月，经过草市忆西施。
娟娟水宿初三夜，曾伴愁蛾到语儿。

一一三　回施先辈见寄新诗二首
①九幽仙子西山卷，读了绦绳系又开。
　此卷玉清宫里少，曾寻真诰读诗来。
②紫河车里丹成也，皂荚枝头早晚飞。
　料得仙宫列仙籍，如君进士出身稀。

一一四　送沈亚之赴郢掾
　　千万乘骢沈司户，不须惆怅郢中游。
　　几年《白雪》无人唱，今日推君上雪楼。

一一五　题缙云山鼎池
　　黄帝旌旗去不回，空馀片石碧崔嵬。
　　有时风卷鼎湖浪，散作晴天雨点来。

一一六　上兴元严仆射　欧阳詹
　　推车阃外主恩新，今日梁川草遍春。
　　玉色据鞍双节下，扬兵百万路无尘。

一一七　送张中丞
　　心诵阴符口不言，风驱千骑出辕门。
　　孙吴去后无长策，谁敌留侯直下孙？

一一八　睹亡友题诗处
　　旧友亲题壁上诗，伤看缘迹不缘词。
　　门前犹是长安道，无复回车下笔时。

一一九　题秦岭
　　南下斯须隔帝乡，北行一步掩南方。
　　悠悠烟景两边意，蜀客秦人各断肠。

一二〇　石臼岭寄严仆射
　　鸟企蛇盘半地天，下窥千仞到浮烟。
　　因高回望沾恩处，认得梁州落日边。

一二一　经骆谷见野果有闽中悬壶子呈洪孺卿洪亦闽人
　　青苞朱实忽离离，摘得盈筐泪更垂。
　　上德同之岂无意，故园山路一枝枝。

一二二　韦晤宅听歌
　　服制虹霓鬓似云，萧郎屋里上清人。
　　等闲逐酒倾杯乐，飞尽虹梁一夜尘。

一二三　闻嘉陵越鸟声呈林蕴
　　正是闽中越鸟声，几回留听暗沾缨。
　　伤心激念君深浅，共有离乡万里情。

一二四　送闻上人游嵩山
　　二室峰峰昔愿游，从云从鹤思悠悠。
　　丹梯石路君先去，为上青冥最上头。

一二五　题僧房
　　草席蒲团不扫尘，松间石上似无人。
　　峰阴欲午钟声动，自煮溪蔬养幻身。

一二六　山中老僧
　　笑向来人话古时，绳床竹杖自扶持。
　　秋深头冷不能剃，白黑苍然发到眉。

一二七　赠鲁山李明府
　　外户通宵不闭关，抱孙弄子万家闲。
　　若将邑号称贤宰，又是皇唐李鲁山。

一二八　泉州赴上都留别舍弟及故人
　　天长地阔多岐路，身即飞蓬共水萍。
　　匹马将驱岂容易，弟兄亲故满离亭。

一二九　送张骠骑
　　宝马珊弓金仆姑，龙骧虎视出皇都。
　　扬鞭莫怪轻胡虏，曾在渔阳敌万夫。

一三〇　题梨岭
　　南北风烟即异方,连峰危栈倚苍苍。
　　哀猿咽水偏高处,谁不沾衣望故乡。

一三一　秋夜寄僧
　　尚被浮名诱此身,今时谁与德为邻?
　　遥知是夜檀溪上,月照千峰为一人。

一三二　观送葬
　　何事悲酸泪满巾?浮生共是北邙尘。
　　他时不见北山路,死者还曾哭送人。

一三三　宿建溪
　　籠篛一席眠还坐,蛙噪萤飞夜未央。
　　僮仆舟人空寂寂,隔簾微月入中仓。

一三四　题王明府郊亭
　　日日郊亭启竹扉,论桑劝穑是常机。
　　山城要得牛羊下,方与农人分背归。

一三五　塞上行
　　闻说胡兵欲利秋,昨来投笔到营州。
　　骁雄已许将军用,边塞无劳天子忧。

一三六　题别业
　　千山江上背斜晖,一径中峰见所归。
　　不信扁舟回在晚,宿云先已到柴扉。

一三七　广陵登高怀邵二
　　簪萸泛菊俯平阡,饮过三杯却惘然。
　　十岁此辰同醉友,登高各处已三年。

一三八　题延平剑潭
　　想象精灵欲见难，通津一去水漫漫。
　　空馀昔日凌霜色，长与澄潭生昼寒。

一三九　晚泊漳州
　　回峰迭嶂绕庭隅，散点烟霞胜画图。
　　日暮华轩卷长箔，太清云上对蓬壶。

一四〇　赠严兵马使
　　为雁为鸿弟与兄，如雕如鹗杰连英。
　　天旋地转烟云黑，共鼓长风六合清。

一四一　除夜侍酒呈诸兄示舍弟
　　莫叹明朝又一春，相看堪共贵兹身。
　　悠悠寰宇同今夜，膝下传杯有几人？

一四二　台中寓直览壁画山水　　羊士谔
　　虫思庭莎白露天，微风吹竹晓凄然。
　　今来始悟朝回客，暗写归心向石泉。

一四三　偶题寄独孤使君
　　病起淮阳自有时，秋来未觉长年悲。
　　坐逢在日唯相望，袅袅凉风满桂枝。

一四四　乱后曲江
　　忆昔曾游曲水滨，来春〔春来〕长有探春人。
　　游春人静空池在，直至春深不似春。

一四五　望女几山
　　女几山头春雪消，路傍仙杏发柔条。
　　心期欲去知何日，惆怅回车上野桥。

一四六　宫人斜
　　翡翠无穷掩夜泉，犹疑一半作神仙。
　　秋来还照长门月，珠露寒花是野田。

一四七　王学士独游青龙寺玩红叶因赠
　　十亩苍苔绕画廊，几株红树过清霜。
　　高情还似看花去，闲对南山步夕阳。

一四八　登楼
　　槐柳萧疏绕郡城，夜添山雨作江声。
　　秋风南陌无车马，独上高楼故国情。

一四九　忆江南旧游二首
　　①山阴道上桂花初，王谢风流满晋书。
　　　曾作江南步从事，秋来还复忆鲈鱼。
　　②曲水三春弄彩毫，樟亭八月又观涛。
　　　金罍几醉乌程酒，鹤舫闲吟把蟹螯。

一五○　郡中即事二首
　　①红衣落尽暗香残，叶上秋光白露寒。
　　　越女含情已无限，莫教长袖倚栏干。
　　②登高何处见琼枝，白露寒花自绕篱。
　　　唯有楼中好山色，稻畦残水入秋池。

一五一　游西山兰若
　　路傍垂柳古今情，春草春泉咽又生。
　　借问山僧好风景，看花携酒几人行？

一五二　寄江陵韩少尹
　　别来玄发共成霜，云起无心出帝乡。
　　蜀国鱼笺数行字，忆君秋梦过南塘。

一五三　资州宴行营回将
　　几剑盈庭酒满卮，戍人归日及瓜时。
　　元戎静镇无边事，遣向营中偃画旗。

一五四　看花
　　一到花间一忘归，玉杯瑶瑟减光辉。
　　歌筵更覆青油幕，忽似朝云瑞雪飞。

一五五　客有自渠州来说常谏议使君故事怅然成咏
　　才子长沙暂左迁，能将意气慰当年。
　　至今犹有东山妓，长使歌诗被管弦。

一五六　赴资阳经嶓冢山
　　宁辞旧路驾朱轓，重使疲人感汉恩。
　　今日鸣驺到嶓峡，还胜博望至河源。

一五七　野望二首
　　①萋萋麦陇杏花风，好是行春野望中。
　　　日暮不辞停五马，鸳鸯飞去绿江空。
　　②忘怀不使海鸥疑，水映桃花酒满卮。
　　　亭上一声歌《白苎》，野人归棹亦行迟。

一五八　萧彭州出妓在宴见送
　　玉颜红烛忽惊春，微步凌波拂暗尘。
　　自是当歌敛眉黛，不应惆怅为行人。

一五九　题松江馆
　　津柳江风白浪平，棹移高馆古今情。
　　扁舟一去鸱夷子，应笑分符计日程。

一六〇　斋中咏怀
　　无心唯有白云知，闲卧高斋梦蝶时。

　　　　不觉东风过寒食，雨来萱草出巴篱。

一六一　永宁里小园寄沈校书
　　　　故里心期奈别何，手移芳树忆庭柯。
　　　　东皋黍熟君应醉，梨叶初红白露多。

一六二　登郡前山
　　　　洛阳归客滞巴东，处处山樱雪满丛。
　　　　岘首当时为风景，岂将官舍作池笼。

一六三　春望
　　　　莫问华簪发已斑，归心满目是青山。
　　　　独上层城倚危槛，柳营春尽马嘶闲。

一六四　泛舟入后溪二首
　　　①东风朝日破轻岚，仙棹初移酒未酣。
　　　　玉笛闲吟《折杨柳》，春风无事傍鱼潭。
　　　②雨馀芳草净沙尘，水绿滩平一带春。
　　　　唯有啼鹃似留客，桃花深处更无人。

一六五　山阁闻笛
　　　　临风玉管吹参差，山坞春深日又迟。
　　　　李白桃红满城郭，马融闲卧望京师。

一六六　夜听琵琶三首
　　　①掩抑危弦咽又通，朔云边月想朦胧。
　　　　当时谁佩将军印，长使蛾眉怨不穷。
　　　②一曲徘徊星汉稀，夜阑幽怨重依依。
　　　　忽似摐金来上马，南枝栖鸟尽惊飞。
　　　③破拨声繁恨已长，低鬟敛黛更摧藏。
　　　　潺湲陇水听难尽，并觉风沙绕画梁。

一六七　送刘寰北归　刘商
　　南巢登望县城孤，半是青山半是湖。
　　知尔素多山水兴，此回归去更来无？

一六八　送王闲归苏州
　　深山穷谷没人来，邂逅相逢眼渐开。
　　云鹤洞宫君未到，夕阳帆影几时回？

一六九　送人往虔州
　　莫叹乘轺道路赊，高楼日日望还家。
　　人到南康皆下泪，唯君笑向此中花。

一七〇　送僧往湖南
　　闲出东林日影斜，稻苗深浅映袈裟。
　　船到南湖风浪静，可怜秋水照莲花。

一七一　送元使君自楚移越
　　露冕行春向若耶，野人怀惠欲移家。
　　东风二月淮阴郡，唯见棠梨一树花。

一七二　移居深山
　　不食黄精不采薇，葛苗为带草为衣。
　　孤云更入深山去，人绝音书雁自飞。

一七三　送王永二首
　　①君去春山谁共游？鸟啼花落水空流。
　　　如今送别临溪水，他日相思来水头。
　　②绵衣似热夹衣寒，时景虽和春已阑。
　　　诚知暂别那惆怅，明日藤花独自看。

一七四　送别
　　灞岸青门有弊庐，昨来闻道半丘墟。

　　　　陌头空送长安使，旧里无人可寄书。

一七五　送王贞
　　　　清扬玉润复多才，邂逅佳期过早梅。
　　　　槿花亦可浮杯上，莫待东篱黄菊开。

一七六　送薛六暂游扬州
　　　　志在乘轩鸣玉珂，心期未快隐青萝。
　　　　广陵行路风尘合，城郭新秋砧杵多。

一七七　送杨行元赴举
　　　　晚渡邗沟惜别离，渐看烽火马行迟。
　　　　千钧何处穿杨叶，二月长安折桂枝。

一七八　行营送人
　　　　鼙鼓喧喧对古城，独寻归鸟马蹄轻。
　　　　回来看觅莺飞处，即是将军细柳营。

一七九　滑州送人先归
　　　　河水冰消雁北飞，寒衣未足又春衣。
　　　　自怜漂荡经年客，送别千回独未归。

一八〇　送濬上人
　　　　木落前山霜露多，手持寒锡远头陀。
　　　　眼看庭树梅花发，不觅诗人独咏歌。

一八一　高邮送弟遇北游
　　　　门临楚国舟船路，易见行人易别离。
　　　　今日送君心最恨，孤帆水下又风吹。

一八二　送豆卢郎赴海陵
　　　　烟波极目已沾襟，路出东塘水更深。

看取海头秋草色，一如江上别离心。

一八三　送女子
　　青娥宛宛聚为裳，乌鹊桥成别恨长。
　　惆怅梧桐非旧影，不悲鸿雁暂随阳。

一八四　酬道芬寄画松
　　闻道铅华学沈宁，寒枝淅沥叶青青。
　　一株将比囊中树，若个年多有茯苓？

一八五　山翁持酒相访以画松酬之
　　白社风霜惊暮年，铜瓶桑落慰秋天。
　　怜君意厚留新画，不著松枝当酒钱。

一八六　题潘师房
　　渡水傍山寻绝壁，白云飞处洞门开。
　　仙人来往行无迹，石径春风长绿苔。

一八七　谢自然却还旧居
　　仙侣招邀自有期，九天升降五云随。
　　不知辞罢虚皇日，更向人间住几时？

一八八　寄李俌
　　挂却衣冠披薜荔，世人应是笑狂愚。
　　年来渐觉髭须黑，欲寄松花君用无？

一八九　赠头陀师
　　少壮从戎马上飞，雪山童子未缁衣。
　　秋山年长头陀处，说我军前射虎归。

一九〇　赠严四草屦
　　轻微菅蒯将何用？容足偷安事颇同。

　　　　日入信陵宾馆静,赠君闲步月明中。

一九一　题刘偃庄
　　　　何事退耕沧海畔?闲看富贵白云飞。
　　　　门前种稻三回熟,县里官人四考归。

一九二　题黄陂夫人祠
　　　　苍山云雨逐明神,唯有香名万岁春。
　　　　东风三月黄陂水,只见桃花不见人。

一九三　题道济上人房
　　　　何处营求出世间?心中无事即身闲。
　　　　门外水流风叶落,唯将定性对前山。

一九四　梨树阴
　　　　福庭人静少攀援,雨露偏滋影易繁。
　　　　磊落紫香香亚树,清阴满地昼当轩。

一九五　秋蝉声
　　　　萧条旅舍客心惊,断续僧房静又清。
　　　　借问蝉声何所为?人家古寺两般声。

一九六　归山留别子侄二首
　　　①车马驱驰人在世,东西南北鹤随云。
　　　　莫言贫病无留别,百代簪缨将付君。
　　　②不逐浮云不羡鱼,杏花茅屋向阳居。
　　　　鹤鸣华表应传语,雁度霜天懒寄书。

一九七　与湛上人画松
　　　　水墨乍成岩下树,摧残半隐洞中云。
　　　　猷公曾住天台寺,阴雨猿声何处闻?

一九八　白沙宿窦常宅观妓
　　扬子澄江映晚霞，柳条垂岸一千家。
　　主人留客江边宿，十月繁霜见杏花。

一九九　上巳日县寮会集不遂驰赴
　　踏青看竹共佳期，春水晴山祓禊词。
　　独坐邮亭心欲醉，樱桃落尽暮愁时。

二〇〇　怀张璪
　　苔石苍苍临涧水，阴风袅袅动松枝。
　　世间唯有张通会，流向衡阳那得知。

二〇一　与于中丞
　　万顷荒林不敢看，买山容足拟求安。
　　田园失计全芜没，何处春风种蕙兰？

二〇二　袁十五远访山门
　　僻居谋道不谋身，避病桃源不避秦。
　　远入青山何所见？寒花满径白头人。

二〇三　行营病中
　　心许征南破虏归，可言羸病卧戎衣。
　　迟迟不见怜弓箭，惆怅秋鸿敢近飞。

二〇四　合溪水涨寄敬山人
　　共爱碧溪临水住，相思来往践莓苔。
　　而今却欲嫌溪水，雨涨春流隔往来。

二〇五　不羡花
　　惆怅朝阳午又斜，剩栽桃李学仙家。
　　花开花落人如旧，谁道容颜不及花。

二〇六　醉后
　　春月秋风老此身，一瓢长醉任家贫。
　　醒来还爱浮萍草，漂寄官河不属人。

二〇七　题水洞二首
　　①桃花流出武陵洞，梦想仙家云树春。
　　　今看水入洞中去，却是桃花源里人。
　　②长看岩穴泉流出，忽听悬泉入洞声。
　　　莫摘山花抛水上，花浮出洞世人惊。

二〇八　代人村中悼亡二首
　　①花落茅檐转寂寥，魂随暮雨此中销。
　　　迩来庭柳无人折，长得垂枝一万条。
　　②虚室无人乳燕飞，苍苔满地履痕稀。
　　　庭前唯有蔷薇在，花似残妆叶似衣。

二〇九　观猎三首
　　①梦非熊虎数年间，驱尽豺狼宇宙闲。
　　　传道单于闻校猎，相期不敢过阴山。
　　②日隐寒山猎未归，鸣弦落羽雪霏霏。
　　　梁园射尽南飞雁，淮楚人惊阳鸟啼。
　　③松月东轩许独游，深恩未报复淹留。
　　　梁园日暮从公猎，每过青山不举头。

二一〇　画石
　　苍藓千年粉绘传，坚贞一片色犹全。
　　那知忽遇非常用，不把分铢补上天。

二一一　咏双开莲花
　　菡萏新花晓并开，浓妆美笑面相偎。

西方采画嘉陵鸟，早晚双飞池上来。

二一二　夜闻邻管
何事霜天月满空？鹧鹕百啭向春风。
邻家思妇更长短，杨柳如丝在管中。

二一三　山中寄元二侍御二首
①心期汗漫卧云肩，家计漂零水上萍。
桃李向秋凋落尽，一枝松色独青青。
②拖紫锵金济世才，知君倚玉望三台。
深山穷谷无人到，唯奋狂愚独自来。

二一四　上崔十五老丈
天汉乘槎可问津，寂寥深景到无因。
看花独往寻诗客，不为经时谒丈人。

二一五　袁德师求画松
柏偃松欹势自分，森梢古意出浮云。
如今眼暗画不得，旧有三棵持赠君。

二一六　早夏月夜问王开
清风首夏夜犹寒，嫩笋侵阶行数竿。
君向苏台长见月，不知何似此中看？

二一七　裴十六厅即事
主人能政讼庭闲，帆影云峰户牖间。
每到夕阳岚翠近，只嫌篱障倚前山。

二一八　春日行营即事
风引双旌马首齐，曹南战胜日平西。
为儒不解从戎事，花落春深闻鼓鼙。

二一九　画树后呈濬师
　　翔凤边风十月寒，苍山古木更摧残。
　　为君壁上画松柏，劲雪严霜君试看。

二二〇　吊从甥
　　日晚河边访惸独，衰柳寒芜绕茅屋。
　　儿童惊走报人来，孀妇开门一声哭。

第二十三卷　七言十三　中唐十

（共二百五十六首）

一　春日美新绿词　　施肩吾
　　前日萌芽小于粟，今朝草树色已足。
　　天公不语能运为，驱遣羲和染新绿。

二　帝宫词
　　自得君王宠爱时，敢言春色上寒枝。
　　十年宫里无人问，一日承恩天下知。

三　海边远望
　　扶桑枝边红皎皎，天鸡一声四溟晓。
　　偶看仙女上青天，鸾鹤无多彩云少。

四　晓光词
　　日轮浮动羲和推，东方一轧天门开。
　　风神为我扫烟雾，四海荡荡无尘埃。

五　望晓词
　　揽衣起兮望秋河，蒙蒙远雾飞轻罗。
　　蟠桃树上日欲出，白榆枝畔星无多。

六　夜岩谣
　　夜上幽岩踏灵草，松枝已疏桂枝老。

新诗几度惜不吟，此处一声风月好。

七　听南僧说偈词
　　狮子座中香已发，西方佛偈南僧说。
　　惠风吹尽六条尘，清净水中初见月。

八　杜鹃花词
　　杜鹃花时夭艳然，所恨帝城人不识。
　　丁宁莫遣春风吹，留与佳人比颜色。

九　叹花词
　　前日满林红锦遍，今日绕林看不见。
　　空馀古岸泥土中，零落胭脂两三片。

一〇　岛夷行
　　腥臊海边多鬼市，岛夷居处无乡里。
　　黑皮年少学采珠，手把生犀照咸水。

一一　对月记嵩阳故人
　　团团月光照西壁，嵩阳故人千里隔。
　　不知三十六峰前，定为何处峰前客？

一二　赠莎地道士
　　莎地阴森古莲叶，游龟暗老青苔甲。
　　池边道士夸眼明，夜取蟭螟摘蚊睫。

一三　效古词二首
　　①莫愁新得年十六，如蛾双眉长带绿。
　　　初学箜篌四五人，莫愁独自声前足。
　　②姊妹无多兄弟少，举家钟念年最小。
　　　有时绕树山鹊飞，贪看不待画眉了。

一四　冬日观早朝
　　紫烟捧日炉香动，万马千车踏新冻。
　　绣衣年少朝欲归，美人犹在青楼梦。

一五　观吴偃画松
　　君有绝艺终身宝，方寸巧心通万造。
　　忽然写出涧底松，笔下看看一枝老。

一六　题山僧水阁
　　山房水阁连空翠，沉沉下有蛟龙睡。
　　老僧趺坐入定时，不知花落黄金地。

一七　登岘亭怀孟生
　　岘山自高水自绿，后辈词人心眼俗。
　　鹿门才子不再生，怪景幽奇无管属。

一八　吴中代蜀客吟
　　身狎吴儿家在蜀，春深屡唱思乡曲。
　　峨眉风景无主人，锦江悠悠为谁绿？

一九　戏咏榆荚
　　风吹榆钱落如雨，绕林绕屋来不住。
　　知尔不堪还酒家，漫教夷甫无行处。

二〇　寄李补阙
　　苍生应怪君起迟，蒲轮重辗嵩阳道。
　　功成名遂来不来，三十六峰仙鹤老。

二一　贫客吟
　　氍毹敝衣无处结，寸心耿耿如刀切。
　　今朝欲泣泉客珠，及到盘中却成血。

二二　诮山中叟
　　老人今年八十几，口中零落残牙齿。
　　天阴伛偻带嗽行，犹向岩前种松子。

二三　忆四明山泉
　　爱彼山中石泉水，幽声夜落虚窗里。
　　至今忆得卧云时，犹自涓涓在人耳。

二四　闻山中步虚声
　　何人步虚南峰顶？鹤唳九天霜月冷。
　　仙词偶逐东风来，误飘数声落尘境。

二五　题龙池山人
　　主人家在龙池侧，水中有鱼不敢食。
　　终朝采药供仙厨，却笑桃花少颜色。

二六　玩新桃花
　　几叹红桃开未得，忽惊造化新装饰。
　　一种同霑荣盛时，偏荷清光借颜色。

二七　山石榴花
　　深色胭脂碎剪红，巧能攒合是天公。
　　莫言无物堪相比，妖艳西施春驿中。

二八　玩友人庭竹
　　曾去玄洲看种玉，那似君家满庭竹。
　　客来不用呼清风，此处挂冠凉自足。

二九　秋夜山居二首
　　①幽居正想飡霞客，夜久月寒珠露滴。
　　千年独鹤两三声，飞下岩前一枝柏。

②去雁声遥人语绝,谁家素机织新雪?
秋山野客醉醒时,百尺老松衔半月。

三〇　秋夜山中别友人
独鹤孤云两难说,明朝又作东西别。
知君少壮无十年,莫爱闲吟老松月。

三一　赠别王炼师往罗浮
道俗骈阗留不住,罗浮山上有心期。
却愁仙处人难到,别后音书寄与谁?

三二　春日餐霞阁
洒水初晴物候新,餐霞阁上最宜春。
山花四面风吹入,为我铺床作锦茵。

三三　喜友再相逢
三十年前与君别,可怜容色夺花红。
谁知日月相催促,此度见君成老翁。

三四　候仙词
西归公子何时降,南岳先生早晚来。
巡历世间犹未遍,乞求鸾鹤且徘徊。

三五　修仙词
丹田自种留年药,玄谷长生续命芝。
世上漫忙兼漫走,不知求己更求谁?

三六　山中得刘秀才京书
自笑家贫客到疏,满庭烟草不能锄。
今朝谁料三千里,忽得刘公一纸书。

三七　夏日题方师院
火天无处买清风,闷发时来入梵宫。

只向方师小廊下，回看门外是樊笼。

三八　游春乐
一年三百六十日，赏心那似春中物。
草迷曲渚花满园，东家年少西家出。

三九　仙客归乡词二首
①六合八荒游未半，子孙零落暂归来。
井边不认捎云树，多是门人在后栽。
②洞中日月洞中仙，不筭离家是几年。
出郭始知人代变，又须抛却古时钱。

四〇　云州饮席
酒肠虽满少欢情，身在云州望帝城。
巡次合当谁改令，先须为我打还京。

四一　戏赠李主簿
官罢江南客恨遥，二年空被酒中销。
不知暗数春游处，偏忆扬州第几桥。

四二　春词
黄鸟啼多春日高，红芳开尽井边桃。
美人手暖裁衣易，片片轻云落剪刀。

四三　题景上人山门
水有青莲沙有金，老僧于此独观心。
愁人欲寄中峰宿，只恐白猿啼夜深。

四四　妓人残妆词
云髻已收金凤凰，巧匀轻黛约残妆。
不知昨夜新歌响，犹在谁家绕画梁。

四五　临水亭
　　只怪素亭粘黛色,溪烟为我染莓苔。
　　欲知源上春风起,看取桃花逐水来。

四六　听范玄长吟
　　声声扣出碧琅玕,能使秋猿欲叫难。
　　诗兴未穷心更远,手垂青拂向云看。

四七　观叶生画花
　　心窍玲珑貌亦奇,荣枯只在手中移。
　　今朝故向霜天里,点破繁花四五枝。

四八　洗丹砂词
　　千淘万洗紫光攒,夜火荧荧照玉盘。
　　恐是麻姑残米粒,不曾将与世人看。

四九　长安春夜吟
　　露盘滴时河汉微,美人灯下裁春衣。
　　蟾蜍东去鹊南飞,芸香省中郎不归。

五〇　自述
　　箧贮灵沙日日看,欲成仙法脱身难。
　　不知谁向交州去,为谢罗浮葛长官。

五一　少年行
　　醉骑白马走空衢,恶少皆称电不如。
　　五凤街头闲勒辔,半垂衫袖揖金吾。

五二　越中遇寒食
　　去岁清明雪溪口,今朝寒食镜湖西。
　　信知天地心不易,还有子规依旧啼。

五三　赠采药叟
　　老去唯将药裹行，无家无累一身轻。
　　却教年少取书卷，小字灯前斗眼明。

五四　清夜忆仙宫子
　　夜静门深紫洞烟，孤行独坐忆神仙。
　　三清宫里月如昼，十二宫楼何处眠？

五五　江南怨
　　愁见桥边荇叶新，兰舟沉水楫生尘。
　　从来不是无莲采，十顷莲塘卖与人。

五六　送绝尘子归旧隐二首
　　①云水千重绕洞门，独归何处是桃源？
　　　仙方不用随身去，留与人间老子孙。
　　②斑藤为杖草为衣，万壑千峰独自归。
　　　纵令相忆谁相报，桂树岩边人信稀。

五七　送裴秀才归淮南
　　怪来频起咏刀头，枫叶枝边一夕秋。
　　又向江南别才子，却将风景过扬州。

五八　钱塘渡口
　　天堑茫茫连沃焦，秦皇何事不安桥？
　　钱塘渡口无钱纳，已失西兴两信潮。

五九　春日宴徐君池亭
　　暂凭春酒换愁颜，今日应须醉始还。
　　池上有门君莫掩，从教野客见青山。

六〇　山中送友人
　　欲折杨枝别恨生，一重枝上一啼莺。

乱山重迭云相掩，君向乱山何处行？

六一　寄王少府
采松仙子徒销日，吃菜山僧枉过生。
多谢蓝田王少府，人间诗酒最关情。

六二　赠女道士郑玉华二首
①玄发新簪碧藕花，欲添肌雪饵红沙。
　世间风景那堪恋，长笑刘郎漫忆家。
②明镜湖中休采莲，却师阿母学神仙。
　朱丝误落青囊里，犹是箜篌第几絃。

六三　寄西台李侍御
二千馀里采琼瓌，到处洗心瓦砾堆。
唯有绣衣周柱史，独将珠玉挂西台。

六四　赠凌仙姥
阿母从天降几时，前朝唯有汉皇知。
仙桃不啻三回熟，饱见东方一小儿。

六五　晚春送王秀才游剡川
越山花去剡藤新，才子风光不厌春。
第一莫寻溪上路，可怜仙女爱迷人。

六六　冯上人院
扰扰凡情逐水流，世间多喜复多忧。
一回行到冯公院，更欲令人百事休。

六七　金吾词
行拥朱轮锦幨儿，望仙门外叱金羁。
染须偷嫩无人觉，唯有平康小妇知。

六八　观舞女
　　缠红结紫畏风吹，袅娜初回弱柳枝。
　　买笑未知谁是主，万人心逐一人移。

六九　鄠县村居
　　欲往村西日日慵，上山无水引高踪。
　　谁能求得秦皇术，为我先驱紫阁峰。

七〇　酬周秀才
　　三展蜀笺皆郢曲，我心珍重甚琼瑶。
　　应缘水府龙神睡，偷得蛟人五色绡。

七一　旅次文水县喜遇李少府
　　为君三日废行程，一县官人是酒朋。
　　共忆襄阳同醉处，尚书坐上纳银觥。

七二　夏雨后题青荷兰若
　　僧舍清凉竹树新，初经一雨洗诸尘。
　　微风忽起吹莲叶，青玉盘中泻水银。

七三　途中逢少女
　　身倚西门笑向东，牡丹初坼一枝红。
　　市头日卖千般镜，知落谁家新匣中？

七四　山中玩白鹿
　　绕洞寻花日易销，人间无路得相招。
　　呦呦白鹿毛如雪，踏在桃花过石桥。

七五　山居乐
　　鸾鹤每于松下见，笙歌常向坐中闻。
　　手持十节龙头杖，不指虚空即指云。

七六　襄阳曲
　　大堤女儿郎莫寻，三三五五结同心。
　　清晨对镜理容色，意欲取郎千万金。

七七　望夫词三
　①看看北雁又南飞，薄幸征夫久不归。
　　蟢子到头无信处，凡经几度上人衣。
　②手蒸寒灯向影频，回文机上暗生尘。
　　自家夫婿无消息，却恨桥头卖卜人。
　③何事经年断书信，愁闻远客说风波。
　　西家还有望夫伴，一种泪痕儿最多。

七八　少妇游春词
　　簇锦攒花斗胜游，万人行处最风流。
　　无端自向春园里，笑摘青梅叫阿侯。

七九　折柳枝
　　伤见路傍杨柳春，一株折尽一重新。
　　今年还折去年处，不送去年离别人。

八〇　归将吟
　　百战放归成老翁，馀生得出死人中。
　　今朝授敕三回舞，两赐青娥又拜公。

八一　惜花词
　　千树繁红绕碧泉，正宜尊酒对芳年。
　　明朝欲饮还来此，只怕春风却在前。

八二　抛缠头词
　　翠娥初罢绕梁词，又见双鬟对舞时。
　　一抱红罗分不足，参差裂破凤凰儿。

八三　望骑马郎
　　碧蹄新压步初成，玉色郎君弄影行。
　　赚杀唱歌楼上女，《伊州》误作《石州》声。

八四　春日钱塘杂兴二首
　　①酒姥溪头桑袅袅，钱塘郭外柳毿毿。
　　　路逢邻妇遥相问，小小如今学养蚕。
　　②西邻年少问东邻，柳岸花堤几处新？
　　　昨夜雨多春水阔，隔江桃叶唤何人？

八五　玩手植松
　　却思毫末栽松处，青翠才将众草分。
　　今日散材遮不得，看看气色欲凌云。

八六　夜笛词
　　皎洁西楼月未斜，笛声寥亮入东家。
　　却令灯下裁衣妇，误剪同心一半花。

八七　赠郑伦吹凤管
　　喃喃解语凤凰儿，曾听梨园竹里吹。
　　谁谓五陵年少子，还将此曲暗相随。

八八　蜀茗词
　　越椀初盛蜀茗新，簿烟轻处搅来匀。
　　山僧问我将何比？欲道琼浆却畏嗔。

八九　春霁
　　煎茶水里花千片，候客亭中酒一樽。
　　独对春光还寂寞，罗浮道士忽敲门。

九〇　讽山云
　　闲云生叶不生根，常被重重蔽石门。

赖有风簾能扫荡，满山晴日照乾坤。

九一　日晚归山词
　　虎迹新逢雨后泥，无人家处洞边溪。
　　独行归客晚山里，赖有鹧鸪临路岐。

九二　玩花词
　　今朝造化使春风，开拆西施面上红。
　　竟日眼前犹不足，数株舁入寸心中。

九三　西山静中吟
　　重重道气结成神，玉阙金堂逐日新。
　　若数西山得道者，连余便是十三人。

九四　长安早春
　　报花消息畏春风，未见先教何处红。
　　想得芳园十馀日，万家身在画屏中。

九五　再酬李先辈
　　清词再发郢人家，字字新移锦上花。
　　能使龙宫买绡女，低回不敢织轻霞。

九六　寄隐者
　　路绝空林无处问，幽奇山水不知名。
　　松门拾得一片屦，知是高人向此行。

九七　寄四明山子
　　高栖只在千峰里，尘世望君那得知。
　　长忆去年风雨夜，向君窗下听猿时。

九八　观美人
　　漆点双眸鬓绕蝉，长留白雪占胸前。

爱将红袖遮娇笑，往往偷开水上莲。

九九　收妆词　美人
斜月胧胧照半床，茕茕孤妾懒收妆。
灯前再览青铜镜，枉插金钗十二行。

一〇〇　仙女词
仙女群中名最高，曾看王母种仙桃。
手题金简非凡笔，道是天边玉兔毛。

一〇一　仙翁词
世间无远可为游，六合朝行夕已周。
坛上夜深风雨静，小仙乘月系苍虬。

一〇二　遇李山人
游山游水几千重，二十年中一度逢。
别易会难君且住，莫教青竹化为龙。

一〇三　同张炼师溪行
青溪道士紫霞巾，洞里仙家旧是邻。
每见桃花逐流水，无回不忆武陵人。

一〇四　桃源词二首
①夭夭花里千家住，总为当时隐暴秦。
　归去不论无旧识，子孙今亦是他人。
②秦世老翁归汉世，还同白鹤返辽城。
　纵令记得山川路，莫问当时州县名。

一〇五　送道友游山
欲驻如今未老形，万重山上九芝清。
君今若问采芝路，踏水踏云攀杳冥。

一〇六　赠王屋刘道士
　　小有洞中长住客，大罗天上后来仙。
　　出门即是寻常处，未可还它跨鹤鞭。

一〇七　谢自然升仙
　　分明得道谢自然，古来漫说尸解仙。
　　如花年少一女子，身骑白鹤游青天。

一〇八　秋吟献李舍人
　　肠结愁根酒不消，新惊白发长愁苗。
　　主司傥许题名姓，笔下看成度海桥。

一〇九　山中喜静和子见访
　　绝壁深溪无四邻，每逢猿鹤即相亲。
　　小奴惊出垂藤下，山犬今朝吠一人。

一一〇　春日题罗处士山舍
　　乱迭千峰掩翠微，高人爱此自忘机。
　　春风若扫阶前地，便是山花带锦飞。

一一一　访松岭徐炼师
　　千仞峰头一谪仙，何时种玉已成田，
　　开经犹在松阴里，读到《南华》第几篇？

一一二　江南织绫词
　　卿卿买得越人丝，贪弄金梭懒画眉。
　　女伴能来看新篆，鸳鸯正欲上花枝。

一一三　宿兰若
　　听钟投宿入孤烟，岩下病僧犹坐禅。
　　独夜客心何处是？秋云影里一灯燃。

一一四　题禅僧院
　　栖禅枝畔数花新，飞作琉璃地上尘。
　　谷鸟自啼猿自叫，不能愁得定中人。

一一五　送绝粒僧
　　碧洞青萝不畏深，免将饥渴累禅心。
　　若期野客来相访，一室无烟何处寻？

一一六　早春游曲江
　　芳处亦将枯槁同，应缘造化未施功。
　　羲和若拟动炉鞴，先铸曲江千树红。

一一七　佳人览镜
　　每坐台前觅玉容，今朝不与昨朝同。
　　良人一夜出门宿，减却桃花一半红。

一一八　遇王山人
　　每欲寻君千万峰，岂知人世也相逢。
　　一瓢遗却在何处？应挂天台最老松。

一一九　遇醉道士
　　霞帔寻常带酒眠，路旁疑是酒中仙。
　　醉来不住人家宿，多向远山松月边。

一二〇　送人归台州
　　莫驱归骑且徘徊，更遣离情四五杯。
　　醉后不忧迷客路，遥看瀑布识天台。

一二一　赠施仙姑
　　缥缈吾家一女仙，冰容虽小不知年。
　　有时频夜看明月，心在嫦娥几案边。

一二二　山院观花
　　初来唯见空树枝，今朝满院花如雪。
　　门前为报诸少年，明日来迟不堪折。

一二三　经桃花夫人庙
　　谁能枉驾入荒榛，随例形相土木身。
　　不及连山种桃树，花开犹得识夫人。

一二四　代农叟吟
　　且将一笑悦丰年，渐老那能日日眠。
　　引客特来山地上，坐看秋水落红莲。

一二五　下第春游
　　羁情含蘖复含辛，泪眼看花只似尘。
　　天遣春风领春色，不教分付与愁人。

一二六　送僧游越
　　麻衣年少雪为颜，却笑孤云未是闲。
　　此去若逢花柳月，栖禅莫向苎罗山。

一二七　遇越州贺仲宣
　　君在镜湖西畔住，四明山下莫经春。
　　门前几个采莲女，欲泊莲舟无主人。

一二八　江南积雨叹
　　人厌为霖水毁溪，床边生菌路成泥。
　　雨师一日三回到，栋里闲云岂得栖。

一二九　云中道上作
　　羊马群中觅人道，雁门关外绝人家。
　　昔时闻有云中郡，今日无云空见沙。

一三〇　同诸隐者夜登四明山

　　半夜寻幽上四明，手攀松桂触云行。
　　相呼已到无人境，何处玉箫吹一声？

一三一　戏郑申甫

　　年少郑郎那解愁，春来闲卧酒家楼。
　　胡姬若拟邀他宿，挂却金鞭系紫骝。

一三二　宿于越亭

　　琵琶洲上人行绝，于越亭中客思多。
　　月满秋江山冷落，不知谁问夜如何？

一三三　少女词二首

　　①娇羞不肯点新黄，踏过金钿出绣床。
　　　信物无端寄谁去？等闲裁破锦鸳鸯。
　　②同心带里脱金钱，买取头花翠羽连。
　　　手执木兰犹未惯，今朝初上采菱船。

一三四　冬词

　　锦绣堆中卧初起，芙蓉面上粉犹残。
　　台前也欲梳云鬓，只怕盘龙手捻难。

一三五　昭君怨

　　马上徒劳别恨深，总缘如玉不输金。
　　已知贱妾无归日，空荷君王有悔心。

一三六　赠仙子

　　欲令雪貌带红芳，更取金瓶泻玉浆。
　　凤管鹤声来未足，懒眠秋月记萧郎。

一三七　越溪怀古

　　忆昔西施人未求，浣纱曾向此溪头。

一朝得侍君王侧，不见玉颜空水流。

一三八　秋夜山中别友人
何处邀君话别情？寒山木落月华清。
莫愁今夜无诗思，已听秋猿第一声。

一三九　大堤新咏
行路少年知不知，襄阳全欠旧来时。
宜城贾客载钱出，始觉大堤无女儿。

一四〇　宿四明山
黎洲老人命余宿，杳然高顶浮云平。
下视不知几千仞，欲晓不晓天鸡声。

一四一　禁中新柳
万条金线带春烟，深染青丝不值钱。
又免生当离别地，宫鸦啼处禁门前。

一四二　酬张明府
潘令新诗忽寄来，分明绣段对花开。
此时欲醉红楼里，正被歌人劝一杯。

一四三　悼杨氏妓琴弦　朱褒
魂归寥廓魄归烟，只住人间十八年。
昨日施僧裙带上，断肠犹系琵琶弦。

一四四　春兴　武元衡
杨柳阴阴细雨晴，残花落尽见流莺。
春风一夜吹乡梦，又逐春风到洛城。

一四五　酬裴起居西亭留赠
艳歌能起关山恨，红烛偏凝边塞情。

　　　　况是池塘风雨夜，不堪丝管尽离声。

一四六　送张司录赴京
　　　　江南烟雨塞鸿飞，西府文章谢掾归。
　　　　相送汀洲兰杜晚，菱歌一曲泪沾衣。

一四七　宿青阳驿
　　　　空山摇落三秋暮，萤过疏帘月露团。
　　　　寂寞孤灯愁不寐，萧萧风竹夜窗寒。

一四八　送卢起居
　　　　相如拥传有光辉，何事阑干泪湿衣？
　　　　旧府东山馀妓在，重将歌舞送君归。

一四九　送张谏议
　　　　汉庭从事五人来，白首疆场独未回。
　　　　今日送君魂断处，寒江〔云〕寥落数株梅。

一五〇　题嘉陵驿
　　　　悠悠风旆绕山川，山驿空濛雨似烟。
　　　　路半嘉陵头已白，蜀门西更上青天。

一五一　送柳郎中
　　　　望乡台下秦人去，学射山中杜魄哀。
　　　　落日河桥千骑别，春风寂寞旆旌回。

一五二　春日偶题
　　　　山川百战古刀州，龙节来分圣主忧。
　　　　静守化条无一事，春风独上望京楼。

一五三　听歌
　　　　月上重楼丝管秋，佳人夜唱古梁州。

满堂谁是知音者，不惜千金与莫愁。

一五四　唐昌观玉蕊花
　　　琪树年年玉蕊新，洞宫长闭彩霞春。
　　　日暮落英铺地雪，献花无复九天人。

一五五　送李侍御之凤翔
　　　物暗花明池上山，高楼歌酒换离颜。
　　　他时欲寄相思字，何处黄云是陇关？

一五六　赠佳人二首
　　　①步摇金翠玉搔头，倾国倾城胜莫愁。
　　　　若逞仙姿游洛浦，定知神女谢风流。
　　　②林莺一哢四时春，蝉翼罗衣白玉人。
　　　　曾逐使君歌舞地，清声长咽翠眉颦。

一五七　送魏正则擢第归江陵
　　　商山路接玉山深，古木苍然昼合阴。
　　　会府登筵君最少，江城秋至肯惊心。

一五八　登阆间古城
　　　登高远望自伤情，柳发花开映古城。
　　　全盛已随流水去，黄鹂空啭旧春声。

一五九　山居
　　　身依泉壑将时背，路入烟萝得地深。
　　　终岁不知城郭事，手栽松竹尽成阴。

一六〇　夜雨忆郭通微
　　　桃源未去阻风尘，世事悠悠又遇春。
　　　雨滴闲阶清夜久，焚香偏忆白云人。

一六一　送严秀才
　　灞浐别离肠已断，江山迢递信仍稀。
　　送君偏下临岐泪，家在南州身未归。

一六二　春亭雪夜寄西邻二舍人
　　广庭飞雪对愁人，寒谷由来不悟春。
　　却笑山阴乘兴夜，何如今日戴家邻。

一六三　酬韦胄曹
　　相逢异县蹉跎意，无复少年容易欢。
　　桃李美人攀折尽，何如松柏四时寒。

一六四　同幕府夜宴惜花二首
　　①芳草落花明月榭，朝云暮雨锦城春。
　　　莫愁红艳风前散，自有青娥镜里人。
　　②五侯门馆百花繁，红烛摇风白雪翻。
　　　不似凤凰池畔见，飘扬今隔上林园。

一六五　酬韦胄曹登天长寺见寄
　　青门几度沾胸〔襟〕泪，并在东林雪外峰。
　　今日重烦相忆处，春光知绕凤池浓。

一六六　陌上暮春
　　青青南陌柳如丝，柳色莺声晚日迟。
　　何处最伤游客思？春风三月落花时。

一六七　春日偶作
　　飞花寂寂燕双双，南客衡门对楚江。
　　惆怅管弦何处发？春风吹到读书窗。

一六八　春暮寄杜嘉兴兄弟
　　柳色千家与万家，轻风细雨落残花。

数枝琼玉无由见，空掩柴扉度岁华。

一六九　渡淮
　　暮涛凝雪长淮水，细雨飞梅五月天。
　　行子不须愁夜泊，绿杨多处有人烟。

一七〇　访裴校书不遇
　　梨花落尽柳花时，庭树流莺日过迟。
　　几度相思不相见，春风何处有佳期？

一七一　秋原寓目
　　木落风高天宇开，秋原一望思悠哉。
　　边城今足射雕骑，连雁嗷嗷何处来？

一七二　立秋华原南馆别二客
　　风入泥阳池馆秋，片云孤鹤两难留。
　　明朝独向青山郭，唯有蝉声催白头。

一七三　代佳人赠张郎中
　　洛阳佳丽本神仙，冰雪颜容桃李年。
　　心爱阮郎留不住，独将珠泪湿红铅。

一七四　送严侍御赴黔中因访仙源之事
　　武陵源在朗江东，流水飞花仙洞中。
　　莫问阮郎千古事，绿杨深处翠霞空。

一七五　使次盘豆驿望永乐县
　　山川不记何年别，城郭应非昔所经。
　　欲驻征车终日望，大河云雨晦冥冥。

一七六　饯裴行军赴朝命三首
　　①三年同看锦城花，银烛连霄照绮霞。

　　　　报国从来先意气，临歧不用重咨嗟。
　　　②珠履三千醉不欢，玉人犹若饮冰寒。
　　　　送君空有无言泪，足下关山行路难。
　　　③来时圣主假光辉，心恃朝恩计日归。
　　　　谁料忽成云雨别，独将边泪洒戎衣。

一七七　缑山道中
　　　　秋山寂寞秋水清，寒郊木叶飞无声。
　　　　王子白云仙去久，洛滨行客夜吹笙。

一七八　岁暮送舍人使京
　　　　边城岁尽望乡关，身逐戎旌未得还。
　　　　欲别临歧无限泪，故园花发寄君攀。

一七九　寓兴
　　　　二月杨花飞满空，飘飘十里雪如风。
　　　　不知何处香醪熟，愿醉潘园芳树中。

一八〇　塞上春怀
　　　　东风河外五城喧，南客征袍满泪痕。
　　　　愁至独登高处望，蔼然云树重伤魂。

一八一　塞外月夜寄荆南熊侍御
　　　　南依刘表北刘琨，征战年年箫鼓喧。
　　　　云雨一乖千万里，长城秋月洞庭猿。

一八二　秋日经潼关感寓
　　　　昔年曾逐汉征东，三授兵符百战中。
　　　　力保山河嗟下世，秋风牢落故营空。

一八三　赠歌人
　　　　仙歌静转玉箫催，疑是流莺禁苑来。

它日相思梦巫峡，莫教云雨晦阳台。

一八四　鄂渚送人
　　云帆渺渺巴陵渡，烟树苍苍故郢城。
　　江上梅花无数发，送君南浦不胜情。

一八五　韦常侍以宾客致仕同诸公题壁
　　孤云永日自徘徊，岩馆苍苍遍绿苔。
　　望苑忽惊新诏下，彩鸾归处玉笼开。

一八六　送崔舍人二首
　　①赤墀同拜紫泥封，四牡连征待九重。
　　　惟有白须张司马，不言名利尚相从。
　　②芳郊欲别阑干泪，故国难期聚散云。
　　　分手更逢汉馆暮，马嘶猿啸不堪闻。

一八七　单于罢战却归题善阳馆
　　单于南过善阳关，身逐归云到处闲。
　　曾是五年莲府客，每闻胡虏哭阴山。

一八八　学仙难
　　玉殿笙歌汉帝愁，鸾龙俨驾望瀛洲。
　　黄金化尽方士死，青天欲上无缘由。

一八九　春晓闻莺
　　寂寂兰台晓梦惊，绿林残月思孤莺。
　　犹疑蜀魄千年恨，化作冤禽万啭声。

一九〇　闻严秘书与诸客夜会
　　衡门寥落岁阴穷，露湿莓苔叶厌风。
　　闻道今宵阮家会，竹林明月七人同。

一九一　闻王仲周所居牡丹花发戏赠
　　　闻说亭花秀暮春，长安才子看须频。
　　　花开花落无人见，借问何人是主人？

一九二　酬王十八见招
　　　王昌家直在城东，落尽林花昨夜风。
　　　多兴不辞千日醉，随君走马向新丰。

一九三　无题
　　　麻衣如雪一枝梅，笑掩微妆入梦来。
　　　若到越溪逢越女，红莲池里白莲开。

一九四　见郭侍郎题壁
　　　万里枫江偶问程，青苔壁上故人名。
　　　悠悠身世恨南北，一别十年空复情。

一九五　郊舍寓目
　　　晨趋禁掖暮郊园，松桂苍苍烟露繁。
　　　明月上时群动息，雪峰高处正当门。

一九六　单于晓角
　　　胡儿吹角汉城头，月皎霜寒大漠秋。
　　　三奏未终天便晓，何人不起望乡愁。

一九七　汴州闻笳
　　　何处金笳月里悲？悠悠边客梦先知。
　　　单于城上关山故，今日中原总解吹。

一九八　送白将军
　　　红烛芳筵惜夜分，歌楼管咽思难闻。
　　　早知怨别人间世，不下青山老白云。

一九九　题李将军林亭
　　落英飘蕊雪纷纷，啼鸟如悲霍冠军。
　　逝水不回弦管绝，玉楼迢递锁浮云。

二〇〇　送崔总赴池州
　　春风丝〔箫〕管怨津楼，三奏行人醉不留。
　　别后相思江上岸，落花飞处杜鹃愁。

二〇一　秋日出游偶作
　　黄花丹叶满江城，渐爱江头风景清。
　　闲步欲舒山野性，貔貅不许独行行。

二〇二　赠别崔起居
　　三十年前会府同，红颜销尽两成翁。
　　别泪共将何处洒？锦江南渡足春风。

二〇三　休暇日中书相公致斋禁省因以寄赠
　　尝闻圣主得贤臣，三接能令四海春。
　　月满禁垣斋沐夜，清吟属和更何人？

二〇四　寻三藏上人
　　北风吹雪暮萧萧，问法寻僧上界遥。
　　临水手持筇竹杖，逢君不语指芭蕉。

二〇五　长安贼中寄题江南所居茱萸树
　　手种茱萸旧井傍，几回春露又秋霜。
　　今来独向秦中见，攀折无时不断肠。

二〇六　春日酬熊执易南庭花发见赠
　　千株桃李〔杏〕参差发，想见花时人却愁。
　　曾忝陆机琴酒会，春亭惟虑一淹留。

二〇七　戏赵韩二秀才
　　　　名高折桂方年少，心苦为文命未通。
　　　　闻说东堂今有待，飞鸣何处及春风？

二〇八　夏日寄陆三达陆四逢并王念八仲周
　　　　士衡兄弟旧齐名，还似当年在洛城。
　　　　闻说重门方隐相，古槐高柳夏阴清。

二〇九　凉风亭睡觉　裴度
　　　　饱食缓行新睡觉，一瓯新茗侍儿煎。
　　　　脱巾斜倚绳床坐，风送水声来耳边。

二一〇　雪中讶诸公不相访
　　　　忆昨雨多泥又深，犹能携妓远过寻。
　　　　满空乱雪花相似，何事居然无赏心？

二一一　重到惠山二首　李绅
　　　①碧峰依旧松筠老，重得经过已白头。
　　　　俱是海天黄叶信，两逢霜节菊花秋。
　　　②望中白鹤怜归翼，行处青苔恨昔游。
　　　　还向竹窗名姓下，数行添记别离愁。

二一二　答章孝标
　　　　假金方用真金镀，若是真金不镀金。
　　　　十载长安得一第，何须空腹用高心。

二一三　朱槿花
　　　　瘴烟长暖无霜雪，槿艳繁花满树红。
　　　　每叹芳菲四时厌，不知开落有春风。

二一四　至潭州闻猿
　　　　昔陪天上三秋客，今作端州万里人。

湘浦更闻猿夜啸，断肠无泪可沾巾。

二一五　江亭
　　瘴江昏雾连天合，欲作家书更断肠。
　　今日病身悲壮候，岂能埋骨向炎荒？

二一六　红蕉花
　　红蕉花样炎方识，瘴水溪边色最深。
　　叶满丛深殷似火，不唯烧眼更烧身。

二一七　忆汉月
　　花开花落无时节，春去春来有底凭。
　　燕子不藏雷不蛰，烛烟昏雾暗腾腾。

二一八　端州江亭得家书二首
　　①雨中鹊语喧江树，风处蛛丝飐水浔。
　　　开拆远书何事喜？数行家信抵千金。
　　②长安别日春风早，岭外今来白露秋。
　　　莫道淮南悲木叶，不闻摇落更堪愁。

二一九　闻猿
　　见说三声巴峡深，此时行者尽沾襟。
　　端州江口连云处，始信哀猿伤客心。

二二〇　赠韦金吾
　　自报金吾主禁兵，腰间宝剑重横行。
　　接舆也是狂歌客，更就将军乞一声。

二二一　龟山寺鱼池
　　汲水添池活白莲，十千鬐鬣尽生天。
　　凡庸不识慈悲意，自葬江鱼入九泉。

二二二　却望无锡芙蓉湖五首
　　①水宽山远烟岚迥，柳岸萦回在碧流。
　　　清昼不风凫雁少，却疑初梦镜湖秋。
　　②丹橘村边烛火微，碧波明处雁初飞。
　　　萧条落日垂杨岸，隔水寥寥闻捣衣。
　　③逐波云彩参差远，背日岚光隐见深。
　　　犹似望中连海树，月生湖上是山阴。
　　④旧山认得烟岚近，湖水平铺碧岫间。
　　　喜见云泉还怅望，自惭山叟不归山。
　　⑤翠崖幽谷分明处，倦鸟归云在眼前。
　　　惆怅白头为四老，远随尘土去伊川。

二二三　柳
　　①陶令门前罥接篱，亚夫营里拂朱旗。
　　　人事推移无旧物，年年春至绿垂丝。
　　②千条垂柳拂金丝，日暖牵风叶学眉。
　　　愁见花飞狂不定，还同轻薄五陵儿。

二二四　归燕献主司　章孝标
　　旧累危巢泥已落，今年故向社前归。
　　连云大厦无栖处，更傍谁家门户飞？

二二五　及第后寄淮南李相公
　　及第全胜十政官，金鞍镀了出长安。
　　马头渐入扬州路，为报时人洗眼看。

二二六　春雪献李相公
　　六出飞花处处飘，粘窗拂砌上寒条。
　　朱门到晓难盈尺，尽是三军喜气销。

二二七　题杭州樟亭驿
　　樟亭驿上题诗客，一半寻为山下尘。
　　世事日随流水去，江花还似白头人。

二二八　赠陆鬯浙西进诗除官
　　帝城云物得阳春，水国烟花失主人。
　　昨日天风吹乐府，六宫丝管一时新。

二二九　鲤鱼
　　眼似真珠鳞似金，时时动浪出还沉。
　　河中得上龙门去，不叹江湖岁月深。

二三〇　饥鹰词
　　遥想平原兔正肥，千回砺吻振毛衣。
　　纵令啄解丝绦结，未得人呼不敢飞。

二三一　日者
　　十指中央了五行，说乃休咎见前生。
　　我来本乞真消息，却怕呵钱卦欲成。

二三二　梦乡
　　家在吴王旧苑东，屋头山水胜屏风。
　　寻常梦在秋江上，钓艇游扬藕叶中。

二三三　诸葛武侯庙
　　木牛零落阵图残，山姥烧残古柏寒。
　　七纵七擒何处在？茅花枥叶盖神坛。

二三四　失题
　　明日銮舆欲向东，守宫金翠带愁红。
　　九门佳气已西去，千里花开一夜风。

第二十四卷 七言十四 中唐十一

（共二百五十二首）

一 乌栖曲 王建
　　章华宫人夜上楼，君王望月西山头。
　　夜深宫殿门不锁，白露满山山叶堕。

二 主人故池
　　曲池高阁相连起，荷时团团盖秋水。
　　主人已远凉风生，旧客不来芙蓉死。

三 长安别
　　长安清明好时节，只宜相送不宜别。
　　恶心床上铜片明，照见离人白头发。

四 宫人斜
　　未央墙西青草路，宫人斜里红妆墓。
　　一边载出一边来，更衣不减寻常数。

五 春词
　　良人早朝半夜起，樱桃如珠露如水。
　　下堂把火送郎回，移枕重眠晓窗里。

六 野池
　　野池水满连秋堤，菱花结实蒲叶齐。

川口雨晴风复止，蜻蜓上下鱼东西。

七　秋夜曲
　　秋灯向壁掩洞房，良人此夜直明光。
　　天河悠悠漏水长，南斗北斗两相当。

八　别曲
　　毒蛇在肠疮满背，去年别家今别弟。
　　马头对哭各东西，天边柳絮无根蒂。

九　古谣二首
　　①一东一西垄头水，一聚一散天边霞。
　　　一来一去道上客，一颠一倒池中麻。
　　②宛宛转转身上纱，红红绿绿苑中花。
　　　纷纷汩汩夜飞鸦，寂寂寞寞离人家。

一〇　玉蕊花
　　一树茏葱玉刻成，飘廊点地色轻轻。
　　女冠夜觅香来处，唯见阶前碎月明。

一一　归山庄
　　长安寄食半年馀，重向人边乞荐书。
　　山路独归冲夜雪，落斜骑马避柴车。

一二　寒食忆归
　　京中曹局无多事，寒食贫儿要在家。
　　遮莫杏园胜别处，亦须归看傍村花。

一三　题崔秀才里居
　　自知名出休呈卷，爱去人家远处居。
　　时复打门无别事，铺头来索买残书。

一四　酬柏侍御答酒
　　茱萸酒法大家同，好是盛来白碗中。
　　这度自知颜色重，不消诗里弄溪翁。

一五　别药栏
　　芍药丁香手里栽，临行一日绕千回。
　　外人应怪难辞别，总是山中自取来。

一六　长门
　　长门闭定不求生，烧却头花卸却筝。
　　病卧玉窗秋雨下，遥闻别院唤人声。

一七　题渭亭
　　云开远水傍秋天，沙岸蒲帆隔野烟。
　　一片蔡州青草色，日西铺在古台边。

一八　喜祥山馆
　　夜过深山算驿程，三回黑地听泉声。
　　自离车马身轻健，得向溪边尽足行。

一九　上田尚书
　　去妇何辞见六亲，手中刀尺不如人。
　　可怜池阁秋风夜，愁绿娇红一遍新。

二〇　雨中寄东溪韦处士
　　雨中溪破无干地，浸著床头湿著书。
　　一个月来山水隔，不知茅屋若为居？

二一　乞竹
　　乞取池西三两竿，房前栽着病时看。
　　亦知自惜难判割，犹胜横根引出栏。

二二　人家看花
　　　年少狂疏逐君马，去来憔悴到京华。
　　　恨无闲地栽仙药，长傍人家看好花。

二三　未央风
　　　五更先起玉阶东，渐入千门万户中。
　　　总向高楼吹舞袖，秋风还不及春风。

二四　赠李仆射二首
　　①和雪翻营一夜行，神旗冻定马无声。
　　　遥看火号连营赤，知是先锋上得城。
　　②旗旛四面著营稠，手诏频来老将忧。
　　　每日城南空挑战，不知生缚入唐州。

二五　送迁客
　　　万里潮州一逐臣，悠悠青草海边春。
　　　天涯莫道无回日，上岭还逢向北人。

二六　废寺
　　　废寺乱来为县驿，荒松老柏不生烟。
　　　空廊屋漏画僧尽，梁上犹书天宝年。

二七　题禅师房
　　　浮生不住叶随风，填海移山总是空。
　　　长向人间愁老病，谁来闲坐此房中？

二八　看石楠花
　　　留得行人忘却归，尔中须是石楠枝。
　　　明朝独上铜台路，容见花开少许时。

二九　长安县后亭看画
　　　水冻横桥雪满池，新排石笋绕巴篱。

县门斜掩无人吏，看画双飞白鹭鸶。

三○　赠工部郎中二首
①金炉烟里要班头，欲得归山可自由？
　　每度报朝愁入阁，在先教示小千牛。
②多在蓬莱少在家，越绯衫上有红霞。
　　朝回不向诸馀处，骑马城西检校花。

三一　酬赵侍御
年少同为邺下游，闲寻野寺醉登楼。
别来衣马从胜旧，争向边尘满白头。

三二　镊白
总道老来无用处，何须白发在前生？
如今不用偷年少，拔却三茎又五茎。

三三　九日登丛台
平原池阁在谁家？双塔丛台野菊花。
零落故宫无入路，西来涧水绕城斜。

三四　题蔡中郎碑
苍苔满字土埋龟，风雨销磨绝妙词。
不向图经中旧见，无人知是蔡邕碑。

三五　江馆对雨
鸟声愁雨似秋天，病客思家一向眠。
草馆门临广州路，夜闻蛮语小江边。

三六　雨过山村
雨里鸡鸣一两家，竹溪村路板桥斜。
妇姑相唤浴蚕去，闲著中庭栀子花。

三七　对雨寄杜书记
　　竹烟花雨细相和，看著闲书睡更多。
　　好是主人无事日，应持小拍按新歌。

三八　江陵道中
　　菱叶参差萍叶重，新蒲半折夜来风。
　　江村水落平地出，溪畔渔船青草中。

三九　江陵使至汝州
　　回看巴路在云间，寒食离家麦熟还。
　　日暮数峰青似染，商人说是汝州山。

四〇　送山人二首
　　①嵩山古寺离来久，回见溪桥野叶黄。
　　　辛苦老师看守处，为悬秋药闭空房。
　　②山客狂来跨白驴，袖中遗却颍阳书。
　　　人间亦有妻儿在，抛向嵩阳古观居。

四一　扬州寻张籍不见
　　别后知君在楚城，扬州寺里觅君名。
　　西江水阔吴山远，却打船头向北行。

四二　宿长安县后斋
　　新向金阶奏罢兵，长安县里绕池行。
　　喜欢得伴山僧宿，看雪吟诗直到明。

四三　华清宫二首
　　①晓来楼阁更鲜明，日出阑干见鹿行。
　　　武帝自知身不死，看修玉殿号长生。
　　②酒幔高楼一百家，宫前杨柳寺前花。
　　　内园分得温汤水，二月中旬已进瓜。

四四　宫前柳
　　　杨柳宫前忽地春，在前惊动探春人。
　　　晓来唯欠骊山雨，洒却秋条绿上尘。

四五　留别张广文
　　　谢恩新入凤凰城，乱定相逢合眼明。
　　　千万求方好将息，杏花寒食的同行。

四六　送郑山人归山
　　　玉作车辕蒲作轮，当初不起颍阳人。
　　　一家总入嵩山去，天子因何得谏臣。

四七　伤堕水乌
　　　一乌堕水百乌啼，相吊相号绕故堤。
　　　眼见行人车辗过，不妨同伴各东西。

四八　十五夜望月
　　　中庭地白树栖鸦，冷落无声湿桂花。
　　　今夜月明人尽望，不知秋思在谁家。

四九　眼病寄同官
　　　天寒眼痛少心情，隔雾看人夜里行。
　　　年少往来常不住，墙西冻地马蹄声。

五〇　寄韦谏议
　　　百年看似暂时间，头白求官亦未闲。
　　　独有龙门韦谏议，三征不起恋青山。

五一　寻补阙旧宅
　　　知得清名二十年，登山上阪乞新篇。
　　　除书近拜侍臣去，空院鸟啼风竹前。

五二　上魏博田侍中八首
　　①去处长将决胜筹，回回身在阵前头。
　　　贼城破后先锋入，看著红妆不敢收。
　　②熨帖朝衣抛战袍，夔龙班里侍中高。
　　　对时先奏衙门将，次第天恩与节旄。
　　③踏著家乡马脚轻，暮山秋色眼前明。
　　　老人上酒齐行拜，得侍中来尽再生。
　　④功成谁不拥藩方，富贵还须是本乡。
　　　万里双旌汾水上，玉鞭遥指白云庄。
　　⑤鼓吹旗幡道两边，行男走女喜阗阗。
　　　旧交省得当时别，指点如今却少年。
　　⑥广场破阵乐初休，彩纛高于百尺楼。
　　　老将气雄争起舞，管弦回作大缠头。
　　⑦笳声万里动寒山，草白天清塞马闲。
　　　触处不如生处乐，可怜秋月照江关。
　　⑧将士请衣忘却贫，绿窗红烛酒楼新。
　　　家家尽踏还乡曲，明月街中不绝人。

五三　御猎
　　青山直绕凤城头，浐水斜分入御沟。
　　新教内人唯射鸭，长随天子苑东游。

五四　山店
　　登登石路何时尽，决决溪泉到处闻。
　　风动叶声山犬吠，一家松火隔秋云。

五五　过绮岫宫
　　玉楼倾侧粉墙空，重迭青山绕故宫。
　　武帝去来红袖尽，野花黄蝶领春风。

五六　初冬旅游
　　远投人宿趁房迟，僮仆伤寒马亦饥。
　　为客悠悠十月尽，庄头栽竹已过时。

五七　寄刘蕡问疾
　　年少病多应为酒，谁家将息过今春？
　　赊来半夏重煎尽，投着山中旧主人。

五八　夜看扬州市
　　夜市千灯照碧云，高楼红袖客纷纷。
　　如今不似时平日，犹自笙歌彻晓闻。

五九　观蛮妓
　　欲说昭君敛翠蛾，清声委曲怨于歌。
　　谁家年少春汛里，抛与金钱唱好多。

六〇　华岳庙二首
　①女巫遮客买神盘，争取琵琶庙里弹。
　　闻有马蹄生柏树，路人来去向南看。
　②自移西岳门长锁，一个行人一遍开。
　　古庙参天今见在，夜头风起觉神来。

六一　老人歌
　　白发歌人垂泪行，上皇生日出京城。
　　如今供奉多新意，错唱当时一半声。

六二　对酒
　　为病比来浑断酒，缘花不免却知闻。
　　从来乐事关身少，主领春风只在君。

六三　秋夜对雨
　　夜山秋雨滴空廊，灯照堂前树叶光。

对坐读书终卷后,自铺衣被扫僧房。

六四　和元郎中八月十一至十五夜五首
　　①半秋初入中旬夜,已向阶前守月明。
　　　从未圆时看却好,一分分见傍轮生。
　　②乱云遮却台东月,不许交依次第看。
　　　莫为诗家先见境,被他笼与作艰难。
　　③今夜月明胜昨夜,新添桂树近东枝。
　　　立多地湿舁床坐,看过墙西寸寸迟。
　　④月似圆来渐渐凝,玉盘盛水欲侵棱。
　　　夜深尽放家人睡,直到天明不炷灯。
　　⑤合望月时长望月,分明不得似今年。
　　　仰头五夜风中立,从未圆时直到圆。

六五　新晴后
　　住处近山常足雨,闻晴晒曝旧方茵。
　　立秋日后无多热,渐觉生衣不着身。

六六　霓裳词十首
　　①弟子部中留一色,听风听水作霓裳。
　　　散声未足重来授,直到床前见上皇。
　　②中管五絃初半曲,遥教合上隔簾听。
　　　一声声向天头落,效得仙人夜唱经。
　　③自直梨园得出稀,更番上曲不教归。
　　　一时跪拜霓裳彻,立地阶前赐紫衣。
　　④旋翻曲谱声初足,除在梨园未教人。
　　　宣与书家分手写,中官走马赐功臣。
　　⑤伴教霓裳有贵妃,从初直到曲成时。
　　　日长耳里闻声熟,拍数分毫错总知。

⑥絃索搔搔隔彩云，五更初发满宫闻。
　武皇自送西王母，新换霓裳月色裙。
⑦敕赐宫人澡浴回，遥看美女院门开。
　一山星月霓裳动，好字先从殿里来。
⑧传呼法部按霓裳，新得承恩别作行。
　日晚贵妃楼上看，内人舁下綵罗箱。
⑨朝元阁上山风起，夜听霓裳露坐寒。
　宫女月中更替立，黄金梯滑并行难。
⑩知在华清年月满，山头山底种长生。
　去时留下霓裳曲，半是离宫别馆声。

六七　朝天词寄魏博田侍中十首
①山川初展国图宽，未识龙颜坐不安。
　风动白髦旌节下，过时天子御楼看。
②相感君臣总泪流，恩深舞蹈不知休。
　初从战地来无物，唯奏新添十八州。
③催修水殿宴沂公，别与〔与别〕诸君〔侯〕总不同。
　隔月太常先习乐，金书牌纛彩云中。
④无人敢夺在先筹，天子开〔门〕边送与毬。
　遥索十箱新样锦，内人舁出马前头。
⑤御马牵来亲自试，珠毬到处玉蹄知。
　殿头宣赐连催上，未解红缨不敢骑。
⑥四海无波乞放闲，三封手疏犯龙颜。
　他时若有边尘动，不待天书自出山。
⑦胡马悠悠未尽归，玉关犹隔吐蕃旗。
　老臣一表求高卧，边事从今遣问谁？
⑧重赐弓刀内宴回，看人城外满楼台。
　君臣不作多时别，收尽边旗当日来。

⑨老作三公经献寿,临时犹自语差池。
　私从班里来长跪,捧上金杯便合仪。
⑩威容难画改频频,眉目分毫恐不真。
　有诏别图书阁上,先教粉本定风神。

六八　寄薛涛校书
　万里桥边女校书,枇杷花里寄闲居。
　扫眉才子无多少,管领春风总不如。

六九　长门烛
　秋夜床前腊烛微,铜壶滴尽晓钟迟。
　残光欲灭还吹着,年少宫人不睡时。

七〇　别杨校书
　从军秣马十三年,白发营中听早蝉。
　故作老丞身不避,县名昭应管山泉。

七一　宫中词一百首
①秘殿清斋刻漏长,紫微宫女夜烧〔焚〕香。
　拜陵日到公卿发,卤簿分头出〔入〕太常。
②罗衫叶叶绣重重,金凤银鹅各一丛。
　每遍舞时分两向,太平万岁字当中。
③鱼藻池中锁翠娥,先皇行处不曾过。
　如今池底休铺锦,菱角鸡头积渐多。
④殿前明日中和节,连夜琼林散舞衣。
　传报所司分蜡烛,监开金锁放人归。
⑤五更三点索金车,尽放宫人出看花。
　仗下一边催立马,殿头先报内园家。
⑥小殿初成粉未干,贵妃姊妹自来看。
　为逢好日先移入,续向街西索牡丹。

⑦内人相续报花开,准拟君王便看来。
　逢着五弦红绣袋,宜春院里按歌回。
⑧巡吹慢遍不相和,暗数看谁曲校多。
　明日梨园花里设,先须逐得内家歌。
⑨黄金合里盛红雪,重结香罗四出花。
　一一傍边书敕字,中宫送与大臣家。
⑩天明东上阁门开,排仗声从殿里来。
　阿监两边相对立,遥闻索扇一时回。
⑪日高殿里有香烟,万岁声长动九天。
　妃子院中新降诞,内家分得洗儿钱。
⑫宫花不与〔共〕外边同,正月长先一半红。
　供御樱桃看守别,直无鸦鹊到园中。
⑬殿前铺设两边楼,寒食宫人步打毬。
　一半走来齐跪拜,上棚先谢得头筹。
⑭太仪前日暖房来,嘱向昭阳乞药栽。
　敕赐一窠红踯躅,谢恩未了奏花开。
⑮御前新赐紫罗襦,不下金阶上软舆。
　官局总来为喜乐,院中新拜内尚书。
⑯鹦鹉谁教转舌关,内人手里养来奸。
　语多更觉承恩泽,数对君王忆陇山。
⑰分朋闲坐赌樱桃,休却投壶玉腕劳。
　各把沉香双陆子,局中斗累阿谁高?
⑱春风院院落花堆,金锁生衣掣不开。
　更筑歌台起妆殿,明朝先进画图来。
⑲行中第一争先舞,博士傍边亦被欺。
　忽觉管絃先破拍,急翻罗袖不教知。
⑳日冷天晴近腊时,玉阶金瓦雪离离。

浴堂门外抄名入，公主家人谢面脂。
㉑未承恩泽一家愁，乍到宫中忆外头。
求守管絃声款逐，侧商调里唱《伊州》。
㉒雨入珠簾满殿凉，避风新出玉盆汤。
内人恐要秋衣着，不住熏笼换好香。
㉓东风泼火雨新收，帚尽春泥扫雪沟。
走马牨车当御路，汉阳公主进鸡毬。
㉔风簾水阁压芙蓉，四面钓阑在水中。
避热不归金殿宿，秋河织女夜妆红。
㉕金吾除夜进傩名，画裤朱衣四队行。
院院烧灯如白日，沉香火底坐吹笙。
㉖避暑昭阳不掷卢，井边含水喷鸦雏。
内中数日无呼唤，拓得滕王蛱蝶图。
㉗内宴初休入二更，殿前灯火一时明。
宫中传旨音声散，诸院门开触处行。
㉘忽地金舆向月陂，内人接着便相随。
却回龙武军前过，当处教开卧鸭池。
㉙树叶初成鸟护窠，石榴花里笑声多。
众中遗却金钗子，拾得从他购赎罗。
㉚鸳鸯瓦上瞥然声，昼寝宫娥梦里惊。
元是君王金弹子，海棠花下打流莺。
㉛新秋白兔大于拳，红耳霜毛趁草眠。
天子不教人射杀，玉鞭遮到马蹄前。
㉜笼烟紫气日曈曈，宣政门当玉殿风。
五刻阁前卿相出，下簾声在半天中。
㉝白玉窗中起草臣，樱桃初出赐尝新。
殿头传语金阶远，只进词来谢圣人。

㉞内人对御叠花笺，绣坐移来玉案边。
　红蜡烛前呈草本，平明昇出阁门宣。
㉟千牛仗下放朝初，玉案傍边立起居。
　每日请来金凤纸，殿头无事不教书。
㊱延英引对碧衣郎，江砚宣毫各别床。
　天子下帘亲考试，宫人手里过茶汤。
㊲少年天子重边功，亲到凌烟画阁中。
　教觅勋臣写图本，长将殿里作屏风。
㊳楼前立仗看宣赦，万岁声长拜舞齐。
　日照彩盘高百尺，飞仙争上取金鸡。
㊴新调白马怕鞭声，供奉骑来绕殿行。
　先报诸王侵早入，隔门催进打毬名。
㊵对御难争第一筹，殿前不打背身毬。
　内人唱好龟兹急，天子捎回过玉楼。
㊶新衫一样殿头黄，银带排方魏尾长。
　总把玉鞭骑御马，绿鬖红额麝香香。
㊷城东北面望云楼，半下珠帘半上钩。
　骑马行人长速过，忽防天子在楼头。
㊸宫人拍手笑相呼，不识庭前扫地夫。
　乞与金钱争借问，外头还似此间无？
㊹小随阿姊学吹笙，见好君王赐与名。
　夜拂玉床朝把镜，黄金殿外不教行。
㊺春来睡困不梳头，懒逐君王苑北游。
　暂向玉花阶上坐，簸钱赢得两三筹。
㊻禁寺红楼内里通，笙歌引驾夹城中。
　裹头蕃女帘前立，手把牙梢竹弹弓。
㊼别敕教歌不出房，一声一遍奏君王。

再三博士留残拍，索向宣徽作彻章。
㊽私缝黄帔舍钗梳，欲得金仙观内〔里〕居。
　　近被君王知识字，收来案上检文书。
㊾圣人生日明朝是，私地教人嘱内监。
　　自写金花红榜子，前头先进凤凰衫。
㊿玉蝉金雀三层插，翠髻高鬟绿鬓虚。
　　舞处春风吹落地，归来别赐一头梳。
51射生宫女宿红妆，请得新弓各自张。
　　临上马时齐赐酒，男儿跪拜谢君王。
52十三初学擘箜篌，弟子名中被点留。
　　昨日教坊新进入，并房宫女与梳头。
53红蛮捍拨帖胸前，移坐当头近御筵。
　　用力独弹金殿响，凤凰飞出四条絃。
54春风吹展曲旗竿，得出深宫不怕寒。
　　夸道自家能走马，园中横过觅人看。
55粟金腰带碧牙锥，散插红翎玉突枝。
　　旋猎一边还引马，归来鸡兔绕鞍垂。
56云驳花騣各试行，一般毛色一般缨。
　　殿前来往重骑过，欲得君王别赐名。
57往来旧院不堪修，教近宣徽别起楼。
　　闻有美人新进入，六宫未见一时愁。
58合暗报来门锁了，夜深应别唤笙歌。
　　房房下着珠帘睡，月过金阶白露多。
59御池水色春来好，处处分流白玉渠。
　　密奏君王知入月，唤人相伴洗裙裾。
60新晴草色绿温暾，岸雪初消浐水浑。
　　今日踏青归校晚，传声流著望春门。

㉽家常爱着旧衣裳，空插红梳不作妆。
　忽地下阶裙带解，非时应得见君王。
㉾舞来汗湿罗衣彻，楼上人扶下玉梯。
　归到院中重洗面，金花盆里泼红泥。
㊿青楼少妇砑裙长，总被抄名入教坊。
　春设殿前为队舞，朋头各自请衣裳。
㊽艾心芹叶初生小，只斗时新不斗花。
　总待大家般数尽，袖中拈出郁金牙。
㊿众中偏得君王唤，偷把金箱笔砚开。
　书破红蛮隔子上，旋推当直内人来。
㊻红灯睡里唤春云，月上三更直宿分。
　金砌雨来行步滑，两人抬起隐花裙。
㊼内鹰笼脱解红绦，斗胜争飞出手高。
　直上青云还却下，一双金爪掬花毛。
㊽竞渡船头掉彩旗，两边溅水湿罗衣。
　池东争向池西岸，先到先书上字归。
㊾灯前飞出玉阶虫，未卧常闻半夜钟。
　看着中元斋日到，自盘金线绣真容。
㊀步行送入长门里，不许来辞旧院花。
　只恐他时身到此，乞求恩赦放还家。
㊁一时起立吹箫管，得宠人来满殿迎。
　整顿衣裳皆着却，舞头当拍第三声。
㊂琵琶先抹绿腰头，小管丁宁侧调愁。
　半夜美人双起唱，一声声出凤凰楼。
㊃春池日暖少风波，花里牵船水上歌。
　遥索剑南新样锦，东宫先钓得鱼多。
㊄蜂须蝉翅薄鬆鬆，浮动搔头似有风。

一度出时抛一遍，金条零落满函中。
㊁教遍宫娥唱尽词，暗中头白没人知。
　　楼中日日歌声好，不问从初学阿谁？
㊆每夜停灯熨御衣，银熏笼底火微微。
　　遥听帐里君王觉，上番声钟始得归。
㊇树头树底觅残红，一片西飞一片东。
　　自是桃花贪结子，错教人恨五更风。
㊈因吃樱桃病放归，三年着破旧罗衣。
　　内中侍从来还去，结得金花上贵妃。
㊉欲迎天子看花去，下得金阶却悔行。
　　恐见失恩人旧院，回来忆著五絃声。
㊀自知歌舞胜诸人，邀勒君王出内频。
　　奉敕宫中修理院，地衣簾额一时新。
㊁闷来无处可思量，旋下金阶旋忆妆。
　　收得山丹红蕊粉，镜前洗却麝香黄。
㊂嫌罗不着索轻绣，对面教人染退红。
　　衫子成来一遍出，明朝半片在园中。
㊃弹棋玉指两参差，背局临虚斗著危。
　　先打角头红子落，上三金字半边垂。
㊄御厨不食索时新，每见花开即是春。
　　白日睡多娇似病，隔簾叫唤女医人。
㊅丛丛洗手绕金盆，旋拭红巾入殿门。
　　众里遥抛新橘子，在前收得便承恩。
㊆两楼新换珠簾额，中尉明朝设内家。
　　一样金盘五十面，红酥点出牡丹花。
㊇尽送春来出内家，记巡传把一枝花。
　　散时各自烧红烛，相逐行归不上车。

(88)宿妆残粉未明天，总立昭阳花树边。
寒食内人长白打，库中先散与金钱。
(89)殿前传点各依班，召对西来入诏蛮。
上得青花龙尾道，侧身偷觑正南山。
(90)玉箫改调筝移柱，催换红罗绣舞筵。
未戴柘枝花帽子，两行宫监在簾前。
(91)宛转黄金白柄长，青荷叶子画鸳鸯。
把来不是呈新样，欲进微风到御床。
(92)供御香方加减频，水沉山麝每回新。
内中不许相传出，已被医家写与人。
(93)窗窗户户院相当，总有珠簾玳瑁床。
虽道君王不来宿，帐中长是炷牙香。
(94)蓬莱正殿压云鳌，红日初生碧海涛。
开着五门遥北望，柘黄新帕御床高。
(95)金殿当头紫阁重，仙人掌上玉芙蓉。
太平天子朝元日，五色云车驾六龙。
(96)平明开著九重关，金画黄龙五色幡。
宣至银台排仗合，圣人三殿册西番。
(97)丹凤楼前把火开，五云金辂下天来。
阶前走马人宣慰，天子南郊一宿回。
(98)集贤殿里图书满，校勘头边御印同。
真迹进来知字数，别收锁在玉函中。
(99)移来女乐部头边，新赐花檀木五絃。
缏得红罗手帕子，当中更画一双蝉。
(100)药童食后送云将，高殿无风扇少凉。
每到日中重掠鬓，衩衣骑马绕宫廊。

七二　古宫怨
　　乱乌哑哑飞复啼，宫头晨夕宫中栖。
　　吴王别殿绕江水，后宫不开美人死。

七三　祝鹊
　　神鹊神鹊好言语，行人早回多利赂。
　　我今庭中栽好树，与汝作巢当报汝。

七四　海人谣
　　海人无家海里住，采珠杀象为岁赋。
　　恶波横天山塞路，未央宫中常满库。

七五　哭孟东野二首
　　①吟损秋天月不明，兰无香气鹤无声。
　　　自从东野先生死，侧近云山得散行。
　　②老松临死不生枝，东野先生早哭儿。
　　　且是洛阳城里客，家传一本悼伤诗。

七六　看棋
　　彼此抽先局势平，傍人道死的还生。
　　两边对坐无言语，尽日时闻下子声。

七七　设酒寄独狐少府
　　自看和酿一依方，缘着松花色较黄。
　　不分君家新酒熟，好时收得被回将。

七八　新授戒尼师
　　新短方裙叠作棱，听钟洗钵绕青蝇。
　　自知戒相分明后，先出坛场礼大僧。

七九　于主簿宅看花
　　小叶稠枝纷压摧，暖风吹动鹤翎开。

若无别事为留难,抛却贫家宿看来。

八〇　元太守同游七泉寺
　　盘磴迴廊古塔深,紫芝红药入云寻。
　　晚吹箫管秋山里,引得猕猴出象林。

八一　望定州寺
　　回看佛阁青山半,三四年前到上头。
　　省得老僧留不住,重寻可更有因由?

八二　道中寄杜书记
　　西南东北暮天斜,巴字江边楚树花。
　　珍重荆州杜书记,闲时多在广师家。

八三　听琴
　　无事此身离白云,松风溪水不曾闻。
　　至心听着仙翁引,今看青山围绕君。

八四　赠陈评事
　　识君虽向歌钟会,说事不离云水间。
　　春夜酒醒长起坐,灯前一纸洞庭山。

八五　寄画松僧
　　天香寺里古松僧,不画枯松落石层。
　　最爱临江两三树,水禽栖处解无藤。

八六　花褐裘
　　对织芭蕉雪毳新,长缝双袖窄裁身。
　　到头须向边城看,消杀秋风称猎尘。

八七　夜看美人宫棋
　　宫棋布局不依经,黑白分明子数停。

巡拾玉沙天汉晓，犹残织女两三星。

八八　上田仆射
一方新地隔河烟，曾接诸生听管弦。
却忆去年寒食会，看花犹在水堂前。

八九　楼前
天宝年前勤政楼，每年三日作千秋。
飞龙老马曾教舞，闻着音声忽举头。

九〇　听雨
半夏思家睡里愁，雨声落落屋檐头。
照泥星出依前黑，淹烂庭花不肯休。

九一　冬至后招于秀才
日近山红暖气新，一阳先入御沟春。
闻君立马重来此，沐浴明年称意身。

九二　送人归丹阳
江城柳色海门烟，欲到茅山始下船。
知道君家当瀑布，菖蒲潭在草堂前。

九三　春早闻莺
侵黑行飞一两声，春寒嗍小未分明。
若教更解诸馀语，应向宫花不惜情。

九四　题石瓮寺
天宫连内绕丹岩，尘盖云间落数帆。
遥指上皇翻曲处，百官题字满西嵌。

九五　寄张博士
春明门外作卑官，病友经年不得看。

　　　　莫道长安近于日，升天却易到城难。

九六　太和公主和蕃
　　　　塞黑云黄欲渡河，风沙眛眼雪相和。
　　　　琵琶泪湿行声小，断得人肠不在多。

九七　旧宫人
　　　　先帝旧宫宫女在，乱丝犹插凤凰钗。
　　　　霓裳法曲浑抛却，独自花间扫玉阶。

九八　新晴后
　　　　夏夜新晴星较少，雨收残水入天河。
　　　　檐前着热衣裳坐，风冷浑无扑火蛾。

九九　寄妻　彭伉
　　　　莫讶相如献赋迟，锦书谁道泪沾衣。
　　　　不须化作山头石，待我东堂折桂枝。

一〇〇　闻猿　苏拯
　　　　秋风飒飒猿声起，客恨猿哀一相似。
　　　　漫向孤舟〔危〕惊客心，何曾解入笙歌耳。

一〇一　从军　马逢
　　　　汉马千蹄合一群，单于鼓角隔山闻。
　　　　沙碛风起红楼下，飞上胡天作阵云。

一〇二　宫词二首
　　　　①金吾持戟护轩檐，天乐传教万姓瞻。
　　　　　楼上美人相倚看，红妆透出水精簾。
　　　　②玉楼天半起笙歌，风送宫人笑语和。
　　　　　月影殿开闻晓漏，水精簾卷近秋河。

一〇三　宫怨二首　柯崇
　　①尘满金炉不在香，黄昏独自立重廊。
　　　笙歌何处承恩宠？一一随风入上阳。
　　②长门槐柳半萧疏，玉辇沉思恨有馀。
　　　红泪渐消倾国态，黄金谁为达相如？

一〇四　公子行　孟宾于
　　锦衣红夺彩霞明，侵晓春游向野庭。
　　不识农夫辛苦力，骄骢踏烂麦青青。

一〇五　题颜氏亭宇
　　园林萧洒闻来久，欲访因循二十秋。
　　今日开襟吟不尽，碧山重叠水长流。

一〇六　和若邪溪女子题三乡驿　陆洞
　　惆怅残花怨暮春，孤鸾舞镜倍伤神。
　　清词好个干人事，疑是文姬第二身。

一〇七　和　王硕
　　无姓无名越水滨，芳词空怨路傍人。
　　莫教才子偏惆怅，宋玉东家是旧邻。

一〇八　和　李缟
　　会稽王谢两风流，王子沉沦谢女愁。
　　归思若随文字在，路傍空为感千秋。

一〇九　和　张绮
　　洛川依旧好风光，莲帐无因见女郎。
　　云雨散来音信断，此生遗恨寄三乡。

一一〇　和　高衢
　　南北千山与万山，轩车谁不思乡关。

独留芳翰悲前迹,陌上恐伤桃李颜。

——一　和　韦水
来时欢笑去时哀,家国迢迢向越台。
待写百年幽思尽,故宫流水莫相催。

——二　和　李昌邺
红粉萧娘手自题,分明幽怨发云闺。
不应更学文君去,泣向残花归剡溪。

——三　和　王祝
女几山前岚气低,佳人留恨此中题。
不知云雨归何处,空使王孙见即迷。

——四　和　刘谷
兰蕙芬芳见玉姿,路傍花笑景迟迟。
苎萝山下无穷意,并在三乡惜别时。

——五　和　王条
浣纱游女出关东,旧迹新词一梦中。
槐陌柳亭何限事,年年回首泣春风。

第二十五卷 七言十五 中唐十二

（共二百六十二首）

一 送蜀客 张籍
蜀客南行祭碧鸡，木棉花发锦江西。
山桥日晚行人少，时见猩猩树上啼。

二 蛮中
铜柱南边毒草春，行人几日到金麟？
玉环穿耳谁家女？自抱琵琶迎海神。

三 赠道士
茆山近别剡溪逢，玉节青旄十二重。
自说年年上天去，罗浮最近海边峰。

四 平望驿
茫茫菰草平如地，渺渺长堤曲似城。
日暮未知投宿处，逢人更问向前程。

五 宿天竺寺寄灵隐僧
夜向灵溪息此身，风泉竹露净衣尘。
月明石上堪同宿，那作山南山北人。

六 送元绍
昔日同游漳水边，如今重说恨绵绵。

　　　　天涯相见还离别，客路秋风又几年。

七　美人宫棋
　　　　红烛台前出翠娥，海沙铺局巧相和。
　　　　趁行移手巡收尽，数数看谁得最多。

八　蛮州
　　　　瘴水蛮中入洞流，人家多住竹棚头。
　　　　一山海上无城郭，唯见松牌出象州。

九　送元宗简
　　　　貂帽垂肩窄皂裘，雪深骑马向西州。
　　　　暂时相见还相送，却闭闲门依旧愁。

一〇　寄徐晦
　　　　鄂陂鱼美酒偏浓，不出琴斋见雪峰。
　　　　应胜昨来趋府日，簿书床上乱重重。

一一　寄白学士
　　　　自掌天书见客稀，纵因休沐锁双扉。
　　　　几回扶病欲相访，知向禁中归未归？

一二　喜王六同宿
　　　　十八年来恨别离，唯同一宿咏新诗。
　　　　更相借问诗中语，共说如今胜旧时。

一三　题玉像堂
　　　　玉毫不著世间尘，辉相分明十八身。
　　　　入夜无烟灯更好，堂中唯有转经人。

一四　与贾岛闲游
　　　　水北原南草色新，雪消风暖不生尘。

城中车马应无数，能解闲行有几人？

一五　哭丘长史
丘公已没故人稀，欲过街西更访谁？
每到子城东路上，忆君相逐入朝时。

一六　哭孟寂
曲江院里题名处，十九人中最少年。
今日春光君不见，杏花零落寺门前。

一七　患眼
三年患眼今年免，较与风光便隔生。
昨日韩家后园里，看花犹自未分明。

一八　答刘竞
刘君久被时抛掷，老向城中作选人。
昨日街西相近住，每来存问老夫身。

一九　赠华岩寺僧
一身依止荒闲院，烛曜窗中有宿烟。
遍礼《华严经》里字，不曾行到寺门前。

二〇　逢故人
山东二十馀年别，今日相逢在上都。
说尽向来无限事，相看摩挲白髭须。

二一　送萧远弟
街里槐花傍马垂，病身相送出门迟。
与君别后秋风夜，作得新诗说向谁？

二二　送辛少府
才多不肯限容身，老大诗章转更新。

　　　　选得天台山下住，一家全作学仙人。

二三　赠任道士
　　　　长安多病无生计，药铺医人乱索钱。
　　　　欲得定知身上事，凭君为筭小行年。

二四　招周居士
　　　　闭门秋雨湿墙莎，俗客来稀野思多。
　　　　已扫书堂安药灶，山人作意早经过。

二五　送许处士
　　　　高情自与俗人疏，独向蓝溪选僻居。
　　　　会到白云长取醉，不能窗下读闲书。

二六　题杨秘书新居
　　　　爱闲不向争名地，宅在街西最静坊。
　　　　卷里诗过一千首，白头新受秘书郎。

二七　送晔师
　　　　九星坛下煎茶别，五老峰头觅寺居。
　　　　作得新诗旋相寄，人来请莫达空书。

二八　送僧往金州
　　　　闻道谿阴山水好，师行一一遍经过。
　　　　事须觅取堪居处，若个溪头药最多？

二九　寻徐道士
　　　　寻师远到晖天观，竹院森森闭药房。
　　　　闻入静来经七日，仙童檐下独焚香。

三〇　答韦开州寄车前子
　　　　开州午日车前子，作药人皆道有神。

惭愧使君怜病眼，三千馀里寄闲人。

三一　忆故州
累石为山作野夫，自收云药读仙书。
如今身是他州客，每见青山忆旧居。

三二　送客游蜀
行尽青山到益州，锦城楼下二江流。
杜家曾向此中住，为到浣花溪水头。

三三　送陆畅
共踏长安街里尘，吴州独作未归身。
贵门旧宅今谁住？君过西塘与问人。

三四　感春
远客悠悠任病身，谁家池上又逢春？
明年各自东西去，此地看花是别人。

三五　赠李司议
汉庭谁问投荒客，十岁天南着白衣。
秋草芒芒恶溪路，岭头遥送北人归。

三六　别客
青山历历水悠悠，今日相逢明月秋。
系马城边杨柳树，为君沽酒暂淹留。

三七　登楼寄胡家兄弟
独上西楼尽日闲，林烟演漾鸟蛮蛮。
谢家兄弟重城里，不得同看雨后山。

三八　答刘明府
身病多时又客居，满城亲旧尽相疏。

　　　　可怜绛县刘明府，犹解频频寄远书。

三九　酬藤杖
　　　　病里出门行步迟，喜君相赠古藤枝。
　　　　倚来自觉身生力，每向傍人说得时。

四〇　法雄寺东楼
　　　　汾河旧宅今为寺，犹有当时歌舞楼。
　　　　四十年来车马客，古槐深巷暮蝉愁。

四一　寄故人
　　　　静曲闲房病客居，蝉声满树槿花疏。
　　　　故人只在蓝田县，强半年来未得书。

四二　邻妇哭征夫
　　　　双鬟初合便分离，万里征夫不得随。
　　　　今日军回身独没，去时鞍马别人骑。

四三　和崔驸马闻蝉
　　　　凤凰楼下多欢乐，不觉秋风暮雨天。
　　　　应为昨来身暂病，蝉声得到耳傍边。

四四　看樱桃花
　　　　昨日南园新雨后，樱桃花发旧枝柯。
　　　　天明不待人同看，绕树重重履迹多。

四五　和郭明府县中会饮
　　　　一樽清酒两人同，好在街西水县中。
　　　　自恨病身相去远，此时闲坐对秋风。

四六　唐兴观看花
　　　　新红旧紫不相宜，看觉从前两月迟。

更向同来诗客道,明年到此莫过时。

四七　九华观看花
　　街西无数闲游处,不似九华仙观中。
　　花里可怜池上景,几回墙壁贮春风。

四八　赠姚合
　　丹凤城门向晓开,千官相次入朝来。
　　唯君独走冲尘土,下马桥边报直回。

四九　寻时道士
　　观里初晴竹树凉,闲行共到最高房。
　　昨来官罢无生计,欲就师求断谷方。

五〇　同韩侍郎南溪夜赏
　　喜作闲人得出城,南溪两月逐君行。
　　忽闻新命须归去,一夜船中语到明。

五一　使行望悟真
　　采玉峰连佛寺幽,高高斜对驿门楼。
　　无端来去骑官马,寸步教身不得游。

五二　重阳日至峡道
　　无限青山行已尽,回看忽觉远离家。
　　逢高欲饮重阳酒,山菊今朝未见花。

五三　酬座客刘郎中
　　忆昔君登南省日,老夫犹是褐衣身。
　　谁知二十馀年后,来作学曹相替人。

五四　同严给事唐兴观玉蕊花闻近有仙过作二首
　　①千枝花里玉尘飞,阿母宫中见亦稀。

应共诸仙斗百草，独来偷折〔得〕一枝归。
　　②九色云中紫凤车，寻仙来到洞仙家。
　　　飞轮回处无踪迹，唯有斑斑满地花。

五五　秋思
　　洛阳城里见秋风，欲作家书意万重。
　　复恐匆匆说不尽，行人临发又开封。

五六　忆远
　　行人犹未有归期，万里初程日暮时。
　　唯爱门前双柳树，枝枝叶叶不相离。

五七　玉山馆
　　长溪新雨色如泥，野水阴云尽向西。
　　楚客天南行渐远，山山树里鹧鸪啼。

五八　寄府吏
　　野水寻花共作期，今朝出郭不相随。
　　待君公事有闲日，此池春风应过时。

五九　凉州词三首
　　①边城暮雨雁飞低，芦笋初生渐欲齐。
　　　无数铃声遥过碛，应驮白练到安西。
　　②古镇城门白碛开，胡兵往往傍沙堆。
　　　巡边使客行应早，每待平安火到来。
　　③凤林关里水东流，白草黄榆六十秋。
　　　边将暂承主恩泽，无人解道取凉州。

六〇　宫词二首
　　①新鹰初放兔犹肥，白日君王在内稀。
　　　薄暮千门临欲锁，红妆飞骑向前归。

②黄金捍拨紫檀槽，弦索初张调更高。
尽理昨来新上曲，内官簾外进樱桃。

六一　华清宫
温泉流入汉离宫，宫树行行浴殿空。
武帝时人今欲尽，青山空闭御墙中。

六二　崔驸马养鹤
身闲无事称高情，已有人间章句名。
求得鹤来教剪翅，望仙台下亦将行。

六三　闲游二首
①老身不计人间事，野寺秋晴每独过。
　病眼校来犹断酒，却嫌行处菊花多。
②终日不离尘土间，若为能见此身闲。
　今朝暂共游僧语，更恨趋时别旧山。

六四　刘兵曹赠酒
一瓶颜色似甘泉，开向新栽小竹前。
饮罢身中更无事，移床独就夕阳眠。

六五　送王梧州
楚江亭上秋风起，看发苍梧太守船。
千里同行从此别，相逢又隔几多年。

六六　春日早朝
晓陌春寒朝骑来，瑞云深处见楼台。
夜来新雨沙堤湿，东上阁门应未开。

六七　寄二山人
为个朝章束此身，眼看东路去无因。
历阳旧客今应少，转忆邻家二老人。

六八　寄李渤
　　五度溪头踯躅红,嵩阳寺里讲时钟。
　　春山处处行应好,一月看花到几峰?

六九　寻仙
　　溪头一径入青崖,处处仙居隔杏花。
　　更见峰西幽客说,云中犹有两三家。

七〇　寄王奉卿
　　爱君紫阁峰前好,新作书堂药灶成。
　　见欲移居相近住,有田多与种黄精。

七一　题渭北寺上方
　　昔祭郊坛今谒陵,寺中高处最来登。
　　十馀年后人多别,喜见当时转读僧。

七二　杏园赠刘郎中
　　一去潇湘头欲白,今朝始见杏花春。
　　从来迁客应无数,重到花前有几人?

七三　答鄱阳客药名诗
　　江皋岁暮相逢地,黄叶霜前半夏枝。
　　子夜吟诗向松桂,心中万事喜君知。

七四　寄宋景
　　诏发官兵取乱臣,将军弓箭不离身。
　　君今独在征东府,莫遣功名属别人。

七五　倡女词
　　轻鬟丛梳阔扫眉,为嫌风日下楼稀。
　　画罗金缕难相称,故着寻常淡薄衣。

七六　答元八遗纱帽
　　黑纱方帽君边得，称到山前坐竹床。
　　唯恐被人偷样剪，不曾闲戴出书堂。

七七　赠僧院
　　闻师行讲青龙疏，本寺往来多少年。
　　静扫空房唯独坐，千茎秋竹在檐前。

七八　送元八
　　百神斋祭相随遍，寻竹看山亦共行。
　　明日城西送君去，旧游重到独题名。

七九　吴楚歌词
　　庭前春鸟啄林声，红夹罗襦缝未成。
　　今朝社日停针线，起向朱楼树下行。

八〇　月台观
　　一身清净无童子，独坐空堂得几年？
　　每夜焚香通月观，可能无碍最团圆。

八一　华山庙
　　金天庙下西京道，巫女纷纷走似烟。
　　手把纸钱迎过客，遣求恩福到神前。

八二　病中
　　东风渐暖满城春，独自幽居养病身。
　　莫说樱桃花已发，今年不作看花人。

八三　寺宿斋
　　晚到金光门外寺，寺中新竹隔簾多。
　　斋官禁与僧相见，院院开门不得过。

八四　赠施肩吾
　　世间渐觉无多事,虽得空名未著身。
　　合取药成相待吃,不须先作上天人。

八五　赠王建
　　于君去后交游少,东野亡来箧笥贫。
　　赖有白头王建在,眼前犹见咏诗人。

八六　逢贾岛
　　僧房逢着款冬花,出寺行吟日已斜。
　　十二街中春雪满,马蹄今去入谁家?

八七　离宫怨
　　高堂别馆连湘渚,长向春江开万户。
　　荆王去去不复来,宫中美人自歌舞。

八八　春别曲
　　长江春水绿堪染,莲叶出水大如钱。
　　江头橘树君自种,那不长系木兰船。

八九　成都曲
　　锦江近西烟水绿,新雨山头荔枝熟。
　　万里桥边多酒家,游人爱向谁家宿?

九〇　无题
　　桃溪柳陌好经过,灯下妆成月下歌。
　　为是襄王故宫地,至今犹有细腰多。

九一　玉真观
　　台殿曾为贵主家,春风吹尽竹窗纱。
　　院中仙女修香火,不许闲人入看花。

九二　杨柳送客
　　青枫江畔白蘋洲，楚客伤离不待秋。
　　君见隋朝更何事，杨柳南渡水悠悠。

九三　楚妃怨
　　梧桐叶下黄金井，横架辘轳牵素绠。
　　美人初起天未明，手拂银瓶秋水冷。

九四　寒塘曲
　　寒塘沉沉柳叶疏，水暗人语惊栖凫。
　　舟中少年醉不起，持烛照水射游鱼。

九五　春堤曲
　　野塘鸂鶒飞树头，绿蒲紫菱盖碧流。
　　狂客谁家爱云水，日日独来城下游。

九六　山禽
　　山禽毛如白练带，栖我庭前栗树枝。
　　猕猴半夜来取栗，一双中林向月飞。

九七　秋山
　　秋山无云复可风，溪头看月出深松。
　　草堂不闭石床静，叶间坠露声重重。

九八　酬朱庆馀
　　越女新妆出镜心，自知明艳更沉吟。
　　齐纨未是人间贵，一曲菱歌敌万金。

九九　宿山祠
　　秋草宫人斜里墓，宫中谁送葬来时？
　　千千万万皆如此，家在城边亦不知。

一○○　送律师归婺州
　　京中开讲已多时，曾作坛头证戒师。
　　归到双溪桥北寺，乡僧争就学威仪。

一○一　张萧远雪夜同宿
　　数卷新游蜀客诗，长安僻巷得相随。
　　草堂雪夜携琴宿，况似青城馆里时。

一○二　登科后　孟郊
　　昔日龌龊不足夸，今朝放荡思无涯。
　　春风得意马蹄疾，一日看遍长安花。

一○三　济源寒食七首
　　①凤巢袅袅春鸦鸦，无子老人仰面嗟。
　　　柳弓苇箭觑不见，高红远绿劳相遮。
　　②女婵童子黄短短，耳中闻人惜春晚。
　　　游蜂匿蝶踏花来，抛却黄糜一瓷碗。
　　③一日踏春一百回，朝朝没脚走芳埃。
　　　饥童饿马扫花喂，向晚饮溪三两杯。
　　④长安落花飞上天，南风引至三殿前。
　　　可怜春物亦朝谒，唯我孤吟渭水边。
　　⑤枋口花开掣手归，嵩阳为我留红晖。
　　　可怜踯躅千万尺，挂地挂天疑欲飞。
　　⑥莓苔井上空相忆，辘轳索断无消息。
　　　酒人皆倚春发绿，病叟独藏秋发白。
　　⑦蜜蜂为主各磨牙，咬尽村中万木花。
　　　君家瓮瓮今应满，五色冬笼甚可夸。

一○四　洛桥晚望
　　天津桥下冰初结，洛阳陌上行人绝。

榆柳萧疏楼阁闲,月明直见嵩山雪。

一〇五　伤旧游
去春会处今春归,花数不减人数稀。
朝笑片时暮成泣,东风一见还西飞。

一〇六　闻夜啼
寄泣须寄黄河泉,此中怨声流彻天。
愁人独有夜灯见,一纸乡书泪滴穿。

一〇七　哭李丹
生死方知交态存,忍将齰齭报幽魂。
十年同在平原客,更遣何人哭寝门?

一〇八　寄王立伯　姚合
夜归晓出满衣尘,转觉才名带累身。
恰莫〔莫觅〕旧来终日醉,世间杯酒属闲人。

一〇九　听僧云端讲经
无生深旨诚难解,唯有〔是〕师言得正真。
远近持斋来谛听,酒坊鱼市尽无人。

一一〇　酬令狐郎中
昨是儿童今是翁,人间日月疾〔急〕如风。
常闻欲向沧江去,除我无人与子同。

一一一　和刘郎中题华州厅
莲花峰下郡斋前,绕砌穿池贮瀑泉。
君到亦应闲不得,主人胜地得诗仙。

一一二　登天长寺上方
晓上上方高处立,路人羡我此时身。

白云向我头上过，我更羡他云路人。

一一三　送张主簿赴山
　　几年山下事仙翁，名在长生后籍中。
　　烧得药成须寄我，曾为主簿与君同。

一一四　寄灵一律师
　　梵书钞笔千馀纸，净院焚香独受持。
　　童子病来烟火绝，清泉漱口过斋时。

一一五　酬白宾客归后寄
　　千骑红旗不可攀，水头独立暮方还。
　　家人怪我浑如病，尊酒休倾笔砚闲。

一一六　送僧二首
　　①人间扰扰唯闲事，自见高人只有诗。
　　　旧住嵩峰云外寺，常闻定里过斋时。
　　②城中听得新经论，却过关东说向人。
　　　旧国门徒终日里，见时应似见真身。

一一七　杏园
　　江头数顷杏花开，车马争先尽此来。
　　欲待无人连夜看，黄昏树树满尘埃。

一一八　采松花
　　拟服松花无处学，嵩阳道士忽相教。
　　朝来试上高枝采，不觉翻倾仙鹤巢。

一一九　过友人山住
　　蕙带缠腰复野蔬，一庄水竹数房书。
　　举头忽见南山雪，便说休官相近居。

一二〇　和前吏部韩侍郎夜泛南溪
　　辞得官来疾渐平，世间谁有此高情？
　　新秋月满南溪里，引客乘船处处行。

一二一　杏园宴上座主
　　得陪桃李植芳丛，别感生成太昊功。
　　今日无言春雨后，似含冷涕谢东风。

一二二　边词二首
　　①将军作镇古汧州，水腻山春节气柔。
　　　清夜满城丝管散，行人不信是边头。
　　②箭利弓调四镇兵，蕃人不敢近东行。
　　　沿边千里浑无事，唯见平安火入城。

一二三　遇韬光上人
　　上方清净无因住，唯见〔愿〕他生得住持。
　　只恐无生复无我，不知何处更逢师？

一二四　寄裴起居
　　千官晓立炉烟里，立近丹墀是起居。
　　彩笔长〔专〕书皇帝语，书成几卷太平书。

一二五　和李舍人直日遇放朝对雪
　　今朝街鼓何人听？朝客关门对雪眠。
　　岂比直庐丹禁里，九重天近色弥鲜。

一二六　对月
　　银轮玉兔向东流，萤净三更正好游。
　　一片黑云何处起？皂罗笼却水精球。

一二七　乞新茶
　　嫩绿微黄碧涧新〔春〕，采时闻道断荤辛。

不将钱买将诗乞，借问山翁有几人？

一二八　晓望华清宫
晓看楼殿更鲜明，遥隔朱栏见鹿行。
武帝自知身不死，教修玉殿号长生。

一二九　崔少卿鹤
入门石径半高低，闲处无非是药畦。
致得仙禽无去意，花间舞罢洞中栖。

一三〇　杨柳枝词五首
①黄金丝挂粉墙头，动似颠狂静似愁。
　游客见时心自醉，无因得见谢家楼。
②叶叶如眉翠色浓，黄莺偏恋语从容。
　桥边陌上无人识，雨湿烟和思万重。
③江上东西离别饶，旧条折尽折新条。
　亦知春色人将去，犹胜狂风取次飘。
④二月杨花触处飞，悠悠漠漠自东西。
　谢家咏雪徒相比，吹落庭前便作泥。
⑤江亭杨柳折还垂，日照深红几树丝。
　见说隋堤枯已尽，年年行客怪春迟。

一三一　送贾岛
忍寒停酒待君来，酒作寒冰〔凌澌〕火作灰。
半夜出门重立望，月明先自下高台。

一三二　送贾岛归钟浑
日日攻诗亦自强，年年供应在名场。
春风驿路归何处？紫阁山边是草堂。

一三三　盆池
　　浮萍重叠水团圆，客绕千遭屐齿痕。
　　莫惊池里寻常满，一井清泉是上源。

一三四　赠别胡逸
　　记得春闱同席试，逡巡何啻十年馀。
　　今日相逢又相送，予秉五马子单车。

一三五　光上人乞百龄藤杖
　　衰病近来多少力，光公乞我百龄藤。
　　闲来此日向何处？过水缘山只访僧。

一三六　闻友人看花　朱庆馀
　　寻花不问春深浅，纵是残红也入诗。
　　每个树边行一匝，谁家园里最多时？

一三七　陪韩中丞宴
　　老大无成仍足病，纵听丝竹亦无欢。
　　高情太守容闲坐，借与青山尽日看。

一三八　岭南路
　　越岭向南风景异，人人传说到京城。
　　经冬来往不踏雪，尽在刺桐花下行。

一三九　种花
　　忆昔两京官道上，可怜桃李昼阴垂。
　　不知谁作寻花使，空记玄宗遣种时。

一四〇　题仙游寺
　　石抱龙堂薛石干，山遮白日寺门寒。
　　长松瀑布饶奇状，曾有仙人驻鹤看。

一四一　庐江途中遇雪寄李侍御
　　芦苇声多雁满陂，温云连野见山稀。
　　遥知将吏相逢处，半是春城贺雪归。

一四二　公子行
　　闲从结客冶游时，忘却红楼薄暮期。
　　醉上黄金堤上去，马鞭捎断绿杨丝。

一四三　登望云亭招友
　　日日恐无云可望，不辞逐静望来频。
　　共知亭下眠云远，解到上头能几人？

一四四　寄刘少府
　　唯爱图书兼古器，在官犹似未离贫。
　　更闻县去青山远，称与诗人作主人。

一四五　闺意上张水部
　　洞房昨夜停红烛，待晓堂前拜舅姑。
　　妆罢低声问夫婿，画眉深浅入时无？

一四六　采莲
　　隔烟花草远濛濛，恨个来时路不同。
　　正是停桡相遇处，鸳鸯飞出急流中。

一四七　都门晚望
　　绿槐花堕御沟边，步出都门雨后天。
　　日暮野人耕种罢，烽楼原上一条烟。

一四八　寻山僧
　　吟背春城出草迟，天晴紫阁赴僧期。
　　山边树下行人少，一派清泉日午时。

一四九　西亭晚宴
　　虫声已尽菊花干，共立松阴向晚寒。
　　对酒看山俱惜去，不知残日下阑干。

一五〇　与一二禅师题玢寺主院
　　杖屦相随在处便，不唯空寄上方眠。
　　归时亦取湖边去，晚映枫林共上船。

一五一　舜井
　　碧甃磷磷不记年，青萝锁在小山颠。
　　向来下视千山水，疑是苍梧万里天。

一五二　宫中词
　　寂寂花时闭院门，美人相并立琼轩。
　　含情欲说宫中事，鹦鹉前头不敢言。

一五三　古观
　　古观曾过知不远，花藏石室杳难寻。
　　泉边白鹿闻人语，看过天坛渐入深。

一五四　夏口送白舍人赴杭州
　　岂知鹦鹉洲边路，得见凤凰池上人。
　　从此不同诸客礼，故乡西与郡城邻。

一五五　商州王中丞留吃枳壳
　　方物就中名最远，只应愈疾味偏佳。
　　若教尽乞人人与，采尽商山枳壳花。

一五六　寄招胡明府
　　语低清貌似休粮，称着朱衣入草堂。
　　消暑近来无别物，桂阴当午满绳床。

一五七　登玄都阁
　　野色晴宜上阁看，树阴遥映御沟寒。
　　豪家旧宅无人住，空见朱门锁牡丹。

一五八　赠凤翔柳司录
　　杏园北寺题名日，数到如今四十年。
　　点检生涯与官职，一茎野竹在身边。

一五九　逢山人
　　星月相逢现此身，自然无迹又无尘。
　　秋来若向金天会，便是青莲叶上人。

一六〇　啄木鸟
　　丁丁向晚急还稀，啄尽庭槐未肯归。
　　终日为君除蠹害，莫嗔无事不频飞。

一六一　献寿词　王涯
　　宫殿参差列九重，祥云瑞气捧阶浓。
　　微臣欲献唐尧寿，遥指南山对衮龙。

一六二　游春词二首
　　①曲江绿柳变烟条，寒谷冰随暖气销。
　　　才见春光生绮陌，已闻清乐动云韶。
　　②经过柳陌与桃蹊，寻逐春光著处迷。
　　　鸟度时时冲絮起，花繁衮衮压枝低。

一六三　秋思二首
　　①网轩凉吹动轻衣，夜听更长玉漏稀。
　　　月度天河光转湿，鹊惊秋树叶频飞。
　　②宫连太液见沧波，暑气微销秋意多。
　　　一夜轻风蘋末起，露珠翻尽满池荷。

一六四　从军词
　　旄头夜落捷书飞，来奏金门著赐衣。
　　白马将军频破敌，黄龙戍卒几时归？

一六五　塞下曲二首
　　①辛勤几出黄花戍，迢递初随细柳营。
　　　塞晚每愁残月苦，边愁更逐断蓬惊。
　　②年少辞家从冠军，金妆宝剑去邀勋。
　　　不知马骨伤寒水，唯见龙城起暮云。

一六六　平戎调二首
　　①太白秋高助发兵，长风夜卷虏尘清。
　　　男儿解却腰间剑，喜见从王道化平。
　　②卷旆生风喜气新，早持龙节静边尘。
　　　汉家天子图麟阁，身是当今第一人。

一六七　赠远二首
　　①当年只自守空帷，梦里关山觉别离。
　　　不见乡书传雁足，唯看新月吐蛾眉。
　　②厌攀杨柳临清阁，闲采芙蕖傍碧潭。
　　　走马台边人不见，拂云堆畔战初酣。

一六八　闺人春思
　　愁见游空百尺丝，春风挽断更伤离。
　　闲花落尽青苔地，尽日无人谁得知？

一六九　秋夜曲二首
　　①丁丁漏水夜何长，漫漫轻云露月光。
　　　秋逼暗虫通夕响，寒〔征〕衣未寄莫飞霜。
　　②桂魄初生秋露微，轻罗已薄未更衣。

银筝夜久殷勤弄，心怯空房不忍归。
一七〇　宫词二十七首
　　①内人宜著紫衣裳，冠子梳头双眼长。
　　　新睡起来思旧梦，见人忘却道胜常。
　　②春来新插翠云钗，尚著云头踏殿鞋。
　　　欲得君王回一顾，争扶玉辇下金阶。
　　③五更初起觉风寒，香炷烧来夜已残。
　　　欲卷珠帘惊雪满，自将红烛上楼看。
　　④各将金锁锁宫门，院院青娥待至尊。
　　　头白监门掌来去，问谁频是最承恩？
　　⑤夜久盘中蜡滴稀，金刀剪起尽霏霏。
　　　传声总是君王唤，红烛台前著舞衣。
　　⑥筝翻禁曲觉声难，玉柱皆非旧处安。
　　　记得君王曾道好，长因下辇得先弹。
　　⑦一丛高鬓绿云光，官样轻轻淡淡黄。
　　　为看九天公主贵，外边争学内家妆。
　　⑧宜春院里驻仙舆，夜宴笙歌总不如。
　　　传索金笺题宠号，灯前御笔与亲书。
　　⑨永巷重门渐半开，宫官着锁隔门回。
　　　谁知曾笑他人处，今日将身自入来。
　　⑩春风帘里旧青娥，无奈新人夺宠何。
　　　寒食禁花开满树，玉堂终日闭时多。
　　⑪碧绣檐前柳散垂，守门宫女欲攀时。
　　　曾经玉辇从容处，不敢临风折一枝。
　　⑫鸦飞深在禁城墙，多绕重楼复殿傍。
　　　时向春檐瓦沟上，散开双翅占朝光。
　　⑬白雪猧儿拂地行，惯眠红毯不曾惊。

深宫更有何人到，只晓金阶吠晚萤。
⑭百尺仙梯倚阁边，内人争下掷金钱。
风来竞看铜乌转，遥指朱竿在半天。
⑮春风摆荡禁花枝，寒食秋千满地时。
又落深宫石渠里，尽随流水入龙池。
⑯雕墙不断接宫城，金榜皆书殿院名。
万转千回相隔处，各调弦管对闻声。
⑰霏霏春雨九重天，渐暖龙池御柳烟。
玉辇游时应不避，千廊万屋自相连。
⑱禁门烟起紫沉沉，楼阁当中复道深。
长入暮天凝不散，掖庭宫里动秋砧。
⑲炎炎夏日满天时，桐叶交加覆玉墀。
向晚移灯上银篝，丛丛绿鬓坐弹棋。
⑳曈曈日出大明宫，天乐遥闻在碧空。
禁树无风正和暖，玉楼金殿晓光中。
㉑迥出芙蓉阁上头，九天悬处正当秋。
年年七夕晴光里，宫女穿针尽上楼。
㉒教来鹦鹉语初成，久闭金笼惯认名。
总向春园看花去，独于深院唤人声。
㉓银瓶泻水欲朝妆，烛焰红高粉壁光。
共怪满身珠翠冷，黄花瓦上有新霜。
㉔迎风殿里罢云和，起听新蝉步浅莎。
为爱九天和露滴，万年枝上最声多。
㉕御果收时属内官，傍檐低压玉阑干。
明朝摘向金华殿，尽日枝边次第看。
㉖内里松香满殿闻，四行阶下暖氤氲。
春深欲取黄金粉，绕树宫娥著绛裙。

㉗禁树传声在九霄，内中残火独遥遥。
千官待取门犹闭，未到宫前下马桥。

一七一　赴东都别牡丹　令狐楚
十年不见小庭花，紫萼临开又别家。
上马出门回首望，何时更得到京华？

一七二　寄礼部刘郎中
一别三年在上京，仙垣终日选群英。
除书每下皆先看，唯有刘郎无姓名。

一七三　坐中闻《思帝乡》有感
年年不见帝乡春，白日寻思夜梦频。
上酒忽闻吹此曲，坐中惆怅更何人。

一七四　春思寄梦得乐天
花满中庭酒满樽，平明独坐到黄昏。
春来诗思偏何处，飞过函关入鼎门。

一七五　皇城中花园讥刘白赏春不及
五凤楼西花一园，低枝小树尽芳繁。
洛阳才子何曾爱，下马贪趋广运门。

一七六　少年行四首
①少小边州惯放狂，骣骑蕃马射黄羊。
　如今年老无筋力，独倚营门数雁行。
②家本清河住五城，须凭弓箭得功名。
　等闲飞鞚秋原上，独向寒云试射声。
③弓背霞明剑照霜，秋风走马出咸阳。
　未收天子河湟地，不拟回头望故乡。
④霜满中庭月满楼，金尊玉柱对清秋。

当年称意须行乐，不到天明未肯休。

一七七　塞下曲二首
　　①雪满衣裳冰满须，晓随飞将伐单于。
　　　平生志气今何在？把得家书泪似珠。
　　②边草萧条塞雁飞，征人南望尽沾衣。
　　　黄尘满面长须战，白发生头未得归。

一七八　望春词二首
　　①高楼晓见一花开，便觉春光四面来。
　　　暖日晴云知次第，东风不用更相催。
　　②云霞五彩浮天阙，梅柳千般夹御沟。
　　　不上黄山南北望，岂知春色满神州？

一七九　三月晦日会李员外
　　三月唯残一日春，玉山倾倒白鸥驯。
　　不辞便学山人醉，花下无人作主人。

一八〇　中元日赠张尊师
　　偶来人世值中元，不厌玄都永日闲。
　　寂寂焚香在仙观，知师遥礼玉京山。

一八一　雪中听筝　杨巨源
　　玉柱泠泠对寒雪，清商怨徵声何切。
　　谁怜楚客向隅时，一片愁心与絃绝。

一八二　卢龙塞行送韦掌记二首
　　①雨雪纷纷黑水外，行人共指卢龙塞。
　　　万里飞沙压鼓鼙，三军杀气凝旌旆。
　　②陈琳书记本翩翩，料敌能兵夺酒泉。
　　　圣主好文兼好武，封侯莫比汉皇年。

一八三　题五老峰下费君书院
　　解向花间栽碧松，门前不负老人峰。
　　已将心事随身隐，认得溪云第几重？

一八四　僧院听琴
　　禅思何妨在玉琴，真僧不见听时心。
　　离声怨调秋堂夕，云向苍梧湘水深。

一八五　和武相公春晓闻莺
　　语恨飞迟天欲明，殷勤似诉有馀情。
　　仁风已及芳菲节，犹向花溪鸣几声。

一八六　唐昌观玉蕊花
　　晴空素艳照霞新，香洒天风不到尘。
　　持赠昔闻将白雪，蕊珠宫上玉花春。

一八七　山中主人
　　十里青山有一家，翠屏深处更添霞。
　　若为说得溪中事，锦石和烟四面花。

一八八　和练秀才杨柳
　　水边杨柳麹尘丝，立马烦君折一枝。
　　唯有春风最相惜，殷勤更向手中吹。

一八九　太原赠李属侍御
　　路入桑乾塞雁飞，枣郎年少有光辉。
　　春风走马三千里，不废看花君绣衣。

一九〇　崔娘诗
　　清润潘郎玉不如，中庭蕙草雪消初。
　　风流才子多春思，肠断萧娘一纸书。

一九一　灞岸柳
　　杨柳含烟灞岸春，年年攀折为行人。
　　好风傥借低枝便，莫遣清丝扫路尘。

一九二　城东早春
　　诗家清景在新春，绿柳才黄半未匀。
　　若待上林花似锦，出门俱趋看花人。

一九三　秋日登亭赠薛侍御
　　潦倒从军何取益，东西走马暂同游。
　　梁王旧客皆能赋，今日因何独怨秋？

一九四　石水词
　　银罂深锁贮清光，无限来人不得尝。
　　知共金丹争气力，一杯全胜五云浆。

一九五　答振武李逢吉判官
　　近来时辈都无兴，把酒皆言肺病同。
　　唯有单于李评事，不将华发负春风。

一九六　宫燕词
　　毛衣似锦语如絃，日暖争高绮陌天。
　　几处野花留不得，双双飞向御炉前。

一九七　赠崔驸马
　　百尺梧桐画阁齐，箫声落处翠云低。
　　平阳不惜黄金埒，细雨花骢踏作泥。

一九八　听李凭弹箜篌二首
　　①听奏繁絃玉殿清，风传曲度禁林鸣。
　　　君王听乐梨园暖，翻到云门第几声？

②花咽娇莺玉漱泉，名高半在御筵前。
　　汉王欲助人间乐，从遣新声坠九天。

一九九　临水看花
　　　一树红花暎绿波，晴明骑马好经过。
　　　今朝几许风吹落，闻道萧郎最惜多。

二〇〇　观妓人入道二首
　　　①荀令歌钟北里亭，翠蛾红粉敞云屏。
　　　舞衣施尽馀香在，今日花前学诵经。
　　　②碧玉芳年事冠军，清歌空得隔花闻。
　　　春来削发芙蓉寺，蝉鬓临风随绿云。

二〇一　酬令狐舍人
　　　晓禁苍苍换直还，暂低鸾翼向人间。
　　　亦知受业公门事，数仞高墙不见山。

二〇二　和令狐郎中
　　　题诗一代占清机，秉笔三年直紫微。
　　　自禀道情韶龇异，不同蘧玉学知非。

二〇三　方城驿逢孟侍御
　　　走马温汤直隼飞，相逢矍铄理征衣。
　　　军中得力男儿事，入驿从容见落晖。

二〇四　题清凉寺
　　　凭槛霏微松树烟，陶潜曾用道林钱。
　　　一声寒磬空心晓，花雨知从第几天。

二〇五　石水词
　　　山叟和云厵翠屏，煎时分日检仙经。
　　　天人持此扶衰病，胜得瑶池水一瓶。

第二十六卷　七言十六　中唐十三
（共二百四十一首）

一　枫桥夜泊　张继
　　月落乌啼霜满天，江村渔火对愁眠。
　　姑苏城外寒山寺，夜半钟声到客船。

二　阊门即事
　　耕夫占募逐楼船，春草青青万顷田。
　　试上吴门看郡郭，清明几处有新烟。

三　安公房问法
　　流年一日复一日，世事何时是了时？
　　试向东林问禅伯，遣将心地学琉璃。

四　上清词
　　紫阳宫女捧丹砂，王母令过汉帝家。
　　春风不肯停仙驭，却向蓬莱看杏花。

五　送顾况泗上觐叔父
　　吴乡岁贡足嘉宾，后进之中见此人。
　　别业更临洙泗上，拟将书卷对残春。

六　留别
　　何事千年遇圣君，坐令双鬓老江云。

南行更入山深浅，岐路悠悠水自分。

七　览镜见白须　权德舆
　　秋来皎洁白须光，试脱朝簪学舞狂。
　　一曲酣歌还自乐，儿孙嬉笑挽衣裳。

八　酬李韶州
　　诏下忽临山水郡，不妨从事恣攀登。
　　莫言向北千行雁，别有图南六月鹏。

九　韦使君亭海榴咏
　　淮阳卧理有清风，腊月榴花带雪红。
　　闭阁寂寥常对此，江湖心在数枝中。

一〇　答韦秀才
　　中峰云暗雨霏霏，水涨花塘未得归。
　　心忆琼枝望不见，几回虚湿薜萝衣。

一一　贡院对雪寄崔阁老
　　寓宿春闱岁欲除，严风密雪绝双鱼。
　　思君独步西垣里，日日含香草诏书。

一二　寄李衡州
　　片石丛花画不如，苣身三径岂吾庐。
　　主人十骑东方远，唯望衡阳雁足书。

一三　戏赠张炼师
　　月帔飘飖摘杏花，相邀洞口劝流霞。
　　半酣乍奏云和曲，疑是龟山阿母家。

一四　赠天竺灵隐二寺主
　　石路泉流两寺分，寻常钟磬隔山闻。

山僧半在中峰住，共占清猿与白云。

一五　赠老将
　　白草黄云塞上秋，曾随骠骑出并州。
　　鹿卢剑折虬须白，转战功多独不侯。

一六　酬赵尚书看花见寄二首
　　①春光深处曲江西，八坐风流信马蹄。
　　　鹤发杏花相映好，羡君终日醉如泥。
　　②杜城韦曲遍寻春，处处繁华满目新。
　　　日暮归鞍不相待，与君同是醉乡人。

一七　戏赠表兄崔秀才
　　何事年年恋隐沦？成名须遣及青春。
　　明时早献甘泉去，若待公车却误人。

一八　戏赠苏九
　　白首书窗成钜儒，不知簪组遍屠沽。
　　劝君莫问长安路，且读鲁山于蒍於〔无〕。

一九　人日送房侍御归越
　　驿骑归时骢马蹄，莲花府映若邪溪。
　　帝城人日风光早，不惜离堂醉似泥。

二〇　送十九兄归江东
　　命驾相思不为名，春风归骑出关程。
　　离堂莫起临歧叹，文举终当荐祢衡。

二一　献岁送李十兄赴黔中
　　一尊岁酒且留欢，三峡黔江去路难。
　　志士感恩无远近，异时应戴惠文冠。

二二　送从弟广
　　　夏云如火铄晨晖，款段羸车整素衣。
　　　知尔业成还出谷，今朝莫怆断行飞。

二三　埇桥夜宴叙别
　　　满树铁冠琼树枝，尊前烛下心相知。
　　　明朝又与白云远，自古河梁多别离。

二四　送袁太祝衢婺巡覆
　　　校缗税亩不妨闲，清兴自随鱼鸟闲。
　　　知君此去足佳句，路出桐溪千万山。

二五　扬州与丁山人别
　　　将军亦道令威仙，华发清谈得此贤。
　　　惆怅今朝广陵别，辽东后会复何年？

二六　得抚州报喜戴员外无事二首
　　　①鹤发州民拥使车，人人自说受恩初。
　　　　如今天下无冤气，乞为邦君雪谤书。
　　　②众人餔啜喜君醉，渭水由来不杂泾。
　　　　遮莫雪霜撩乱下，松枝竹叶自青青。

二七　答张工部
　　　书来远自薄寒山，缭绕洮河出古关。
　　　今日难裁秣陵报，薤歌寥落柳车还。

二八　冬至宿斋时郡君南内朝谒因寄
　　　清斋独向丘园拜，盛服想君兴庆朝。
　　　明日一阳生百福，不辞相望阻寒宵。

二九　发硖石路上却寄内
　　　莎棚东行五谷深，千峰万壑雨沉沉。

细君几日路经此，应见悲翁相望心。

三〇　馀干别张侍御
　　芜城陌上春风别，于越亭边岁暮逢。
　　驱车又怆南北路，返照寒江千万峰。

三一　别表兄韦卿
　　新读兵书事护羌，腰间宝剑映金章。
　　少年百战应轻别，莫笑儒生泪数行。

三二　和王祭酒太社宿斋不得赴李尚书宅会戏
　　元礼门前劳引望，句龙坛下阻欢娱。
　　此时对局空相忆，博进何人更乐输？

三三　八月十五日夜瑶台寺对月
　　嬴女乘鸾已上天，神祠空在鼎湖边。
　　凉风遥夜清秋半，一望金波照粉钿。

三四　腊日龙沙会
　　簾外寒江千里色，林中尊酒七人期。
　　宁知腊日龙沙会，却胜重阳落帽时。

三五　月夜过灵澈房
　　此身会逐白云去，未洗尘缨还自伤。
　　今夜幸逢清净境，满庭秋月对支郎。

三六　赠广通上人
　　身随猿鸟在深山，早有诗名到世间。
　　客至上方留盥漱，龙泓洞水昼潺潺。

三七　宫人斜
　　一路斜分古驿前，阴风切切晦秋烟。

铅华新旧共冥寞,日暮愁鸱飞野田。

三八　朝元阁
缭垣复道上层霄,十月离宫万国朝。
胡马忽来清跸去,空馀台殿照山椒。

三九　石瓮寺
石瓮寒泉胜宝井,汲人回挂青丝绠。
厨烟半逐白云飞,当昼老僧来灌顶。

四〇　舟行夜泊
萧萧落叶送残秋,寂寞寒波急暝流。
今夜不知何处泊?断猿晴月引孤舟。

四一　宿严陵
身羁从事驱征传,江入新安泛暮涛。
今夜子陵滩下泊,自惭相去九牛毛。

四二　和陈阁老当直从东省过史馆看花
昼漏沉沉倦琐闱,西垣东观阅芳菲。
繁花满树似留客,应为主人休浣归。

四三　栖霞寺云居室
一径紫纡至此穷,山僧盥漱白云中。
闲吟定后更何事,石上松枝常有风。

四四　题崔山人草堂
竹径茅堂接洞天,闲持麈尾漱春泉。
世人车马不知处,时有归云到枕前。

四五　题柳郎中故居
下马荒阶日欲曛,潺潺石溜静中闻。

鸟啼花落人声绝，寂寞山窗掩白云。

四六　药名诗
七泽兰芳千里春，潇潇花落石磷磷。
有时浪白微风起，坐钓藤阴不见人。

四七　春日戏题二首
①檐前晓色惊双燕，户外春风舞百花。
　粉署可怜闲对此，唯令碧玉泛流霞。
②雨歇风轻一院香，红芳绿翠接东墙。
　春衣试出当轩立，定被邻家暗断肠。

四八　赠友人
知向巫山逢日暮，轻挂玉佩暂淹留。
晓随云雨归何处？还是襄王梦觉愁。

四九　舟行见月
月入孤舟夜半晴，寥寥双雁两三声。
洞房烛影在何处？欲寄相思梦不成。

五〇　石楠
石楠红叶透帘春，忆得妆成下锦裀。
试折一枝含万恨，分明说向梦中人。

五一　斗子滩
斗子滩头夜已深，月华偏照此时心。
春江风水连天阔，归梦悠扬何处寻？

五二　杂兴五首
①丛鬓愁眉时势新，初笄绝代北方人。
　一颦一笑千金重，肯似成都夜失身？
②午听丝声似竹声，又疑丹穴九雏惊。

　　　　金波露洗净于昼，寂寞不堪深夜情。
　　③琥珀尊开月映簾，调絃理曲指纤纤。
　　　　含羞敛态劝君住，更奏新声刮骨盐。
　　④乳燕双飞莺乱啼，百花如绣照深闺。
　　　　新妆对景如无比，微笑时时出瓠犀。
　　⑤巫山云雨洛川神，珠襻香腰稳称身。
　　　　惆怅妆成君不见，含情起立问傍人。

五三　黄蘖馆
　　　驱车振楫越山川，候晓通霄冒烟雨。
　　　青枫浦上魂已销，黄蘖馆前心自苦。

五四　清明日次弋阳
　　　自叹清明在远乡，桐花覆水葛溪长。
　　　家人定是持新火，点作孤灯照洞房。

五五　七夕
　　　今日云骈渡鹊桥，应非脉脉与迢迢。
　　　家人竞喜开妆镜，月下穿针拜九霄。

五六　太常寺宿斋有寄
　　　转枕挑灯候晓鸡，想君应叹太常妻。
　　　长年多病偏相忆，不遣归时醉似泥。

五七　朝回阅乐寄绝句
　　　子城风暖百花初，楼上龟兹引导车。
　　　曲罢卿卿理骃驭，细君相望意何如。

五八　中书宿斋有寄
　　　铜壶滴漏斗阑干，泛滟金波照露盘。
　　　遥想洞房眠正熟，不堪深夜风池寒。

五九　玉台体
　　婵娟二八正娇羞，日暮相逢南陌头。
　　试问佳期不肯道，落花深处指青楼。

六〇　上巳日贡院赠内
　　三日韶光处处新，九华仙洞七香轮。
　　老夫留滞何由去，珉玉相和正绕身。
　　禊饮寻春兴有馀，深情婉婉见双鱼。
　　同心齐体如身到，临水烦君便被除。

六一　旧镜　鲍溶
　　团团铜镜似潭水，心爱玉颜私自亲。
　　一经离别少年改，难与清光相见频。

六二　期尽
　　鱼锁生衣门不开，玉筐金月共尘埃。
　　青山石妇千年望，雷雨曾来知不来。

六三　寄天台準公
　　赤城桥东见月夜，佛垄寺边行月僧。
　　闲踏莓苔绕琪树，海光清净对心灯。

六四　送萧秀才
　　心交别我西京去，愁满春魂不易醒。
　　从此无人访贫病，马踪车辙草青青。

六五　隋宫二首
　　①柳塘烟起日西斜，竹浦风回雁弄沙。
　　　炀帝春游古城在，坏宫芳草满人家。
　　②玉钩阑畔寒泉水，金辘轳边照影人。
　　　此水今为九泉路，一枝花照数堆尘。

六六　塞上行
　　　西风应时筋角坚，承露牧马水草冷。
　　　可怜黄河九曲尽，毡馆牢落树无影。

六七　吴中夜别
　　　楚客秋思着黄叶，吴姬夜歌停碧云。
　　　声尽灯前各流泪，水天凉冷雁离群。

六八　送裴婺州
　　　婺女星边气不收，金华山水似瀛洲。
　　　含香太守心清净，去与神仙日日游。

六九　答客
　　　竹间深路马惊嘶，独入蓬门半似迷。
　　　劳问圃人终岁事，桔槔声里雨春畦。

七〇　赠杨炼师二首
　　　①紫烟衣上绣春云，清隐山书小篆文。
　　　　明月在天将凤管，夜深吹向玉晨君。
　　　②道士夜诵蕊珠经，白鹤下绕香烟听。
　　　　夜移经尽人上鹤，仙风吹入秋冥冥。

七一　寄薛鹰昆季
　　　楚山清路两无期，梦里春风玉树枝。
　　　何况芙蓉楼上客，海门江月亦相思。

七二　杨真人篆中像
　　　画中留得清琼质，世上难逢白鹤身。
　　　应见茅盈哀老弟，为持金箓救生人。

七三　怀王秀才
　　　乡无竹圃为三径，贫寄邻家已二年。

唯有素风身未坠，世间开口不言钱。

七四　题真公影堂
旧房西壁画支公，昨暮今辰色不同。
远客问心何处取？独添香火望虚空。

七五　秋夜怀紫阁寺僧
满山雨色应难见，隔涧经声又不闻。
紫阁夜深多入定，石苔谁为扫秋云？

七六　宿水亭
雕楹彩槛压通陂，鱼鳞碧幕衔曲玉。
夜深星月伴芙蓉，如在广寒宫里宿。

七七　寄海陵韩长官
吏散重门印不开，玉琴招鹤舞徘徊。
野人为此多东望，云雨仍从海上来。

七八　得储道士书
婵娟春尽暮心收，邻里同年半白头。
为问蓬莱近消息，海波平静好东游。

七九　感路侍御访别
西台御史重难言，落木疏篱绕病魂。
一望青云感骢马，款行黄叶出柴门。

八〇　上巳日上浙东孟中丞
世间禊事风流处，镜里云山若画屏。
今日会稽王内史，好将宾客醉兰亭。

八一　送僧游天台二首
①身非居士常多病，心爱空王稍觉闲。

　　　　师问寄禅何处取？浙南青翠沃洲山。
　　　②金岭雪晴僧独归，水文霞彩纳禅衣。
　　　　可怜石室烧香夜，江月对心无是非。

八二　望金山寺
　　　一朵蓬莱在世间，梵宫宫阙翠云间。
　　　近南秋水更清浅，闻道游人未忍还。

八三　奉酬范传真二首
　　　①昨日新花红满眼，今朝美酒绿留人。
　　　　更宜明月含芳露，凭仗萧郎夜赏春。
　　　②白雪剪花朱蜡蒂，折花传笑惜春人。
　　　　请君白日留明月，一醉风光莫厌频。

八四　襄阳怀古
　　　襄阳太守沉碑意，身后身前几年事。
　　　湘江千岁未为陵，水底鱼龙应识字。

八五　湖上望月
　　　湖上清凉月更好，天边旅人犹未归。
　　　几见金波满还破，草虫声畔露霑衣。

八六　望姑山
　　　幽人往往忆麻姑，浮世悠悠仙境殊。
　　　自从青鸟不堪使，更得蓬来消息无。

八七　暮秋见菊花
　　　菊花低色过重阳，似忆王孙白玉觞。
　　　今日王孙好收采，高天已下两回霜。

八八　东邻女
　　　双飞鹧鸪春影斜，美人盘金衣上花。

身为父母几时客,一生知向何人家?

八九　寄李都护
去年河上送行人,万里弓旌一武臣。
闻道玉关烽火灭,犬戎知有外家亲。

九〇　长安旅舍怀旧山
昨夜清凉梦本山,眠云唤鹤有惭颜。
青莲道士长堪羡,身外无名至老闲。

九一　汉宫词
月映东窗似玉轮,未央前殿绝声尘。
宫槐花落西风起,鹦鹉惊寒夜唤人。

九二　怀仙
阆峰绮阁几千丈,瑶水西流十二城。
曾见周灵王太子,碧桃花下自吹笙。

九三　南塘二首
①南塘旅客秋浅清,夜深绿蘋风不生。
　莲花受露重如睡,斜月起动鸳鸯声。
②塘东白日驻红雾,早鱼翻光乐碧浔。
　画船兰棹欲破浪,恐畏惊动莲东心。

九四　新晴爱月　陆畅
野性平生惟爱月,新晴半夜睹婵娟。
起来自擘纱窗破,恰漏清光落枕边。

九五　催妆二首
①天上琼花不避秋,今宵织女嫁牵牛。
　万人惟待乘鸾出,乞巧齐登明月楼。
②少妆银粉饰金钿,端正天花贵自然。

闻道禁中时节异，九秋香满镜台前。

九六　坐障
　　白玉为竿丁字成，黄金绣带短长轻。
　　强遮天上花颜色，不隔云中语笑声。

九七　簾
　　真珠文织挂檐端，锦缘罗旌千万端。
　　早把玉钩和月卷，神仙愁怕水精寒。

九八　阶
　　瑿玉编金次第平，花纹隐起踏无声。
　　几重便上华堂里，得见天人吹凤笙。

九九　扇
　　宝扇持来入禁宫，本教花下动香风。
　　嫦娥须逐彩云降，不可通宵在月中。

一〇〇　成都赠别席夔
　　不值分流二江水，定应犹得且同行。
　　三千里外情人别，更被子规啼数声。

一〇一　游城东王驸马亭
　　城外无尘水间松，秋天木落见山容。
　　共寻萧史江亭去，一望终南紫阁峰。

一〇二　望毛女峰
　　我种东峰千叶莲，此峰毛女始求仙。
　　今朝暗筭当时事，已是人间七万年。

一〇三　送李山人归山
　　来从千山万山里，归向千山万山去。

山中白云千万重，却望人间不知处。

一〇四　长安新晴
　　九重深浅人不知，金殿玉楼倚朝日。
　　一夜城中新雨晴，御沟流得宫花出。

一〇五　出蓝田关寄董使君
　　万里烟萝锦帐间，云迎水送度蓝关。
　　七盘九折难行处，尽是龚黄界外山。

一〇六　题悟公禅堂
　　临坛付法十二春，家本长城若下人。
　　芸阁少年应不识，南山钞主是前身。

一〇七　宿陕府北楼奉酬崔大夫二首
　①楼压黄河山满坐，风清水凉谁忍卧？
　　人定军中禁漏传，不妨秋月城头过。
　②一别朱门三四春，再来应笑尚风尘。
　　昨宵唯有楼前月，识是谢公诗酒人。

一〇八　陕州逢窦巩同宿寄江陵韦协律
　　共出丘门岁九霜，相逢悽怆对离觞。
　　荆南为报韦从事，一宿同眠御史床。

一〇九　夜到泗州酬崔使君
　　徐城洪尽到淮头，月里山河见泗州。
　　闻道泗滨清庙磬，雅声今在谢家楼。

一一〇　送崔员外使回入京
　　六星宫里一星归，行到金钩近紫微。
　　侍史别来经岁月，今宵应梦护香衣。

一一一　成都送别费冠卿
　　红椒花落桂花开，万里同游俱未回。
　　莫厌客中频送客，思乡独上望乡台。

一一二　题商山庙
　　商洛秦时四老翁，人传羽化此山空。
　　若无仙眼何由见，总在庙前花洞中。

一一三　题独狐少府园林
　　四面青山是四邻，烟霞成伴草成茵。
　　年年洞口桃花发，不记曾经迷几人。

一一四　送独狐秀才下第归太白山
　　逸翮暂时成落羽，将归太白赏灵踪。
　　须寻最近碧霄处，拟倩和云买一峰。

一一五　下第后病中
　　献玉频年命未通，穷秋成病悟真空。
　　笑看朝市趋名者，不病那知在病中。

一一六　送深上人归江南
　　留得莲花偈付谁，独携金策欲归时。
　　江南无限萧家寺，曾与白云何处期？

一一七　题自然观
　　剑阁门西第一峰，道陵成道有高踪。
　　行人若上升仙处，须拨白云三四重。

一一八　疾愈步庭花下
　　桃红李白觉春归，强步闲庭力尚微。
　　从困不扶灵寿杖，恐惊花里早莺飞。

一一九　筹笔店江亭
　　九折岩边下马行，江亭暂歇听江声。
　　白云绿树不关我，柱与樵人乐一生。

一二〇　赠贺若少府
　　十日广陵城里住，听君花下抚金徽。
　　新声指上怀中纸，莫怪潜偷数曲归。

一二一　太子刘舍人邀看花
　　年少风流七品官，朱衣白马冶游盘。
　　负心不报春光主，几处偷看红牡丹。

一二二　蔷薇花
　　锦窠花朵燃丛醉，翠叶眉稠裹露垂。
　　莫引美人来架下，恐惊红片落燕支。

一二三　解嘲
　　粉面仙郎选圣朝，偶逢秦女学吹箫。
　　须教翡翠闻王母，不奈乌鸢噪鹊桥。

一二四　长门怨　刘言史
　　独坐炉边结夜愁，暂时恩去亦难留。
　　手持金箸垂红泪，乱拨寒灰不举头。

一二五　乐府二首
　　①花颔红鬃一向偏，绿槐香陌欲朝天。
　　　仍嫌众里娇行疾，傍镫深藏白玉鞭。
　　②珠喷团香小桂条，玉鞭兼赐霍嫖姚。
　　　弄影便从天禁出，碧蹄声碎五门桥。

一二六　过春秋峡
　　峭壁苍苍苔色新，无风晴景自胜春。

不知何事幽崖里，腊月开花似北人。

一二七　竹里梅
　　竹里梅花相并枝，梅花正发竹枝垂。
　　风吹总向竹枝上，直似王家雪下时。

一二八　登甘露台
　　偶至无尘空翠间，雨花甘露境闲闲。
　　身心未寂终为累，非想天中独退还。

一二九　夜泊润州江口
　　秋江欲起白头波，贾客占〔瞻〕风无渡河。
　　千船火绝寒宵半，独听钟声觉寺多。

一三〇　看山木瓜花二首
　　①裛露凝氛紫艳新，千般婉娜不胜春。
　　　年年此树花开日，出尽丹阳郭里人。
　　②柔枝湿艳亚朱栏，暂作庭芳便欲残。
　　　深藏数片将归去，红缕金针绣取看。

一三一　题十三弟竹园
　　绕屋扶疏耸翠茎，苔滋粉样有幽情。
　　丹阳万户春光静，独自君家秋雨声。

一三二　乐府杂词三首
　　①紫禁梨花飞雪毛，春风丝管翠楼高。
　　　城里万家闻不见，君王试舞郑樱桃。
　　②蝉翼红冠粉黛轻，云和新教《羽衣》成。
　　　月光如雪金阶上，迸却颇梨义甲声。
　　③不耐檐前红槿枝，薄妆春寝觉仍迟。
　　　梦中无限风流事，夫婿多情亦未知。

一三三　岁暮题杨录事江亭
　　垂丝蜀客涕濡衣，岁尽长沙未得归。
　　肠断锦帆风日好，可怜桐鸟出花飞。

一三四　冬日峡中旅泊
　　霜月明明雪复残，孤舟夜泊使君滩。
　　一声钟出远山里，暗想雪窗僧起寒。

一三五　治花石浦
　　旧业蘩台废苑东，几年为梗复为蓬。
　　杜鹃啼断回家梦，半在邯郸驿树中。

一三六　闻崔倚旅葬
　　远客那能返故庐，苍桐埋骨痛何如。
　　他时亲戚空相忆，席上同悲一纸书。

一三七　赋蕃子牧马
　　碛净山高见极边，孤烽引上一条烟。
　　蕃落多晴尘扰扰，天军猎到？鹈泉。

一三八　牧马泉
　　平沙漫漫马悠悠，弓箭闲抛郊水头。
　　鼠毛衣里取羌笛，吹向秋天眉眼愁。

一三九　越井台望
　　独立阳台望广州，更添羁客异乡愁。
　　晚潮未至早潮落，井邑暂依沙上头。

一四〇　扶病春亭
　　强梳稀发著纶巾，舍杖空行试病身。
　　花间自欲徘徊立，稚子牵衣不许人。

一四一　赠童尼
　　旧时艳质如明玉，今日空心是冷灰。
　　料得昭王惆怅极，更无云雨到阳台。

一四二　读故友于君集
　　大底从头总是悲，就中偏怆筑城词。
　　依然想得初成日，寄出秋山与我时。

一四三　病僧二首
　　①竺国乡程算不回，病中衣锡偏浮埃。
　　　如今汉地诸经本，自过流沙远背来。
　　②空林衰病卧多时，白发从成数寸丝。
　　　西行却过流沙日，枕上寥寥心独知。

一四四　右军墨池
　　永嘉人事尽归空，逸少遗居蔓草中。
　　至今池水涵馀墨，犹共诸泉色不同。

一四五　送僧归山
　　楚俗翻花自送迎，密人来往岂知情。
　　夜行独入寒山寺，雷径泠泠金锡声。

一四六　题源分竹亭
　　绕屋扶疏千万竿，年年相诱独行看。
　　日光不透烟常在，先校诸家一月寒。

一四七　山寺看樱桃花题壁
　　楚寺春风腊尽时，含桃先坼一千枝。
　　老僧不语傍边坐，花发人来总不知。

一四八　伤清江上人
　　往年偏共仰师游，闻过流沙泪不休。

此身岂得多时住，更著尘心起外愁。

一四九　山寺看海榴花
琉璃地上绀宫前，发翠凝红几十年。
夜久月明人去尽，火光霞焰递相燃。

一五〇　赠成炼师四首
①花冠蕊帔色婵娟，一曲清箫凌紫烟。
不知今日重来意，更住人间几百年。
②黄昏骑得下天龙，巡遍茅山数十峰。
采芝却到蓬莱上，花里犹残碧玉钟。
③等闲何处得灵方？丹脸云鬟日月长。
大罗过却三千岁，更向人间魅阮郎。
④曾随阿母汉宫斋，凤驾龙輧列御阶。
当时白燕无寻处，今日云鬟见玉钗。

一五一　上巳日陪襄阳李尚书宴光风亭
碧池萍嫩柳垂波，绮席丝镛舞翠娥。
为报会稽亭上客，永和应不胜元和。

一五二　桂江逢王使君旅櫬归
故人丹旐出南威，少妇随丧哭渐归。
遥想北原新垄上，日寒光浅小松稀。

一五三　病中客散后言怀
华发离披卧满头，暗虫衰草入乡愁。
枕前人去空庭暮，又见芭蕉白露秋。

一五四　处州月夜穆中丞席和主人
羌竹繁弦银烛红，月光初出柳城东。
忽见隐侯裁一咏，还须书向郡楼中。

一五五　寻花
　　游春未足春将度，访紫寻红少在家。
　　借问流莺与飞蝶，不知何处有幽花？

一五六　赠陈长史妓
　　宝钿云和玉禁仙，深含媚靥袅朱弦。
　　春风不怕君王恨，引出幽花落外边。

一五七　题王况故居
　　入巷萧条起悲绪，儿女犹居旧贫处。
　　尘满空床屋见天，独作驴鸣一声去。

一五八　偶题
　　迟日新妆游冶娘，盈盈绿舣白莲塘。
　　掬水远湿岸边郎，红绡缕中玉钏光。

一五九　恸柳论
　　孀妻孤户仍无嗣，欲访孤坟谁引至？
　　徘徊无处展哀情，惟有衣襟知下泪。

一六〇　夜入简子古城
　　远火荧荧聚寒鬼，绿焰欲销还复起。
　　夜深风雪古城空，行客衣襟汗如水。

一六一　桂江中题香顶台
　　岩岩香积凌空翠，天上名花落幽地。
　　老僧相对竟无言，山鸟却呼诸佛字。

一六二　僧檐前独竹咏
　　乱石田中寄孤本，亭亭不住凌虚引。
　　欲以袈裟拂著来，一边碧玉无轻粉。

一六三　送人随姊夫任云安令
　　闲逐维私向武城，北风青雀片时行。
　　孤帆瞥过荆州岸，认得瞿塘急浪声。

一六四　山中喜崔补阙见寻
　　鹿袖青藜鼠耳巾，潜夫岂解拜朝臣？
　　白屋藜床还共入，山妻老大不羞人。

一六五　偶题二首
　　①金榜荣名俱失尽，病身为庶更投魖。
　　　春娥慢笑无愁色，别向人家舞柘枝。
　　②得罪除名谪海头，惊心无暇与身愁。
　　　中使不知何处住，家书莫寄向春州。

一六六　嘉兴社日
　　消渴天涯寄病身，临邛知我是何人？
　　今年社日分馀肉，不值陈平又不均。

一六七　席上赠李尹
　　伛偻山夫发似丝，松间石上坐多时。
　　瓢饮不曾看酒肆，世人空笑亦何为？

一六八　弼公院问病
　　一头细发两分丝，卧见芭蕉白露滋。
　　欲令居士身无病，直待众生苦尽时。

一六九　惜花
　　年少共怜含露色，老人偏惜委尘红。
　　如何遂得心中事，每要花时不厌风。

一七〇　代胡僧留别
　　此地缘疏语未通，归时老病去无穷。

定知不彻南天竺，死在条支阴碛中。

一七一　奉酬刘言史宴光风亭　李翱
　　　闻馀春草景沉沉，禊饮风亭恣赏心。
　　　红袖青娥留永夕，汉阴宁肯羡山阴。

一七二　赠药山高僧惟俨
　　　练得身形似鹤形，千株松下两函经。
　　　我来问道无馀说，云在青霄水在瓶。

一七三　再赠
　　　选得幽居惬野情，终年无送亦无迎。
　　　有时直上孤峰顶，月下披云啸一声。

一七四　使院小池　贾岛
　　　小池谁见凿时初？走水南来十里馀。
　　　楼上日斜吹暮角，院中人出锁游鱼。

一七五　夜坐
　　　蟋蟀渐多秋不浅，蟾蜍已没夜应深。
　　　三更两鬓几枝雪，一念双峰四祖心。

一七六　送别
　　　门外便伸千里别，无车不得到河梁。
　　　高楼直上百馀尺，今日为君南望长。

一七七　闻蝉感怀
　　　新蝉忽发最高枝，不觉立听无限时。
　　　正遇友人来告别，一声分作两般悲。

一七八　夏夜宿上谷开元寺
　　　诗成一夜月中题，便卧松风到晓鸡。

带月时闻山鸟语，郡城知近武陵溪。

一七九　送于总持归京
出家初隶何方寺？上国西明御水东。
却见旧房阶下树，别来二十一春风。

一八〇　池上鹤
月中时叫叶纷纷，不异洞庭霜夜闻。
翎羽从今如罢翥，犹能飞起向孤云。

一八一　友人婚杨氏催妆
不知今夕是何夕？催促阳台近镜台。
谁道芙蓉水中种，青铜镜里一枝开。

一八二　和韩吏部泛南溪
溪里晚从池岸出，石泉秋急夜深闻。
木兰船共山人上，月映渡头零落云。

一八三　酬姚合
黍穗豆苗侵古道，晴原午后早秋时。
故人相忆僧来说，杨柳无风蝉满技。

一八四　送僧三首
①遍参尊宿游方久，名岳奇峰问此公。
　五月半闲看瀑布，青城山里白云中。
②池上时时松雪落，焚香烟起见孤灯。
　静夜忆谁来对坐？曲江南岸寺中僧。
③归蜀拟从巫峡过，何时得入旧房禅？
　寺中来后谁身化，起塔栽松向野田。

一八五　渡桑乾
客舍并州已十霜，归心日夜忆咸阳。

无端更渡桑乾水，却望并州是故乡。

一八六　夜期客不至
　　　逸人期宿石床中，遣我开扉对晚空。
　　　不知何处啸秋月，闲着松门一夜风。

一八七　夜集乌行中所居
　　　环炉促席复持杯，松院双扉向月开。
　　　坐上同声半先达，名山独入此心来。

一八八　赠李文通
　　　营当万胜冈头下，誓立千年不朽功。
　　　天子手擎新钺斧，谏官请赠李文通。

一八九　三月晦日酬刘评事
　　　三月正当三十日，风光别我苦吟身。
　　　共君今夜不须睡，未到晓钟犹是春。

一九〇　送道者
　　　新岁抱琴何处去？洛阳三十六峰西。
　　　生来未识山人面，不得一听乌夜啼。

一九一　赠丘先生
　　　常言吃药全胜饭，华岳松边采茯神。
　　　不遣髭须一茎白，拟为白日上升人。

一九二　宿村家亭子
　　　床头枕是溪中石，井底泉通竹下池。
　　　宿客未眠过半夜，独闻山雨到来时。

一九三　题兴化园亭
　　　破却千家作一池，不栽桃李种蔷薇。

蔷薇花落秋风起,荆棘满庭君始知。

一九四　竹
　　篱外清阴接药栏,晓风交夏碧琅玕。
　　子猷没后知音少,粉节霜筠漫岁寒。

一九五　田申丞高亭
　　高亭林表迥嵯峨,独逝秋宵不寝多。
　　玉兔玉人歌里出,白云虽白莫相和。

一九六　赠人斑竹拄杖
　　拣得林中最细枝,结根石上长身迟。
　　莫嫌滴沥红斑少,恰是湘妃泪尽时。

一九七　寻石瓮寺上方
　　野寺入时春雪后,崎岖得到此房前。
　　老僧不出迎朝客,已住上方三十年。

一九八　题青龙寺
　　碣石山人一轴诗,终南山北数人知。
　　拟看青龙寺里月,待无一点夜云时。

一九九　阮籍啸台
　　如闻长啸春风里,荆棘丛边访旧踪。
　　地接苏门山近远,荒台突兀抵高峰。

二〇〇　杨秘书新居
　　城角新居邻静寺,时从新阁上经楼。
　　南山泉入宫中去,先向诗人门外流。

二〇一　哭孟东野
　　兰无香气鹤无声,哭尽秋天月不明。

自从东野先生死，侧近云山得散行。

二〇二　过京索先生墓
京索先生三尺坟，秋风漠漠吐寒云。
从来有恨君多哭，今日何人更哭君？

二〇三　客思
促织声尖尖似叶，更深刺着旅人心。
独言独语月明里，惊觉眠童与宿禽。

二〇四　观鹿
条峰五老势相连，此鹿来从若个边？
别有野麋人不见，一生长饮白云泉。

二〇五　听乐山人弹易水
朱丝弦底燕泉急，燕将云孙白日弹。
嬴氏归山陵已掘，声声犹带发冲冠。

二〇六　经苏秦墓
沙埋古篆折碑文，六国兴亡事系君。
今日凄凉无处说，乱山秋尽有寒云。

二〇七　题戴胜
星点花冠道士衣，紫阳宫女化身飞。
能传上界春消息，若到蓬山莫放归。

二〇八　题隐者居
虽有柴门长不关，片云孤木伴身闲。
犹嫌住久人知处，见拟移家更上山。

二〇九　题鱼尊师院
老子堂前花万树，先生曾见几回春？

夜煎白石平明吃，不拟教人哭此身。

二一〇　访鉴玄师侄
　　维摩青石讲初休，缘访亲宗到普州。
　　我有军持凭弟子，岳阳溪里汲寒流。

二一一　酬朱侍御望月见寄
　　他寝此时吾不寝，近秋三五日逢晴。
　　相思唯有霜台月，望尽孤光见却生。

二一二　题韦云叟草堂
　　新起此堂开北窗，当窗山隔一重江。
　　白茆苦屋重重密，爱此秋天夜雨凉。

二一三　方镜
　　背如刀截机头锦，面似升量涧底泉。
　　铜爵台南秋日得，照来照去已三年。

二一四　夏夜登南楼
　　水岸闲楼带月跻，夏林初见岳阳溪。
　　一点新萤报秋信，不知何树是菩提？

二一五　李斯井
　　井存上蔡南门外，置此井时来相秦。
　　断绠数寻垂古甃，取将寒水是何人？

第二十七卷　七言十七　中唐十四

（共二百五十三首）

一　丹阳送韦参军　严维
　　丹阳郭里送行舟，一别心知两地秋。
　　日晚江南望江北，寒鸦飞尽水悠悠。

二　相里使君宅听惠澄上人吹小管
　　秦僧吹竹闭秋城，早在梨园称主情。
　　今夕襄阳山太守，坐中流泪听商声。

三　答刘长卿
　　新安非欲枉帆过，海内如君有几何？
　　醉里别时秋水色，老人南望一狂歌。

四　发桐庐寄刘员外
　　处处云山无尽时，桐庐南望转参差。
　　舟人莫道新安近，欲上潺湲行自迟。

五　岁初喜皇甫侍御至
　　湖上新正逢故人，情深应不笑家贫。
　　明朝别后门还掩，修竹千竿一老身。

六　宿天竺寺
　　方外主人名道林，怕将水月净身心。

居然对我说无我，寂历山深将夜深。

七　夜宴南陵留别　　李嘉祐
雪满前庭月色闲，主人留客未能还。
预愁明日相思处，匹马千山与万山。

八　题前溪馆
两年谪宦在江西，举目云山望自迷。
今日始知风土异，浔阳南去鹧鸪啼。

九　过乌江公山寄钱起
雨过青山猿叫时，愁人泪点石榴枝。
无端王事还相系，肠断蒹葭君不知。

一〇　王舍人竹楼
傲吏身闲笑五侯，西江取竹起高楼。
南风不用蒲葵扇，纱帽闲眠对水鸥。

一一　韦润州后亭海榴
江上年年小雪迟，年光独报海榴知。
寂寂山城风日暖，调公含笑向南枝。

一二　送崔十一弟归北京
潘郎美貌谢公诗，银印花骢年少时。
楚地江皋一为别，晋山沙水独相思。

一三　访韩司空不遇
图画风流似伯康，文词体格效陈王。
蓬莱奏对归常晚，丛竹寒烟满夕阳。

一四　虔上人竹房
诗思禅心共竹闲，任他流水向人间。

　　　　手持如意高窗里，斜日沿江千万山。

一五　袁江口忆王郎中
　　　　京华不啻三千里，客泪如今一万双。
　　　　若个最为相忆处？青风黄竹入袁江。

一六　答泉州薛播使君重阳日赐酒
　　　　欲强登高无力去，篱边黄菊为谁开？
　　　　共知不是浔阳郡，那得王宏送酒来。

一七　凉州词　耿湋
　　　　国使翩翩随旆旌，陇西岐路足荒城。
　　　　毡裘牧马胡雏小，日暮蕃歌三两声。

一八　路傍墓
　　　　石马双双当古树，不知何代公侯墓。
　　　　墓前靡靡春草深，唯有行人看碑路。

一九　代园中老人
　　　　佣赁难堪一老身，皤皤力役在青春。
　　　　林园手种唯吾事，桃李成阴归别人。

二〇　古意
　　　　虽言千骑上头居，一世生离恨有馀。
　　　　叶下绮窗银烛冷，含啼自草锦中书。

二一　春晚游鹤林寺寄使府诸公　李端
　　　　野寺寻春花已迟，背岩惟有两三枝。
　　　　明朝携酒犹堪醉，为报春风且莫吹。

二二　江上送客
　　　　故人南去汉江阴，秋雨潇潇云梦深。

江上见人应下泪,由来远客易伤心。

二三　闺情
月落星稀天欲明,孤灯未灭梦难成。
披衣更向门前望,不愤〔忿〕朝来鹊喜声。

二四　送刘侍郎
几人同去谢宣城,未及酬恩隔死生。
唯有夜猿知客恨,峰阳溪路第三声。

二五　送郑宥归蜀因寄何兆
黄花西上路何如?青壁连天雁亦疏。
为报长卿休涤器,汉家思见茂陵书。

二六　宿石涧闻征妇哭
山店门前一妇人,哀哀夜哭向秋云。
自说夫因征战死,朝来逢着旧将军。

二七　与道者别
闻说沧溟今已浅,何当白鹤更归来。
旧师唯有先生在,忍见门人掩泪回。

二八　长门怨
金壶漏尽禁门开,飞燕昭阳侍寝回。
随分独眠秋殿里,遥闻语笑自天来。

二九　答友怀野寺旧居
自嫌野性共人疏,忆向西林更结庐。
寄谢山阴许都讲,昨来频得远公书。

三〇　听夜雨寄卢纶
暮雨萧条过凤城,霏霏飒飒重还轻。

闻君此夜东林宿，听得荷池多少〔几番〕声。

三一　昭君词
　　李陵初送子卿回，汉月明时惆怅来。
　　忆著长安旧游处，千门万户玉楼台。

三二　问张山人疾
　　先生沉病意何如？蓬艾门前客转疏。
　　不见领徒过绛帐，惟闻与婢削丹书。

三三　仙女词　杨衡
　　玉笄初侍紫皇君，金缕鸳鸯满绛裙。
　　仙宫一闭无消息，遥结芳心向碧云。

三四　春梦
　　空庭日照花如锦，红妆美人当昼寝。
　　傍人不知梦中事，唯见玉钗时坠枕。

三五　宿青牛谷
　　随云步入青牛谷，青牛道士留我宿。
　　可怜夜久月明中，唯有坛边一枝竹。

三六　九日
　　黄花紫菊傍篱落，摘菊泛酒爱芳新。
　　不堪今日望乡意，强插茱萸随众人。

三七　小雪日戏题　张登
　　甲子徒推小雪天，刺桐犹绿槿花然。
　　阳和长养无时歇，却是炎洲雨露偏。

三八　招客游寺
　　江城吏散倦春阴，山寺鸣钟隔雨深。

招取遗民赴僧社，竹堂分坐静看心。

三九　秋园　司空曙
伤秋不是惜年华，别忆春风碧玉家。
强向衰丛见芳意，茱萸红实似繁花。

四〇　送人归黔府
伏波箫鼓水云中，长戟如霜大旆红。
油幕晓开飞鸟绝，翩翩上将独趋风。

四一　岁暮怀崔峒耿湋
腊月江天见春色，白花青柳疑寒食。
洛阳旧社各东西，楚国游人不相识。

四二　过阎采病居
每逢佳节何曾坐，唯有今年不得游。
张邴卧来休送客，菊花枫叶向谁秋？

四三　古寺花
共爱芳菲此树中，千跗万蕊裹枝红。
迟迟欲去犹回望，覆地无人满寺风。

四四　发渝州却寄韦判官
红烛津亭夜见君，繁弦急管两纷纷。
平明分手空江转，唯有猿声满水云。

四五　送卢彻之太原
榆落雕飞关塞秋，黄云画角见并州。
翩翩羽骑双旌后，上客亲随郭细侯。

四六　送郑锡
汉阳云树清无极，蜀国风烟思不堪。

莫怪别君偏有泪，十年曾事晋征南。
明府之官官舍春，春风辞我两三人。
可怜江县闲无事，手板支颐独咏贫。

四七　杂兴
月没辽城暗出师，双龙金角晓天悲。
黄尘满目随风散，不认将军燕尾旗。

四八　观妓
翠娥红脸不胜情，管绝弦馀发一声。
银烛摇摇尘暗下，却愁红粉泪痕生。

四九　过长林湖西酒家
湖草青青三两家，门前桃杏一般花。
迁人到处惟求醉，闻说渔翁有酒赊。

五〇　江村即事
罢钓归来不系船，江村月落正堪眠。
总〔纵〕然一夜风吹去，只在芦花浅水边。

五一　峡口送友人
峡口花飞欲尽春，天涯去住泪沾巾。
来时万里同为客，今日翻成送故人。

五二　登岘亭
岘山回首望秦关，南向荆州几日还？
今日登临唯有泪，不知风景在何山？

五三　赠歌人郭婉　商尧藩
石家金谷旧歌人，起唱花筵泪满巾。
红粉少年诸弟子，一时惆怅望梁城。

五四　汉宫词三首
　　①成帝夫人泪满怀，璧宫相趁落空阶。
　　　可怜玉貌花前死，唯有君恩白燕钗。
　　②霍家有女字成君，年小教人着绣裙。
　　　枉杀宫中许皇后，椒房恩泽是浮云。
　　③骏马金鞍白玉鞭，宫中来取李延年。
　　　承恩直入鸳鸯殿，一曲清歌在九天。

五五　吹笙歌
　　伶儿竹声愁绕空，秦女泪湿胭脂红。
　　玉桃花片落不住，三十六簧能唤风。

五六　新昌井
　　辘轳千转劳筋力，待得甘泉渴杀人。
　　且共山麋同饮涧，玉沙铺底浅磷磷。

五七　潭州席上赠舞柘枝妓
　　姑苏太守青娥女，流落长沙舞柘枝。
　　满坐绣衣皆不识，可怜红脸泪双垂。

五八　闻杨州唐昌观玉蕊花折有仙人游怅然成二绝　严休复
　　①终日斋心祷玉宸，魂消目断未逢真。
　　　不如满树琼瑶蕊，笑对藏花洞里人。
　　②羽车潜下玉龟山，尘世何由睹藓颜？
　　　唯有无情枝上雪，好风吹缀绿云鬟。

五九　塞下曲六首　张仲素
　　①卷旆生风喜气新，早持龙节静边尘。
　　　汉家天子图麟阁，身是当今第一人。
　　②三戍渔阳再渡辽，骍弓在臂剑横腰。

　　　　匈奴若欲知名姓，休傍阴山更射雕。
　　③猎马千群雁几双，燕然山下碧油幢。
　　　　传声漠北单于破，火照旌旗夜受降。
　　④朔雪飘飘开雁门，平沙历乱卷蓬根。
　　　　功名耻计擒生数，直斩楼兰报国恩。
　　⑤陇水潺湲陇树秋，征人到此泪双流。
　　　　乡关万里无人〔因〕见，西戍河源早晚收。
　　⑥阴碛茫茫塞草腓，桔槔原上暮烟飞。
　　　　交河北望天连海，苏武曾将汉节归。

六〇　秋闺思二首
　　①碧窗斜月蔼深晖，愁听寒螀泪湿衣。
　　　　梦里分明见关塞，不知何路向金徽？
　　②秋天一夜静无云，断续鸿声到晓闻。
　　　　欲寄征衣问消息，居延城外又移军。

六一　汉苑行三首
　　①二月风光变柳条，九天钧乐奏云韶。
　　　　蓬莱殿后花如锦，紫阁阶前雪未消。
　　②回雁高飞太液他，新花低发上林枝。
　　　　年光到处皆堪赏，春色人间总未知。
　　③春风淡荡影悠悠，莺啭高枝燕入楼。
　　　　千步回廊闻凤吹，珠簾处处上银钩。

六二　天马词二首
　　①天马初从渥水来，郊歌曾唱得龙媒。
　　　　不知玉塞沙中路，苜蓿残花几处开？
　　②蹀躞宛驹齿未齐，摐金喷玉向风嘶。
　　　　来时行尽金河道，猎猎轻风在碧蹄。

六三　答顾况　包佶
　　于越城边枫叶高，楚人书里寄离骚。
　　寒江鸂鶒思侪侣，岁岁临流刷羽毛。

六四　岁日作
　　更劳今日春风至，枯树无枝可寄花。
　　览镜唯看飘乱发，临风谁为驻浮槎？

六五　戏题诸判官厅壁
　　六十老翁无所取，二三君子不相遗。
　　愿留今日交欢意，直到罢官谢病时。

六六　岭下卧疾寄刘长卿员外
　　一片孤帆无四邻，北风吹过五湖滨。
　　相看尽是江南客，独有君为岭外人。

六七　寄杨侍御
　　一官何幸得同时，十载无媒独见遗。
　　今日不论腰下组，请君看取鬓边丝。

六八　朝拜元陵
　　宫前石马对中峰，云里金铺闭几重。
　　不见露盘迎晓日，唯闻木斧叩寒松。

六九　观壁画九想图
　　一世荣枯无异词，百年哀乐又归空。
　　夜阑乌鹊相争处，林下真僧在定中。

七〇　赠窦牟　杨凭
　　直用天才众却瞋，应欺李杜久为尘。
　　南荒不死中华老，别玉翻同西国人。

七一　千叶桃花
　　千叶桃花胜百花，孤荣春晚驻年华。
　　若教避俗秦人见，知向河源旧侣夸。

七二　春中泛舟
　　仙郎归奏过湘东，正值三湘二月中。
　　惆怅满川桃杏醉，醉看还与曲江同。

七三　雨中怨秋
　　辞家远客怆秋风，千里寒云与断蓬。
　　日暮隔山投古寺，钟声何处雨濛濛？

七四　秋日独游曲江
　　信马闲过忆所亲，秋山行尽路无尘。
　　主人莫惜松阴醉，还有千钱沽酒人。

七五　寄别
　　晚烟洲雾共苍苍，河雁惊飞不作行。
　　回斾转舟行数里，歌声犹自逐清湘。

七六　边情
　　新种如今屡请和，玉关边上幸无他。
　　欲知北海苦辛处，看取节毛馀几多。

七七　早发湘中
　　按节鸣笳中贵催，红旌白斾满船开。
　　迎愁溢浦登城望，西见荆门积水来。

七八　海榴
　　海榴殷色透帘笼，看盛看衰意欲同。
　　若许三英随五马，便将浓艳斗繁红。

七九　春情
　　暮雨朝云几日归，如丝如雾湿人衣。
　　三湘二月春光早，莫逐狂风撩乱飞。

八〇　送客往荆州
　　巴丘过日又登城，云水湘东一色平。
　　若爱《春秋繁露》学，正逢元凯镇南荆。

八一　戏赠马炼师
　　心嫌碧落更何从，月破花冠冰雪容。
　　行雨若迷归路处，近前唯见祝融峰。

八二　湘江泛舟
　　湘江洛浦三千里，地角天涯南北遥。
　　除却同倾百壶外，不愁谁奈两魂销。

八三　送别
　　江岸梅花雪不如，看君驿驭向南徐。
　　相闻不必因来雁，云里飞难落素书。

八四　唐昌观玉蕊花　　杨凝
　　瑶华琼蕊种何年？萧史秦嬴向紫烟。
　　时控彩鸾过旧邸，摘花持献玉皇前。

八五　别李协
　　江边日暮不胜愁，送客霑衣江上楼。
　　明月峡添明月照，蛾眉峰似两眉愁。

八六　初次巴陵
　　西江浪接洞庭波，积水遥连天上河。
　　乡信为凭谁寄去？汀洲燕雁渐来多。

八七　上巳
　　帝京元巳足繁华，细管清弦七贵家。
　　此日风光谁不共，纷纷皆是掖垣花。

八八　春怨
　　花满簾栊欲度春，此时夫婿在咸秦。
　　绿窗孤枕难成寐，紫燕双飞似弄人。

八九　送客归常州
　　行到河边从此辞，寒天日远暮帆迟。
　　可怜芳草成衰草，公子归时正绿时。

九〇　送别
　　春愁不尽别愁来，旧泪犹长新泪催。
　　相思傥寄相思子，君别扬州扬子回。

九一　送客入蜀
　　剑阁迢迢梦想间，行人归路绕梁山。
　　明朝骑马摇鞭去，秋雨槐花子午关。

九二　送别
　　仙花笑尽石门中，石室重重掩绿空。
　　暂下云峰能几日，却回烟驾驭春风。

九三　残花
　　五马踟蹰在路岐，南来只为看花枝。
　　莺衔蝶弄红芳尽，此日深闺那得知。

九四　戏赠友人
　　湘阴直与地阴连，此日相逢忆醉年。
　　美酒非如平乐贵，十升不用一千钱。

九五　即事寄人　杨凌
　　中禁鸣钟日欲高，北窗欹枕望频搔。
　　相思寂寞青苔合，唯有春风啼伯劳。

九六　早春雪中
　　新年雨雪少晴时，屡失寻梅看柳枝。
　　乡信忆随回雁早，江春寒带故阴迟。

九七　北行留别
　　日日山川烽火频，山河重起旧烟尘。
　　一生辜负龙泉剑，羞把诗书问故人。

九八　秋原晚望
　　客雁秋来次第逢，家书频寄两三封。
　　夕阳天外云归尽，乱见青山无数峰。

九九　春霁花萼楼南闻宫莺
　　祥烟瑞气晓来轻，柳变花开共作晴。
　　黄鸟远啼鸤鹊观，春风流出凤凰城。

一〇〇　明妃曲
　　汉国明妃去不还，马驮弦管向阴山。
　　匣中虽有菱花镜，羞对单于照旧颜。

一〇一　后魏行　王毂
　　力微皇帝谤天嗣，太武凶残人所畏。
　　一朝殁㱂飞上天，子孙尽作河鱼饵。

一〇二　牡丹
　　牡丹妖艳乱人心，一国如狂不惜金。
　　曷若东园桃与李，果成无语自垂阴。

一○三　秋
　　蝉噪古槐疏叶下，树衔斜日映孤城。
　　欲知潘鬓愁多少？一夜新添白数茎。

一○四　燕
　　海燕双飞意若何？曲梁呕嘎语声多。
　　茅檐不必嫌卑陋，犹胜吴宫燕尔窠。

一○五　梦仙谣三首
　　①前程渐觉风光好，琪花片片粘瑶草。
　　　有人遗我五色丹，一粒吞之后天老。
　　②青童递酒金觞疾，列坐红霞神气逸。
　　　笑说留连数日间，已是人间一千日。
　　③瑶台绛节游皆遍，异果奇花香扑面。
　　　松窗梦觉却神清，残月林前三两片。

一○六　乱后经淮阴岸　朱放
　　荒村古岸谁家在，野水溪云处处愁。
　　唯有河边衰柳树，蝉声相送到扬州。

一○七　别李季兰
　　古岸新花开一枝，岸旁花下有分离。
　　莫将罗袖拂花落，便是行人肠断时。

一○八　九日期登山不得往因赠杨凝
　　欲从携手登高去，一到门前意已无。
　　那得更将头上发，学他年少插茱萸。

一○九　送张山人
　　知君住处足风烟，古寺荒村在眼前。
　　便欲移家逐君去，唯愁未有买山钱。

一一〇　游石涧寺
闻道幽深石涧寺，不逢流水亦难知。
莫道山僧无伴侣，猕猴长在古松枝。

一一一　寻山家　长孙佐辅
独访山家歇还涉，茅屋斜连隔松叶。
主人闻语未开门，绕篱野菜飞黄蝶。

一一二　咏河边枯树
野火烧枝水洗根，数围枯树半心存。
应是无机承雨露，却将春色寄苔痕。

一一三　别友人
愁多不忍醒时别，想极还寻静处行。
谁遣同衾又分手，不如行路本无情。

一一四　祠渔山神女歌二首　王叡
①通草头花柳叶裙，蒲葵树下舞蛮云。
　引领望江遥滴酒，白蘋风起水生文。
②枨枨山响答琵琶，酒湿青莎肉饲鸦。
　树叶无声神去后，纸钱灰出木绵花。

一一五　即事奉呈韦使君　秦系
久卧云间已息机，青袍忽着狎鸥飞。
诗兴到来无一事，郡中今有谢元晖。

一一六　闲居览史
长策胸中不复论，荷衣蓝缕闭柴门。
当时汉祖无三杰，争得咸阳与子孙？

一一七　秋日送僧志幽归山寺
禅室绳床在翠微，松间荷笠一僧归。

　　　　磬声寂历宜秋夜，手冷灯前自衲衣。

一一八　题僧惠明房
　　　　檐前朝暮雨添花，八十胡僧饭一麻。
　　　　入定几时还出定，不知巢燕污袈裟。

一一九　题张道士山居
　　　　盘石垂萝即是家，回头犹看五枝花。
　　　　松间寂寂无烟火，应服朝来一片霞。

一二〇　山中书怀寄张建封大夫
　　　　昨日年催白发新，身如麋鹿不知贫。
　　　　时时亦被群儿笑，赖有南山四老人。

一二一　题洪道士山院
　　　　霞外主人门不扃，数株桃树药囊青。
　　　　闲行池畔随孤鹤，若问多应道姓丁。

一二二　山中赠拾遗耿湋兼存两省故人
　　　　数片荷衣不蔽身，青山白鸟岂知贫。
　　　　如今非是秦时世，更隐桃花亦笑人。

一二三　山中赠诸暨丹丘明府
　　　　荷衣半破带莓苔，笑向陶潜酒瓮开。
　　　　纵醉还须上山去，白云那肯下山来。

一二四　期王炼师不至
　　　　黄精蒸罢洗琼杯，林下从留石上苔。
　　　　昨日围棋未终局，已乘白鹤下山来。

一二五　奉寄画公
　　　　蓑笠双童傍酒船，湖山相引到房前。

芭蕉何事教人见，暂借空床坐守禅。

一二六　宿云门上方
　　禅室遥看峰顶头，白云东去水长流。
　　松间倘许幽人住，不更将钱买沃州。

一二七　晓鸡
　　黯黯严城罢鼓鼙，数声相续出寒栖。
　　不嫌惊破纱窗梦，却恐为妖半夜啼。

一二八　寻龙华山寺广宣上人　段文昌
　　十里惟闻松桂风，江山忽转见龙宫。
　　正与休师方话旧，风烟几度入楼中。

一二九　长门怨三首　刘皂
　①泪滴长门秋夜长，愁心和雨到昭阳。
　　泪痕不学君恩断，拭却千行更万行。
　②宫殿沉沉月欲分，昭阳更漏不堪闻。
　　珊瑚枕上千行泪，不是思君是恨君。
　③蝉鬓慵梳倚帐门，蛾眉不扫惯承恩。
　　旁人未必知心事，一面残妆空泪痕。

一三〇　题都城南庄　崔护
　　去年今日此门中，人面桃花相映红。
　　人面不知何处去，桃花依旧笑春风。

一三一　长门怨　裴交泰
　　自闭长门经几秋，罗衣湿尽泪还流。
　　一种蛾眉明月夜，南宫歌管北宫愁。

一三二　雪席口占　高崇文
　　崇文崇武不崇文，提戈出塞旧从军。

有似胡儿射雁落，白毛空里乱纷纷。

一三三　思归寄灵澈　韦丹
　　　王事纷纷无暇日，浮生冉冉只如云。
　　　已为平子归休计，五老岩前必共闻。

一三四　答澈公
　　　空山泉落松窗静，闲地草生春日迟。
　　　白发渐多身未退，依依常在永禅师。

一三五　赠玉箫青衣名玉指环　韦皋
　　　黄雀衔来已数春，别时留醉赠佳人。
　　　长江不见鱼书至，为遣相思梦入秦。

一三六　游春引三首　张碧
　　①句芒爱弄春风权，开萌发翠无党偏。
　　　句芒小女精神巧，机罗杼绮满平川。
　　②五陵年少轻薄客，蛮锦花多春袖窄。
　　　酎桂鸣金玩物华，星蹄绣毂填香陌。
　　③千条碧绿轻拖水，金毛泣怕春江死。
　　　万汇俱含造化恩，见我春公无私理。

一三七　农父
　　　运锄耕斸侵星起，陇亩丰盈满家喜。
　　　到头禾黍属他人，不知何处抛妻子？

一三八　古意
　　　銮舆不碾香尘灭，更残三十六宫月。
　　　手持纨扇独含情，秋风吹落横波血。

一三九　惜花三首
　　①千枝万枝占春开，彤霞著地红成堆。

一窖闲愁驱不去，殷勤对尔酌金杯。
　②老鸦拍翼盘空疾，准拟浮生如瞬息。
　　　阿母蟠桃香未齐，汉皇骨葬秋山碧。
　③朝开暮落煎人老，无人为报东君道。
　　　留取秾红伴醉吟，莫教少女来吹扫。

一四〇　题画山水　杨汝士
　　太华峰前是故乡，路人遥指读书堂。
　　如今老大骑宫马，羞向关西道姓杨。

一四一　建节后偶作
　　抛却弓刀上砌台，上方台榭与云开。
　　山僧见我衣裳窄，知道新从战地来。

一四二　贺人及第赠营妓红绫
　　郎君得意及青春，蜀国将军又不贫。
　　一曲高歌红一匹，两头娘子谢夫人。

一四三　仲月赏花　韦同则
　　梅花似雪柳含烟，南地风光腊月前。
　　把酒且须拚却醉，风流何必待歌筵。

一四四　九月登高怀友　郑絪
　　簪茱泛菊俯平阡，饮过三杯却惘然。
　　十岁此辰同醉友，登高各处已三千。

一四五　杨柳枝词　滕迈
　　三条陌上拂金羁，万里桥边映酒旗。
　　此日令人肠欲断，不堪将入笛中吹。

一四六　徐州使院作　王智兴
　　平生弓剑自相随，刚被郎宫遣作诗。

江南花柳从君咏，塞北烟尘我自知。

一四七　赠潭州李尚书　舒元舆
　　湘江舞罢忽成悲，便脱蛮靴出绛帷。
　　谁是蔡邕琴酒客？魏公怀旧嫁文姬。

一四八　上蔡抚州　张顶
　　抛却长竿卷却丝，手携蓑笠献新诗。
　　临川太守清如镜，不是渔人下钓时。

一四九　商山四老　蔡京
　　秦末家家思逐鹿，商山四老独忘机。
　　如何鬓发霜相似，更出深山定是非。

一五〇　戏张祜　朱冲和
　　白在东都元已薨，兰台凤阁少人登。
　　冬瓜堰下逢张祜，牛屎堆边说我能。

一五一　遗临平监吏
　　三千里外布干戈，果得鲸鲵入网罗。
　　今日宝刀无杀气，只缘君处受恩多。

一五二　催妆　卢储
　　昔年将去玉京游，第一仙人许状头。
　　今日幸为秦晋会，早教鸾凤下妆楼。

一五三　劝少年　李锜
　　劝君莫惜金缕衣，劝君须惜少年时。
　　有花堪折直须折，莫待无花空折枝。

一五四　游秦别妻　元载
　　年来谁不厌龙钟，虽在侯门似不容。

看取海山寒翠树，苦遭霜霰到秦封。

一五五　怀旧　李章武
水不西归月暂圆，令人怅望古城边。
萧条明早分岐路，知更相逢何岁年？

一五六　赠禅僧
南宗尚许通方便，何处心中更有经？
好去苾蒭云水畔，何山松柏不青青。

一五七　题巫山庙　繁知一
忠州刺史今才子，行到巫山必有诗。
为报高唐神女道，速排云雨候清词？

一五八　宫词　长孙翱
一道甘泉接御沟，上皇行处不曾秋。
谁言水是无情物，也到宫前咽不流。

一五九　题越王台　崔子向
越井冈头松柏老，越王台上生秋草。
古木多年无子孙，牛羊践踏成官道。

一六〇　上鲍大夫
行尽江南塞北时，无人不诵鲍家诗。
东堂桂树何年折？直至如今少一枝。

一六一　江上得芙蓉　崔希丹
物触轻舟心自知，风恬烟尽月光微。
夜深江上解愁思，拾得红蕖香惹衣。

一六二　赠韦氏女　郑德璘
纤手垂钩对水窗，红蕖秋色艳长江。

既能解珮投交甫，更有明珠乞一双。

一六三　弔江姝二首
　　①湖面征帆且莫吹，浪花初绽月光微。
　　　沉潜暗想横波泪，得共鲛人相对垂。
　　②洞庭风软荻花秋，新没青娥细浪愁。
　　　泪滴白蘋君不见，月明江上有轻鸥。

一六四　讥张延赏　郭圆
　　宣父从周又过秦，昔贤谁少出风尘。
　　当时亦讶张延赏，不识韦皋是贵人。

一六五　题汉州西湖　严公弼
　　西湖创置自房公，心匠纵横造化同。
　　见说凤池推独步，高名何事滞川中。

一六六　湖州贡焙新茶　张文规
　　凤辇寻春半醉回，仙娥进水御簾开。
　　牡丹花笑金铺动，传奏吴兴紫笋来。

一六七　赠红绡妓　崔生
　　误到蓬莱顶上游，明珰玉女动星眸。
　　朱扉半掩深宫月，应照琼枝雪艳愁。

一六八　九老会　卢贞
　　眼暗头旋耳重听，惟馀心口尚醒醒。
　　今朝欢喜缘何事？礼彻佛名百部经。

一六九　诏取永丰坊柳植禁苑
　　一树依依在永丰，两枝飞去杳无踪。
　　玉皇曾采人间曲，应逐歌声入九重。

一七〇　寄李十员外　王仲舒
　　百丈悬泉旧卧龙，欲将肝胆赞时雍。
　　唯愁又入烟霞去，知在庐峰第几重？

一七一　题李宾客旧居　李虞
　　逢时不得致升平，岂是明君忘姓名？
　　眼暗发枯缘世事，今来无泪哭先生。

一七二　赠去婢　崔郊
　　公子王孙逐后尘，绿珠垂泪满罗巾。
　　侯门一入深如海，从此萧郎是路人。

一七三　河阳桥送别　柳谈
　　黄河流出有浮桥，晋国归人此路遥。
　　若傍栏干千里望，北风驱马雨萧萧。

一七四　征人怨
　　岁岁金河复玉关，朝朝马策与刀环。
　　三春白草归青冢，万里黄河绕黑山。

一七五　梁州曲二首
　①关山万里远征人，一望关山泪满巾。
　　清海戍头空有月，黄沙碛里本无春。
　②高槛连天望武威，穷阴拂地戍金微。
　　九城弦管声遥发，一夜关山雪满飞。

一七六　喜韩少府见访　胡幽贞
　　忽闻梅福来相访，笑着荷衣出草堂。
　　儿童不惯见车马，走入芦花深处藏。

一七七　观诸妓绣样
　　日暮堂前花蕊娇，争拈小笔上床描。

绣成安向春园里，引得黄莺下柳条。

一七八　小儿垂钓
蓬头稚子学垂纶，倒坐莓苔草映身。
路人借问遥招手，恐畏鱼惊不应人。

一七九　葬宝鸡行路士人　寥有方
嗟君没世委空囊，几度劳心翰墨场。
半面为君申一恸，不知何处是家乡。

一八〇　春雪　焦郁
春雪空濛帘外斜，霏微半入野人家。
长天远树山山白，不辨梅花与柳花。

一八一　题桐树咏度支杂事典　骆濬
干笏一条青玉直，叶铺千叠绿云低。
争如燕雀偏巢此，却是鸳鸯不得栖。

一八二　元白席上　李昇
生在儒家偶太平，玄纁重滞布衣轻。
谁能世路趋名利，臣事玉皇归上清。

一八三　题长安西端正树　奉天文士
背日偏沾雨露荣，德皇西幸赐佳名。
马嵬去此无多地，合向杨妃冢上生。

一八四　陪吕使君楼上夜看花　段弘吉
城上芳园花满枝，城头太守夜看时。
为报林中高举烛，感人情思欲题诗。

一八五　又（九成宫）　李甘
中原无鹿海无波，凤辇鸾旗出幸多。

今日故宫归寂寞，太平功业在山河。

一八六　题中峰　费冠卿
中峰高拄沉寥天，上有茅庵与石泉。
晴景猎人曾望见，青蓝色里一僧禅。

一八七　以拾遗召不起赋诗
君亲同是先王道，何时骨肉一处老？
也知臣不合佐时，自古荣华谁可保？

一八八　征拜拾遗书情二首
①拾遗帝侧知难得，官紧才微恐不胜。
　好是中朝绝亲友，九华山下诏来征。
②三千里外一微臣，二十年来任运身。
　今日忽蒙天子召，自惭惊动国中人。

一八九　送咸安公主　孙叔向
卤簿迟迟出国门，汉家公主嫁乌孙。
玉颜使向穹庐去，卫霍空承明主恩。

一九〇　偶书　刘叉
日出扶桑一丈高，人间万事细如毛。
野夫怒见不平事，磨损胸中万古刀。

一九一　观八骏图
穆王八骏走不歇，海行去寻长日月。
五云望断阿母宫，归来落得新白发。

一九二　天津桥
洛阳宫阙照天地，四面山川无毒气。
谁令汉祖都秦关，从此奸雄转相炽。

一九三　野哭
　　棘针生狞义路间，野泉相弔声潺潺。
　　哀哉异教溺顽俗，淳源一去何时还？

一九四　立春后作　王初
　　东君珂珮响珊珊，青驭多时下九关。
　　方信玉霄千万里，春风犹未到人间。

一九五　梅花二首
　　①应为阳春信未传，固将清艳属残年。
　　　东君欲待寻佳约，剩寄衣香与粉绵。
　　②迎春雪艳飘零极，度夕蟾华掩映多。
　　　欲托清香传远信，一枝无计奈愁何。

一九六　春日咏梅花二首
　　①靓妆才罢粉痕新，逗晓风回散玉尘。
　　　若遣有情应怅望，已兼残雪又兼春。
　　②青帝来时值远芳，残花残雪尚交光。
　　　来年拟待春消息，得见春风已断肠。

一九七　即夕二首
　　①榆叶飘零碧汉流，玉蟾珠露两清秋。
　　　仙家若有单栖恨，莫向银台半夜游。
　　②风幌凉生白夹衣，星榆才乱绛河低。
　　　月明休近相思树，恐有韩冯一处栖。

一九八　送陈校勘入宿
　　日落风回卷碧霓，方蓬一夜拆龙泥。
　　银台级级连清汉，桂子香浓月杵低。

一九九　早春咏雪
　　句芒宫树已先开，珠蕊琼花斗剪裁。
　　散作上林今夜雪，送教春色一时来。

二〇〇　望雪
　　银花珠树晓来看，宿酒初醒一倍寒。
　　已似王恭披鹤氅，凭栏仍是玉栏干。

二〇一　雪霁
　　星榆叶叶昼离披，云粉千重凝不飞。
　　昆玉楼台珠树密，夜来谁向月中归？

二〇二　舟次汴堤
　　曲岸兰丛雁飞起，野客维舟碧烟里。
　　竿头五两转天风，白日杨花满流水。

二〇三　题侯仙亭　沈亚之
　　新创山亭覆石坛，雕梁峻宇入云端。
　　岭北啸猿高枕听，湖南山色卷簾看。

二〇四　送庞子肃
　　三年游宦也迷津，马困长安九陌尘。
　　都作无成不归去，古来妻嫂笑苏秦。

二〇五　梦游秦宫
　　君王多感放东归，从此秦宫不复期。
　　春景似伤秦丧主，落花如雨泪胭脂。

二〇六　嘲郭凝素　朱泽
　　三春桃李本无言，苦被残阳乌雀喧。
　　借问东邻效西子？何如郭素拟王轩。

二〇七　咏和亲　苏郁
　　关月夜悬青冢镜，塞云秋薄汉宫罗。
　　君王莫信和亲策，生得胡雏虏更多。

二〇八　鹦鹉词
　　莫把金笼闭鹦鹉，个个分明解人语。
　　忽然更向君前言，三十六宫愁几许？

二〇九　步虚词
　　十二楼藏玉堞中，凤凰双宿碧芙蓉。
　　流霞浅酌谁同醉，今夜笙歌第几重？

二一〇　古词　卫象
　　鹊血雕弓湿未干，鹧鸪新淬剑光寒。
　　辽东老将鬓成雪，犹向旄头夜夜看。

二一一　惆怅词十二首　亡名氏
　①八蚕薄絮鸳衾绮，半夜佳期并枕眠。
　　钟动红娘唤归去，对人匀泪拾金钿。
　②李夫人病已经秋，汉武观〔看〕来不举头。
　　得宠〔所得〕秾华消歇尽，楚魂湘血一生休。
　③谢家池馆花笼月，萧寺房廊竹飐风。
　　半夜酒醒凭槛立，所思多在别离中。
　④隋师战舰欲亡陈，国破终难保此身。
　　诀别徐郎泪如雨，鉴鸾分后属何人？
　⑤七夕琼筵随事陈，兼花连蒂共伤神。
　　蜀王殿里三更月，不见骊山私语人。
　⑥夜寒春病不胜怀，玉瘦花啼万事乖。
　　薄幸檀郎断芳信，惊嗟犹梦合欢鞋。

⑦呜咽离声管吹秋,妾身今日为君休。
　齐奴不说平生事,忍看花枝谢玉楼。
⑧青丝一路堕云鬟,金剪刀鸣不忍看。
　持谢君王寄幽怨,可能从此住人间。
⑨陈宫兴废事难期,三阁空馀绿草基。
　狎客沦亡丽华死,他年江令独来时。
⑩晨肇重来路已迷,碧桃花谢武陵溪。
　仙山目断无寻处,流水潺湲日渐西。
⑪少卿降北子卿还,朔野离觞惨别颜。
　却到茂陵惟一恸,节毛零落鬓毛斑。
⑫梦里分明入汉宫,觉来灯背锦屏空。
　紫台月落关山晓,肠断君王信画工。

二一二　举子骑驴　无名子
　今年敕下尽骑驴,短肯长鞯遍九衢。
　清瘦儿郎犹自可,就中愁杀郑昌图。

二一三　题西明院房
　姚家新婿是房郎,未解芳颜意欲狂。
　见说正调穿羽箭,莫教射破寺家墙。

二一四　咏李逢吉取寒素
　元和天子丙申年,三十三人同得仙。
　袍似烂银文似锦,相将白日上青天。

第二十八卷　七言一十八　晚唐一

（共二百八十七首）

一　上元日二首　文宗（李昂）
　　①上元高会集群仙，心斋何事欲祈年？
　　　丹诚傥彻玉帝座，且共吾人庆大田。
　　②冥生三五叶初齐，上元羽客出桃蹊。
　　　不爱仙家登真诀，愿蒙四海福黔黎。

二　题泾县水西寺　宣宗（李忱）
　　大殿连云接赏溪，钟声还与鼓声齐。
　　长安若问江南事，说道风光在水西。

三　代宫嫔　柳公权
　　不分前时忤主恩，已甘寂寞守长门。
　　今朝却得君王顾，重入椒房拭泪痕。

四　霜月　李商隐
　　初闻征雁已无蝉，百尺楼南水接天。
　　青女素娥俱耐冷，月中霜里斗婵娟。

五　人欲
　　人欲天从竟不疑，莫言圆盖便无私。
　　秦中已久乌头白，却是君王未备知。

六　华山题王母祠
　　莲华峰下锁雕梁，此去瑶池地共长。
　　好为麻姑到东海，劝栽黄竹莫栽桑。

七　华清宫二首
　　①华清恩幸古无伦，犹恐蛾眉不胜人。
　　　未免被他褒女笑，只教天子暂蒙尘。
　　②朝元阁迥羽衣新，首按昭阳第一人。
　　　当日不来高处舞，可能天下有胡尘？

八　北齐二首
　　①一笑相倾国便亡，何劳荆棘始堪伤。
　　　小怜玉体横陈夜，已报周师入晋阳。
　　②巧笑知堪敌万机，倾城最在着戎衣。
　　　晋阳已陷休回顾，更请君王猎一围。

九　复京
　　虏骑胡兵一战摧，万灵回首贺轩台。
　　天教李令心如日，可要昭陵石马来？

一〇　浑河中
　　九庙无尘八马回，奉天城垒长春苔。
　　咸阳原上英雄骨，半向君家养马来。

一一　咸阳
　　咸阳宫阙蔚嵯峨，六国楼台艳绮罗。
　　自是当时秦帝醉，不关天地有山河。

一二　同崔八诣药山访融禅师
　　共受征南不次恩，报恩唯是有忘言。
　　岩花涧草西林路，未见高僧且见猿。

一三　夜雨寄内
　　　君问归期未有期，巴山夜雨涨秋池。
　　　何当共剪西窗烛，却话巴山夜雨时。

一四　石榴
　　　榴枝婀娜榴实繁，榴膜轻明榴子鲜。
　　　可羡瑶池碧桃树，碧桃红颊一千年。

一五　初起
　　　想象咸池日欲光，五更钟后更回肠。
　　　三年苦雾巴江水，不为离人照屋梁。

一六　宿骆氏亭寄怀崔雍
　　　竹坞无尘水槛清，相思迢递隔重城。
　　　秋阴不散霜飞晚，留得枯荷听雨声。

一七　梦泽
　　　梦泽悲风动白茅，楚王葬尽满城娇。
　　　未知歌舞能多少？虚减宫厨为细腰。

一八　赠歌妓二首
　　　①水精如意玉连环，下蔡城危莫破颜。
　　　　红绽樱桃舍白雪，断肠声里唱阳关。
　　　②白日相思不奈何，严城清夜断经过。
　　　　只知解道春来瘦，不道春来独自多。

一九　寄令狐郎中
　　　嵩云秦树久离居，双鲤迢迢一纸书。
　　　休问梁园旧宾客，茂陵秋雨病相如。

二〇　漫成
　　　不妨何范尽诗家，未解当年重物华。

远把龙山千里雪，将来拟并洛阳花。

二一　无题
　　　白道萦回入暮霞，班骓嘶断七香车。
　　　春风自共何人笑，枉破阳城十万家。

二二　杜司勋
　　　高楼风雨感斯文，短翼差池不及群。
　　　刻意伤春复伤别，人间惟有杜司勋。

二三　岳阳楼二首
　　①欲为平生一散愁，洞庭湖上岳阳楼。
　　　可怜万里堪乘兴，枉是蛟龙解覆舟。
　　②汉水方城带百蛮，四邻谁道乱周班。
　　　如何一梦高唐雨，自此无心入武关。

二四　寄成都二从事
　　　家近红渠曲水滨，全家罗袜起秋尘。
　　　莫将越客千丝网，网得西施别赠人。

二五　屏风
　　　六曲连环接翠帷，高楼半夜酒醒时。
　　　掩灯遮雾密如此，雨落月明俱不知。

二六　春日
　　　欲入卢家白玉堂，新春催破舞衣裳。
　　　蝶衔花蕊蜂衔粉，共助青楼一日忙。

二七　赠白道者
　　　十二楼前再拜辞，灵风正满碧桃枝。
　　　壶中若是有天地，又向壶中伤别离。

二八　无题

闻道阊门萼绿华，昔年相望抵天涯。
岂知一夜秦楼客，偷看吴王苑内花。

二九　汉宫词

青雀西飞竟未回，君王长在集灵台。
侍臣最有相如渴，不赐金茎露一杯。

三〇　蝶二首

①长眉画了绣簾开，碧玉行收白玉台。
　为问翠钗钗上凤，不知香颈为谁回？
②寿阳公主嫁时妆，八字宫眉捧额黄。
　见我佯羞频照影，不知身属冶游郎。

三一　隋宫

乘兴南游不戒严，九重谁省谏书函。
春风举国裁宫锦，半作障泥半作帆。

三二　代应

沟水分流西复东，九秋霜月五更风。
离鸾别凤今何在？十二玉楼空复空。

三三　席上作

淡云轻雨拂高唐，玉殿秋来夜正长。
料得也应怜宋玉，一生唯事楚襄王。

三四　访隐者不遇成二绝

①秋水悠悠浸墅扉，梦中来数觉来希。
　玄蝉声尽黄叶落，一树冬青人未归。
②城郭休过识者希，哀猿啼处有柴扉。
　沧江白石樵渔路，日暮归来雨满衣。

三五　破镜
　　玉匣清光不复持,菱花散乱月轮亏。
　　秦台一照山鸡后,便是孤鸾罢舞时。

三六　无题
　　紫府仙人号宝灯,云浆未饮结成冰。
　　如何云月交光夜,更在瑶台十二层。

三七　赠庾十二朱版
　　固漆投胶不可开,赠君珍重抵琼瑰。
　　君王晓坐金銮殿,只待相如草诏来。

三八　柳三首
　　①曾逐东风拂舞筵,乐游春苑断肠天。
　　　如何肯到清秋日,已带斜阳又带蝉。
　　②为有桥边拂面香,何曾自敢占流光。
　　　后庭玉树承恩泽,不信年华有断肠。
　　③柳映江潭底有情,望中频遣客心惊。
　　　巴雷隐隐千山外,更作章台走马声。

三九　三月十日流杯亭
　　身属中军少得归,木兰花尽失春期。
　　偷随柳絮到城外,行过水西闻子规。

四〇　过招国李家南园二首
　　①潘岳无妻客为愁,新人来坐旧妆楼。
　　　春风犹自疑联句,雪絮相和飞不休。
　　②长亭岁尽雪如波,此去秦关路几多?
　　　唯有梦中相近分,卧来无睡欲如何?

四一　无题二首
　　①待得郎来月已低，寒暄不道醉如泥。
　　　五更又欲向何处？骑马出门乌夜啼。
　　②户外重阴黯不开，含羞迎夜复临台。
　　　潇湘浪上有烟景，安得好风吹汝来。

四二　为有
　　为有云屏无限娇，凤城寒尽怕春宵。
　　无端嫁得金龟婿，辜负香衾事早朝。

四三　公子
　　外戚封侯自有恩，平明通籍九华门。
　　金唐公主年应小，二十君王未许婚。

四四　鸡
　　稻粱犹足活诸雏，妒敌专场好自娱。
　　可要五更惊稳梦，不辞风雪为阳乌。

四五　壬申闰秋题赠乌鹊
　　绕树无依月正高，邺城新泪溅云袍。
　　几年始得逢秋闰，两度填河莫告劳。

四六　端居
　　远书归梦两悠悠，只有空床敌素秋。
　　阶下青苔与红树，雨中寥落月中愁。

四七　夜半
　　三更三点万家眠，露欲为霜月堕烟。
　　斗鼠上床蝙蝠出，玉琴时动倚窗弦。

四八　饮席代官妓赠两从事
　　新人桥上着春衫，旧主江边侧帽檐。

愿得化为红绶带，许教双凤一时衔。

四九　代魏宫私赠
　　来时西馆阻佳期，去后漳河隔梦思。
　　知有虙妃无限意，春松秋菊可同时。

五〇　代元城吴令暗为答
　　背阙归藩路欲分，水边风日半西曛。
　　荆王枕上元无梦，莫枉阳台一片云。

五一　咏史
　　北湖南埭水漫漫，一片降旗百尺竿。
　　三百年间同晓梦，钟山何处有龙盘？

五二　日射
　　日射纱窗风撼扉，香罗掩手春事违。
　　回廊四合掩寂寞，碧鹦鹉对红蔷薇。

五三　题鹅
　　眠沙卧水自成群，曲岸残阳极浦云。
　　那解将心怜孔翠，羁雌长共故雄分。

五四　梓潼
　　梓潼不见马相如，更欲南行问酒垆。
　　行到巴西觅谯秀，巴西唯是有寒芜。

五五　青陵台
　　青陵台畔日光斜，万古贞魂倚暮霞。
　　莫许韩凭为蛱蝶，等闲飞上别枝花。

五六　东还
　　自有仙才自不知，十年长梦采华芝。

秋风动地黄云暮，归去嵩阳寻旧师。

五七　汉宫
　　通灵夜醮达清晨，承露盘晞甲帐春。
　　王母西归方朔去，更须重见李夫人。

五八　江东
　　惊鱼泼〔拨〕剌燕翩翾，独自江东上钓船。
　　今日春光太漂荡，谢家轻絮沈郎钱。

五九　灞岸
　　山东今岁点行频，几处冤魂哭虏尘。
　　灞水桥边倚华表，平时二月有东巡。

六〇　送臻师二首
　　①昔去灵山非拂席，今来沧海欲求珠。
　　　楞伽顶上清凉地，善眼仙人忆我无？
　　②苦海迷途去未因，东方过此几微尘。
　　　何当百亿莲花上，一一莲花见佛身。

六一　七夕
　　鸾扇斜分凤幄开，星桥横过鹊飞回。
　　争将世上无期别，换得年年一度来。

六二　马嵬
　　冀马燕犀动地来，自埋红粉自成灰。
　　君王若道能倾国，玉辇何由过马嵬？

六三　望喜驿别嘉陵江水二绝
　　①嘉陵江水此东流，望喜楼中忆阆州。
　　　若到阆州还赴海，阆州应更有高楼。
　　②千里嘉陵江水色，含烟带月碧于蓝。

今朝相送东流后，犹自驱车更向南。

六四　赠宇文中丞
欲构中天正急材，自缘烟水恋平台。
人间只有嵇延祖，最望山公启事来。

六五　闺情
红露花房白蜜脾，黄蜂紫蝶两参差。
春窗一觉风流梦，却是同袍不得知。

六六　月夕
草下阴虫叶上霜，朱阑迢递压湖光。
兔寒蟾冷桂花白，此夜姮娥应断肠。

六七　代应
本来银汉是红墙，隔得卢家白玉堂。
谁与王昌报消息，尽知三十六鸳鸯。

六八　折杨柳二首
①暂凭尊酒送无憀，莫损愁眉与细腰。
　人世死前惟有别，春风争拟惜长条。
②含烟惹雾每依依，万绪千条拂落晖。
　为报行人休尽折，半留相送半迎归。

六九　寄道士
共上云山独下迟，阳台白道细如丝。
君今并倚三珠树，不记人间落叶时。

七〇　荆山
压河连华势巉岩，鸟没云归一望间。
杨仆移关三百里，可能全是为荆山。

七一　次陕州
　　离思羁愁日欲晡，东周西雍此分途。
　　回銮佛寺高多少，望尽黄河一曲无。

七二　过郑广文旧居
　　宋玉平生恨有馀，远循三楚吊三闾。
　　可怜留着临江宅，异代应教庾信居。

七三　东下三旬苦于风土
　　路绕函关东复东，身骑征马逐惊蓬。
　　天池辽阔谁相待？日日虚乘九万风。

七四　莫愁
　　雪中梅下与谁期？梅雪相兼一万枝。
　　若是石城无艇子，莫愁还自有愁时。

七五　梦令狐学士
　　山驿荒凉白竹扉，残灯向晓梦清晖。
　　右银台路雪三尺，凤诏裁成当直归。

七六　涉洛川
　　通谷阳林不见人，我来遗恨古时春。
　　虙妃漫结无穷恨，不为君王杀灌均。

七七　有感
　　中路因循我所长，古来才命两相妨。
　　劝君莫强安蛇足，一盏芳醪不得尝。

七八　宫妓
　　珠箔轻明拂玉墀，披香新殿斗腰支。
　　不须看尽鱼龙戏，终遣君王怒偃师。

七九　宫词
　　君恩如水向东流，得宠忧移失宠愁。
　　莫向尊前奏花落，凉风只在殿西头。

八〇　代赠二首
　　①楼上黄昏欲望休，玉梯横绝月中钩。
　　　芭蕉不展丁香结，同向春风各自愁。
　　②东南日出照高楼，楼上离人唱《石州》。
　　　总把春山扫眉黛，不知供钱几多愁？

八一　楚吟
　　山上离宫宫上楼，楼前宫畔暮江流。
　　楚天长短黄昏雨，宋玉无愁亦自愁。

八二　瑶池
　　瑶池阿母绮窗开，黄竹歌声动地哀。
　　八骏日行三万里，穆王何事不重来？

八三　寄在朝四同年
　　昔岁陪游旧迹多，风光今日两蹉跎。
　　不因醉草兰亭在，兼忘当年旧永和。

八四　南朝
　　地险悠悠天险长，金陵王气应瑶光。
　　休夸此地分天下，只得徐妃半面妆。

八五　题汉祖庙
　　乘运应须宅八荒，男儿安在恋池隍。
　　君王自起新丰后，项羽何曾在故乡。

八六　韩冬郎即席为诗相送寄酬二首
　　①十岁裁诗走马成，冷灰残烛动离情。

桐花万里丹山路，维凤清于老凤声。
　　②剑栈风樯各苦辛，别时冰雪到时春。
　　　为凭何逊休联句，瘦尽东阳姓沈人。

八七　答寄饧粥
　　　粥香饧白杏花天，省对流莺坐绮筵。
　　　今日寄来春已老，凤楼迢递忆秋千。

八八　东阿王
　　　国事分明属灌均，西陵魂断断来人。
　　　君王不得为天子，半为当时赋洛神。

八九　过景陵
　　　武皇精魄久仙升，帐殿凄凉烟雾凝。
　　　惧是苍生留不得，鼎湖何异魏西陵。

九〇　板桥晓别
　　　回望高城落晓河，长亭窗户压微波。
　　　水仙欲上鲤鱼去，一夜芙蓉红泪多。

九一　关门柳
　　　永定河边一行柳，依依长发故年春。
　　　东来西去人情薄，不为清阴减路尘。

九二　楚宫
　　　十二峰前落照微，高唐宫暗坐迷归。
　　　朝云暮雨长相接，犹自君王恨见稀。

九三　夕阳楼
　　　花明柳暗绕天愁，上尽重城更上楼。
　　　欲问孤鸿向何处？不知身世自悠悠。

九四　鸳鸯
　　雌去雄飞万里天，云罗满眼泪潸然。
　　不须长结风波愿，锁向金笼始两全。

九五　妓席送独孤云之武昌
　　迭嶂千重叫恨猿，长江万里洗离魂。
　　武昌若有山头石，为拂苍苔检泪痕。

九六　武夷山
　　只得流霞酒一杯，空中箫鼓当时回。
　　武夷洞里生毛竹，老尽曾孙更不来。

九七　一片
　　一片琼英价动天，连城十二昔虚传。
　　良工巧费真为累，楮叶成来不值钱。

九八　寄成都二从事
　　红莲幕下紫梨新，命断湘南病渴人。
　　今日问君能寄否？二江风水接天津。

九九　西南行却寄相送者
　　百里阴云覆雪泥，行人只在雪云西。
　　明朝惊破还乡梦，定是陈仓碧野鸡。

一〇〇　四皓庙二首
　　①羽翼殊勋弃若遗，皇天有运我无时。
　　　庙前便接山门路，不长青松长紫芝。
　　②本为留侯慕赤松，汉庭方识紫芝翁。
　　　萧何只解追韩信，岂得虚当第一功？

一〇一　平公门下
　　梁山兖水约从公，两地差池一旦空。

谢墅庾村相弔后,自今歧路更西东。

一〇二　谢书
　　微意何曾有一毫,空携笔砚奉龙韬。
　　自蒙半夜传衣后,不羡王祥得佩刀。

一〇三　齐宫词
　　永寿兵来夜不扃,金莲无复印中庭。
　　梁台歌管三更罢,犹自风摇九子铃。

一〇四　夜吟
　　树绕池宽月影多,村砧岛笛隔风萝。
　　西亭翠被馀香薄,一夜将愁向败荷。

一〇五　读任彦昇碑
　　任昉当年有美名,可怜才调最纵横。
　　梁台初建应惆怅,不得萧公作骑兵。

一〇六　江上忆严五
　　征南幕下带长刀,梦笔深藏五色毫。
　　逢着澄江不敢咏,镇西留与谢功曹。

一〇七　华州周大夫宴席
　　郡斋何用酒如泉,饮德先时已醉眠。
　　若共门人推礼分,戴崇争得及彭宣。

一〇八　相思
　　相思树上合欢枝,紫凤青鸾并羽仪。
　　肠断秦台吹管客,日西春尽到来迟。

一〇九　送郑大南觐
　　黎辟滩声五月寒,南风无处附平安。

君怀一匹胡威绢，争拭酬恩泪得干。

一一〇　旧顿
东人望幸久咨嗟，四海于今是一家。
犹锁平时旧行殿，尽无宫户有宫鸦。

一一一　代董秀才却扇
莫将画扇出帷来，遮掩春山滞上才。
若道团圆是明月，此中须放桂花开。

一一二　有感
非关宋玉有微词，却是襄王梦觉迟。
一自高唐赋成后，楚天云雨尽堪疑。

一一三　骊山有感
骊岫飞泉泛暖香，九龙呵护玉莲房。
平明每幸长生殿，不从金舆唯寿王。

一一四　别智玄法师
云鬓无端怨别离，十年移易住山期。
东西南北皆垂泪，却是杨朱真本师。

一一五　赠孙绮新及第
长乐遥听上苑钟，彩衣称庆桂香浓。
陆机始拟夸《文赋》，不觉云间有士龙。

一一六　忆崇文馆诸校书
清切曹司近玉除，比来秋兴复何如？
崇文馆里飞霜后，无限红梨忆校书。

一一七　乱石
虎踞龙蹲纵复横，星光渐减水痕生。

不须并碍东西路,哭杀厨头阮步兵。

一一八　春光
日日春光斗日光,山城斜路杏花香。
几时心绪浑无事,得及游丝百尺长。

一一九　过楚宫
巫峡迢迢旧楚宫,至今云雨暗丹枫。
微生尽恋人间乐,只有襄王忆梦中。

一二〇　龙池
龙池赐酒敞云屏,羯鼓声高众乐停。
夜半宴归宫漏永,薛王沉醉寿王醒。

一二一　即日
小鼎煎茶面曲池,白须道士竹间棋。
何人书破蒲葵扇,记得南塘移树时。

一二二　吴宫
龙槛沉沉水殿清,禁门深掩断人声。
吴王宴罢满宫醉,日暮水漂花出城。

一二三　嫦娥
云母屏风烛影深,长河渐落晓星沉。
嫦娥应悔偷灵药,碧海青天夜夜心。

一二四　残花
残花啼露莫留春,尖鬓谁非怨别人。
若但掩关劳独梦,瑶钗何日不生尘。

一二五　天津西望
虏马崩腾忽一狂,翠华无日到东方。

天津西望肠真断,满眼秋波出苑墙。

一二六　西亭
此夜西亭月正圆,疏簾相伴宿风烟。
梧桐莫更翻清露,孤鹤从来不得眠。

一二七　忆住一师
无事经年别远公,帝城钟晓忆西峰。
炉烟销尽寒灯晦,童子开门雪满松。

一二八　昨夜
不辞鷤鳩妒年芳,但惜流尘暗烛房。
昨夜西池凉露满,桂华吹断月中香。

一二九　海客
海客乘槎上紫氛,星娥罢织一相闻。
只应不惮牵牛妒,聊用支矶石赠君。

一三○　初食笋
嫩籜香苞初出林,於陵论价重如金。
皇都陆海应无数,忍翦凌云一寸心。

一三一　寄蜀客
君到临邛问酒垆,近来还有长卿无？
金徽却是无情物,不许文君忆故夫。

一三二　海上
石桥东望海连天,徐福空来不得仙。
直遣麻姑与搔背,可能留命待桑田？

一三三　白云夫旧居
平生误识白云夫,再到仙檐忆酒垆。

墙外万株人迹绝，夕阳唯照欲栖乌。

一三四　同学彭道士参寥
　　莫羡仙家有上真，仙家暂谪亦千春。
　　月中桂树高多少，试问西河斫树人。

一三五　到秋
　　扇风淅沥簟流漓，万里南云滞所思。
　　守到清秋还寂寞，叶丹苔碧闭门时。

一三六　华师
　　孤鹤不睡云无心，衲衣邛杖来西林。
　　院门昼锁回廊静，秋日当阶柿叶阴。

一三七　华岳下题西王母庙
　　神仙有分岂关情，八马虚追落日行。
　　莫恨名姬中夜没，君王犹自不长生。

一三八　过华清内厩门
　　华清别馆闭黄昏，碧草悠悠内厩门。
　　自是明时不巡幸，至今青海有龙孙。

一三九　乐游原
　　万树鸣蝉隔断虹，乐游原上有西风。
　　羲和自趁虞泉宿，不放斜阳更向东。

一四〇　丹丘
　　青女丁宁结夜霜，羲和辛苦送朝阳。
　　丹丘万里无消息，几对梧桐忆凤凰。

一四一　凤
　　万里峰峦归路迷，未判容彩借山鸡。

新春定有将雏乐，阿阁华池两处栖。

一四二　游曲江
　　十顷平波溢岸清，病来唯梦此中行。
　　相如未是真消渴，犹放沱江过锦城。

一四三　樱桃花下
　　流莺舞蝶两相欺，不取花芳正结时。
　　他日未开今日谢，嘉辰长短是参差。

一四四　故驿迎吊故桂府常侍
　　饥乌翻树晚鸡啼，泣过秋原没马泥。
　　二纪征南恩与旧，此时丹旐玉山西。

一四五　槿花
　　风露凄凉秋景繁，可怜荣落在朝昏。
　　未央宫里三千女，但保红颜莫保恩。

一四六　暮秋独游曲江
　　荷叶生时春恨生，荷叶枯时秋恨成。
　　深知身在情长在，怅望江头江水声。

一四七　任洪农尉献州刺史乞假归京
　　黄昏封印点刑徒，愧负荆山入座隅。
　　却羡卞和双刖足，一生无复没阶趋。

一四八　赠勾芒神
　　佳期不定春期赊，春物夭阏兴咨嗟。
　　愿得勾芒索青女，不教容易损年华。

一四九　月夜重寄宋华阳姊妹
　　偷桃窃药事难兼，十二城中锁彩蟾。

　　　　应共三英同夜赏，玉楼仍是水精簾。

一五〇　访人不遇
　　　卿卿不惜琐窗春，去作长楸走马身。
　　　闲倚绣簾吹柳絮，日高深院断无人。

一五一　雨中送客不及
　　　碧云东去雨云西，苑路高高驿路低。
　　　秋水绿芜终尽分，夫君太骋锦障泥。

一五二　池边
　　　玉琯葭灰细细吹，流莺上下燕参差。
　　　日西偏绕池边树，忆把枯条撼雪时。

一五三　送王十三校书分司
　　　多少分曹掌秘文，洛阳花雪梦随君。
　　　定知何逊缘联句，每到城东忆范云。

一五四　寄恼韩同年二首
　　①簾外辛夷定已开，开时莫放艳阳回。
　　　年华若到经风雨，便是胡僧话劫灰。
　　②龙山晴雪凤楼霞，洞里迷人有几家？
　　　我为伤春心自醉，不劳君劝石榴花。

一五五　谒山
　　　从来系日乏长绳，水去云回恨不胜。
　　　欲就麻姑买沧海，一杯春露冷如冰。

一五六　钧天
　　　上帝钧天会众灵，昔人因梦到青冥。
　　　伶伦吹裂孤生竹，却为知音不得听。

一五七　失猿
　　祝融南去万重云，清啸无因更一闻。
　　莫遣碧江通箭道，不教肠断忆同群。

一五八　戏题友人壁
　　花径逶迤柳巷深，小栏亭午转春禽。
　　相如解作《长门赋》，却用文君取酒金。

一五九　寄远
　　姮娥捣药无时已，玉女投壶未肯休。
　　何日桑田俱变了，不教伊水更东流。

一六〇　王昭君
　　毛延寿画欲通神，忍为黄金不为人。
　　马上琵琶行万里，汉宫长有隔生春。

一六一　旧将军
　　云台高议正纷纷，谁定当时荡寇勋？
　　日暮灞阳原上猎，李将军是旧将军。

一六二　曼倩词
　　十八年来堕世间，瑶池归梦碧桃闲。
　　如何汉殿穿针夜，又向窗中觑阿环？

一六三　李卫公
　　绛纱弟子音尘绝，鸾镜佳人旧会稀。
　　今日致身歌舞地，木绵花暖鹧鸪飞。

一六四　韦蟾
　　谢家离别正凄凉，少傅临歧赌佩囊。
　　却忆短亭回首处，夜来烟雨满池塘。

一六五　漫成五章
　　①沈宋裁词矜变律，王杨落笔得良朋。
　　　当时自谓宗师妙，今日唯观对属能。
　　②李杜操持事略齐，三才万象共端倪。
　　　集仙殿与金銮殿，可是苍蝇惑晓鸡。
　　③生儿古有孙征虏，嫁女今无王右军。
　　　借问琴书终一世，何如旗盖仰三分？
　　④代北偏师衔使节，关东裨将建行台。
　　　不妨常日饶轻薄，且喜临戎用草莱。
　　⑤郭令素心常黩武，韩公本意在和戎。
　　　两都耆旧偏垂泪，临老中原见朔风。

一六六　戏题赠驿吏
　　绛台驿吏老风尘，耽酒成仙几十春。
　　过客不劳询甲子，唯书亥字与时人。

一六七　七月十二夜寄池州李使君
　　桂含爽气三秋首，蓂吐中旬三叶新。
　　正是澄江如练处，玄晖应喜见诗人。

一六八　花下醉
　　寻芳不觉醉流霞，倚树沉眠日已斜。
　　客散酒醒深夜后，更持红烛赏残花。

一六九　正月十五日夜闻京有灯
　　月色灯光满帝都，香车宝辇隘通衢。
　　身闲不睹中兴盛，羞逐乡人赛紫姑。

一七〇　偶题二首
　　①小亭闲眠微醉消，山榴海柏枝相交。

水纹簟上珊瑚枕，旁有堕钗双翠翘。
②清月依微香露轻，曲房小院多逢迎。
春丛定是双栖夜，饮罢莫持红烛行。

一七一　月
过水穿楼触处明，藏人带树远含清。
初生欲阙虚惆怅，未必圆时即有情。

一七二　城外
露寒风定不无情，临水当山又隔城。
未必明时胜蚌蛤，一生长共月亏盈。

一七三　景阳井
景阳宫井剩堪悲，不尽龙鸾誓死期。
肠断吴王宫外水，浊泥犹得葬西施。

一七四　送阿龟归华阳
草堂归意背烟霞，黄绶垂腰不奈何。
因汝华阳求药物，碧松根下茯苓多。

一七五　席上赠人
淡云微雨恣高唐，一曲清声绕画梁。
料得也应怜宋玉，只因无奈梦襄王。

一七六　东南
东南一望日中乌，欲逐羲和去得无？
且向秦楼棠树下，每朝先觅照罗敷。

一七七　假日
素琴弦断酒瓶空，倚坐欹眠日已中。
谁向刘伶天幕雨，更当陶令北窗风。

一七八　县中恼饮席
　　晚醉题诗赠物华，罢吟还醉忘归家。
　　若无江氏五色笔，争奈河阳一县花。

一七九　县宰祷雨
　　甘膏滴滴是精诚，昼夜如丝一尺盈。
　　只怪闾阎喧鼓吹，邑人同报束长生。

一八〇　寄赵行军
　　莲幕遥临黑水津，橐鞬无事但寻春。
　　梁王司马非孙武，且免宫中斩美人。

一八一　蜀桐
　　玉垒高桐拂玉绳，上含非雾下含冰。
　　枉教紫凤无栖处，断作秋琴弹《广陵》。

一八二　木兰花
　　洞庭波冷晓侵云，日日征帆送远人。
　　几度木兰舟上望，不知元〔原〕是此花身。

一八三　明神
　　明神司过岂令冤，暗室由来有祸门。
　　莫为无人欺一物，他时须虑石能言。

一八四　五松驿
　　独下长亭念过秦，五松不见见舆薪。
　　只应既斩斯高后，寻被樵人用斧斤。

一八五　贾生
　　宣室求贤访逐臣，贾生才调更无伦。
　　可怜夜半虚前席，不问苍生问鬼神。

一八六　湘妃庙　李群玉
　　少将风月怨平湖，见尽扶桑水倒枯。
　　相约杏花坛上去，画阑红紫斗樗蒲。

一八七　寄友二首
　　①野水晴山雪后时，独行村路更相思。
　　　无因一向溪桥醉，处处寒梅映酒旗。
　　②花落轻寒酒熟迟，醉眠不及落花期。
　　　愁人想忆春山暮，烟树苍苍拨谷时。

一八八　澧陵路中
　　别酒离亭十里强，半醒半醉引愁长。
　　无人寂寂春山路，雪打溪梅狼籍香。

一八九　大庾岭别友人
　　笯筜无子鹓鶵饥，毛彩凋摧不得归。
　　谁念火云千嶂里，低身犹傍鹧鸪飞。

一九〇　石门戍
　　到此空思吴隐之，潮痕草蔓上幽碑。
　　人来皆望珠玑去，谁咏贪泉四句诗？

一九一　闻湘南从叔朝觐
　　长沙地窄却回时，舟楫骎骎向凤池。
　　为报湘川神女道，莫教云雨湿旌旗。

一九二　汉阳太白楼
　　江上晴楼翠霭间，满帘春水满窗山。
　　青枫绿草将愁去，远入吴云冥不还。

一九三　送客
　　沅水罗文海燕回，柳条牵恨到荆台。

定知行路春愁里，故郢城边见落梅。

一九四　南庄春晚二首
　　①连云草映一条披，鸂鶒双双带水飞。
　　　南村小路桃花落，细雨斜风独自归。
　　②草暖沙长望去舟，微茫烟浪向巴丘。
　　　沅湘寂寂春归尽，水绿蘋香人自愁。

一九五　移松竹
　　龙髯凤尾乱飕飕，带雾停风一亩秋。
　　待取满庭苍翠合，酒尊书案闭门休。

一九六　引水行
　　一条寒玉走秋泉，引出深萝洞口烟。
　　十里暗流声不断，行人头上过潺湲。

一九七　黄陵庙
　　黄陵庙前春已空，子规啼血滴松风。
　　不知精爽落何处，疑是行云秋色中。

一九八　北亭
　　斜雨飞丝织晚空，疏簾半卷野亭风。
　　荷花开尽秋光晚，零落残红绿沼中。

一九九　送客往浔阳
　　春与春愁逐日长，远人天畔远思乡。
　　蘋生水绿不归去，辜〔孤〕负东溪七里庄。

二〇〇　桃源
　　我到瞿真上升处，山川四望使人愁。
　　紫云白鹤去不返，唯有桃源溪水流。

二〇一　题王侍御宅
　　门向沧江碧岫开，地多鸥鹭少尘埃。
　　绿阴十里滩声里，闲去〔自〕王家看竹来。

二〇二　文殊院避暑
　　赤日黄埃满世间，松声入耳即心闲。
　　愿寻五百仙人去，一世清凉住雪山。

二〇三　寄友人鹿胎冠子
　　散点疏星紫锦班，仙家新样剪三山。
　　宜与谢公松下戴，净簪云发翠微间。

二〇四　江南
　　鳞鳞别浦起微波，泛泛轻舟桃叶歌。
　　斜雪北风何处宿，江南一路酒旗多。

二〇五　答友寄新茗
　　满火芳香碾麹尘，吴瓯湘水绿花新。
　　愧君千里分滋味，寄与春风酒渴人。

二〇六　峡山寺上方
　　满院泉声山殿凉，隔帘微雨野松香。
　　东峰下视南溟月，笑踏金波看海光。

二〇七　秋登浔阳城二首
　　①万户砧声水国秋，凉风吹起故乡愁。
　　　行人望远偏伤思，白浪青枫满北楼。
　　②穿针楼上闭秋烟，织女佳期又来年。
　　　斜汉夜深吹不落，一条银浪挂秋天。

二〇八　钓鱼
　　七尺青竿一丈丝，菰蒋叶里逐风吹。

几回举手抛芳饵，惊起沙滩水鸭儿。

二〇九　酬魏三十七
　　　静裹寒香触思初，开缄忽见二琼琚。
　　　一吟丽句风流极，没得洪文李校书。

二一〇　赠琵琶妓
　　　我见鸳鸯飞上水，君还望月苦相思。
　　　一双裙带同心结，早寄黄鹂孤雁儿。

二一一　落帆后赋得二绝
　　①平湖茫茫春日落，危樯独映沙洲泊。
　　　上岸闲寻细草行，古查飞起黄金鹗。
　　②水浮秋烟沙晓雪，皎洁无风影澄澈。
　　　海客云帆未挂时，相与缘江拾明月。

二一二　赠妓人
　　　谁家少女字千金，省向人间触处寻。
　　　今日分明花里见，一双红脸动春心。

二一三　赠人
　　　曾留宋玉旧衣裳，惹得巫山梦里香。
　　　云雨无情难管领，任他别嫁楚襄王。

二一四　山榴
　　　洞中春气蒙笼喧，尚有红英千树繁。
　　　可怜夹水锦步障，羞杀石家金谷园。

二一五　鸂鶒
　　　锦羽相呼慕沙曲，波上双声戛哀玉。
　　　霞明川静极望中，一时飞灭青山绿。

二一六　沅江渔者
倚棹汀洲沙日晚，江鲜野菜桃花饭。
长歌一曲烟霞深，归去沧浪绿波远。

二一七　题金山寺石堂
白波四面照楼台，日夜潮声绕寺回。
千叶红莲高会处，几曾龙女献珠来。

二一八　戏赠魏四十
兰浦秋来烟雨深，几多情思在琴心。
知君调得东家子，早晚和鸣入锦衾。

二一九　和人赠别
鬟黛低红别怨多，深停芳恨满横波。
声中唱出缠绵意，泪落灯前一曲歌。

二二〇　宿巫山庙二首
①寂寞高堂别楚君，玉人天上逐行云。
　停舟十二峰峦下，幽佩仙香半夜闻。
②庙闭春山晓月光，波声回合树苍苍。
　自从一别襄王梦，云雨空飞巫峡阳。

二二一　伤柘枝
曾见双鸾舞镜中，联飞接影对春风。
今来独在花筵上，月满秋天一半空。

二二二　题樱桃
春初携酒此花间，几度临风倒玉山。
今日叶深黄满树，再来惆怅不能攀。

二二三　恼从兄
芳草萋萋新燕飞，芷河南望雁书稀。

武陵洞里寻春客，已被桃花迷不归。

二二四　紫极宫斋后
　　紫府空歌碧落寒，晓星寥亮月光残。
　　一群白鹤高飞散，唯有松风吹石坛。

二二五　春晚
　　思乡之客空凝睇，天边欲尽未尽春。
　　独攀江树深不语，芳草落花愁杀人。

二二六　喜浑吉见访
　　公子春衫桂水香，远冲霏雪过书堂。
　　贫家冷落难消日，唯有松筠满院凉。

二二七　索曲送酒
　　簾外春风正落梅，须求狂药解愁回。
　　烦君玉指轻拢捻，慢拨鸳鸯送一杯。

二二八　山驿梅花
　　生在幽崖独无主，溪萝涧鸟为俦侣。
　　行人陌上不留情，愁香空谢深山雨。

二二九　重阳日上渚宫杨尚书
　　落帽台边菊半黄，行人惆怅对重阳。
　　荆州一见悲宣武，为趁悲秋入帝乡。

二三〇　校书叔遗暑服
　　翠芸箱里叠穟秕，楚葛湘纱净似空。
　　便著清江明月夜，轻凉与挂一身风。

二三一　赠魏三十七
　　名珪字玉净无瑕，美誉芳声有数车。

莫放焰光高二丈，来年烧杀杏园花。

二三二　酬崔表臣
　　昨日朱门一见君，忽惊野鹤在鸡群。
　　不应长啄潢汙水，早晚归飞碧落云。

二三三　叹灵鹫寺山榴
　　水蝶岩蜂俱不知，露红凝艳数千枝。
　　山深春晚无人赏，即是杜鹃催落时。

二三四　中秋寄南海侍御
　　海静天高景气殊，鲸晴失彩蚌潜珠。
　　不知今夜越台上，望见瀛洲方丈无？

二三五　戏赠姬人
　　骰子巡抛裹手拈，无因得见玉纤纤。
　　但知谑道金钗落，图向人前露指尖。

二三六　请告出春明门
　　本不将心挂名利，亦无情意在樊笼。
　　鹿裘藜杖且归去，富贵荣华春梦中。

二三七　旅游番禺献凉公
　　帝乡群侣杳难寻，独立沧州岁暮心。
　　野鹤飞栖无远近，稻粱多处是恩深。

二三八　张璪壁画
　　片石长松倚素楹，翛然云壑见高情。
　　世人只爱凡花鸟，无处不知梁广名。

二三九　书院二小松
　　一双幽色出凡尘，数粒秋烟二尺鳞。

从此静窗闻细韵,琴声长伴读书人。

二四〇　言怀
　　白鹤高飞不逐群,嵇康琴酒鲍昭文。
　　此身未有栖归处,天下人间一片云。

二四一　劝入庐山读书
　　怜君少隽利如锋,气爽神清刻骨聪。
　　片玉若磨唯转莹,莫辞云外入庐峰。

二四二　闻笛
　　冉冉生山草何异,截而吹之动天地。
　　望乡台上望乡时,不独落梅兼落泪。

二四三　晓宴
　　金波西倾银汉落,绿树含烟倚朱阁。
　　晓华耽聪闻调笙,一点残灯隔罗幕。

二四四　将游荆州投魏中丞
　　贫埋病压老巉岏,拂拭菱花不喜看。
　　又恐无人肯青眼,事须凭仗小还丹。

二四五　二辛夷
　　狂吟乱舞双白鹤,霜翎玉羽纷纷落。
　　空庭向晚春雨微,却敛寒香抱瑶萼。

二四六　题龙潭西斋
　　寂寞幽斋暝烟起,满径西风落松子。
　　远公一去兜率宫,唯有门前虎溪水。

二四七　登祝融寺兰若　卢肇
　　祝融绝顶万馀层,策杖攀萝步步登。

行到月宫霞外寺，白云相伴两三僧。

二四八　杨柳枝词
青鸟泉边草木春，黄云塞上是征人。
归来若得长条赠，不惮风霜与苦辛。

二四九　新植红茶花偶出被人移去以诗索之
严恨柴门一树花，便随香远遂香车。
花如解语还应道：欺我郎君不在家。

二五〇　被谪连州
黄绢外孙翻得罪，华颠故老莫相嗤。
连州万里无亲戚，旧识唯应有荔支。

二五一　谪后再书一绝
崆峒道士误烧丹，赤鼠黄牙几许难。
坠堕阎浮南斗下，不知何事犯星官？

二五二　题清远峡观音院二首
①清潭洞澈深千丈，危岫攀萝上几层。
　秋尽更无黄叶树，夜阑唯对白头僧。
②风入古松添急雨，月临虚槛背残灯。
　老猿啸狖还欺客，来摅窗前百尺藤。

二五三　喜杨舍人入翰林
御笔亲批翰长衔，夜开金殿送瑶缄。
平明玉案临宣室，已见龙光出傅岩。

二五四　谪连州书春牛榜子
阳和未解逐民忧，雪满群山对白头。
不得职田饥欲死，儿侬何事打春牛？

二五五　送弟
　　去日家无担石储，汝须勤苦事樵渔。
　　古人尽向尘中远，白日耕田夜读书。

二五六　牧童
　　谁人得似牧童心，牛上横眠秋听深。
　　时复往来吹一曲，何愁南北不知音。

二五七　嘲小儿
　　贪生只爱眼前珍，不觉风光度岁频。
　　昨日见来骑竹马，今朝早是有年人。

二五八　成名后作
　　桂在蟾宫不可攀，功成业熟也何难？
　　今朝折得东归去，共与乡间年少看。

第二十九卷 七言一十九 晚唐二

（共二百九十一首）

一 寄桐江隐者 许浑
  潮去潮来洲渚春，山花如绣草如茵。
  严陵台下桐江水，解钓鲈鱼有几人？

二 送曾主簿归楚州省觐予亦明日归姑孰
  帆转清淮及鸟飞，落帆应换老莱衣。
  河亭未醉先惆怅，明日还从此路归。

三 重别
  泪沿红粉湿罗巾，重系兰舟劝酒频。
  留却一枝河畔柳，明朝犹有远行人。

四 湖上
  仿佛欲当三五夕，万蟾清杂乱泉纹。
  钓鱼船上一樽酒，月出渡头零落云。

五 夜泊永乐驿有怀
  莲渚愁红荡碧波，吴娃齐唱采莲歌。
  横塘一别千馀里，芦苇萧萧风雨多。

六 宿水阁
  野客从来不解愁，等闲乘月海西头。
  未知南陌谁家子，夜半吹笙入水楼。

七　谢亭送别
　　劳歌一曲解行舟，红叶青山水急流。
　　日暮酒醒人已远，满天风雨下西楼。

八　酬李当
　　知有瑶华手自开，巴人虚唱懒封回。
　　山阴一夜满溪雪，借问扁舟来不来？

九　蝉
　　噪柳鸣槐晚未休，不知何事爱悲秋。
　　朱门未有长吟处，刚被愁人又送愁。

一〇　夜过松江寄友
　　清露白云明月天，与君齐棹木兰船。
　　南湖风雨一相失，夜泊横塘心渺然。

一一　守风淮阴
　　遥见江阴夜渔客，因思京口钓鱼时。
　　一潭明月万株柳，自去自来人不知。

一二　亡题
　　商岭采芝寻四老，紫阳收术访三茅。
　　欲求不死长生诀，骨里无仙不肯教。

一三　送杨发东归
　　红花半落燕于飞，同客长安今独归。
　　一纸乡书报兄弟，还家羞着别时衣。

一四　寄宋祁次都
　　朱槛烟霜夜坐劳，美人南国旧同袍。
　　山长水远无消息，瑶瑟一弹秋月高。

一五　题四老庙二首
　　①峨峨商岭采芝人，雪顶霜髯虎豹茵。
　　　山酒一壶歌一曲，汉家天子忌功臣。
　　②避秦安汉出蓝关，松桂花阴满旧山。
　　　自是无人有归意，白云常在水潺潺。

一六　夏日寄江上亲友
　　雨过前山日未斜，清蝉嘒嘒落槐花。
　　车轮南北已无限，江上故人才到家。

一七　下第怀友人
　　独掩衡门花盛时，一封书信缓归期。
　　南宗更有潇湘客，夜夜月明闻竹枝。

一八　客有卜居不遂薄游汧陇者
　　海燕西飞白日斜，天门遥望五侯家。
　　楼台深锁无人到，落尽春风第一花。

一九　陈宫怨二首
　　①风暖江城白日迟，昔人遗事后人悲。
　　　草生宫阙国无主，玉树后庭花为谁？
　　②地雄山险水悠悠，不信隋兵到石头。
　　　《玉树后庭花》一曲，与君同上景阳楼。

二〇　题段太尉庙
　　徒〔静〕想追兵缓翠华，城边〔古碑〕荒庙闭松花。
　　纪生不向荥阳死，岂〔争〕有山河属汉家。

二一　经秦皇墓
　　龙盘虎踞树层层，势入浮云亦是崩。
　　一种青山秋草里，路人唯拜汉文陵。

二二　游楞伽寺
　　　碧烟秋寺泛湖来，水浸城根古堞摧。
　　　尽日伤心人不见，石楠花发旧歌台。

二三　缑山庙
　　　王子求仙月满台，玉箫清转鹤徘徊。
　　　曲终飞去不知处，山下碧桃春自开。

二四　送薛先辈入关
　　　一卮春酒送离歌，花落敬亭芳草多。
　　　欲问归期已深醉，只应孤梦绕关河。

二五　过鸿沟
　　　相持未定各为君，秦政山河此地分。
　　　力尽乌江千载后，古沟芳草起寒云。

二六　韩信庙
　　　朝言云梦暮南巡，已为功名少退身。
　　　尽握兵权犹不得，更将心计托何人？

二七　过湘妃庙
　　　古木苍山掩翠娥，月明南浦起微波。
　　　九疑望断几千载，斑竹泪痕今更多。

二八　寄敬上人
　　　万山秋雨水萦回，红叶多从紫阁来。
　　　云冷竹斋禅衲薄，已应飞锡过天台。

二九　秋思
　　　琪树西风枕簟秋，楚云湘水忆同游。
　　　高歌一曲掩明镜，昨日少年今白头。

三〇　送宋处士归山
　　卖药修琴归去迟，山风吹尽桂花枝。
　　世间甲子须臾事，逢着仙人莫看棋。

三一　听琵琶
　　欲写明妃万里情，紫槽红拨夜丁丁。
　　胡沙望尽汉宫远，月落天山闻一声。

三二　秦楼曲
　　秦女梦馀仙路遥，月窗风箪夜迢迢。
　　伴郎翠凤双飞去，三十六宫闻玉箫。

三三　题旌儒庙
　　寒谷阴风万古悲，儒冠相枕死秦时。
　　庙前亦有商山路，不学老翁歌紫芝。

三四　览故人题僧院诗
　　高阁清吟寄远公，四时云月一篇中。
　　今来借问独何处，日暮槿花零落风。

三五　楚宫怨二首
　　①十二山晴花尽开，楚宫双阙对阳台。
　　　细腰争舞君王醉，白日秦兵江上来。
　　②猎骑秋来在内稀，渚宫云雨湿龙衣。
　　　腾腾战鼓动城阙，江畔射麋犹未归。

三六　听唱山鹧鸪
　　金谷歌传第一流，鹧鸪清怨碧烟愁。
　　夜来省得曾闻处，万里月明湘水秋。

三七　晨起西楼
　　留情深处驻横波，敛翠凝红一曲歌。

明月下楼人未散，共愁三径是天河。

三八　酬江西卢端公蓝口阻风
又携刀笔从〔泛〕膺舟，蓝口风高桂楫留。
还似郢中歌一曲，夜来春雪照西楼。

三九　赠何处士
东别茅峰北去秦，梅仙书里说真人。
白头主印青山下，虽遇唐生不敢亲。

四〇　鹭鸶
西风澹澹水悠悠，雪点丝飘带雨愁。
何限归心倚前阁，绿蒲红蓼练塘秋。

四一　学仙二首
①汉武迎仙紫禁秋，玉笙瑶瑟似昆丘。
　年年望断无消息，空闭重城十二楼。
②心期仙诀意无穷，彩画云车起寿宫。
　闻有三山未知处，茂陵松柏满西风。

四二　酬韦侍御
桂楫美人歌木兰，西风袅袅露溥溥。
夜长曲尽意不尽，月在潇湘洲渚寒。

四三　紫藤
绿蔓秋阴紫袖低，客来留坐小堂西。
醉中掩瑟无人会，家近江南罨画溪。

四四　宿咸宜观
羽袖飘飘香夜风，翠幢归殿玉坛空。
步虚声尽天未晓，云压桃花月满空。

四五　金谷园
　　三惑沉身是此园，古藤荒草野禽喧。
　　二十四友一朝尽，爱妾坠楼何足言。

四六　送崔珦入朝
　　书剑功迟白发新，强登萧寺送归秦。
　　月斜松桂倚高阁，明夜江南江北人。

四七　病中和大夫玩江月
　　江上悬光海上生，仙舟迢递绕军营。
　　高歌一曲同筵醉，却是刘桢坐到明。

四八　读《戾太子传》
　　佞臣巫蛊已相疑，身没湖边筑望思。
　　今日更归何处是？年年芳草上台基。

四九　酬对雪见寄
　　飞度龙山下远空，拂檐萦竹昼濛濛。
　　知君吟罢意无限，曾听玉堂歌北风。

五○　王可封临终
　　十世为儒少子孙，一生长负信陵恩。
　　今朝埋骨寒山下，为报慈亲休倚门。

五一　僧院影堂
　　香销云散旧僧家，僧刹残灯壁半斜。
　　日暮松烟空漠漠，秋风吹破妙莲华。

五二　咏灯　韩偓
　　高在酒楼明锦幕，远随渔艇泊烟江。
　　古来幽怨皆销骨，休向长门背雨窗。

五三　远廊
　　浓烟隔簾玉漏泄，斜灯照烛光参差。
　　绕廊倚槛更惆怅，微雨轻寒花落时。

五四　屐子
　　六寸肤圆光致致，白罗绣屩红托里。
　　南朝天子事风流，却重金莲轻绿齿。

五五　想得
　　两重门里玉堂前，寒食花枝月午天。
　　想得那人垂手立，娇羞不肯上鞦韆。

五六　闻雨
　　香侵蔽膝夜寒轻，闻雨伤春梦不成。
　　罗帐四垂红烛背，玉钗敲着枕函声。

五七　联缀体
　　院宇明秋日日长，社前一雁辞辽阳。
　　陇头计线年年事，不喜寒砧捣断肠。

五八　夜深
　　清江碧草两悠悠，各自风流一种愁。
　　正是落花寒食雨，夜深无伴倚空楼。

五九　哭花
　　曾愁香结破颜迟，今见妖红委地时。
　　若是有情争不哭，夜来风雨葬西施。

六〇　蜻蜓
　　碧玉眼睛云母翅，轻于粉蝶瘦于蜂。
　　坐来并拂波光舞，可是殷勤恋蓼丛。

六一　观斗鸡
　　何曾解报稻粱恩，金距花冠气遏云。
　　白日枭鸱无意问，唯将芥羽害同群。

六二　船头
　　两岸绿芜齐似剪，掩映灵山相向晚。
　　船头独立望长空，日滟波光逼人眼。

六三　寄禅师
　　从无入有云峰聚，已有还无电火销。
　　销聚本来皆是幻，世间闲口漫嚣嚣。

六四　已凉二首
　　①碧阑干外绣帘垂，猩色屏风画折枝。
　　　八尺龙须方锦褥，已凉天气未寒时。
　　②秋多却讶天凉早，思倦翻嫌夜漏迟。
　　　何处山川孤馆里，向灯弯尽一双眉。

六五　重游曲江
　　鞭鞘乱拂暗伤情，踪迹难寻露草青。
　　犹有玉轮曾碾处，一泓秋水涨浮萍。

六六　遥见
　　悲歌泪湿淡胭脂，闲立风吹金缕衣。
　　白玉堂东遥见后，令人评说画杨妃。

六七　新秋
　　一夜清风动扇愁，背时容色入新秋。
　　桃花脸里汪汪泪，忍到更深枕上流。

六八　宫词
　　绣屏斜立正销魂，侍女移灯掩殿门。

燕子不归花着雨，春风应自怨黄昏。

六九　踏青
　　踏青会散欲归时，金车久立频催上。
　　收裙整髻故迟留，两点深心各惆怅。

七〇　寒食夜
　　恻恻轻寒剪剪风，杏花飘雪小桃红。
　　夜深斜搭秋千索，楼阁朦胧细雨中。

七一　鬆髻
　　髻根鬆慢玉钗垂，指点庭花又过时。
　　坐久暗生惆怅事，映人匀却泪胭脂。

七二　夏日
　　庭树新阴叶未成，玉阶人静下簾声。
　　相风不动乌龙睡，时有幽禽自唤名。

七三　江楼二首
　　①梦啼呜咽觉无语，杳杳微微望烟浦。
　　楼空客散燕交飞，江静帆稀日亭午。
　　②鲲鱼苦笋香味新，杨花酒旗三月春。
　　风光百计牵人老，争那多情是病身。

七四　新上头
　　学梳蝉鬓试新裙，消息佳期在此春。
　　为爱好多心转惑，遍将宜称问傍人。

七五　录旧诗有感
　　缉缀小诗抄卷里，寻思闲事到心头。
　　自吟自泣无人会，肠断蓬山第一流。

七六　中庭
　　夜短睡迟慵早起，日高方始出纱窗。
　　中庭自摘青梅子，先向钗头带一双。

七七　踪迹
　　东乌西兔似车轮，却笑桑田不复论。
　　唯有风光与踪迹，思量长似暗销魂。

七八　日高
　　朦胧犹认管弦声，噤痄徐寒酒半醒。
　　春暮日高帘半卷，落花和雨满中庭。

七九　夕阳
　　花前洒泪临寒食，醉里回头问夕阳。
　　不管相思人老尽，朝朝容易下西墙。

八〇　过建溪
　　长贪山水羡渔樵，自笑扬鞭趁早朝。
　　今日建溪惊恐后，李将军画也须烧。

八一　秋雨内宴
　　一带清风入画堂，撼真珠箔碎丁珰。
　　更看槛外霏霏雨，似劝须教醉玉觞。

八二　僧影
　　山色依然僧已亡，竹间疏磬隔残阳。
　　智灯已灭馀香烬，犹自光明照十方。

八三　旧馆
　　前欢往恨分明在，酒兴诗情太半亡。
　　还是墙西紫荆树，残花摘索映高塘。

八四　中春忆赠
　　年年长是阻佳期，万种恩情只自知。
　　春色转添惆怅望，似君花发两三枝。

八五　半睡
　　眉山暗淡向残灯，一半云发坠枕棱。
　　四体着人娇欲泣，自家揉损研缭绫。

八六　春恨
　　残梦依依酒力馀，城头画角半啼乌。
　　平明未卷西楼幕，院静时闻放辘轳。

八七　寄恨
　　秦钗枉断长条玉，蜀纸空留小字红。
　　死恨物情无会处，莲花不肯嫁春风。

八八　闺怨
　　时光潜去暗凄凉，懒对菱花晕晓妆。
　　初拆秋千人寂寞，后园青草任他长。

八九　深院
　　鹅儿唼啑栀黄嘴，凤子轻盈腻粉腰。
　　深院下帘人昼寝，红蔷薇架映芭蕉。

九〇　痛忆
　　信知尤物必牵情，一顾难酬觉命轻。
　　曾把禅机销此病，破除才尽又重生。

九一　忍笑
　　宫样梳头浅画眉，晚来妆饰更相宜。
　　水精鹦鹉钗头颤，敛袂佯羞忍笑时。

九二　气疾初愈
　　疾愈身轻觉数通，山无岚瘴海无风。
　　阴阳欲出阴精落，天地包含紫气中，

九三　偶见四首
　　①半身映竹轻闻语，一手揭簾微转头。
　　　此意别人应未觉，不胜情绪两风流。
　　②秋千打困解罗裙，指点醍醐索一尊。
　　　见客入来和笑走，手搓梅子映中门。
　　③雾为襟袖玉为冠，半似羞人半忍寒。
　　　别易会难长自叹，转身应把泪珠弹。
　　④桃花脸薄难藏泪，桂叶眉长易觉愁。
　　　形迹未成当面笑，几回抬眼又低头。

九四　密意
　　呵花贴鬓粘寒发，凝酥光透猩猩血。
　　经过洛水几多人，唯有陈王见罗袜。

九五　寒食夜有寄
　　风流大底是伥伥，一度相思一断肠。
　　云薄月昏寒食夜，隔簾微雨杏花香。

九六　叹白菊
　　正怜香雪披千片，忽讶残霞覆一丛。
　　还似妖姬年长后，酒酣双脸却微红。

九七　侍宴
　　蜂黄蝶粉两依依，狎宴临春日正迟。
　　密旨不教江令醉，丽华微笑认皇慈。

九八　秋霖夜忆家
　　垂老何时见弟兄，背灯愁泣到天明。
　　不知短发能多少，一滴秋霖白一茎。

九九　曛黑
　　古木侵天日已沉，露华凉冷润衣襟。
　　江城曛黑人行绝，唯有啼乌伴夜砧。

一〇〇　柳二首
　　①袅雨拖风不自持，遍身无力向人垂。
　　玉纤折得遥相赠，便似观音手里时。
　　②一笼金线拂弯桥，几被儿童损细腰。
　　无奈灵和标格在，春来依旧袅长条。

一〇一　晓日
　　天际霞光入水中，水中天际一时红。
　　直须日观三更后，首送金乌上碧空。

一〇二　醉着
　　万里清江万里天，一村桑柘一村烟。
　　渔翁醉着无人唤，过午醒来雪满船。

一〇三　家书后批
　　四序风光总是愁，鬓毛衰飒涕横流。
　　此书未到心先到，想见孤城海岸头。

一〇四　偶题
　　佞时轻进固相妨，实行丹心仗彼苍。
　　萧艾转肥兰蕙瘦，可能天亦妒馨香。

一〇五　净兴寺杜鹃
　　一园红艳醉坡陀，自地连梢蔟蒨罗。

蜀魄未归长滴血，只应偏滴此丛多。

一〇六　翠碧鸟
　　天长水远网罗希，保得重重翠羽衣。
　　挟弹小儿多害物，劝君莫近五陵飞。

一〇七　赠孙尊师
　　齿如冰雪发如黳，几百年来醉似泥。
　　不共世人争得失，卧床前有上天梯。

一〇八　寓汀州闻郑左丞赴洛
　　鬓惹新霜耳旧聋，眼昏腰曲四支风。
　　交亲若要知形候，岚瘴烟中折臂翁。

一〇九　荔枝三首
　　①遐方不许贡珍奇，密诏唯教进荔枝。
　　　汉武碧桃争比得，枉令方朔号偷儿。
　　②封开玉笼鸡冠涩，叶衬金盘鹤顶鲜。
　　　想得佳人微露齿，翠钗先取一双悬。
　　③巧裁霞片裹神浆，崖蜜天然有异香。
　　　应是仙人金掌露，结成冰入蒟罗囊。

一一〇　尤溪道中
　　水自潺湲日自斜，尽无鸡犬有鸣鸦。
　　千村万落如寒食，不见人烟空见花。

一一一　腾腾
　　八年流落醉腾腾，点检行藏喜不胜。
　　乌帽素飡兼施药，前生多恐是医僧。

一一二　赠友人
　　莫嫌谈笑与经过，却恐闲多病亦多。

若遣心中无一事，不知争奈日长何。

一一三　中秋永夕奉寄杨学士
　　鳞差甲子渐衰迟，依旧年年困乱离。
　　八月夜长乡思切，鬓边添得几茎丝。

一一四　清兴
　　阴沉天气连翩醉，摘索花枝撩峭寒。
　　拥鼻绕廊吟看雨，不知遗却竹皮冠。

一一五　雷公
　　闲人倚柱笑雷公，又向深山霹怪松。
　　必若有苏天下意，何如惊起武侯龙。

一一六　野塘
　　侵晓乘凉偶独来，不因鱼跃见萍开。
　　卷荷忽被微风触，泻下清香露一杯。

一一七　访隐者遇醉
　　晓入江村觅钓翁，钓翁沉醉酒缸空。
　　夜来风起闲花落，狼籍柴门鸟径中。

一一八　即目
　　书墙暗记移花日，洗瓮先知酝酒期。
　　须信闲人有忙事，且来冲雨觅渔师。

一一九　寄邻庄道侣
　　闻说经旬不启关，药窗谁伴醉开颜？
　　夜来雪压村前竹，剩见溪南几尺山。

一二〇　初赴期集
　　轻寒着背雨凄凄，九陌无尘未有泥。

还是平时旧滋味，漫垂鞭袖过街西。

一二一　晚岸
揭起青蓬上岸头，野花和雨冷修修。
春江一夜无波浪，校得行人分外愁。

一二二　仙山
一炷心香洞府开，偃松皴涩半莓苔。
水清无底山如削，始有仙人骑鹤来。

一二三　过茂陵
不悲霜露但伤春，孝理何因感兆民？
景帝龙輀消息断，异香空见李夫人。

一二四　曲江秋日
斜烟缕缕鹭鸶栖，藕叶枯香折野泥。
有个高僧似图画，把经吟立水塘西。

一二五　流年
三月伤心仍晦日，一春多病更阴天。
雄豪亦有流年恨，况是离魂易黯然。

一二六　寄上兄长
两地支离路八千，襟怀悽怆鬓苍然。
乱来未必长团会，其奈而今更长年。

一二七　两贤
卖卜严将卖饼孙，两贤高趣恐难伦。
而今若有逃名者，应被品流呼俗人。

一二八　宝剑
困极还应有日通，难将粪土掩神踪。

但教出得丰城后，不是延津亦化龙。

一二九　访卢秀才
药诀棋经思致论，柳腰莲脸本忘情。
频频强入风流坐，酒肆应疑阮步兵。

一三〇　商山道中
云横峭壁水平铺，渡口人家日欲晡。
却忆往年看粉本，始知名画有功夫。

一三一　招隐
立意忘机机已生，可能朝市污高情。
时人未会严陵志，不钓鲈鱼只钓名。

一三二　雨村
雁行斜拂雨村楼，簾下三更幕一钩。
倚柱不知身半湿，黄昏独自未回头。

一三三　使风
茶香睡觉心无事，一卷《黄庭》在手中。
欹枕卷簾江万里，舟人不语满帆风。

一三四　阻风
平生情趣羡渔师，此日烟江惬所思。
肥鳜香粳小艒艓，断肠滋味阻风时。

一三五　并州
戍旗青草接榆关，雨里并州四月寒。
谁会凭栏潜忍泪，不胜天际似江干。

一三六　夏夜
猛风飘电黑云生，霎霎高林簇雨声。

夜久雨休风又定，断云流月却斜明。

一三七　栏干
扫花虽恨夜来雨，把酒却怜晴后寒。
吴质漫言愁得病，当时犹不凭栏干。

一三八　驿楼
流云溶溶水悠悠，故乡千里空回头。
三更独凭栏干月，泪满关山孤驿楼。

一三九　以海棠梨花一枝寄李员外
二月春风澹荡时，旅人虚对海棠梨。
不如寄与星郎去，想得朝回正画眉。

一四〇　杨柳枝八首　温庭筠
①宜春苑外最长条，闲袅春风伴舞腰。
　正是玉人肠断处，一渠春水赤栏桥。
②南内墙东御路傍，预知春色柳丝黄。
　杏花未肯无情思，何事情人最断肠。
③苏小门前柳万条，毵毵金线拂平桥。
　黄莺不语东风起，深闭朱门伴细腰。
④金缕毵毵碧瓦沟，六宫眉黛惹春愁。
　晚来更带龙池雨，半拂阑干半入楼。
⑤馆娃宫外邺城西，远映征帆近拂堤。
　系得王孙归意切，不关春草绿萋萋。
⑥两两黄鹂色似金，袅枝啼露动芳音。
　春来幸自长如线，可惜牵缠荡子心。
⑦御柳如丝映九重，凤凰窗柱绣芙蓉。
　景阳楼畔千条露，一面新妆待晓钟。
⑧织锦机边莺语频，停梭垂泪忆征人。

塞门三月犹萧索，纵有垂杨未觉春。

一四一　赠少年
　　　江海相逢客恨多，秋风叶下洞庭波。
　　　酒酣夜别淮阴市，月照高楼一曲歌。

一四二　答段柯古见嘲
　　　彩翰殊翁金缭绕，一千二百逃飞鸟。
　　　尾薪桥下未为痴，暮雨朝云世间少。

一四三　弹筝人
　　　天宝年中事玉皇，曾将新曲教宁王。
　　　钿蝉金雁皆零落，一曲伊州泪万行。

一四四　瑶瑟怨
　　　冰簟银床梦不成，碧天如水夜云轻。
　　　雁声还向潇湘去，十二楼中月自明。

一四五　夏中病疟作
　　　山鬼扬威正气愁，便辞珍簟袭狐裘。
　　　西窗一夕悲人事，团扇无情不待秋。

一四六　元处士池上
　　　蓼穗菱丛思蟋蛄，水萤江鸟满烟蒲。
　　　愁红一片风前落，地上秋波似五湖。

一四七　华阴韦氏林亭
　　　自有林亭不得闲，陌尘宫树是非间。
　　　终南只在茅檐外，别向人间看华山。

一四八　寄裴生乞钓钩
　　　一随菱棹谒王侯，深愧移文负钓舟。

今日太湖风色好，却将诗句乞鱼钩。

一四九　春日雨
细雨濛濛入绛纱，湖亭寒食孟姝家。
南朝漫自称流品，宫体何曾为杏花。

一五〇　洛阳
巩树先春雪满枝，上阳宫柳啭黄鹂。
桓谭未便忘西笑，岂为长安有凤池。

一五一　四老
商於甪里便成功，一寸沉机万古同。
但得戚姬甘定分，不应真有紫芝翁。

一五二　莲花
绿塘摇滟接星津，轧轧兰桡入白蘋。
应为洛神波上袜，至今莲蕊有香尘。

一五三　过吴景帝陵
王气销来水渺茫，岂能才与命相妨。
虚开直渎三千里，青盖何曾到洛阳。

一五四　龙尾驿妇人图
慢笑开元有倖臣，直教天子到蒙尘。
今来看画犹如此，何况亲逢绝世人。

一五五　薛氏池垂钓
池塘经雨更苍苍，万点荷珠晓气凉。
朱瑀空偷御沟水，锦鳞红尾属严光。

一五六　简同志
开济犹来变盛衰，五车才得号镃基。

留侯功业何容易，一卷兵书作帝师。

一五七　赠郑征君家匡山首春与丞相赞皇公游止
　　一抛兰棹逐燕鸿，曾向江湖识谢公。
　　每到朱门还怅望，故山多在画屏中。

一五八　车驾西游因而有作
　　宣曲长杨瑞气凝，上林狐兔待秋鹰。
　　谁将词赋随雕辇，寂寞相如卧茂陵。

一五九　伤温德彝
　　昔年戎虏犯榆关，一败龙城匹马还。
　　侯印不闻封李广，他人丘垄似天山。

一六〇　题端正树
　　路傍佳树碧云愁，曾侍金舆幸驿楼。
　　草木荣枯似人事，绿阴寂寞汉陵秋。

一六一　毗李相公敕赐锦屏风
　　丰沛曾为社稷臣，赐书名画墨犹新。
　　几人同保山河誓，独自栖栖九陌尘。

一六二　题友人居
　　尽日松堂看画图，绮疏岑寂似清都。
　　若教烟水无鸥鸟，张翰何由到五湖。

一六三　蔡中郎坟
　　古坟零落野花春，闻说中郎有后身。
　　今日爱才非昔日，枉抛心力作词人。

一六四　渭上题三首
　　①吕公荣达子陵归，万古烟波绕钓矶。

桥上一通名利迹，至今江鸟背人飞。
　②目极云霄思浩然，风帆一片水连天。
　　　轻桡便是东归路，不肯忘机作钓船。
　③烟水何曾息世机，暂时相向亦依依。
　　　所嗟白首磻溪叟，一下渔舟便不归。

一六五　经故翰林袁学士居
　　　剑逐惊波玉委尘，谢安门下更何人？
　　　西州城外花千树，尽是羊昙醉后春。

一六六　题杜郐公林亭
　　　卓氏垆前金线柳，隋家堤畔锦帆风。
　　　贪为两地行霖雨，不见池莲照水红。

一六七　赠张炼师
　　　丹溪药尽变金骨，清洛月寒吹玉笙。
　　　他日隐居无访处，碧桃花发水纵横。

一六八　河中紫极宫
　　　昔年曾伴玉真游，每到仙宫即是秋。
　　　曼倩不归花落尽，满丛烟露月当楼。

一六九　夜看牡丹
　　　高低深浅一栏红，把火殷勤照露丛。
　　　希逸近来成懒病，不能容易向春风。

一七〇　宿城南亡友别墅
　　　水流花落叹浮生，又伴游人宿杜城。
　　　还似昔年残梦里，透簾斜月独闻莺。

一七一　过分水岭
　　　溪水无情似有情，入山三日得同行。

岭头便是分头处，惜别潺湲一夜深。

一七二　鄠杜郊居
　　槿篱芳暖近樵家，垄麦青青一径斜。
　　寂寞游人寒食后，夜来风雨送梨花。

一七三　长安春晚二首
　　①曲江春半日迟迟，正是王孙怅望时。
　　　杏花落尽不归去，江上东风吹柳丝。
　　②四方无事太平年，万象鲜明禁火前。
　　　九重细雨惹春色，轻染龙池杨柳烟。

一七四　三月十八日雪中作
　　芍药蔷薇语早梅，不知谁是艳阳才？
　　今朝领得东风意，不复饶君雪里开。

一七五　咸阳值雨
　　咸阳桥上雨如悬，万点空濛隔钓船。
　　还似洞庭春水色，晚云将入岳阳天。

一七六　瑟瑟钗
　　翠染冰轻透露光，堕云孙寿有馀香。
　　只应七夕回天浪，添作湘妃泪两行。

一七七　南歌子词二首
　　①一尺深红胜麹尘，天生旧物不如新。
　　　合欢桃核终堪恨，里许元来别有人。
　　②井底点灯深烛伊，共郎长行莫围棋。
　　　玲珑骰子安红豆，入骨相思知不知？

一七八　题石泉兰若　段成式
　　矗竹为篱松作门，石楠阴底藉芳荪。

方袍近日少平叔,注得逍遥无处论。

一七九　求人参
少赋令才犹强作,众医多失不能〔识〕呼。
九茎仙草真难得,五叶灵根许惠无。

一八〇　怯酒
大白东西飞正狂,新刍石冻杂梅香。
诗中反语常回避,尤怯花前唤索郎。

一八一　牛尊师宅看牡丹
洞里仙春日更长,翠丛风剪紫霞芳。
若为萧史通家客,情愿扛壶入醉乡。

一八二　观棋
闲对奕楸倾一壶,黄羊枰上几成都。
他时谒帝铜池晓,便赌宣城太守无?

一八三　题僧壁
有僧支颊捻眉毫,起就夕阳磨剃刀。
到此既知闲最乐,俗心何啻九牛毛。

一八四　哭房处士
独上黄坛几度盟,印开龙渥喜丹成。
岂同叔夜终无分,空向人间着养生。

一八五　呈轮上人
虎到前头心不惊,残阳择虱懒逢迎。
东林水石未胜此,要假远公方有名。

一八六　题谷隐兰若三首
①风惹闲云半谷阴,岩西隐者醉相寻。

　　　　草衰乍觉径增险，叶尽却疑溪不深。
　　　②鸟啄灵雏恋落晖，村情山趣顿忘机。
　　　　丹成道士过门数，叶尽寒猿下岭稀。
　　　③风带巢熊拗树声，老僧相引入云行。
　　　　半坡新路畲才了，一谷寒烟烧不成。

一八七　不赴光风亭夜饮
　　　屏开屈膝见吴娃，蛮蜡同心四照花。
　　　姹女不愁难管领，斩新铅里得黄牙。

一八八　嘲元中丞
　　　莺里花前选孟光，东山逋客酒初狂。
　　　素娥毕竟难防备，烧得河车莫遣尝。

一八九　寄温飞卿笺纸
　　　三十六鳞充使时，数番犹得裹相思。
　　　待将袍袄重抄了，尽写襄阳播搢词。

一九〇　嘲飞卿七首
　　　①曾见当垆一个人，入时装束好腰身。
　　　　少年花蒂多芳思，只向诗中写取真。
　　　②醉袂几侵鱼子缬，飘缨长罥凤凰钗。
　　　　知君欲作闲情赋，应愿将身作锦鞋。
　　　③翠蝶密偎金钗首，青虫危泊玉钗梁。
　　　　愁生半额不开靥，只为多情团扇郎。
　　　④柳烟梅雪隐青楼，残日黄鹂语未休。
　　　　见说自能裁袒腹，不知谁更著帩头？
　　　⑤愁机懒织同心苣，闷绣先描连理枝。
　　　　多少风流词句里，愁中空咏早环诗。
　　　⑥燕支山色重能轻，南阳水泽斗分明。

不烦射雉先张翳，自有琴中威凤声。
⑦半岁愁中镜似荷，牵环撩鬓却须磨。
花前不复抱瓶渴，月底还应琢刺歌。

一九一　柔卿解籍戏呈飞卿三首
①长担犊车初入门，金牙新酝盈深罇。
良人为渍木瓜粉，遮却红腮交午痕。
②最宜全幅碧鲛绡，自襞春罗等舞腰。
未有长钱求邺锦，且今裁取一团娇。
③出意挑鬟一尺长，金为钿鸟簇钗梁。
郁金种得花茸细，添入春衫领里香。

一九二　戏高侍御七首
①百媚城中一个人，紫罗垂手见精神。
青琴仙子长教示，自小来来号阿真。
②七尺发犹三角梳，牫牛独驾长檐车。
曾城自有三青鸟，不要莲东双鲤鱼。
③花恨红腰柳妒眉，东邻墙短不曾窥。
犹怜最小分瓜日，奈许迎春得藕时。
④自等腰身尺六强，两重危鬓尽钗长。
欲熏罗荐嫌龙脑，须为寻求石叶香。
⑤别起青楼作几层，斜阳慢卷辘轳绳。
厌裁鱼子深红缬，泥觅蜻蜓浅碧绫。
⑥诈嫌嚼贝磨衣钝，私带男钱压鬓低。
不独邯郸新嫁女，四枝鬟上插通犀。
⑦可羡罗敷自有夫，愁中漫捋白髭须。
豹钱骢子能擎举，兼著连乾许换无。

一九三　送僧二首
①形神不灭论初成，爱马乘闲入帝京。

　　　　四十三年虚过了，方知僧里有唐生。
　　　②想到头陀最上方，桂阴犹认惠宗房。
　　　　因行恋烧归来晚，窗下犹残一字香。

一九四　猿
　　　　却忆书斋值晚晴，挽枝闲啸激蝉清。
　　　　影沉巴峡夜岩色，踪绝石塘寒濑声。

一九五　送穆郎中赴阙
　　　　应念愁中恨索居，骊歌声里且踟蹰。
　　　　若逢金马门前客，为说虞卿久著书。

一九六　题商山庙
　　　　偶出云泉谒礼闱，篇章曾沐汉皇知。
　　　　无谋静国东归去，羞过商山四老祠。

一九七　折杨柳七首
　　　①枝枝交影锁长门，嫩色曾沾雨露恩。
　　　　凤辇不来春欲尽，空留莺语到黄昏。
　　　②水殿年年占早芳，柔条偏惹御炉香。
　　　　而今万乘多巡狩，辇路无阴绿草长。
　　　③玉楼烟薄不胜芳，金屋寒轻翠带长。
　　　　公子骅骝往何处，绿阴堪系紫游缰。
　　　④嫩叶初齐不耐寒，风和时拂玉栏干。
　　　　君王去日曾攀折，泣雨伤春翠黛残。
　　　⑤微黄才绽未成阴，绣户珠簾相映深。
　　　　长恨早梅无赖极，先将春色出前林。
　　　⑥隋家堤上已成尘，奴将营边不复春。
　　　　只向江南并塞北，酒旗相伴惹行人。
　　　⑦陌上河边千万枝，怕寒愁雨尽低垂。

黄金穗短人多折,已恨东风不展眉。

一九八　哭李群玉
酒里诗中三十年,纵横唐突世喧喧。
明时不作祢衡死,傲尽公卿归九泉。

一九九　汉宫词二首
①歌舞初承恩宠时,六宫学妾画蛾眉。
君王厌世妾头白,闻唱歌声却泪垂。
②二八能歌得进名,人言选入便光荣。
岂知妃后多娇妒,不许君前唱一声。

二〇〇　醉中吟
只爱糟床滴滴声,长愁声绝又醒醒。
人间荣辱不常定,唯有南山依旧青。

二〇一　桃源僧舍看花
前年帝里探春时,寺寺名花我尽知。
今日长安已灰烬,忍能南国对芳枝!

二〇二　蚕妇　来鹄
晓夕采桑多苦辛,好花时节不闲身。
若教解爱繁华事,冻杀黄金屋里人。

二〇三　题庐山双剑峰
倚天双剑古今闲,三尺高于四面山。
若使火云烧得动,始应农器满人间。

二〇四　云
千形万象竟还空,映水藏山片复重。
无限旱苗枯欲尽,悠悠闲处作奇峰。

二〇五　金钱花
　　也无棱郭也无神，露洗还同铸出新。
　　青帝若教花里用，牡丹应是得钱人。

二〇六　子规
　　月落空山闻数声，此时孤馆酒初醒。
　　投人语若似伊泪，口畔血流应始听。

二〇七　山中避难作
　　山头烽火水边营，鬼哭人悲夜夜声。
　　唯有碧天无一事，日还西下月还明。

二〇八　早春
　　新历才将半纸开，小庭犹聚爆竿灰。
　　偏憎杨柳难铃辖，又惹东风意绪来。

二〇九　鹭鸶
　　袅丝翘足傍澄澜，消尽年光伫思间。
　　若使见鱼无羡意，向人姿态更应闲。

二一〇　子规
　　雨恨花愁同此冤，啼时闻处正春繁。
　　千声万血谁哀尔，争得如花笑不言。

二一一　新安官舍闲坐
　　寂寞空阶草乱生，簟凉风动若为情。
　　不知独坐闲多少？看得蜘蛛结网成。

二一二　除夜
　　事关休戚已成空，万里相思一夜中。
　　愁到晓鸡声绝后，又将憔悴见春风。

二一三　游鱼
弄萍隈荇思夷犹，掉尾扬鬐逐慢流。
应怕碧岩岩下水，浮藤如线月如钩。

二一四　鹦鹉
色白还应及雪衣，嘴红毛绿语仍奇。
年年锁在金笼里，何似陇山闲处飞。

二一五　偶题二首
①近来灵鹊语何疏，独凭栏干恨有殊。
　一夜绿荷霜剪破，赚他秋雨不成珠。
②水边箕踞静书空，欲解愁肠酒不浓。
　可惜青天好雷雹，只能驱趁懒蛟龙。

二一六　惜花
东风渐急夕阳斜，一树夭桃数日花。
为惜红芳今夜里，不知和月落谁家？

二一七　洞庭隐
高卧洞庭三十春，芰荷香里独垂纶。
莫嫌无事闻销日，有事始怜无罪人。

二一八　古剑池
秋水莲花三四枝，我来慷慨步迟迟。
不决浮云斩邪佞，直成龙去欲何为？

二一九　梅花
枝枝倚槛照池冰，粉薄香残恨不胜。
占得早芳何所利？与他霜雪助威棱。

二二〇　闻蝉
绿槐阴里一声新，雾薄风轻力未匀。

莫道闻时总惆怅，有愁人有不愁人。

二二一　卖花谣
　　　紫艳红苞价不同，匝街罗列起香风。
　　　无言无语呈颜色，知落谁家池馆中？

二二二　题台州寺　任翻
　　　绝顶新秋生夜凉，鹤翻松露滴衣裳。
　　　前峰月映半江水，僧在翠微开竹房。

二二三　社日　张演
　　　鹅湖山下稻粱肥，豚栅鸡栖对掩扉。
　　　桑柘影斜春社散，家家扶得醉人归。

二二四　叙怀　张蠙
　　　月里路从何处上，江边身合几时归？
　　　十年九陌寒风夜，梦扫芦花絮客衣。

二二五　言怀
　　　不将高盖竞烟尘，自向蓬茅认此身。
　　　唐祖本来成大业，岂非姚宋是平人。

二二六　赠郑司业
　　　晚学更求来世达，正怀非与百邪侵。
　　　古人名在今人口，不合于名不苦心。

二二七　题嘉陵驿
　　　嘉陵路恶石和泥，行到长亭日已西。
　　　独倚阑干正惆怅，海棠花里鹧鸪啼。

二二八　龟山寺晚望
　　　四面湖光绝路岐，鹧鸪飞处暮钟时。

渔舟不用悬帆席,归去乘风插柳枝。

二二九　华山孤松
石罅引根非土力,冒寒犹助岳生光。
绿槐生在膏腴地,可得无心拒雪霜。

二三〇　经范蠡旧居
一变姓名离百越,越城犹在范家无。
他人不识扁舟意,却笑轻生泛五湖。

二三一　抒怀
几出东堂谢不才,便甘闲望故山回。
翻思未是离家久,更有人从外国来。

二三二　弔万人冢
兵罢淮边客路通,乱鸦来去噪寒空。
可怜白骨攒孤冢,尽为将军觅战功。

二三三　别郑仁表
春雷醉别镜湖边,官显才狂正少年。
红烛满汀歌舞散,美人迎上木兰船。

二三四　赠段逸人
长筇自担药兼琴,话著名山即拟寻。
从听世人权似火,不能烧得卧云心。

二三五　上所知
初向众中留姓字,敢期言下致时名。
而今马亦知人意,每到门前不肯行。

二三六　青冢
倾国可能胜效国,无劳冥寞更思回。

太真虽是承恩死，只作飞尘向马嵬。

二三七　伤贾岛
　　生为明代苦吟身，死作长江一谪臣。
　　可是当时少知己，不知知己是何人。

二三八　长安寓怀
　　九衢秋雨掩闲扉，不似干名似息机。
　　贫病却惭墙上土，年来犹自换新衣。

二三九　古战场
　　荒骨潜销垒已平，汉家曾说此交兵。
　　如何万古冤魂在，风雨时闻有战声。

二四〇　再游西山赠许尊师
　　别后已闻师得道，不期犹在此山头。
　　昔时霜鬓今如漆，疑是年光却倒流。

二四一　宫词
　　日透珠帘见冕旒，六宫争逐百花毬。
　　回看不觉君王去，已听笙歌在远楼。

二四二　自讽
　　鹿鸣筵上强称贤，一送离家十四年。
　　同隐海山烧药伴，不求仙桂却登仙。

二四三　十五夜与友人对月
　　每到月圆思共醉，不宜同醉不成欢。
　　一千二百如轮夜，浮世谁能尽得看。

第三十卷　七言二十　晚唐三

（共二百九十首）

一　曲江春草　郑谷
　　花落江堤簇晓烟，雨馀江色远相连。
　　香轮莫辗青青破，留与游人一醉眠。

二　雪中偶题
　　乱飘僧舍茶烟湿，密洒歌楼酒力微。
　　江上晚来堪画处，渔人披得一蓑归。

三　题慈恩寺默公院
　　虽近曲江居古寺，旧山终忆九华峰。
　　春来老病厌迎送，剪却牡丹栽野松。

四　卷末偶题三首
　　①一卷疏芜一百篇，名成未敢暂忘筌。
　　　何如海日生残夜，一句能令万古传。
　　②七岁侍行湖外去，岳阳楼上敢题诗。
　　　如今衰晚无功业，何以胜任国士知。
　　③一第由来是出身，垂名须为国风陈。
　　　此生若不知骚雅，孤宦如何作近臣？

五　江上阻风
　　水天春暗暮寒浓，船闭蓬窗细雨中。
　　闻道渔家酒初熟，夜来翻喜打头风。

六　十日菊
　　节去蜂愁蝶不知，晓庭还绕折残枝。
　　自缘今日人心异，未必秋香一夜衰。

七　鹭鸶
　　闲立春塘烟澹澹，静眠寒苇雨飕飕。
　　渔翁归后沙汀晚，飞上滩头更自由。

八　柳
　　半烟半雨江桥畔，映杏映桃山路中。
　　会得离人无限意，千丝万絮惹春风。

九　越鸟
　　背霜南雁不到处，倚棹北人初听时。
　　梅雨满江春草歇，一声声在荔枝枝。

一〇　忍公小轩二首
　　①松溪水色绿于松，每到松溪到暮钟。
　　　闲得心源只如此，问禅何必向双峰。
　　②旧游前事半埃尘，多向中林结净因。
　　　一念一炉香火里，后身唯愿似师身。

一一　淮上渔者
　　白头波上白头翁，家逐船移浦浦风。
　　一尺鲈鱼新钓得，儿孙吹火荻花中。

一二　兴州江馆
　　向蜀还秦计未成，寒蛩一夜绕床鸣。

愁眠不稳孤灯尽，坐听嘉陵江水声。

一三　投所知
　　砌下芝兰新满径，门前桃李旧垂阴。
　　却应回念江边草，放出春烟一寸心。

一四　淮上与友人别
　　扬子江头杨柳春，杨花愁杀渡江人。
　　数声风笛离亭晚，君向潇湘我向秦。

一五　七祖院小山
　　小巧功成雨藓斑，轩车日日扣松关。
　　峨眉咫尺无人去，却向僧窗看假山。

一六　传经院壁画松
　　危根瘦盖耸孤峰，珍重江僧好笔踪。
　　得向游人多处画，却胜涧底作真松。

一七　贫女吟
　　尘压鸳鸯废锦机，满头空插丽春枝。
　　东邻舞妓多金翠，笑剪灯花学画眉。

一八　送张逸人
　　人间疏散更无人，浪兀孤舟酒兀身。
　　芦笋鲈鱼抛不得，五陵珍重五湖春。

一九　为人题
　　泪湿孤鸾晓镜昏，近来方解惜青春。
　　杏花杨柳年年好，不忍回看旧写真。

二〇　无本上人小斋一首
　　寒寺唯应我访师，人稀境静雪消迟。

竹西落照侵窗好，堪惜归时落照时。

二一　别修觉寺无本上人
　　松上闲云石上苔，自嫌归去夕阳催。
　　山门握手无他语，只约今冬看雪来。

二二　赠日东鉴禅师
　　故国无心渡海潮，老禅方丈倚中条。
　　夜深雨绝松堂静，一点山萤照寂寥。

二三　蜀中赏海棠
　　浓淡芳春满蜀乡，半随风雨断莺肠。
　　浣花溪上堪惆怅，子美无情为发扬。

二四　再经南阳
　　平芜漠漠失楼台，昔日游人乱后来。
　　寥落墙垣春欲暮，烧残宫树有花开。

二五　读《李白集》
　　何事文星与酒星，一时钟在李先生？
　　高吟大醉三千首，留着人间伴月明。

二六　席上贻歌者
　　花月楼台近九衢，清歌一曲倒金壶。
　　坐中亦有江南客，莫向春风唱鹧鸪。

二七　酬高蟾先辈
　　张生故国三千里，知者唯应杜紫微。
　　君有君恩秋后叶，可能更羡谢玄晖。

二八　莲叶
　　移舟水溅差差绿，倚槛风摇柄柄香。

多谢浣溪人未折,雨中留得盖鸳鸯。

二九　早入谏院二首
　　①玉阶春冷未催班,暂拂尘衣枕笏眠。
　　　孤立小心还自笑,梦魂潜绕御炉烟。
　　②紫云重迭抱春城,廊下人稀唱漏声。
　　　偷得微吟斜倚柱,满衣花露听宫莺。

三〇　东蜀春晚
　　如此浮生更别离,可堪长恸送春归。
　　潼江水上杨花雪,刚逐孤舟缭绕飞。

三一　野步
　　翠岚迎步兴何长,笑领渔翁入醉乡。
　　日暮渚田微雨后,鹭鸶闲暇稻花凉。

三二　下第退居二首
　　①年来还未上丹梯,正着渔蓑谢故溪。
　　　落尽梨花春又了,破篱残雨晚莺啼。
　　②未尝青杏出长安,豪士应疑怕牡丹。
　　　只有退耕耕不得,默然春落水吹残。

三三　欹枕
　　欹枕高歌日午春,酒酣睡足最闲身。
　　明明会得穷通理,未必输他马上人。

三四　经贾岛墓
　　水绕荒坟县路斜,耕人讶我久咨嗟。
　　重来兼恐无寻处,日落风吹鼓子花。

三五　赠下第举公
　　见君失意我惆怅,记得当年落第情。

出去无憀归又闷，花南漫打讲钟声。

三六　闷题
　　莫厌九衢尘土间，秋晴满眼是南山。
　　僧家未必全无事，道着访僧心且闲。

三七　初还京师
　　秋光不见旧池台，四顾荒凉瓦砾堆。
　　火力不能烧地力，乱前黄菊眼前开。

三八　春阴
　　携琴当酒度春阴，不解谋生只解吟。
　　舞蝶歌莺莫相试，老郎心是老僧心。

三九　浯溪
　　湛湛清江叠叠山，白云白鸟在其间。
　　渔翁醉睡又醒睡，谁道皇天最惜闲。

四〇　失鹭鸶
　　野格由来倦小池，惊飞却下碧江涯。
　　月昏风急宿何处，秋岸萧萧黄苇枝。

四一　文昌寓直
　　何逊空阶夜雨平，朝来交直雨新晴。
　　落花乱下花砖上，不忍和苔踏紫英。

四二　街西晚归
　　御沟春水绕闲坊，信马归来傍短墙。
　　幽榭名园临紫陌，晚风时带牡丹香。

四三　偶书
　　承时偷喜负明神，务实那能得庇身。

不会苍苍主何事,忍饥多是力耕人。

四四　闲题
　　举世何人肯自知,须逢精鉴定妍蚩。
　　若教嫫母临明镜,也道不劳红粉施。

四五　下峡
　　忆子啼猿绕树哀,雨随孤棹过阳台。
　　波头未白人头白,瞥见春风滟滪堆。

四六　江宿闻芦管
　　塞曲凄凉楚水滨,声声吹出落梅春。
　　须知风月千樯下,亦有胡芦河畔人。

四七　和知己秋日伤怀
　　流水歌声共不回,去年天气旧亭台。
　　梁尘寂寞燕归去,黄蜀葵花一朵开。

四八　重访黄神谷策禅者
　　初尘芸阁来〔辞〕禅阁,却访支郎是老郎。
　　我趣转卑师趣静,数峰秋雪一炉香。

四九　定水寺行香
　　听松看画绕虚廊,风拂金垆待赐香。
　　丞相未来春雪密,暂偷闲卧老僧床。

五〇　黄莺
　　春云薄薄日辉辉,宫树烟深隔水飞。
　　应为能歌系仙籍,麻姑乞与女真衣。

五一　槐花
　　毵毵金蕊扑晴空,举子魂惊落照中。

今日老郎犹有恨，昔年相戏十秋风。

五二　永日有寄
能消永日是樗蒲，坑堑由来似宦途。
两掷未离犍橛内，坐中何惜为呼卢。

五三　小桃
和烟和雨遮敷水，映竹映村连霸陵。
撩乱春风耐寒冷，到头赢得杏花憎。

五四　苔钱
春红秋紫绕池台，个个圆如济世财。
雨后无端满穷巷，买花不得买愁来。

五五　静吟
骚雅荒凉我自安，月和馀雪夜吟寒。
相门相客应相笑，得句胜于得好官。

五六　菊
王孙莫把比荆蒿，九日枝枝近鬓毛。
露湿秋香满池岸，由来不羡瓦松高。

五七　壬戌西幸后
武德门前颢气新，雪融鸳瓦土膏春。
夜来梦到宣麻处，草没龙墀不见人。

五八　多虞
多虞难住人稀处，近耗浑无战罢棋。
向阙归山俱未得，且沽春酒且吟诗。

五九　短褐
闲披短褐杖山藤，头不是僧心是僧。

坐睡觉来清夜半，芭蕉影动道场灯。

六〇　曲江红杏
遮莫江头柳色遮，日浓莺睡一枝斜。
女郎折得殷勤看，道是春风及第花。

六一　折得梅
寒步江村折得梅，孤香不肯待春催。
满枝尽是愁人泪，莫殢朝来雾湿衣。

六二　牡丹
画堂簾卷张清宴，含香带雾情无限。
春风爱惜未放开，柘枝鼓振红英绽。

六三　寂寞
江郡人稀便是村，踏青天气欲黄昏。
春愁不破还成醉，衣上泪痕和酒痕。

六四　乱后灞上
柳丝牵水杏房红，烟岸人稀草色中。
日暮一行高鸟处，依稀合是望春宫。

六五　长门怨二首
①闲挹罗衣泣凤凰，先朝曾教舞霓裳。
　春来却羡桃花落，得逐晴风出禁墙。
②流水君恩共不回，杏花争忍扫成堆。
　残春未必多烟雨，泪滴闲阶长绿苔。

六六　谏垣明日转对
吾君英睿相君贤，其奈寰区未晏然。
明日翠华春殿下，不知何语可闻天。

六七　读前集二首
　　①殷璠裁鉴英灵集，颇觉同才得契深。
　　　何事后来高仲武，品题间气未公心。
　　②风骚如线不胜悲，国步多艰即此时。
　　　爱日满阶看古集，只应陶集是吾师。

六八　郊墅戏题
　　竹巷溪桥天气凉，荷开稻熟村酒香。
　　唯忧野叟相回避，莫道侬家是汉郎。

六九　宗人惠四药
　　宗人忽惠西山药，四味清新香助茶。
　　爽得心神便骑鹤，何须烧得白朱砂。

七○　题张衡庙
　　远俗只凭淫祀切，多年平子固悠悠。
　　江烟日午无箫鼓，直到如今咏《四愁》。

七一　山鸟
　　惊飞失势粉墙高，好个声音好羽毛。
　　小婢不须催射弹，且从枝上吃樱桃。

七二　黯然
　　缙绅奔避复沦亡，消息春来到水乡。
　　屈指故人能几许，月明花好更悲凉。

七三　借薛尚书集
　　江天冬暖似花时，上国音尘杳未知。
　　正被虫声喧老耳，今君又借薛能诗。

七四　小北厅闲题
　　冷曹孤宦本相宜，山在墙南落照时。

洗竹浇莎足公事，一来赢写一联诗。

七五　菊
　　日日池边载酒行，黄昏犹自绕黄英。
　　重阳过后频来此，甚觉多情胜薄情。

七六　送日本僧归　韦庄
　　扶桑已在渺茫中，家在扶桑东更东。
　　此去与师谁共到？一船明月一帆风。

七七　村笛
　　箫韶九奏韵凄锵，曲度虽高调不伤。
　　却见孤村明月夜，一声牛笛断人肠。

七八　题《李斯传》
　　蜀魄湘魂万古悲，未悲秦相死秦时。
　　临刑莫恨仓中鼠，上蔡东门去自迟。

七九　对酒
　　何用岩栖隐姓名，一壶春酎可忘形。
　　伯伦若有长生术，应〔直〕到如今醉未醒。

八〇　旧里
　　满目墙垣春草深，伤时伤事更伤心。
　　车轮马迹一时尽，十二玉楼何处寻？

八一　寄江南逐客
　　二年音信阻湘潭，花下相思酒半酣。
　　记得竹斋风雨夜，对床孤枕话江南。

八二　宜君县北卜居不遂留题王秀才别墅二首
　　①本期同此卧林丘，榾柮炉前拥布裘。

何事却乘〔骑〕羸马去，白云红树不相留。
②明月严霜扑皂貂，羡君高卧正逍遥。
门前积雪深三尺，火满红炉酒满瓢。

八三　春愁
自有春愁正断魂，不堪芳草思王孙。
落花寂寂黄昏雨，深院无人独倚门。

八四　寓言
黄金日日销还铸，仙桂年年折又生。
兔走乌飞如未息，路尘终见泰山平。

八五　焦崖阁
李白曾歌蜀道难，长闻白日上青天。
今朝夜过焦崖阁，始信星河在马前。

八六　合欢莲花
虞舜南巡去不归，二妃相誓死江湄。
空留万古香魂在，结作双葩合一枝。

八七　鄜州寒食城外醉吟五首
①满阶〔街〕杨柳绿丝烟，画出青春〔清明〕二月天。
好是隔帘花树动，女郎撩乱送秋千。
②淮〔雕〕阴寒食足游人，金凤罗衣湿麝薰。
肠断入城芳草路，淡红香白一群群。
③开元坡下日初斜，拜扫归来走钿车。
可惜数枝〔株〕红艳好，不知今夜落谁家。
④马骄风疾玉鞭长，过去唯留一阵香。
闲客不须烧破眼，好花皆属富家郎。
⑤雨丝烟柳欲清明，金屋人闲暖凤笙。

永昼〔日〕迢迢无一事,隔街闻筑气毬声。

八八　摇落
摇落秋天酒易醒,凄凄长是别离情。
黄昏倚柱不归去,肠断绿荷风雨声。

八九　令狐亭
茌非天上神仙宅,须是人间将相家。
想得当时好风月,管弦吹杀后庭花。

九〇　江上别李秀才二首
①千山红树万山云,把酒相看日又曛。
　一曲离歌两行泪,不知何地再逢春?
②前年相送灞陵春,今日天涯各避秦。
　莫向尊前惜沉醉,与君俱是异乡人。

九一　语松竹
庭前芳草绿于袍,堂上诗人欲二毛。
多病不禁秋寂寞,雨松风竹暮骚骚。

九二　姬人养蚕
昔年爱笑蚕家妇,今日辛勤自养蚕。
仍道不愁罗与绮,女郎初解织桑篮。

九三　东阳酒家赠别二首
①送君同上酒家楼,酩酊翻成一笑休。
　正是落花饶怅望,醉乡前路莫回头。
②天涯方叹异乡身,又向天涯别故人。
　明日五更孤店月,醉醒何处各沾巾?

九四　长干塘别徐茂才
乱离时节别离轻,别酒应须满满倾。

才喜相逢又相送，有情争得似无情。

九五　江行西望
西望长安白日遥，半年无事驻兰桡。
欲将张翰秋江雨，画作屏风寄鲍昭。

九六　惊秋
不向烟波狎钓舟，强将文墨事儒丘。
长安十二槐花陌，曾负秋风多少秋。

九七　离筵诉酒
感君情重惜分离，送我殷勤酒满卮。
不是不能判酩酊，却忧前路醉醒时。

九八　题卢拾遗庄
主父西游去不归，满溪春雨长春薇。
怪来马上诗情好，点破青山白鹭飞。

九九　白牡丹
闺中莫妒新妆妇，陌上须惭傅粉郎。
昨夜月明浑似水，入门唯觉一庭香。

一〇〇　题许浑诗卷
江南才子许浑诗，字字清新句句奇。
十斛明珠量不尽，惠休虚作碧云词。

一〇一　赠礼佛名者
何用辛勤礼佛名，我从无得到真庭。
寻思六祖传心印，可是从来读藏经？

一〇二　解缆
又解征帆落照中，暮程还过秣陵东。

三年辛苦烟波里，赢得风姿似钓翁。

一○三　雨霁池上作
鹿巾藜杖葛衣轻，雨歇池边晚吹清。
正是今时江上好，白鳞红稻紫莼羹。

一○四　古离别二首
①晴烟漠漠柳毵毵，不那离情酒半酣。
　更把马鞭云外指，断肠春色在江南。
②一生风月供惆怅，到处烟花恨别离。
　止竟多情何处好，少年长抱长年悲。

一○五　江亭酒醒
别筵人散酒初醒，江岸黄昏雨雪零。
满座绮罗皆不见，觉来红烛背银屏。

一○六　椑亭驿小桃花
当年此树正花开，五马仙郎载酒来。
李白已亡工部死，何人堪伴玉山颓？

一○七　悯耕者
何代何王不战争？尽从离乱见清平。
如今暴骨多于土，犹点乡兵作戍兵。

一○八　含山店梦觉作
曾是流离惯别家，等闲挥袂各天涯。
灯前一梦江南觉，惆怅起来山月斜。

一○九　壶关道中作
处处兵戈路不通，却从山北去江东。
黄昏欲到壶关寨，匹马寒嘶野草中。

一一〇　金陵图二首
　　①谁为伤心画不成，画人心逐世人情。
　　　君看六幅南朝事，老木寒云满故城。
　　②江雨霏霏江草齐，六朝如梦鸟空啼。
　　　无情最是台城柳，依旧烟笼十里堤。

一一一　送人游并汾
　　风雨萧萧欲暮秋，独携孤剑塞垣游。
　　如今虏骑方南牧，莫过阴关第一州。

一一二　江外思归
　　年年春日异乡悲，杜曲黄莺可得知。
　　更被夕阳江岸上，断肠烟柳一丝丝。

一一三　梦入关
　　梦中乘传过关亭，南望莲峰簇簇青。
　　马上正吟归去好，觉来江月满前汀。

一一四　送人归上国
　　送君江上日西斜，泣向江边满树花。
　　若见青云旧相识，为言流落在天涯。

一一五　闻春鸟
　　雨时春鸟满江村，还是长安旧日闻。
　　红杏花前应笑我，我今憔悴亦羞君。

一一六　独鹤
　　夕阳滩上立徘徊，红蓼风前雪翅开。
　　应为不知栖宿处，几回飞去又飞来。

一一七　新栽竹
　　寂寞阶前种此君，绕栏吟罢却沾巾。

异乡流落谁相识？唯有丛篁伴主人。

一一八　题酒家
酒绿花红客爱诗，落花春岸酒家旗。
寻思避世为逋客，不醉长醒也是痴。

一一九　残花二首
①和烟和雨太离披，金蕊红须尚满枝。
十日笙歌一宵梦，苎罗烟雨失西施。
②江头沉醉泥斜晖，却向花前恸哭归。
惆怅一年春又去，碧云芳草两依依。

一二〇　稻田
浪波春稻满前陂，极目连云穤稬肥。
更被鹭鸶千点白，披烟来入画屏飞。

一二一　燕来
去岁辞巢别近邻，今来空讶草堂新。
花间对语应相问，不是村中旧主人。

一二二　倚柴扉
策杖无言独倚关，如痴如醉又如闲。
孤吟尽日何人会，依约前山似故山。

一二三　题七步廊
杜门无计奈残阳，更接檐前七步廊。
不羡东都丞相宅，每行吟得好篇章。

一二四　寄舍弟
每吟富贵他人合，不觉汍澜又湿衣。
万里日边乡树远，何年何路得同归？

一二五　仆者杨金
　　半年辛苦葺荒居，不独单寒腹亦虚。
　　努力且为田舍客，他年为尔觅金鱼。

一二六　春陌二首
　　①满街芳草卓香车，仙子门前白日斜。
　　　肠断东风各回首，一枝春雪冻梅花。
　　②嫩烟轻染柳丝黄，勾引花枝笑凭墙。
　　　马上王孙莫回首，好风偏逐羽林郎。

一二七　中酒
　　南邻酒熟爱相招，蘸甲倾来绿满瓢。
　　一醉不知三日事，任他童稚作渔樵。

一二八　暴雨
　　江村入夏多雷雨，晓作狂霖晚又晴。
　　波浪不知深几许，南湖今与北湖平。

一二九　晏起
　　尔来中酒起常迟，卧看南山改旧诗。
　　开户日高春寂寂，数声啼鸟上花枝。

一三〇　幽居春思
　　绿映红藏江上村，一声鸡犬似山源。
　　闭门尽日无人到，翠羽春禽满树喧。

一三一　思归引
　　越鸟南翔雁北飞，两乡云路各言归。
　　如何我是飘飘者，独向江头恋钓矶。

一三二　与小女
　　见人初解语呕哑，不肯归眠恋小车。

一夜娇啼缘底事？为嫌衣少缕金华。

一三三　虎迹
白额频频夜到门，水边踪迹渐成群。
我今避世栖岩穴，岩穴如何又见君？

一三四　买酒不得
停樽待尔怪来迟，手挈空瓶氋氃归。
满面春愁消不得，更看溪鹭寂寥飞。

一三五　得故人书
正向溪头自采苏，青云忽得故人书。
殷勤问我归来否，双阙而今画不如。

一三六　洪州送僧游福建
八月风波似鼓鼙，可堪波上各东西。
殷勤早作归来计，莫恋猿声住建溪。

一三七　闻回戈军
上将麾兵又去旋，翠华巡幸已三年。
营中不用栽杨抑，愿戴儒冠为控弦。

一三八　南邻公子
南邻公子夜归声，数炬银灯隔竹明。
醉凭马鬃扶不起，更邀红袖出门迎。

一三九　赠野僧
羡尔无知野性真，乱搔蓬鬓笑看人。
闲冲暮雨骑牛去，肯问中兴社稷臣。

一四〇　伤富民犯酒没产
谁氏园林一簇烟，路人遥指尽长欢。

桑林稻泽今无主，新犯香醪没入官。

一四一　感群儿戏为阵
　　已闻三世没军营，又见儿孙学战争。
　　见尔此言堪恸哭，遣予何日望时平。

一四二　寻李书记不遇
　　白云红树绕琅东，夕鸟群飞古道中。
　　仙吏不知何处隐，山南山北雨濛濛。

一四三　题貂黄岭官亭
　　散骑萧萧下太行，远从吴会去陈仓。
　　斜风细雨江亭上，尽日凭栏独望乡。

一四四　题樱桃树
　　记得初开雪满枝，和蜂和蝶带花移。
　　而今花落游蜂去，空作主人惆怅诗。

一四五　庭前菊
　　为忆长安烂漫开，我今移尔满庭栽。
　　红兰莫笑青青色，曾向龙门泛酒来。

一四六　忆小女银娘
　　睦州江上水门西，荡桨扬帆各解携。
　　今日天涯夜深坐，断肠偏忆阿银犁。

一四七　女仆阿汪
　　念尔辛勤岁已深，乱离相失又相寻。
　　他年待我门如市，报尔千金与万金。

一四八　河清县河亭
　　由来多感莫凭高，竟日衷肠似有刀。

人事任成陵与谷，大河东去自滔滔。

一四九　钟陵夜阑作
　　钟陵风雪夜将深，坐对寒江独苦吟。
　　流落天涯谁见问，少卿应识子卿心。

一五〇　宿蓬船
　　夜来江雨宿蓬船，卧听淋铃不忍眠。
　　却忆紫微清调逸，阻风中酒过年年。

一五一　穆天子传　　唐彦谦
　　王母清歌玉琯悲，瑶台应有再来期。
　　穆王不得重相见，恐为无端哭盛姬。

一五二　楚天
　　楚天遥望每长颦，宋玉襄王尽作尘。
　　不会瑶姬朝与暮，更为云雨待何人？

一五三　寄徐山人
　　一室清羸鹤体孤，体〔气〕和神莹爽冰壶。
　　吴中高士虽求死，不那稽山有谢敷。

一五四　题宗人故帖
　　所忠无处访相如，风笈尘编迹尚馀。
　　唯有孝标情最厚，一编遗在茂陵书。

一五五　垂柳
　　绊惹春风别有情，世间谁敢斗轻盈？
　　楚王江畔无端种，饿损宫腰学不成。

一五六　登兴元城观烽火
　　汉川城上角三呼，护跸防边列万夫。

褒姒冢前烽火起，不知泉下破颜无？

一五七　邓艾庙
　　　昭烈遗黎死尚羞，挥刀斫石恨谯周。
　　　如何千载留遗庙，血食巴山伴武侯。

一五八　曲江春望
　　　杏艳桃娇夺晚霞，乐游无庙有年华。
　　　汉朝冠盖皆陵墓，十里宜春下苑花。

一五九　汉殿
　　　鸟去云飞意不通，夜坛斜月转松风。
　　　君王寂虑无消息，却就闲人觅巨公。

一六〇　贺李昌时禁苑新命
　　　振鹭翔鸾集禁闱，玉堂珠树莹风仪。
　　　不知新到灵和殿，张绪何如柳一枝。

一六一　牡丹
　　　颜色无因饶锦绣，馨香唯解掩兰荪。
　　　那堪更被烟蒙蔽，南国西施泣断魂。

一六二　罗江驿
　　　数枝高柳带鸣鸦，一树山榴自落花。
　　　已是向来多泪眼，短亭回首在天涯。

一六三　奏捷西蜀题沱江驿
　　　野客乘轺非所宜，况将儒懦报戎机。
　　　锦江不识临邛酒，且免相如渴病归。

一六四　春蚕落英
　　　纷纷从此见花残，转觉长绳系日难。

楼上有愁春不浅，小桃风雪凭栏干。

一三五　仲山
千载遗踪寄薜萝，沛中乡里汉山河。
长陵亦是闲丘垄，异日谁知与仲多？

一六六　汉嗣
汉嗣安危系数君，高皇意决势难分。
张良口辨周昌吃，同建储宫第一勋。

一六七　四老庙
西汉储宫定不倾，可能园绮胜良平。
举朝公将无全策，借请闲人羽翼成。

一六八　南梁戏题汉高庙
数载从军似武夫，今随戎捷气偏粗。
汉王若问何为者？免道高阳旧酒徒。

一六九　洛神
人世仙家本自殊，何须相见向中途。
惊鸿瞥过游龙去，漫恼陈王一事无。

一七〇　初秋到慈州冬首换绛牧
秋杪方攀玉树枝，来年无计待春晖。
自嫌暂作仙城守，不逐莺来共燕飞。

一七一　重经冯家旧里
冯家旧宅闭柴关，修竹犹存渭水湾。
应系星辰上天〔天上〕去，不留英骨葬人间。

一七二　克复后登安国寺作
千门万户鞠蒿藜，断烬遗垣一望迷。

惆怅建章鸳瓦尽，夜来空见玉绳低。

一七三　题虔僧室
　　何缘春恨贮离忧，欲入空门万事休。
　　水月定中何所为，也颦眉黛托腮愁。

一七四　见炀帝宝帐
　　汉文穷相作前王，慙惜明珠不斗量。
　　翡翠鲛绡何所值，千褘万接上书囊。

一七五　楼上偶题
　　尘土无因狎隐沦，青山一望每伤神。
　　可能前岭空乔木，应有怀才抱器人。

一七六　亲仁里闻猿
　　朱雀街东半夜惊，楚魂和梦雨中清。
　　五更撩乱趋朝火，满口尘埃亦数声。

一七七　闻李渎司勋下世
　　异乡丹旐已飘扬，一顾深知实未亡。
　　任被褚裒泉下笑，重将北面哭真长。

一七八　试夜题省廊桂
　　麻衣穿穴两京尘，十见东堂绿桂春。
　　今日竞飞扬叶箭，魏舒休作画筹人。

一七九　竹风
　　竹映风窗数阵斜，旅人愁坐思无涯。
　　夜来留得江湖梦，全为乾声似荻花。

一八〇　长溪秋望
　　柳短莎长溪水流，雨微烟暝立溪头。

寒霞〔鸦〕闪闪前山去，杜曲黄昏独自愁。

一八一　严子陵
　　严陵情性是真狂，抵触三公傲帝王。
　　不怕旧交称僭越，唤它侯霸作君房。

一八二　北齐
　　草草招携强据鞍，周师乘胜莫回看。
　　背城肯战知虚实，争奈人前忍笑难。

一八三　楚世家
　　偏信由来惑是非，一言邪佞脱危机。
　　张仪重入怀王手，驷马安车却放归。

一八四　骊山道中
　　月殿真妃下彩烟，渔阳追房及汤泉。
　　君王指点新丰树，几不亲留七宝鞭。

一八五　韦曲
　　欲写愁肠愧不才，多情练漉已低摧。
　　穷郊二月初离别，独傍寒村嗅野梅。

一八六　黄子陂荷花
　　十顷狂风撼曲尘，缘堤照水露红新。
　　世间花气皆愁绝，恰是莲香更恼人。

一八七　野行
　　蝶恋晚花终未去，鸥逢春水固难飞。
　　野人心地都无着，伴蝶随鸥亦不归。

一八八　牡丹
　　青帝于君事分偏，秋堆浮艳倚朱门。

虽然占得笙歌地，将甚酬他雨露恩？

一八九　与徐温话别　方干
　　去去何时却见君，悠悠烟水似天津。
　　明年今夜有明月，不是今年看月人。

一九〇　寒食日
　　百花香气傍行人，花底垂鞭日易曛。
　　野火不知寒食节，穿林转壑自烧云。

一九一　出东阳道中作
　　马首寒山黛色浓，一重重尽一重重。
　　醉醒已在他人界，犹忆东阳昨夜钟。

一九二　赠申长官
　　言下随机见物情，看看狱路草还生。
　　旅人莫怪无鱼食，直为寒江水至清。

一九三　经故侯郎中旧居
　　一朝寂寂与冥冥，垄树未长坟草青。
　　高节雄才向何处，夜阑空锁满池星。

一九四　题严子陵祠
　　物色旁求至汉庭，一宵同寝见交情。
　　先生不入云台像，赢得桐江万古名。

一九五　送僧南游
　　三秋万里五溪行，风里孤云不计程。
　　若念猩猩解言语，放生先合放猩猩。

一九六　与陈长官
　　枕上愁多百绪牵，常时睡觉在溪前。

人间尽是交亲力，莫道升沉总信天。

一九七　商明府家学方响
葛溪铁片梨园调，耳底丁东十六声。
彭泽主人怜妙乐，玉杯春暖许同倾。

一九八　别商明府
许教门馆久踟蹰，仲叔怀恩对玉壶。
惟有离心欲萌客，空垂双泪不成珠。

一九九　赠杨长官
直钩终日竟无鱼，钟鼓声中与世疏。
若向湖边访幽拙，萧条四壁是闲居。

二〇〇　贻亮上人
秋水一泓长见底，涧松千尺不生枝。
人间学佛知多少，净尽花心只有师。

二〇一　赠曦上人
四十年来多少人，一分零落九成尘。
与师犹得重相见，亦是枯株勉强春。

二〇二　题画建溪图
六幅轻绡画建溪，刺桐花下路高低。
分明记得曾行处，只欠猿声与鸟啼。

二〇三　蜀中
游子去游多不归，春风酒味胜馀时。
闲来却伴巴儿醉，豆蔻花边唱竹枝。

二〇四　将归湖上留别陕宰
归去春山逗晚晴，萦回树石罅中行。

明时不是无知己，自忆湖边钓与耕。

二〇五　题鲍处士壁
　　水阔坐看千万里，青芜盖地接天津。
　　祢衡莫爱山中静，绕舍山多却碍人。

二〇六　经旷禅师旧院
　　谷鸟散啼如有恨，庭花含笑似无情。
　　更名变貌难休息，去去来来第几生？

二〇七　江南闻新曲
　　席上新声花下杯，一声声被拍心摧。
　　乐宫不识长安道，尽是书中寄曲来。

二〇八　越中寄孙百篇二首
　　①上才乘醉到山阴，日日篇成字字金。
　　　镜水周围千万顷，波澜倒泻入君心。
　　②锦价转高花更巧，能将旧手弄新梭。
　　　从来一字为褒贬，二十八言犹太多。

二〇九　题飞来峰
　　邃岩乔木夏藏寒，床下云溪枕上看。
　　台殿渐多山更重，却令飞去即应难。

二一〇　过李群玉故居
　　讦直上书难遇主，衔冤下世未成翁。
　　琴樽剑鹤随将去，惟锁山斋一树风。

二一一　君不来
　　远路东西欲问谁，寒来无处寄寒衣。
　　去时初种庭前树，树已胜巢人未归。

二一二　送乡中故人
　　少小与君情不疏，听君细话胜家书。
　　如今若到乡中去，道我垂钩不钓鱼。

二一三　思江南
　　昨日草枯今日青，羁人又动故乡情。
　　夜来有梦登归路，不到桐庐已及明。

二一四　别孙蜀
　　吴越思君意易伤，别君添我鬓边霜。
　　由来浙水偏堪恨，截断千山作两乡。

二一五　赠江上老人
　　潭底锦鳞多识钓，未投香饵即先知。
　　欲教鱼目无分别，须学揉蓝染钓丝。

二一六　咏花二首
　　①狂心醉眼共徘徊，一半先开笑未开。
　　　此日不能偷折去，蝴蜂直恐趁人来。
　　②可怜妍艳正当时，刚被狂风一夜吹。
　　　今日流莺来旧处，百般言语滞空枝。

二一七　题玉笥山强处士
　　酒里藏身岩里居，删繁自是一家书。
　　世人呼尔为渔叟，尔学钓璜非钓鱼。

二一八　浅井
　　夜入明河星似少，曙摇澄碧扇风翻。
　　细泉细脉难来到，应觉添瓶耗旧痕。

二一九　失题
　　十六声中运手轻，一声声似自然声。

不缘精妙过流辈，争得江南别有名。

二二〇　路入金州江中作
棹寻椒岸萦迴去，数里时逢一两家。
知是从来贡金处，江边牧竖亦披沙。

二二一　夜会郑氏林亭
卷帘圆月照方塘，坐久樽空竹有霜。
白犬吠风惊雁起，犹能一一旋成行。

二二二　寓言　李洞
三千宫女露蛾眉，笑煮黄金日日迟。
麟凤隔云攀不及，空山惆怅夕阳时。

二二三　客亭对月
游子离魂陇上花，风飘浪卷绕天涯。
一年十二度圆月，十一回圆不在家。

二二四　宿鄠郊赠罗处士
川静星高栎已枯，南山落石水声粗。
白云钓客窗中宿，卧数嵩峰听五湖。

二二五　赠僧
不管王公与贵人，惟将云鹤自相亲。
闲来石上观流水，欲洗禅衣未有尘。

二二六　题学公院池莲
竹引山泉王氎池，栽莲却〔莫〕怪藕生丝。
如何不似麻衣客，坐对秋风待一枝。

二二七　山居喜友见访
入云暗劚茯苓还，日暮逢迎水石间。

看待诗人无别物，半潭秋水浸房山。

二二八　秋宿长安韦主簿厅
水木清凉夜直厅，愁人楼上唱寒更。
坐劳同步帘前月，鼠动床头印锁声。

二二九　冬忆友人
吟上山前数竹枝，叶翻似雪落霏霏。
枕前明月谁动影，睡里惊来不觉归。

二三〇　怀圭峰影林泉
吾家旧物贾生传，入内遥分锡杖泉。
鹤去帝移宫女散，更堪呜咽过楼前。

二三一　赠青龙印禅师
雨涩秋刀剃雪时，庵前曾礼草堂师。
居人昨日相过说，鹤已生孙竹满池。

二三二　戏赠侯常侍
葛洪卷与江淹赋，名动天边傲石居。
两蜀词人多载后，同君讳却马相如。

二三三　赠功臣
征蛮破虏汉功臣，携剑归来万里身。
闲倚凌烟金柱看，形容消瘦老于真。

二三四　有赠
爱酒耽棋田处士，弹琴咏史贾先生。
御沟临岸有云石，不见鹤来何处行？

二三五　送三藏归西域
十万里程多少碛，沙中弹舌受降龙。

　　　　五天到日应头白，月落长安半夜钟。

二三六　送僧清演归山
　　　　毛褐斜肩背负经，晓思吟入窦山青。
　　　　峰前野水横官道，踏着秋天三四星。

二三七　金陵怀古
　　　　古来无此战争功，日日戈船漾海风。
　　　　一度灵鳌开睡眼，六朝灰尽九江空。

二三八　长安县厅
　　　　主人寂寞客迍邅，愁列〔绝〕终南满眼〔案〕前。
　　　　乞取中庭藤五丈，为君高颺扣青天。

二三九　朗吟
　　　　春草萋萋春水绿，野棠开尽飘香玉。
　　　　绣岭宫前鹤发人〔翁〕，犹唱开元太平曲。

二四〇　题晰上人贾岛诗卷
　　　　贾生诗卷惠休装，百叶莲花万里香。
　　　　供得半年吟不足，长须字字顶司仓。

二四一　蚕妇　杜荀鹤
　　　　粉色全无饥色加，岂知人世有荣华。
　　　　年年道我蚕辛苦，底事浑身着苎麻。

二四二　老僧二首
　　　　①草屦无尘心地闲，静随猿鸟过寒暄。
　　　　　眼昏齿落经看遍，却向僧中总不言。
　　　　②童子为僧今白首，暗锄心地种闲情。
　　　　　时将旧衲添新线，披坐披行过一生。

二四三　小松
　　已有清阴逼座隅，爱声仙客肯过无？
　　陵仙谷变须高节，莫向人间作大夫。

二四四　闽中秋思
　　雨匀紫菊丛丛色，风弄红蕉叶叶声。
　　北畔是山南畔海，只堪图画不堪行。

二四五　赠僧
　　利门名路两何凭，百岁风前短焰灯。
　　只恐为僧僧不了，为僧得了尽输僧。

二四六　溪兴
　　山雨溪风卷钓丝，瓦瓯蓬底独斟时。
　　醉来睡着无人唤，流下前滩也不知。

二四七　过巢湖
　　世人贪利复贪荣，来向湖边始至诚。
　　男子登舟与登陆，把心何不一般行。

二四八　伤硖石县病叟
　　无子无孙一病翁，将何筋力事耕农。
　　官家不管蓬蒿地，须索王租出此中。

二四九　溪岸秋思
　　桑柘穷头三四家，挂罾垂钓是生涯。
　　秋风忽起溪浪白，零落岸边芦荻花。

二五〇　春日旅寓
　　满城罗绮拖春色，几处笙歌揭画楼。
　　江上有家归未得，眼前花是眼前愁。

二五一　秋夕二首
　　①世间多少能诗客，谁是无愁得睡人？
　　　自我夜来霜月下，到头吟魄始终身。
　　②坏屋不眠风雨夜，故园无信水云秋。
　　　病中枕上谁相问？——蝉声槐树头。

二五二　田翁
　　白发星星筋力衰，种田犹自伴孙儿。
　　官苗若不平平纳，任是丰年也受饥。

二五三　秋江雨夜逢诗友
　　故友别来三四载，新诗吟得百馀篇。
　　夜来江上秋无月，恨不相逢在雪天。

二五四　感春
　　无况青春有限身，眼前花似梦中春。
　　浮生七十今三十，已是人间半世人。

二五五　宿栾城驿却寄常山张书记
　　一更更尽到三更，吟破离心句不成。
　　数树秋风满庭月，忆君时复下阶行。

二五六　湘江秋夕
　　三秋月色三湘水，浸骨寒光似练铺。
　　一夜塞鸿来不住，故乡书信半年无。

二五七　赠崔道士
　　四海兵戈无静处，人家废业望烽烟。
　　九华道士浑如梦，犹向尊前笑揭天。

二五八　题道林寺
　　身未立间终日苦，身当立后几年荣。

万般不及僧无事，共水将山过一生。

二五九　旅怀二首
　　①蒹葭月冷时闻雁，杨柳风和日听莺。
　　　水涉山行二年客，就中偏怕雨船声。
　　②月华星彩坐来收，岳色江声暗结愁。
　　　半夜灯前十年事，一时和雨到心头。

二六〇　经严陵钓台
　　苍翠云峰开俗眼，泓澄烟水浸尘心。
　　唯将道业为芳饵，钓得高名直至今。

二六一　关试后筵上别同人
　　日午离筵到夕阳，明朝秦地与吴乡。
　　同年多是长安客，不信行人欲断肠。

二六二　新雁
　　暮天新雁起汀洲，红蓼花疏水国秋。
　　想得故园今夜月，几人相忆在江楼？

二六三　自遣
　　粝食粗衣随分过，堆金积帛欲如何？
　　百年身后一丘土，贫富高低争几多？

二六四　子规
　　楚天空阔月成轮，蜀魄声声似告人。
　　啼得血流无用处，不如缄口过残春。

二六五　赠质上人
　　枯坐云游出世尘，兼无瓶钵可随身。
　　逢人不说人间事，便是人间无事人。

二六六　秋夜苦吟
　　吟尽三更未著题,竹风松雨共凄凄。
　　此时若有人来听,始觉巴猿不解啼。

二六七　秋夜闻砧
　　荒凉客舍眠秋色,砧杵家家弄月明。
　　不及巴山听猿夜,三声中有不愁声。

第三十一卷　七言廿一　晚唐四

（共二百八十七首）

一　宫乌栖　赵嘏
　　宫乌栖处玉楼深，微月生檐夜夜心。
　　香辇不回花自落，春来空佩辟寒金。

二　长信宫
　　君恩已尽欲何归，犹有残香在舞衣。
　　自恨身轻不如燕，春来长绕御帘飞。

三　广陵城
　　红映高台绿绕城，城边春草傍墙生。
　　隋家不向此中尽，汴水应无东去声。

四　冷日过骊山
　　冷日微烟渭水愁，翠华宫树不胜秋。
　　霓裳一曲千门锁，白尽梨园弟子头。

五　下第后归永乐里自题二首
　　①无地无媒只一身，归来空拂满床尘。
　　　尊前尽日谁相对？唯有南山似故人。
　　②玄发侵愁忽似翁，暖尘寒袖共东风。
　　　公卿门户不知处，立马九衢春影中。

六　出试日独游曲江
　　江莎渐映花边绿，楼日自开池上春。
　　双鹤绕空来又去，不知临水有愁人。

七　题曹娥庙
　　青娥埋没此江滨，江树飕飕惨暮云。
　　文字在碑碑已堕，波涛辜负色丝文。

八　题段氏中台
　　看山台下水无尘，碧篆前头曲水春。
　　独对一樽风雨夜，不知家有早朝人。

九　华州座中献卢给事
　　送迎皆到三峰下，满面烟霜满马尘。
　　自是追攀认知己，青云不假迭迎人。

一〇　商山道中
　　和如春色净如秋，五月商山是胜游。
　　当昼火云生不得，一溪云〔萦〕作万重愁。

一一　赠歙州妓
　　滟滟横波思有馀，庾楼明月堕云初。
　　扬州寒食春风寺，看遍花枝尽不如。

一二　赠王明府
　　五柳逢秋影渐微，陶潜恋酒不知归。
　　但存物外醉乡在，谁向人间问是非？

一三　吕校书雨中见访
　　竹阁斜溪小槛明，惟君来赏见山情。
　　马嘶风雨又归去，独听子规千万声。

一四　千秋岭下
　　知有岩前万树桃，未逢摇落思空劳。
　　年年盛发无人见，三十六溪春水高。

一五　歙州道中仆逃
　　去跳风雨几奔波，曾共辛勤奈若何。
　　莫遣穷归不知处，秋山重迭戍旗多。

一六　重阳日寄韦舍人
　　节过重阳菊委尘，江边病起杖扶身。
　　不知此日龙山会，谁是风流落帽人？

一七　赠薛勋下第
　　一掷虽然未得卢，惊人不用绕床呼。
　　牢之坐被青云逼，只问君能酷似无？

一八　宛陵望月寄沈学士
　　一川如画敬亭东，待诏闲游处处同。
　　天竺山前镜湖畔，何如今日庾楼中。

一九　翡翠岩
　　芙蓉幕里千场醉，翡翠岩前半日闲。
　　惆怅晋朝人不到，谢公抛力上东山。

二〇　发新安后途中寄卢中丞二首
　　①楼上风流庾使君，笙歌曾醉此中闻。
　　　目前已是陵阳路，回首丛山满眼云。
　　②晚树萧萧促织愁，风簾似水满床秋。
　　　千山不碍笙歌月，谁伴羊公上夜楼？

二一　留题兴唐寺
　　满水楼台满寺山，七年今日共跻攀。

月高对菊问行客,去折芳枝早晚还?

二二　广陵道
　　斗鸡台边花照尘,炀帝陵下水含春。
　　青云回翅北归雁,白首哭途何处人?

二三　茅山道中
　　溪树重重水乱流,马嘶残雨晚程秋。
　　门前便是仙山路,目送归云不得游。

二四　江上与兄别
　　楚国湘江两渺弥,暖川晴雁背帆飞。
　　人间离别尽堪哭,何况不知何日归。

二五　落第
　　九陌初晴处处春,不能回避看花尘。
　　由来得丧非吾事,本是钓鱼船上人。

二六　宛陵馆冬青树
　　碧树如烟覆晚波,清秋欲尽客重过。
　　故园亦有如烟树,鸿雁不来风雨多。

二七　赠五老韩尊师
　　有客斋心事玉晨,对山须鬓绿无尘。
　　住山道士年如鹤,应识当时五老人。

二八　经汾阳旧宅
　　门前不改旧山河,破房曾经马伏波。
　　今日独经歌舞地,古槐疏冷夕阳多。

二九　寄卢中丞
　　叶覆清溪滟滟红,路横秋色马嘶风。

独携一榼郡斋酒,吟对青山忆谢公。

三〇　途中
故园回首雁初来,马上千愁付一杯。
惟有新诗似相识,暮山吟处共徘徊。

三一　寄裴澜
绮云初堕亭亭月,锦席惟横滟滟波。
宋玉逢秋正高卧,一篇吟尽奈情何。

三二　淮南丞相坐赠歌者虞姹
绮筵无处避梁尘,虞姹清歌日日新。
来值渚亭花欲尽,一声留得满城春。

三三　酬段侍御
莲花上客思闲闲,数首新诗到笮关。
吟得楚天风雨斋,一条江水两三山。

三四　寻僧二首
①台殿参差日堕尘,坞西归去一庵云。
　寒泉何处夜深落?声隔半岩疏叶闻。
②溪户无人谷鸟飞,石桥横木挂禅衣。
　看云日暮倚松立,野水乱鸣僧未归。

三五　发柏梯寺
一泓秋水千竿竹,静得劳生半日身。
犹有向西无限地,别僧骑马入红尘。

三六　西江晚泊
芒芒蔼蔼失西东,柳浦桑村处处同。
戍鼓一声帆影尽,水禽飞起夕阳中。

三七　南池
　　　照影池边多少愁，往来重见此塘秋。
　　　芙蓉苑外新经雨，江叶相随何处流？

三八　江楼旧感
　　　独上江楼思渺然，月光如水水如天。
　　　同来望月人何处，风景依稀似去年。

三九　南园
　　　雨过郊园绿尚微，落花惆怅满尘衣。
　　　芳樽有酒无人共，日暮看山还独归。

四〇　南亭
　　　孤亭影在乱花中，怅望无人此醉同。
　　　听尽暮钟犹独坐，水边襟袖起春风。

四一　赠女仙
　　　水思云情小凤仙，月涵花态语如弦。
　　　不因金骨三清客，谁识吴州有洞天。

四二　宣州送判官
　　　来时健笔佐票姚，去折槐花度野桥。
　　　谁见樽前此惆怅，一声歌尽路迢迢。

四三　宿僧院
　　　月满长空树满霜，度云低拂近檐床。
　　　林中夜半一声磬，卧见高僧入道场。

四四　寻僧
　　　斜日窗横起暗尘，水边门户闭闲春。
　　　千竿竹里花枝动，只道无人似有人。

四五　经王先生故居
晚波东去海茫茫，谁识蓬山不死乡？
弄玉已归萧史去，碧楼红树倚斜阳。

四六　送从翁中丞奉使黠戛思六首
①扬雄词赋举天闻，万里油幢照塞云。
仆射峰西几千骑，一时迎着汉将军。
②旌旗杳杳雁萧萧，春尽穷沙雪未销。
料得坚昆受宣后，始知公主已归朝。
③虽言穷北海云中，属国当时事不同。
九姓如今尽臣妾，归期那肯待秋风。
④牢山望断绝尘氛，滟滟河西拂地云。
谁见鲁儒持汉节，玉关降尽可汗军。
⑤山川险易接胡尘，秦汉图来或未真。
自此尽知边塞事，河湟更欲托何人？
⑥秦皇无策建长城，刘氏仍穷北路兵。
若遇单于旧牙帐，却应伤叹汉公卿。

四七　东亭柳
拂水斜烟一万条，几随春色倚河桥。
不知别后谁攀折，犹自风流胜舞腰。

四八　僧舍二首
①只言双鬓未蹉跎，独奈牛羊送日何？
禅客不归车马去，晚檐山色为谁多？
②溪上禅关水木间，水南山色与僧闲。
春风尽日无来客，幽磬一声高鸟还。

四九　新月
玉钩斜傍画檐生，云匣初开一寸明。

何事最能悲少妇？夜来依约落边城。

五〇　赠皇甫坦
　　养由弓箭已无功，牢落生涯事事同。
　　相劝一杯寒食酒，几多辛苦到春风。

五一　四祖寺
　　千株松下双峰寺，一盏灯前万里身。
　　自为心猿不调伏，祖师元是世间人。

五二　听蝉
　　噪蝉声乱日初曛，弦管楼中永不闻。
　　独奈愁人数茎发，故园秋隔五湖云。

五三　寄远
　　禁钟声尽见栖禽，关塞迢迢故国心。
　　无限春愁莫相问，落花流水洞房深。

五四　池上
　　正怜佳月夜深坐，池上暖回燕雁声。
　　犹有渔舟系江岸，故人归尽独何情。

五五　春日书怀
　　暖莺春日舌难穷，枕上愁生晓听中。
　　应袅绿窗残梦断，杏园零落满枝风。

五六　赠别
　　水边秋草暮萋萋，欲驻残阳恨马蹄。
　　曾是管弦同醉伴，一声歌尽各东西。

五七　灵岩寺
　　馆娃宫畔千年寺，水阔云多客到稀。

闻说春来倍惆怅，百花深处一僧归。

五八　代人听琴二首
　　①抱琴花夜不胜春，独奏相思泪满巾。
　　　第五指中心最恨，数声呜咽为何人？
　　②湘娥不葬九疑云，楚水连天坐忆君。
　　　惟有啼乌旧名在，忍教呜咽夜长闻。

五九　访沈舍人不遇
　　溪翁强访紫微郎，晓鼓声中满鬓霜。
　　知在禁闱人不见，好风飘下九天香。

六〇　座上献元相公
　　寂寞堂前日又曛，阳台去作不归云。
　　从来闻说沙吒利，今日青娥属使君。

六一　遣兴二首
　　①溪花入夏渐稀疏，雨气如秋麦熟初。
　　　终日苦吟人不会，海边兄弟久无书。
　　②读彻残书弄水回，暮天何处笛声哀。
　　　花前独立无人会，依旧去年双燕来。

六二　送李给事
　　眼前轩冕是鸿毛，天上人间漫自劳。
　　脱却朝衣独归去，青云不及白云高。

六三　宿僧舍
　　高僧夜滴芙蓉漏，远客窗含杨柳风。
　　何处相逢话心地，月明身在磬声中。

六四　吴门梦故山
　　心熟家山梦不迷，孤峰寒绕一条溪。

秋窗觉后情无限，月堕馆娃宫树西。

六五　别李谱
尊前路映暮尘红，池上琴横醉席风。
今日别君如别鹤，声容暂在楚弦中。

六六　和杜侍郎题禅智寺南楼
楼畔花枝拂槛红，露天香动满簾风。
谁知野寺遗钿处，尽在相如春思中。

六七　发青山
凫鹥声暖野塘春，鞍马嘶风驿路尘。
一宿青山又前去，古来难得是闲人。

六八　将发循州社日于所居馆宴送
浪花如雪迭江风，社过高秋万恨中。
明日便随江燕去，依依俱是故巢空。

六九　入蓝关
微烟已辨秦中树，远梦更依江上台。
看落晚花还怅望，鲤鱼时节入关来。

七〇　落第寄沈询
穿杨力尽独无功，华发相期一夜中。
别到江头旧吟处，为将双泪问春风。

七一　送韦中丞
二年恩意是春晖，清净胸襟似者希。
泣尽楚人多少泪，满船唯载酒西归。

七二　咏端正春树
一树繁阴先著名，异花奇叶俨天成。

　　　　马嵬此去无多地，只合杨妃墓上生。

七三　叙事献同州侍御三首
　　①青云席中罗袜尘，白首江上吟诗人。
　　　登龙不及三千士，虚度膺门二十春。
　　②平生望断云层层，紫府杳是他人登。
　　　却应归访溪边寺，说向当时同社僧。
　　③尊前谁伴谢公游，莲岳晴来翠满楼。
　　　坐见一方金变化，独吟红药对残秋。

七四　婺州宴上留别
　　双溪楼影向云横，歌舞高台晚更清。
　　独自下楼骑瘦马，摇鞭重入乱蝉声。

七五　别牛郎中门馆
　　整襟收泪别朱门，自料难酬顾念恩。
　　招得片魂骑匹马，西风斜日上秋原。

七六　山中寄卢简求
　　竹西池上有花开，日日幽吟看又回。
　　心忆郡中萧记室，何时暂别醉乡来？

七七　寄梁佾兄弟
　　桃李春多翠影重，竹楼当月夜无风。
　　荀家兄弟来还去，独倚阑干花露中。

七八　同州南亭陪刘侍郎送刘先辈
　　处处云随晚望开，洞庭秋入管絃来。
　　谢公待醉销离恨，莫借临川酒一杯。

七九　赠馆驿刘巡官
　　云别青山马踏尘，负才难觅作闲人。

莫言馆驿无公事，诗酒能销一半春。

八〇　赠解头贾嵩
　　　贾生名迹忽无伦，十月长安看尽春。
　　　顾我先鸣还自笑，空沾一第是何人？

八一　题僧壁
　　　晓傍疏林露满巾，碧山秋寺属闲人。
　　　溪头尽日看红叶，却笑高僧衣有尘。

八二　沙溪馆
　　　翠湿衣襟山满楼，竹间溪水绕床流。
　　　行人莫羡邮亭吏，生向此中今白头。

八三　李侍御归炭谷山居同宿华严寺
　　　家在青山近玉京，白云红树满归程。
　　　相逢一宿最高寺，半夜翠微泉落声。

八四　过喷玉泉
　　　平生半为山淹留，马上欲去还回头。
　　　两京尘路一双鬓，不见玉泉千万秋。

八五　汉阴庭树
　　　掘沟引水浇蔬圃，插竹为篱护药苗。
　　　杨柳如丝风易乱，梅花似雪日难销。

八六　送王拾遗谢官后归浐水山居
　　　水边残雪照亭台，台上风襟向雪开。
　　　还拟当时姓丁鹤，羽毛成后一归来。

八七　宿长水主人
　　　白云溪北丛岩东，树石夜与潺湲通。

行人一宿翠微月，二十五弦声满风。

八八　重阳二首
①节逢重九海门外，家在五湖烟水东。
　还向秋山觅诗句，伴僧吟对菊花风。
②病酒坚辞绮席春，菊花空伴水边身。
　由来举止非闲雅，不是龙山落帽人。

八九　十无诗寄桂府杨中丞
①琴酒曾将风月须，谢公名迹满江湖。
　不知贵拥旌旗后，犹暇怜诗爱酒无？
②东省南宫兴不孤，几因诗酒谬招呼。
　一从开署芙蓉幕，曾向风前记得无？
③遥闻桂水绕城隅，城上江山满画图。
　为问訾家洲畔月，清秋拟许醉狂无？
④日暮江边一小儒，空怜未有白髭须。
　马融已贵诸生老，犹自容窥绛帐无？
⑤一种吟诗号孔徒，沧江有客独疏愚。
　初筵尽辟知名士，许到风前月下无？
⑥望断南云日已晡，便应凭梦过重湖。
　不知自古登龙者，曾有因诗泥得无？
⑦早游门馆一樵夫，只爱吟诗傍药炉。
　旌旆满江身不见，思言记得颍川无？
⑧孔融襟抱称名儒，爱物怜才与世殊。
　今日宾阶忘姓字，当时省记荐雄无？
⑨僻爱江山俯坐隅，人间不是便为图。
　尊前为问神仙伴，肯向三清慰荐无？
⑩膺门不避额逢珠〔朱〕，绝境由来卷轴须。

　　　　早忝阿戎诗友契，趋庭曾荐祢生无？

九〇　哭李进士
　　　　牵马街中哭送君，灵车辗雪隔城闻。
　　　　唯有山僧与樵客，共舁孤榇入幽坟。

九一　寄山僧
　　　　云里幽僧不置房，橡花藤叶盖禅床。
　　　　朝来逢着山中伴，闻说新移最上方。

九二　喜张濆及第
　　　　九转丹成最上仙，青天暖日踏云轩。
　　　　春风贺喜无言语，排比花枝满杏园。

九三　赠张濆榜头被驳落
　　　　莫向花前泣酒杯，谪仙依旧是仙才。
　　　　犹堪与世为祥瑞，曾到蓬山顶上来。

九四　悼亡二首
　　　①一烛从风到奈何，二年衾枕逐风波。
　　　　虽知不得公然泪，时泣阑干恨更多。
　　　②明月萧萧海上风，君归泉路我飘蓬。
　　　　门前虽有如花貌，争奈如花心不同。

九五　泗上奉送相公
　　　　语堪铭座默含春，西汉公卿绝比伦。
　　　　今日卧辕留不得，欲挥双涕学舒人。

九六　赠桐乡丞
　　　　舟触长松岸势回，潺湲一夜绕亭台。
　　　　若教靖节先生见，不肯更吟归去来。

九七　寄前黄州窦使君
　　池上笙歌寂不闻，楼中愁杀碧虚云。
　　玉壶凝尽重重泪，寄与风流旧使君。

九八　晚凉　裴夷直
　　檐前蔽日多高树，竹下添池有小渠。
　　山客野僧归去后，晚凉移案独临书。

九九　和周侍御洛城雪
　　天街飞䍐踏琼英，四顾全疑在玉京。
　　一种相如抽秘思，兔园那比凤凰城。

一〇〇　奉和大梁相公送人二首
　　①谢公日日伤离别，又向西堂送阿连。
　　　想到越中秋已尽，镜湖〔河〕应羡月团圆。
　　②北津杨柳迎烟绿，南岸阑干映水红。
　　　君到襄阳渡江处，始应回首忆羊公。

一〇一　酬唐仁烈相别后喜阻风未发见寄
　　离心一起泪双流，春浪无情也白头。
　　风若有知须放去，莫教重别又重愁。

一〇二　秦中卧病思归
　　索索凉风满树头，破窗残月五更秋。
　　病身归处吴江上，一寸心中万里愁。

一〇三　送王绩
　　翠羽长将玉树期，偶然飞下肯多时。
　　翩翩一路岚阴晚，却入青葱宿旧枝。

一〇四　赠美人琴弦
　　应从玉指到金徽，万态千情料可知。

今夜灯前湘水怨,殷勤封在七条丝。

一〇五　病中知皇子陂荷花盛发寄王绩
十里莲塘路不赊,病来簾外是天涯。
烦君四句遥相寄,应得诗中便看花。

一〇六　岁日先把屠苏酒
自知年几偏应少,先把屠苏不让春。
傥更数年逢此日,还应惆怅羡他人。

一〇七　上下七盘二首
①斗回山路掩皇州,二载欢娱一望休。
　从此万重青嶂合,无因更得重回头。
②商山半月雨漫漫,偶值新晴下七盘。
　山似换来天似洗,可怜风日到长安。

一〇八　八月十五日夜
去年今夜在商州,还为清光上驿楼。
宛是依依旧颜色,自怜人换几般愁。

一〇九　南诏朱藤杖
六节南藤色似朱,拄行阶砌胜人扶。
会须将入深山去,倚看云泉作老夫。

一一〇　夜意
萧疏尽地林无影,浩荡连天月有波。
独立空亭人睡后,洛桥风便水声多。

一一一　漫作
月色莫来孤寝处,春风任向别人家。
梁园桃李虽无数,断定今年不看花。

一一二　访刘君
　　扰扰驰蹄又走轮，五更飞尽九衢尘。
　　灵芝破观深松院，还有斋时未起人。

一一三　杨柳枝词
　　已作绿丝笼晓日，又成飞絮扑晴波。
　　隋家不合栽杨柳，长遣行人春恨多。

一一四　寄杭州崔使君
　　朝下归来只闭关，羡君高步出人寰。
　　三年不见尘中事，满眼江涛送雪山。

一一五　穷冬曲江闲步
　　雪尽南陂雁北飞，草根春意胜春晖。
　　曲江永日无人到，独绕寒池又独归。

一一六　省中题新植双松
　　端坐高宫起远心，云高水阔共幽沉。
　　更堂寓直将谁语？自种双松伴夜吟。

一一七　崇山郡
　　地尽炎荒瘴海头，圣朝今又放驩兜。
　　交州已在南天外，更过交州四五州。

一一八　临水
　　一见心原断百忧，益知身世两悠悠。
　　江亭独倚阑干处，人亦无言水自流。

一一九　题江上柳寄李使君
　　桂江南度无杨柳，见此令人眼暂明。
　　应学郡中贤太守，依依相向许多情。

一二〇　江上见月怀古
　　月上江平夜不风,伏波遗迹半成空。
　　今宵倍欲悲陵谷,铜柱分明在水中。

一二一　鹦鹉
　　劝尔莫移禽鸟性,翠毛红嘴任天真。
　　如今漫学人言巧,解语终须累尔身。

一二二　寄婺州李给事二首
　　①心尽玉皇恩已远,迹留江郡宦应孤。
　　　不知壮气今何似,犹得凌云贯日无?
　　②瘴鬼翻能念直心,五年相遇不相侵。
　　　目前唯有思君病,无底沧溟未是深。

一二三　秋日
　　六眸龟北凉应早,三足乌南日正长。
　　常记京关怨摇落,如今目断满林霜。

一二四　遣意
　　梧桐坠露悲先殒,松桂凌霜倚后枯。
　　不是世间长在物,暂分贞脆竟何殊?

一二五　戏赠惟赏上人
　　师是浮云无着身,我居尘网敢相亲。
　　应从海上秋风便,偶自飞来不为人。

一二六　寓言
　　流水颓阳不暂停,东流西落两无情。
　　不是世间人自老,古来华发此中生。

一二七　忆家
　　天海相连无尽处,梦魂来往尚应难。

谁言南海无霜雪，试向愁人两鬓看。

一二八　留客
　　青梅欲熟笋初长，嫩绿新阴绕砌凉。
　　湖馆翛然无俗客，白衣居士且匡床。

一二九　别蕲春王判官
　　四十年来真久故，三千里外暂相逢。
　　今日一杯成远别，烟波眇眇恨重重。

一三〇　将发循州社日于所居馆宴送
　　浪花如雪迭江风，社过高秋万恨中。
　　明日便随江燕去，依依俱随故巢空。

一三一　宿齐山僧舍　张乔
　　一宿经窗望白波，晓随山月出烟萝。
　　芳言不得南宗要，长在禅床事更多。

一三二　笛
　　剪雨裁烟一节秋，落梅杨柳曲中愁。
　　尊前暂借殷勤看，明月曾闻向陇头。

一三三　猿
　　挂月栖云向楚林，取来全是为清音。
　　谁知系在黄金索，翻畏侯家不敢吟。

一三四　渔者
　　首戴圆荷发不梳，叶舟为宅水为居。
　　沙头聚看人如市，钓得澄江一丈鱼。

一三五　宿潺湲亭
　　走月流烟迭树西，听来愁甚听猿啼。

几时御水声边住，却梦潺湲宿此溪。

一三六　台城
　　宫殿馀基长草花，景阳宫树噪村鸦。
　　云屯雉堞依然在，空绕渔樵四五家。

一三七　寄山僧二首
　①大道本来无所染，白云那得有心期。
　　远公犹刻莲花漏，独向空山礼六时。
　②闲倚蒲团向日眠，不能归老岳云边。
　　旧时僧侣无人在，唯有长松见少年。

一三八　题上元许棠所任王昌龄厅
　　琉璃堂里当时客，久绝吟声继后尘。
　　百四十年庭树老，如今重得见诗人。

一三九　自诮
　　每到花时恨道穷，一生光景半成空。
　　只应抱璞非良玉，岂得年年不至公？

一四○　赠河南诗友
　　山东令族玉无尘，裁剪烟花笔下春。
　　不把瑶华借风月，洛阳才子更何人？

一四一　寄维扬故人
　　离别河边绾柳条，千山万水玉人遥。
　　月明记得相寻处，城锁东风十五桥。

一四二　孤云
　　舒卷因风何所之？碧天孤影势迟迟。
　　莫言长是无心物，还有随龙作雨时。

一四三 咏棋子赠奕僧
　　黑白谁能用入玄？千回生死体方圆。
　　空门说得恒沙劫，应笑终年为一先。

一四四 谷口作
　　巴客青冥过岭尘，雪崖交映一川春。
　　晴朝采药寻源去，必恐云深见异人。

一四五 寄弟
　　故里行人战后疏，青崖萍寄白云居。
　　那堪又是伤春日，把得长安落第书。

一四六 春日有怀
　　高下寻花春景迟，汾阳台榭白云诗。
　　看山怀古翻惆怅，未胜遥传不到时。

一四七 宿洛都门
　　山川马上度边禽，一宿都门永夜吟。
　　客路不归秋又晚，西风吹动洛阳砧。

一四八 鹭鸶障子
　　剪得机中如雪素，画为江上带丝禽。
　　闲来相对茅堂下，引出烟波万里心。

一四九 促织
　　念尔无机自有情，迎寒辛苦弄梭声。
　　椒房金屋何曾识，偏向贫家壁下鸣。

一五〇 宴边将
　　一曲《凉州》金石清，边风萧飒动江城。
　　坐中有老沙场客，横笛休吹塞上声。

一五一　游边感怀二首
　　①贫游缭绕困边沙，却被辽阳战士嗟。
　　　不是无家归不得，有家归去似无家。
　　②兄弟江南身塞北，雁飞犹自半年馀。
　　　夜来因得思乡梦，重读前秋转海书。

一五二　九华楼晴望
　　一夜江潭风雨后，九华晴望倚天秋。
　　重来此地知何日，欲别殷勤更上楼。

一五三　河湟旧卒
　　少年随将讨河湟，头白时清返故乡。
　　十万汉军零落尽，独吹边曲向残阳。

一五四　寄荐福寺栖白大师塔
　　高塔六街无不见，塔边名出只吾师。
　　尝闻朝客多相□，记得□□数句诗。

一五五　越中赠别
　　东越相逢几醉眠，满楼明月镜湖边。
　　别离吟断西陵渡，杨柳秋风两岸蝉。

一五六　春日游曲江
　　日暖鸳鸯拍浪春，蒹葭浦际聚青蘋。
　　若论来往乡心切，须是烟波岛上人。

一五七　长门怨
　　御泉长绕凤凰楼，自是恩波别处流。
　　闲撲舞衣归未得，夜来砧杵六宫秋。

一五八　游嘉州后溪　薛能
　　山屐经过满径踪，隔溪遥见夕阳春。

当时诸葛成何事,只合终身作卧龙。

一五九　自讽

千题万咏过三旬,忘食贪魔作瘦人。
行处便吟君莫笑,就中诗病不任春。

一六〇　监郡犍为将归使府登楼寓题

几日监临向蜀春,错抛歌酒强忧人。
江楼一望西归去,不负嘉州只负身。

一六一　过象耳山二首

①一色青松几万栽,异香熏路带花开。
　山门欲别心潜愿,更到蜀中还到来。
②到处逢山便欲登,自疑身作住来僧。
　徒行至此三千里,不是有缘应不能。

一六二　圣灯

莽莽空中稍稍灯,坐看迷浊变清澄。
须知火尽烟无益,一夜阑边说向僧。

一六三　过昌利观

万仞云峰八石泉,李君仙后更谁仙?
我来驻马人何问,老柏无多不种田。

一六四　蜀路

剑阁缘云拂斗魁,疾风生树过龙媒。
前程憩罢知无益,但是驽蹄亦到来。

一六五　山下偶作

零雨霢山百草香,树梢山顶尽斜阳。
横流巨石皆堪住,何事无僧有石房?

一六六　伏牛山
　　虎蹲蜂状屈名牛，落日连村好望秋。
　　不为时危耕不得，一犁风雨便归休。

一六七　老圃堂
　　邵平瓜地接吾庐，谷雨干时偶自锄。
　　昨日春风欺不在，就床吹落读残书。

一六八　春题
　　柳莫摇摇花莫开，此心因病亦成灰。
　　人生只有家园乐，及取春农归去来。

一六九　并州寓怀
　　人多知遇独难求，人负知音独爱酬。
　　常恐此心无乐处，枉称年少在并州。

一七〇　中秋旅舍
　　云卷庭虚月逗空，一方秋草尽鸣虫。
　　是时兄弟正南北，黄叶满阶来去风。

一七一　符亭二首
　　①符亭之地雅离群，万古悬泉一旦新。
　　　若念农桑也如此，县人应得拟行人。
　　②山如巫峡烟云好，路似嘉祥水木清。
　　　大抵游人总应爱，就中难说是诗情。

一七二　秋夜听琴
　　十指宫商膝上秋，七条丝动雨修修。
　　空堂半夜孤灯冷，弹著乡心欲白头。

一七三　留别关东旧游
　　我去君留十载中，未曾相见及花红。

他时住得君应老，长短看花心不同。

一七四　赠出塞客
出郊征骑逐飞埃，此别惟愁春未回。
寒叶夕阳投宿意，芦关门向远河开。

一七五　秋溪独坐
黄叶分飞矶上下，白云零落马东西。
人生万意此端坐，日暮水声流出溪。

一七六　蒲中霁后晚望
河边霁色无人见，身带春风立岸头。
浊水茫茫有何意？日斜还向古蒲州。

一七七　宋氏林亭
地湿莎青雨后天，桃花红近竹林边。
行人本是农桑客，记得春深欲种田。

一七八　云花寺寓居赠海岸上人
暂寄空门未是归，上方林榭独儒衣。
吾师不语应相怪，频惹街尘入寺飞。

一七九　关中秋夕
簟湿秋庭岳在烟，露光明滑竹苍然。
何人意绪还相似，鹤宿松枝月半天。

一八〇　西县道中短亭二首
①风凉津湿共微微，隔岸泉冲石窍飞。
　争得巨灵从野性，旧乡无此擘将归。
②一瀑三峰赤日天，路人才见便翛然。
　谁能夜向山根宿，凉月初生的有仙。

一八一　省试夜
　　白莲千朵照廊明，一片承平雅颂声。
　　更报第三条烛尽，文昌风景画难成。

一八二　过骊山
　　丹朣苍苍簇背山，路尘应满旧簾间。
　　玄宗不是偏行乐，只为当时四海闲。

一八三　曲江醉题
　　闲身行止属年华，马上怀中尽落花。
　　狂遍曲江还醉卧，觉来人静日西斜。

一八四　参军厅新池
　　簾外无尘胜物外，墙根有竹似山根。
　　流泉不至客来久，坐见新池落旧痕。

一八五　太原使院晚出
　　青门无路入清朝，滥作将军最下僚。
　　同舍尽归身独在，晚风开印叶萧萧。

一八六　寒食日曲江
　　曲水池边青草岸，春风林下落花杯。
　　都门此日是寒食，人去看多身独来。

一八七　鳌厔官舍新竹
　　心觉清凉体似吹，满风轻撼叶垂垂。
　　无端种在幽闲地，众鸟嫌寒凤未知。

一八八　京中客舍闻筝
　　十二三弦共五音，每声如截远人心。
　　当时向秀闻邻笛，不是离家岁月深。

一八九　铜雀台
　　魏帝当时铜雀台，黄花深映棘丛开。
　　人生富贵须回首，此池岂无歌舞来。

一九〇　寿安水馆
　　地接山林兼有石，天悬星月更无云。
　　惊鸥上树满池水，瀺灂一声中夜闻。

一九一　雨后早发永宁
　　春霖朝罢客西东，马足泥声路未通。
　　独爱千峰最高处，一峰初日白云中。

一九二　宿仙游寺望月生峰
　　公门身入洞门行，出阱离笼似有情。
　　僧语夜凉云树黑，月生峰上月初生。

一九三　秋题
　　独坐东南见晓星，白云微透沁寥清。
　　磷磷甃石堪僧坐，一叶梧桐落半庭。

一九四　和友人寄怀
　　从来行乐近来希，蓬瑗知言与我违。
　　自是衰心不如旧，非关四十九年非。

一九五　子夜
　　嫖姚家宴敌吴王，子夜歌声满画堂。
　　此日相逢眉翠尽，女真行李乞斋粮。

一九六　雁
　　肃肃雍雍义有馀，九天鸾凤莫相疏。
　　唯应静向山窗过，激发英雄夜读书。

一九七　和府帅相公
　　竹映高墙似傍山，邹阳归后令威还。
　　君看将相才多少？两首诗成七步间。

一九八　又和留山鸡
　　五色文胜百鸟王，相思兼绝寄芸香。
　　由来不是池中物，鸡树归时即取将。

一九九　舟中酬杨中丞春早见寄
　　锦楼春望忆丹槛，更遇高情说早莺。
　　江上境寒吟不得，湿风梅雨满船轻。

二〇〇　寒食日题
　　美人寒食事春风，折尽青青赏尽红。
　　夜半无灯还有睡，秋千悬在月明中。

二〇一　杏花
　　活色生香第一流，手中移得近青楼。
　　谁知艳性终相负，乱向春风笑不休。

二〇二　黄蜀葵
　　娇黄新嫩欲题诗，尽日含毫有所思。
　　记得玉人初病起，道家装束厌襐时。

二〇三　春咏
　　春来还似去年时，手把花枝唱竹枝。
　　狂瘦未曾餐有味，不缘中酒却缘诗。

二〇四　赠欢娘
　　一束龙吟细竹枝，青娥擎在手中吹。
　　当初纵使双成在，不得如伊是小时。

二〇五　戏瞻相
　　失意蹉跎到旧游，见吹杨柳便遮羞。
　　瞻相赵女体相拽，不及人前诈摆头。

二〇六　赠解诗歌人
　　同有诗情自合亲，不须歌调更含颦。
　　朝天御史非韩寿，莫窃香来带累人。

二〇七　赠韦氏歌人二首
　　①絃管声凝发唱高，几人心地暗伤刀。
　　　思量更有何堪比，王母新开一树桃。
　　②一曲新声惨画堂，可能心事忆周郎。
　　　朝来为客频开口，绽尽桃花几许香。

二〇八　加阶
　　二年中散似嵇康，此日无功换宠光。
　　唯有一般酬圣主，胜于东晋是文章。

二〇九　野园
　　野园无鼓又无旗，鞍马传杯用柳枝。
　　娇养翠娥无怕惧，插人头上任风吹。

二一〇　郊亭
　　郊亭宴罢欲回车，满郭传呼调角初，
　　尚拥笙歌归未得，笑娥扶着醉尚书。

二一一　老僧
　　清瘦形容八十馀，瓠悬篱落似村居。
　　劝师莫羡人间有，幸是元无免破除。

二一二　僧窗
　　不悟时机滞有馀，近来为事更乖疏。

　　　　朱轮皂盖蹉跎尽,犹爱明窗好读书。

二一三　赠平等院
　　　　十里城中一院僧,各持巾钵事南能。
　　　　还应笑我功名客,未解嫌官学大乘。

二一四　影灯夜二首
　　　　①偃王灯塔古徐州,二十年来乐事休。
　　　　　此日将军心似海,四更身领万人游。
　　　　②十万军城百万灯,酥油香暖夜如烝。
　　　　　红妆满地烟光好,只恐笙歌引上升。

二一五　许州旌节到作
　　　　两地旌旗拥一身,半缘伤旧半荣新。
　　　　州人若忆将军面,写取雕堂报国真。

二一六　重游通波亭
　　　　十年抛掷故园花,最忆红桃竹外斜。
　　　　此日郊亭心乍喜,败榆芳草似还家。

二一七　戏舸
　　　　远舸冲开一路萍,岸傍偷上小茅亭。
　　　　游人莫觅杯盘分,此地才应聚德星。

二一八　偶题
　　　　到处吟兼上马吟,总无愁恨自伤心。
　　　　无端梦得钧天乐,尽觉宫商不是音。

二一九　折杨柳十首
　　　　①华清高树出离宫,南陌柔条带暖风。
　　　　　谁见轻阴是良夜,瀑泉声畔月明中。
　　　　②洛桥晴影覆江船,羌笛秋声湿塞烟。

闲想习池公宴罢，水蒲风絮夕阳天。
③嫩绿轻悬似缀旒，路人遥见隔宫楼。
　　谁能更近丹墀种，解播皇风入九州。
④暖风晴日断浮埃，废路新条发钓台。
　　处处轻阴可惆怅，后人攀处古人栽。
⑤潭上江边袅袅垂，日高风静絮相随。
　　青楼一树无人见，正是女郎眠觉时。
⑥汴水高悬百万条，风清两岸一时摇。
　　隋家力尽虚栽得，无限春风属圣朝。
⑦和花烟树九重城，夹路春阴十万营。
　　唯向边头不堪望，一株憔悴少人行。
⑧窗外齐垂旭日初，楼边轻暖好风徐。
　　游人莫道栽无益，桃李清阴却不如。
⑨众木犹寒独早青，御沟桥畔曲江亭。
　　陶家旧日应如此，一院春条绿绕厅。
⑩帐偃缨垂细复繁，令人心想石家园。
　　风条月影皆堪重，何事侯门爱树萱？

二二〇　柳枝四首
①数首新词带恨成，柳丝牵我我伤情。
　　柔娥幸有腰支稳，试踏吹声作唱声。
②高出军营远映桥，贼兵曾斫火曾烧。
　　风流性在终难改，依旧春来万万条。
③县依陶令想嫌迁，营伴将军即大粗。
　　此日与君除万恨，数篇风调更应无。
④狂似纤腰嫩胜绵，自多情态更谁怜？
　　游人不折还堪恨，抛向桥边与路边。

二二一　柳枝词五首

①朝阳晴照绿杨烟，一别通波十七年。
　应有旧枝无处觅，万株风里卓旌旃。
②晴垂芳态吐牙新，雨摆轻条湿面春。
　别有出墙高数尺，不知摇动是何人。
③暖梳簪朵事登楼，因挂垂杨立地愁。
　牵断绿丝攀不及，半空悬着玉搔头。
④西园高树后庭根，处处寻芳有折痕。
　终忆旧游桃叶舍，一株斜映竹篱门。
⑤刘白苏台总近时，当时章句是谁推？
　纤腰舞尽春杨柳，未有侬家一首诗。

二二二　吴姬十首

①夜锁重门昼亦监，眼波娇利瘦岩岩。
　偏怜不怕傍人笑，自把春罗等舞衫。
②龙麝熏多骨亦香，因经寒食好风光。
　何人画得天生态，枕破施朱隔宿妆。
③滴滴春霖透荔枝，笔题笺动手中垂。
　天阴不得君王召，颦着青蛾作小诗。
④钿合重盛绣结深，昭阳初幸赐同心。
　君知一夜恩多少？明日宣教放德音。
⑤退红香汗湿轻纱，高卷蚊厨独卧斜。
　娇泪半垂珠不破，恨君嗔折后庭花。
⑥取次衣裳尽带珠，别添龙脑裹罗襦。
　年来寄与乡中伴，杀尽春蚕税亦无。
⑦画烛烧兰暖复迷，殿帷深密下银泥。
　开门欲作侵晨散，已是明朝日向西。

⑧楼台重叠满天云,殷殷鸣鼍世上闻。
　此日杨花初似雪,女儿弦管弄参军。
⑨冠剪黄绡帔紫罗,薄施铅粉画青娥。
　因将素手夸纤巧,从此椒房宠更多。
⑩身是三千第一名,内家丛里独分明。
　芙蓉殿上中元日,水拍银盘弄化生。

二二三　题于公花园
　含桃庄主后园深,繁实初成静扫明。
　若使明年花可待,应须恼破事花心。

二二四　登城
　偶作闲身上古城,路人遥望不相惊。
　无端将吏逡巡至,又作都头一队行。

二二五　好客
　好客连宵在醉乡,蜡烟红暖胜春光。
　谁人肯信山僧语,寒雨唯煎治气汤。

二二六　赠普恭禅师
　一日迢迢每一餐,我心难伏我无难。
　南檐十月绳床暖,背卷真经向日看。

二二七　赠无表禅师
　笠戴圆阴楚地棕,磬敲清响蜀山铜。
　秋来说偈寅朝殿,爽爽杨枝满手风。

二二八　彭门偶题
　淮王西舍固非夫,柳恽偏州未是都。
　直到春秋诸列国,拥旄才子也应无。

第三十二卷　七言二十二　晚唐五

（共二百八十二首）

一　过勤政楼　杜牧
　　千秋佳节名空在，承露丝囊世已无。
　　唯有紫苔偏称意，年年因雨上金铺。

二　题魏文正
　　蟪蛄宁与雪霜期，贤哲难教俗士知。
　　可怜贞观太平后，天不且留封德彝。

三　念昔游三首
　　①十载飘然绳检外，罇前自献自为酬。
　　　秋山春雨闲吟处，倚遍江南寺寺楼。
　　②云门寺外逢猛雨，林黑山高雨脚长。
　　　曾奉郊宫为近侍，分明㧑㧑羽林枪。
　　③李白题诗水西寺，古木回岩楼阁风。
　　　半醒半醉游三日，红白花开山雨中。

四　过华清宫三首
　　①长安回望绣成堆，山顶千门次第开。
　　　一骑红尘妃子笑，无人知是荔枝来。
　　②新丰绿树起黄埃，数骑渔阳探使回。
　　　霓裳一曲千峰上，舞破中原始下来。

③万国笙歌醉太平，倚天楼殿月分明。
云中乱拍禄山舞，风过重峦下笑声。

五　登乐游原
长空澹澹孤鸟没，万古销沉向此中。
看取汉家何似业，五陵无树起秋风。

六　春申君
烈士思酬国士恩，春申谁与快冤魂。
三千宾客总珠履，欲使何人杀李园？

七　奉陵宫人
相如死后无词客，延寿亡来绝画工。
玉颜不是黄金少，泪滴秋山入寿宫。

八　读韩杜集
杜诗韩笔愁来读，似倩麻姑痒处搔。
天外凤凰谁得髓？无人解合续弦胶。

九　送国棋王逢
绝艺如君天下少，闲人似我世间无。
别后竹窗风雪夜，一灯明暗覆吴图。

一〇　少年行
连环羁玉声光碎，绿锦蔽泥虬卷高。
春风细雨走马去，珠落璀璨白罽袍。

一一　沈下贤
斯人清唱何人和？草径苔芜不可寻。
一夕小敷山下梦，水如环珮月如襟。

一二　偶题
甘罗昔作秦丞相，子政曾为汉辇郎。

千载更逢王侍读，当时还道有文章。

一三　朱坡三首
①故国池塘倚御渠，江城三诏损鱼书。
贾生词赋恨流落，只向长沙住岁馀。
②烟深苔巷唱樵儿，花落寒轻倦客归。
藤岸竹洲相掩映，潢池春雨鹨鹈飞。
③乳肥春洞生鹅管，沼避回岩势犬牙。
自笑卷怀头角缩，归盘烟磴恰如蜗。

一四　出宫人二章
①闲吹玉殿昭华管，醉折梨园缥带花。
十年一梦归人世，绛缕犹封系臂纱。
②平阳拊背穿驰道，铜雀分香下璧门。
几向缀珠深殿里，妒抛羞态卧黄昏。

一五　杏园
夜来微雨洗芳尘，公子骅骝步始匀，
莫怪杏园憔悴去，满城多少插花人。

一六　春晼题韦家亭子
拥鼻侵襟花草香，高台春去恨茫茫。
蔫红半落平池晚，曲渚飘成锦一张。

一七　感宋拾遗题名
窜逐穷荒与死期，饿唯蒿藿病无医。
怜君更抱重泉恨，不见崇山谪去时。

一八　将赴吴兴登乐游原
清时有味是无能，闲爱孤云静爱僧。
欲把一麾江海去，乐游原上望昭陵。

一九　江南怀古
　　车书混一业无穷，井邑山川今古同。
　　戊辰年向金陵过，惆怅闲吟忆庾公。

二〇　江南春
　　千里莺啼绿映红，水村山郭酒旗风。
　　南朝四百八十寺，多少楼台烟雨中。

二一　题禅智寺
　　故里溪头松柏双，来时尽日倚松窗。
　　杜陵隋苑已绝国，秋晚南游更渡江。

二二　齐安郡中偶题二首
　　①两竿落日溪桥上，半缕轻烟柳影中。
　　　多少绿荷相倚恨，一时回首背西风。
　　②秋声无不搅离心，梦泽蒹葭楚雨深。
　　　自滴阶前大梧叶，干君何事动哀吟？

二三　齐安郡后池
　　菱透浮萍绿锦池，夏莺千啭弄蔷薇。
　　尽日无人看微雨，鸳鸯相对浴红衣。

二四　题城楼
　　鸣轧江楼角一声，微阳潋潋落寒汀。
　　不用凭拦苦回首，故乡七十五长亭。

二五　池州青溪
　　弄溪终日到黄昏，照数秋来白发根。
　　何物赖君千遍洗，笔头尘土渐无痕。

二六　游金碧洞
　　袖拂霜林下石棱，潺湲声断满溪冰。

携茶腊月游金碧，合有文章病茂陵。

二七　赠李秀才
　　　骨清年少眼如冰，凤羽参差五色层。
　　　天上麒麟时时下，人间不独有徐陵。

二八　题贵池亭
　　　势比凌歊宋武台，分明百里远帆开。
　　　蜀江雪浪西江满，强半春寒去却来。

二九　蕲州兰溪
　　　兰溪春尽碧泱泱，映水兰花雨发香。
　　　楚国大夫憔悴日，应寻此路去潇湘。

三〇　题水口草市
　　　倚溪侵岭多高树，夸酒书旗有小楼。
　　　惊起鸳鸯岂无恨，一双飞去却回头。

三一　初冬夜饮
　　　淮阳多病偶求欢，客袖侵霜举烛槃。
　　　砌下梨花一堆雪，明年谁此凭栏干？

三二　山石榴
　　　似火山榴映小山，繁中能薄艳中闲。
　　　一朵佳人玉钗上，只疑烧却翠云鬟。

三三　隋堤柳
　　　夹岸垂杨三百里，只应图画最相宜。
　　　自嫌流落西归疾，不见东风二月时。

三四　柳
　　　数树新开翠影齐，倚风情态被春迷。

依依故国樊川恨,半掩村桥半拂溪。

三五　鹭鸶
雪衣雪发青玉觜,群捕鱼儿溪影中。
惊飞远映碧山去,一树梨花落晚风。

三六　村舍燕
汉宫一百四十五,多下珠簾闭琐窗。
何处营巢夏将半,茅檐烟里语双双。

三七　归燕
画堂鼓舞喧喧地,社去社来人不看。
长是江楼使君伴,黄昏犹待倚阑干。

三八　伤猿
独折南园一朵梅,重寻幽坎已生苔。
无端晚吹惊高树,似袅长枝欲下来。

三九　云
尽日看云首不回,无心都大似无才。
可怜光彩一片玉,万里晴天何处来?

四〇　醉后题僧院二首
①离心忽忽复悽悽,雨晦倾瓶取醉泥。
　可羡高僧共心语,一如携稚往东西。
②觥船一棹百分空,十载青春不负公。
　今日鬓丝禅榻畔,茶烟轻扬落花风。

四一　见吴秀才别妓
红烛短时羌笛怨,清歌咽处蜀弦高。
万里分飞两行泪,满江寒雨正萧骚。

四二　赠朱道灵
　　刘根丹篆三千字，郭璞青囊两卷书。
　　牛渚矶南谢山北，白云深处有岩居。

四三　屏风
　　屏风周昉画纤腰，岁久丹青色半销。
　　斜倚玉窗鸾发女，拂尘犹自妒娇娆。

四四　哭韩绰
　　平明送葬上都门，绋翣交横逐去魂。
　　归来冷笑悲身事，唤妇呼儿索酒盆。

四五　新定途中
　　无端偶效张文纪，下杜乡园别五秋。
　　重过江南更千里，万山深处一孤舟。

四六　除官赴阙商山道中
　　水迭鸣珂树如帐，长阳春殿九门珂。
　　我来惆怅不自决，欲去欲住终如何？

四七　汉江
　　溶溶漾漾白鸥飞，渌净春深好染衣。
　　南去北来人自老，夕阳长送钓船归。

四八　哭亡友
　　故人坟树立秋风，伯道无儿迹更空。
　　重到笙歌分散地，隔江吹笛月明中。

四九　赤壁
　　折戟沉沙铁未销，自将磨洗认前朝。
　　东风不与周郎便，铜雀春深锁二乔。

五〇　云梦泽
　　日旗龙旆想飘扬，一索功高缚楚王。
　　真是超然五湖客，未如终始郭汾阳。

五一　泊秦淮
　　烟笼寒水月笼沙，夜泊秦淮近酒家。
　　商女不知亡国恨，隔江犹唱后庭花。

五二　秋浦途中
　　萧萧山路穷秋雨，淅淅溪风一岸蒲。
　　为问寒沙新到雁，来时还下杜陵无？

五三　题桃花夫人庙
　　细腰宫里露桃新，脉脉无言度几春。
　　至竟息亡缘底事？可怜金谷堕楼人。

五四　题乌江亭
　　胜败兵家事不期，包羞忍耻是男儿。
　　江东子弟多才俊，卷土重来未可知。

五五　题横江馆
　　孙家兄弟晋龙骧，驰骋功名业帝王。
　　至竟江山谁是主？苔矶空属钓鱼郎。

五六　寄杨州韩绰判官
　　青山隐隐水遥遥，秋尽江南草木凋。
　　二十四桥明月夜，玉人何处教吹箫。

五七　送李群玉赴举
　　故人别来面如雪，一榻拂云秋影中。
　　玉白花红三百首，五陵谁唱与春风？

五八　甘棠馆御沟
　　　一渠东注芳华苑，苑锁池塘百岁空。
　　　水殿半倾蟾口涩，为谁流下蓼花中？

五九　汴河怀古
　　　锦缆龙舟隋炀帝，平台复道汉梁王。
　　　游人闲起前朝念，折柳孤吟断杀肠。

六〇　汴河阻冻
　　　千里长河初冻时，玉珂瑶珮响参差。
　　　浮生恰似冰底水，日夜东流人不知。

六一　题元处士高亭
　　　水接西江天外声，小斋松影拂云平。
　　　何人教我吹长笛，与倚春风弄月明。

六二　郑瓘协律
　　　广文遗韵留樗散，鸡犬图书共一船。
　　　自说江湖不归事，阻风中酒过年年。

六三　送陆洿郎中弃官归
　　　少微星动照春云，魏阙衡门路自分。
　　　倏去忽来应有意，世间尘土漫疑君。

六四　寄珉笛与宇文舍人
　　　调高银字声还侧，物比柯亭韵校奇。
　　　寄与玉人天上去，桓将军见不教吹。

六五　途中二首
　　　①镜中丝发悲来惯，衣上尘痕拂渐难。
　　　惆怅江湖钓竿手，却遮西日向长安。

②田园不事来游宦，故国谁交尔别离？
独倚关亭还把酒，一年春尽送春时。

六六　题村舍
三树稚桑春未到，扶床乳女午啼饥。
潜销暗铄归何处？万指侯家自不知。

六七　江
楚乡寒食橘花时，野渡临风驻彩旗。
草色连云人去住，水纹如縠燕差池。

六八　题木兰庙
弯弓征战作男儿，梦里曾经与画眉。
几度思归还把酒，拂云堆上祝明妃。

六九　入商山
早入商山百里云，蓝溪桥下水声分。
流水旧声人旧耳，此回呜咽不堪闻。

七〇　题商山庙
吕氏强梁嗣子柔，我于天性岂恩仇？
南军不袒左边袖，四老安刘是灭刘。

七一　送斛斯判官
苍苍烟月满川亭，我有劳歌一为听。
将取离魂随白骑，三台星里拜文星。

七二　赠别二首
①娉娉袅袅十三馀，豆蔻梢头二月初。
春风十里扬州过，卷上珠帘总不如。
②多情却似总无情，唯觉罇前笑不成。
蜡烛有心还惜别，替人垂泪到天明。

七三　寄远
　　前山极远碧云合，清夜一声白雪微。
　　欲寄相思千里月，溪边残照雨霏霏。

七四　九日
　　金英繁乱拂栏香，明府辞官酒满缸。
　　还有玉楼轻薄女，笑他寒燕一双双。

七五　寄牛相公
　　汉水横冲蜀浪分，危楼点的拂孤云。
　　六年仁政讴歌去，柳远春堤处处闻。

七六　斑竹筒簟
　　血染斑斑成锦纹，昔年遗恨至今存。
　　分明知是湘妃泣，何忍将身卧泪痕。

七七　和严恽落花
　　共惜流年留不得，且环流水醉流杯。
　　无情红艳年年盛，不恨凋零却恨开。

七八　送隐者
　　无媒径路草萧萧，自古云林远市朝。
　　公道世间唯白发，贵人头上不曾饶。

七九　倡楼戏赠
　　细柳桥边深半春，缬衣簾里动香尘。
　　无端有寄闲消息，背插金钗笑向人。

八〇　宣州开元寺
　　松寺曾同一鹤栖，夜深台殿月高低。
　　何人为倚东楼柱？正是千山雪涨溪。

八一　寺南楼
　　小楼才受一床横，终日看山酒满倾。
　　可惜和风夜来雨，醉中虚度打窗声。

八二　留赠
　　舞靴应任闲人看，笑脸还须待我开。
　　不用镜前空有泪，蔷薇花谢即归来。

八三　送薛邦二首
　　①可怜走马骑驴汉，岂有风光肯占伊。
　　　只有三张最惆怅，下山回马尚迟迟。
　　②小捷风流已俊才，便将红粉作金台。
　　　明年未去池阳郡，更乞春时却重来。

八四　南陵道中
　　南陵江水漫悠悠，风紧云轻欲变秋。
　　正是客心孤回处，谁家红袖倚高楼？

八五　和州绝句
　　江湖醉度十年春，牛渚山边六问津。
　　历阳前事知虚实，高位纷纷见陷人。

八六　赠别宣州崔群相公
　　哀散相逢洛水边，却思同在紫薇天。
　　尽将舟楫板桥去，早晚归来更济川。

八七　别家
　　初岁娇儿未识爷，别爷不拜手吒叉。
　　拊头一别三千里，何日迎门却到家？

八八　雨
　　连云接塞添迢递，洒幕侵灯送寂寥。

一夜不眠孤客耳，主人窗外有芭蕉。

八九　送人
　　鸳鸯帐里暖芙蓉，低泣关山几万重。
　　明鉴半边钗一股，此生何处不相逢。

九〇　醉赠薛道封
　　饮酒论文四百刻，水分云隔二三年。
　　男儿事业知公有，卖与明君值几钱？

九一　过大梁闻河亭方宴赠孙平端
　　梁园纵玩归应少，赋雪搜才去必频。
　　板落岂缘无罚酒，不教客右更添人。

九二　哭李和鼎
　　鹏鸟飞来庚子直，谪去日蚀辛卯年。
　　由来枉死贤才事，消长相持势自然。

九三　咏袜
　　钿尺裁量减四分，纤纤玉笋裹轻云。
　　五陵年少欺他醉，笑把花前出画裙。

九四　宫词二首
　　①蝉翼轻绡傅体红，玉肤如醉向春风。
　　　深宫锁闭犹疑惑，更取丹沙试辟宫。
　　②监宫引出暂开门，随例虽〔须〕朝不是恩。
　　　银钥却收金锁合，月明花落又黄昏。

九五　月
　　三十六宫秋夜深，昭阳歌断信沉沉。
　　唯应独伴陈皇后，照见长门望幸心。

九六　入关
　　东西南北数衢通，曾取江西径过东。
　　今日更寻南去路，未秋应有北归鸿。

九七　及第后寄长安故人
　　东都放榜未花开，三十三人走马回。
　　秦地少年多酿酒，已将春色入关来。

九八　偶作
　　才子风流咏晓霞，倚楼吟住日初斜。
　　惊杀东邻绣床女，错将黄晕压檀花。

九九　赠终南僧
　　北阙南山是故乡，两枝仙桂一时芳。
　　休公都不知名姓，始觉禅门气味长。

一〇〇　遣怀
　　落魄江湖载酒行，楚腰纤细掌中轻。
　　十年一觉扬州梦，赢得青楼薄幸名。

一〇一　春日途中
　　田园不事来游宦，故国谁教尔别离？
　　独倚关亭还把酒，一年春尽送春时。

一〇二　秋感
　　金风方里思何尽，玉树一窗秋影寒。
　　独掩此门明月下，泪流香袂倚栏干。

一〇三　赠渔父
　　芦花深泽静垂纶，月夕烟朝几十春。
　　自说孤舟寒水畔，不曾逢着独醒人。

一○四　叹花
　　自恨寻芳到已迟，往年曾见未开时。
　　如今风摆花狼籍，绿叶成阴子满枝。

一○五　山行
　　远上寒山石径斜，白云深处有人家。
　　停车坐爱枫林晚，霜叶红于二月花。

一○六　书怀
　　满眼青山未得过，镜中无那鬓丝何。
　　只言旋老转无事，欲到中年事更多。

一○七　紫薇花
　　晓迎秋露一枝新，不占园中最上春。
　　桃李无言又何在，向风偏笑艳阳人。

一○八　醉后呈崔大夫
　　谢傅秋凉阅管弦，徒教贱子侍华筵。
　　溪头正雨归不得，辜负南窗一觉眠。

一○九　方响
　　数条秋水挂琅玕，玉手丁当怕夜寒。
　　曲尽连敲三四下，恐惊珠泪落金盘。

一一○　题真上人院
　　清羸已近百年身，古寺风烟又一春。
　　寰海自成戎马地，唯师曾是太平人。

一一一　对花不饮
　　花前虽病亦提壶，数调持觞兴有无？
　　尽日临风羡人醉，雪香空伴白髭须。

一一二　桃花园
　　桃满西园淑景催，几多红艳浅深开。
　　此花不逐溪流出，晋客无因入洞来。

一一三　送杜十三
　　烟鸿上汉声声远，逸骥寻云步步高。
　　应笑内兄年六十，郡城闲坐养霜毛。

一一四　后池泛舟送王十二首
　　①相送西郊暮景和，青苍竹外绕寒波。
　　　为君醮甲十分饮，应见离心一倍多。
　　②分袂还应立马看，向来离思始知难。
　　　雁飞不见行尘灭，景下山遥极目寒。

一一五　洛阳秋夕
　　泠泠寒水带霜风，更在天桥夜景中。
　　清禁漏闲烟树寂，月轮移在上阳宫。

一一六　猎骑
　　已落双雕血尚新，鸣鞭走马又翻身。
　　凭君莫射南来雁，恐有家书寄远人。

一一七　怀吴中冯秀才
　　长州苑外草萧萧，却算游程岁月遥。
　　唯有别时今不忘，暮烟秋雨过枫桥。

一一八　寄东塔僧
　　初月微明漏白烟，碧松梢外挂青天。
　　西风静起传深业，应送愁吟入夜蝉。

一一九　秋夕
　　红烛秋光冷画屏，轻罗小扇扑流萤。

瑶阶夜色凉如水,卧看牵牛织女星。

一二〇　瑶瑟
玉仙瑶瑟夜珊珊,月过楼西桂烛残。
风景人间不如此,动摇湘水彻明寒。

一二一　送故人归山
三清洞里无端别,又拂尘衣欲卧云。
看着挂冠迷处所,北山萝月在移文。

一二二　闻角
晓楼烟槛出云霄,景下林塘已寂寥。
城角为秋悲更远,护霜云破海天遥。

一二三　发谷口
晓涧青青桂色孤,楚人随玉上天衢。
水辞谷口山寒少,今日风头校暖无?

一二四　和令狐侍御赏蕙草
寻常诗思巧如春,又喜幽亭蕙草新。
本是馨香比君子,绕栏今更为何人?

一二五　偶题
道在人间或可传,小还轻变已多年。
今来海上升高望,不到蓬莱不是仙。

一二六　三川驿览座主舍人留题
旧迹依然已十秋,雪山当面照银钩。
怀恩泪尽霜天晓,一片馀霞映驿楼。

一二七　醉赠裴四同年
凄风洛下同羁思,迟日棠阴得醉歌。

自笑与君三岁别,头衔依旧鬓丝多。

一二八　破镜
佳人失手镜初分,何日团圆再会君?
今朝万里秋风起,山北山南一片云。

一二九　长安雪后
秦陵汉苑参差雪,北阙南山次第春。
车马满城原上去,岂知惆怅有闲人?

一三○　华清宫
零叶翻红万树霜,玉莲闲蕊暖泉香。
行云不下朝元阁,一曲淋铃泪数行。

一三一　冬日题寺北楼
满怀多少是恩酬,未见功名已白头。
不为寻山试筋力,岂能寒上背云楼。

一三二　别王十后附书
重关晓度宿云寒,羸马缘知步步难。
此信的应中路见,乱山何处拆书看?

一三三　许秀才至辱李蕲州问断酒因寄
有客南来话所思,故人遥柱醉中诗。
暂因微疾须防酒,不是欢情减旧时。

一三四　望少华三首
①身随白日看将老,心与青云自有期。
　今对晴峰无十里,世缘多累暗生悲。
②文字波中去不还,物情初与是非关。
　时名竟是无端事,羞对灵山道爱山。
③眼看云鹤不相随,何况尘中事作为。

好伴羽人深洞去，月前秋听玉参差。

一三五　登澧州驿楼寄韦尹
　　一话涔阳旧使君，郡人回首望青云。
　　政声长与江声在，自到津楼日夜闻。

一三六　长安晴望
　　翠屏山对凤城开，碧落摇光霁后来。
　　回识六龙巡幸处，飞烟闲绕望春台。

一三七　岁旦朝回
　　星河犹在整朝衣，远望天门再拜归。
　　笑向东风初五十，敢言知命且知非。

一三八　宫人冢
　　尽是离宫院中女，苑墙城外冢累累。
　　少年入内教歌舞，不识君王到死时。

一三九　寄杜子二首
　　①不识长杨事北胡，且教红袖醉来扶。
　　　狂风烈焰虽千尺，豁得平生俊气无？
　　②武牢关吏应相笑，个底年年往复来。
　　　若问使君何处去？为言相忆首长回。

一四〇　有感
　　宛溪垂柳最长枝，曾被春风尽日吹。
　　不堪攀折犹堪看，陌上少年来自迟。

一四一　江南送左师
　　江南为客正悲秋，更送吾师古渡头。
　　惆怅不同尘土别，水云踪迹去悠悠。

一四二　郡楼有宴病不赴
　　十二层楼敞画檐，连云歌尽草纤纤。
　　空堂病怯阶前月，燕子嗔垂一桁簾。

一四三　隋苑
　　红霞一抹广陵春，定子当筵睡脸新。
　　却笑丘墟隋炀帝，破家亡国为谁人？

一四四　汴水舟行答张祜
　　千万长河共使船，听君诗句倍凄然。
　　春风野岸名花发，一道帆樯画柳烟。

一四五　寓言
　　暖风迟日柳初含，顾影看身又自惭。
　　何事明朝独惆怅，杏花时节在江南。

一四六　猿
　　月白烟青水暗流，孤猿衔恨叫中秋。
　　三声欲断疑肠断，饶是少年须白头。

一四七　怀归
　　尘埃终日满窗前，水态云容思浩然。
　　争得便归湘浦去，却持竿上钓鱼船。

一四八　边上晚秋
　　黑山南面更无州，马放平沙夜不收。
　　风送孤城临晚角，一声声入客心愁。

一四九　悼吹箫妓
　　玉箫声断没流年，满目春愁陇树烟。
　　艳质已随云雨散，凤楼空锁月明天。

一五〇　访许颜
　　门近寒溪窗近山，枕山流水日潺潺。
　　长嫌世上浮云客，老向尘中不解颜。

一五一　春日古道傍作
　　万古荣华旦暮齐，楼台春尽草萋萋。
　　君看陌上何人墓，旋化红尘送马蹄。

一五二　青冢
　　青冢前头陇水流，燕支山上墓云秋。
　　蛾眉一坠穷泉路，夜夜孤魂月下愁。

一五三　大梦上人自庐峰回
　　行脚寻常到寺稀，一枝藜杖一禅衣。
　　开门满院空秋色，新向庐峰过夏归。

一五四　洛中二首
　　①柳动晴风拂路尘，年年官阙锁浓春。
　　　一从翠辇无巡幸，老却蛾眉几许人。
　　②风吹柳带摇晴绿，蝶绕花枝恋暖香。
　　　多把芳菲泛春酒，直教愁色对愁肠。

一五五　边上闻胡笳三首
　　①何处吹笳薄暮天，塞垣高鸟没狼烟。
　　　游人一听头堪白，苏武争禁十九年。
　　②海路无尘边草新，荣枯不见绿杨春。
　　　白沙日暮愁云起，独感离乡万里人。
　　③胡雏吹笛上高台，寒雁惊飞去不回。
　　　尽日春风吹不散，只应分付客愁来。

一五六　闲题
　　男儿所在即为家，百镒黄金一朵花。
　　借问春风何处好？绿杨深巷马头斜。

一五七　金谷园
　　繁华事散逐香尘，流水无情草自春。
　　日暮东风怨啼鸟，落花犹似堕楼人。

一五八　重登科
　　星汉离宫月出轮，满街含笑绮罗春。
　　花前每被青娥问，何事重来只一人？

一五九　游边
　　黄沙连海路无尘，边草长枯不见春。
　　日暮拂云堆下过，马前逢着射雕人。

一六〇　隋宫春
　　龙舟东下事成空，蔓草萋萋满故宫。
　　亡国亡家为颜色，露桃犹自恨春风。

一六一　寓题
　　把酒直须拼酩酊，逢花莫惜暂淹留。
　　假如三万六千日，半是悲哀半是愁。

一六二　送赵十二
　　省事却因多事力，无心翻似有心来。
　　秋风郡阁残花在，别后何人更一杯？

一六三　呈郑先辈
　　不语亭亭俨薄妆，画裙双凤郁金香。
　　西京才子旁看取，何似乔家那窈娘。

一六四　偶见
　　朔风高紧掠河楼，白鼻騧郎白罽裘。
　　有个当垆明似月，马鞭斜揖笑回头。

一六五　醉倒
　　日晴空乐下仙云，俱在凉亭送使君。
　　莫辞一盏即相请，还是三年更不闻。

一六六　兵部尚书席上作
　　华堂今日绮筵开，谁召分司御史来。
　　偶发狂言惊满坐，两行红粉一时回。

一六七　吴苑思　陈陶
　　今人地藏古人骨，古人花为今人发。
　　江南何处葬西施，谢豹空闻采香月。

一六八　古意
　　麻姑井边一株杏，花开不如古时红。
　　西邻蔡家十岁女，年年二月嗔东风。

一六九　朝元引四首
　　①帝烛荧煌下九天，蓬莱宫晓玉炉烟。
　　　无央鸾凤随金母，来贺薰风一万年。
　　②正殿云开露冕旒，下方珠翠压鳌头。
　　　天鸡唱罢南山晓，春色先归十二楼。
　　③万宇灵祥拥帝居，东华元老荐屠苏。
　　　龙池遥望霏〔非〕烟拜，五色曈昽在玉壶。
　　④宝祚河宫一向清，龟鱼天篆益分明。
　　　近臣谁献登封草？五岳齐呼万岁声。

一七〇　宿天竺寺
　　一宿何期此灵境，五天山香金地冷。
　　西僧示我高隐心，月在中峰葛洪井。

一七一　古莲塘
　　阊阖宫娃能采莲，明珠作佩龙为船。
　　三千巧笑不复见，江头废苑花年年。

一七二　双桂咏
　　青冥结根易倾倒，沃洲山中双树好。
　　琉璃宫殿无斧声，石上萧萧伴僧老。

一七三　夏日怀
　　竹斋睡馀柘浆清，鳞凤诱我劳此生。
　　忽忆天台掩书坐，涧云起尽红峥嵘。

一七四　仙人词二首
　　①小山皆为十洲客，莓苔为衣双耳白。
　　　青编遗我忽隐身，暮雨虹霓一千尺。
　　②赤城门开六丁直，晓日已烧东海色。
　　　朝天半路闻玉鸡，星斗离离碍龙翼。

一七五　临风叹
　　芙蓉楼中饮君酒，骊驹结言春杨柳。
　　豫章花落不见归，一望东风堪白首。

一七六　春日行
　　鹧鸪初鸣洲渚满，龙蛇洗鳞春水暖。
　　病多欲问山寺僧，湖上人传石桥断。

一七七　春归去
　　九十春光在何处？古人今人留不住。

年年白眼向黔娄，唯放蛴螬飞上树。

一七八　蜀葵咏
绿衣宛地红倡倡，薰风似舞诸女郎。
南邻荡子妇亡赖，锦机春夜成文章。

一七九　南昌途中
古道寅缘蔓黄葛，桓伊冢西春水阔。
村翁莫倚横浦罾，一半鱼虾属鹈獭。

一八〇　子规思
春山杜鹃来几日，夜啼南家复北家。
野人听此坐惆怅，恐畏踏落东园花。

一八一　吴兴秋思二首
①不是苕溪厌看月，天涯有程云树凉。
　何意汀洲剩风雨，白蘋今日似潇湘。
②日夕鲲鱼梦南国，苕阳水高迷渡头。
　故山秋风忆归去，白云又被王孙留。

一八二　闽川梦归
千里潺湲建溪路，梦魂一夕西归去。
龙舡欲上巴兽滩，越王金鸡报天曙。

一八三　竹十首
①不厌东溪绿玉君，天坛双凤有时闻。
　一峰晓似朝仙处，青节森森倚绛云。
②万枝朝露学潇湘，杳霭孤亭白石凉。
　谁道乖龙不得雨，春雷入地马鞭狂。
③须题内史琅玕坞，几醉山阳琴瑟村。
　剩养万茎将扫俗，莫教凡鸟闹云门。

④一溪云母间灵花，似到封侯逸士家。
　谁识雌雄九成律？子乔丹井在深涯。
⑤啸入新篁一里行，万竿如瓮锁龙泓。
　惊巢翡翠无寻处，闲倚云根刻姓名。
⑥燕燕雏时紫米香，野溪羞色过东墙。
　诸儿莫拗成蹊笋，从结高笼养凤凰。
⑦迸玉闲抽上钓矶，翠苗番次脱霞衣。
　山童泥乞青骢马，骑过春泉掣手飞。
⑧一节呼龙万里秋，数茎垂海六鳌愁。
　更须瀑布峰前种，云里阑干过子猷。
⑨丘壑谁堪话碧鲜，静寻春谱认婵娟。
　会当小杀青瑶简，图写龟鱼把上天。
⑩玄圃千春闭玉丛，湛阳一祖碧云空。
　不须骚屑愁江岛，今日南枝在国风。

一八四　钟陵秋夜
　洪崖岭上秋月明，野客枕底章江清。
　蓬壶宫阙不可梦，一一入楼归雁声。

一八五　江上逢故人
　十年蓬转金陵道，长哭青云身不早。
　故乡逢尽白头人，清江颜色何曾老。

一八六　水调词七首
①黠虏迢迢未肯和，五陵年少重横戈。
　谁家不结空闺恨，玉箸阑干妾最多。
②羽管慵调怨别离，西园新月伴愁眉。
　容华不分随君去，独有妆楼明镜知。
③忆饯良人玉塞行，梨花三见换啼莺。

　　　　边场岂得胜闺阁，莫逞琱弓过一生。
　　④惆怅江南早雁飞，年年辛苦寄寒衣。
　　　　征人岂不思乡国，只是皇恩未放归。
　　⑤水阁莲开燕引雏，朝朝攀折望金吾。
　　　　闻道碛西春不到，花时还忆故园无？
　　⑥自从清野戍辽东，舞袖香销罗幌空。
　　　　几度长安发梅柳，节旄零落不成功。
　　⑦长夜孤眠倦锦衾，秦楼霜月苦边心。
　　　　征衣一倍装绵厚，犹虑交河雪冻深。
　　⑧瀚海长征古别离，华山归马是何时？
　　　　仍闻方乘尊犹屈，装束千娇嫁郅支。
　　⑨沙塞依稀落日边，寒宵魂梦怯山川。
　　　　离居渐觉笙歌懒，君逐嫖姚已十年。
　　⑩万里轮台音信希，传闻移帐护金微。
　　　　会须麟阁留踪迹，不斩天骄莫议归。

一八七　送谢山人归江夏
　　黄鹤春风二千里，山人佳期碧江水。
　　携琴一醉杨柳堤，日暮龙沙白云起。

一八八　闲居杂兴五首
　　①虞韶九奏音犹在，只是巴童自弃遗。
　　　　闲卧清秋忆师旷，好风摇动古松枝。
　　②一顾成周力有馀，白云闲钓五溪鱼。
　　　　中原莫道无麟凤，自是皇家结网疏。
　　③长爱真人王子乔，五松山月伴吹箫。
　　　　从他浮世悲生死，独驾苍麟入九霄。
　　④越里娃童锦作襦，艳歌声压郢中姝。

无人说向张京兆,一曲江南十斛珠。
⑤云堆西望贼连营,分阃何当举义兵。
莫道羔裘无壮节,古来成事尽书生。

一八九　泉州刺桐花兼呈赵使君四首
①猗猗小艳夹通衢,晴日薰风笑越姝。
只是红芳移不得,刺桐屏障满中都。
②髣髴三株植世间,风光满地赤城闲。
无因秉烛看奇树,长伴刘公醉玉山。
③赤帝尝闻海上游,三千幢盖拥炎洲。
今来树似离宫色,红翠欹斜十二楼。
④不胜攀折怅年华,江树南看见海涯。
故国春风归去尽,何人堪寄一枝花?

一九○　投赠福建桂常侍二首
①后来台席更何人?都护朝天拜近臣。
长笑当时汉卿士,等闲恩泽画麒麟。
②匝地歌钟镇海隅,城池鞅掌旧名都。
不知珠履三千外,更许侯嬴寄食无?

一九一　陇西行四首
①汉主东封报太平,无人金阙议边兵。
纵饶夺得林胡塞,碛地桑麻种不生。
②誓扫匈奴不顾身,五千貂锦丧胡尘。
可怜无定河边骨,犹是春闺梦里人。
③陇戍三看塞草青,楼烦新替护羌兵。
同来死者伤离别,一夜孤魂哭旧营。
④黠虏生擒未有涯,黑山营阵识龙蛇。
自从贵主和亲后,一半胡风似汉家。

一九二　答莲花妓
　　近来诗思清于水，老去风情薄似云。
　　已向升天得门户，锦衾深愧卓文君。

一九三　镜道中吹箫
　　金栏白的苦参差，双凤夜伴江南栖。
　　十洲人听玉楼晓，空向千山桃杏枝。

一九四　赠野老
　　何年种芝白云里？人传先生老莱子。
　　消磨世上名利心，淡若岩间一流水。

一九五　山行　李郢
　　小田微雨稻苗香，田畔清溪潏潏凉。
　　自忆东吴榜舟日，蓼花沟水半篙强。

一九六　上元日寄湖杭二从事
　　恋别山灯忆水灯，山光水焰百千层。
　　谢公留赏山公唤，知入笙歌阿那朋。

一九七　寒食野望
　　旧坟新陇哭多时，流世都堪几度悲。
　　乌鸟乱啼人未远，野风吹散白棠梨。

一九八　清明日题一公禅室
　　山头兰若石楠春，山下清明烟火新。
　　此日何穷礼禅客，归心谁是恋禅人？

一九九　七夕寄张氏兄弟
　　新秋牛女会佳期，红粉筵开玉馔时。
　　好与檀郎寄花朵，莫教清晓羡蛛丝。

二〇〇　春晚与诸同舍出城迎坐主侍郎
　　三十骅骝一阕生，来时不锁杏园春。
　　东风柳絮轻如雪，应有偷游曲水人。

二〇一　张郎中宅戏赠二首
　　①薄雪燕翁紫燕钗，钗垂簏簌抱香怀。
　　　一声歌罢刘郎醉，脱取明金压绣鞋。
　　②谢家青妓邃重关，谁省春风见玉颜？
　　　闻道彩鸾三十六，一双双对碧池莲。

二〇二　醉吟
　　江梅冷艳酒清光，急拍繁弦醉画堂。
　　无限柳条多少雪，一将春恨付刘郎。

二〇三　晓井
　　桐阴覆井月斜明，百尺寒泉古瓷清。
　　越女携瓶下金索，晓天初放辘轳声。

二〇四　南池
　　小男供饵妇搓丝，溢榼香醪倒接䍦。
　　日出两竿鱼正食，一家欢笑在南池。

二〇五　偶作
　　一杯正发吟哦兴，两盏还生去住愁。
　　何似全家上船去，酒旗多处即淹留。

二〇六　画鼓
　　常闻画鼓动欢情，及送离人恨鼓声。
　　两杖一挥行缆解，暮天空使别魂惊。

二〇七　燕蓊花
　　十二街中何限草，燕蓊尽欲占残春。

黄花朴地无穷极，愁杀江南去住人。

二〇八　邵博士溪亭
野茶无限春风叶，溪水千重返照波。
只去长桥三十里，谁人一解柱帆过？

二〇九　小石上见亡友题处
笋石清琤入紫烟，陆云题处是前年。
苔侵雨打依稀在，惆怅凉风树树蝉。

二一〇　洞灵观流泉
石上苔芜水上烟，潺湲声在观门前。
千岩万壑分流去，更引飞花入洞天。

二一一　送李判官
津市停桡送别难，荧荧蜡炬照更阑。
东风万迭吹江月，谁伴袁褒宿夜滩？

二一二　宿杭州虚白堂
秋月斜明虚白堂，寒蛩唧唧树苍苍。
江风彻晓不得睡，二十五声秋点长。

二一三　蝉
饮蝉惊雨落高槐，山蚁移将入石阶。
若使秦楼美人见，还应一为拔金钗。

二一四　田家效陶　曹邺
黑黍春来酿酒饮，青禾刈了驱牛载。
大姑小叔常在眼，却笑长安在天外。

二一五　徒相逢
江边野花不须采，梁头野燕不用亲。

西施本是越溪女，承恩不荐越溪人。

二一六　寄刘驾
　　一川草色青袅袅，绕屋水声如在家。
　　怅望美人不携手，墙东又发数枝花。

二一七　题女郎庙
　　数点香烟出庙门，女娥飞去影中存。
　　年年岭上春无主，露泣花愁断客魂。

二一八　北郭闲思
　　山前山后是青草，尽日出门还掩门。
　　每思骨肉在天畔，来看野翁怜子孙。

二一九　偶题
　　白玉先生多在市，青牛道士不居山。
　　但能共得丹田语，正是忙时身亦闲。

二二○　出关
　　山上黄犊走避人，山下女郎歌满野。
　　我独南征恨此身，更有无成出关者。

二二一　官仓鼠
　　官仓老鼠大如斗，见人开仓亦不走。
　　健儿无粮百姓饥，谁遣朝朝入君口？

二二二　听刘尊师弹琴
　　曾游清海独闻蝉，又向空山夜听泉。
　　不似斋堂人静后，秋声长在七条弦。

二二三　题山居
　　扫叶煎茶摘叶书，心闲无梦夜窗虚。

只应光武恩波晚，岂是严君恋钓鱼。

二二四　送人下第
　　　马嘶残日没残霞，二月东风便到家。
　　　莫羡长安占春者，明年始见故园花。

二二五　早秋宿田舍
　　　涧草疏疏萤火光，山月朗朗枫树长。
　　　南村犊子夜声急，应是栏边新有霜。

二二六　题舒乡
　　　功名若及鸱夷子，必拟将舟泛洞庭。
　　　柳色湖光好相待，我心非醉亦非醒。

二二七　寄阳朔友人
　　　桂林虽产千株桂，未解当年影日开。
　　　我到月中收得种，为君移向故园栽。

第三十三卷　七言二十三　晚唐六

（共二百九十四首）

一　移石盆　陆龟蒙
　　移得龙泓潋艳寒，月轮初下白云端。
　　无人尽日澄心坐，倒影新篁一两竿。

二　文宴招润卿博士辞以道侣将至因书一绝寄之
　　仙客何时下鹤翎，方瞳如水脑华清。
　　不过传达杨君梦，从许人间小兆听。

三　再招润卿
　　遥知道侣谭玄次，又是文交丽事时。
　　虽是寒轻云重日，也留花篚待徐摛。

四　闻圆载上人挟儒家书泊释典以行更作一绝以送
　　九流三藏一时倾，万轴光凌渤澥声。
　　从此旧编东去后，却应荒外有诸生。

五　奉和袭美双桧
　　可怜烟刺是青螺，如到双林误礼多。
　　更忆早秋登北固，海门苍翠出晴波。

六　自遣诗二十二首
　　①五年重别旧山村，树有交柯犊有孙。

更感卞峰颜色好，晚云才散便当门。
② 雪下孤村渐渐鸣，病魂无睡洒来清。
　心摇只待东窗晓，长愧寒鸡第一声。
③ 甫里先生未白头，酒旗犹可战高楼。
　长鲸好鲙无因得，乞取馀艎作钓舟。
④ 花濑濛濛紫气昏，水边山曲更容村。
　终须拣取幽栖地，老桂成双便作门。
⑤ 长叹人间发易华，暗将心事许烟霞。
　病来前约分明在，药鼎书囊便是家。
⑥ 酝得秋泉似玉容，比于云液更应浓。
　思量北海徐刘辈，枉向人间号酒龙。
⑦ 偶然携稚看微波，临水春寒一倍多。
　便使笔精如逸少，懒能书字换群鹅。
⑧ 数尺游丝堕碧空，年年长是惹东风。
　争知天上无人住，亦有春愁鹤发翁。
⑨ 往古天高事渺茫，争知灵媛不凄凉。
　月娥如有相思泪，只待方诸寄两行。
⑩ 本来云外寄闲身，遂与溪云作主人。
　一夜逆风愁四散，晓来零落傍衣巾。
⑪ 渊明不待公田熟，乘兴先秋解印归。
　我为馀粮春未去，到头谁是复谁非？
⑫ 云拥根株抱石危，斫来文似瘦蛟螭。
　幽人带病愁朝起，只向春山尽日欹。
⑬ 月澹花闲夜已深，宋家微咏若遗音。
　重思万古无人赏，露湿清香独满襟。
⑭ 南岸春田手自农，往来横绝半江风。
　有时不耐轻桡兴，暂欲蓬山访洛公。

⑮贤达垂竿小隐中，我来真作捕鱼翁。
　前溪一夜春流急，已学严滩下钓筒。
⑯水国君王又姓萧，风情由是冠前朝。
　灵和殿下巴江柳，十二楼前等翠条。
⑰强梳蓬鬓整斜冠，片烛光微夜思阑。
　天意最饶惆怅事，单栖分付与春寒。
⑱无多药圃近南荣，合有春苗次第生。
　稚子不知名品上，恐随春草斗输赢。
⑲一派溪随若下流，春来无处不汀洲。
　漪澜未碧蒲犹短，不见鸳鸯正自由。
⑳山下花明水上曛，一桡青翰破霞文。
　越人但爱风流客，绣被何须属鄂君。
㉑妍华须是占时生，准拟差肩不近情。
　佳丽几时腰不细，荆王辛苦致宫名。
㉒羊侃多应自古豪，解盘金稍置纤腰。
　纵然此事教双得，不博溪田二顷苗。

七　石竹花
　曾看南朝画国娃，古罗衣上碎明霞。
　而今莫共金钱斗，买却春风是此花。

八　闲吟
　闲吟料得三更尽，始把孤灯背竹窗。
　一夜西风高浪起，不教归梦过寒江。

九　北渡
　江客柴门枕浪花，鸣机寒橹任呕哑。
　轻舟过去真堪画，惊起鸬鹚一阵斜。

一〇　夜泊咏栖鸿
　　　可怜霜月暂相依，莫向衡阳趁队〔逐〕飞。
　　　同是江天〔南〕寒夜客，羽毛单薄稻粱微。

一一　早行
　　　冰寒孤棹触天文，直是乘槎去问津。
　　　纵使碧虚无限好，客星名字也愁人。

一二　景阳宫井
　　　古堞烟埋宫井树，陈主吴姬堕泉处。
　　　舜没苍梧万里云，却不闻将二妃去。

一三　江南二首
　　　①便风船尾香秔熟，细雨罾头赤鲤跳。
　　　　待得江餐闲望足，日斜方动木兰桡。
　　　②村边紫豆花垂次，岸上红梨叶战初。
　　　　莫怪烟中重回首，酒家青纻一行书。

一四　溪思雨中
　　　雨映前山万句丝，橹声冲碎似鸣机。
　　　无端织得愁成段，堪作骚人酒病衣。

一五　江城夜泊
　　　漏移寒箭丁丁急，月挂虚弓蔼蔼明。
　　　此夜离魂堪射断，更烦江笛两三声。

一六　宫人斜
　　　草著愁烟似不春，晚莺哀怨问行人。
　　　须知一种埋香骨，犹胜昭君作虏尘。

一七　送棋客
　　　满目山川似势棋，况当秋雁正斜飞。

金门若召羊玄保，赌取江东太守归。

一八　汉宫词
招灵阁上霓旌绝，梁柏台中珠翠稠。
一身三十六宫夜，露滴玉盘青桂秋。

一九　上清
玉林风露寂寥清，仙妃对月闲吹笙。
新篁冷涩曲未尽，细拂云枝栖凤惊。

二〇　秋荷
蒲茸承露有佳色，荬叶束烟如效颦。
盈盈一水不得渡，冷翠遗香愁向人。

二一　有别二首
①且将丝绋系兰舟，醉下烟汀减去愁。
江上有楼君莫上，落花流水正东流。
②池上已看莺舌默，云间应即雁翰开。
唯愁别后当风立，万树将秋入恨来。

二二　病中晓思
月堕霜西竹井寒，辘轳丝冻下瓶难。
幽人病久浑成渴，愁见龙书一鼎干。

二三　送友人之湖上
故人溪上有渔舟，竿倚风蘋夜不收。
欲寄一函聊问讯，洪乔宁作置书邮。

二四　寒日逢僧
瘦胫高褰梵屦轻，野塘风劲锡环鸣。
如何不向深山里，坐拥闲云过一生。

二五　冬柳
　　　柳汀斜对野人窗，零落衰条傍晓江。
　　　正是霜风飘断处，寒鸥惊起一双双。

二六　寄友人
　　　敬亭寒夜溪声里，同听先生讲太玄。
　　　上得云梯不回首，钓竿犹在五湖边。

二七　岛树
　　　波涛漱苦盘根浅，风雨飘多著叶迟。
　　　迥出孤烟残照里，鹭鸶相对立高枝。

二八　头陀僧
　　　万峰围绕一峰深，向此长修苦行心。
　　　自扫雪中归鹿迹，天明恐被猎人寻。

二九　晚渡
　　　半波飞雨半波晴，渔曲飘秋野调清。
　　　各祥莲船逗村去，笠簷蓑袂有残声。

三〇　赠老僧二首
　　　①枯貌自同霜里木，馀生唯指佛前灯。
　　　　少时写得坐禅影，今见问人何处僧？
　　　②自有家山供衲线，不离溪曲取菴茆。
　　　　旧曾闻说林中鸟，定后长来顶上巢。

三一　忆山泉
　　　一夜寒声来梦里，平明着屐到声边。
　　　心期盛夏重过此，脱却荷衣石上眠。

三二　白芙蓉
　　　澹然相对却成劳，月染风裁个个高。

似说玉皇亲谪堕，至今犹着水精袍。

三三　严光钓台
片帆竿外揖清风，石立云孤万古中。
不是狂奴为故态，仲华争得黑头公？

三四　读《陈拾遗集》
蓬颗何时与恨平，蜀江衣带蜀山轻。
寻闻骑士枭黄祖，自是无人祭祢衡。

三五　吴宫怀古
香径长洲尽棘丛，奢云艳雨只悲风。
吴王事事须亡国，未必西施胜六宫。

三六　方响
击霜寒玉乱丁丁，花底秋风拂坐生。
王母闲看汉天子，满猗兰殿佩环声。

三七　闺怨
白袷行人又远游，日斜空上映花楼。
愁丝堕絮相逢着，绊惹春风卒未休。

三八　丁香
江上悠悠人不问，十年云外醉中身。
殷勤解却丁香结，从放繁枝散诞春。

三九　种蒲
杜若溪边手自移，旋抽烟剑碧参差。
何时织得孤帆去，悬向秋风访所思。

四〇　范蠡
平吴专越祸胎深，岂是功成有去心。

勾践不知嫌鸟喙，归来犹自铸良金。

四一　山僧二首

①山藓几重生草履，涧泉长自满铜瓶。
　时将如意敲眠虎，遣向林间坐听经。
②一夏不离苍岛上，秋来频话石城南。
　思归瀑布声前坐，却把松枝拂旧庵。

四二　上云乐

青丝作筝桂为船，白兔捣药虾蟆丸。
便浮天汉泊星渚，回首笑君承露盘。

四三　眠（总题"新秋杂题六首"）

一簟临窗蓰叶秋，小簾风荡半离钩。
魂清雨急梦难到，身在五湖波上头。

四四　行

寻人直到月坞北，觅鹤便过云峰西。
只今犹有疏野调，但绕莓苔风雨畦。

四五　倚

橘下凝情香染巾，竹边留思露摇身。
背烟垂手尽日立，忆得山中无事人。

四六　吟

忆山摇膝石上晚，怀古掉头溪畔凉。
有时得句一声发，惊起鹭鸶和夕阳。

四七　食

日午空斋带睡痕，水蔬山药荐盘飧。
林乌信我无机事，长到而今下石盆。

四八　坐
　　偶避蝉声来隙地，忽随鸿影入辽天。
　　闲僧不会寂寥意，道学西方人坐禅。

四九　新沙
　　渤澥声中涨小堤，官家知后海鸥知。
　　蓬莱有路教人到，应亦年年税紫芝。

五〇　邺宫词二首
　　①魏武平生不好香，枫胶蕙炷洁宫房。
　　　可知遗令非前事，却有馀薰在绣囊。
　　②花飞蝶骇不愁人，水殿云廊别置春。
　　　晓日靓妆千骑女，白樱桃下紫纶巾。

五一　古别
　　仙人左手把长箭，欲射日乌乌不栖。
　　何事离情畏明发，一心唯恨汝南鸡。

五二　高道士
　　峨眉道士风骨峻，手把玉皇书一通。
　　东游借得琴高鲤，骑入蓬莱清浅中。

五三　蔬食
　　孔融不要留残脍，庾悦无端吝子鹅。
　　香稻熟来秋菜嫩，伴僧餐了听云何。

五四　寄远
　　缥梨花谢莺口吃，黄犊少年人未归。
　　画扇红弦相掩映，独看斜月下簾衣。

五五　山中僧
　　手开一室翠微里，日暮白云栖半间。

　　　　白云朝出天际去，若比老僧云未闲。

五六　洞宫秋夕
　　　　浓霜打叶落地声，南溪石泉细泠泠。
　　　　洞宫寂寞人不寐，坐见月生云母屏。

五七　连昌宫词二首
　　　①金铺零落兽环空，斜掩双扉细草中。
　　　　日暮鸟归宫树绿，不闻鸦轧闭春风。
　　　②草没苔封迭翠斜，坠红千叶拥残霞。
　　　　年年直为秋霖苦，滴陷青珉隐起花。

五八　怀宛陵旧游
　　　　陵阳佳地昔年游，谢朓青山李白楼。
　　　　唯有日斜溪上思，酒旗风影落春流。

五九　松石晓景图
　　　　霜骨云根惨澹愁，宿烟封著未全收。
　　　　将归与说文通后，写得松江岸上秋。

六〇　钓车
　　　　小轮轻线妙无双，曾伴幽人酒一缸。
　　　　洛客见时如有问，辗烟冲雨过桐江。

六一　漉酒巾
　　　　靖节高风不可攀，此巾犹坠冻醪间。
　　　　偏宜雪夜山中戴，认取时情与醉颜。

六二　华阳巾
　　　　莲花峰下得佳名，云褐相兼上鹤翎。
　　　　须是古坛秋霁后，静焚香炷礼寒星。

六三　送琴客之建康
　　惠风杉露共泠泠，三映寒泉漱玉清。
　　君到南朝访遗事，柳家双锁旧知名。

六四　白鹭
　　雪然飞下立苍苔，应伴江鸥拒我来。
　　见欲扁舟摇荡去，倩君先作水云媒。

六五　溪行
　　晚天寒雨上滩时，他已扬舻我尚迟。
　　自是樯低帆幅少，溪风终不两般吹。

六六　太湖叟
　　细桨轻船买石归，酒痕狼藉遍苔衣。
　　攻车战舰繁如织，不肯回头问是非。

六七　答友人
　　荆卿雄骨化为尘，燕市应无共饮人。
　　能脱鹔鹴来换酒，五湖赊与一年春。

六八　偶作
　　酒信巧为缲病绪，花音长作嫁愁媒。
　　也知愁病堪回避，争奈流莺唤起来。

六九　春思二首
　　①竹外麦烟愁漠漠，短翅啼禽飞魄魄。
　　　此时忆着千里人，独坐支颐看花落。
　　②江南酒熟清明天，高高绿旆当风悬。
　　　谁家无事少年子，满面落花犹醉眠。

七〇　访僧不遇
　　棹倚东林欲问禅，远公飞锡未应还。

蒙庄子弟相看笑，何事空门亦有关。

七一　谢山泉
　　决决春泉出洞霞，石坛封寄野人家。
　　草堂尽日留僧坐，自向前溪摘茗芽。

七二　洞宫夕
　　月午山空桂花落，华阳道士云衣薄。
　　石坛香散步虚声，杉露清泠滴栖鹤。

七三　峡客行
　　万仞峰排千剑束，孤舟夜系峰头宿。
　　蛮溪雪坏蜀江倾，滟滪朝来大如屋。

七四　江边
　　江边日晚潮烟上，树里鸦鸦桔槔响。
　　无因得似灌园翁，十亩春蔬一藜杖。

七五　春夕樱桃园宴
　　佳人芳树杂春蹊，花外烟濛月渐低。
　　几度艳歌清欲转，流莺惊起不成栖。

七六　松江早春
　　柳下江餐待好风，暂时还得狎渔翁。
　　一生无事烟波足，唯有沙边水勃公。

七七　奉和皮袭美征酒
　　冻醪初漉嫩如春，轻蚁漂漂杂蕊尘。
　　得伴方平同一醉，明朝应作蔡经身。

七八　奉和袭美悼鹤
　　酃都香稻字重思，遥想飞魂去未饥。

争奈野鸦无数健，黄昏来占旧栖枝。

七九　玉龙子
何代奇工碾玉英，细鬐纤角尽雕成。
烟干雾悄君心苦，风雨长随一掷声。

八〇　开元杂题七首
①照夜白
雪虬轻骏步如飞，一练腾光透月旗。
应笑穆王抛万乘，踏风鞭露向瑶池。
②汤泉
暖殿流汤数十间，玉渠香细浪回环。
上皇初解云衣浴，珠棹时敲瑟瑟山。
③舞马
月窟龙孙四百蹄，骄骧轻步应金鞞。
曲终似要君王宠，回望红楼不敢嘶。
④杂伎
拜象驯犀角抵豪，星丸霜剑出花高。
六宫争近乘舆望，珠翠三千拥赭袍。
⑤雪衣女
嫩红钩曲雪花攒，月殿栖时片影残。
自说夜来春梦恶，学持金偈玉栏干。
⑥绣岭宫
绣岭花残翠倚空，碧窗瑶砌〔池〕旧行宫。
闲乘小驷浓阴下，时举金鞭半袖风。
⑦女坟湖
水平波淡绕回塘，鹤殉人沉万古伤。
应是离魂双不得，至今沙上少鸳鸯。

八一　泰伯庙
　　故国城荒德未荒，年年椒奠湿中堂。
　　迩来父子争天下，不信人间有让王。

八二　鸣蜩早（总题"闲居杂题五首"）
　　闲来倚杖柴门口，鸟下深枝啄晚虫。
　　周步一池销半日，十年听此鬓如蓬。

八三　野态真
　　君如有意耽田里，予亦无机向艺能。
　　心迹所便唯是直，人间闻道最先憎。

八四　松间斟
　　子山园静怜幽木，公幹词清咏荜门。
　　月上风微萧洒甚，斗醪何惜置盈尊。

八五　饮岩泉
　　已甘茅洞三君食，欠买桐江一朵山。
　　严子濑高秋浪白，水禽飞尽钓舟还。

八六　当轩鹤
　　自笑与人乖好尚，田家山客共柴车。
　　干时未似栖庐雀，鸟道闲携相尔书。

八七　宿木兰院
　　苦吟清漏迢迢极，月过花西尚未眠。
　　犹忆故山歌警枕，夜来呜咽似流泉。

八八　胥门闲泛
　　细桨轻划下白蘋，故城花谢绿阴新。
　　岂知今日逃名士，试问南塘着屐人。

八九　蔷薇
　　秾华自古不得久，况是倚春春已空。
　　更被夜来风雨恶，满阶狼藉许多红。

九〇　春夕酒醒
　　几年无事傍江湖，醉倒黄公旧酒垆。
　　觉夜不知新月上，满身花影倩人扶。

九一　重台莲花
　　水国烟乡足芰荷，就中芳瑞比谁〔此难〕过。
　　风情为与吴王近，红萼常教一倍多。

九二　浮萍
　　晓来风约半池明，重迭侵沙绿罽成。
　　不用临池重相笑，最无根蒂是浮名。

九三　白莲
　　素蘤多蒙别艳欺，此花真合在瑶池。
　　还应有恨无人觉，月晓风清欲堕时。

九四　后池
　　晓烟清露暗相和，洛雁浮鸥意绪多。
　　却是陈王词赋错，枉将心事托微波。

九五　初植松桂
　　轩阴冉冉移斜日，寒韵泠泠入晚风。
　　烟格月姿曾不改，至今犹似在山中。

九六　馆娃宫怀古五首
　　①三千虽衣水犀珠，半夜夫差国暗屠。
　　犹有八人皆二八，独教西子占亡吴。

②一宫花渚漾涟漪，偢堕鸦鬟出茧眉。
可料坐中歌舞袖，便将残节拂降旗。
③几多云榭倚青冥，越焰烧来一片平。
此地最应沾恨血，至今春草不匀生。
④江色分明练绕台，战帆遥隔绮疏开。
波神自厌荒淫主，勾践楼船稳贴来。
⑤宝袜香綦碎晓尘，乱兵谁惜似花人。
伯劳应是精灵使，犹向残阳泣暮春。

九七　和寄韦校书
万古风烟满故都，清才搜括妙无馀。
可中寄与芸香客，便是江南地里书。

九八　初冬偶作
桐下空阶迭绿钱，貂裘初绽拥高眠。
小卢低幌还遮掩，酒滴灰香似去年。

九九　虎丘寺西小溪闲泛三首
①树号相思枝拂地，鸟语提壶声满溪。
云涯一里千万曲，直是渔翁行也迷。
②荒柳卧波浑似困，宿云遮坞未全痴。
云情柳意萧萧会，若问诸馀总不知。
③每逢孤屿一倚楫，便欲狂歌同采薇。
任是烟萝中待月，不妨欹枕扣船归。

一〇〇　钓侣二首
①一艇轻划看晚涛，接䍡抛下漉春醪。
相逢便倚蒹葭泊，更唱菱歌擘蟹螯。
②雨后沙虚古岸崩，鱼梁移入乱云层。
归时月堕汀洲暗，认得妻儿结网灯。

一〇一　酬醉中寄酒二首
　　①酒痕衣上杂莓苔，犹忆红螺一两杯。
　　　正被绕篱荒菊笑，日斜还有白衣来。
　　②阶下饥禽啄嫩苔，野人方倒病中杯。
　　　寒蔬卖却还沽吃，可有金貂换得来？

一〇二　皋桥
　　横绝春流架断虹，凭栏犹思《五噫》风。
　　今来未必非梁孟，却是无人继伯通。

一〇三　答遗青饲饭
　　旧闻香积金仙食，今见青精玉釜餐。
　　自笑镜中无骨录，可能飞上紫云端？

一〇四　奉和袭美酒病偶作次韵
　　柳疏桐下晚窗明，只有微风为析酲。
　　唯欠白绡笼解散，洛生闲咏两三声。

一〇五　寒夜访袭美
　　醉韵飘飘不可亲，椁头吟侧华阳巾。
　　如能跂脚东窗下，便是羲皇世上人。

一〇六　玩金鸂鶒
　　曾向溪边泊暮云，至今犹忆浪花群。
　　不知镂羽凝香雾，堪与鸳鸯觉后闻。

一〇七　寒夜文燕张润卿不至
　　细雨轻筋玉漏终，上清词句落吟中。
　　松斋一夜怀贞白，霜外空闻五粒风。

一〇八　齐梁怨别
　　寥寥缺月看将落，檐外霜华染罗幕。

不知兰棹到何山，应倚相思树边泊。

一○九　药名离合夏日即事
乘屐著来幽砌滑，石罂煎得远泉甘。
草堂只待新秋景，天色微凉酒半酣。

一一○　怀锡山药名离合二首
①鹤伴前溪栽白杏，人来阴洞写枯松。
　萝深境静日欲落，石上未眠闻远钟。
②佳句成来谁不伏，神丹偷去亦须防。
　风前莫怪携诗稿，本是吴吟荡桨郎。

一一一　和怀鹿门县名离合二首
①云容覆枕无非白，水色侵矶直是蓝。
　田种紫芝餐可寿，春来何事恋江南。
②竹溪深处猿同宿，松阁秋来客共登。
　封径古苔侵石鹿，城中谁解访山僧。

一一二　天台国清寺
峰带楼台天外立，明河色近罘罳湿。
松间石上定僧寒，半夜楢溪水声急。

一一三　簾
枕映疏容晚尚攲，秋烟脉脉雨微微。
逆风郶燕寻常事，不学人前尚妓衣。

一一四　翠碧
红标翠翰两参差，径拂烟华上细枝。
春水渐生鱼易得，莫辞风雨坐多时。

一一五　秘色越器
九秋风露越窑开，夺得千峰翠色来。

好向中宵盛沆瀣，共嵇中散斗遗杯。

一一六　题杜秀才水亭
晓和风露立晴烟，只恐腥魂涴洞天。
云肆有龙君若买，便敲初日铸金钱。

一一七　女坟湖　皮日休
万贵千奢已寂寥，可怜幽愤为谁娇？
须知韩重相思骨，直在芙蓉向下消。

一一八　宿木兰院
木兰院里双栖鹤，长被金钲聒不眠。
今夜宿来还似尔，到明无计梦云泉。

一一九　蔷薇
浓似猩猩初染素，轻于燕燕欲凌空。
可怜细丽难胜日，照得深红作浅红。

一二〇　重玄寺双矮桧
扑地枝徊是翠钿，碧丝笼细不成烟。
应如天竺难陀寺，一对狻猊相枕眠。

一二一　泰伯庙
一朝〔庙〕争祠两让君，几千年后转清氛。
当时尽解称高义，谁敢教他莽卓闻。

一二二　奉和陆鲁望印囊次韵
金篆方圆一寸馀，可怜银艾未思渠。
不知夫子将心印，印破人间万卷书。

一二三　春夕酒醒
四弦才罢醉蛮奴，醽醁馀香在翠炉。

夜半醒来红蜡短，一枝寒泪作珊瑚。

一二四　胥门闲泛
青翰虚徐夏思清，愁烟漠漠荇花平。
醉来欲把田田叶，尽裹当时醒酒鲭。

一二五　重台莲花
欹红媆媚力难任，每叶头边半米金。
可得教他水妃见，两重元是一重心。

一二六　浮萍
嫩似金脂飐似烟，多情浑欲拥红莲。
明朝拟附南风信，寄与湘妃作翠钿。

一二七　白莲
但恐醍醐难并洁，只应薝蔔可齐香。
半垂金粉知何似？静婉临溪照额黄。

一二八　后池
细雨阑珊眠鹭觉，钿波悠漾立鸳娇。
适来会得荆王意，只为莲茎重细腰。

一二九　虎丘寺西小溪闲泛三首
①鼓子花明白石岸，桃枝竹覆翠岚溪。
　分明似对天台洞，应厌顽仙不肯迷。
②绝壑只怜白羽傲，穷溪唯觉锦鳞痴。
　更深尚有通樵处，或是秦人未可知。
③高下不惊红翡翠，浅深还碍白蔷薇。
　船头系个松根上，欲待逢仙不拟归。

一三〇　寒夜客见访
世外为交不是亲，醉吟俱岸白纶巾。

风清月白更三点,未放华阳鹤上人。

一三一　答鲁望

秦吴风俗昔难同,唯有清才事事通。
刚恋水云归不得,前身应是太湖公。

一三二　馆娃宫怀古五首

①绮阁飘香下太湖,乱兵侵晓上姑苏。
　越王大有堪羞处,只把西施赚得吴。
②郑妲无言下玉墀,夜来飞箭满罘罳。
　越王定指高台笑,却见当时金镂楣。
③半夜娃宫作战场,血腥犹杂宴时香。
　西施不及烧残蜡,犹为君王泣数行。
④素袜虽遮未掩羞,越兵犹怕伍员头。
　吴王恨魄今如在,只合西施濑上游。
⑤响屟廊中金玉步,采兰山上绮罗身。
　不知水葬今何处?溪月弯弯欲效颦。

一三三　春夕陪樱桃园宴

万树香飘水麝风,蜡薰花雪尽成红。
夜深欢态状不得,醉客图开明月中。

一三四　松江早春

松陵清净雪消初,见底新安恐未如。
稳凭船舷无一事,分明数得鲙残鱼。

一三五　天竺寺桂子

玉颗珊珊下月轮,殿前拾得露华新。
至今不会天中事,应是姮娥掷与人。

一三六　初冬偶作
　　豹皮茵下百馀钱，刘堕闲沽尽醉眠。
　　酒病校来无一事，鹤亡松老似经年。

一三七　醉中寄鲁望一壶
　　门巷寥寥空紫苔，先生应渴解醒杯。
　　醉中不得亲相问，故遣青州从事来。

一三八　军事院霜菊盛开上谏议
　　金华千点晓霜凝，独对壶觞又不能。
　　已过重阳三十日，至今犹自待王弘。

一三九　悼鹤
　　莫怪朝来泪满衣，堕毛犹傍水花飞。
　　辽东旧事今千古，却向人间葬令威。

一四〇　寄韦校书
　　二年疏放饱江潭，水物山容尽足耽。
　　唯有故人怜未替，欲封干鲙寄终南。

一四一　钓侣二首
　　①趁眠无事避风涛，一尺〔斗〕霜鳞换浊醪。
　　　惊怪儿童呼不得，尽冲烟雨漉车螯。
　　②严陵滩势似云崩，钓具归来放石层。
　　　烟浪溅蓬寒不睡，更将枯蚌点渔灯。

一四二　醉中先起
　　麝烟苒苒生银兔，蜡泪涟涟滴绣闱。
　　舞袖莫欺先醉去，醒来还解验金泥。

一四三　奉和招润卿博士
　　瘿木樽前地肺图，为君偏辍俗功夫。

灵真散尽光来此，莫恋安妃在后无。

一四四　文燕招润卿
飙御已应归杳眇，博山犹自对氛氲。
不知入夜能来否，红蜡先教刻五分。

一四五　酒病偶作
郁林步障昼遮明，一炷浓香养病醒。
何事晚来还欲饮？隔墙闻卖蛤蜊声。

一四六　玩金鸂鶒
镂羽彤毛迥出群，温麈飘出麝脐熏。
夜来曾吐红茵畔，犹自溪边睡不闻。

一四七　友人许惠酒以诗索之
野客萧然访我家，霜残白菊两三花。
子山病起无馀事，只望蒲台酒一车。

一四八　寒夜文燕润卿有期不至
草堂虚洒待高真，不意清斋避世尘。
料得焚香无别事，存心应降月夫人。

一四九　齐梁怨别
芙蓉泣恨红铅落，一朵别时烟似幕。
鸳鸯刚解恼离心，夜夜飞来棹边泊。

一五〇　晚秋吟
东皋烟雨归耕日，免去玄冠手刈禾。
火满酒垆诗在口，今人无计奈侬何。

一五一　好诗景
青盘香露倾荷女，子墨风流更不言。

寺寺云萝堪度日，京尘到死扑侯门。

一五二　醒闻桧
　　解洗馀醒晨半酒，星星仙吹起云门。
　　耳根莫厌听佳木，会尽山中寂静源。

一五三　寺钟暝
　　百缘斗擞无尘土，寸地章煌欲布金。
　　重击蒲牢含山日，冥冥烟树睹栖禽。

一五四　砌思步
　　襹襹古薜绷危石，切切阴蛩应晚田。
　　心事万墙何处上，少姨峰下旧云泉。

一五五　怀锡山药名离合二首
　　①暗窦养泉容决决，明园护桂放亭亭。
　　　历山居处当天半，夏里松风尽足听。
　　②晓景半和山气白，微香清净杂纤云。
　　　实头事是眠平石，脑侧空林看鹿群。

一五六　天台国清寺
　　十里松门国清路，饭猿台上菩提树。
　　怪来烟雨落晴天，元是海风吹瀑布。

一五七　夏日即事药名离合三首
　　①季春人病抛芳杜，仲夏溪波绕坏垣。
　　　衣污浊醪身倚桂，心中无事到云昏。
　　②数曲急溪冲细竹，叶舟来往尽能通。
　　　草香石冷无辞远，志在天台一遇中。
　　③桂叶似茸含露紫，葛花如绶蘸溪黄。
　　　连云更入幽深地，骨䇲闲携相猎郎。

一五八　怀鹿门县名离合
　　①山瘦更培秋后桂，溪澄闲数晚来鱼。
　　　台前过雁盈千百，泉石无情不寄书。
　　②十里松萝阴乱石，门前幽事雨来新。
　　　野霜浓处怜残菊，潭上花开不见人。

一五九　咏蟹
　　未游沧海早知名，有骨还从肉上生。
　　莫道无心畏雷电，海龙王处也横行。

一六〇　金钱花
　　阴阳为炭地为炉，铸出金钱不用模。
　　莫向人前逞颜色，不知还解济贫无？

一六一　峡中行　雍陶
　　两崖开尽水回环，一叶才通石罅间。
　　楚客莫言山势险，世人心更险于山。

一六二　韦处士郊居
　　满庭诗境飘红叶，绕砌琴声滴暗泉。
　　门外晚晴秋色老，万条寒玉一溪烟。

一六三　秋怀
　　古槐烟薄晚鸦愁，独向黄昏立御沟。
　　南国望中生远思，一行新雁去汀洲。

一六四　再下第将归荆楚上白舍人
　　穷通应计一时间，今日甘从刖足还。
　　长倚玉人心自醉，不辞归去哭荆山。

一六五　春行武关作
　　风香春暖展归程，全胜游仙入洞情。

　　　　一路缘溪花覆水，不妨闲看不妨行。
一六六　恨别二首
　　　①知君饯酒深深意，图使行人涕不流。
　　　　如今却恨酒中别，不得一言千里愁。
　　　②人言日远还疏索，别后都非未别心。
　　　　唯我记君千里意，一年不见一重深。
一六七　遂人归吴
　　　　远爱春波正满湖，羡君东去是归途。
　　　　吟诗好向月中宿，一叫水天沙鹤孤。
一六八　喜梦归
　　　　旅馆岁阑频有梦，分明最似此宵希。
　　　　觉来莫道还无益，未得归时且当归。
一六九　路中问程知欲达青云驿
　　　　行愁驿路问来人，西去经过愿一闻。
　　　　落日回鞭相指点，前程从此是青云。
一七〇　题君山
　　　　风波不动影沉沉，翠色全微〔无〕碧色深。
　　　　疑是水仙梳洗处，一螺青黛镜中心。
一七一　离家后作
　　　　世上无媒似我希，一身惟有影相随。
　　　　出门便作焚舟计，生不成名死不归。
一七二　寄题岘亭
　　　　岘亭留恨为伤杯，未得醒醒看便回。
　　　　却想醉游如梦见，直疑元本不曾来。

一七三　病鹤
　　忆得当时病未遭，身为仙驭雪为毛。
　　今来沙上飞无力，羞见樯乌立处高。

一七四　状春
　　含春笑日花心艳，带雨牵风柳态妖。
　　珍重两般堪比处，醉时红脸舞时腰。

一七五　春咏
　　风恼花枝不耐频，等闲飞落易愁人。
　　殷勤最是章台柳，一树千条管带春。

一七六　非酒
　　人人漫说酒消忧，我道翻为引恨由。
　　一夜醒来灯火暗，不应愁事亦成愁。

一七七　苦寒
　　今年无异去年寒，何事朝来独忍难。
　　应是惭〔渐〕为贫客久，绵衣著尽布衣单。

一七八　送客
　　若论秋思人人苦，最觉愁多客又深。
　　何况病来惆怅尽，不知争作送君心。

一七九　人问应举
　　莫惊西上独迟回，只为衡门未有媒。
　　惆怅赋成身不去，一名闲事逐秋回。

一八〇　送客不及
　　水阔江天两不分，行人两处更相闻。
　　遥遥已失风帆影，半日虚销指点云。

一八一　闻杜鹃二首
　　①碧竿微露月玲珑，谢豹伤心独叫风。
　　　高处已应闻滴血，山榴一夜几枝红。
　　②蜀客春城闻蜀鸟，思归声引未归心。
　　　却知夜夜愁相似，尔正啼时我正吟。

一八二　西归出斜谷
　　行过险栈出褒斜，历〔出〕尽平川似到家。
　　万里客愁今日散，马前初见米囊花。

一八三　宿嘉陵馆楼
　　离思茫茫正值秋，每因风景却生愁。
　　今宵难作刀州梦，月色江声共一楼。

一八四　旅怀
　　旧里已悲无产业，故山犹恋有烟霞。
　　自从为客归时少，旅馆僧房却是家。

一八五　贫居春怨
　　贫居尽日冷风烟，独向檐床看雨眠。
　　寂寞春风花落尽，满庭榆荚似秋天。

一八六　忆江南旧居
　　闲思往事在湖亭，亭上秋灯照月明。
　　宿客尽眠眠不得，半窗残月带潮声。

一八七　夷陵城
　　世家曾览楚英雄，国破城荒万事空。
　　唯有邮亭阶下柳，春来犹似细腰宫。

一八八　访友人幽居二首
　　①落花门外春将尽，飞絮庭前日欲高。

深院客来人未起，黄鹂枝上啄樱桃。
②涉深苔滑地无尘，竹冷花迟剩驻春。
尽日弄琴谁共听？与君兼鹤是三人。

一八九　宿大彻禅师故院
竹房谁继生前事，松月空悬过去心。
秋磬数声天欲晓，影堂斜掩一灯深。

一九〇　送蜀客
剑南风景腊前春，山鸟江风得雨新。
莫怪送君行较远，自缘身是忆归人。

一九一　题宝应县
雪楼当日动晴寒，渭水梁山鸟外看。
闻说德宗曾到此，吟诗不敢倚阑干。

一九二　和孙明府怀旧山
五柳先生本在山，偶然为客落人间。
秋来见月多归思，自起开笼放白鹇。

一九三　城西访友人别墅
澧水桥西小路斜，日高犹未到君家。
村园门巷多相似，处处春风枳壳花。

一九四　题大安池亭
幽岛曲池相隐映，小桥虚阁半高低。
好风好月无人宿，夜夜水禽船上栖。

一九五　送春
勿言春尽春还至，少壮看花复几回？
今日已从愁里去，明年更莫共愁来。

一九六　闻蝉
　　一〔高〕树蝉声入晚云，几回〔不喂〕愁我亦愁君。
　　何年〔时〕各得身无事，每到闻时似不闻。

一九七　武侯庙古柏
　　密叶四时同一色，高枝千岁对孤峰。
　　此中疑有精灵在，为见盘根似卧龙。

一九八　哀蜀人为南蛮俘虏五首
　　①但见城池还汉将，岂知佳丽属蛮兵。
　　　锦江南度遥闻哭，尽是离家别国声。
　　②大渡河边蛮亦愁，汉人将渡尽回头。
　　　此中剩寄思乡泪，南去应无水北流。
　　③欲出乡关行步迟，此生无复却回时。
　　　千冤万恨何人见？唯有空山鸟兽知。
　　④越巂城南无汉地，伤心从此便为蛮。
　　　冤声一恸悲风起，云暗青天日下山。
　　⑤云南路出陷河西，毒草长青瘴色低。
　　　渐近蛮城谁敢哭，一时收泪羡猿啼。

一九九　宿石门山居
　　窗灯欲灭夜愁生，萤火飞来促织鸣。
　　宿客几回眠又起，一溪秋水枕边声。

二○○　过旧宅看花
　　山桃野杏两三栽，树树繁花去复开。
　　今日主人相引看，谁知曾是客移来。

二○一　寄襄阳章孝标
　　青油幕下白云边，日日空山夜夜泉。

闻说小斋多野意，枳花阴里麝香眠。

二〇二　公子行
公子风流嫌锦绣，新裁白纻作春衣。
金鞭留当谁家酒，拂柳冲花信马归。

二〇三　洛中感事
洛城今古足繁华，最恨乔家似石家。
行到窈娘身没处，水边愁见亚枝花。

二〇四　阴地关见入蕃公主石上手迹
汉家公主昔和蕃，石上今馀手迹存。
风雨几年侵不灭，分明纤指印苔痕。

二〇五　美人春风怨
澹荡春风满眼来，落花飞蝶共徘徊。
偏能飘散同心蒂，无那愁眉吹不开。

二〇六　过南邻花园
莫怪频过有酒家，多情长是惜年华。
春风堪赏还堪恨，才见开花又落花。

二〇七　劝行乐
老去风光不属身，黄金莫惜买青春。
白头纵作花园主，醉折花枝是别人。

二〇八　渡桑乾河
南客岂曾谙塞北，年年惟见雁飞回。
今朝忽渡桑乾水，不似身来似梦来。

二〇九　月下喜吕郎中除兵部
北阙云间见碧天，南宫月似旧时圆。

　　　　喜看列宿今宵正，休叹参差十四年。

二一〇　天津桥望春
　　　　津桥春水浸红霞，烟柳风丝拂岸斜。
　　　　翠辇不来金殿闭，宫莺衔出上阳花。

二一一　自蔚州南入真谷有似剑门因有归思
　　　　我家蜀地身离久，忽见胡山似剑门。
　　　　马上欲垂千里泪，耳边唯欠一声猿。

二一二　再经天涯地角山
　　　　每忆云山养短才，悔缘名利入尘埃。
　　　　十年马足行多少？两度天涯地角来。

二一三　题等界寺二首
　　　①吴蜀千年等界村，英雄无主岂长存。
　　　　思量往事今何在？万里山中一寺门。
　　　②两国道途都万里，来从此地等平分。
　　　　行人竞说东西利，事不关心耳不闻。

二一四　洛源驿戏题
　　　　柳阴春岭鸟新啼，暖色浓烟深处迷。
　　　　如恨往来人不见，水声呦咽出花溪。

二一五　遣愁
　　　　抛掷泥中一听沉，不能三叹引愁深。
　　　　莫言客子无愁易，须识愁多暗损心。

二一六　送友人弃官归山居
　　　　不爱人间紫与绯，却思松下著山衣。
　　　　春郊雨尽多新草，一路青青踏雨归。

二一七　山行
　　嗟花幽鸟几千般，头白山僧遍识难。
　　世上游人无复见，一生唯向画图看。

二一八　送客二首
　　①与君同在少年场，知己萧条壮士伤。
　　可惜报恩无处所，却提孤剑过咸阳。
　　②行人立马强盘回，别字犹含未忍开。
　　好去出门休落泪，不如前路早归来。

二一九　安国寺赠广宣上人
　　马急人忙尘路喧，几从朝出到黄昏。
　　今来合掌听师语，一似敲冰清耳根。

二二〇　初醒
　　心中得胜暂抛愁，醉卧凉风拂簟秋。
　　半夜觉来新酒醒，一条斜月到床头。

二二一　送客归襄阳旧居
　　襄阳耆旧别来稀，此去何人共掩扉？
　　唯有白铜鞮上月，水楼闲处待君归。

二二二　夜闻方响
　　方响闻时夜已深，声声敲著客愁心。
　　不知正在谁家乐，月下犹疑是远砧。

二二三　路逢有似亡友者恻然赋此
　　吾友今生不可逢，风流空想旧仪容。
　　朝来马上频回首，惆怅他人似蔡邕。

二二四　望月怀江上旧游
　　往岁曾随江客船，秋风明月洞庭边。

为看今夜天如水，忆得当时水似天。

二二五　途中西望
行行何处散离愁，长路无因暂上楼。
唯到高原即西望，马知人意亦回头。

二二六　题友人所居
亚尹故居经几主，只应〔因〕君住有诗情。
夜吟邻叟闻惆怅，七八年来无此声。

二二七　蔚州晏内遇新雪
胡卢河畔逢秋雪，疑是风飘白鹤毛。
坐客停杯看未定，将军已湿褐花袍。

二二八　题情尽桥
从来只有情难尽，何事名为情尽桥？
自此改名为折柳，任他离恨一条条。

二二九　放鹤
从今一去不须低，见说辽东好去栖。
努力莫辞仙客远，白云飞处免群鸡。

二三〇　早秋月夜
身闲伴月夜深行，风触衣裳四体轻。
为见近来天气好，几篇诗兴入秋成。

第三十四卷　七言二十四　晚唐七

（共二百八十三首）

一　华清宫　高蟾
　　何事金舆不再游，翠鬟丹脸岂胜愁。
　　重门深锁禁钟后，月满骊山宫树秋。

二　秋日北固晚望二首
　　①风含远思翛翛晚，日照高情的的秋。
　　　何事满江惆怅水，年年无语向东流。
　　②泽国路岐当面苦，江城砧杵入心寒。
　　　不知白发谁医得？为问无情岁月看。

三　送张道士
　　因将岁月离三岛，闲贮风烟在一壶。
　　为问金乌头白后，人间流水却回无？

四　吴门春雨
　　吴甸落花春漫漫，吴宫芳树晚沉沉。
　　王孙不奈〔耐〕如丝雨，冒断春风一寸心。

五　旅夕
　　风散古陂惊宿雁，月临荒戍起啼鸦。
　　不堪吟断无人见，时复寒灯落一花。

六　瓜洲夜泊
　　偶为芳草无情客，况是青山有事身。
　　一夕瓜洲渡头宿，天风吹尽广陵尘。

七　金陵晚望
　　曾伴浮云归晚翠，犹陪落日泛秋声。
　　世间无限丹青手，一片伤心画不成。

八　晚思
　　虞泉冬恨由来短，杨叶春期分外长。
　　惆怅浮生不知处，明朝依旧出沧浪。

九　长信宫二首
　　①天上梦魂何杳杳，宫中消息太沉沉。
　　　君恩不似黄金井，一处团圆万丈深。
　　②天上凤凰休寄梦，人间鹦鹉旧堪悲。
　　　平生心绪无人识，一只金梭万丈丝。

一〇　长安旅怀
　　马嘶九陌年年苦，人语千门日日新。
　　唯有终南寂无事，寒光不入帝乡尘。

一一　春二首
　　①天柱几条搘白日，天门几扇锁明时。
　　　阳春发处无根蒂，凭仗东风分外吹。
　　②明月断魂清蔼蔼，平芜归思绿迢迢。
　　　人生莫遣头如雪，纵得东风也不消。

一二　秋
　　阳羡溪声冷骇人，洞庭山翠晚凝神。
　　天将金玉为风露，曾为高秋几度贫。

一三　灞陵亭
　　一条归梦朱弦直，一片离心白羽轻。
　　明日灞陵新霁后，马头烟树绿相迎。

一四　偶作二首
　　①丁当玉佩三更雨，平帖金闺一觉云。
　　　明日薄情何处去？风流春水不知君。
　　②霞衣重迭红蝉暖，云髻葱笼紫凤寒。
　　　天上少年分散后，一条烟水若为看。

一五　永夕
　　云鸿宿处江村冷，独狖啼时海国阴。
　　不会残灯无一事，觉来犹有向隅心。

一六　落花
　　一叶落时空下泪，三春归尽复何情？
　　无人共得东风语，半日尊前计不成。

一七　下第后上高侍郎
　　天上碧桃和露种，日边红杏倚云栽。
　　芙蓉生在秋江上，不向东风怨未开。

一八　项羽庙　李山甫
　　为虏为王尽偶然，有何羞见汉江船？
　　停分天下犹嫌少，何要行人赠纸钱？

一九　下第出春明门
　　曾和秋雨驱愁入，却向春风领恨回。
　　深谢霸陵堤畔柳，与人头上拂尘埃。

二〇　游侠儿
　　好把雄姿浑世尘，一场闲事莫因循。

荆轲只为闲言语，不与燕丹了得人。

二一　望思台
　　君父昏蒙死不回，漫将平地筑高台。
　　九层黄土是何物，销得向前冤恨来。

二二　沧浪峡
　　走毂飞蹄过此傍，几人留意问沧浪。
　　烟波莫笑题名客，为爱朝宗日夜忙。

二三　代崇徽公主
　　金钗坠地鬓堆云，自别昭阳帝岂闻。
　　遣妾一身安社稷，不知何处用将军？

二四　柳十首
　①灞岸江头腊雪消，东风偷软入纤条。
　　春来不忍登楼望，万架金丝着地娇。
　②受尽风霜得到春，一条条是逐年新。
　　寻常送别无馀事，争忍攀将远与人。
　③长恨阳和也世情，把香和艳与红英。
　　家家只是栽桃李，独自无根到处生。
　④只为遮楼又拂桥，被人摧折好枝条。
　　假饶张绪如今在，须把风流暗里销。
　⑤弱带低垂可自由，傍他门户傍他楼。
　　金风不解相抬举，露压烟欺直到秋。
　⑥终日堂前学画眉，几人曾道胜花枝。
　　试看三月春残后，门外清阴是阿谁？
　⑦也曾飞絮谢家庭，从此风流别有名。
　　不是向人无用处，一枝愁杀别离情。
　⑧从来只是爱花人，杨柳何曾占得春。

多向客亭门外立，与他迎送往来尘。
　⑨强扶柔态酒难醒，漠漠春风别有情。
　　　公子王孙且相伴，与君俱得几时荣。
　⑩无赖秋风斗柄寒，万条烟罩一时干。
　　　游人若要春消息，直向江头腊后看。

二五　听王敬叟弹琴
　　幽兰绿水耿清音，叹息先生枉用心。
　　世上几时曾好古，人前何必独沾襟。

二六　有感　司空图
　　国事皆须救未然，汉家高阁漫凌烟。
　　功臣尽遣词人赞，不省沧洲画鲁连。

二七　歌
　　处处亭台只坏墙，军营人学内人妆。
　　太平故事因君唱，马上曾听隔教坊。

二八　偈
　　人若憎也我亦憎，逃名最要是无能。
　　后生乞汝残风月，自作深林不语僧。

二九　鹂
　　不是流莺独占春，林间彩翠四时新。
　　应知拟上屏风画，偏坐横枝亦向人。

三〇　白菊杂书四首
　①黄昏寒立更披襟，露泡清香悦道心。
　　却笑谁家扃绣户，正熏龙麝暖鸳衾。
　②四面云屏一带天，是非断得自翛然。
　　此生只是偿诗债，白菊开时最不眠。

③狂才不足自英雄，仆妾驱令学贩春。
　　侯印几人封万户，侬家只办买孤峰。
④黄鹂啭处谁同听？白菊开时且剩过。
　　漫道南朝足流品，由来叔宝不宜多。

三一　漫题
　　经乱年年厌别离，歌声喜似太平时。
　　词臣更有中兴颂，磨取莲峰便作碑。

三二　率题
　　宦路前衔闲不记，醉乡佳境兴方浓。
　　一林高竹长遮日，四壁寒山更闰冬。

三三　碉户
　　碉户芳烟接水村，乱来归得道仍存。
　　数竿新竹当轩上，不羡侯家立戟门。

三四　故乡杏花
　　寄花寄酒喜新开，左把花枝右把杯。
　　欲问花枝与杯酒，故人何得不同来？

三五　花下二首
①故国春归未有涯，小栏高槛别人家。
　　五更惆怅回孤枕，犹自残灯照落花。
②关外风昏欲雨天，荠花耕倒枕河堧。
　　村南寂寞时回望，一只鸳鸯下渡船。

三六　梦中
　　几多新爱在人间，上彻霞梯会却还。
　　须是蓬瀛长买得，一家同占作家山。

三七　榜下
　　三十功名志未伸，初将文字竞通津。
　　春风漫折一枝桂，烟阁英雄笑杀人。

三八　浔阳渡
　　楚田人立带残晖，驿迥村幽客路微。
　　两岸芦花正萧飒，渚烟深处白牛归。

三九　偶作
　　索得身归未保闲，乱来道在辱来顽。
　　留侯万户虽无分，病骨应消一片山。

四〇　寓居有感三首
　　①亦知世路薄忠贞，不忍残年负圣明。
　　　只待东封沾庆赐，碑阴别刻老臣名。
　　②不放残年却到家，衔杯懒更问生涯。
　　　河堤往往人相送，一曲晴川隔蓼花。
　　③黑须寄在白须生，一度秋风减几茎。
　　　客处不堪频送别，无多情绪更伤情。

四一　淮西
　　鳌冠三山安海浪，龙盘九鼎镇皇都。
　　莫夸十万兵威盛，消个忠良效顺无？

四二　河湟有感
　　一自萧关起战尘，河湟隔断异乡春。
　　汉儿尽作胡儿语，却向城头骂汉人。

四三　自邛乡北归
　　巴烟幂幂久萦恨，楚柳绵绵今送归。
　　回避江边同去雁，莫教惊起错南飞。

四四　青龙师安上人
　　灾曜偏临许国人，雨中衰菊病中身。
　　清香一炷知师意，应为昭陵惜老臣。

四五　山中
　　凡鸟爱喧人静处，闲云似妒月明时。
　　世间万事非吾事，只愧秋来未有诗。

四六　有感二首
　　①自古经纶足是非，阴谋最忌夺天机。
　　　留侯却粒商翁去，甲第何人意气归。
　　②古来贤俊共悲辛，长是豪家据要津。
　　　从此当歌唯痛饮，不须经世为闲人。

四七　闲夜二首
　　①道侣难留为虐棋，邻家闻说厌吟诗。
　　　前峰月照分明见，夜合香中露卧时。
　　②此身闲得易为家，业是吟诗与看花。
　　　若使他生抛笔砚，更应无事老烟霞。

四八　雨中
　　维摩居士陶居士，尽说高情未足夸。
　　檐外莲峰阶下菊，碧莲黄菊是吾家。

四九　送道者二首
　　①洞天真侣昔曾逢，西岳今居第几峰？
　　　峰顶他时教我认，相招须把碧芙蓉。
　　②殷勤不为学烧金，道侣唯应识此心。
　　　雪里千山访君易，微微鹿迹入深林。

五〇　重阳阻雨
　　重阳阻雨独衔杯，移得家山菊未开。
　　犹胜登高闲望断，孤烟残照马嘶回。

五一　省试
　　粉闱深锁唱同人，正是终南雪霁春。
　　闲系长安千匹马，今朝似减六街尘。

五二　有赠
　　有诗有酒有高歌，春色年年奈我何。
　　试问羲和能驻否？不劳频借鲁阳戈。

五三　证因亭
　　峰北幽亭愿证因，他生此地却容身。
　　上方僧在时应到，笑认前衔记写真。

五四　顷年陪恩地赴甘棠之召感动留题
　　去时憔悴青衿在，归路凄凉绛帐空。
　　无限酬恩心未展，又将孤剑别从公。

五五　九月八日
　　已是人间寂寞花，解怜寂寞傍贫家。
　　老来不得登高看，更甚残春惜岁华。

五六　敷溪桥院有感
　　昔岁攀游景物同，药炉今在鹤归空。
　　青山满眼泪堪碧，绛帐无人花自红。

五七　寺阁
　　昔岁登临未衰飒，不知何事爱伤情。
　　今来揽镜翻堪喜，乱后霜须长几茎。

五八　武陵路
　　橘岸舟闲罾网挂，茶坡日暖鹧鸪啼。
　　女郎指点行人笑，知向花间路已迷。

五九　南北史感遇十首
　　①雨淋麟阁名臣画，雪卧龙庭猛将碑。
　　　不用黄金铸侯印，尽输公子买蛾眉。
　　②汉世频封万户侯，云台空峻谢风流。
　　　江南不有名儒相，齿冷中原笑未休。
　　③天风翰海怒长鲸，永固南来百万兵。
　　　若向沧洲犹笑傲，江山虚有石头城。
　　④花迷公子玉楼恩，镜弄佳人红粉春。
　　　不信关山劳远戍，绮罗香外任行尘。
　　⑤兵围梁殿金瓯破，火发陈宫玉树摧。
　　　奸佞岂能惭误国，空令怀古更徘徊。
　　⑥行乐最宜连夜景，太平方觉有春风。
　　　千金尽把酬歌舞，犹胜三边赏战功。
　　⑦桃芳李艳年年发，羌管蛮弦处处多。
　　　海上应无三岛路，人间唯有一声歌。
　　⑧佳人自折一枝红，把唱新词曲未终。
　　　唯向眼前怜易落，不如抛掷任春风。
　　⑨景阳楼下花钿镜，玄武湖边锦绣旗。
　　　昔日繁华今日恨，雉媒声晚草芳时。
　　⑩乱后人间尽不平，秦川花木最伤情。
　　　无穷红艳红尘里，骤马分香散入营。

六〇　狂题二首
　　①草堂旧隐犹招我，烟阁英才不见君。

惆怅故山归未得，酒狂叫断暮天云。
②须知世乱身难保，莫喜天晴菊并开。
长短此身长是客，黄花更助白头催。

六一　红茶花
　　景物诗人见即夸，岂怜高韵说红茶。
　　牡丹枉用三春力，开得方知不是花。

六二　秋燕
　　从扑香尘拂面飞，怜渠只为解相依。
　　经冬好近深炉暖，何必千岩万水归。

六三　见后雁有感
　　笑尔穷通亦似人，高飞偶滞莫悲辛。
　　却缘风雪频相阻，只向关中待得春。

六四　移桃栽
　　独临官路易伤摧，从遣春风恣意开。
　　禅客笑移山上看，流莺直到槛前来。

六五　忆中条
　　燕辞旅舍人空在，萤出疏篱菊正芳。
　　堪恨昔年联句地，念经僧扫过重阳。

六六　乐府
　　五更窗下簇妆台，已怕堂前阿母催。
　　满鸭香薰鹦鹉睡，隔帘灯照牡丹开。

六七　放龟二首
　　①却为多知自不灵，今朝教汝卜长生。
　　若求深处无深处，只有依人会有情。
　　②世外犹迷不死庭，人间莫恃自无营。

本期沧海堪投迹，却向朱门待放生。

六八　灯花二首
　　①蜀柳丝丝幂画楼，窗尘满镜不梳头。
　　　几时金雁传归信，剪断香魂一缕愁。
　　②姊姊教人且抱儿，逐他女伴卸头迟。
　　　明朝斗草多应喜，剪得灯花自扫眉。

六九　偶题三首
　　①浮世悠悠旋一空，多情偏解挫英雄。
　　　风光只在歌声里，不必楼前万树红。
　　②小池随事有风荷，烧酹倾壶一曲歌。
　　　欲待秋塘擎露看，自怜生意已无多。
　　③辽阳音信近来稀，纵有虚传逼节归。
　　　永日无人新睡觉，小窗晴暖蝎虫飞。

七〇　花下对菊
　　清香裛露对高斋，泛酒偏能浣旅怀。
　　不似春风逗红艳，镜前空坠玉人钗。

七一　与都统参谋书有感
　　惊鸾并鹭尽归林，弱羽低垂分烛沉。
　　带病深山犹草檄，昭陵应识老臣心。

七二　漫题
　　无宦无名拘逸兴，有歌有酒任他乡。
　　看看万里休征戍，莫向新词寄断肠。

七三　商山二首
　　①清溪一路照羸身，不似云台画像人。
　　　国史数行犹有志，只将谈笑继英尘。

②马上搜奇已数篇，籍中犹愧是顽仙。
关头传说开元事，指点多疑孟浩然。

七四　与伏牛长老偈二首
①不算菩提与阐提，唯应执著便生迷。
无端指个清凉地，冻杀胡僧雪岭西。
②长绳不见系空虚，半偈传心亦未疎。
推倒我山无一事，莫将文字缚真如。

七五　客中重九
楚老相逢泪满衣，片名薄宦已知非。
他乡不似人间路，应共东流更不归。

七六　柳二首
①谁家按舞傍池塘，已见繁枝嫩眼黄。
漫说早梅先得意，不知春力暗分张。
②似拟凌寒妒早梅，无端弄色傍高台。
折来未有新枝长，莫遣佳人更折来。

七七　光启丁未别山
草堂琴画已判烧，犹托邻僧护蒸巢。
此去不缘名利去，若逢逋客莫相嘲。

七八　石楠
客处偷闲未是闲，石楠虽好懒频攀。
如何风叶西归露，吹断寒云见故山。

七九　力疾上马走笔
酿黍长添不尽杯，只忧花尽客空回。
垂杨且为晴遮日，留过重阳即放开。

八〇　华阴县楼
　　丹霄能有几层梯，懒更扬鞭耸翠蜺。
　　偶凭危栏且南望，不劳高掌欲相携。

八一　南至四首
　　①今冬腊后无残日，故国烧来有几家？
　　　却恨早梅添旅思，强偷春力报年华。
　　②花时不是偏愁我，好事应难总取他。
　　　已被诗魔长役思，眼中莫厌早梅多。
　　③年华乱后偏堪惜，世路抛来已自生。
　　　犹有玉真长命缕，樽前时唱缓羁情。
　　④一任喧阗绕四邻，闲忙皆是自由身。
　　　人来客去还须议，莫遣他人作主人。

八二　莲峰前轩
　　人间上寿若能添，只向人间也不嫌。
　　看著四邻花竟发，高楼从此莫垂簾。

八三　步虚
　　阿母亲教学步虚，三元长遣下蓬壶。
　　云韶韵俗停瑶瑟，鸾鹤飞低拂宝垆。

八四　剑器
　　楼下公孙昔擅场，空教女子爱军装。
　　潼关一败胡儿喜，簇马骊山看御汤。

八五　乙丑人日
　　自怪扶持七十身，归来又见故乡春。
　　今朝人日逢人喜，不料偷生作老人。

八六　携仙箓九首
　　①岳北秋空渭北川，晴云渐薄薄如烟。
　　　坐来还见微风起，吹散残阳一片蝉。
　　②一半晴空一半云，远笼仙掌日初曛。
　　　洞天有路不知处，绝顶异香难更闻。
　　③决事还须更事酬，清谭妙理一时休。
　　　渔翁亦被机心误，眼暗汀边结钓钩。
　　④迹不趋时分不侯，功名身外最悠悠。
　　　听君总画麒麟阁，还我闲眠舴艋舟。
　　⑤仙凡路阻两难留，烟树人间一片秋。
　　　若道阴功能济活，且将方寸自焚修。
　　⑥若有阴功救未然，玉皇品籍亦搜贤。
　　　应知谭笑还高谢，别就沧洲赞上仙。
　　⑦英名何用苦搜奇，不朽才销一句诗。
　　　却赖风波阻三岛，老臣犹得恋明时。
　　⑧剪取红云剩写诗，年年高会趁花时。
　　　水精楼阁分明见，只欠霞浆别著旗。
　　⑨此生得作太平人，只向尘中便出尘。
　　　移取碧桃花万树，年年自乐故乡春。

八七　浪淘沙
　　不必长漂玉洞花，曲中偏爱浪淘沙。
　　黄河却胜天河水，万里萦纡入汉家。

八八　狂题一十八首
　　①莫恨艰危日日多，时情其奈倖门何。
　　　貙狸睡稳蛟龙渴，犹把残烧朽铁磨。
　　②《别鹤》凄凉指法存，戴逵能耻近王门。

世间第一风流事,借得王公玉枕痕。
③交疏自古戒言深,肝胆徒倾致铄金。
不是史迁书与说,谁会辜负李陵心。
④《南华》落笔似荒唐,若肯经纶亦不狂。
偶作客星侵帝座,却应虚薄是严光。
⑤不劳世路更相猜,忍到须休惜得材。
几度懒乘风水便,拗船折舵恐难回。
⑥由来相爱只诗僧,怪石长松自得朋。
却怕他生还识字,依前日下作孤灯。
⑦老禅剩仗莫过身,远岫孤云见亦频。
应是佛边犹怕闹,信缘须作且闲人。
⑧止竟闲人不爱闲,只偷无事闭柴关。
轰霆擘破蚊龙窟,也被狂风卷出山。
⑨地下修文著作郎,生前饥处倒空墙。
何如神爽骑星去,犹自研几助玉皇。
⑩雨洗芭蕉叶上诗,独来凭槛晚晴时。
故园虽恨风荷腻,新句闲题亦满池。
⑪初时挂杖向邻村,渐到清明亦杜门。
三十年来辞病表,今朝卧病感皇恩。
⑫来时虽恨失青毡,自见芭蕉几十篇。
应是阿刘还宿债,剩拚才思折供钱。
⑬芭蕉丛畔碧婵娟,免更悠悠扰蜀川。
应到去时题不尽,不劳分寄校书笺。
⑭自伤衰病渐难平,永夜禅床雨滴声。
闻道虎疮仍带镞,吼来和痛亦横行。
⑮昨日流莺今日蝉,起来又是夕阳天。
六龙飞辔长相窘,更忍乘危自着鞭。

⑯有是有非还有虑,无心无迹亦无猜。
　不平便激风波险,莫向安时稔祸胎。
⑰十年三署让官频,认得无才又索身。
　莫道太行同一路,大都安稳属闲人。
⑱曾闻劫火到蓬壶,缩尽鳌头海亦枯。
　今日家山同此恨,人归未得鹤归无?

八九　游仙二首
①蛾眉新画觉婵娟,斗走将花阿母边。
　仙曲教成慵不理,玉阶相簇打金钱。
②刘郎相约事难谐,雨散云飞自此乖。
　月姊殷勤留不住,碧空遗下水精钗。

九〇　漫书五首
①长拟求闲未得闲,又劳行役出秦关。
　逢人渐觉乡音异,却恨莺声似故山。
②溪边随事有桑麻,尽日山程十数家。
　莫怪行人频怅望,杜鹃不是故乡花。
③海上昔闻麋爱鹤,山中今见鹿憎龟。
　爱憎竟竟须关分,莫把微才望所知。
④世路快心无好事,恩门嘉话合书绅。
　神藏鬼伏能千变,亦胜忘机避要津。
⑤四翁识势保安闲,须为生灵暂出山。
　一种老人能筹度,磻溪心迹愧商颜。

九一　偶诗五首
①闲韵虽高不衒才,偶抛猿鸟乍归来。
　夕阳照个新红叶,似要题诗落砚台。
②芙蓉骚客空留怨,芍药诗家只寄情。

　　　　谁似天才李山甫，牡丹属思亦纵横。
　　③贤豪出处尽沉吟，白日高悬只照心。
　　　　一掬信陵坟上土，便如碣石累千金。
　　④声貌由来固绝伦，今朝共许占残春。
　　　　当歌莫怪频垂泪，得地翻惭早失身。
　　⑤中宵茶鼎沸时惊，正是寒窗竹雪明。
　　　　甘得寂寥能到老，一生心地亦应平。

九二　杂题二首
　　①先知左袒始同行，须待龙楼羽翼成。
　　　　若使只凭三杰力，犹应汉鼎一毫轻。
　　②鱼在枯池鸟在林，四时无奈雪霜侵。
　　　　若教激劝田真宰，亦奖青松径寸心。

九三　光化踏青有感
　　　　引得车回莫认恩，却成寂寞与谁论。
　　　　到头不是君王意，羞插垂杨更傍门。

九四　丑年冬
　　　　醉日昔闻都下酒，何如今喜折新茶。
　　　　不堪病渴仍多虑，好向邕湖便出家。

九五　白菊三首
　　①人间万恨已难平，栽得垂杨更系情。
　　　　犹喜闱前霜未下，菊边依旧舞身轻。
　　②莫惜西风又起来，犹能婀娜傍池台。
　　　　不辞暂被霜寒挫，舞袖招香即却回。
　　③为报繁霜且莫催，穷秋须到自低垂。
　　　　横拖长袖招人别，只待春风却舞来。

九六　扇
　　珍重逢秋莫弃捐，依依只仰故人怜。
　　有时池上遮残日，承得霜林几个蝉。

九七　修史亭三首
　　①山前邻叟去纷纷，独强衰羸爱杜门。
　　　渐觉一家看冷落，地炉生火自温存。
　　②甘心七十且酣歌，自算平生幸已多。
　　　不似香山白居士，晚将心地着禅魔。
　　③乌纱巾上是青天，检束酬知四十年。
　　　谁料平生臂鹰手，挑灯自送佛前钱。

九八　力疾山下吴村看杏花十九首
　　①春来渐觉一川明，马上繁花作阵迎。
　　　掉臂只将诗酒敌，不劳金鼓助横行。
　　②阊阖曾排捧御炉，犹看晓月认金铺。
　　　羸形不画凌烟阁，只为微才激壮图。
　　③镜留雪鬓暖消无，春到梨花日又晡。
　　　移取扶桑阶下种，年年看长碍金乌。
　　④折来未尽不须休，年少争来莫与留。
　　　更愿狂风知我意，一时吹向海西头。
　　⑤才情百巧斗风光，却笑雕花刻叶忙。
　　　熨帖新巾来与裹，犹看腾踏少年场。
　　⑥浮世荣枯总不知，且忧花阵被风欺。
　　　侬家自有麒麟阁，第一功名只赏诗。
　　⑦白衫裁袖本教宽，朱紫由来亦一般。
　　　王老小儿吹笛看，我侬试舞尔侬看。
　　⑧单床薄被又羁栖，待到花开亦甚迷。

若道折多还有罪，只应莺啭是金鸡。
⑨近来桃李半烧枯，归卧乡园只老夫。
莫算明年人在否，不知花得更开无？
⑩汉王何事损精神，花满深宫不见春。
浓艳三千临粉镜，独悲掩面李夫人。
⑪能艳能芳自一家，胜莺胜凤胜烟霞。
客来须共醒醒看，碾尽明昌几角茶。
⑫造化无端欲自神，裁红剪翠为新春。
不如分减闲心力，更助英豪济活人。
⑬徘徊自劝莫沾缨，分付年年谷口莺。
却赖无情容易别，有情早个不胜情。
⑭闲步偏宜舞袖迎，春光何事独无情。
垂杨合是诗家物，只向敷溪道北生。
⑮亦知王大是昌龄，杜二其如律韵清。
还有酸寒堪笑处，拟夸朱绂更峥嵘。
⑯潘郎爱说是诗家，枉占河阳一县花。
千载几人搜警句，补方金字爱晴霞。
⑰行乐溪边步转迟，出山渐减探花期。
去年四度今三度，恐到凭人折去时。
⑱此身衰病转堪嗟，长忍春寒独惜花。
更恨新诗无纸写，蜀笺堆积是谁家？
⑲昨日黄昏始看回，梦中相约又衔杯。
起来闻道风飘却，犹拟教人扫取来。

九九　少仪

昨日登班缀柏台，更惭起草属微才。
锦窠不是寻常锦，兼向丘迟夺得来。

一〇〇　重阳四首
　　①檐前减燕菊添芳，燕尽庭前菊又荒。
　　　老大比他年少少，每逢佳节更悲凉。
　　②雨寒莫待菊花催，须怕晴空暖并开。
　　　开却一枝开却尽，且随幽蝶更徘徊。
　　③青娥懒唱无衣换，黄菊新开乞酒难。
　　　长有长亭惆怅事，隔河更得对凭栏。
　　④白发怕寒梳更懒，黄花晴日照初开。
　　　篱头应是蝶相报，已被邻家携酒来。

一〇一　长命缕
　　他乡处处堪悲事，残照依依惜别天。
　　此去知名长命缕，殷勤为我唱花前。

一〇二　柏东
　　冥得机心岂在僧，柏东闲步爱腾腾。
　　免教世路人相忌，逢着村醪亦不憎。

一〇三　歌者十二首
　　①追逐翻嫌傍管弦，金钗击节自当筵。
　　　风霜一夜燕鸿断，唱作江南被褉天。
　　②玉树花飘凤失栖，一声初压管弦低。
　　　清回烦暑成潇洒，艳逐寒云变惨凄。
　　③十斛明珠亦易抃，欲兼人艺古来难。
　　　五云合是新声染，熔作琼浆洒露盘。
　　④不似新声唱亦新，旋调玉管旋生春。
　　　愁肠隔断珠簾外，只为今宵共听人。
　　⑤十年逃难别云林，暂辍狂歌却听琴。
　　　转觉淡交言有味，此声知是古人心。

⑥五柳先生自识微,无絃共笑手空挥。
　胸中免被风波挠,肯为螳螂动杀机?
⑦风霜寒水旅人心,几处笙歌绣户深。
　分泊一场云散后,未胜初夜便听琴。
⑧自怜眼暗难求药,莫恨花繁便有风。
　桃李更开须强看,明年兼恐听歌聋。
⑨白云深处寄生涯,岁暮生情赖此花。
　蜂蝶绕来忙绕袖,似知教折送邻家。
⑩重九仍重岁渐阑,强开病眼更登攀。
　年年认得酣歌处,犹恐招魂葬故山。
⑪绕壁依稀认写真,更须粉绘饰羸身。
　凄凉不道身无寿,九日还无旧会人。
⑫鹤氅花香搭槿篱,枕前蛩迸酒醒时。
　夕阳似照陶家菊,黄蝶无穷压故枝。

一〇四　题裴晋公华岳庙题名
　岳前大队赴淮西,从此中原息鼓鼙。
　石阙莫教苔藓上,分明认取晋公题。

一〇五　杨柳枝寿杯词十八首
①乐府翻来占太平,风光无处不含情。
　千门万户喧歌吹,富贵人间只此声。
②撼晚梳空不自持,与君同折上楼时。
　春风还有常情处,系得人心免别离。
③灞亭东去彻隋堤,赠别何须醉似泥。
　万里往来无一事,便帆轻拂乱莺啼。
④台城细仗晓初移,诏赐千官禊饮时。
　绿帐远笼清珮响,更曛晴日上龙旗。

⑤桃源仙子不须夸，闻道惟栽一片花。
　何似浣纱溪畔住，绿阴相间两三家。
⑥偶然楼上卷珠簾，往往长条拂枕函。
　恰值小娥初学舞，拟偷金缕押春衫。
⑦池边影动散鸳鸯，更引微风乱绣床。
　直待玉窗尘不起，始应金雁得成行。
⑧稻畦分影向江村，憔悴经霜只半存。
　昨日流莺今不见，乱萤飞出照黄昏。
⑨客泪休沾汉水滨，舞腰羞杀汉宫人。
　狂风更与回烟帚，扫尽繁花独占春。
⑩游人莫叹易凋衰，长乐荣枯自有期。
　看取明年春意动，更于何处最先知？
⑪昔年行乐及芳时，一上舟梯桂一枝。
　笑问江头醉公子，饶君满把麴尘丝。
⑫渡头残照一行新，独自依依向北人。
　莫恨故乡千里远，眼中从此故乡春。
⑬絮惹轻枝雪未飘，小溪烟束带危桥。
　邻家女伴频攀折，不觉回身骨翠翘。
⑭处处荣空百万枝，一枝枝好更题诗。
　隔城远袖招行客，便与朱楼当酒旗。
⑮锦城分得映金沟，两岸年年引胜游。
　若似松篁须带雪，人间何处认风流？
⑯日暖津头絮已飞，看看还是送春归。
　莫言万绪牵愁思，缉取长绳系落晖。
⑰大堤时节近清明，霞衬烟笼绕郡城。
　好是梨花相映处，更胜松雪日初晴。
⑱圣主千年乐未央，御沟金翠满垂杨。

年年织作升平字，高映南山献寿觞。

一○六　山鹊
多惊本为好毛衣，只赖人怜始却归。
众鸟自知颜色减，妒他偏向眼前飞。

一○七　李居士
高居只在五峰前，应是精灵降作贤。
万里无云唯一鹤，乡中同看却升天。

一○八　暮春对柳二首
①萦愁惹恨奈杨花，闭户垂簾亦满家。
　恼得闲人作酒病，刚须又扑越溪茶。
②洞中犹说看桃花，轻絮狂飞自俗家。
　正是阶前开远信，小娥旋拂碾新茶。

一○九　戊午三月晦二首
①随风逐浪剧蓬萍，圆首何曾解最灵。
　笔砚近来多自弃，不关妖气暗文星。
②牛夸棋品无勍敌，谢占诗家作上流。
　岂似小敷春水涨，年年鸾鹤待仙舟。

一一○　偶书五首
①情知了得未如僧，客处高楼莫强登。
　莺也解啼花也发，不关心事最堪憎。
②自有池荷作扇摇，不关风动爱芭蕉。
　只怜直上抽红蕊，似我丹心向本朝。
③曾看轻舟渡远津，无风着岸不经旬。
　只缘命蹇须知命，却是人争阻得人。
④上谷何曾解有情，有情人自惜君行。

证因池上今生愿，的的他生作化生。
　⑤新店南原后夜程，黄河风浪信难平。
　　　渡头杨柳知人意，为惹官船莫放行。

一一一　喜山鹊初归三首
　①翠衿红嘴便知机，久避重罗稳处飞。
　　　只为从来偏护惜，窗前今贺主人归。
　②山中只是惜珍禽，语不分明识尔心。
　　　若使解言天下事，燕合今筑几千金。
　③阻他罗网到柴扉，不奈偷仓雀转肥。
　　　赖尔林塘添景趣，剩留山果引教归。

一一二　虞乡北原
　　泽北村贫烟火狞，稚田冬旱倩牛耕。
　　老人惆怅逢人诉，开尽黄花麦未金。

一一三　洛中三首
　①秋风团扇未惊心，笑看妆台落叶侵。
　　　绣凤不教金缕暗，青楼何处有寒砧？
　②不用频嗟世路难，浮生各自系悲欢。
　　　风霜一夜添羁思，罗绮谁家待早寒？
　③燕巢空后谁相伴？鸳被缝来不忍熏。
　　　薄命敢辞长滴泪，倡家未必肯留君。

一一四　寓笔
　　年年镊鬓到花飘，依旧花繁鬓易凋。
　　撩乱一场人更恨，春风谁道胜轻飙？

一一五　戏题试衫
　　朝班尽说人宜紫，洞府应无鹤着绯。

　　　　从此玉皇须破例，染霞裁赐地仙衣。

一一六　汴柳半枯因悲柳中隐
　　　　行人莫叹前朝树，已占河堤几百春。
　　　　惆怅题诗柳中隐，柳衰犹在自无身。

一一七　上方
　　　　花落更同悲木落，莺声相续即蝉声。
　　　　荣枯了得无多事，只是闲人漫系情。

一一八　寄王赞学
　　　　黄卷不关兼济美，青山自保老闲身。
　　　　一行万里红尘静，可要张仪更入秦？

一一九　新节
　　　　转悲新岁重于山，不似轻鸥肯复还。
　　　　朱绂纵教金印换，青云未胜白头闲。

一二〇　自河西归山二首
　　　①一水悠悠一叶危，往来长恨阻归期。
　　　　乡关不畏无华表，自为多惊独上迟。
　　　②水阔风惊去路危，孤舟欲上更迟迟。
　　　　鹤群长绕三株树，不借闲人一只骑。

一二一　王官二首
　　　①风荷似醉和花舞，沙鸟无情伴客闲。
　　　　总是此中皆有恨，更堪微雨半遮山。
　　　②荷塘烟罩小斋虚，景物皆宜入画图。
　　　　尽日无人只高卧，一双白鸟隔纱橱。

一二二　贺翰林传郎二首
　　　①太白东归鹤背吟，镜湖空在酒船沉。

今朝忽见银台早，早晚重征入翰林。
②玉版征书洞里看，沈羲新拜侍郎官。
文星喜气连台曜，圣主方知四海安。

一二三　寄王十四舍人
几年汶上约同游，拟为莲峰别置楼。
今日凤凰池畔客，五千仞雪不回头。

一二四　纶阁有感
风涛曾阻化麟来，谁料蓬瀛路却开。
欲去迟迟还自笑，狂才应不是仙才。

一二五　寄薛起居
小域新衔贺圣朝，亦知寒分巧难抛。
粗才自合无岐路，不破工夫漫解嘲。

一二六　白菊三首
①不疑陶令是狂生，作赋其如有定情。
犹胜江南隐居士，诗魔终裒负孤名。
②自古诗人少显荣，逃名何用更题名？
诗中有虑犹须戒，莫向诗中著不平。
③登高可羡少年场，白菊堆边鬓似霜。
不算更希沾上药，今朝第七十重阳。

一二七　漫书
乐退安贫知是分，成家报国亦何惭？
到还僧院心期在，瑟瑟澄鲜百丈潭。

一二八　杂题二首
①棋局长携上钓船，杀中棋杀胜丝牵。
洪炉任铸千钧鼎，只在磻溪一缕悬。

②晓镜高窗气象深，自怜清格笑尘心。
世间不为蛾眉误，海上方应鹤背吟。

一二九　杏花
诗家偏为此伤情，品韵由来莫与争。
解笑亦应兼解语，只应慵语倩莺声。

一三〇　杨柳枝二首
①陶家五柳簇衡门，还有高情爱此君。
何处更添诗境好？新蝉欹枕每先闻。
②数枝珍重蘸沧海，无限尘心暂免忙。
烦暑若和烟露裹，便同佛手洒清凉。

一三一　修史亭二首
①少年已惯掷年光，时节催驱独不忙。
今日无疑亦无病，前程无事扰医王。
②篱落轻寒整顿新，雪晴步屐会诸邻。
自从南至歌风顶，始见人烟外有人。

一三二　宫怨　司马礼
柳色参差掩画楼，晓莺啼送满宫愁。
年年花落无人见，空逐春泉出御沟。

一三三　观郊礼
钟鼓旌旗引六飞，玉皇初著画龙衣。
泰坛烟尽星河晓，万国心随綵仗归。

一三四　秋日怀储嗣宗
故人北游久不回，霜雁南度声何哀。
相思闻雁更惆怅，却向单于台下来。

一三五　夜听李山人弹琴
　　瑶琴夜久弦秋清，楚客一奏湘烟生。
　　曲终声尽意不尽，月照竹轩红叶明。

第三十五卷　七言二十五　晚唐八

（共二百九十九首）

一　湘中谣二首　　崔涂
　　①烟愁雨细云冥冥，杜兰香老三湘清。
　　　故山望断不知处，鹧鸪隔花时一声。
　　②苍山遥遥江潾潾，路傍老尽无〔未〕闲人。
　　　王孙不见草空绿，惆怅渡头春复春。

二　陇上逢江南故人
　　三声戍角边城暮，万里悲〔乡〕心塞草春。
　　莫学少年轻远别，陇关西少向东人。

三　泉
　　远辞岩窦泻潺潺，静拂云根别故山。
　　可惜寒声留不得，旋添波浪向人间。

四　东晋二首
　　①五陵豪侠笑为儒，将为儒生只读书。
　　　看取不成投笔后，谢安功业复何如。
　　②秦国金陵王气全，一龙正道始东迁。
　　　兴亡竟不关人事，虚倚长淮五百年。

五　感花
　　绣轭香鞯夜不归，少年争惜最红枝。
　　东风一阵黄昏雨，又到繁花梦觉时。

六　巫山旅别
　　五千里外三年客，十二峰前一望秋。
　　无限别魂招不得，夕阳西下水东流。

七　云
　　得路直为霖济物，不然闲共鹤忘机。
　　无端是向阳台畔，长送襄王暮雨归。

八　涧松
　　寸寸凌霜长劲条，路人犹笑未干霄。
　　南园桃李诚堪羡，争奈春残又寂寥。

九　读《汉武内传》
　　分明三鸟下储胥，一觉钧天梦不如。
　　争那白头方士到，茂陵红树已萧疏。

一〇　声
　　欢戚犹来恨不平，此中高下本无情。
　　韩娥绝唱唐衢哭，尽是人间第一声。

一一　题海棠花图
　　海棠花底三年客，不觉海棠花盛开。
　　却向江南见图画，始惭虚到蜀中来。

一二　上巳日
　　未敢分明赏物华，十年如见梦中花。
　　游人过尽衡门掩，独自凭栏到日斜。

一三　夷陵夜泊
　　家依楚塞穷秋别，身逐孤舟万里行。
　　一曲巴歌半江月，便应消得二毛生。

一四　放鹧鸪
　　秋入池塘风露微，晓开笼槛看初飞。
　　满身金翠画不得，无限烟波何处归？

一五　江雨望花
　　细雨满江春水涨，好风留客野梅香。
　　避秦不是无归意，一度逢花一断肠。

一六　初识梅花
　　江北不如南地暖，江南好断北人肠。
　　胭脂桃颊梨花粉，共作寒梅一面妆。

一七　折杨柳
　　朝朝车马如蓬转，处处江山待客归。
　　若使人间少离别，杨花应合过春飞。

一八　七夕
　　年年七夕渡瑶轩，谁道秋期有泪痕。
　　自是人间一周岁，何妨天上只黄昏。

一九　泛楚江
　　九重城外家书远，百里洲前客棹还。
　　金印碧幢如见问，一生安稳是长闲。

二○　读《庾信集》
　　四朝十帝尽风流，建业长安两醉游。
　　唯有一篇杨柳曲，江南江北为君愁。

二一　题授阳镇路
　　越鸟巢边溪路断，秦人耕处洞门开。
　　小桃花发春风起，千里江山一梦回。

二二　初过汉江
　　襄阳好向岘亭看，人物萧条值岁阑。
　　为报习家多置酒，夜来风雪过江寒。

二三　经刘校书墓　喻凫
　　远冢松回曲渚风，其官闻是校书终。
　　霜情月思今何在？零落人间策子中。

二四　忆友人
　　银地无尘金菊开，紫梨江枣堕莓苔。
　　一泓秋水一轮月，今夜故人来不来？

二五　蒋处士宅喜闲公至
　　绝杯夏别螺江渡，单钵春过处士斋。
　　尝茗议空经夜半，照花明月影侵阶。

二六　塞下　江为
　　万里黄云冻不飞，碛烟烽火夜深微。
　　胡儿移帐寒笳绝，雪路时闻探马归。

二七　乌江　胡曾
　　争帝图王势已倾，八千兵散楚歌声。
　　乌江不是无船渡，耻向东吴再起兵。

二八　章华台
　　茫茫衰草没章华，因笑灵王昔好奢。
　　台土未干箫管绝，可怜身死野人家。

二九　细腰宫
　　楚王辛苦战无功，国破城荒霸业空。
　　唯有青春花上露，至今犹泣细腰宫。

三〇　沙苑
　　冯翊南边宿雾开，行人一步一徘徊。
　　谁知此地凋残柳，尽是高欢败后栽。

三一　石城
　　古郢云开白雪楼，汉江还绕石城流。
　　何人知道寥天月，曾向朱门送莫愁。

三二　荆山
　　抱玉岩前桂叶稠，碧溪寒水至今流。
　　空山落日猿声叫，疑是荆人哭未休。

三三　阳台
　　楚国城池飒已空，阳台云雨过无踪。
　　何人更有襄王梦，寂寂巫山十二重。

三四　居延
　　漠漠平沙际碧天，问人云此是居延。
　　停骖一顾犹魂断，苏武争禁十九年。

三五　沛宫
　　汉高辛苦事干戈，帝业兴隆俊杰多。
　　犹恨四方无壮士，还乡悲唱《大风歌》。

三六　金谷园
　　一自佳人坠玉楼，繁华东逐洛河流。
　　唯馀金谷园中树，残日蝉声送客愁。

三七　湘川
　　虞舜南捐万乘君，灵妃挥涕竹成纹。
　　不知精魄游何处，落日萧湘空白云。

三八　夷门
　　六龙冉冉骤朝昏，魏国贤才杳不存。
　　唯有侯嬴在时月，夜来空自照夷门。

三九　黄金台
　　北乘羸马到燕然，此地何人复礼贤？
　　欲问昭王无处所，黄金台上草连天。

四〇　夷陵
　　夷陵城阙倚朝云，战败秦师纵火焚。
　　何事三千珠履客，不能西御武安君？

四一　汉江
　　汉江一带碧流长，两岸春风起绿杨。
　　借问胶船何处没？欲停兰棹祀昭王。

四二　苍梧
　　有虞龙驾不西还，空委箫韶洞壑间。
　　无计得知陵寝处，愁云长满九疑山。

四三　陈宫
　　陈国机权未可涯，如何后主恣娇奢。
　　不知即入宫中井，犹自听吹《玉树花》？

四四　南阳
　　世乱英雄百战馀，孔明方此乐耕锄。
　　蜀王不自垂三顾，争得先生出旧庐。

四五　即墨
　　即墨门开纵火牛，燕师营里血波流。
　　国存不得田单术，齐国寻成一土丘。

四六　渭滨
　　岸草青青渭水流，子牙曾此独垂钩。
　　当时未入非熊兆，几向斜阳叹白头。

四七　五湖
　　东上高山望五湖，雪涛烟浪起天隅。
　　不知范蠡乘舟后，更有功名继踵无？

四八　易水
　　一旦秦王马角生，燕丹归祀送荆卿。
　　行人欲识无穷恨，听取东流易水声。

四九　长平
　　长平瓦震武安初，赵卒俄成戏鼎鱼。
　　四十万人俱下世，元戎何用读兵书。

五〇　西园
　　月满西园夜未央，金风不动邺天凉。
　　高情公子多秋兴，更领诗人入醉乡。

五一　长沙
　　江上南风起白蘋，长沙城郭异咸秦。
　　故乡犹自嫌卑湿，何况当时赋鵩人。

五二　圯桥
　　庙筭张良独有馀，少年逃难下邳初。
　　逡巡不进泥中履，争得先生一卷书？

五三　铜雀台
　　魏武龙舆逐逝波，高台空接望陵歌。
　　遏云声绝悲风起，翻向罇前泣翠娥。

五四　东晋
　　石头城下浪崔嵬，风起声疑出地雷。
　　何事符坚太相小，欲投鞭策过江来。

五五　吴江
　　子胥今日委东流，吴国明朝亦古丘。
　　大笑夫差诸将相，更无人解守苏州。

五六　函谷关
　　寂寂函关锁未开，田文车马出秦来。
　　朱门不养三千客，谁为鸡鸣得放回？

五七　武关
　　战国相持竟不休，武关才掩楚王忧。
　　出门若取灵均语，岂作咸阳一死囚。

五八　垓下
　　拔山力尽霸图隳，倚剑空歌不逝骓。
　　明月满营天似水，那堪回首别虞姬。

五九　郴县
　　义帝南迁路入郴，国亡身死乱山深。
　　不知埋恨穷泉后，几度西陵片月沉。

六〇　东海
　　东巡玉辇委泉台，徐福楼船尚未回。
　　自是祖龙先下世，不关无路到蓬莱。

六一　故宜城
　　武安南伐勒秦兵，疏凿功将夏禹并。
　　谁谓长渠千载后，水流犹入故宜城。

六二　成都
　　杜宇曾为蜀帝王，化禽飞去旧城荒。
　　年年来叫桃花月，似向春风诉国亡。

六三　檀溪
　　三月襄阳绿草齐，王孙相引到檀溪。
　　的卢何处埋龙骨？流水依前绕大堤。

六四　青冢
　　玉貌元期汉帝招，谁知西嫁怨天骄。
　　至今青冢愁云起，疑是佳人恨未销。

六五　李陵台
　　北入单于万里疆，五千兵败滞穷荒。
　　英雄不伏蛮夷死，更筑高台望故乡。

六六　河梁
　　汉家英杰出皇都，携手河梁话入胡。
　　不是子卿全大节，也应低首拜单于。

六七　轵道
　　汉祖西来秉白旄，子婴宗庙委波涛。
　　谁怜君有翻身术，解向秦宫杀赵高。

六八　汉宫
　　明妃远嫁泣西风，玉箸双垂出汉宫。
　　何事将军封万户，却令红粉为和戎。

六九　豫让桥
　　豫让酬恩岁已深，高名不行到如今。
　　年年桥上行人过，谁有当时国士心？

七〇　华亭
　　陆机西没洛阳城，吴国春风草又青。
　　惆怅月中千岁鹤，夜来犹为唳华亭。

七一　东山
　　五马南浮一化龙，谢安入相此山空。
　　不知携妓重来日，几树莺啼谷口风。

七二　杀子谷
　　举国贤良尽泪垂，扶苏屈死树边时。
　　至今谷口泉呜咽，犹似秦人恨李斯。

七三　马陵
　　坠叶萧萧九月天，驱兵独过马陵前。
　　路傍古木虫书处，记得将军破敌年。

七四　玉门关
　　西戎不敢过天山，定远功成白马闲。
　　半夜帐中停烛坐，唯思生入玉门关。

七五　滹沱河
　　光武经营业未兴，王郎兵革正凭陵。
　　须知后汉功臣力，不及滹沱一片冰。

七六　黄河
　　博望沉埋不复旋，黄河依旧水茫然。
　　沿流欲共牛郎语，只得灵槎送上天。

七七　凤凰台
　　秦娥一别凤凰台，东入青冥更不回。
　　空有玉箫千载后，遗声时到世间来。

七八　五丈原
　　蜀相西驱十万来，秋风原下久徘徊。
　　长星不为英雄住，半夜流光落九垓。

七九　平城
　　汉帝西征陷虏尘，一朝围解议和亲。
　　当时已有吹毛剑，何事无人杀奉春？

八〇　汴水
　　千里长河一旦开，亡隋波浪九天来。
　　锦帆未落干戈起，惆怅龙舟更不回。

八一　兰台宫
　　迟迟春日满长空，亡国离宫蔓草中。
　　宋玉不忧人事变，从游那赋大王风。

八二　金牛驿
　　山岭千重拥蜀门，成都别是一乾坤。
　　五丁不凿金牛路，秦惠何由得并吞。

八三　望思台
　　太子衔冤去不回，临皋从筑望思台。
　　至今汉武销魂处，犹有悲风水上来。

八四　邯郸
　　晓入邯郸十里春，东风吹下玉楼尘。
　　青娥莫怪频含笑，记得当年失步人。

八五　箕山
　　寂寂箕山春复秋，更无人到此溪头。
　　弃瓢岩畔中宵月，千古空闻属许由。

八六　会稽山
　　越王兵败已山栖，岂望全生出会稽。
　　何事夫差无远虑，更开罗网放鲸鲵。

八七　不周山
　　共工争帝力穷秋，因此捐生触不周。
　　遂使世间多感客，至今哀怨水东流。

八八　虞坂
　　悠悠虞坂路欹斜，迟日和风簇野花。
　　未省孙阳身没后，几多骐骥困盐车。

八九　秦庭
　　楚国君臣草莽间，吴王戈甲未东还。
　　包胥不动咸阳哭，争得秦兵出武关？

九〇　延平津
　　延平津路水溶溶，峭壁巍岑一万重。
　　昨夜七星潭底见，分明神剑化为龙。

九一　瑶池
　　阿母瑶池宴穆王，九天仙乐送琼浆。
　　漫矜八骏行如电，归到人间国已亡。

九二　铜柱
　　一柱高标险塞垣，南蛮不敢犯中原。
　　功成自合分茅土，何事翻衔薏苡冤？

九三　关西
　　杨震幽魂下北邙，关西踪迹遂荒凉。
　　四知美誉留人世，应与乾坤共久长。

九四　高阳池
　　古人未遇即衔杯，所贵愁肠得酒开。
　　何事山公持玉节，等闲深入醉乡来。

九五　泸水
　　五月驱兵入不毛，月明泸水瘴烟高。
　　暂将雄略酬三顾，岂惮征蛮七纵劳。

九六　细柳营
　　文帝銮舆劳北征，条侯此地整严兵。
　　辕门不峻将军令，今日争知细柳营。

九七　叶县
　　叶公丘墓已尘埃，云矗崇墉亦半摧。
　　借问往年龙见日，几多风雨送将来？

九八　杜邮
　　自古功成祸亦侵，武安冤向杜邮深。
　　五湖烟月无穷水，何事迁延到陆沉？

九九　柯亭
　　一宿柯亭月满天，笛亡人没事空传。
　　中郎在世无甄别，争得名垂尔许年。

一〇〇　葛陂
　　长房回到葛陂中，人已登真竹化龙。
　　莫道神仙难顿学，嵇生自是不遭逢。

一〇一　博浪沙
　　嬴政鲸吞六合秋，削平天下虏诸侯。
　　山东不是无公子，何事张良独报仇？

一〇二　陇西
　　乘春来到陇山西，隗氏城荒碧草齐。
　　好笑王元不量力，函关那受一丸泥。

一〇三　白帝城
　　蜀江一带向东倾，江上巍峨白帝城。
　　自古山河归圣主，子阳虚共汉家争。

一〇四　牛渚
　　温峤南归辍棹晨，然犀牛渚照通津。
　　谁知万丈洪流下，更有朱衣跃马人。

一〇五　朝歌
　　长嗟墨翟少风流，急管繁弦似寇仇。
　　若解闻韶知肉味，朝歌欲到肯回头。

一〇六　谷口
　　一旦天真逐水流，虎争龙战为诸侯。
　　子真独有烟霞趣，谷口耕锄到白头。

一〇七　武陵溪
　　一溪春水彻云根，流出桃花片片新。
　　若道长生是虚语，洞中争得有秦人？

一〇八　大泽
　　白蛇初断路人通，汉祖龙泉血刃红。
　　不是咸阳将瓦解，素灵那哭月明中？

一〇九　渑池
　　日照荒城芳草新，相如曾此挫强秦。
　　能令百二山河主，便作缻前击缶人。

一一〇　岘山
　　晓日登临感晋臣，古碑零落岘山春。
　　松间残露频频滴，酷似当时堕泪人。

一一一　荥阳
　　汉祖东征屈未伸，荥阳失律纪生焚。
　　当时天下方龙战，谁为将军作诔文？

一一二　长城
　　祖舜宗尧自太平，秦皇何事苦苍生？
　　不知祸起萧墙内，虚筑防胡万里城。

一一三　赤壁
　　烈火西焚魏帝旗，周郎开国虎争时。
　　交兵不假挥长剑，已挫英雄百万师。

一一四　田横墓
　　古墓崔嵬约路岐，歌传《薤露》到今时。
　　也知不去朝黄屋，只为曾烹郦食其。

一一五　青门
　　汉皇提剑灭咸秦，亡国诸侯尽是臣。
　　唯有东陵守高节，青门甘作种瓜人。

一一六　姑苏台
　　吴王恃霸弃雄才，贪向姑苏醉醁醅。
　　不觉钱塘江上月，一宵西送越兵来。

一一七　息城
　　息亡身入楚王家，回首春风一面花。
　　感旧不言长掩泪，只应翻恨有容华。

一一八　上蔡
　　上蔡东门狡兔肥，李斯何事忘南归？
　　功成不解谋身退，直待云阳血染衣。

一一九　武昌
　　王濬戈鋋发上流，武昌鸿业土崩秋。
　　思量铁锁真儿戏，谁为吴王画此筹？

一二〇　鸿沟
　　虎倦龙疲白刃秋，两分天下指鸿沟。
　　项王不觉英雄挫，欲向彭门醉玉楼。

一二一　褒城
　　恃宠娇多得自由，骊山举火戏诸侯。
　　只知一笑倾人国，不觉胡尘满玉楼。

一二二　金陵
　　侯景长驱十万人，可怜梁武坐蒙尘。
　　生前不得空王力，徒向金田自舍身。

一二三　洛阳
　　石勒童年有战机，洛阳长啸倚门时。
　　晋朝不是王夷甫，大智何由得预知？

一二四　番禺
　　重冈复岭势崔嵬，一卒当关万卒回。
　　不是大夫多辨说，尉佗争肯筑朝台？

一二五　汨罗
　　褒王不用直臣筹，放逐南来泽国秋。
　　自向波间葬鱼腹，楚人徒倚济川舟。

一二六　彭泽
　　英杰那堪屈下僚，便栽门柳事萧条。
　　凤凰不共鸡争食，莫怪先生懒折腰。

一二七　落第怨刺
　　翰苑何时休嫁女，文昌早晚罢生儿。
　　上林新桂年年发，不许平人折一枝。

一二八　小游仙诗九十八首　　曹唐
　①玉箫金瑟发商声，桑叶枯干海水清。
　　净扫蓬莱山上地，略邀王母话长生。
　②上元元日豁明堂，五帝望空拜玉皇。
　　万树琪花千圃药，心知不敢辄形相。
　③骑龙重过玉溪头，红叶还春碧水流。
　　省得壶中见天地，壶中天地不曾秋。
　④真王未许久从容，立在花前别宁封。
　　手把玉箫头不举，自愁如醉倚黄龙。
　⑤金殿无人锁绛烟，玉郎并不赏丹田。
　　白龙蹀躞难迴跋，争下红绡碧玉鞭？
　⑥玄洲草木不知黄，甲子初开浩劫长。
　　无限万年年少女，手攀红树满残阳。
　⑦宫阙重重闭玉林，昆仑高辟彩云深。
　　黄龙掉尾引郎去，使妾月明何处寻？
　⑧风满涂山玉蕊稀，赤龙闲卧鹤东飞。
　　紫梨烂尽无人吃，何事韩君去不归？

⑨武帝徒劳厌暮年,不曾清净不精专。
　上元少女绝还往,满灶丹成白玉烟。
⑩百辟朝回闭玉除,露风清宴桂花疏。
　西归使者骑金虎,弹鞚垂鞭唱《步虚》。
⑪南斗阑珊北斗稀,茅君夜着紫霞衣。
　朝骑白鹿趁朝去,凤押笙歌逐后飞。
⑫焚香独自上天坛,桂树风吹玉简寒。
　长怕嵇康乏仙骨,与将仙籍再寻看。
⑬冰屋朱扉晓未开,谁将金策扣琼台?
　碧花红尾小仙大,闲吠五云噇客来。
⑭酒酽春浓琼草齐,真公欲散醉如泥。
　朱轮轧轧入云去,行到半天闻马嘶。
⑮白石山中自有天,竹花藤叶隔溪烟。
　朝来洞口围棋了,赌得青龙值几钱?
⑯海水西飞照柏林,青云斜倚锦云深。
　水风暗入古山叶,吹断《步虚》清磬音。
⑰玉诏新除沈侍郎,便分茅土镇东方。
　不知今夕游何处?侍从皆骑白凤凰。
⑱洞里烟霞无歇时,洞中天地足金芝。
　月明朗朗溪头树,白发老人相对棋。
⑲饥即餐霞闷即行,一声长啸万山青。
　穿花渡水来相访,珍重多才阮步兵。
⑳东妃闲着翠霞裙,自领笙歌出五云。
　清思密谈谁第一?不过邀取小茅君。
㉑月影悠悠秋树明,露吹犀簟象床轻。
　嫔妃久立帐门外,暗笑夫人推酒声。
㉒九天天路入云长,燕使何由到上方?

玉女暗来花下立，手挪裙带问昭王。
㉓玉皇赐妾紫衣裳，交向桃源嫁阮郎。
烂煮琼花劝君吃，恐君毛鬓暗成霜。
㉔花底休倾绿玉卮，云中含笑向安期。
穷阳有数不知数，大是人间年少儿。
㉕玉色雌龙金络头，真妃骑出纵闲游。
昆仑山上桃花底，一曲商歌天地秋。
㉖闲来洞口访刘君，缓步轻拾玉线裙。
细拍桃花掷流水，更无言语倚彤云。
㉗西汉夫人下太虚，九霞裙幅五云舆。
欲将碧字相教示，自解盘囊出素书。
㉘天上鸡鸣海日红，青腰侍女扫朱宫。
洗花蒸叶滤清酒，待与夫人邀五翁。
㉙汗漫真游实可奇，人间天上几人知？
周王不信长生话，空使苌弘碧泪垂。
㉚青锦缝裳绿玉裆，满身新带五云香。
闲依碧海攀鸾驾，笑就苏君觅橘尝。
㉛鹤不西飞龙不行，露干云破洞箫清。
少年仙子说闲事，遥隔彩云闻笑声。
㉜洞里烟深木叶粗，乘风使者降玄都。
隔花相见遥相贺，擎出怀中赤玉符。
㉝芝蕙芸花烂漫春，瑞香烟露湿衣巾。
玉童私地夸书札，偷写云瑶暗赠人。
㉞天上邀来不肯来，人间双鹤又空回。
秦皇汉武死何处？海畔红桑花自开。
㉟紫羽麾幢下玉京，却邀真母入三清。
白龙久住浑相恋，斜倚祥云不肯行。

㊱鹤叫风悲竹叶疏，谁来五岭拜云俱？
　人间肉马无轻步，踏破先生一卷书。
㊲夜降西坛宴已终，花残月榭雾朦胧。
　谁游八海门前过，空洞一声风雨中。
㊳忘却教人锁后宫，还丹失尽玉壶空。
　姮娥若不偷灵药，争得长生在月中？
㊴旸谷先生下宴时，月光初冷紫琼枝。
　凄清金石揭天地，事在世间人不知。
㊵共爱初平住九霞，焚香不出闭金华。
　白羊成队难收拾，吃尽溪头巨胜花。
㊶酒尽香残夜欲分，青童拜问紫阳君。
　月光悄悄笙歌远，马影龙声归五云。
㊷海树灵风吹彩烟，丹陵朝客欲升天。
　无央公子停鸾辔，笑泥娇妃索玉鞭。
㊸八景风回五凤车，昆仑山上看桃花。
　若教使者沽春酒，须觅馀杭阿母家。
㊹叔卿遍览九天春，不见人间故旧人。
　怪得蓬莱山下水，半成沙土半成尘。
㊺欲饮尊中云母浆，月明花里合笙簧。
　更教小柰将龙去，便向金坛取阮郎。
㊻海上桃花千树开，麻姑一去不知来。
　辽东老鹤应慵惰，教探桑田便不回。
㊼昨夜相邀宴杏坛，等闲乘醉走青鸾。
　红云塞路东风紧，吹破芙蓉碧玉冠。
㊽云鹤冥冥去不分，落花流水恨空存。
　不知玉女无期信，道与留门却闭门。
㊾采女平明受事回，暗交丹契锦囊开。

欲书密诏防人见，佯喝青虬使莫来。
㊾太一元君昨夜过，碧云高髻绾婆娑。
手抬玉策红于火，敲断金鸾使唱歌。
㊿碧瓦彤轩月殿开，九天花落瑞风来。
玉皇欲着红龙衮，亲唤金妃下手裁。
㊷长房自贵解飞翻，五色云中独闭门。
看却桑田欲成海，不知还往几人存？
㊸赤龙停步彩云飞，共道真王海上归。
千岁红桃香破鼻，玉盘盛出与金妃。
㊹碧海灵童夜到时，徒劳相唤上琼池。
因循天子能闲事，纵与青龙不解骑。
㊺且欲留君饮桂浆，九天无事莫推忙。
青龙举步行千里，休道蓬莱归路长。
㊻侍女亲擎玉酒卮，满卮倾酒劝安期。
等闲相别三千岁，长忆水边分枣时。
㊼万岁蛾眉不解愁，旋弹清瑟旋闲游。
忽闻下界笙箫曲，斜倚红鸾笑不休。
㊽去住楼台一任风，十三天洞暗相通。
行厨侍女炊何物？满灶无烟玉炭红。
㊾风动闲天清桂阴，水精簾外冷沉沉。
西妃少女多春思，斜倚彤云尽日吟。
㊿王母相留不放回，偶然沉醉卧瑶台。
凭君与向萧郎道，教着青龙取妾来。
�61绛节笙歌绕殿飞，紫皇欲到五云归。
细腰侍女瑶花外，争向红房报玉妃。
�62闻君新领八霞司，此别相逢是几时？
妾有一觥云母酒，请君终宴莫推辞。

㊌方士飞轩驻碧霞，酒香风冷月初斜。
不知谁唱归春曲，落尽溪头白玉花。
㊍方朔朝来到我家，欲将灵树出丹霞。
三千年后知谁在，拟种红桃待放花。
㊎水满桑田白日沉，冻云干霰湿重阴。
辽东归客闲相过，因话尧年雪更深。
㊏朝回相引看红鸾，不觉风吹鹤氅偏。
好是兴来骑白鹤，文妃为伴上重天。
㊐公子闲吟八景文，花南拜别上阳君。
金鞭遥指玉清路，龙影马嘶归五云。
㊑一百年中是一春，不教日月辄移轮。
金鳌头上蓬莱殿，唯有人间炼骨人。
㊒笑擎云液紫瑶觥，共请云和碧玉笙。
花下偶然吹一曲，人间因识董双成。
㊓东皇长女没多年，从洗金芝到水边。
无事伴他棋一局，等闲输却卖花钱。
㊔红草青林日半斜，闲乘小凤出彤霞。
路寻故旧过西谷，因得冰园一尺瓜。
㊕树下星沉月欲高，前溪水影湿龙毛。
洞天云冷玉花发，公子尽披双锦袍。
㊖紫水风吹剑树寒，水边年少下红鸾。
未知百一穷阳数，略请先生止的看。
㊗武皇含笑把金觥，更请霓裳一两声。
护帐宫人最年少，舞腰时挈绣裙轻。
㊘琼树扶疏压瑞烟，玉皇朝客满花前。
东风小饮人皆醉，短尾青龙枕水眠。
㊙彤阁钟鸣碧鹭飞，皇君催爇紫霞衣。

丹房玉女心慵甚，贪看投壶不肯归。
⑦昆仑山上自鸡啼，羽客争升碧玉梯。
　　因驾五龙看较艺，白鸾功用不如妻。
⑧沙野先生闭玉虚，焚香夜写紫微书。
　　供承童子闲无事，教剉琼花喂白驴。
⑨云陇琼花满地香，碧沙红水遍朱堂。
　　外人欲压长生籍，拜请飞琼报玉皇。
⑩玉洞长春风景鲜，丈人私宴就芝田。
　　笙歌暂向花间尽，便是人间一万年。
⑪青童传语便须回，报道麻姑玉蕊开。
　　沧海成尘等闲事，且乘龙鹤看花来。
⑫绛树彤云户半开，守花童子怪人来。
　　青牛卧地吃琼草，知道先生朝未回。
⑬石洞沙溪二十年，向明杭日夜朝天。
　　白矾烟尽水银冷，不觉小龙床下眠。
⑭紫微深锁敞丹轩，太帝亲谈不死门。
　　从此百寮俱拜后，走龙鞭虎下昆仑。
⑮云衫玉带好威仪，三洞真人入奏时。
　　频着金鞭打龙角，为嗔西去上天迟。
⑯太子真娥相领行，当天合曲玉箫清。
　　梨花新折东风软，犹在猴山乐笑声。
⑰洞里月明琼树风，画帘青室影朦胧。
　　香残酒冷玉妃睡，不觉七真归海中。
⑱青苑红堂压瑞云，月明闲宴九阳君。
　　不知昨夜谁先醉，书破明霞八幅裙。
⑲东溟两度作尘飞，一万年来会面稀。
　　千树梨花百壶酒，共君论饮莫论诗。

⑩沧海令抛即未能，且缘鸾鹤立相仍。
蔡家新妇莫嫌少，领取真珠三五升。
⑪溪影沉沙树影清，人家皆踏五音行。
可怜三十六天路，星月满空琼草青。
⑫北斗西风吹白榆，穆公相笑夜投壶。
花前玉女来相问，赌得青龙许赎无？
⑬九天王母皱蛾眉，惆怅无言倚桂枝。
悔不长留穆天子，任将妻妾住瑶池。
⑭暂随皂伯纵闲游，饮鹿因过翠水头。
宫殿寂寥人不见，碧花菱角满潭秋。
⑮新授金书八素章，玉皇教妾主扶桑。
与君一别三千岁，却厌仙家日月长。
⑯八海风凉水影高，上卿教制赤霜袍。
蛟丝玉线难裁割，须借玉妃金剪刀。
⑰海上风来吹杏枝，昆仑山上看花时。
红龙锦襜黄金勒，不是元君不得骑。
⑱绛阙夫人下北方，细环清珮响丁当。
攀花笑入春风里，偷折红桃寄阮郎。

一二九　题李太尉平泉庄　汪遵
水泉花木好高眠，嵩少纵横满目前。
惆怅人间不平事，今朝身在海南边。

一三〇　战南城
风沙刮地塞云愁，平旦交锋晚未休。
白骨又沾新战血，青天犹列旧旄头。

一三一　延平津
三尺晶荧射斗牛，岂随凡手报冤仇。

延平一旦为龙处，看取风云布九州。

一三二　项亭

不修仁德合文明，天道如何拟力争？
隔岸故乡归不得，十年空负拔山名。

一三三　乌江

兵散弓残挫虎威，单枪匹马突重围。
英雄去尽羞容在，看却江东不得归。

一三四　绿珠

大抵花颜最怕秋，南家歌歇北家愁。
从来几许如春貌，不肯如君坠玉楼。

一三五　升仙桥

汉朝卿相尽风云，司马题桥众又闻。
何事不如杨德意，解搜贤哲荐明君。

一三六　隋柳

夹浪分堤万树馀，为迎龙舸到江都。
君看靖节高眠处，只向衡门种五株。

一三七　杨柳

亚夫营畔柳濛濛，隋主堤边四路通。
攀折赠君还有意，翠眉轻嫩怕春风。

一三八　桐江

光武重兴四海宁，汉臣无不受浮荣。
严陵何事轻轩冕，独向桐江钓月明。

一三九　招隐

罢听泉声看鹿群，丈夫才策合匡君。

早携书剑离岩谷,莫待蒲轮辗白云。

一四〇　陈宫
　　椒宫荒宴竟无疑,倏忽山河尽入隋。
　　留得后庭亡国曲,至今犹与酒家吹。

一四一　樊将军庙
　　玉辇曾经陷楚营,汉皇心怯拟休兵。
　　当时不得将军力,日月须分一半明。

一四二　东海
　　漾舟雪浪映花颜,徐福携将竟不还。
　　同作危时避秦客,此行何似武陵滩。

一四三　明君
　　汉家天子镇寰瀛,塞北羌胡未罢兵。
　　猛将谋臣徒自贵,蛾眉一笑塞尘清。

一四四　五湖
　　已立平吴霸越功,片帆高扬五湖风。
　　不知战国纵横者,谁似陶朱得始终?

一四五　渑池
　　西秦北赵各称高,池上张筵列我曹。
　　何事君王亲击缶,相如有剑可吹毛。

一四六　函谷关
　　脱祸东奔壮气摧,马如飞电毂如雷。
　　当时若不听弹铗,那得关门半夜开?

一四七　咏酒二首
　　①九酝松醪一曲歌,本图闲放养天和。

后人不识前贤意,破国亡家事甚多。
②万事销沉向一杯,竹门哑轧为风开。
秋宵睡足芭蕉雨,又是江湖入梦来。

一四八　苍颉台
观迹成文代结绳,皇风儒教浩然兴。
几人从此休耕钓,吟对长安雪夜灯。

一四九　彭泽（总题"览古三十九首"）
鹤爱孤松云爱山,宦情微禄免相关。
栽成五柳吟归去,漉酒巾边伴菊闲。

一五〇　杜邮馆
杀尽降兵热血流,一心犹自逞戈矛。
功成若解求身退,岂得将军死杜邮?

一五一　细腰宫
鼓声连日烛连宵,贪向春风舞细腰。
争奈君王正沉醉,秦兵江上促征桡。

一五二　瑶台
仙梦香魂不久留,满川云雨满宫愁。
直须待得荆王死,始向瑶台一处游。

一五三　吴坂
蜷局盐车万里蹄,忽逢良鉴始能嘶。
不缘伯乐称奇骨,几与驽骀价一齐。

一五四　箕山
薄世临流洗耳尘,便归云洞任天真。
一瓢风入犹嫌闹,何况人间万种人。

一五五　息国
　　家国兴亡身独存，玉容还受楚王恩。
　　衔冤只合甘先死，何待花间不肯言。

一五六　梁寺
　　立国从来为战功，一朝何事却谈空。
　　台城兵匝无人敌，闲卧高僧满楚宫。

一五七　南阳
　　陆困泥蟠未适从，岂妨耕稼隐高踪。
　　若非先主垂三顾，谁识茅庐一卧龙？

一五八　杞梁墓
　　一叫长城万仞摧，杞梁遗骨逐妻回。
　　南邻北里皆孀妇，谁解坚心继此来？

一五九　夷门
　　晋鄙兵回为重难，秦师收斾亦西还。
　　今来不是无朱亥，谁降轩车问抱关？

一六〇　汴河
　　隋皇意欲泛龙舟，千里昆仑水别流。
　　还待春风锦帆暖，柳阴相送到迷楼。

一六一　燕台
　　礼士招贤万古名，高台依旧对燕城。
　　如今寂寞无人上，春去秋来草自生。

一六二　聊城
　　刃血攻聊已越年，竟凭儒术罢戈鋋。
　　田单漫逞烧牛计，一箭终输鲁仲连。

一六三　西河
　　　花貌年年溺水滨，俗传河伯娶生人。
　　　自从明宰投巫后，直至如今鬼不神。

一六四　密县
　　　百里能将济猛宽，飞蝗不到邑人安。
　　　至今闾里逢灾沴，犹祝当时卓长官。

一六五　升仙桥
　　　题桥贵欲露先诚，此日人皆笑率情。
　　　应讶临邛沽酒客，逢时还作汉公卿。

一六六　破陈
　　　猎猎朱旗映彩霞，纷纷白刃入陈家。
　　　看看打破东平苑，犹舞庭前玉树花。

一六七　白头吟
　　　失却青丝素发生，合欢罗带意全轻。
　　　古今人事皆如此，不独文君与马卿。

一六八　短歌吟
　　　箭飞乌兔竞东西，贵贱贤愚不梦齐。
　　　匣里有琴樽有酒，人间便是武陵溪。

一六九　晋河
　　　风引征帆管吹高，晋君张晏侈雄豪。
　　　舟人笑指千馀客，谁是烟霄六翮毛？

一七〇　干将墓
　　　囊籥冰霜万古闻，拍灰松地见馀坟。
　　　应缘神剑飞扬久，水水山山尽是云。

一七一　金谷
　　晋臣荣盛更谁过，常向阶前舞翠娥。
　　香散艳消如一梦，但留风月伴烟萝。

一七二　三闾庙
　　为嫌朝野尽陶陶，不觉官高怨亦高。
　　憔悴莫酬渔父笑，浪交千载咏《离骚》。

一七三　易水
　　匕首空磨事不成，误留龙袂待琴声。
　　斯须却作秦中鬼，青史徒标烈士名。

一七四　严陵台
　　一钓凄凉在杳冥，故人飞诏入山扃。
　　终将宠辱轻轩冕，高卧五云为客星。

一七五　淮阴
　　秦季贤愚混不分，只应漂母识王孙。
　　归荣便累千金赠，为报当时一饭恩。

一七六　鸡鸣曲
　　金距花冠傍舍栖，清晨相叫一声齐。
　　开关自有冯生计，不必天明待汝啼。

一七七　采桑妇
　　为报踌躇陌上郎，蚕饥日晚妾心忙。
　　本来若爱黄金好，不肯携笼更采桑。

一七八　渔父
　　棹月眠流处处通，绿蓑苇带混元风。
　　灵均说尽孤高事，全与逍遥意不同。

一七九　越女
　　玉貌何曾为浣纱，只图勾践献夫差。
　　苏台日夜唯歌舞，不觉干戈犯翠华。

一八〇　望思台
　　不忧家国任奸臣，骨肉翻为蓁路人。
　　巫蛊事行冤莫雪，九层徒筑见无因。

一八一　比干墓
　　国乱时危道不行，忠贤谏死胜谋生。
　　一沉冤骨千年后，陇水虽平恨未平。

一八二　郢中
　　莫言《白雪》少人听，高调都难称俗情。
　　不是楚词询宋玉，巴歌犹掩绕梁声。

一八三　北海
　　汉臣曾此作缧囚，茹血衣毛十九秋。
　　鹤发半垂龙节在，不闻青史说封侯。

一八四　招屈亭
　　三闾溺处杀怀王，感得荆人尽缟裳。
　　招屈亭边两重恨，远天秋色暮苍苍。

一八五　屈祠
　　不肯迂回入醉乡，乍吞忠鲠没沧浪。
　　至今祠畔猿啼月，了了犹疑恨楚王。

一八六　铜雀台
　　铜雀台成玉座空，短歌长袖尽悲风。
　　不知仙驾归何处，徒遣颦眉望汉宫。

一八七　斑竹祠
　　九处烟霞九处昏，一回延首一销魂。
　　因凭直节流红泪，图得千秋见血痕。

一八八　伤春吟　何光远
　　檐上檐前燕语新，柳开花发自伤神。
　　谁能将我相思意，说与江隈解珮人？

一八九　答龙女
　　潋荡春光物象饶，一枝琼艳不胜娇。
　　若能许解相思珮，何羡星天渡鹊桥。

一九○　催妆二首
　　①玉漏涓涓银汉清，鹊桥新架路初成。
　　　催妆既要裁篇咏，风吹鸾歌早会迎。
　　②宝车辗驻彩云开，误到蓬山顶上来。
　　　琼室既登花得折，永将凡骨逐风雷。

一九一　别墅偶题　萧彻
　　新作茅斋野涧东，松楸交影足悲风。
　　人间岁月如流水，何事频行此路中？

一九二　琴中歌　孙玄照
　　相如曾作凤兮吟，昔被文君会此音。
　　今日孤鸾还独语，痛哉仙子不弹琴。

一九三　答孙客　王仙山
　　鸳鸯相见不相随，笼里笼前整羽衣。
　　但得他时人放去，水中长作一双飞。

一九四　赠葛氏小娘子　潘雍
　　曾闻仙子住天台，欲结灵姻愧短才。

若许随君洞中住，不同刘阮却归来。

一九五　经故宫女坟有感　聂通志
　　①家国久随狂虏没，春芜又向冢头情。
　　　如今忆得当时事，为尔伤心一涕零。
　　②长郊烟淡月华清，因醉荒坟半夜醒。
　　　失路孤吟不胜苦，暗中应有鬼神听。

一九六　赠张神女　沈警
　　义起曾历许多年，张硕凡得几时怜？
　　何意今人不如昔，暂来相见更无缘。

一九七　离歌
　　直值行人心不平，那宜万里阻闺情。
　　只今陇上分流水，更泛从来呜咽声。

第三十六卷 七言二十六 晚唐九
（共三百二十五首）

一 老宫人 刘得仁
  白发宫娃不解悲，满头犹自插花枝。
  曾缘玉貌君王宠，准拟人看似旧时。

二 省试日上崔侍郎四首
  ①衣上年年泪血痕，只将怀抱诉乾坤。
    如今主圣臣贤日，岂致人间一物冤。
  ②如病如痴一十秋，求名难得又难休。
    回看骨肉须堪耻，一着麻衣便白头。
  ③戚里称儒愧小才，礼闱公道此时开。
    他人何事虚相指，明主无私不用媒。
  ④方寸终朝似火燃，为求白日上青天。
    自嗟辜负平生眼，不识春光二十年。

三 秋夜作
  秋气满堂孤烛冷，清宵无寐忆山归。
  窗前月过三更后，细竹吟风似雨微。

四 长门怨
  争得一人闻此怨，长门深夜有妍姝。
  早知雨露翻相误，只插荆钗嫁匹夫。

五　村中闲步
　　闲共野人临野水，新秋高树挂清晖。
　　不知尘里无穷事，白鸟双飞入翠微。

六　贾妇怨
　　嫁与商人头欲白，未曾一日得双行。
　　任君逐利轻江海，莫把风涛似妾轻。

七　寄友人
　　风飐沉思眼忽开，尘埃污得是庸才。
　　那堪更见巢松鹤，飞入青云不下来。

八　晏起
　　日过辰时犹在梦，客来应笑也求名。
　　浮生自得长高枕，不向人间与命争。

九　别山居
　　万壑千岩景象开，登临未足又须回。
　　凭师莫断松间路，秋月圆时弟子来。

一〇　马上别单于刘评事
　　庙谋宏远人难测，公主生还帝感深。
　　天下底平须共喜，一时闲事莫惊心。

一一　赠从弟谷
　　此世荣枯岂足惊，相逢唯要眠长青。
　　从来不爱三闾死，今日凭君莫独醒。

一二　赠道人
　　长在城中无定业，卖丹磨镜两途贫。
　　三山来往寻常事，不省曾惊市井人。

一三　对月寄同志
　　霜满庭中月在林，寒鸿频过又更深。
　　支颐不语相思坐，料得君心似我心。

一四　云　　褚载
　　尽日看云首不回，无心都大似无才。
　　可怜光采一片玉，万里晴天何处来？

一五　鹤
　　欲洗霜翎下涧边，却嫌菱刺污香泉。
　　沙鸥浦雁应惊讶，一举扶摇直上天。

一六　长城
　　秦筑长城比铁牢，蕃戎不敢过临洮。
　　焉知万里连云色，不及尧阶三尺高。

一七　弔秦叟
　　市西楼店金千秤，渭北田园粟万钟。
　　儿被杀伤妻被虏，一身随驾到三峰。

一八　定鼎门
　　郏鄏城高门倚天，九重踪迹尚依然。
　　须知道德无关锁，一闭乾坤一万年。

一九　陈仓驿
　　锦翼花冠安在哉？雄飞雌伏尽尘埃。
　　一双童子应惆怅，不见真人更猎来。

二〇　送僧二首　马戴
　　①亲在平阳忆久归，洪河雨涨出关迟。
　　独过旧寺人稀识，一一松杉老别时。

②龛中破衲自持行，树下禅床坐一生。
来往白云知岁久，满山猿鸟会经声。

二一　秋日送僧志幽归山寺
禅室绳床在翠微，松间荷笠一僧归。
磬声寂历宜秋夜，手冷灯前自衲衣。

二二　期王炼师不至
黄精蒸罢洗琼杯，林下从留石上苔。
昨日围棋未终局，多乘白鹤下山来。

二三　赠友人边游
有客新从绝塞回，自言曾上李陵台。
尊前话尽北风起，秋色萧条胡雁来。

二四　山中作
屐齿无泥竹策轻，莓苔梯滑夜难行。
独开石室松门里，月照前山空水声。

二五　出塞词
金带连环束战袍，马头冲雪度临洮。
卷旗夜劫单于帐，乱斫胡儿缺宝刀。

二六　寄云台观田秀才
雪压松枝拂石窗，幽人独坐鹤成双。
晚来漱齿敲冰渚，闲读仙书倚翠幢。

二七　边上送杨侍郎鞫狱回
狱成冤雪晚云开，豸角威清塞雁回。
飞将送迎遥避马，离亭不敢劝金杯。

二八　射雕骑
蕃面将军着鼠裘，酣歌冲雪在边州。

猎过黑山犹走马，寒雕射落不回头。

二九　高司马移竹
丛居堂下幸君移，翠掩灯窗露叶垂。
莫羡孤生在山者，无人看着拂云枝。

三〇　赠前蔚州崔使君
战回脱剑绾铜鱼，塞雁迎风避隼旟。
欲识前时为郡政，校成上下考新书。

三一　泾州听张处士弹琴　项斯
边州独夜正思乡，君又弹琴在客堂。
仿佛不离灯影外，似闻流水到萧湘。

三二　赠别
兔在深泉鸟在云，从来只得影相亲。
他日〔时〕纵有逢君处，应作人间白发身。

三三　对鲙
行到鲈鱼乡里时，鲙盘如雪怕风吹。
犹怜醉里江南路，马上垂鞭学钓时。

三四　銮驾东回　崔道融
两川花捧御衣香，万岁山呼辇路长。
天子还从马嵬过，别无惆怅似明皇。

三五　钓鱼
闲钓江鱼不钓名，瓦瓯斟酒暮山青。
醉头倒向芦花里，却笑无端犯客星。

三六　西施
苎萝山下如花女，占得姑苏台上春。

一笑不能忘敌国,五湖何处有功臣?

三七　马嵬
　　万乘凄凉蜀路归,眼前珠翠与心违。
　　重华不是风流主,湘水犹传泣二妃。

三八　羯鼓
　　华清宫里打撩声,供奉丝簧束手听。
　　寂寞銮舆斜谷里,是谁翻得雨淋铃?

三九　寄李左司王季在台
　　柏台兰省共清风,鸣玉朝联夜被同。
　　肯信人间有兄弟,一生长在别离中。

四〇　梅
　　溪上寒梅初满枝,夜来霜月透芳菲。
　　清光寂寞思无尽,应待琴尊与解围。

四一　天台陈逸人
　　绝粒空山秋复春,欲看沧海化成尘。
　　近抛三井更深去,不怕虎狼唯怕人。

四二　赠窦禅师
　　雪窦峰前一派悬,雪窦五月无炎天。
　　客尘半日洗欲尽,师到白头林下禅。

四三　溪上遇雨二首
　　①回塘雨脚如缫丝,野禽不起沉鱼疑〔飞〕。
　　　耕蓑钓笠取未暇,秋田有望从淋漓。
　　②坐看黑云衔猛雨,喷洒前山此独晴。
　　　忽惊云雨在头上,却是山前晚照明。

四四　长门怨
　　长门花泣一枝春，争奈君恩别处新。
　　错把黄金买词赋，相如自是薄情人。

四五　秋夕
　　自怜三十未西游，傍水寻山过却秋。
　　一夜雨声多少事，不思也尽到心头。

四六　过隆中
　　玄德苍黄起卧龙，鼎分天下一言中。
　　可怜蜀国关张后，不见商量徐庶功。

四七　关下
　　百二山河壮帝畿，关门何事更开迟？
　　应从漏却田文后，每度闻鸡不免疑。

四八　寒食客中有怀
　　江上闻莺禁火时，百花开尽柳依依。
　　故园兄弟别来久，应到清明犹望归。

四九　溪夜
　　积雪消来溪水宽，满楼明月碎琅玕。
　　渔人抛得钓筒尽，却放轻舟下急滩。

五〇　山居卧疾广利大师见访
　　桐谷孙枝已上弦，野人犹卧白云边。
　　九天飞锡应相诮，三到行朝二十年。

五一　村墅
　　正月二月村墅闲，馀粮未乏人心宽。
　　南邻雨中揭屋笑，酒熟数家来相看。

五二　悲李拾遗二首
　　①故友从来匪石心，谏多难得主恩深。
　　　行朝半夜烟尘起，晓殿吁嗟一镜沉。
　　②天涯时有北来尘，因话他人及故人。
　　　也是先皇能罪己，殿前亲得触龙鳞。

五三　题《李将军传》
　　猿臂将军去似飞，弯弓百步虏无遗。
　　汉文自与封侯得，何必伤嗟不遇时。

五四　酒醒
　　酒醒拨剔残灰火，多少凄凉在此中。
　　炉畔自斟还自醉，竹窗深夜雪兼风。

五五　郊居友人相访
　　柴门深掩古城秋，背郭缘溪一径幽。
　　不有小园新竹色，君来那肯暂淹留？

五六　镜湖雪霁贻方干
　　天外晓岚和雪望，月中归棹带冰行。
　　相逢半醉吟诗苦，应抵寒猿裛树声。

五七　秋霁
　　雨霁长空荡涤清，远山初出未知名。
　　夜来江上如钩月，时有惊鱼掷浪声。

五八　谢朱常侍寄贶蜀茶剡纸二首
　　①瑟瑟香尘瑟瑟泉，惊风骤雨起炉烟。
　　　一瓯解却山中醉，便觉身轻欲上天。
　　②百幅轻明雪未融，薛家凡纸漫深红。
　　　不应点染闲言语，留纪将军盖世功。

五九　读《杜紫微集》
　　紫微才调复知兵，长觉风雷笔下生。
　　还有枉抛心力处，多于五柳赋闲情。

六〇　寓题
　　海上乘查便合仙，若无仙骨未如船。
　　人间亦有支机石，虚被声名到洞天。

六一　寓吟集
　　陶集篇篇皆有酒，崔诗句句不无杯。
　　醉来已共身安约，让却诗人作酒魁。

六二　溪居即事
　　篱外谁家不系船，春风吹入钓鱼湾。
　　小童疑是有村客，急向柴门去却关。

六三　鸡
　　买得晨鸡共鸡语，常时不用等闲鸣。
　　深山月黑风雨夜，欲近晓天啼一声。

六四　献浙东柳大夫
　　属城甘雨几经春，圣主全分付越人。
　　俗眼不知青琐贵，江头争看碧油新。

六五　杨柳枝词
　　雾捻烟搓一索春，年年长似染来新。
　　应须唤作风流线，系得东西南北人。

六六　楚怀王
　　宫花一朵掌中开，缓急翻为故国媒。
　　六里江山天下笑，张仪容易去还来。

六七　对早梅寄友人二首

　　①忆得前年君寄诗，海边三见早梅词。
　　　与君犹是海边客，又见早梅花发时。
　　②忆得去年有遗恨，花前未醉到无花。
　　　清芳一夜月通白，先脱寒衣送酒家。

六八　叹征人　高骈

　　心坚胆壮箭头亲，十载沙场受苦辛。
　　力尽路傍行不得，广张红旆是何人？

六九　湘妃庙

　　帝舜南巡去不还，二妃幽怨水云间。
　　当时珠泪垂多少，直到如今竹尚斑。

七〇　赴安南却寄台司

　　曾驱万马静江山，风去云回顷刻间。
　　今日海门南面事，专教还似凤林关。

七一　闺怨

　　人世悲欢不可知，夫君初破黑山归。
　　如今又献征南策，早晚催缝带号衣。

七二　马嵬驿

　　玉颜虽掩马嵬尘，冤气和烟锁渭津。
　　蝉翼不随銮驾去，至今空感往来人。

七三　宴犒蕃军有感

　　蜀地恩留马嵬哭，烟雨濛濛春草绿。
　　满眼由来是旧人，那堪更奏《梁州曲》。

七四　寓怀

　　关山万里恨难销，铁马金鞭出塞遥。

为问昔时青海畔，几人归到凤林桥？

七五　步虚词
青溪道士人不识，上天下天鹤一只。
洞门深锁碧窗寒，滴露研朱点《周易》。

七六　赠歌者二首
①酒满金船花满枝，佳人立唱惨愁眉。
一声直入青云去，多少悲欢起此时。
②公子邀欢月满楼，双成揭调唱《伊州》。
便从席上风沙起，直待阳关水尽头。

七七　入蜀
万水千山音信希，空劳魂梦到京畿。
漫天岭上频回首，不见虞封泪满衣。

七八　边城听角
席箕风起雁声秋，陇水边沙满目愁。
三会五更吹欲尽，不知凡白几人头？

七九　渭川秋望寄右军王特进
长川终日碧潺湲，知道天河与地连。
凭寄两行朝阙泪，愿随流入御沟泉。

八〇　山亭夏日
绿树阴浓夏日长，楼台倒影入池塘。
水精帘动微风起，满架蔷薇一院香。

八一　蜀路感怀
蜀山苍翠陇云愁，銮驾西巡陷几州？
唯有萦回深涧水，潺湲不改旧时流。

八二　残春遣兴
　　画舸轻桡柳色新，摩诃池上醉青春。
　　不辞不为青春醉，只恐莺花也怪人。

八三　春日招宾
　　花枝如火酒如饧，正好狂歌醉复醒。
　　对酒看花何处好？延和阁下碧筠亭。

八四　过天威径
　　豺狼坑尽却朝天，战马休嘶瘴岭烟。
　　归路崄巇今坦荡，一条千里直如弦。

八五　对花呈幕中
　　海棠初发去春枝，首唱曾题七字诗。
　　今日能来花下饮，不辞频把使头旗。

八六　寄题罗浮别业
　　不将真性染埃尘，为有烟霞伴此身。
　　带月长江好归去，博罗山下碧桃春。

八七　塞上曲二首
　　①二年边戍绝烟尘，一曲河湾万恨新。
　　从此凤林关外事，不知谁是苦心人？
　　②陇上征夫陇下魂，死生同恨汉将军。
　　不知万里沙场苦，空举平安火入云。

八八　广陵宴次戏简幕宾
　　一曲狂歌酒百分，蛾眉画出月争新。
　　将军醉罢无馀事，乱把花枝折赠人。

八九　安南送曹别敕归朝
　　云水苍茫日欲收，野烟深处鹧鸪愁。

知君万里朝天去,为说征南已五秋。

九〇　对雪
　　六出飞花入户时,坐看青竹变琼枝。
　　如今好上高楼望,盖尽人间恶路岐。

九一　访隐者不遇
　　落花流水认天台,半醉南吟独自来。
　　惆怅仙翁何处去?满庭红杏碧桃开。

九二　赴西川途经虢县作
　　亚夫重过柳营门,路指岷峨隔暮云。
　　红额少年遮道拜,殷勤认得旧将军。

九三　锦城望
　　蜀江波影碧悠悠,四望烟花匝郡楼。
　　不会人家多少锦,春来尽挂树梢头。

九四　太公庙
　　青山长在境长新,寂寞持竿一水滨。
　　及得王师身已老,不知辛苦为何人?

九五　边方春兴
　　草色青青柳色浓,玉壶镇酒满金钟。
　　笙歌嘹亮随风去,知尽关山第几重?

九六　塞上寄家兄
　　棣萼分张信使希,几多乡泪湿征衣。
　　笳声未断肠先断,万里胡天鸟不飞。

九七　写怀二首
　　①渔竿消日酒消愁,一醉忘情万事休。

却恨韩彭兴汉室，功成不向五湖游。
②花满西园月满池，笙歌摇曳画船移。
如今暗与心相约，不动征旗动酒旗。

九八　池上送春
持竿闲坐思沉吟，钓得江鳞出碧浔。
回首看花花欲尽，可怜寥落送春心。

九九　南征叙怀
万里驱兵过海门，此生今日报君恩。
回期直待烽烟静，不遣征衣有泪痕。

一〇〇　风筝
夜静弦声响碧空，宫商信任往来风。
依稀似曲才堪听，又被移将别调中。

一〇一　平流园席上
画舸摇烟水满塘，柳丝轻软小桃香。
却缘龙节为萦绊，好是狂时不得狂。

一〇二　看花　罗邺
花开只恐看来迟，及到愁如未看时。
家在楚乡身在蜀，一年春色负归期。

一〇三　柳絮
处处东风扑晚阳，轻轻醉粉落无香。
就中堪恨隋堤上，曾惹龙舟舞凤凰。

一〇四　云
纷纷霭霭遍江湖，得路为霖岂合无。
莫使悠飏只如此，帝乡还更援苍梧。

一〇五　芳草
　　曲江岸上天街里,两地纵生车马多。
　　不似萋萋南浦见,晚来烟雨半相和。

一〇六　出都门
　　青门春色一花开,长到花时把酒杯。
　　自觉无家似潮水,不知归处去还来。

一〇七　水帘
　　万点飞泉下白云,似帘悬处望疑真。
　　若将此水为霖雨,更胜长垂隔路尘。

一〇八　赏春
　　芳草和烟暖更青,闲门要路一时生。
　　年年点检人间事,唯有春风不世情。

一〇九　叹平泉春
　　生前几到此亭台,寻叹投荒去不回。
　　若使春风会人意,花枝尽合向南开。

一一〇　长安春雨
　　兼风飒飒洒皇州,能滞轻寒与胜游。
　　半夜五侯池馆里,美人惊起为花愁。

一一一　驾蜀回
　　上皇西幸却归秦,花木依然满禁春。
　　唯有贵妃歌舞地,月明空殿锁香尘。

一一二　河湟
　　河湟何计绝烽烟,免使征人更戍边。
　　尽放农桑无一事,遣教知有太平年。

一一三　闻子规
　　　蜀魄千年尚怨谁，声声啼血向花枝。
　　　满山明月东风夜，正是愁人不寐时。

一一四　江帆
　　　别离不独恨蹄轮，渡口风帆发更频。
　　　何处青楼方凭槛，半江斜日〔半斜红日〕认归人。

一一五　望仙
　　　千金垒土望三山，云鹤无踪羽卫还。
　　　若说神仙求便得，茂陵何事在人间？

一一六　放鹧鸪
　　　好倚青山与碧溪，刺桐毛竹待双栖。
　　　花时迁客伤离别，莫向相思树上啼。

一一七　宫中二首
　　　①芳草长含玉辇尘，君王游幸此中频。
　　　　今朝别有承恩处，鹦鹉飞来说似人。
　　　②虽然自小属梨园，不识先皇玉殿门。
　　　　还是当时歌舞曲，今来何处最承恩？

一一八　骊山
　　　风摇岩桂露闻香，白鹿惊时出绕墙。
　　　不向骊山锁宫殿，可知仙去是明皇？

一一九　梅花
　　　繁如瑞雪压枝开，越岭吴溪免用栽。
　　　却是五侯家未识，春风不放过江来。

一二〇　雁二首
　　　①早背胡霜过戍楼，又随寒日下汀州。

江南江北多离别，忍报年年两地愁。
②暮天新雁起汀州，红蓼花开水国愁。
想得故园今夜月，几人相忆在江楼？

一二一　汴河
炀帝开河鬼亦悲，生民不独力空疲。
至今呜咽东流水，似向清平怨昔时。

一二二　渡江有感
岸落残红锦雉飞，渡江船上夕阳微。
一枝犹负平生意，归去何曾胜不归。

一二三　题终南山僧堂
九衢终日见南山，名利何人肯掩关？
唯有吾师达真理，坐看双树老云间。

一二四　冬夕江上书事
一带长溪渌浸门，数声幽鸟啄云根。
松亭尽日唯空坐，难得儒翁共讨论。

一二五　大散岭
过往长逢日色稀，雪花如掌扑行衣。
岭头却望人来处，特地身疑是鸟飞。

一二六　嘉陵江
嘉陵南岸雨初收，江似秋岚不煞流。
此地终朝有行客，无人一为棹扁舟。

一二七　萤二首
①水殿清风玉户开，飞光千点去还来。
　无风无月长门夜，偏到阶前点绿苔。
②徘徊无烛冷无烟，秋径莎庭入夜天。

休向书窗来照字,近来红蜡满歌筵。

一二八　吴王古宫井二首
　　①古宫荒井曾平后,见说耕人又凿开。
　　　拾得玉钗镌敕字,当时恩泽赐谁来?
　　②含青薜荔随金甃,碧砌磷磷生绿苔。
　　　莫言数尺无波水,曾与如花并照来。

一二九　黄河晓渡
　　大河平野正穷秋,羸马羸僮古渡头。
　　昨夜莲花峰下月,隔簾相伴到明愁。

一三〇　温泉
　　一条春水漱莓苔,几绕玄宗浴殿迴。
　　此水贵妃曾照影,不堪流入旧宫来。

一三一　秋怨
　　梦断南窗啼晓鸟,新霜昨夜下庭梧。
　　不知簾外如珪月,还照边城到晓无?

一三二　叹别
　　北来南去几时休?人在光阴似箭流。
　　直待江山尽无路,始应抛得别离愁。

一三三　进春
　　欲别东风剩〔思〕黯然,亦知春去有明年。
　　世间争那人先老,更对残花一醉眠。

一三四　蜡烛
　　暖香红焰一时燃,缇幕初垂月落天。
　　堪恨兰堂别离夜,如珠似泪滴尊前。

一三五　早行
　　　雨洒江声风又吹，扁舟正与睡相宜。
　　　无端戍鼓催前去，别却青山向晓时。

一三六　公子行
　　　金鞍玉勒照花明，过后香风特地生。
　　　半醉五侯门里出，月高犹在禁街行。

一三七　鸡冠花
　　　一枝浓艳对秋光，露滴风摇倚砌傍。
　　　晓景乍看何处似？谢家新染紫罗裳。

一三八　咏镜
　　　昔岁相宜别有情，千回磨拭始将行。
　　　如今渐老愁无恨，把向闲窗却怕明。

一三九　流水二首
　　　①人间莫谩惜花落，花落明年依旧开。
　　　　却最堪悲是流水，便同人事去无回。
　　　②龙跃虬蟠旋作潭，绕红溅绿下东南。
　　　　春风散入侯家去，漱齿花前酒半酣。

一四〇　落第东归
　　　年年春色独怀羞，强向东归懒举头。
　　　莫道还家便容易，人间多少事堪愁。

一四一　子规　罗隐
　　　铜梁路远草青青，此恨那堪枕上听。
　　　一种有冤犹可报，不如衔石叠沧溟。

一四二　焚书坑
　　　千载遗踪一窖尘，路傍耕者亦伤神。

祖龙箅事浑乖角，将为诗书活得人。

一四三　始皇陵
　　荒堆无草树无枝，懒向行人问昔时。
　　六国英雄漫多事，到头徐福是男儿。

一四四　浮云
　　溶溶曳曳自舒张，不向苍梧即帝乡。
　　莫道无心便无事，也曾愁杀楚襄王。

一四五　早发
　　北去南来无定居，此生生计竟何如？
　　酷怜一觉平明睡，长被鸡声恶破除。

一四六　香
　　沉水良材食柏珍，博山炉暖玉楼春。
　　怜君亦是无端物，贪作馨香忘却身。

一四七　铜雀台二首
　　①强歌强舞竟难胜，花落花开泪满缯。
　　　只合当年伴君死，免教憔悴望西陵。
　　②台上年年掩翠娥，台前高树夹漳河。
　　　英雄亦到分香处，能共常人较几多？

一四八　自遣
　　得则高歌失却休，多愁多恨亦悠悠。
　　今朝有酒今朝醉，明日愁来明日愁。

一四九　鹦鹉
　　莫恨雕笼翠羽残，江南地暖陇西寒。
　　劝君不用分明语，语得分明出转难。

一五〇　竹下残篇
　　墙下浓阴对此君，小山尖险玉为群。
　　夜来解冻风虽急，不向寒城减一分。

一五一　西施
　　家国兴亡自有时，吴人何苦怨西施。
　　西施若解倾吴国，越国亡来又是谁？

一五二　姑苏台
　　让高泰伯开基日，贤见延陵复命时。
　　未会子孙因底事，解崇台榭为西施。

一五三　金钱花
　　占得佳名绕树芳，依依相伴向秋光。
　　若教此物堪收贮，应被豪门尽斸将。

一五四　梅
　　天隅胭脂一抹腮，盘中磊落笛中哀。
　　虽然未得和羹便，曾与将军止渴来。

一五五　四皓庙
　　汉惠秦皇事已闻，庙前高木眼前云。
　　楚王谩费关〔闲〕心力，六里青山尽属君。

一五六　炀帝陵
　　入郭登桥出郭船，红楼日日柳年年。
　　君王认把平陈业，只换雷塘数亩田。

一五七　马嵬坡
　　佛屋前头野草春，贵妃轻骨此为尘。
　　从来绝色知难得，不破中原未是人。

一五八　隋堤柳
　　夹岸依依千里遥，路人回首认隋朝。
　　春风未惜宣华意，犹费工夫长柳条。

一五九　孟先生墓
　　数步荒榛接旧蹊，寒江漠漠草萋萋。
　　鹿门黄土无多少，恰到书生冢便低。

一六〇　秦纪
　　长策东边极海隅，鼋鼍奔走鬼神趋。
　　怜君未到沙丘日，肯信人间有死无？

一六一　柳二首
　　①灞岸晴来送别频，相偎相倚不胜春。
　　　自家飞絮犹无定，争解垂丝绊路人。
　　②一簇青烟锁玉楼，半垂栏畔半垂沟。
　　　明年更有新条在，绕乱春风卒未休。

一六二　王濬墓
　　男儿未必尽英雄，俱到时来命即通。
　　若使吴都由王气，将军何处立殊功？

一六三　京中晚望
　　心如野鹿迹如萍，漫向人间性一灵。
　　往事不知多少梦，夜来和酒一时醒。

一六四　偶兴
　　逐队随行二十春，曲江池畔避车尘。
　　如今赢得将衰老，闲看人间得意人。

一六五　题僧院
　　日夜潮声送是非，一回登眺一忘机。

怜师好事无人见,不把兰牙染褐衣。

一六六　围城偶作
东望陈留日欲曛,每因刀笔想夫君。
自从郭泰碑铭后,只见黄金不见文。

一六七　宿纪南驿
策蹇南游忆楚朝,阴风淅淅树萧萧。
不知无忌奸邪骨,又作何山野葛苗?

一六八　偶题　妓女
钟陵醉别十馀春,重见云英掌上身。
我未成名君未嫁,可能俱是不如人。

一六九　故都
江南江北两风流,一作迷津一拜侯。
至竟不知隋炀帝,破家犹得到扬州。

一七〇　寄窦处士二首
①兰亭醉客旧知闻,欲问平安隔海云。
　不是金陵钱太尉,世间谁肯更容身?
②鳌背楼台拂白榆,此中槎客亦踟厨。
　牢山道士无仙骨,却向人间作酒徒。

一七一　蜂
不论平地与山尖,无限春光尽被占。
采得百花成蜜后,不知辛苦为谁甜。

一七二　七夕
月帐星房次第开,两情唯恐曙光催。
时人不用穿针待,没得心情送巧来。

一七三　罗敷水
　　　雉声角角野田春，试驻征车问水滨。
　　　数树枯桑虽不语，思量应合识秦人。

一七四　严陵滩
　　　中都九鼎动英髦，渔钓牛蓑且遁逃。
　　　世祖升遐夫子死，原陵不及钓台高。

一七五　华清宫
　　　楼殿层层佳气多，开元时节好笙歌。
　　　也知道德胜尧舜，争奈杨妃解笑何？

一七六　帘二首
　　①叠影重纹映画堂，玉钩银烛共荧煌。
　　　会应得见神仙在，休下真珠十二行。
　　②翡翠佳名世共稀，玉堂高下巧相宜。
　　　殷勤为嘱纤纤手，卷上银钩莫放垂。

一七七　韦公子
　　　击箸狂歌惨别颜，百年人事梦魂间。
　　　李将军自嘉声在，不得封侯亦是闲。

一七八　中秋不见月
　　　阴云薄暮上空虚，此夕清光已破除。
　　　只恐异时开霁后，玉轮依旧养蟾蜍。

一七九　望思台
　　　芳草台边魂不归，野烟乔木弄残晖。
　　　可怜高祖清平业，留与闲人作是非。

一八〇　鹭鸶
　　　斜阳澹澹柳阴阴，风袅寒丝映水深。

不要向人夸洁白，也知常有羡鱼心。

一八一　书《淮阴侯传》
寒灯挑尽见遗尘，试沥椒浆合有神。
莫恨高皇不终始，灭秦谋项是何人？

一八二　竹
篱外清阴接药拦，晚风交戛碧琅玕。
子猷没后知音少，粉节霜筠漫岁寒。

一八三　正月七日立春
一二三四五六七，万木生芽是今日。
远天归雁拂云飞，近水游鱼迸冰出。

一八四　春风
也知有意吹嘘切，争奈人间善恶分。
但是糠秕微细物，等闲抬举到青云。

一八五　杏花
暖气潜催次第春，梅花已谢杏花新。
半开半落闲园里，何异荣枯世上人。

一八六　中秋不见月
风簾淅淅漏灯痕，一半秋光此夕分。
天为素娥孀怨苦，并教西北起浮云。

一八七　感弄猴人赐朱绂
十二三年就试期，五湖烟月奈相违。
何如买取猢狲弄，一笑君王便着绯。

一八八　镇海军所贡
筵前飞雪扇前尘，千里移添上苑春。

　　　　他日丁宁柿林院，莫宣恩泽与闲人。

一八九　席上歌水调
　　　　馀声宛宛拂庭梅，通济渠边去又回。
　　　　若使炀皇魂魄在，为君应合过江来。

一九〇　宿金山寺
　　　　根盘蛟蜃路藤萝，四面无尘辍棹过。
　　　　得似吾师始惆怅，眼前终日有风波。

一九一　董仲舒
　　　　灾变儒生不合闻，谩将刀笔指乾坤。
　　　　偶然留得阴阳术，却闭南门又北门。

一九二　王夷甫
　　　　把得闲书坐水滨，读来前事亦酸辛。
　　　　莫言麈尾清谭柄，坏却淳风是此人。

一九三　贵游
　　　　馆陶园外雨初晴，绣毂香车入凤城。
　　　　八尺家僮三尺箠，何知高祖要苍生。

一九四　书怀
　　　　钓船抛却异乡来，拟向何门用不才？
　　　　日晚独登楼上望，马蹄车辙满尘埃。

一九五　韩信庙
　　　　剪项移秦势自雄，布衣还自负深功。
　　　　寡妻稚女俱堪恨，体把馀杯奠蒯通。

一九六　青山庙
　　　　市箫声咽迹崎岖，雪耻酬恩此丈夫。

伯〔霸〕主两亡时亦异，不知魂魄更归无？

一九七　赠无相禅师
人人尽道事空王，心里忙于市井忙。
唯有马当山上客，死门生路两相忘。

一九八　尚书偶建小楼特摛丽藻绝句不敢称扬三首
①结构叨冯柱石材，敢期幢盖此裴回。
　《阳春》曲调高难〔谁〕和，尽日焚香倚隗台。
②玳簪珠履愧非才，时凭阑干首重回。
　只待淮妖剪除后，别倾卮酒贺行台。
③栏槛初成愧楚才，不知星彩尚迂回。
　风流孔令陶钧外，犹记山妖逼小台。

一九九　乱中偷路入故乡　裴说
愁看贼火起诸烽，偷得馀程怅望中。
一国半为亡国尽，数城俱作古城空。

二〇〇　蔷薇
一架长条万朵春，嫩红深绿小窠匀。
只应根下千年土，曾葬西川织锦人。

二〇一　春日山中竹
数竿苍翠拟龙形，峭拔须教此地生。
无限野花开不得，半山寒色与春争。

二〇二　柳
高拂危楼低拂尘，灞桥攀折一何频。
思量却是无情树，不解迎人只送人。

二〇三　岳阳兵火后题僧舍
十年兵火真多事，再到禅扉却破颜。

唯有两般烧不得，洞庭湖水老僧闲。

二〇四　比红儿诗一百首　罗虬
① 姓氏看侵尺五天，芳名占断百花鲜。
　　马嵬好笑当时事，虚赚明皇幸蜀川。
② 金谷园中花正繁，坠楼从道感深恩。
　　齐奴恰是来东市，不为红儿死更冤。
③ 陷却平阳为小怜，周师百万战长川。
　　更教乞与红儿貌，举国山河不值钱。
④ 一曲都缘张丽华，六宫齐唱《后庭花》。
　　若教比并红儿貌，枉破当时国与家。
⑤ 乐营门外柳如阴，中有佳人画阁深。
　　若是五陵公子见，买时应不啻千金。
⑥ 青丝高绾石榴裙，肠断当筵酒半醺。
　　置向汉宫图画里，入胡应不数昭君。
⑦ 斜凭栏杆醉态新，敛眸微盼不胜春。
　　当时若遇东昏主，金叶莲花是此人。
⑧ 匼匝千山与万山，碧桃花下景长闲。
　　神仙得似红儿貌，应免刘郎忆世间。
⑨ 越山重迭越溪斜，西子休怜解浣纱。
　　得似红儿今日貌，肯教将去与夫差？
⑩ 诏下人间选好花，月眉云鬓尽名家。
　　红儿若向当时见，系臂先封第一纱。
⑪ 锋镝纵横不敢看，泪垂玉箸正汍澜。
　　应缘近似红儿貌，始得深宫奉五官。
⑫ 金缕浓熏百和香，脸红眉黛入时妆。
　　当时若向乔家见，未敢将心在窈娘。
⑬ 通宵甲帐散香尘，汉帝精诚礼百神。

若见红儿醉中态,也应休忆李夫人。
⑭拔得芙蓉出水新,魏家公子信才人。
若教瞥见红儿貌,不肯留情赋洛神。
⑮芳姿不合并常人,云在遥天玉在生。
因事爱思苟奉倩,一生闲坐枉伤神。
⑯笔底如风思涌泉,赋中休漫说婵娟。
红儿若在东家住,不得登墙尔许年。
⑰一抹浓红傍脸斜,妆成不语独攀花。
当时若是逢韩寿,未必埋踪在贾家。
⑱树袅西风日半沉,地无人迹转伤心。
阿娇得似红儿貌,不费长门买赋金。
⑲五云高捧紫金堂,花下投壶侍玉皇。
从道世人都不识,也应知有杜兰香。
⑳戏水源头指旧踪,当时一笑也难逢。
红儿若为回桃脸,岂比连催举五烽。
㉑虢国夫人照夜玑,若为求得与红儿。
醉和香态浓春里,一树繁花偃绣帏。
㉒知有持盈玉叶冠,剪云裁月照人寒。
荐使红儿风帽戴,直似瑶池会上看。
㉓明媚何曾让玉环,破瓜年几百花颜。
若教貌向南朝见,定却梅妆似等闲。
㉔世事悠悠未足称,懒将闲事更争能。
自从命向红儿断,不欲留心在裂缯。
㉕自隐新从梦里来,岭云微步下阳台。
含情一向春风笑,羞杀凡花尽不开。
㉖舍却青娥换玉鞍,古来公子苦无端。
莫言一匹追风马,天骥牵来也不看。

㉗槛外花低瑞露浓，梦魂惊觉晕春容。
　凭君细看红儿貌，最称严妆待晓钟。
㉘薄罗轻剪越溪纹，鸦翅低从两鬓分。
　料得相如偷见面，不应琴里挑文君。
㉙南国东邻各一时，后来唯有杜红儿。
　若教楚国宫人见，羞把腰身并柳枝。
㉚照耀金钗簇腻鬟，见时直向画屏间。
　黄姑阿母能判剖，十斛明珠也是闲。
㉛轻小休夸似燕身，生来占断紫宫春。
　汉皇若遇红儿貌，掌上无因着别人。
㉜鹦鹉娥如裹露红，镜前眉样自深宫。
　稍教得似红儿貌，不嫁南朝沈侍中。
㉝拟将心地学安禅，争奈红儿笑靥圆。
　何物把来堪比并，野塘初绽一枝莲。
㉞浸草飘花绕槛香，最怜穿度乐宫墙。
　殷勤留滞缘何事？曾照红儿一面妆。
㉟雕阴旧俗逞婵娟，有个红儿赛洛川。
　常笑世人多诳诞，今朝自见火中莲。
㊱渡口诸侬乐未休，竟陵西望路悠悠。
　石城有个红儿貌，两桨无因迎莫愁。
㊲谁向深山识大仙，劝人山下引春泉。
　定知不及红儿貌，枉却工夫溉玉田。
㊳倾国倾城总绝伦，红儿花下认真身。
　十年东北看燕赵，眼冷何曾见一人。
㊴今时自谓不谙知，前代由来事见为。
　一笑阳城人便感，何堪教见杜红儿。
㊵京口喧喧百万人，竟传河鼓谢星津。

奈花似雪争簪髻，今日妖容是后身。
㊶青史书来未是真，可知纤智却狂秦。
再三为谢齐王后，要解连环别与人。
㊷绣帐鸳鸯对刺纹，博山微暖麝微熏。
诗人若有红儿貌，悔道当时月坠云。
㊸薄粉轻朱取次施，大都端正亦相宜。
只如花下红儿态，不藉城中半额眉。
㊹妆成浑欲认前朝，金凤双钗逐步摇。
未必慕容宫里伴，舞风歌月胜纤腰。
㊺琥珀钗成恩正深，玉儿妖惑荡君心。
莫教回首匀妆面，始觉曾虚掷万金。
㊻自有开花一面春，脸檀眉黛一时新。
殷勤为报梁家妇，休把啼妆赚后人。
㊼轻梳小鬓号慵来，巧中君心不用媒。
可得红儿抛醉眼，汉皇恩泽一时回。
㊽千里长江旦暮潮，吴都风俗尚纤腰。
周郎若见红儿貌，料得无心念小乔。
㊾月落潜奔暗解携，本心谁道欲单栖。
还缘交甫非良偶，不肯终身作羿妻。
㊿汉皇曾识许飞琼，写向人间作画屏。
昨日红儿簾下见，大都相似更娉亭。
(51)魏帝休夸薛夜来，雾绡云縠称身裁。
红儿秀发君知否，倚槛繁花带露开。
(52)晓日雕梁燕语频，见花难可比他人。
年年媚景归何处？长作红儿面上春。
(53)逗玉溅盆浴殿开，邀恩先赐夜明苔。
红儿若是三千数，多少芳心如死灰。

㊂画簾垂地紫金床,暗引羊车驻七香。
　若是红儿此中住,不劳盐篆洒宫廊。
㊄苏小轻匀一面妆,便留名字著钱塘。
　藏鸦门外诸年少,不识红儿未是狂。
㊅一首长歌万恨来,惹愁漂泊水难回。
　崔徽有底多头面,费得微之尔许才。
㊇昔年黄阁识奇章,爱说真珠似窈娘。
　若是红儿夜深态,便应休说绣衣裳。
㊈凤拆莺离恨转深,此生难负百年心。
　红儿若向隋朝见,破镜无因更重寻。
㊉行绾秋云立驻轩,我来犹爱不成冤。
　当时若见红儿貌,未必形相有此言。
㊇总似红儿媚态新,莫论千度笑争春。
　任伊孙武心如铁,不便〔办〕军前杀此人。
㊇暖塘争赴荡舟期,行唱菱歌著艳词。
　为问东山谢丞相,可能诸妓胜红儿?
㊇吴兴皇后欲辞家,泽国宫台展绛霞。
　今日红儿貌倾国,恐须真宰别开花。
㊇陌上行人歌《黍离》,三千门客欲何之?
　若救粗及红儿貌,争肯楼前斩爱姬。
㊇休话如皋一笑时,金䪐中臆锦离披。
　陋容枉把雕弓射,射尽春禽未展眉。
㊇长恨西风送早秋,低眉深念嫁牵牛。
　若同人世长相对,争作夫妻得到头。
㊇谢娘休漫逞风姿,未必娉婷胜柳枝。
　闻道只应嘲落絮,何曾得似杜红儿?
㊇总传桃叶渡江时,只为王家一首诗。

今日红儿自堪赋，不须重唱归来词。
⑱巫山洛浦本无情，总为佳人便得名。
今日雕阴有神艳，后来公子莫相轻。
⑲几抛云髻恨金埔，泪洒花颜百战中。
应有红儿些子貌，却言皇后长深宫。
⑳倚槛还应有所思，半开香阁见娇姿。
可中得似红儿貌，若遇韩朋好杀伊。
㉑晓向纱窗与画眉，镜中长欲助娇姿。
若教得似红儿貌，走马章台任道迟。
㉒炼得霜华助翠钿，相期朝谒玉皇前。
依稀有似红儿貌，方得吹箫引上天。
㉓重门深掩几枝花，未胜红儿莫大夸。
玉柄不能探物理，可能虚上短辕车。
㉔前代休怜事可奇，后来还出有光辉。
争知昼卧纱窗里，不有神人覆玉衣。
㉕羽化尝闻赴九天，只疑尘世是虚传。
自从一见红儿貌，始信人间有谪仙。
㉖从道长陵小市东，巧将花貌占春风。
红儿若是同时见，未必伊先入紫宫。
㉗人间难免是深情，命断红儿向此生。
何以前时李丞相，枉抛才力为莺莺。
㉘凤舞香飘绣幕风，暖穿驰道百花中。
还缘有似红儿貌，始得迎将入汉宫。
㉙休道将军运世才，尽驱诸妓下歌台。
都缘没个红儿貌，致使轻教后阁开。
㉚冯媛须知住汉宫，将身只是解当熊。
不闻有貌倾人国，争得今朝更比红？

㉛能将一笑使人迷，花艳何须上大堤。
　疏属便同巫峡路，洛川真是武陵溪。
㉜辞辇当时意可知，宠深还恐宠先衰。
　若教得似红儿貌，占却君恩自不疑。
㉝三吴时俗重风光，未见红儿一面妆。
　好写妖娆与教看，便应休更话真娘。
㉞波平楚泽浸星辰，台上君王宴早春。
　毕竟章华会中客，冠缨虚绝为何人？
㉟红儿不向汉宫生，便使双成漫得名。
　疑是麻姑恼尘世，暂教微步下层城。
㊱天碧轻纱只六铢，宛风含露透肌肤。
　便教汉曲争明媚，应没心情更弄珠。
㊲共嗟含恨向衡阳，方寸花笺寄沈郎。
　不似红儿些子貌，当时争得少年狂？
㊳浅色桃花压短墙，不因风起也闻香。
　凝情尽日君知否，还似红儿淡薄妆。
㊴火色樱桃摘得初，仙宫只有世间无。
　凝情尽日君知否，真似红儿口上朱。
㊵宿雨初晴春日长，入帘花气静难忘。
　凝情尽日君知否，真似红儿舞袖香。
㊶初月纤纤映碧池，池波不动独看时。
　凝情尽日君知否，真似红儿罢舞眉。
㊷浓艳浓香雪压枝，袅烟和露晓风吹。
　红儿被掩妆成后，含笑无人独立时。
㊸楼上娇歌袅夜霜，近来休数踏歌娘。
　红儿慢唱伊州遍，认取轻敲玉韵长。
㊹金粟妆成扼臂环，舞腰轻转瑞云间。

红儿生在开元末，羞杀新丰谢阿蛮。
㊉君看红儿学醉妆，袴裁宫缬研裙长。
　　谁能更把闲心力，比并当时武媚娘。
㊏栀子同心裛露垂，折来深恐没人知。
　　花前醉容频相问，不赠红儿赠阿谁？
㊐云间翡翠一双飞，水上鸳鸯不暂离。
　　写向人间百般态，与君题作比红诗。
㊑旧恨长怀不语中，几回偷泪向春风。
　　还缘不及红儿貌，却得生教入楚宫。
㊒一舸春深指鄂君，好风从度水成纹。
　　越人若见红儿面，绣被应羞彻夜熏。
⑩花落尘中玉堕泥，香魂应上窈娘堤。
　　欲知此恨无穷处，长倩城乌夜夜啼。

第三十七卷　七言二十七　晚唐十

（共二百六十六首）

一　赠项斯　杨敬之
　　几度觅诗诗总好，及观标格过于诗。
　　平生不解藏人善，到处相逢说项斯。

二　古意　王驾
　　夫戍萧关妾在吴，西风吹妾妾忧夫。
　　一行书信〔寄〕千行泪，寒到君边衣到无？

三　过故友居
　　邻笛寒吹日落初，旧居今已别人居。
　　乱来儿侄皆分散，惆怅僧房认得书。

四　晴景
　　雨前初见花间蕊，雨后兼无叶里花。
　　蜂蝶飞来过墙去，却疑春色在邻家。

五　乱后曲江
　　忆昔争游曲水滨，未春长有探春人。
　　游春人尽空池在，直至春深不似春。

六　山路见花　崔橹
　　晓红初圻露香新，独立空山冷笑人。
　　春意自知无主惜，恣风吹逐马蹄尘。

七　暮春对花
　　病香无力被风吹，多在青苔少在枝。
　　马上行人莫回首，断君肠是欲残时。

八　华清宫四首
　　①银河漾漾月辉辉，楼碍星〔天〕边织女机。
　　　横玉叫云清似水，满空霜逐一声飞。
　　②障掩金鸡蓄祸机，翠环西拂蜀云飞。
　　　珠帘一闭朝元阁，不见人归见燕归。
　　③草遮回磴绝鸣銮，云树深深碧殿寒。
　　　明月自来还自去，更无人倚玉阑干。
　　④门横金锁悄无人，落日秋声渭水滨。
　　　红叶下山寒寂寂，湿云如梦雨如尘。

九　题云梦亭
　　薄烟如梦雨如尘，霜景晴来却胜春。
　　好住池西红叶树，明年今日伴何人？

一〇　酒后谢陆虔
　　醉时颠蹶醒时羞，麹蘖催人不自由。
　　叵耐一双穷相眼，不堪花卉在前头。

一一　广陵城　孟迟
　　红绕高台绿绕城，城边春草傍墙生。
　　隋家不向此中尽，汴水应无东去声。

一二　过骊山
　　冷日微烟渭水愁，华清宫树不胜秋。
　　霓裳一曲千门锁，白尽梨园弟子头。

一三　长信宫
　　君恩已尽欲何归？犹有残香在舞衣。

自恨身轻不如燕，春来还绕御帘飞。

一四　吴故宫
　　　越女歌长君且听，芙蓉香满水边城。
　　　岂知一日终非主，犹自如今有怨声。

一五　兰晶宫
　　　宫门两片掩埃尘，墙上无花草不春。
　　　谁见当时禁中事，阿娇解佩与何人？

一六　乌江
　　　中分岂是无遗策，百战空劳不逝骓。
　　　大业固非人事及，乌江亭长又何知。

一七　莲塘
　　　脉脉低回殷袖遮，脸横秋水髻盘鸦。
　　　莲茎有刺不成折，尽日岸傍空看花。

一八　宫人斜
　　　云惨烟愁苑路斜，路傍丘冢尽宫娃。
　　　茂陵不是同归处，空寄香魂著野花。

一九　新安故关
　　　汉帝英雄重武材，崇山险处凿门开。
　　　如今更有将军否，移取潼关向北来。

二〇　还淮却寄睢阳
　　　梁王池苑已苍然，满树斜阳极浦烟。
　　　尽日回头看不见，两行愁泪上南船。

二一　闺情
　　　山上有山归不得，江湖〔湘江〕暮雨鹧鸪飞。

蘼芜亦是王孙草，莫送春香入客衣。

二二　白樱桃　于邺
王母阶前种几株，水晶帘内看如无。
只应汉武金盘上，泻得珊珊白露珠。

二三　白樱树
记得花开雪满枝，和风和蝶带花移。
只今花落游蜂去，空作主人惆怅诗。

二四　杨柳枝词　韩琮
①折柳歌中得翠条，远移金殿种青霄。
上阳宫女吞声送，不忍先归舞细腰。
②梁苑隋堤事已空，万条犹舞旧春风。
那堪更想千年后，谁见杨花入汉宫。
③枝斗纤腰叶斗眉，春来无处不如丝。
霸陵桥〔原〕上多离别，少有长条拂地垂。

二五　二月二日游洛源
旧苑新晴草似苔，人还香在踏青回。
今朝此地成惆怅，以后逢春更莫来。

二六　骆谷晚望
秦川如画渭如丝，去国还家一望时。
公子王孙莫来好，岭花多是断肠枝。

二七　暮春浐水送别
绿暗红稀出凤城，暮云宫阙古今情。
行人莫听宫前水，流尽年光是此声。

二八　汉宫井　邵谒
辘轳声绝离宫静，班姬几度照金井。

梧桐老去残花开，犹似当年美人影。

二九　显茂楼
秦山渭水尚悠悠，如何草树迷宫阙。
繁华珠翠尽东流，唯有望楼对明月。

三〇　紫阁峰
壮国山河倚空碧，迥拔烟霞侵太白。
绿崖下视千万寻，青天只据百馀尺。

三一　托巫语
青山山下少年郎，失意当时别故乡。
惆怅不堪回首望，隔溪遥见旧书堂。

三二　别青州妓段东美　薛宜僚
阿母桃花方似锦，王孙草色正如烟。
不须更向沧溟望，惆怅欢情恰一年。

三三　咏架上鹰　崔铉
天边心胆架头身，欲拟飞腾未有因。
万里碧霄终一去，不知谁是解绦人？

三四　待漏院吟　刘邺
玉堂帘外独迟迟，明月初沉勘契时。
闲听景阳钟尽后，两莺飞上万年枝。

三五　下第寄友　林宽
诗人道僻命多奇，更直干戈乱起时。
莫作江宁王少府，一生吟苦有谁知？

三六　华清宫
殿角钟残立宿鸦，朝元归驾望无涯。

香泉空浸宫前草,未到春时争发花。

三七　终南山
标奇耸峻壮长安,影入千门万户寒。
徒自倚天生气色,尘中谁为举头看?

三八　歌风台
蒿棘空存百尺基,酒酣曾唱《大风词》。
莫言马上得天下,自古英雄尽解诗。

三九　长安遣怀
醉下高楼醒后登,任从浮薄笑才能。
青龙寺里三门上,立为南山不为僧。

四〇　闻雁
接影横空背雪飞,声声寒出玉关迟。
上阳宫里三千梦,月冷风清闻过时。

四一　东都望幸　章碣
懒修珠翠上高台,眉月连娟恨不开。
纵使东巡也无益,君王自领美人来。

四二　焚书坑
竹帛烟销帝业虚,关河空锁祖龙居。
坑灰未冷山东乱,刘项元来不读书。

四三　塞上曲　周朴
一队风来一队沙,有人行处没人家。
黄河九曲冰先合,紫塞三春不见花。

四四　塞下曲
石国胡儿向碛东,爱吹横笛引秋风。

夜来云雨皆飞尽，月照平沙万里空。

四五　咏猿
　　　生在巫山更向西，不知何事到巴溪。
　　　中宵为忆秋云伴，遥隔朱门向月啼。

四六　桃花
　　　桃花春色暖先开，明媚谁人不看来。
　　　可惜狂风吹落后，殷红片片点莓苔。

四七　雨霁登北原　卢隐
　　　稻黄扑扑黍油油，野树连山涧北流。
　　　忆得年时冯翊郡，谢郎相引上楼头。

四八　长安亲故
　　　楚兰不佩佩吴钩，带酒城头别旧游。
　　　年事已多筋力在，试将弓箭到并州。

四九　悲秋
　　　秋空雁度青天远，疏树蝉嘶白露寒。
　　　阶下败兰犹有气，手中团扇渐无端。

五〇　晚蝉
　　　深藏商柳背斜晖，能轸孤愁感昔围。
　　　犹畏旅人头不白，再三移树带声飞。

五一　维扬郡西亭赠友人
　　　萍飒风池香满船，杨花漠漠暮春天。
　　　玉人此日心中事，何似乘羊入市年。

五二　和茅山高拾遗山泉　储嗣宗
　　　香味清机仙府回，萦纡乱石便流杯。

春风莫逐桃花去，恐引渔人入洞来。

五三　巢鹤
　　　千岁云间丁令威，殷勤仙骨莫仙飞。
　　　若逢茅氏传消息，贞白先生不久归。

五四　胡山
　　　犬入五云音信绝，凤栖凝碧悄无声。
　　　焚香古洞步虚夜，露湿松花空月明。

五五　小楼
　　　松杉风外乱山青，曲几焚香对石屏。
　　　空忆去年春雨后，燕泥时污太玄经。

五六　山邻
　　　石桥春涧已归迟，梦入仙山山不知。
　　　柱史从来非俗吏，青牛道士莫相疑。

五七　随边使过五原
　　　偶逐星车犯房尘，故乡常恐到无因。
　　　五原西去阳关废，日没平沙不见人。

五八　春怀寄秣陵知友
　　　庐江城外柳堪攀，万里行人尚未还。
　　　借问景阳台下客，谢家谁更卧东山。

五九　月夜
　　　雁池衰草露沾衣，河水东流万事微。
　　　寂寞青陵台上月，秋风满树鹊南飞。

六〇　渔阳将军　张为
　　　霜髭拥颔对穷秋，着白貂裘独上楼。

向北望星提剑立，一生长为国家忧。

六一　题真娘墓　谭铢
　　武丘山下冢累累，松柏萧条尽可悲。
　　堪叹〔何事〕世人偏重色，真娘墓上独题诗。

六二　客路　吴仁璧
　　人寰急景如波委，客路浮云似盖轻。
　　回首故山天外碧，十年无计却归耕。

六三　钱塘鹤
　　人间路霭青天半，鳌岫云生碧海涯。
　　虽抱雕笼密扃钥，可能长在叔伦家。

六四　南徐题友人郊居
　　门前樵径连江寺，岸下渔矶系海槎。
　　待到秋深好时节，与君长醉隐侯家。

六五　读度人经寄郑仁表
　　身虽一旦尘中老，名拟三清会里题。
　　二午九斋馀日在，请君相伴醉如泥。

六六　衰柳
　　金风渐利露珠团，广陌长堤黛色残。
　　水殿狂游隋炀帝，一千馀里可悲看。

六七　贾谊
　　扶持一疏满遗编，汉陛前头正少年。
　　谁道恃才轻绛灌，却将惆怅弔湘川。

六八　凤仙花
　　香红嫩绿正开时，冷蝶饥蜂两不知。

此际最宜何处看？朝阳初上碧梧枝。

六九　春雪
　　云霓凝光入坐寒，天明犹自卧袁安。
　　貂裘穿后鹤氅弊，自此风流不足看。

七〇　金钱花
　　浅绛浓香几朵匀，日熔金铸万家新。
　　堪疑刘宠遗芳在，不许山阴父老贫。

七一　秋日听僧弹琴
　　金徽玉轸韵泠然，言下浮生指下泉。
　　恰称秋风西北起，一时吹入碧湘烟。

七二　杨柳枝词五首　孙鲂
　　①灵和风暖太昌春，舞线摇丝向昔人。
　　　何似晓来江雨后，一行如画隔遥津。
　　②彭泽初栽五树时，只应闲看一枝垂。
　　　不知天意风流处，要与佳人学画眉。
　　③暖傍离亭静拂桥，入流穿槛绿阴摇。
　　　不知落日谁相送，魂断千条与万条。
　　④春来绿树遍天涯，未见垂杨未可夸。
　　　晴日万株烟一阵，闲坊兼是莫愁家。
　　⑤十首当年有旧词，唱青歌翠几无遗。
　　　未曾得向行人道，不为离情莫折伊。

七三　春夜　刘兼
　　薄薄春云笼素月，杏花满地堆香雪。
　　醉垂罗袂倚朱栏，小数玉仙歌未阕。

七四　西斋
　　西斋新竹两三茎，也有风敲碎玉声。
　　莫恨移来栏槛远，譬如元本此间生。

七五　春游
　　柳城金穗草如茵，载酒寻花共赏春。
　　先入醉乡君莫问，十年风景在三秦。

七六　中夏昼卧
　　寂寂无聊九夏中，傍檐依壁待清风。
　　壮图奇策无人问，不及南阳一卧龙。

七七　商山　曹松
　　垂白商於原下住，儿孙共死一身忙。
　　木弓未得长离手，犹与官家射麝香。

七八　僧院题松
　　空山涧畔枯松树，老对禅堂鳞甲身。
　　传是昔朝僧种着，下头应有茯苓神。

七九　己亥岁二首
　　①泽国江山入战图，生民何计乐樵苏。
　　凭君莫话封侯事，一将功成万骨枯。
　　②传闻一战百神愁，两岸强兵过未休。
　　谁道沧江总无事，近来长共血争流。

八〇　乱后入洪州西山
　　寂寂阴溪水漱苔，尘中将得苦辛〔吟〕来。
　　东峰道士如相问，县尉〔令〕而今不姓梅。

八一　送僧入庐山
　　若到江州二林寺，遍游应未出云霞。

庐山瀑布三千仞，画破青霄始落斜。

八二　江西逢僧
闽地高僧楚地逢，伴游蛮锡挂垂松。
白云逸性都无定，才出双峰爱五峰。

八三　钟陵寒食日郊外闲游
可怜时节足风情，杏子粥香如冷饧。
无奈春风输旧火，遍教人唤作山樱。

八四　中秋对月
无云世界秋三五，共看蟾盘上海涯。
直到天头天尽处，不曾私照一人家。

八五　送僧入蜀过夏
师言结夏入巴峰，云水回头几万重。
五月峨眉须近火，木皮岭里只如冬。

八六　赠广宣大师
忆昔同游紫阁云，别来三十二回春。
白头相见双林下，犹是清朝未退人。

八七　听盛小丛歌赠崔侍御　李讷
绣衣奔命去情多，南国佳人敛翠娥。
曾向教坊听国乐，为君重唱盛丛歌。

八八　奉和前题　杨知言
燕赵能歌有几人，为花回雪似含颦。
声随御史西归去，谁伴文翁怨九春？

八九　奉和　封彦冲
莲府才为绿水宾，忽乘骢马入咸秦。

为君唱作西河调，日暮偏伤去住人。

九〇　奉和　卢邺
　　　何郎载酒别贤侯，更吐歌珠宴庾楼。
　　　莫道江南不同醉，即陪舟楫上京游。

九一　奉和　高湘
　　　谢安春渚饯袁宏，千里仁风一扇清。
　　　歌黛惨时方酩酊，不知公子重飞觥。

九二　奉和　卢潡
　　　乌台上客紫髯公，共捧天书静镜中。
　　　桃叶不须歌《白苎》，耶溪暮雨起樵风。

九三　奉和　崔元范
　　　羊公留宴岘山亭，洛浦高歌五夜情。
　　　独向柏台为老吏，可怜林木响馀声。

九四　题黄花驿　薛逢
　　　孤戍迢迢蜀路长，鸟鸣山馆客思乡。
　　　更看绝顶烟霞外，数树岩花照夕阳。

九五　凉州词
　　　昨夜蕃军〔兵〕报国仇，沙州都护破凉州。
　　　黄河九曲今归汉，塞外纵横战血流。

九六　观猎
　　　马缩寒毛鹰落膘，角弓初暖箭新调。
　　　平原踏尽无禽出，竟日翻身望碧霄。

九七　狼烟
　　　三道狼烟去碛来，受降城上探旗开。

传声却报边无事，自是官军入钞回。

九八　侠少年
绿眼胡鹰踏锦鞲，五花骢马白貂裘。
往来三市无人识，倒把金鞭上酒楼。

九九　感塞
满塞旌旗镇上游，各分天子一方忧。
无因得见哥舒翰，可惜西山十八州。

一〇〇　听曹刚弹琵琶
禁曲新翻下玉都，四弦枨触五音殊。
不知天上弹多少，金凤衔花尾半无。

一〇一　定山寺
十里松萝映碧苔，一川晴色镜中开。
遥闻上界翻经处，片片香云出院来。

一〇二　咏篙水溅妓衣　裴庆馀
满额蛾黄金缕衣，翠翘浮动玉钗垂。
从教水溅罗裙湿，知道巫山行雨归。

一〇三　及第后宿平康里　郑合敬
春来无处不闲行，楚闰相看别有情。
好是五更残酒醒，时时闻唤状头声。

一〇四　读《田光传》　李远
秦灭燕丹怨正深，古来豪客尽沾襟。
荆卿不了真闲事，辜负田光一片心。

一〇五　友人下第因以赠之
刘毅虽然不掷卢，谁人不道解樗蒲。

黄金百万终须得，只有捼莎更一呼。

一〇六　黄陵庙词
　　黄陵庙前莎草春，黄陵女儿蒨裙新。
　　轻舟小楫唱歌去，水远山长愁杀人。

一〇七　春闺怨　　李频
　　红粉女儿窗下羞，画眉夫婿陇西头。
　　自怨愁容长照镜，悔教征戍觅封侯。

一〇八　春日旅舍
　　未识东西南北路，青春白日坐销难。
　　如何一别故园后，五度花开五处看。

一〇九　吴门别主人
　　早晚更看吴苑月，西〔小〕斋长忆落西〔当〕窗。
　　不知明夜谁家见？应照离人隔楚江。

一一〇　自黔中归新安
　　朝过春关辞北阙，暮参戎幕向南巴。
　　却将仙桂东归去，江月相随直到家。

一一一　过长江伤贾岛
　　忽从一宦远流离，无罪无人子细知。
　　到得长江闻杜宇，想君魂魄也相随。

一一二　客洛酬刘驾
　　浮世总应相送老，共君偏更远行多。
　　此回不似前回别，听尽离歌逐棹歌。

一一三　和郑薰
　　三四株松匝草亭，便成彭泽柳为名。

莲峰隐去难辞阙，浐水朝回与出城。

一一四　题钓台障子
君家尽是我家山，严子前台枕古湾。
却把钓竿终不可，几时入海得鱼还？

一一五　自遣
永拟东归把钓丝，将行忽起半心疑。
青云道是不平地，还有平人上得时。

一一六　寄曹邺
终南山是枕前云，禁鼓无因晓夜闻。
朝客秋来不朝日，曲江西岸去寻君。

一一七　述怀
望月疑无得桂缘，春天又待到秋天。
杏花开与槐花落，愁去愁来过几年。

一一八　禁直寄崔员外　郑畋
银台楼北蕊珠宫，复与人间路不同。
在省五更春睡侣，早来分梦玉堂中。

一一九　初秋寓直三首
①晓星独挂结麟楼，三殿风高药树秋。
　玉笛数声飘不住，问人依约在东头。
②宿鸟朗朗落照微，石台楼阁锁重扉。
　步廊无限金羁响，应是诸司扈从归。
③幽阁焚香万虑凝，下簾胎息过禅僧。
　玉堂分照无人后，消尽金盆一椀冰。

一二〇　夜景又作
铃绦无响闭珠宫，小阁凉添玉蕊风。

　　　　珍簟满床明月到，自疑身在五云中。

一二一　闻号
　　　　陛兵偏近羽林营，夜静仍传禁号声。
　　　　应笑执金双阙下，近南犹隔两重城。

一二二　下直早出
　　　　诸司人尽马蹄稀，紫帕云竿九钉归。
　　　　偏觉右台清贵处，榜悬金字射晴晖。

一二三　金銮坡上
　　　　玉晨钟韵索清虚，画戟祥烟拱帝居。
　　　　极眼向南无限地，绿烟深处认中书。

一二四　杪秋夜直
　　　　蕊宫裁诏与宵分，虽在青云忆白云。
　　　　待报君恩了归去，山翁何急草移文。

一二五　酬隐珪舍人寄红烛
　　　　蜜炬殷红画不如，且到归去照吾庐。
　　　　今来并得三般事，灵运诗篇逸少书。

一二六　马嵬坡
　　　　肃宗回马杨妃死，云雨虽亡日月新。
　　　　终是圣明天子事，景阳宫井又何人？

一二七　禁直和人饮酒
　　　　卉醴陀花物外香，清浓标格胜椒浆。
　　　　我来尚有钧天会，犹得金樽半日尝。

一二八　悼鹤　李毅
　　　　道林曾访雪翎飞，应悔庭除闭羽衣。

料得王恭披鹤氅，倚吟犹待月中归。

一二九　醉中袭美先起戏赠
　　　休文虽即逃琼液，阿鹜还须掩玉闺。
　　　月落金鸡一声后，不知谁悔醉如泥？

一三〇　和戏袭美醉中先起　　张贲
　　　何事桃源路忽迷？唯留云雨怨空闺。
　　　仙郎共许多情调，莫遣重歌浊酒泥。

一三一　送人西归
　　　孤云独鸟本无依，江海重逢故旧稀。
　　　杨柳渐疏芦苇白，可堪斜日送君归。

一三二　以青饲饭分送袭美鲁望因成一绝
　　　谁屑琼瑶事青饲，旧传名品出华阳。
　　　应宜仙子胡麻拌，因送刘郎与阮郎。

一三三　偶约道流终乖文会答皮陆
　　　仙侣无何访蔡经，两烦韶濩出彤庭。
　　　人间若有登楼望，应怪文星近客星。

一三四　和皮陆酒病偶作
　　　白编椰席镂冰明，应助杨青解宿酲。
　　　难继二贤金玉唱，可怜空作断猿声。

一三五　悼鹤
　　　渥顶鲜毛品格驯，莎庭闲暇重难群。
　　　无端日暮东风起，飘散春空一片云。

一三六　和寒夜见访
　　　云孤鹤独且相亲，仿效从它折角巾。

不用吴江叹留滞，风姿俱是玉清人。

一三七　玩金鸂鶒
　　　翠羽红襟镂彩云，双飞常笑白鸥群。
　　　谁怜化作雕金质，从惜沉檀十里闻。

一三八　和袭美索友人酒　郑璧
　　　乘兴闲来小谢家，便裁诗句乞榴花。
　　　邴原虽不无端醉，也要临风从鹿车。

一三九　文燕润卿不至
　　　已知羽驾朝金阙，不用烧兰望玉京。
　　　应是易迁明月好，玉皇留看舞双成。

一四○　惜花　严惮
　　　春光冉冉归何处，更向花前把一杯。
　　　尽日问花花不语，为谁零落为谁开？

一四一　阌乡卜居　吴融
　　　六载抽毫侍禁闱，不堪多病决然归。
　　　五陵年少如相问，阿对泉头一布衣。

一四二　水调
　　　凿河千里走黄沙，浮殿西来动日华。
　　　可道新声是亡国，且贪惆怅《后庭花》。

一四三　野庙
　　　古原荒庙掩莓苔，何处喧喧鼓笛来？
　　　日暮鸟鸣人散尽，野风吹散纸钱灰。

一四四　小径
　　　碍竹妨花一径幽，攀缘应对玉峰头。

若教须似康庄好,便有高车驷马忧。

一四五　楚事
　　悲秋应亦抵伤春,屈宋当年并楚臣。
　　何事从来好时节,只将惆怅付词人。

一四六　华清宫三首
　　①中原无鹿海无波,凤辇鸾旗出幸多。
　　　今日故宫归寂寞,太平功业在山河。
　　②四郊飞雪暗云端,唯此宫中落旋乾。
　　　绿树碧簷相掩映,无人知道外边寒。
　　③渔阳烽火照函关,玉辇匆匆下此山。
　　　一曲《霓裳》听不尽,至今遗恨水潺潺。

一四七　上巳日
　　本学多情刘武威,寻花傍水看春晖。
　　无端遇着伤心事,赢得凄凉索漠归。

一四八　海棠二首
　　①太尉园林两树春,年年奔走探花人。
　　　今来独傍荆山看,回首长安落战尘。
　　②雪绽霞铺锦水头,占春颜色最风流。
　　　若教更近天街种,马上多逢醉五侯。

一四九　桃花
　　满树和娇烂漫红,万枝丹彩灼春融。
　　何当结作千年实?将示人间游化工。

一五〇　秋色
　　染不成乾画未消,霏霏拂拂又迢迢。
　　曾从建业城边过,蔓草寒烟锁六朝。

一五一　竹枝词二首　孙光宪
　　①门前春水白蘋花，岸上无人小艇斜。
　　　商女经过江欲暮，散抛残食饲神鸦。
　　②乱绳千结绊人深，越罗万丈表长寻。
　　　杨柳在身垂意绪，藕花落尽见莲心。

一五二　杨柳枝词四首
　　①阊门风暖落花干，飞遍江城雪不寒。
　　　独有晚来临水驿，闲人多凭赤阑干。
　　②有池有榭即濛濛，浸润翻成长养功。
　　　恰似有人长点检，著行排立向春风。
　　③根柢虽然傍浊河，无妨终日近笙歌。
　　　毵毵金带谁堪比？还共黄莺不较多。
　　④万株枯槁怨亡隋，似吊吴台各自垂。
　　　好是淮阴明月里，酒楼横笛不胜吹。

一五三　中秋夜戏酬顾道士　孙蜀
　　不那此身偏爱月，等闲看月即更深。
　　仙翁每被嫦娥使，一度逢圆一夜吟。

一五四　婢仆诗二首　李昌符
　　①春娘爱上酒家楼，不怕归迟总不忧。
　　　推道那家娘子卧，且留教住要梳头。
　　②不论秋菊与春花，个个能噇空腹茶。
　　　无事莫教频入库，一名闲物要些些。

一五五　三月尽日
　　江头从此管弦稀，散尽游人独未归。
　　落日已将春色去，残花应逐夜风飞。

一五六　绿珠咏
　　洛阳佳丽与芳华，金谷园中见百花。
　　谁遣当时坠楼死，无人巧笑破孙家。

一五七　赠别
　　又将书剑出孤舟，尽日停桡结远愁。
　　莫到江头话离别，江波一去不回流。

一五八　闷书
　　病来难处早秋天，一径无人树有蝉。
　　归计未成书半卷，中宵多梦书多眠。

一五九　谒华州李相不遇　　平曾
　　老夫三日门前立，珠箔银屏昼不开。
　　诗卷却抛书袋里，匹如闲看华山来。

一六〇　江西谒所知不遇　　刘鲁风
　　万卷书生刘鲁风，烟波千里谒文翁。
　　无钱乞与韩知客，名纸毛生不为通。

一六一　曲江上巳　　赵璜
　　长堤十里转香车，两岸烟花锦不如。
　　欲问神仙在何处？紫云楼阁向空虚。

一六二　题七夕图
　　帝子吹箫上翠微，秋风一曲凤凰归。
　　明年七月重相见，依旧高悬织女机。

一六三　及第后宿平康里　　裴思谦
　　银釭斜背解明珰，小语低声贺玉郎。
　　从此不知兰麝贵，夜来新惹桂枝香。

一六四　樊川寒食二首　卢延让
　　①寒食权豪尽出行，一川如画雨初晴。
　　　谁家金络游春盛，担入花间轧轧声。
　　②鞍马和花总是尘，歌声处处有佳人。
　　　五陵年少齇于事，栲栳量金买断春。

一六五　不第失意赋　卢注
　　惆怅兴亡系绮罗，世人犹自选青娥。
　　赵主解破夫差国，一个西施已太多。

一六六　古意　徐振
　　扰扰都城晓又昏，六街车马五侯门。
　　箕山渭水空明月，可是巢由绝子孙。

一六七　上东川杨尚书　柳棠
　　莫言名位未相俦，风月何曾阻献酬。
　　前辈不须轻后辈，靖安今日在衡州。

一六八　答杨尚书
　　未向燕台逢厚礼，幸因社会接馀欢。
　　一鱼吃了终无恨，鲲化成鹏也不难。

一六九　醉题广州使院　郑愚
　　数年百姓受饥荒，太守贪残似虎狼。
　　今日海隅鱼米贱，大须惭愧石留黄。

一七〇　为松滋令赠副戎　南卓
　　翱翔曾在玉京天，堕落江南路几千。
　　从事不须轻县宰，满身犹带御炉烟。

一七一　春恨三首　钱翊
　　①负罪将军在北朝，秦淮芳草绿迢迢。

高台爱妾魂消尽，始得丘迟为一招。
　②久戍临洮报未归，箧香消尽别时衣。
　　　身轻愿比兰阶蝶，万里还寻塞草飞。
　③永巷频闻小苑游，旧恩如泪亦难收。
　　　君前愿报新颜色，团扇须防白露秋。

一七二　蜀国偶题
　　　忽忆明皇西幸时，暗伤潜恨竟谁知？
　　　佩兰应语宫臣道，莫向金盘进荔枝。

一七三　未展芭蕉
　　　冷烛无烟绿蜡干，芳心犹卷怯春寒。
　　　一缄书札藏何事，会被东风暗拆看。

一七四　献淮南帅　李崟
　　　鸡树烟含瑞气凝，凤池波待玉山澄。
　　　国人久倚东关望，拟筑沙堤到广陵。

一七五　贺裴延裕登第二首　李搏
　①铜梁千里曙云开，仙箓新从紫府来。
　　　天上已张新羽翼，世间无复旧尘埃。
　②曾随风水化凡鳞，安上门前一字新。
　　　闻道蜀江风景好，不知何似杏园春？

一七六　送红线　冷朝阳
　　　采菱歌怨木兰舟，送客魂消百尺楼。
　　　还似洛妃乘雾去，碧天无际水空流。

一七七　题马嵬驿　狄归昌
　　　马嵬烟柳正依依，重见銮舆幸蜀归。
　　　泉下阿蛮应有语，这回休更泥杨妃。

一七八　朝退望终南山　李拯
　　紫宸朝罢缀鸳鸾，丹凤楼前驻马看。
　　唯有终南山色在，晴明依归满长安。

一七九　长门怨　刘驾
　　御泉长绕凤凰楼，只是恩波别处流。
　　闲揲舞衣归未得，夜来砧杵六宫秋。

一八〇　春夜二首
　①一别杜陵归来期，只凭魂梦接亲知。
　　近来欲睡兼难睡，夜夜夜深闻子规。
　②几岁兵戈阻路岐，忆山心切与心违。
　　时难何处披衷抱，日日日斜空醉归。

一八一　鄠中感旧
　　顷年曾住此中来，今日重游事可哀。
　　忆得几家欢宴处，家家家业尽成灰。

一八二　晓登迎春阁
　①未栉凭栏眺锦城，烟笼万井二江明。
　　香风满阁花满树，树树树梢啼晓莺。
　②到处逢人求至药，几回染了又成丝。
　　素丝易染髭难染，墨翟当时合泣髭。

一八三　白髭
　　到处逢人求至药，几回染了又成丝。
　　素丝易染髭难染，墨翟当时合泣髭。

一八四　独坐吟　秦韬玉
　　客愁不尽本如水，草色含情更无已。
　　又觉春愁似草生，何人种在情田里？

一八五　燕子
　　不知大厦许栖无？频已衔泥到座隅。
　　曾与佳人并头语，几回抛却绣功夫。

一八六　独坐怀非烟　赵象
　　绿暗红藏起暝烟，独将幽恨小庭前。
　　沉沉良夜与谁语？星落银河月半天。

一八七　回缄非烟
　　见说伤情为见春，想封蝉锦绿蛾颦。
　　叩头与报烟卿道，第一风流最损人。

一八八　赠非烟
　　十洞三清虽路阻，有心还得傍瑶台。
　　瑞香风引思深夜，知是蕊宫仙驭来。

一八九　酬马彧　韩定辞
　　崇霞台上神仙客，学辨痴龙艺最多。
　　盛德好将银笔〔管〕述，丽词堪与雪儿歌。

一九〇　赠韩定辞　马彧
　　燧林芳草绵绵思，尽日相携陟丽谯。
　　别后巏嶅山上望，羡君时复见王乔。

一九一　狱中贡诗　黄崇嘏
　　偶离幽隐住临邛，行止坚贞比涧松。
　　何事政清如水镜，绊他野鹤向樊笼。

一九二　和工部杨尚书重送　姚鹄
　　桂枝攀得献庭闱，何似空怀楚橘归。
　　好控扶摇早回首，人人思看大鹏飞。

一九三　戏状元崔昭纬　张署
　　千里江山陪骥尾，五更风水失龙鳞。
　　昨夜浣花溪上雨，绿杨芳草为何人？

一九四　惜花　张泌
　　蝶散莺啼尚数枝，日斜风定更离披。
　　看多记得伤心事，金谷楼前委地时。

一九五　寄人二首
　　①别梦依依到谢家，小廊回合曲栏斜。
　　　多情只有春庭月，犹为离人照落花。
　　②酷怜风月为多情，还到春时别恨生。
　　　倚柱寻思倍惆怅，一伤春梦不分明。

一九六　题僧壁　韦蟾
　　一竹横檐挂净巾，灶无烟火地无尘。
　　剃头未必知心法，要且闲于名利人。

一九七　谑李玚题名
　　渭水秦山拂眼明，希仁何事寡诗情。
　　只应学得虞姬婿，书字才能记姓名。

一九八　赠商山僧
　　商岭东西路欲分，两间茅屋一溪云。
　　师言耳重知师意，人是人非不欲闻。

一九九　席间咏琴客　崔珏
　　七条弦上五音寒，此艺知音自古难。
　　惟有河南房次律，始终怜得董庭兰。

二〇〇　书沧浪峡亭板　郑仁表
　　分陕东西路正长，行人名利火燃汤。

路傍著个沧浪峡，真是将闲搅撩忙。

二〇一　寄辩讏先上人　陆希声
笔下龙蛇似有神，天池雷雨变逡巡。
寄言昔日不龟手，应念江湖洴澼人。

二〇二　前望江曲令颂德　萧镇
政绩虽殊道且同，无辞买石纪前功。
谁论重德光青史，过里犹歌卧辙风。

二〇三　寒食夜　李宣古
人定朱门尚半开，初星粲粲点昭回。
此时寒食无灯烛，花柳苍苍月欲来。

二〇四　寒食献郡守　伍唐珪
入门堪笑复堪怜，三径苔荒一钓船。
惭愧四邻教断火，不知厨里久无烟。

二〇五　题贡院　魏扶
梧桐叶落满庭阴，锁闭朱门试院深。
曾是昔年辛苦地，不将今日负初心。

二〇六　偶题　郑云叟
帆力冲开沧海浪，马蹄踏破乱山青。
浮名浮利浓于酒，醉得人心死不应。

二〇七　题病僧寮
佛前香印废晨烧，金锡当门照寂寥。
童子不知师病困，报风吹折好芭蕉。

二〇八　宿洞庭
月到君山酒半醒，朗吟疑有水仙听。

无人识我真闲事，赢得高秋看洞庭。

二〇九　思山咏
因卖丹砂下白云，鹿裘惟惹九衢尘。
不如将耳入山去，万是千非愁杀人。

二一〇　偶题
似隺如云不系〔一个〕身，不忧家国不忧贫。
拟将枕上日高睡，卖与世间荣贵人。

二一一　题霍山秦尊师
老隺玄猿伴采芝，有时长叹独移时。
翠娥红粉浑如剑，杀尽世人人不知。

二一二　赠杜荀鹤　王希羽
金榜晓悬生世日，玉书渐记上升时。
九华山色高千尺，未必高于第八技。

二一三　题秦陇间邮亭　乾符童谣
八月无霜塞草青，将军骑马出空城。
汉家天子西巡狩，犹向江东更索兵。

二一四　吊孟昭图　裴澈
一章何罪死何名，投水惟君与屈平。
从此蜀江烟雨夜，杜鹃声作两般声。

二一五　题僧院壁二首　钟离权
①得道高僧不易逢，几时归去愿相从。
　自言住处连蓬岛，别是蓬莱第一峰。
②莫厌追陪笑语频，寻思离乱可伤神。
　闲来屈指从头数，得见清平有几人？

二一六　迎孙刺史　朱元
　　昔日郎君今刺史，朱元依旧守朱门。
　　今朝竹马诸童子，君是当时竹马孙。

二一七　晴望九华山　杨鸿
　　九华闲望簇青虚，气象群峰尽不如。
　　惆怅南朝挂冠吏，无人解向此山居。

二一八　初举纳省卷梦仙谣　沈彬
　　玉殿大开从客入，金桃烂熟没人偷。
　　凤惊宝扇频翻翅，龙惧金鞭不转头。

二一九　结客少年场行
　　重义轻生一剑知，白虹贯日报仇归。
　　片心惆怅清平世，酒市无人问布衣。

二二〇　吊边人
　　杀声沉后野风悲，汉月高时望不归。
　　白骨已枯沙上草，家人犹自寄寒衣。

二二一　都门送别
　　岸柳萧疏野草秋，都门行客莫回头。
　　一条灞水清如剑，不为离人割断愁。

二二二　柳　顾云
　　闲花野草总争新，眉皱丝干独不匀。
　　乞与东风残气力，莫教虚度一年春。

二二三　寄尉迟侍御　李昭象
　　我眠青嶂弄澄潭，君戴貂蝉白玉簪。
　　应向谢公楼上望，九华山色在西南。

二二四　招西湖道者
　　　危峰抹黛夹晴川，树簇红英草碧烟。
　　　樵客云僧两无事，此中堪去觅灵仙。

二二五　折杨柳　王贞白
　　　枝枝交影锁长门，嫩色曾沾雨露恩。
　　　风辇不来春欲尽，空留莺语到黄昏。

二二六　和崔使君临发不得观积雪　朱景玄
　　　贫居稍与池塘近，旬日轩车不降来。
　　　一树琼花空有待，晓风看落满青苔。

二二七　远闻本郡行春到旧山
　　①一身从宦留京邑，五马遥闻到旧山。
　　　已领烟霞先野径，深惭老幼候柴关。
　　②清风借响松筠外，画隼停晖水石间。
　　　定掩溪名在图传，共知轩盖此登攀。

二二八　宿新安村步
　　　浙浙寒流涨浅沙，月明空渚遍芦花。
　　　离人偶宿孤村下，永夜闻砧一两家。

二二九　酬段柯古不赴夜饮　周繇
　　　玉树琼筵映彩霞，澄波虚阁似仙家。
　　　只缘存想归兰室，不向光风看夜花。

二三〇　看牡丹
　　　金蕊霞英迭彩香，初疑少女出兰房。
　　　逡巡又是一年别，寄语集仙呼索郎。

二三一　津头望白水
　　　晴江暗涨岸吹沙，山畔船冲树杪斜。

城郭半淹桥市闹，鹭鸶缭绕入人家。

二三二　公子行
青衫薄薄漏春风，日暮鸣鞭柳影中。
回望玉楼人不见，酒旗深处勒花骢。

二三三　以人参遗成式
人形上品传方志，我得真英自紫团。
惭非叔子空持药，更请伯言审细看。

二三四　庭竹　唐求
月笼翠叶秋承露，风亚繁梢暝扫烟。
知道雪霜终不变，永留寒色在庭前。

二三五　题常乐寺
桂冷香闻十里间，殿台浑不似人寰。
日斜回首江头望，一片闲云落后山。

二三六　送刘炼师归山
风急云轻鹤背寒，洞天谁道却归难。
千山万水瀛洲路，何处烟飞是醮坛？

二三七　酬舒公见寄
无客不言云外见，为文长遣世间知。
一声松径寒吟后，直是前山雪下时。

二三八　巫山下
细腰宫尽旧城摧，神女归山更不来。
唯有楚江斜日里，至今犹自绕阳台。

第三十八卷 七言二十八 晚唐十一

（共二百九十五首）

一　入关言怀　黄滔
　　肯将踪迹向京师，出在先春入后时。
　　落日灞桥飞雪里，已闻南院有看期。

二　过长江
　　曾搜景象恐通神，地下还应有主人。
　　若把长江比湘浦，离骚不合自灵均。

三　题灵峰僧院
　　系马松间不忍归，数巡香茗一枰棋。
　　拟登绝顶留人宿，犹待沧溟月满时。

四　司马长卿
　　一自梁园失意回，无人知有揽天才。
　　汉宫不锁陈皇后，谁肯量金买赋来？

五　归思
　　蓟北风烟空汉月，湘南云水半蛮边。
　　寒为旅雁暖还去，秦越离家可十年。

六　东林寺贯休上人篆隶题诗
　　师名自越彻秦中，秦越难寻师所从。

墨迹两般诗一首,香炉峰下似相逢。

七　寓江州李使君
　　使君曾被蝉声苦,每见词文即为愁。
　　况是楚江鸿到后,可堪西望发孤舟。

八　游南寓题
　　江山节被雪霜遗,毒草过秋未拟衰。
　　天不当时命邹衍,亦将寒律入南吹。

九　和同年赵先辈观文
　　玉兔轮中方是树,金鳌顶上别无山。
　　虽然回首见烟水,事主酬恩难便闲。

一〇　出京别同年
　　一枝仙桂已攀援,归去烟涛浦口村。
　　虽恨别离还有意,槐花黄日出青门。

一一　木芙蓉三首
　　①黄鸟啼烟二月朝,若教开即牡丹饶。
　　　天嫌青帝恩光盛,留与秋风雪寂寥。
　　②却假青腰女剪成,绿罗囊绽彩霞呈。
　　　谁怜不及黄花菊,只遇陶潜便得名。
　　③须到露寒方有态,为经霜裛稍无香。
　　　移根若在秦宫里,多少佳人泣晓妆。

一二　夏州道中
　　陇雁南飞河水流,秦城千里忍回头。
　　征行浑与求名背,九月中旬往夏州。

一三　经慈州感谢郎中
　　金声乃是古诗流,况有池塘春草俦。

莫遣宣城独垂号，云山彼此谢公游。

一四　寓题
　　　吴中烟水越中山，莫把渔樵谩自宽。
　　　归泛扁舟可容易，五湖高士是抛官。

一五　寄宋明府
　　　北阙秋期南国身，重关烟月五溪云。
　　　风蝉已有数声急，赖在陶家柳下闻。

一六　灵均
　　　莫问灵均昔日游，江篱春尽岸枫秋。
　　　至今此事何人雪？月照楚山湘水流。

一七　马嵬
　　　锦江晴碧剑锋奇，合有千年降圣时。
　　　天意从来知幸蜀，不关胎祸自蛾眉。

一八　和陈先辈陪陆舍人春日游曲江
　　　刘超游召郗诜陪，为忆池亭旧赏来。
　　　红杏花傍见山色，诗成因触鼓声回。

一九　卷簾
　　　绿鬟侍女手纤纤，新捧嫦娥出素蟾。
　　　卫玠官高难久立，莫辞双卷水精簾。

二〇　启帐
　　　得人憎是〔定〕绣芙蓉，爱锁嫦娥出月踪。
　　　侍女莫嫌抬素手，拨开珠翠待相逢。

二一　去扇
　　　城上风生蜡炬寒，锦帷开处露翔鸾。

已知秦女升仙态，休把圆轻隔牡丹。

二二　闰八月
　　无人不爱今年闰，月看中秋两度圆。
　　唯恐雨师风伯意，至时还夺上楼天。

二三　奉和翁文尧戏寄
　　握〔掘〕兰宫里数名郎，好是乘轺出帝乡。
　　两度还家还未有，别论光彩向冠裳。

二四　花
　　莫道颜色如渥丹，莫道馨香过茝兰。
　　东风吹绽还吹落，明日谁为今日看。

二五　奉和文尧对千叶石榴
　　一朵千英绽晓枝，采霞堪与别为期。
　　移根若在芙蓉苑，岂向当年有醒时。

二六　翁文尧以美疹暂滞令公大王益得异礼观今日宠待
　　　之盛辄成一章
　　滋赋諴文侯李盛，终求一袭锦衣难。
　　如何两度还州里，兼借乡人更剩观。

二七　凤归云二首　滕潜
　①金井栏边见羽仪，梧桐枝上宿寒枝。
　　五陵公子怜文彩，画与佳人刺绣衣。
　②饮啄蓬山最上头，和烟飞下禁城秋。
　　曾将弄玉归云去，金翱斜开十二楼。

二八　灞上　纥于著
　　鸣鞭晚日禁城东，渭水晴烟灞岸风。
　　都傍柳阴回首望，春天楼阁五云中。

二九　古仙词
　　珠幡绛节晓霞中，汉武清斋待少翁。
　　不向人间恋春色，桃花自满紫阳宫。

三〇　感春词
　　未得鸣珂谒汉宫，江头寂寞向春风。
　　悲歌一曲心应醉，万叶千花泪眼中。

三一　题濠州高塘馆　　阎钦爱
　　借问襄王安在哉？山川此地胜阳台。
　　今宵寓宿高塘馆，神女何曾入梦来。

三二　戏题前诗后　　李和风
　　高唐不是这高塘，淮畔荆南各异方。
　　若向此中求荐枕，参差笑杀楚襄王。

三三　题杨收相公宅　　尹璞
　　祸福从来路不遥，偶然平地上烟霄。
　　烟霄未稳还平地，门对孤峰占寂寥。

三四　铜雀妓　　吴烛
　　秋色西陵满绿芜，繁絃急管强欢娱。
　　长舒罗袖不成舞，却向风前承浪珠。

三五　惆怅诗九首　　顾甄远
　①魂黯黯兮情脉脉，簾风清兮窗月白。
　　梦惊枕上炉烬销，不见蕊珠宫里客。
　②禁漏声稀蟾魄冷，纱厨筠簟波光净。
　　独坐愁吟暗断魂，满窗风动芭蕉影。
　③别恨离肠空恻恻，风动虚轩池水白。
　　莫言灵圃步难寻，有心终效偷桃客。

④愁遇人间好风景，焦桐韵满华堂静。
　鉴鸾钗燕恨何穷，忍向银床空抱影。
⑤绿槐影里傍青楼，陌上行人空举头。
　烟水露花无处问，摇鞭凝睇不胜愁。
⑥役尽心神销尽骨，恩情未断忽分离。
　平生此恨无言处，只有衣襟泪得知。
⑦浓醑艳唱愁难破，骨瘦魂消病已成。
　或为多罗年少死，始甘人道有风情。
⑧泪满罗衣酒满卮，一声歌断怨伤离。
　如今两地心中事，直是瞿昙也不知。
⑨横泥杯觞醉复醒，愁牵时有小诗成。
　早知惹得千般恨，悔不天生解薄情。

三六　失鹭鸶　李归唐
　惜养从来岁月深，笼开不见意沉吟。
　也知只在秋江上，朗月芦花何处寻。

三七　南诏途中　杨奇鲲
　风里浪花吹又白，雨中岚影洗还青。
　江鸥聚处窗前见，林狖啼时枕上听。

三八　题南岳神祠　刘山甫
　坏墙风雨几经春，草色盈庭一座尘。
　自是神明无感应，盛衰何得却由人。

三九　寄妻　李令
　有人教我向衡阳，一度思归欲断肠。
　为报艳妻兼少女，与吾觅取朗州场。

四〇　献主文　刘虚白
　三十年前此夜中，一般灯火一般风。
　不知岁月能多少，犹着麻衣待至公。

四一　咏南岳径松　狄焕
　　一阵雨声归岳峤，两条寒色下潇湘。
　　客吟晚景停孤棹，僧踏清阴彻上方。

四二　题鄜州相思铺　令狐挺
　　谁把相思号此河？塞垣车马往来多。
　　只应自古征人泪，洒向空川作逝波。

四三　咏燕上主司　欧阳澥
　　翩翩双燕画堂开，送古迎今几万回。
　　长向春秋社前后，为谁归去为谁来？

四四　献卢梓州　万彤云
　　荷衣拭泪几回穿，欲谒朱门抵上天。
　　不是尚书轻下客，山家无物与王权。

四五　戏题盱眙壁　韦鹏翼
　　岂肯闲寻竹径行，却嫌丝管好蛙声。
　　自从煮鹤烧琴后，背却青山卧月明。

四六　上浙东孟尚书　孔融
　　有个将军不得名，惟教健卒喝书生。
　　尚书治化清如镜，天子宫街不许行。

四七　翻韵赠崔漳州　黎瓘
　　惯向溪边折柳杨，因循行客到州漳。
　　无端触忤王衙押，不得今朝看饮乡。

四八　和李秀才边庭四时怨　卢弼
　　①春
　　春衣昨夜到榆关，故国烟花想已残。

少妇不知归未得,朝朝应上望夫山。
②夏
卢龙塞外草初肥,雁乳平芜晓不飞。
乡国近来音信断,至今犹自着寒衣。
③秋
八月霜飞柳遍黄,蓬根吹断雁南翔。
陇头流水关山月,泣上龙堆望故乡。
④冬
朔风吹雪透刀瘢,饮马长城窟更寒。
半夜火来知有敌,一时齐保贺兰山。

四九　放猿　吉师老
放尔千山万里身,野泉晴树好为邻。
啼时莫近潇湘岸,明月孤舟有旅人。

五〇　鸳鸯
江岛濛濛烟霭微,绿芜深处刷毛衣。
渡头惊起一双去,飞上文君旧锦机。

五一　阖闾城怀古　裴瑶
五湖春水接瑶天,国破君亡不记年。
惟有妖娥曾舞处,古台寂寞起愁烟。

五二　悼亡妓　韦氏子
惆怅金泥簇蝶裙,春来犹见伴行云。
不教布施刚留得,浑似初逢李少君。

五三　对赵颖歌　朱子真
人间几日变桑田,谁识神仙洞里天?
短促虽知有殊异,且须欢醉在生前。

五四　讥张濬阅牡丹　张隐
　　位乖燮里致伤残，四面墙垣不忍看。
　　正是花时堪下泪，相公何必更追欢。

五五　登慈恩寺塔　杨玢
　　紫云楼下曲江平，鸦噪残阳麦陇青。
　　莫上慈恩最高处，不堪看又不堪听。

五六　遣歌妓
　　垂老无端用意乖，谁知道侣厌清斋。
　　如今又采蘼芜去，辜负张君绣鞡鞋。

五七　长安旧居
　　四邻侵我我从伊，毕竟须思未有时。
　　试上含元殿基望，秋风秋草正离离。

五八　华清宫　杜常
　　行尽江南数十程，晓风残月入华清。
　　朝元阁上西风急〔起〕，都入〔向〕长杨作雨声。

五九　西上辞母坟　陈去病
　　高盖山头日影微，黄昏独立宿禽稀。
　　林间滴酒空垂泪，不见丁宁嘱早归。

六〇　读《孝经》　方愚
　　星彩满天朝北极，源流是处赴东溟。
　　为臣为子不忠孝，辜负宣尼一卷经。

六一　大言诗　郏峭
　　线大长江扇大天，屐鞋抛在海东边。
　　世间多少闲虫豸，尽在郏生柱杖前。

六二　山居　陈寡言
　　醉卧茅堂不闭关，觉来开眼见前山。
　　松花落处宿猿在，麋鹿群群林际还。

六三　闲吟　侯台
　　学道全真在此生，迷徒待死更求生。
　　今生不了无生理，纵有〔复〕生从何处生？

六四　题二妃庙　尤启中
　　目断魂销正惘然，九嶷山际路漫漫。
　　何人知得心中恨，空有湘江竹万竿。

六五　湘妃席上
　　常说仙家事不同，偶陪花月此宵中。
　　锦屏银烛皆堪恨，惆怅纱窗向晓风。

六六　题二妃庙　崔涯
　　万里同心别九重，定知涉历此相逢。
　　谁人翻向群峰路，不得苍梧徇玉容。

六七　湘妃席上
　　春鸟交交引思浓，岂期尘迹拜仙宫。
　　鸾歌凤舞飘珠翠，疑是阳台一梦中。

六八　守庚申　程紫霄
　　不守庚申亦不疑，此心常与道相依。
　　玉皇已自知行止，任汝三彭说是非。

六九　寄弟泊蜀笺　韩浦
　　十样蛮笺出益州，寄来新自浣溪头。
　　老兄得此全无用，助尔添修五凤楼。

七〇　添声杨柳枝词　　裴諴
　　思量大是恶姻缘，只得相看不得怜。
　　愿作琵琶横那畔，美人长抱在胸前。

七一　渔父引二首　　李梦符
　①村寺钟声渡远滩，半轮残月落前山。
　　徐徐拨棹却归去，浪迭朝霞碎锦翻。
　②渔弟渔兄喜到来，波官赛却坐江隈。
　　椰榆杓子瘤杯酒，烂煮鲈鱼满案堆。

七二　谪宜阳到荆渚　　李伉
　　汉江江水水连天，被谪宜阳路几千。
　　为问野人山鸟语，问予归棹是何年？

七三　戏张道人不饮酒　　颜荛
　　言自云山访我来，每闻奇秘觉饕〔叨〕陪。
　　吾师不饮人间酒，应待流霞即举杯。

七四　金钱花　　卢子发
　　轮郭休夸四字书，红棐写出对庭除。
　　时时买得佳人笑，本色金钱却不如。

七五　木笔花
　　嫩如新竹管初齐，粉腻红轻样可携。
　　谁与诗人偎槛看，好于笺墨并分题。

七六　戏游夔州
　　白帝城头二月时，忍交清醒看花枝。
　　莫言世上无袁许，客子由来是相师。

七七　题袁州龙兴寺　　易偲
　　百尺古松松下寺，宝幡朱盖画珊珊。

闲庭甘露几回落，青石绿苔犹未干。

七八　煎茶　成文幹
　　岳寺春深睡起时，虎跑泉畔思迟迟。
　　蜀茶倩个云僧碾，自拾枯松三四枝。

七九　松
　　大夫名价古今闻，盘屈孤贞更出群。
　　将谓岭头闲得了，夕阳犹挂数枝云。

八〇　新燕
　　才离海岛宿江滨，应梦笙歌作近邻。
　　减省雕梁并头语，画堂中有未归人。

八一　会友不至
　　王孙还是负佳期，玉马追游日渐西。
　　独上郊原人不见，鹧鸪飞过落花溪。

八二　惜花
　　忘飡为恋满枝红，锦障频移护晚风。
　　客散酒酣归未得，栏边独立月明中。

八三　中秋月
　　王母妆成镜未收，倚栏人在水精楼。
　　笙歌莫占清光尽，留与溪翁一钓舟。

八四　暮春日宴溪亭
　　寒食寻芳游不足，溪亭还醉绿杨烟。
　　谁家花落临流树，数片残红到槛前。

八五　晓
　　列宿回元朝北极，爽神晞露滴楼台。

佳人卷箔临阶砌，笑指庭花昨夜开。

八六　夕
　　　台榭沉沉禁漏初，麝烟红蜡透虾须。
　　　雕笼鹦鹉将栖宿，不许鸦鬟转辘轳。

八七　露
　　　银河昨夜降醍醐，洒遍坤维万象苏。
　　　疑是鲛人曾泣处，满池荷叶捧真珠。

八八　游紫阳宫
　　　古殿烟霞簇画屏，直疑踪迹到蓬瀛。
　　　碧桃满地眠花鹿，深院松窗捣药声。

八九　除夜
　　　铜龙看却送春来，莫惜颠狂酒百杯。
　　　吟鬓就中专拟自，那堪更被二更催。

九〇　元日
　　　戴星先捧祝尧觞，镜里堪惊两鬓霜。
　　　好是灯前偷失笑，屠苏应不得先尝。

九一　寒夜吟
　　　洞房脉脉寒宵永，烛影香消金凤冷。
　　　猧儿睡魇唤不惺，满窗扑落银蟾影。

九二　柳枝词九首
　　　①轻笼小径近谁家？玉马追风翠影斜。
　　　　爱把长条恼公子，惹他头上海棠花。
　　　②鹅黄剪出小花钿，缀上芳枝色转鲜。
　　　　饮散无人收拾得，月明阶下伴鞦韆。
　　　③东君爱惜与先春，草泽无人处也新。

委嘱露华并细雨，莫教迟日惹风尘。
④勾践初迎西子年，琉璃为帚扫溪烟。
　　　至今不改当时色，留与王孙系酒船。
⑤绿杨移傍小亭栽，便拥秾烟拨不开。
　　　谁把金刀为删掠，放教明月入窗来。
⑥远接关河高接云，雨馀西出半天津。
　　　牡丹不用相轻薄，自有清阴覆得人。
⑦掩映莺花媚有馀，风流才调比应无。
　　　朝朝奉御临池上，不羡青松拜大夫。
⑧王孙宴罢曲江池，折取春光伴醉归。
　　　怪得美人争斗乞，要他秾翠染罗衣。
⑨残照林梢袅数枝，能招醉客上金堤。
　　　马骄如练缨如犬，瑟瑟阴中步步嘶。

九三　题汶川村居　　滕白
　　　种茶岩接红霞坞，灌稻泉生白石根。
　　　皤腹老翁眉似雪，海棠花下戏儿孙。

九四　燕
　　　短羽新来别海阳，真珠〔珠帘〕高卷语雕梁。
　　　佳人未必全听尔，正把金针绣凤凰。

九五　宜春郡城闻猿　　崔江
　　　怨抱霜枝向月啼，数声清绕郡城低。
　　　那堪日夜有云雨，便似巫山与建溪。

九六　上清词五首　　李九龄
①八海浮生汗漫秋，紫皇高宴五云楼。
　　　霓裳曲罢天风起，吹散仙香满十洲。
②楼锁彤霞地绝尘，碧桃花发九天春。

　　　　东皇近日慵游宴，闲杀瑶池五色麟。
　　　③上清仙路有丹梯，影响行人到即迷。
　　　　不会无端个渔父，阿谁教入武陵溪？
　　　④本来方朔是真仙，偶别丹台未得还。
　　　　何事玉皇消息晚，忍教憔悴向人间。
　　　⑤新拜天宫上玉都，紫皇亲授五灵符。
　　　　群仙个个来相问，人世风光似此无？

九七　读《三国志》
　　　有国由来在得贤，莫言兴废是循环。
　　　武侯星落周瑜死，平蜀降吴似等闲。

九八　山舍南溪小桃花
　　　一树繁英夺眼红，开时先合占东风。
　　　可怜地僻无人赏，抛掷深山乱木中。

九九　春行遇雨
　　　夹路轻风撼柳条，雨侵春态动无憀。
　　　采香陌上谁家女，湿损钗头翡翠翘。

一〇〇　登楼寄远
　　　满城春色花如雪，极目烟光月似钩。
　　　总是动人乡思处，更堪容易上高楼。

一〇一　望思台
　　　汉武年高慢帝图，任人曾不问贤愚。
　　　直饶四老依前出，消得江充宠佞无？

一〇二　山舍偶题
　　　门掩松萝一径深，偶携藜杖出前林。
　　　谁知尽日看山坐，万古兴亡总在心。

一〇三　荆溪夜泊
　　点点渔灯照浪清，水烟疏碧月胧明。
　　小滩惊起鸳鸯处，一只采莲船过声。

一〇四　旅舍卧病
　　家隔西秦无远信，身随东洛度流年。
　　病来旅馆谁相问？牢落闲庭一树蝉。

一〇五　登昭福寺楼
　　旅怀秋兴正无涯，独倚危楼四望赊。
　　谷变陵迁何处问？满川空有旧烟霞。

一〇六　代边将
　　雪冻阴河半夜风，战回狂虏血漂红。
　　据鞍遥指长安路，须刻麟台第一功。

一〇七　夜与张舒话别
　　愁听南楼角又吹，晓鸡啼后更分离。
　　如何销得凄凉思，更劝灯前酒一卮。

一〇八　寒梅词
　　霜梅先圻岭头枝，万卉千花冻不知。
　　留得和羹滋味在，任他风雪苦相欺。

一〇九　题灵泉寺
　　入谷先生一阵香，异花奇木簇禅堂。
　　可怜门外高低路，万毂千蹄日日忙。

一一〇　宿张正字别业
　　茅屋萧廖烟暗后，松窗寂历月明初。
　　此时谁念孤吟客？唯有黄公一帙书。

一一一　鹤
　　　天上瑶池覆五云，玉麟金凤好为群。
　　　不须更饮人间水，直是清流也污君。

一一二　过相思谷
　　　悠悠信马春山曲，芳草和烟铺嫩绿。
　　　正被离愁着莫人，那堪更过相思谷。

一一三　写《庄子》
　　　圣泽安排当散地，贤侯优贷借新居。
　　　闲中亦有闲生计，写得《南华》一部书。

一一四　山中寄友人
　　　乱云堆里结茅庐，已共红尘迹渐疏。
　　　莫问野人生计事，窗前流水枕前书。

一一五　重门曲　周濆
　　　憔悴容华怯对春，寂寥宫殿锁闲门。
　　　此身却羡宫中树，不失芳时雨露恩。

一一六　山下水
　　　背云冲石出深山，浅碧泠泠一带寒。
　　　不独有声流出此，会归沧海助波澜。

一一七　逢邻女
　　　日高邻女笑相逢，慢束罗裙半露胸。
　　　莫向秋池照绿水，参差羞杀白芙蓉。

一一八　废宅
　　　牢落画堂空锁尘，荒凉庭树暗消春。
　　　豪家莫笑此中事，曾见此中人笑人。

一一九　寄鉴上人　左偓
　　一从携手阻戈鋋，屈指如今已十年。
　　长记二林同宿夜，竹斋听雨共忘眠。

一二〇　江上晚泊
　　寒云淡淡天无际，片帆落处沙鸥起。
　　水阔风高日复斜，扁舟独宿芦花里。

一二一　送人
　　一茎两茎华发生，千枝万枝梨花白。
　　春色江南独未归，今朝又送还乡客。

一二二　钟陵铁柱　卢士衡
　　千年埋没竟何为？变化宜将万物齐。
　　安得风胡借方便，铸成神剑斩鲸鲵。

一二三　僧房听雨
　　古寺松轩雨声别，寒窗听久诗魔发。
　　记得年前在赤城，石楼梦觉三更雪。

一二四　题牡丹
　　万叶红绡剪尽春，丹青任写不如真。
　　风光九十无多日，难惜樽前折赠人。

一二五　长安春暮　潘咸
　　客在关西春暮夜，还同江外已清明。
　　三更独立看花月，唯欠子规啼一声。

一二六　舟行
　　平沙极浦无人度，犹系孤舟寒草西。
　　半夜起看潮上月，万山中有一猿啼。

一二七　送僧
　　阙下僧归山顶寺，却看朝日下方明。
　　莫道野人寻不见，半天云里有钟声。

一二八　槐花　翁承赞
　　雨中装点望中香，勾引蝉声送夕阳。
　　忆昔当年随计吏，马蹄终日为君忙。

一二九　马嵬　徐寅
　　二百年来事远闻，从龙唯解尽如云。
　　张均兄弟今何在？却是杨妃死报君。

一三〇　初夏戏题
　　长养熏风拂晓吹，渐开荷芰落蔷薇。
　　青虫也学庄周梦，化作南园蛱蝶飞。

一三一　路傍草
　　楚甸秦原万里平，谁教根向路傍生。
　　轻蹄绣毂长相踏，合是荣时不得荣。

一三二　蝴蝶三首
　　①不并难飞茧里蛾，有花芳处即经过。
　　　天风相送轻飙去，却笑蜘蛛漫织罗。
　　②苒苒双双拂画栏，佳人欲绣再三看。
　　　莫欺翼短飞长近，试就花间捉也难。
　　③栩栩无因系得他，野园荒径一何多。
　　　不闻丝竹谁教舞，应伏流莺为唱歌。

一三三　李夫人二首
　　①不望金舆到锦帷，人间乐极即须悲。
　　　若言要识愁中貌，也似君恩日日衰。

②招得香魂爵少翁，九华灯烛晓还空。
汉皇不及吴王乐，且与西施死处同。

一三四　答黄校书
慈恩雁塔参差榜，杏苑莺花次第游。
白日有愁犹可散，青山高卧况无愁。

一三五　无题
买骨须求骐骥骨，爱毛宜采凤凰毛。
驽骀燕雀堪何用，仍向人前价数高。

一三六　吴黄金车　孙元晏
分擘山河即渐开，许昌基业已倾颓。
黄金车与斑斓耳，早个须知入谶来。

一三七　赤壁
会猎书来举国惊，只应周鲁不教迎。
曹公一战奔波后，赤壁功传万古名。

一三八　鲁肃指囷
破产移家事亦难，佐吴从此霸江山。
争教不立功勋得，指出千囷如等闲。

一三九　甘宁斫营
夜深偷入魏军营，满寨惊忙火似星。
百口宝刀千匹绢，也应消得与甘宁。

一四〇　徐盛
欲把江山鼎足分，邢真衔册到江南。
当时将相谁堪重？徐盛将军最不甘。

一四一　鲁肃
斫案兴言断众疑，鼎分从此定雄雌。

若无子敬心相似，争得乌林破魏师？

一四二　武昌
西塞山高截九垓，谶谣终日自相催。
武昌鱼美应难恋，历数须归建业来。

一四三　顾雍
赞国经纶更有谁？蔡公相叹亦相师。
贵为丞相封侯了，归后家人总不知。

一四四　吕蒙
幼小家贫实可哀，愿征行去志难回。
不探虎穴求身达，争得人间富贵来？

一四五　介象
好道君王遇亦难，变通灵异几多般。
介先生有神仙术，钓得鲈鱼在玉盘。

一四六　濡须坞
风揭洪涛响若雷，枕波为垒险相隈。
莫言有个濡须坞，几度曹公失志回。

一四七　周泰
名与诸公又不同，金疮痕在满身中。
不将御盖宣恩泽，谁信将军别有功？

一四八　张纮
东部张公与众殊，共施经略赞全吴。
陈琳漫自称雄伯，神气应须怯大巫。

一四九　太史慈
圣德招贤远远知，曹公心计却成欺。

陈韩昔日尝投楚，岂是当归召得伊。

一五○　孙坚后
　　委付张公翊圣材，几将贤德赞文台。
　　争教不霸江山得，日月征曾入梦来。

一五一　陆统
　　将军身殁有儿孤，虎子为名教读书。
　　更向宫中教骑马，感君恩重合何如。

一五二　青盖
　　历数将终势已摧，不修君德更堪哀。
　　被他青盖言相误，元是须教入晋来。

一五三　晋七宝鞭
　　天命须知岂偶然，乱臣徒欲用兵权。
　　圣谟庙略还应别，浑不消它七宝鞭。

一五四　庾悦鹅炙
　　春暖江南景气新，子鹅炙美就中珍。
　　庾家厨盛刘公困，浑弗相贻也恼人。

一五五　谢玄
　　百万兵来逼合肥，谢玄为将统雄师。
　　旌旗首尾千馀里，浑不消它一局棋。

一五六　谢混
　　尚主当初偶未成，此时谁合更关情？
　　可怜谢混风华在，千古翻传禁脔名。

一五七　陆玩
　　陆公高论亦由衷，谦让还惭未有功。

天下忠良人欲尽，始应交我作三公。

一五八　王坦之
　　晋祚安危只此行，坦之何必在忧惊。
　　谢公合定寰区在，争遣当时事得成？

一五九　蒲葵扇
　　抛舍东山岁月遥，几施经略挫雄豪。
　　若非名德喧寰宇，争得蒲葵价数高？

一六〇　王郎
　　太尉门庭亦甚高，王郎名重礼相饶。
　　自家妻父犹如此，谁更逢君得折腰？

一六一　刘毅
　　绕床堪壮喝卢声，似铁容仪众尽惊。
　　二十七人同举义，几人全得旧功名？

一六二　王恭
　　春风濯濯柳容仪，鹤氅神心举世推。
　　可惜教君仗旄钺，枉将心地托牢之。

一六三　谢公赌墅
　　发遣将军欲去时，略无情挠只贪棋。
　　自从乞与羊昙后，赌墅功成更有谁？

一六四　符坚投棰
　　投棰填江语未终，谢安乘此立殊功。
　　三台星烂乾坤正，且与张华死不同。

一六五　卫玠
　　叔宝羊车海内稀，山家女婿好风姿。

江东士女无端甚，看杀玉人浑不知。

一六六　郭璞脱襦
　　吟坐因思郭景纯，每言穷达似通神。
　　到头分命难移改，解脱青襦与别人。

一六七　庾楼
　　江州楼上月明中，从事同登眺远空。
　　玉树忽埋千载后，有谁重此继清风？

一六八　新亭
　　容易乘虚逼帝畿，满江艨舻与旌旗。
　　卢循若解新亭上，胜负还应未可知。

一六九　宋大岘
　　大岘才过喜可知，指空言已副心期。
　　公孙计策嗟无用，天与南朝作霸基。

一七○　放宫人
　　纳谏廷臣免犯颜，自然恩可霸江山。
　　姚兴侍女方承宠，放出宫闱若等闲。

一七一　借南苑
　　人主词应不偶然，几人曾说笑掀天。
　　不知南苑今何在？借与张公三百年。

一七二　谢瞻云霞友
　　仗气凌人岂可亲，只将范泰是知闻。
　　缘何唤作云霞友，却恐云霞未似君。

一七三　乌衣巷
　　古迹荒基好叹嗟，满川吟景只烟霞。

乌衣巷在何人住？回首令人忆谢家。

一七四　袁粲
　　负才尚气满朝知，高卧闲吟见客稀。
　　独步何人识袁尹？白杨郊外醉方归。

一七五　刘伯龙
　　位重何如不厌贫，伯龙孤子只修身。
　　固知生计还须有，穷鬼临时也笑人。

一七六　王方平
　　拂衣耕钓已多时，江上山前乐可知。
　　着却貂裘将采药，任它人唤作渔师。

一七七　黄罗襦
　　戚属群臣尽见猜，预忧身后又堪哀。
　　到头委付何曾是，虚把罗襦与彦回。

一七八　谢朏
　　谢家诸子尽兰香，各震芳名满帝乡。
　　唯有千金更堪重，只将高卧向齐王。

一七九　羊玄保
　　运命将来各有期，好官才阙即思之。
　　就中堪爱羊玄保，偏受君王分外知。

一八〇　齐谢朏
　　解玺传呼诏侍中，却来高卧岂疏慵？
　　此时忠节还希有，堪羡君王特地容。

一八一　小儿执烛
　　谢公情量已难量，忠宋心诚岂暂忘。

执烛小儿浑放去,略无言语与君王。

一八二　王僧祐
　　肯与公卿作等伦,澹然名德只推君。
　　任它车骑来相访,箫鼓盈庭似不闻。

一八三　王僧虔
　　位高名重不堪疑,恳让仪同帝亦知。
　　不学常流争进取,却忧门有二台司。

一八四　明帝裹蒸
　　至尊尊贵异人间,御膳天厨岂等闲。
　　惜得裹蒸无用处,不如安霸取江山。

一八五　郁林王
　　强哀强惨亦从伊,归到私庭喜可知。
　　喜字漫书三十六,到头能得几多时?

一八六　何氏小山
　　显达何曾肯系心,筑居郊外好园林。
　　赚它谢朏出山去,赢得高名直至今。

一八七　王伦之
　　豫章太守重词林,图画陈蕃与华歆。
　　更奠子将并孺子,为君千载作知音。

一八八　潘妃
　　曾步金莲宠绝伦,岂甘今日委埃尘。
　　玉儿还有怀恩处,不肯将身嫁小臣。

一八九　王亮
　　后见梁王未免哀,奈何无计拯倾颓。

　　　　若教彼相颠扶得，争遣明公到此来？

一九〇　梁分宫女
　　　　涤荡齐宫法令新，分张宫女二千人。
　　　　可怜无限如花貌，重见世间桃李春。

一九一　马仙琕
　　　　齐朝太守不甘降，忠节当时动四方。
　　　　义士要教天下见，且留君住待袁昂。

一九二　勍敌
　　　　传闻天子重儒才，特为皇华绮宴开。
　　　　今日方惊遇勍敌，此人元自北朝来。

一九三　蔡撙
　　　　紫茄白苋以为珍，守任清真转更贫。
　　　　不饮吴兴郡中水，古今能有几多人？

一九四　楚祠
　　　　曾与萧侯醉玉杯，此时神影尽倾颓。
　　　　莫云千古无灵圣，也向西川助敌来。

一九五　谢朏小舆
　　　　小舆升殿掌钧台，不免无憭却忆回。
　　　　应恨被它何胤误，悔先容易出山来。

一九六　八关斋
　　　　依凭金地甚虔诚，忍溺空王为圣明。
　　　　内殿设斋申祷祝，岂无功德及台城。

一九七　庾信
　　　　苦心词赋向谁谈，沦落周朝志岂甘。

可惜多才庾开府，一生惆怅忆江南。

一九八　陈王僧辨
彼此英雄各有名，石头高卧拟争衡。
当时堪笑王僧辨，待欲将心托圣明。

一九九　武帝蚌盘
金翠丝簧略不舒，蚌盘清宴意何如？
岂知三阁繁华日，解为君王妙破除。

二〇〇　虞居士
苦谏将军总不知，几随烟焰作尘飞。
东山居士何人识？唯有君王却许归。

二〇一　姚察
曾佐徐陵向北游，剖陈疑事动名流。
却归掌选清何甚，一匹花练不肯收。

二〇二　宣帝伤将卒
前后兵师战胜回，百馀城垒尽归来。
当时将卒应知感，况得君王为举哀。

二〇三　临春阁
临春高阁上侵云，风起香飘数里闻。
自是君王正沉醉，岂知消息报隋军。

二〇四　结绮阁
结绮高宜眺海涯，上凌丹汉拂云霞。
一千朱翠同居此，争奈恩多属丽华。

二〇五　望仙阁
多少沉檀结筑成，望仙为号倚青冥。

不知孔氏何形状，醉得君王不解醒。

二〇六　三阁
　　三阁相通绮宴开，数千朱翠绕周回。
　　只知断送君王醉，不道韩擒已到来。

二〇七　狎客
　　八宫妃尽赋篇章，风揭歌声锦绣香。
　　选得十人为狎客，有谁能解谏君王？

二〇八　淮水
　　文物衣冠尽入秦，六朝繁盛忽埃尘。
　　自从淮水干枯后，不见主家更有人。

二〇九　江令宅
　　不向南朝立谏名，旧居基在事分明。
　　令人惆怅江中令，只作篇章过一生。

二一〇　后庭舞
　　嫌婉回风态若飞，丽华翘袖玉为姿。
　　《后庭》一曲从教舞，舞破江山君未知。

二一一　善卷先生坛　蔡昆
　　几到坛边登阁望，因思遗迹咏今朝。
　　当时为有重华出，不是先生傲帝尧。

二一二　题严君观　王岛
　　寒云古木罩星台，凡骨仙踪信可哀。
　　二十年前曾此到，一千年内未归来。

二一三　山中有所思
　　零零夜雨渍愁根，触物伤离好断魂。

莫怪杜鹃飞去尽，紫微花里有啼猿。

二一四　燕
　　一巢功绩破春光，絮落花残两翅狂。
　　月树风枝不栖去，强来言语泥雕梁。

二一五　贫女
　　难把菱花照素颜，试临春水插花看。
　　木兰船上游春女，笑指荆钗下远滩。

二一六　杪春寄友人
　　何处相逢万事忙？卓家楼上百淘香。
　　明朝渐近山僧寺，更为残花醉一场。

二一七　回旧山
　　庾家楼上谢家池，处处风烟少旧知。
　　明日落花谁共醉？野溪猿鸟恨归迟。

二一八　故白岩禅师院　王梦周
　　能师还世名还在，空闭禅堂满院苔。
　　花树不随人寂寞，数枝犹自出墙来。

二一九　题商山修僧院　蒋吉
　　此地修行山几枯，草堂生计只瓶盂。
　　支郎既解除艰险，试看人心平得无？

二二〇　次青云驿
　　马转栎林山鸟飞，商溪流水背残晖。
　　行人几在青云路，底事风尘犹满衣？

二二一　题长安僧院
　　出门争走九衢尘，总是浮生不了身。

　　　　唯有水田衣下客，大家忙处作闲人。

二二二　大庾驿有怀
　　　　一囊书重百馀斤，邮吏宁知去计贫。
　　　　莫讶偏吟望乡句，明朝便见岭南人。

二二三　樵翁
　　　　独入深山信脚行，惯当貙虎不曾惊。
　　　　路傍花发无心看，唯见枯枝刮眼明。

二二四　闻歌《竹枝》
　　　　巡堤听唱竹枝词，正是月高风静时。
　　　　独向东南人不会，弟兄俱在楚江湄。

二二五　昭君冢
　　　　曾为汉帝眼中人，今作狂胡陌上尘。
　　　　身死不知多少载，冢花犹带洛阳春。

二二六　四老庙
　　　　无端舍钓学干名，不得溪山养性情。
　　　　自省此身非达者，今朝羞拜四先生。

二二七　旅泊
　　　　霜月正高鹦鹉洲，美人清唱发红楼。
　　　　乡心暗逐秋江水，直到吴山脚下流。

二二八　出塞
　　　　瘦马羸童行背秦，暮鸦撩乱入残云。
　　　　北风吹起寒营角，直至榆关人尽闻。

二二九　次商於感旧寄卢中丞
　　　　昔年簪组隘邱门，今日旌幢一院存。

何事商於泪如雨？小儒偏受陆家恩。

二三〇　水殿抛毬曲二首　李谨言
①侍宴黄昏晓未休，玉阶夜色月如流。
　朝来自觉承恩最，笑倩傍人认绣毬。
②堪恨隋家几帝王，舞裀揉尽绣鸳鸯。
　如今重到抛毬处，不是金炉旧日香。

二三一　登游齐山　许坚
星使南驰入楚重，此山偏得驻行踪。
落花满地月华冷，寂寞旧山三四峰。

二三二　寻易尊师不遇　陈嶰
烂熳红霞光照衣，苔封白石路微微。
华阳洞里人何在？落尽松花不见归。

二三三　祖龙词　熊皦
平吞六国更何求，童女童男问十洲。
沧海不回应怅望，始知徐福解风流。

二三四　谪居海上
家临泾水隔秦川，来往关河路八千。
堪恨此身何处老，始皇桥畔又经年。

二三五　代书问费征君九华事　萧建
见说九华峰上寺，日宫犹在下方开。
其中幽境客难到，请为诗中图画来。

二三六　赠同年子何泽　崔公
四十九年前及第，同年惟有老夫存。
今日殷勤访吾子，稳将鬐鬣上龙门。

二三七　献庐江牧　曹生
　　拜玉亭间送客忙，此时孤恨感离乡。
　　寻思往岁绝缨事，肯向朱门泣夜长。

二三八　别李源　天竺牧童
　　①三生石上旧精魂，赏月吟风不要论。
　　惭愧情人远相访，此身虽异性长存。
　　②身前身后事茫茫，欲语因缘恐断肠。
　　吴越溪山寻已遍，却回烟棹上瞿塘。

二三九　题牡丹　捧剑
　　一种芳菲出后庭，却输桃李得佳名。
　　谁能为向天人说，从此移根近太清。

二四〇　题法云寺双桧　方壶居士
　　谢郎双桧绿于云，昏晓浓阴色未分。
　　若并毫宫仙鹿迹，定知高峭不如君。

二四一　隋堤词
　　尝忆江都大业秋，曾随銮跸戏龙舟。
　　伤心一觉兴亡梦，堤柳无情识世愁。

二四二　题紫微观　建业卜者
　　昨日朝天过紫微，醮坛风冷杏花稀。
　　碧桃泥我传消息，何事人间更不归？

二四三　题故翠微宫　骊山游者
　　翠微寺本翠微宫，楼阁亭台几十重。
　　天子不来僧又去，樵夫时倒一株松。

二四四　代妻答　幽州士子
　　蓬鬓荆钗世所稀，布裙犹是嫁时衣。

胡麻好种无人种，合是归时底不归。

二四五　题邓仙客墓　天峤游人
　　鹤老芝田鸡在笼，上清那与俗尘同。
　　既言白日升仙去，何事人间有殡宫？

二四六　舟行作　衡山舟子
　　野鹊滩西一棹孤，月光遥接洞庭湖。
　　堪嗟回雁峰前过，望断家山一字无？

二四七　赠酒纠　洛中举子
　　少插花枝少下筹，须防女伴妒风流。
　　坐中若打占相令，除却尚书莫点头。

二四八　粉笺题诗　无名人
　　三月江南花满枝，风轻帘幌燕争飞。
　　游人休惜夜秉烛，杨柳阴浓春欲归。

二四九　杂诗十五首　无名氏
　①青天无云月如烛，露泣梨花白如玉。
　　子规一夜啼到明，美人独在空房宿。
　②空赐罗衣不赐恩，一熏香后一销魂。
　　虽然舞袖何曾舞，长对春风裛泪痕。
　③不洗残妆并绣床，却嫌鹦鹉绣鸳鸯。
　　回针刺到双飞处，忆著征人泪数行。
　④眼想心思梦里惊，无人知我此时情。
　　不如池上鸳鸯鸟，双宿双飞过一生。
　⑤一去辽阳系梦魂，忽传征骑到中门。
　　纱窗不肯施红粉，图遣萧郎问泪痕。
　⑥莺啼露冷酒初醒，罨画楼西晓角鸣。

翠羽帐中人梦觉，宝钗斜坠枕困声。
⑦满目笙歌一段空，万般离恨总随风。
　　　多情为谢残阳意，与展晴霞片片红。
⑧两心不语暗知情，灯下裁缝月下行。
　　　行到阶前知未睡，夜深闻放剪刀声。
⑨近寒食雨草萋萋，著麦苗风柳映堤。
　　　一自〔等是〕有家归未得，杜鹃休向耳边啼。
⑩洛阳才子邻箫恨，湘水佳人锦瑟愁。
　　　今昔两成惆怅事，临邛春尽暮江流。
⑪浙江轻浪古悠悠，望海楼吹望海愁。
　　　莫怪乡心随魄断，十年为客在他州。
⑫数日相随两不忘，郎心如妾妾如郎。
　　　出门便是东西路，把取红笺各断肠。
⑬无定河边暮角声，赫连台畔旅人情。
　　　函关归路千馀里，一夕秋风白发生。
⑭旧山虽在不关身，且向长安过暮春。
　　　一树梨花一溪月，不知今夜属何人？
⑮花落长川草色青，暮山重迭雨溟溟。
　　　逢春便觉飘蓬苦，今日分离〔飞〕一涕零。

第三十九卷　七言二十九　全唐释子羽客

（共二百一十首）

一　题竹木上　寒山
　①一住寒山万事休，更无杂念挂心头。
　　闲于〔书〕石壁题诗句，任运还同不系舟。
　②千生万死何时已，生死来去转迷情。
　　不识心中无价宝，恰似盲驴信脚行。
　③心神用尽为名利，百种贪婪进己躯。
　　浮生幻化如灯烬，冢内埋身是有无？
　④久住寒山凡几秋，独吟歌曲绝无忧。
　　饥餐一粒伽陀药，心地调和倚石头。
　⑤众星罗列夜深明，岩点孤灯月未沉。
　　圆满光华不磨莹，挂在青天是我心。
　⑥我向前溪照碧流，或向岩边坐盘石。
　　心似孤云无所依，悠悠世事何须觅。
　⑦千年石上古人踪，万丈岩前一点空。
　　明月照时常皎洁，不劳寻讨问西东。

二　题林间叶上二首　拾得
　①自从到此天台寺，经今早已几冬春。
　　山水不移人自老，见却多少后生人。

②无去无来本湛然,不拘内外及中间。
一颗水精绝瑕翳,光明透满出人天。

三　画松　景云
画松一似真松树,且待寻思记得无?
曾在天台山上见,石桥南畔第三株。

四　寒食至郊外　云表
寒食悲看郭外春,野田无处不伤神。
平原垒垒〔累累〕添新冢,半是去年来哭人。

五　答胡处士　皎然
西山禅隐比来闻,厚道唯应我与君。
世上无名可忘却,人间聚散似浮云。

六　答张乌程
莫道谪官无主人,秣陵才令日相亲。
前溪更有忘忧处,荷叶田田间白蘋。

七　寄常一上人
雁塞五山临汗漫,云州一路出青冥。
何因请住嘉祥寺,内史新修湖上亭。

八　酬秦系山人见寄
左右香童不识君,担簦访我领鸥群。
山僧待客无俗物,唯有窗前片碧云。

九　宿法华寺简澈上人
至道无机但杳冥,孤灯寒竹自青荧。
不知何处小乘客,一夜风前〔来〕闻诵经。

一〇　酬张明府
爱君诗思动禅心,使我休吟待鹤吟。

更说郡中黄霸在，朝朝无事许招寻。

一一　酬祁判官
　　岁岁湖南隐已成，如何星使忽知名？
　　沙鸥惯逐无心客，今日逢君不解惊。

一二　舟行怀阎士和
　　二月湖南春草遍，横山渡口花如霰。
　　相思一日孤舟在，空见归云两三片。

一三　寄云门寺梵僧无侧
　　越山千万云门绝，高〔西〕僧貌古还名月。
　　清朝扫石行道归，林下暝禅看松雪。

一四　戏呈吴凭
　　世人不知心是道，只言道在他方妙。
　　还如瞽者望长安，长安在西向东笑。

一五　李中丞水亭夜集
　　佳人且莫吹参差，正怜月色生酒卮。
　　山翁取醉岂关我，自爱尊前白鹭鸶。

一六　夜过康录事宅会兄弟
　　爱君门馆夜来清，琼树双枝是弟兄。
　　月在诗家偏足思，风过客位更多情。

一七　酬秦系戏赠二首
　　①正论禅寂忽狂歌，莫是尘心颠倒多。
　　　白足行花曾不染，黄囊贮酒欲如何？
　　②云林出定鸟未归，松吹时飘雨沐衣。
　　　石语花悲徒自诧，吾心见境尽为非。

一八　题秦系丽句亭
　　独也诗教领诸生，但爱青山不爱名。
　　满院竹声堪愈疾，乱林花片足忘情。

一九　题湖上草堂
　　山居不买剡中山，湖上千峰处处闲。
　　芳草白云留我住，世人何事得相关。

二〇　送顾道士游洞庭山
　　见说洞庭无上路，春游乱踏五灵芝。
　　含桃风起花狼籍，正是仙翁棋散时。

二一　青阳上人院说金陵故事
　　君说南朝全盛日，秣陵才子最多人。
　　十年秋色古池馆，谁见齐王西邸春。

二二　法华寺江上人禅居
　　路入松声远更奇，山光水色共参差。
　　中峰禅寂一僧在，坐对梁朝老桂枝。

二三　题松
　　为爱松声听不足，每逢松树便忘还。
　　翛然此外更何事，笑向闲云似我闲。

二四　送侯秀才南游
　　芳草随君自有情，不关山色与猿声。
　　为看严子滩头石，曾忆题诗不著名。

二五　送韦向之睦州谒使君
　　才子南看多远情，闲舟荡漾任春行。
　　新安江色长如此，何似新安太守清。

二六　九月八日送萧少府归洪州
　　明日重阳今日归，布帆丝雨暮霏霏。
　　行过鹤渚知堪住，家在龙沙意有违。

二七　送皇甫曾侍御
　　维舟若许暂从容，送过重江不厌重。
　　霜简别来今始见，雪山归去又难逢。

二八　听胡笳送人
　　一奏胡笳客未停，野僧还欲废禅听。
　　难将此意临江别，无限春风葭菼青。

二九　江上送梁拾遗
　　江上荻花飞雪花，风吹撩乱满袈裟。
　　如今岁晏无芳草，独对离樽作物华。

三〇　送僧游宣城
　　楚山千里一僧行，念尔初缘道未成。
　　莫向舒姑泉口泊，此时呜咽易伤情。

三一　送履霜上人还金陵
　　携锡西山步绿莎，禅心未了奈情何。
　　湘宫水寺清秋夜，月落风悲松柏多。

三二　送聪上人还广陵
　　莫学休公学远公，了心还与我心同。
　　隋家古柳数株在，看取人间万事空。

三三　送洞庭惟〔维〕谅上人
　　白云关我不关他，此物留君情最多。
　　忆著春风生橘树，归心不怕洞庭波。

三四　送太祝侄之虔吉访兄
　　　阮咸别曲四座愁，赖是春风不是秋。
　　　漫漫江帆访兄弟，猿声几夜宿芦洲。

三五　冬夜送人
　　　平明走马上村桥，花落梅溪雪未消。
　　　日短天寒愁送客，楚山无限路迢迢。

三六　送严上人
　　　初到人间柳始阴，山书昨夜报春深。
　　　朝朝花落几株树，恼杀禅翁未证心。

三七　送僧之扬州
　　　平明环锡向风轻，正及隋堤柳色行。
　　　知尔禅心还似我，故宫春草肯伤情。

三八　送李绎
　　　斜日悠扬在柳丝，孤亭寂寂水逶迤。
　　　谁堪别后行人尽，唯有春风起路岐。

三九　送僧之京师
　　　绵绵眇眇楚云繁，万里西归望国门。
　　　禅子初心易凄断，秋风莫上少陵原。

四〇　送许丞还洛阳
　　　剡茗情来亦好斟，空门一别肯沾襟。
　　　悲风不动罢瑶轸，忘却洛阳归客心。

四一　送别
　　　闻说情人怨别情，霜天淅沥在寒城。
　　　长宵漫漫角声发，禅子无心恨亦生。

四二　送裴参军还下邳旧居
　　北望烟霄骠骑营，虏烽无火楚天清。
　　此时千里思归客，泗上春风得返耕。

四三　送僧归富阳
　　悠悠渺渺涉寒波，故寺思归意若何？
　　长忆孤舟三二月，春山偏赏富阳多。

四四　送僧归洞庭
　　从来湖上胜人间，远爱浮云独自还。
　　孤月空天见心地，寥寥三境水中山。

四五　送商季皋
　　比来知尔有诗名，莫恨东归学未成。
　　新丰有酒为我饮，消取故园伤别情。

四六　送邢台州济
　　海上名山属使君，石桥琪树古来闻。
　　他时画出白团扇，乞取天台一片云。

四七　送柳蔡省叔
　　东城南陌强经过，怨别无心亦放歌。
　　明日阮公应问我，闲云长在石门多。

四八　赤松涧
　　绿岸朦胧出见天，晴沙历历水溅溅。
　　何处羽人长洗药？残花无数逐流泉。

四九　晚秋破山寺
　　秋风落叶满空山，古寺残灯石壁间。
　　昔日经行人去尽，寒云夜夜自飞还。

五〇　释裴修春愁
　　蝶舞莺歌喜岁芳，柳丝袅袅蕙兰香。
　　江南春色共君看，何事君心独自伤？

五一　长安少年行
　　翠楼春酒虾蟆陵，长安少年皆共矜。
　　纷纷半醉绿槐道，蹀躞花骢骄不胜。

五二　春夜集陆处士居
　　欲赏芳菲不待晨，无情人访有情人。
　　西林岂是无清景，只为忘情不记春。

五三　王昭君
　　自倚婵娟望主恩，谁知美恶忽相翻。
　　黄金不买汉宫貌，青冢空埋秦地魂。

五四　铜雀妓
　　强开尊酒向陵看，忆得君王旧日欢。
　　不觉馀歌悲自断，非关艳曲转声难。

五五　长门怨
　　春风日日闭长门，摇荡春心似梦魂。
　　若遣花开只笑妾，不知桃李自无言。

五六　投知己
　　若为今忆洞庭春，上有闲云可隐身。
　　无限白云山要买，不知山价出何人？

五七　塞下曲二首
　　①寒塞无因见落梅，胡人吹入笛声来。
　　劳劳亭上春应度，夜夜城南战未回。

②都护今年破武威，胡沙万里鸟空飞。
旌竿瀚海扫云出，毡骑天山踏雪归。

五八　送小师胜云
昨日雪山知尔名，吾今坐石已三生。
少年道性易流动，莫遣秋风入别情。

五九　送僧游福州
禅子自矜禅性成，将心拟点建溪清。
南看闽树花不落，更取何情了妄情？

六〇　雨后欲寻天目山　灵一
昨夜云生天井东，春山一雨几回风。
林花并逐溪流下，欲上龙池通不通？

六一　与亢居士青山潭饮茶
野泉烟火白云间，坐饮香茶爱此山。
岩下维舟不忍去，青溪流水暮潺潺。

六二　题五僧院
虎溪闲月引相过，带雪松枝挂薜萝。
无限青山行欲尽，白云深处老僧多。

六三　宿静林寺
山寺门前多古松，溪行欲到已闻钟。
中宵引领寻高顶，月照云峰凡几重。

六四　归岑山过惟审上人别业
禅客无心忆薜萝，自然行径向山多。
知君欲问人间事，始与浮云共一过。

六五　赠灵彻禅师
禅师〔门〕来往翠微间，万里千峰到〔在〕剡山。

何时共到天台里，身与浮云处处闲。

六六　送友人之上都　法震
　　　玉帛招贤楚客稀，猿啼相送武陵归。
　　　潮头望入桃花去，一片春帆带雨飞。

六七　送蜀僧　清塞
　　　万里独行无弟子，惟赍筇竹与檀龛。
　　　看经更向吴中老，应是山川似剑南。

六八　送僧归南岳二首
　　①草屦初登南客船，银瓶犹贮北山泉。
　　　衡阳旧寺秋归后，门锁寒潭几树蝉。
　　②衡阳一别十三春，行脚同来有几人？
　　　老大却思归故里，当时未漆祖师身。

六九　过僧竹院
　　　一生爱竹自未有，每到此房归不能。
　　　高人留宿话禅后，寂寞雨堂空晓灯。

七〇　宿刘员外林亭
　　　独树倚亭新月入，城墙四面锁山多。
　　　去年今夜还留宿，坐见西风袅燕窠。

七一　忆浔阳旧居兼感长孙郎中
　　　浔阳却到知何日，产地今无旧使君。
　　　长忆穷冬宿庐岳，瀑泉冰折共僧闻。

七二　浔阳与孙郎中宴回
　　　别酒已酣春漏前，他人扶上北归船。
　　　浔阳渡口月未上，渔火照江仍独眠。

七三　寄潘纬
　　杨柳垂丝与地连，归来一醉向溪边。
　　相逢头白莫惆怅，世上无人长少年。

七四　东林寺寄包侍御　灵澈
　　古殿清阴山木春，池边跂石一观身。
　　谁能来此焚香坐，共作庐峰二十人。

七五　宿东林寺
　　天寒猛虎啸岩穴，林下无人空有月。
　　千年像教今不闻，焚香独为鬼神说。

七六　答徐广州四问
　　童子出家无第行，随师乞食遣称名。
　　长沙岂敢论年纪，绛老唯知甲子生。

七七　答韦丹
　　年老心闲无外事，麻衣草座亦容身。
　　相逢尽道休官去〔好〕，林下何曾见一人。

七八　简寂观
　　古松古柏岩壁间，猿攀鹤巢古枝折。
　　五月有霜六月寒，时见山翁来取雪。

七九　闻李处州亡
　　时时闻说故人死，日日自悲垂老身。
　　白发不生应不得，青山长在属何人？

八〇　元日观郭将军早朝
　　欲曙九衢人更多，千条香烛照银河。
　　今朝始见金吾贵，连马纵横避玉珂。

八一　精舍遇雨　清江
　　　空门寂寂淡吾身，溪雨微微洗客尘。
　　　卧向白云情未尽，任他黄鸟醉芳春。

八二　小雪
　　　落雪临风不厌看，更多还恐蔽林峦。
　　　愁人正在书窗下，一片飞来一片寒。

八三　送婆罗门僧
　　　云岭金河独向东，吴山楚泽意无穷。
　　　如今白首乡心尽，万里归程在梦中。

八四　伍相庙　常雅
　　　苍苍古庙映林峦，幂幂烟霞覆石坛。
　　　精魄不知何处在，威风犹入浙江寒。

八五　蝉二首　子兰
　　　①独蝉初唱古槐枝，委曲悲凉断续迟。
　　　雨后忽闻谁最苦？异乡孤馆忆家时。
　　　②哀柳蝉吟旁浊河，正当残日角声和。
　　　寻常不是少愁思，此际闻时愁更多。

八六　太平坊寻裴郎中故宅
　　　不语凄凉无限情，荒阶行尽又重行。
　　　昔年此住人何在，满地槐花秋草生。

八七　登楼
　　　边邑鸿声一例秋，大波平日绕山流。
　　　故人千里同明月，尽夕无言空倚楼。

八八　长安早秋
　　　风舞槐花落御沟，终南山色入城秋。

门门走马征兵急，公子笙歌醉玉楼。

八九　对雪
密密无声坠碧空，霏霏有韵舞微风。
幽人吟望搜词处，飘入窗来落砚中。

九〇　鹦鹉
翠毛丹嘴乍教时，终日无憀似忆归。
近来偷解人言语，乱向金笼说是非。

九一　晚景
池荷衰飒菊芬芳，策杖吟诗上草堂。
满目暮云风卷尽，郡楼寒角数声长。

九二　长安伤春
霜陨中春花半无，狂游恣饮尽凶徒。
年年赏玩公卿辈，今委沟塍骨渐枯。

九三　河梁晚望二首
①水势滔滔不可量，渔舟容易泛沧浪。
　连山翠霭笼沙溆，白鸟翩翩下夕阳。
②雨添一夜秋涛阔，极目茫茫似接天。
　不知宠物潜何处，鱼跃蛙鸣满槛前。

九四　悲长安
何事天时祸未回，生灵愁悴若寒灰。
岂知万顷繁华地，强半今为瓦砾堆。

九五　千叶石榴花
一朵花开千叶红，开时又不藉春风。
若教移在香闺畔，定与佳人艳态同。

九六　端午　文秀
　　节分端午自谁言？万古传闻为屈原。
　　堪笑楚江空渺渺，不能洗得直臣冤。

九七　秋夜吟　尚颜
　　梧桐雨畔夜愁吟，抖擞衣裾藓色侵。
　　枉道一生无系着，湘南山水别人寻。

九八　行次汉上　无本
　　习家池沼草萋萋，岚树光中信马蹄。
　　汉主庙前湘水碧，一声风角夕阳低。

九九　马嵬
　　长川几处树青青，孤驿危楼对翠屏。
　　一自上皇惆怅后，至今来往马蹄腥。

一〇〇　暮春送人　无闷
　　折柳亭边手重携，江烟澹澹草萋萋。
　　杜鹃不解离人意，更向落花枝上啼。

一〇一　寒林石屏
　　草堂无物伴身闲，惟有屏风枕簟间。
　　本向他山求得石，却于石上看他山。

一〇二　夜夜曲　贯休
　　蟋蟀切切风骚骚，芙蓉喷香蟾蜍高。
　　孤灯耿耿征妇劳，更深扑落金错刀。

一〇三　少年行
　　锦衣鲜华手擎鹘，闲行气貌多轻忽。
　　稼穑艰难总不知，五帝三王是何物？

一〇四　春晚书山家主人屋壁
　　　柴门寂寂黍饭馨，山家烟火春雨晴。
　　　庭花濛濛水泠泠，小儿啼索树上莺。

一〇五　深山逢老僧
　　　衲衣线粗心似月，自把锄锄岗槲枿。
　　　青石溪边踏叶行，数片云随两眉雪。

一〇六　边上作二首
　　①山无绿兮水无荌，风既毒兮沙亦腥。
　　　胡儿走马疾飞鸟，联翩射落云中声。
　　②阵云忽向沙中起，探得胡兵过辽水。
　　　堪嗟护塞征戍儿，未战已疑身是鬼。

一〇七　将入庐山别僧二首
　　①喷岚堆黛塞寒碧，窗前古雪如白石。
　　　临岐约我来不来？若来须拨红霞觅。
　　②红豆树间滴红雨，恋师不得依师住。
　　　世情世界愁杀人，锦绣谷中归舍去。

一〇八　宿深村
　　　行行一宿深村里，鸡犬丰年闹如市。
　　　黄昏见客合家喜，月下取鱼戽塘水。

一〇九　别仙客
　　　巨鳌头缩翻仙翠，蟠桃烂落珊瑚地。
　　　浪溅霓旌湿鹏翅，略别千年太容易。

一一〇　樵叟
　　　樵父貌饥带风雨，自言一生苦寒暑。
　　　担头担个赤瓷罌，斜阳独入濛胧坞。

一一一　马上作
　　柳岸花堤夕照红，风清襟袖辔璁珑。
　　行人莫讶频回首，家在凝岚一点中。

一一二　终南僧
　　声利掀天竟不闻，草衣木食度朝昏。
　　遥思山雪深一丈，时有仙人来打门。

一一三　乞食老僧
　　赤棕桐笠眉豪垂，拄柳栗杖行迟迟。
　　时人只施盂中饭，心似白莲那得知。

一一四　秋归东阳临岐上三衢杜使君六首
　　①小谢清高大谢才，圣君令泰此方来。
　　　一从到后长〔常〕无事，铃阁公庭满绿苔。
　　②红锦帐中歌《白雪》，乌皮几畔抚青英。
　　　不知何物为心地，赛却澄江彻底清。
　　③谁报田中有黑虫，一家斋戒减仙容。
　　　分忧若也皆如此，天下家家有剩春。
　　④忧民心切出冲炎，禾稼如云喜气兼。
　　　林下闲人亦何幸，也随旌旆到银尖。
　　⑤枯骨纵横遍水湄，尽收为冢碧参差。
　　　分明为报精灵辈，好送旌旗到凤池。
　　⑥舍鲁依刘一片云，好风吹去远纤尘。
　　　犹期明月清风夜，来作西园第八人。

一一五　再游东林寺三首
　　①台殿参差耸瑞烟，桂花飘雪水潺潺。
　　　莫疑远去无消息，七万馀年始半年。

②宣玄旧辇残云湿，邪舍孤坟落照迟。
有个山僧倚松睡，恐人来取白猿儿。
③玉像珠龛香阵横，锦霞多傍石墙生。
辟蛇行者今何在？花里唯闻鸧鸟声。

一一六　题兰江言上人院二首
①一生只着一麻衣，道业还期习彦威。
手把新诗说山梦，石桥天柱雪霏霏。
②只是危吟坐翠层，门前岐路自崩腾。
青云名士时相访，茶煮西峰瀑布冰。

一一七　书石壁禅居
赤蒢檀塔六七级，白菡萏花三四枝。
禅客相逢劝归去，此心能有几人知？

一一八　送人游茅山
茅真旧宅基犹在，药灶苔深土尚殷。
君见道人凭与问，大还还字若为还。

一一九　听僧弹琴
家近吴王古战城，海风终日打檐声。
今朝乡思浑堆积，琴上闻师大蟹行。

一二〇　风琴
至竟心为造化功，一枝青竹四弦风。
寥寥双耳更深后，如在缑山明月中。

一二一　庭橘
蚁踏金苞四五株，洞庭山上味何殊？
不缘松树称君子，肯使甘人唤木奴。

一二二　落花
　　　蝶醉蜂痴一簇香，绣葩红蒂堕残芳。
　　　因嗟好德人难得，公子王孙尽断肠。

一二三　苦吟
　　　河薄星疏雪月孤，松枝清气入肌肤。
　　　因知好句胜金玉，心极神劳特地无。

一二四　偶然作
　　　蝉声引出石中蛩，寂寞门扃叶数重。
　　　谁道思山心不切，等闲画作两三峰。

一二五　招友人宿
　　　银地无尘金菊开，紫梨红枣堕莓苔。
　　　一泓秋水一轮月，今夜故人来不来？

一二六　古战处
　　　鬼气苍黄棘叶红，昔时人血此时风。
　　　可怜极目无疆地，曾落将军一阵中。

一二七　渔者
　　　风恶波狂身似闲，满头霜雪背青山。
　　　相逢略问家何在？回指芦花满舍间。

一二八　送李四校书　元孚
　　　朱丝写别鹤泠泠，诗满红笺月满庭。
　　　莫学楚狂隳姓字，知音还有子期听。

一二九　寄南山景禅师
　　　一度林前见远公，静闻真语世情空。
　　　至今寂寞禅心在，任起桃花柳絮风。

一三〇　月夜怀刘秀才
　　独夜相思但自劳，阮生吟罢梦云涛。
　　此时小定未禅寂，古塔月中松磬高。

一三一　哭刘得仁
　　为爱诗名吟至死，风魂云〔雪〕魄去难招。
　　直须桂子落坟上，生得一枝冤始消。

一三二　上归州刺史于公代通状二首　怀濬
　　①家在关山东复东，其中岁岁有花红。
　　　如今不在花红处，花在旧时红处红。
　　②家在关川西复西，其中岁岁有莺啼。
　　　如今不在莺啼处，莺在旧时啼处啼。

一三三　看金陵图　齐己
　　六朝图画战争多，最是陈宫计数讹。
　　若爱苍生似歌舞，隋皇自合耻干戈。

一三四　寄南岳秦禅师
　　江头默想坐禅峰，白石山前万丈空。
　　山下猎人应不到，雪深花鹿在庵中。

一三五　酬光上人
　　禅言难后到诗言，坐石心同立月魂。
　　应记前秋会吟处，五更犹立〔在〕老松根。

一三六　片云
　　水底分明天上云，可怜形影似吾身。
　　何妨舒作从龙势，一雨吹消万里尘。

一三七　寄清溪道者
　　万重千迭红霞嶂，夜烛朝香白石龛。

　　　　常寄溪窗凭危槛，看经影落古龙潭。

一三八　送胎发笔寄仁公
　　　　此唯胎发内秋豪，绿玉新裁管束牢。
　　　　老病手疼无那尔，却资年少写风骚。

一三九　偶作寄王秘书
　　　　七丝湘水秋深夜，五字河桥日暮时。
　　　　借问秘书郎此意，静弹高咏有谁知？

一四〇　谢惠纸
　　　　烘焙几工成晓雪，轻明百幅迭春冰。
　　　　何消才子题诗外，分与能书贝叶僧。

一四一　答文胜大师
　　　　才把文章干圣主，便承恩泽换禅衣。
　　　　应嫌六祖空传〔传空〕衲，只向曹溪求息机。

一四二　寄怀文英大师
　　　　著紫袈裟名已贵，吟红菡萏价兼高。
　　　　秋风曾忆相留处，门对平湖满白涛。

一四三　怀道林
　　　　四绝堂前万木秋，碧参差影压湘流。
　　　　闲思宋杜题诗板，一上凭栏到夜休。

一四四　辞主人四首
　　　　①放鹤
　　　　华亭又复去芝田，丹顶霜毛性可怜。
　　　　纵与乘轩终误主，不如还放去辽天。
　　　　②放猿
　　　　堪忆春云十二峰，野桃山杏摘香红。

王孙可念愁金锁，纵放断肠明月中。
③放鹭鸶
白蘋红蓼碧江涯，日暖双双立睡时。
愿揭金笼放归去，却随沙鹤斗轻丝。
④放鹦鹉
陇西苍巘结巢高，本为无人识翠毛。
今日笼中强言语，乞归天外啄含桃。

一四五　城中怀山友
春城来往桃李碧，暖艳红香断消息。
吾徒自有山中邻，白昼冥心坐岚壁。

一四六　送人往长沙
荆门归路指湖南，千里风帆兴可谙。
好听鹧鸪啼雨处，木兰舟晚泊春潭。

一四七　偶题
时事懒言多忌讳，野吟无主苦纵横。
君看三百篇章首，何处分明著姓名。

一四八　赠琴客
曾携五老峰前过，几向双松石上弹。
此境此声谁更爱，掀天羯鼓满长安。

一四九　勉吟僧
万途万辙乱真源，白昼劳形夜断魂。
忍着袈裟把名纸，学他低折五侯门。

一五〇　夏日城中作二首
①三面僧邻一面墙，更无风路可吹凉。
他年舍此归何处？青壁红霞裹石房。

②竹低莎浅雨濛濛,小槛幽窗暑月中。
有境牵怀人不会,东林门外翠横空。

一五一　默坐
灯引飞蛾拂焰迷,露淋栖鹤压枝低。
冥心坐睡蒲团稳,梦到天台过剡溪。

一五二　水边行
身着袈裟手杖藤,水边行止不妨僧。
禽栖日落犹孤立,隔浪秋山千万层。

一五三　翡翠
水边飞去青难辨,竹里归来色一般。
磨吻鹰鹯莫相害,白鸥鸿鹤满沙滩。

一五四　送藏休上人二首
①事遂鼎湖遗剑履,时来渭水掷鱼竿。
欲知贤圣存亡道,自向心机反复看。
②一枝霜雪未沾头,争遣藏休肯便休。
学尽世间难学事,始堪随处任虚舟。

一五五　幽斋
幽院才容个小庭,疏篁低短不堪情。
春来犹赖邻僧树,时引流莺送好声。

一五六　赠念法华经僧
万境心随一念平,红芙蓉坼爱河清。
持经功力能如是,任驾白牛安稳行。

一五七　对菊
无艳无妖别有香,栽多不为待重阳。
莫嫌醒眼相看过,却是真心爱澹黄。

一五八　送惠空北游
　　君向岘阳游圣境，我将何事托多才。
　　丁宁堕泪碑前过，写取斯文寄我来。

一五九　寄怀归州马判官
　　三年为倅兴何长，高卧应多事少忙。
　　又见秋风霜裹树，满山椒熟水云香。

一六〇　观荷叶露珠
　　霏微晓露成珠颗，宛转田田未有风。
　　任器方圆性终在，不妨翻覆落池中。

一六一　苦热中怀玉泉寺
　　火云如烧接苍梧，原野烟连大泽枯。
　　漫费葛衫葵扇力，争禁泉石润肌肤。

一六二　折杨柳词四首
　　①凤楼高映绿阴阴，凝重多含雨露深。
　　　莫谓一枝柔软力，几曾牵破别离心。
　　②馆娃宫畔响廊前，依托吴王养翠烟。
　　　剑去国亡台榭毁，却随红树噪秋蝉。
　　③依低似中陶潜酒，软极如伤宋玉风。
　　　多谢将军绕营种，翠中闲卓战旗红。
　　④高僧爱此遮江寺，游子伤残露野桥。
　　　争似着行尽上苑，碧桃红杏对摇摇。

一六三　答长沙丁秀才
　　月月便车奔帝阙，年年贡士过荆台。
　　如何三度槐花落，未见故人携卷来？

一六四　咏雁
　　潇湘水〔浦〕暖全迷鹤，逻迆川寒只有雕。
　　谁向孤舟忆兄弟，坐看连雁渡河〔横〕桥。

一六五　贻九华上人
　　一法传闻继老能，九华闲卧最高层。
　　秋钟尽后残阳暝，门掩松边雨夜灯。

一六六　红蔷薇花
　　晴日当楼晓香歇，锦带盘空欲成结。
　　莺声渐老柳飞时，狂风吹落猩猩血。

一六七　谢猿皮
　　贵向猎师家买得，携来乞与坐禅床。
　　不知摘月秋潭畔，曾对何人啼断肠？

一六八　琴　　隐峦
　　七条丝上寄深意，涧水松风生十指。
　　自乃知音犹尚稀，欲教更入何人耳？

一六九　题醉僧图　怀素
　　人人送酒不曾沽，终日松间挂一壶。
　　草圣欲成狂便发，真堪画作醉僧图。

一七〇　鹭鹚　无则
　　白蘋红蓼碧江涯，日暖双双立睡时。
　　愿揭金笼放归去，却随沙鹤斗轻丝。

一七一　百舌鸟二首
　　①千愁万恨过花时，似向春风怨别离。
　　若使众禽俱解语，一生怀抱有谁知？

②长截邻鸡叫五更，数般名字百般声。
饶伊摇舌先知晓，也待青天明即鸣。

一七二　桐花鸟　可朋
五色毛衣比凤雏，深花丛里只无如〔如无〕。
美人买得偏怜惜，移比〔向〕金钗重几铢。

一七三　题御书后又一绝　亚栖
通神笔法得玄门，亲入长安谒至尊。
莫怪出来多意气，草书曾悦圣明君。

一七四　题英禅师壁
将知德行异寻常，每见持经在道场。
欲识用心精洁处，一瓶秋水一炉香。

一七五　答卢邺　良乂
风泉只向梦中闻，身外无馀可寄君。
当户一轮惟晓月，挂檐数片是秋云。

一七六　山中作　处默
席簾高挂枕高欹，门掩垂萝蘸碧溪。
闲把史书眠一觉，起来山月过松西。

一七七　织妇
蓬鬟蓬门积恨多，夜阑灯下不停梭。
成縑犹自陪钱纳，未直青楼一曲歌。

一七八　醉吟　许碏
阆苑花前是醉乡，滔翻王母九霞觞。
群仙拍手嫌轻薄，谪向人间作酒狂。

第四十卷　七言三十　全唐　宫闱、女郎、
　　　　　　　　　　　　神仙、鬼怪

（共二百八十五首）

一　如意曲　　武则天
　　看朱成碧思纷纷，憔悴支离为忆君。
　　不信比来长〔常〕下泪，开箱验取石榴裙。

二　谢赐珍珠　　梅妃
　　桂叶双眉久不描，残妆和泪污红绡。
　　长门尽日无梳洗，何必珍珠慰寂寥。

三　赠张云容舞　　杨贵妃
　　罗袖动香香不已，红蕖袅袅秋烟里。
　　轻云岭上乍摇风，嫩柳池边初拂水。

四　驾幸新丰温泉宫献诗三首　　上官昭容
　　①三冬季月景龙年，万乘观风出灞川。
　　　遥看电跃金为马，回瞩霜原玉作田。
　　②鸾旗掣曳拂空回，羽骑骖驔蹑景来。
　　　隐隐骊山云外耸，迢迢御帐日边开。
　　③翠幕朱帷敞月营，金罍玉斝泛兰英。
　　　岁岁年年常扈跸，长长久久乐承平。

五　长宁公主宅流杯三首
　　①沁水田园先自多，齐城楼观更无过。
　　　倩语张骞莫辛苦，人今从此识天河。
　　②参差碧岫耸莲花，潺湲绿水萦金沙。
　　　何须远访三山路，而今已到九仙家。
　　③凭高瞰迥足怡心，菌阁桃源不暇寻。
　　　馀雪依林成玉树，残霙点岫即瑶岑。

六　嘲陆畅吴音　元和内人
　　十二层楼倚翠空，凤鸾相对立梧桐。
　　双成走报监门卫，莫使吴歈入汉宫。

七　夫征匈奴不归　裴羽仙
　　①风卷平沙日欲曛，狼烟遥认犬羊群。
　　　李陵一战无归日，望断胡天哭塞云。
　　②良人平昔逐蕃浑，力战轻行出塞门。
　　　从此不归成万古，空留贱妾怨黄昏。

八　寄征人　廉氏
　　凄凄北风吹鸳被，娟娟西月生蛾眉。
　　谁知独夜相思处，泪滴寒塘蕙草时。

九　春闺怨　程长文
　　绮陌香飘柳如线，时光瞬息如流电。
　　良人何处事功名，十载相思不相见。

一〇　怨诗二首　姚月华
　　①春水悠悠春草绿，对此思君泪相续。
　　　羞将离恨向东风，理尽秦筝不成曲。
　　②与君形影分吴越，玉枕终年对离别。

登台北望烟雨深，回身泣向寥天户。

一一　长门怨　刘媛
学画蛾眉独出群，当时人道便承恩。
经年不见君王面，花落黄昏空掩门。

一二　赠卢郎　崔氏
不怨卢郎年纪大，不怨卢郎官职卑。
自恨妾身生较晚，不及卢郎年少时。

一三　杜羔不第将至家寄以二绝　刘氏
①良人的的有奇才，何事年年被放回。
如今妾面羞君面，君到来时近夜来。
②传闻天子访沉沦，万里怀书西入秦。
早知不用无媒客，恨别江南杨柳春。

一四　杜羔登第寄之
长安此去无多地，郁郁葱葱佳气浮。
良人得意正年少，今夜醉眼何处楼？

一五　绝张生　崔莺莺
自从消瘦减容光，万转千回懒下床。
不为傍人羞不起，为郎憔悴却羞郎。

一六　元载入相寄姊妹　王氏
相国已随麟阁贵，家风第一右丞诗。
笄年解笑鸣机妇，耻见苏秦富贵时。

一七　喻元载阻客
楚竹燕歌动画梁，春兰重换舞衣裳。
公孙开閤招嘉客，知道浮荣不久长。

一八　燕子楼感事三首　关盼盼
　　①楼上残灯伴晓霜，独眠人起合欢床。
　　　相思一夜情多少？地角天涯不是长。
　　②北邙松柏锁愁烟，燕子楼中思悄然。
　　　自埋剑履歌尘散，红袖香消已十年。
　　③适看鸿雁岳阳回，又睹玄禽逼社来。
　　　瑶瑟玉箫无意绪，任教珠网任从灰。

一九　和白舍人
　　自守空楼敛恨眉，形同春后牡丹枝。
　　舍人不会人深意，讶道泉台不去随。

二〇　题兴元明珠亭　京兆女
　　寂寥满地落花红，独有离人万恨中。
　　回首池塘更无语，手弹珠泪与东风。

二一　酬赵象　非烟
　　绿惨双蛾不自持，只缘犹恨在新诗。
　　郎心应似琴心怨，脉脉春情更泥谁？

二二　答赵象独坐见怀
　　无力严装倚绣栊，暗题蝉锦思难穷。
　　近来赢得伤春病，柳弱花欹怯晓风。

二三　寄怀赵象
　　画檐春燕须同宿，兰浦双鸳肯独飞。
　　长恨桃源诸女伴，等闲花里送郎归。

二四　答赵象
　　相思只怕不相识，相见还愁却别君。
　　愿得化为松上鹤，一双飞去入行云。

二五　歌送酒　鲍生妾
　　风飐荷珠难暂圆，多情信有短因缘。
　　西楼今夜三更月，还照离人泣断弦。

二六　寄彭伉二首　张氏
　　①久无音信到罗帏，路远迢迢遣问谁？
　　闻君折得东堂桂，折罢那能不暂归。
　　②驿使今朝过五湖，殷勤为我报狂夫。
　　从来夸有龙泉剑，试割相思得断无？

二七　谢人送酒　孙氏
　　谢将清酒寄愁人，澄澈甘香气味真。
　　好是绿窗风月夜，一杯摇荡满怀春。

二八　代夫作白蜡烛诗赠人
　　景胜银釭香比兰，一条白玉逼人寒。
　　他时紫禁春风夜，醉草天书仔细看。

二九　蜀宫应制　李舜弦夫人
　　浓树禁花开后庭，饮筵中散酒醒醒。
　　濛濛雨草瑶阶湿，钟晓愁吟独倚屏。

三〇　钓鱼不得
　　尽日池边钓锦鳞，芰荷香里暗销魂。
　　依稀纵有寻香饵，知是金钩不肯吞。

三一　随驾游青城
　　因随八马上仙山，顿隔埃尘物象闲。
　　只恐西追王母宴，却忧难得到人间。

三二　锦城春望　卓英英
　　和风装点锦城春，细雨如丝压玉尘。

漫把诗情访奇景，艳花秾酒属闲人。

三三　理笙
频倚银屏理凤笙，调中幽意起春情。
因思往事成惆怅，不得猴山和一声。

三四　游福感寺答少年
牡丹未及开时节，况是秋风莫近前。
留待来年二三月，一枝和露压神仙。

三五　答玄士
数载幽栏种牡丹，裹香包艳待神仙。
神仙既有丹青术，携取何妨入洞天。

三六　和锦城春望　眉娘
蚕市初开处处春，九衢明艳起香尘。
世间总有浮华事，争及仙山出世人。

三七　和理笙
但于闺阁熟吹笙，太白真仙自有情。
他日丹霄骖白凤，何愁子晋不闻声。

三八　和潘雍　葛氏女
九天天远瑞烟浓，驾鹤骖龙意已同。
从此三山山上月，琼花开处照春风。

三九　与夫严灌夫诀　慎氏
当时心事已相关，雨散云飞一饷间。
便是孤帆从此去，不堪重上望夫山。

四〇　题三乡驿　若耶溪女
昔逐良人西入关，良人身没妾空还。

　　　　谢娘卫女不相待，为雨为云过别山。

四一　题沙苑门　谯氏女
　　　　昔逐良人去上京，良人身没妾东征。
　　　　同来不得同归去，永负朝云暮雨情。

（以上宫闱）

四二　酬人寄篸　鱼玄机
　　　　枕〔珍〕篸新铺翡翠楼，泓澄玉水记方流。
　　　　唯应云扇情相似，同向银床恨早秋。

四三　游崇贞观南楼睹新及第题名处
　　　　云峰满目放春晴，历历银钩指下生。
　　　　自恨罗衣掩诗句，举头空羡榜中名。

四四　和新及第悼亡
　　　　一枝月桂和烟秀，万树江桃带雨红。
　　　　且醉尊前休怅望，古来悲乐与今同。

四五　秋思
　　　　自叹多情是足愁，况当风月满庭秋。
　　　　洞房偏与更声近，夜夜灯前欲白头。

四六　江行二首
　　　①大江横抱武昌斜，鹦鹉洲前万户家。
　　　　画舸春眠朝未足，梦为蝴蝶也寻花。
　　　②烟花已入鸬鹚港，画舸犹沿鹦鹉洲。
　　　　醉卧醒吟都不觉，今朝惊在汉江头。

四七　闻李端公垂钓回
　　　　无限荷香染暑衣，阮郎何处弄船归？
　　　　自惭不及鸳鸯侣，犹得双双绕钓矶。

四八　隐雾亭
　　春花秋月入诗篇，白日清宵是散仙。
　　空卷朱簾不曾下，长移一榻对山眠。

四九　重阳阻雨
　　满庭黄菊篱边圻，两朵芙蓉镜里开。
　　落帽台前风雨阻，不知何处醉金杯？

五〇　江陵愁望有寄
　　枫叶千枝复万枝，江桥掩映暮帆迟。
　　忆君心似西江水，日夜东流无歇时。

五一　送别二首
　　①层楼几夜惬心期，不料仙郎有别离。
　　　睡觉不言云去处，残灯一盏野蛾飞。
　　②水柔逐器知难定，云出无心肯再归。
　　　惆怅春风楚江暮，鸳鸯一只失群飞。

五二　迎李员外
　　今日喜时闻鹊喜，昨宵灯下拜灯花。
　　焚香出户迎潘岳，不羡牵牛织女家。

五三　戏赠所思　崔仲容
　　暂别昆仑未得归，阮郎何事教人非。
　　如今身佩上清箓，莫遣落花沾羽衣。

五四　独夜词　崔公远
　　晴天霜落寒风急，锦帐罗帏羞更入。
　　秦筝不复续断弦，回身掩泪挑灯立。

五五　寄故人　张窈窕
　　澹澹春风花落时，不堪愁坐更相思。

无金可买《长门赋》，有恨空吟《团扇》诗。

五六　赠所思
　　与君咫尺长离别，遣妾容华为谁说？
　　夕望层城眼欲穿，晓临明镜肠堪绝。

五七　献陈陶处士　莲花妓
　　莲花为号玉为腮，珍重尚书遣妾来。
　　处士不生巫峡梦，虚劳神女下阳台。

五八　续韦蟾句　武昌妓
　　悲莫悲兮生别离，登山临水送将归。
　　武昌无限新栽柳，不见杨花扑面飞。

五九　寄欧阳詹　太原妓
　　自从别后减容光，半是思郎半恨郎。
　　欲识旧来云髻样，为奴开取缕金箱。

六〇　忆崔生　红绡妓
　　深洞莺啼恨阮郎，偷来花下解珠珰。
　　碧云飘断音书绝，空倚玉箫愁凤凰。

六一　得阎伯钧书　李季兰
　　情来对镜懒梳头，暮雨萧萧庭树秋。
　　莫怪阑干垂玉箸，只缘惆怅对银钩。

六二　送人　徐月英
　　惆怅人间万事违，两人同去一人归。
　　生憎平望亭前水，忍照鸳鸯相背飞。

六三　叙怀
　　为失三从泣泪频，此身何用处人伦？

虽然日逐笙歌乐,长羡荆钗与布裙。

六四　送卢员外　薛涛
玉垒山前风雪夜,锦官城北别离魂。
信陵公子如相问,长向夷门感旧恩。

六五　续嘉陵驿诗献武相国
蜀门西更上青天,强为公歌蜀国弦。
卓氏长卿称士女,锦江玉垒献山川。

六六　段相国游武担寺病不能从题寄
消瘦翻堪见令公,落花无那恨东风。
侬心犹道青春在,羞看飞蓬石镜中。

六七　赠段校书
公子翩翩说校书,玉弓金勒紫绡裾。
玄成莫便骄名誉,文采风流定不如。

六八　酬杜舍人
双鱼底事到侬家,扑手新诗片片霞。
唱到白蘋洲畔曲,芙蓉空老蜀江花。

六九　筹边楼
平临云鸟入窗秋,壮压西川四十州。
诸将莫贪羌族马,最高层处见边头。

七〇　贼平后上高相公
惊看天地白荒荒,瞥见青山旧夕阳。
始信大威能照映,由来日月借生光。

七一　听僧吹芦管
晓蝉鸣咽暮莺愁,言语殷勤十指头。

罢阅梵书劳一弄，散随金磬泥清秋。

七二　酬郭简州寄柑子
　　霜规不让黄金色，圆质仍含御史香。
　　何处同声情最异？临川太守谢家郎。

七三　上州主武相国二首
　　①落日重城夕雾收，玳筵雕俎荐诸侯。
　　　因令朗月当庭燎，不使珠簾下玉钩。
　　②东阁移尊绮席除，貂簪龙节更宜春。
　　　军城画角三声歌，云幕初垂红烛新。

七四　忆荔枝
　　传闻象郡隔南荒，绛实丰肌不可忘。
　　近有青衣连楚水，素浆还得类琼浆。

七五　斛石山晓望寄吕侍御
　　曦轮初转照仙扃，旋擘烟岚上窅冥。
　　不得玄晖同指点，天涯苍翠漫青青。

七六　斛石山书事
　　王家山水画图中，意思都卢粉墨容。
　　今日忽登虚境望，步摇冠翠一千峰。

七七　寄词
　　菌阁芝楼杳霭中，霞开深见玉皇宫。
　　紫阳天上神仙客，称在人间立世功。

七八　送姚员外
　　万条江柳早秋枝，袅地翻风色未衰。
　　欲折尔来将赠别，莫教烟月两乡悲。

七九　酬祝十三秀才
　　浩思蓝山玉彩寒，水囊敲碎楚金盘。
　　诗家利器驰声久，何用春闱榜下看。

八〇　别李郎中
　　花落梧桐凤别凰，想登秦岭更凄凉。
　　安仁纵有诗将赋，一半音词杂悼亡。

八一　送扶炼师
　　锦浦归舟巫峡云，绿波迢递雨纷纷。
　　山阴妙术人传久，也说将鹅与右军。

八二　摩诃池赠萧中丞
　　昔以多能佐碧油，今朝同泛旧仙舟。
　　凄凉逝水颓波远，唯到碑前咽不流。

八三　和李书记席上见赠
　　翩翩射策东堂秀，岂复相逢豁寸心。
　　借问风光为谁丽？万条丝柳翠烟深。

八四　棠梨花和李太尉
　　吴均蕙圃移嘉木，正及东溪春雨时。
　　日晚莺啼何所为？浅深红腻压繁枝。

八五　酬文使君
　　延英晓拜汉恩新，五马腾骧九陌尘。
　　今日谢庭飞白雪，巴歌不复旧阳春。

八六　酬吴随君
　　支公别墅接花扃，买得前山总未经。
　　入户剡溪云水满，高斋咫尺蹑青冥。

八七　酬李校书
　　才游爱外身虽远，学茂区中事易闻。
　　自顾漳滨多病后，空瞻遗翮舞青云。

八八　赋凌云寺二首
　　①闻说凌云寺里苔，风高日近绝纤埃。
　　横云照染夫容壁，是待诗人宝月来。
　　②闻说凌云寺里花，飞空绕磴逐江斜。
　　有时锁得嫦娥镜，缕出瑶台五色霞。

八九　九日遇雨二首
　　①万里惊飙朔气深，江城萧索昼阴阴。
　　谁怜不得登山去，可惜寒芳色似金。
　　②茱萸秋节佳期阻，金菊寒花满院香。
　　神女欲来知有意，先令云雨暗池塘。

九〇　酬雍才贻巴峡图
　　千迭云峰万顷湖，白波分去绕荆吴。
　　感君识我枕流意，重示瞿塘峡口图。

九一　酬韦校书
　　芸香误比荆山玉，那似登科甲乙年。
　　澹地鲜风将绮思，飘花散蕊媚青天。

九二　上王尚书
　　碧玉双幢白玉郎，初辞天帝下扶桑。
　　手持云篆题新榜，十万人家春日长。

九三　和刘宾客玉蕣
　　琼枝的皪露珊珊，欲折如披霞彩寒。
　　闲拂朱房何所似？缘山偏映日轮残。

九四　江边
　　西风忽报雁双双，人世心形两自降。
　　不为鱼肠有真诀，谁能夜夜立清江？

九五　赠苏三十中丞
　　洛阳陌上烟轮气，欲逐秋空击隼飞。
　　今日芝泥检征诏，别须台外振霜威。

九六　和郭员外题万里桥
　　万里桥头独越吟，知凭文字写愁心。
　　细侯风韵兼前事，不止为舟也作霖。

九七　送郑资州
　　雨暗眉山江水流，离人掩袂立高楼。
　　双旌千骑骈东陌，独有罗敷望上头。

九八　江亭宴饯
　　绿沼红泥物象幽，范汪兼倅李并州。
　　离亭急管四更后，不见车公心独愁。

九九　海棠溪
　　春教风景驻仙霞，水面鱼身总带花。
　　人世不思灵卉异，竞将红缬染轻纱。

一〇〇　采莲舟
　　风前一叶压荷蕖，解报新秋又得鱼。
　　兔走乌驰人语静，满溪红袂棹歌初。

一〇一　菱荇沼
　　水荇斜牵绿藻浮，柳丝和叶卧清流。
　　何时得向溪头赏，旋摘菱花旋泛舟。

一〇二　金灯花
　　栏边不见蘘蘘叶，砌下惟翻艳艳丛。
　　细视欲将何物比，晓霞初叠赤城宫。

一〇三　春郊游眺寄孙处士二首
　　①低头久立向蔷薇，爱似零陵香惹衣。
　　　何事碧鸡孙处士，百劳东去燕西飞。
　　②今朝纵目悦芳菲，夹缬笼裙绣地衣。
　　　满袖满头兼手把，教人识是看花归。

一〇四　酬杨供奉法师见招
　　远水长流洁复清，雪窗高卧与云平。
　　不嫌衰室无烟火，惟笑商山有姓名。

一〇五　试新服裁制初成三首
　　①紫阳宫里赐红绡，仙雾朦胧隔海遥。
　　　霜兔毳寒冰茧净，嫦娥笑指织星桥。
　　②九气分为九色霞，五灵仙驭五云车。
　　　春风因过东君舍，偷样人间染百花。
　　③长裾本是上清仪，曾逐群仙把玉芝。
　　　每到宫中歌舞会，折腰齐唱《步虚词》。

一〇六　寄张元夫
　　前溪独立后溪行，鹭识朱衣自不惊。
　　借问人间愁寂意，伯牙弦绝已无声。

一〇七　酬辛员外折花见遗
　　青鸟东飞正落梅，衔花满口下瑶台。
　　一枝为授殷勤意，把向风前旋旋开。

一〇八　赠远二首
　　①芙蓉新落蜀山秋，锦字开缄到是愁。
　　　闺阁不知戎马事，月高还上望夫楼。
　　②扰弱青蒲绿又齐，春深花落塞前溪。
　　　知君未转秦关骑，日照千门扼袖啼。

一〇九　送友人
　　水国兼葭夜有霜，月寒山色共苍苍。
　　谁言千里似今夕，离梦杳如关路长。

一一〇　秋泉
　　冷色初澄一带烟，幽声遥泻十丝弦。
　　长来枕上牵情思，不使愁人半夜眠。

一一一　题竹郎庙
　　竹郎庙前多古木，夕阳沉沉山更绿。
　　何处江村有笛声，声声尽是迎郎曲。

一一二　柳絮
　　二月柳花轻复微，春风摇荡惹人衣。
　　他家本是无情物，一向南飞又北飞。

一一三　犬离主
　　驯扰朱门四五年，毛香足净主人怜。
　　无端咬着亲情客，不得红丝毯上眠。

一一四　笔离手
　　越管宣毫始称情，红笺纸上撒花琼。
　　都缘用久锋头尽，不得羲之手里擎。

一一五　马离厩
　　雪耳红毛浅碧蹄，追风曾到日东西。

　　　　为惊玉貌郎君坠，不得华轩更一嘶。

一一六　鹦鹉离笼
　　　　陇西独自一孤身，飞去飞来上锦茵。
　　　　都缘出语无方便，不得笼中再唤人。

一一七　燕离窠
　　　　出入朱门未忍抛，主人常爱语交交。
　　　　衔泥秽污珊瑚簟，不得梁间更垒巢。

一一八　珠离掌
　　　　皎洁圆明内外通，清光似照水晶宫。
　　　　都缘一点瑕相秽，不得终宵在掌中。

一一九　鱼离池
　　　　戏跃莲池四五秋，常摇朱尾弄纶钩。
　　　　无端摆断芙蓉朵，不得清波更一游。

一二〇　鹰离主
　　　　爪利如锋眼似铃，平原捉兔称高情。
　　　　无端窜向青云外，不得君王手里擎。

一二一　竹离亭
　　　　蓊郁新栽四五行，常将劲节负秋霜。
　　　　为缘春笋钻墙破，不得垂阴覆玉堂。

一二二　镜离台
　　　　铸泻黄金镜始开，初生三五月徘徊。
　　　　为道无限尘蒙蔽，不得华堂上玉台。

一二三　赠杨蕴中
　　　　玉漏声长灯耿耿，东墙西墙时见影。

月明窗外子规啼，忍使孤魂愁夜永。
(以上女郎)

一二四　送酒歌二首　洛苑花神
　　①皎洁玉颜胜白雪，况乃当年对芳月。
　　　沉吟不敢怨春风，自叹容华暗消歇。
　　②绛衣披拂露盈盈，淡染胭脂一朵轻。
　　　自恨红颜留不住，莫怨春风道薄情。

一二五　与徐兵曹酬献二首　滕传胤（桐庐神）
　　①浦口潮来初渺漫，莲舟摇飏采花难。
　　　春心不惬空归去，会待潮平〔回〕更折看。
　　②忽然湖上片云飞，不觉舟中雨湿衣。
　　　折得莲花浑忘却，空将荷叶盖头归。

一二六　赠僧
　　卓立不求名出家，长怀片志在青霞。
　　今日英雄气冲盖，谁能久坐宝莲花？

一二七　酬张无颇二首　广利王女
　　①羞解明珰寻汉渚，但凭春梦访天涯。
　　　红楼日暮莺飞去，愁杀深宫落砌花。
　　②燕语春泥随锦筵，情愁无意整花钿。
　　　寒闺欹枕不成梦，香炷金炉自袅烟。

一二八　夜宴歌　雪溪神
　　山势萦回水脉分，水光山色翠连云。
　　四时尽入诗人咏，役杀吴兴柳使君。

一二九　和　湘王
　　渺渺烟波接九疑，几人经此泣江篱。

年年绿水青山色，不改重华南狩时。

一三〇　赠萧旷　洛浦神女
王箸凝腮忆魏宫，朱丝一弄洗清风。
明晨追赏应愁寂，沙渚烟消翠羽空。

一三一　同前　织绡娘子
织绡泉底少欢娱，更劝萧郎尽酒壶。
愁见玉琴弹别鹤，又将清泪滴真珠。

一三二　答二神女　萧旷
红兰吐艳间夭桃，自喜寻芳数已遭。
珠珮鹊桥从此断，遥天空恨碧云高。

一三三　赠樊夫人　裴航
同舟胡越犹怀思，况遇天妃隔锦屏。
倘若玉京朝会去，愿随鸾鹤入青冥。

一三四　答裴航　樊夫人
一饮琼浆百感生，玄霜捣尽见云英。
蓝桥便是神仙窟，何必崎岖上玉京。

一三五　示毛女　芙蓉老人
饵柏身轻选嶂间，是非无意到人寰。
冠裳暂备论人世，一饷云游碧落间。

一三六　和　秦宫毛女
谁言古是与今非，闲蹑青霞绕翠微。
箫管秦楼应寂寞，彩云空惹薜萝衣。

一三七　题玉壶赠元彻柳实　南溟夫人
来从一叶舟中来，去向百花桥上去。

若到人间叩玉壶，鸳鸯自解分明语。

一三八　赠封陟二首　上元夫人
①谪居蓬岛别瑶池，春媚烟花有所思。
　为爱君心能洁白，愿操箕帚奉屏帏。
②弄玉有夫皆得道，刘纲兼室尽登仙。
　君能仔细窥朝露，须逐云车拜洞天。

一三九　留别
萧郎不顾凤楼人，云涩回车泪脸新。
愁杀蓬瀛归去路，难窥旧苑碧桃春。

一四〇　题石上　王氏女
玩水登山无足时，诸仙频下听吟诗。
此心不恋居人世，惟见天边双鹤飞。

一四一　静室歌　戚逍遥
笑看沧海欲成尘，王母花前别众真。
千载却归天上去，一心珍重世间人。

一四二　得受仙诗四首　杨监真
①天教绝粒应精诚，道启真心觉渐清。
　云外仙歌笙管合，花间风引步虚声。
②飞鸟莫到人莫攀，一隐十年不下山。
　袖中短书谁为达？华山道士卖药还。
③日落焚香坐醮坛，庭花露湿渐更阑。
　净水仙童调玉液，春宵羽客化金丹。
④摄念精思引彩霞，焚许虚室对姻花。
　道合云霄游紫府，湛然真境瑞皇家。

一四三　赠汉武帝　　王母
　　珠露金风下界秋，汉家庭树冷修修。
　　当时不得仙桃力，寻作浮尘飘陇头。

一四四　答王母　　汉武帝
　　五十馀年四海清，自亲丹灶得长生。
　　若言尽是仙桃力，看取神仙簿上名。

一四五　和　　王子晋
　　月照骊山露泣花，似悲先帝早升遐。
　　至今犹有长生鹿，时绕温泉望翠华。

一四六　赋上清神女催装　　茅盈
　　水精帐开银烛明，风摇珠珮连云清。
　　休匀红粉饰花态，早驾双鸾朝玉京。

一四七　和　　巢父
　　三星在天银汉回，人间旦色东方来。
　　玉苗琼蕊亦宜夜，莫使一花冲晓开。

一四八　题酒楼壁　　伊用昌
　　此生生在此生先，何事从玄不复玄。
　　已在淮南鸡犬后，而今便在玉皇前。

一四九　书韦氏巾　　洞庭君
　　昔日江头菱芡人，蒙君数饮松醪春。
　　活君家室以为报，珍重长沙郑德璘。

一五〇　献狄令　　张辞
　　何用梯媒向外求，长生只合内中修。
　　莫言大道人难得，自是行心不到头。

一五一　题琴堂
　　张辞张辞自不会，天下经书在腹内。
　　身即腾腾处世间，心即逍遥出天外。

一五二　华山游人　毛女正美
　　曾折松枝为宝栉，又编栗叶代罗襦。
　　有时问却秦宫事，笑捻仙花望太虚。

一五三　梦入琼台　许碏
　　晓入瑶台露气清，天风飞下《步虚》声。
　　尘心未尽俗缘在，十里下山空月明。

一五四　题禅窟寺　陈季卿
　　霜钟鸣时夕风急，乱鸦又望寒林集。
　　此时辍棹悲且吟，独对莲华一峰立。

一五五　赠何生　明月潭龙女
　　坐久风吹绿绮寒，九天月照水精盘。
　　不思却返沉潜去，为惜春光一夜欢。

一五六　留别何郎
　　负妾当时寤寐求，从兹粉面阻绸缪。
　　宫空月苦瑶云断，寂寞巴江水自流。

一五七　画地吟　太白山玄士
　　学得丹青数万年，人间几度变桑田。
　　桑田虽变丹青在，谁向丹青合得仙？

一五八　紫霄夫人席上　桃花夫人
　　昔时训子西河上，汉使经过问妾缘。
　　自到仙山不知老，凡间唤作几千年。

一五九　送青城丈人酒　紫微孙处士
　　深羡青城好洞天，白龙一觉已千年。
　　铺云枕石长松下，朝退看书尽日眠。

一六〇　送王懿昌酒
　　将知骨分到仙乡，酒饮金华玉液浆。
　　莫道人间只如此，回头已是一年强。

一六一　送太一真君酒　青城丈人
　　峨嵋仙府静沉沉，玉液金华莫厌斟。
　　凡客欲知真一洞，剑门西北五云深。

一六二　送紫微处士酒　太一真君
　　此中何必羡青城，玉树云栖不记名。
　　闷即乘龙游紫府，北辰南斗逐君行。

一六三　摘紫芝　李太玄
　　偶游洞府到芝田，星月茫茫欲曙天。
　　虽则似离尘世了，不知何处遇真仙？

一六四　玉女舞霓裳
　　舞势随风散复收，歌声似磬韵还幽。
　　千回赴节填词处，娇眼如波入鬓流。

一六五　鬻丹砂醉吟　刘道昌
　　心田但使灵芝长，气海常教法水朝。
　　功满自然留不住，更将何物驭丹霄？

一六六　龟市告别
　　还丹功满气成胎，九百年来混俗埃。
　　自此三山一归去，无因重到世间来。

一六七　货舟吟　邻场道人
　　寻仙何必三山上，但使神存九窍清。
　　炼得绵绵元气定，自然不食亦长生。

一六八　群仙降蜀宫六首　后土夫人
　　偶引群仙到世间，薰风殿里醉华筵。
　　等闲贪赏不归去，愁杀韦郎一觉眠。

一六九　其二　王母
　　沧海成尘几万秋，碧桃花发长春愁。
　　不来便是数千载，周穆汉皇何处游？

一七〇　其三　麻姑
　　世间何事不潸然，人得人情命不延。
　　适向蔡家厅上饮，回头已见一千年。

一七一　其四　上元夫人
　　思量往事一愁容，阿母曾邀到汉宫。
　　城阙不存人不见，茂陵荒草恨无穷。

一七二　其五　弄玉
　　彩凤飞来到禁闱，便随王母驻瑶池。
　　如今记得秦楼上，偷见萧郎恼妾时。

一七三　其六　太真
　　春梦悠扬生下界，一堪成笑一堪悲。
　　马嵬不是无情地，自遇蓬莱睡觉时。

一七四　临刑赋　杨损
　　圣主何曾识仲都，可嗟社稷在须臾。
　　市东便是神仙窟，何必乘舟泛五湖。

一七五　东洛货丹　许学士
　　三千功满去升天，一住人间数百年。
　　华表他时却归日，沧溟应恐变桑田。

一七六　天关回到世吟
　　九霄云路奇哉险，曾抱冲身入太和。
　　今日东归浑似梦，望崖回首隔天波。

（以上神仙）

一七七　吟送酒　京昭仪宝仙
　　争不逢人话此身，此身长夜不知春。
　　自从国破家亡后，陇上惟添芳草新。

一七八　又　张夫人华国
　　休说人间恨恋多，况逢佳客此相过。
　　堂中纵有千般乐，争及《阳春》一曲歌。

一七九　又　景才人舜英
　　幽谷穷花似妾身，纵怀香艳吐无因。
　　多情公子能相访，应解回风暂借春。

一八〇　留金扼臂赠别
　　恩情未足晓光催，数朵眠花未得开。
　　却羡一双金扼臂，随君此去出泉台。

一八一　答王轩　苎萝川女
　　妾自吴宫还越国，素衣千载无人识。
　　当时心比金石坚，今日为君坚不得。

一八二　赠马祖　峡中白衣
　　截竹为筒作笛吹，凤凰池上凤凰飞。

劳君更向黔南去,即是陶钧万类时。

一八三　赠段何　客户里女
乐广清羸经几年,姹娘相托不论钱。
轻盈妙质归何处?惆怅碧楼红玉钿。

一八四　赠张珽　郑适
昔为吟风啸月人,今是吟风啸月身。
冢坏路边吟啸罢,安知今日为劳神。

一八五　赠沈警　张仲妹
陇上云车不复居,湘川斑竹泪沾馀。
谁念衡山烟雾里,空看雁足不传书。

一八六　前题　湘妃庙女
①渺渺三湘万里程,泪篁幽石助芳贞。
　孤云目断苍梧野,不得攀龙到玉京。
②碧杜红蘅缥缈香,水丝弹月梦清凉。
　峰峦一一俱相似,九处堪疑百断肠。
③玉辇金根去不回,湘川秋晚楚絃哀。
　自从泣尽江篱血,夜夜愁风怨雨来。
④少将风月怨平湖,见尽扶桑水到枯。
　相约杏花坛上去,画栏红子斗樗蒱。

一八七　送酒歌　萧凤台
脸花不绽几含幽,今夕阳春独换秋。
我守孤烟无白日,寒云岭上更添愁。

一八八　和　刘兰翘
幽谷啼莺整羽翰,犀沉玉冷自长叹。
月华不忍扃泉户,露滴松枝一夜寒。

一八九　和　张云容

　　韶光不鉴分成尘，曾饵金丹忽有神。
　　不意薛生携旧律，独开幽谷一枝春。

一九〇　和　薛昭

　　误入宫墙漏网人，月华清洗玉阶尘。
　　自疑飞到蓬山顶，琼艳三枝半夜春。

一九一　寄夫周混　韦璜

　　早知离别切人心，悔作从来恩爱深。
　　黄泉冥漠虽长逝，白日屏帷还重寻。

一九二　留赠嫂一首

　　赤心用尽为相知，虑后防前只定疑。
　　案牍可申生节目，桃符虽圣欲何为？

一九三　幽冤诗　郑琼罗

　　痛填心兮不能语，寸肠断兮诉何处？
　　春生万物妾不生，更恨香魂不相遇。

一九四　咏　襄阳举人

　　流水涓涓芹努芽，织乌西飞客还家。
　　荒村无人作寒食，殡宫空对棠梨花。

一九五　赠元载　无名人

　　城东城西旧居处，城里飞花乱如絮。
　　海燕衔泥欲下来，屋里无人却飞去。

一九六　题巴陵古馆　老青衣

　　爷娘送我青枫根，不记青枫几回落。
　　当时手刺衣上花，今日为灰不堪著。

一九七　赠崔季衡　王使君女
　　五原分袂真胡越，燕折莺离芳草竭。
　　年少烟花处处春，北邙空恨清秋月。

一九八　答王使君女　崔季衡
　　莎草青青雁欲归，玉腮珠泪洒临岐。
　　云鬟飘去香风尽，愁见莺啼红树枝。

一九九　吟　五原女
　　云鬟消尽转蓬稀，埋骨穷荒无所依。
　　牧马不嘶沙月白，孤魂空逐雁南飞。

二〇〇　示韦齐休　九华山白衣
　　涧水潺潺声不绝，溪陇茫茫野花发。
　　自去自来人不知，归时唯对空山月。

二〇一　示颜濬　张丽华
　　秋草荒台响夜蛩，白杨凋尽减悲风。
　　彩笺曾襞〔擘〕欺江总，绮阁尘消〔清〕玉树空。

二〇二　同赋　孔贵嫔
　　宝阁排云称望仙，五云高艳拥朝天。
　　青溪犹有当时月，应照琼花绽绮筵。

二〇三　同赋　张幼芳
　　素魄初圆恨翠蛾〔娥〕，繁华浓艳竟如何？
　　南朝唯有长江水，依旧门前作逝波。

二〇四　和　颜濬
　　箫管清吟怨丽华，秋江寒月绮窗斜。
　　惭非后主题笺客，得见临春阁上花。

二〇五　同庞德公望荆门　马绍隆
　　千年故园岁华奔,一柱高台已断魂。
　　唯有岘亭清夜月,与君长啸学苏门。

二〇六　忆荆南
　　高名宋玉遗闲丽,作赋兰成绝盛才。
　　谁似辽东千岁鹤,倚天华表却归来?

二〇七　地下赠窦悉　到溉
　　冥路杳杳人不知,不用苦说使人悲。
　　喜得逢君传家信,后会茫茫何处期?

二〇八　金陵词　台城妓
　　宫中细草香红湿,宫内纤腰碧窗泣。
　　唯有虹梁春燕雏,犹傍珠簾玉钩立。

二〇九　席间赋二首　湘妃
　　①鸾舆昔日出蒲关,一去苍梧更不还。
　　　若是不留千古恨,湘江何事竹犹斑。
　　②愁闻黄鸟夜关关,妳㕸春来有梦还。
　　　遗美代移刊勒绝,惟闻留得泪痕斑。

二一〇　同赋　西施
　　方承恩宠醉金杯,岂谓干戈骤到来。
　　亡国破家皆有恨,捧心无语泪苏台。

二一一　同赋　桃源仙子
　　桃花流水两堪伤,洞口烟波月渐长。
　　莫道仙家无别恨,至今垂泪忆刘郎。

二一二　同赋　洞庭龙女
　　泾阳平野草初春,遥望家乡泪滴频。

当此不知多少恨，至今空忆在灵姻。

二一三　别主人　素娥
　　妾闭闲房君路歧，妾心君恨两依依。
　　魂神傥遇巫阳伴，必逐朝云暮雨归。

二一四　答素娥　韦洵美
　　别恨离群自古闻，此心难舍意难论。
　　承恩必若颁时服，莫使沾濡有泪痕。

二一五　假僧榻闷吟
　　四壁纷纷蟋蟀声，背灯欹枕梦难成。
　　人间有此不平事，何处人能报不平？

二一六　梦中答妻　苏检
　　还吴东下过澄城，楼上清风酒半醒。
　　想得到家春欲暮，海棠千树已凋零。

二一七　题明月堂二首　刘氏妇
　①蝉鬓惊秋华发新，可怜红隙尽埃尘。
　　西山一梦何年觉？明月堂前不见人。
　②玉钩风急响丁东，回首西山似梦中。
　　明月堂前人不到，庭梧一夜老秋风。

二一八　题王绍窗上　无名人
　　何人窗下读书声，南斗阑干北斗横。
　　千里思家归不得，春风肠断石头城。

二一九　题崇圣寺壁上　朱衣人
　　禁烟佳节同游此，正值酴醾夹岸香。
　　缅想十年前往事，强吟风景乱愁肠。

二二〇　同前　紫衣人
　　策马暂寻原上路，落花芳草尚依然。
　　家亡国破一场梦，惆怅又逢寒食天。

二二一　题芭蕉叶上　张仁宝
　　寒食家家尽禁烟，野棠风坠小花钿。
　　如今空有孤魂梦，半在嘉陵半锦川。

二二二　赠升道里美人　谢翱
　　阳台后会杳无期，碧树烟深玉漏迟。
　　半夜香风满庭月，花前竟发楚王时。

二二三　答谢翱　美人
　　相思无路莫相思，风里花开只片时。
　　惆怅金闺却归处，晓莺啼断绿杨枝。

二二四　寄紫盖阳居士　黄陵美人
　　落叶栖鸦掩庙扉，菟丝金缕旧罗衣。
　　渡头明月好携手，独自待郎郎不归。

二二五　春阳曲　长安美人
　　长安少年踏春阳，何处春阳不断肠？
　　舞袖弓弯浑忘却，罗帷空度九秋霜。

二二六　悼亡姬二首　韦检
　①宝剑化龙归碧落，嫦娥随月下黄泉。
　　一杯酒向青春晚，寂寞书窗恨独眠。
　②白浪漫漫去不回，浮云飞尽日西颓。
　　始皇陵上千年树，银鸭金凫也变灰。

二二七　和前　亡姬
　　春雨濛濛不见天，家家门外柳和烟。

如今肠断空垂泪，欢笑重追别有年。

（以上鬼魅）

二二八　赠穆郎　青萝帐女
　　团圆今夕色光辉，结了同心翠带垂。
　　此后莫交尘点染，他年长照岁寒姿。

二二九　骞帐
　　揉蓝绿色曲尘开，静见三星入坐来。
　　桂影已图攀折后，子孙长作栋梁材。

二三〇　题碧花笺
　　珠露素中书缱绻，青萝帐里寄鸳鸯。
　　自怜孤影清秋夕，洒泪徘徊滴冷光。

二三一　送卢涵酒歌　守茔青衣（冥器精）
　　独持巾栉掩玄关，小帐无人烛影残。
　　昔日罗衣今化尽，白杨风起陇头寒。

二三二　簾外步歌　红裳（灯精）
　　凉风暮起骊山空，长生殿锁霜叶红。
　　朝来试入华清宫，分明忆得开元中。

二三三　上崔壳　笔精
　　能令音信通千里，解致蛟龙运八行。
　　惆怅江生不相赏，应缘自负好文章。

二三四　邢君牙宅　铁铫
　　昔日炎炎徒自知，今无烽灶欲何为？
　　可怜国柄全无用，曾见家人下第时。

二三五　其二　破笛
　　当时得意气填心，一曲君前直万金。

今日不如庭下竹，风来犹得学龙吟。

二三六　其三　秃帚
　　头焦鬓秃但心存，力尽尘埃不复论。
　　莫笑今来同腐草，曾经终日扫朱门。

二三七　题慈恩塔二首　韦曲女仙（鹤）
　　①黄子陂头好月明，忘却华筵到晓行。
　　　烟收山低翠黛横，折得荷花远恨生。
　　②湖水团团夜如镜，碧树红花相掩映。
　　　北斗阑干移晓柄，有似佳期常不定。

二三八　赠峡山寺僧　袁氏（猿）
　　刚被恩情误此心，无端变化几烟沉。
　　不如逐伴归山去，长啸一声烟雾深。

二三九　赠姚坤　夭桃（狐）
　　铅华久御向人间，欲舍铅华更惨颜。
　　纵有青丘今夜月，无因重照旧云鬟。

二四○　赠朱朴　庐山女（鲤鱼精）
　　知君久积池塘梦，遣我方思变动来。
　　操执若同颜淑子，今宵宁免泪盈腮。

二四一　击盘歌送欧阳训酒　新林驿女（生飞虫）
　　飞燕身轻未是轻，枉将弱质在岩扃。
　　今来不得同鸳枕，相伴神魂入杳冥。

二四二　浑家门馆〔客连句〕　和且耶（蝇）
　　终朝每去依烟火，春至还归养子孙。
　　曾向苻王笔端坐，尔来求食浑家门。

二四三　寄同侣二首　卢倚马（驴）
　　①长安城东洛阳道，车轮不息尘浩浩。
　　　争利贪前竞著鞭，相逢尽是尘中老。
　　②日晚长川不计程，离群独步不能鸣。
　　　赖有青青河畔草，春来犹得慰羁情。

二四四　咏雪献曹州房　敬去文（狗）
　　受此飘飘六出公，轻琼冷絮舞长空。
　　当时正逐秦丞相，腾踯川原喜北风。

二四五　言志二首
　　①事君同乐义同忧，那校糟糠满志休。
　　　不是守株空待兔，终当逐鹿出林丘。
　　②少年尝负饥鹰用，内顾曾无宠鹤心。
　　　秋草驱除思去害，平原毛血兴从禽。

二四六　吟　嵩山小儿（鹿）
　　我本长生深山内，更何入他不二门。
　　争如访取旧时伴，休更朝夕劳神魂。

二四七　病中偶述　侬智高（橐驼）
　　①拥褐藏名无定踪，流沙千里度衰容。
　　　传得南宗心地后，此身应便老双峰。
　　②为有阎浮珍重因，远离西国赴咸秦。
　　　自从无力休行道，且作头陀不系身。

二四八　聚雪为山
　　谁家扫雪满庭前，万壑千峰在一拳。
　　吾心不觉侵衣冷，曾向此中居几年。

二四九　言志　苗介立（猫）

　　为惭食肉主恩深，日晏蟠蜿卧锦衾。
　　且学智人知白黑，那将好爵动吾心？

（以上精怪）

整理后记

《万首唐人绝句》是唐人绝句总集，最初由南宋洪迈（以《容斋随笔》知名）编集，是进呈皇帝"御览"的；两次辑录进御，共足万首之数，厘为百卷。但这个本子存在不少问题，诸如编次失当、多有遗漏等等。缘此，明人赵宧光（凡夫）、黄习远（伯传）对洪编本做了"刊定、窜补"，编定为较前远为完善的四十卷本。

经过增补勘订的《万首唐人绝句》，共收录唐人绝句一万零五百余首。其编排，以类相从，各类再以"四唐"（初、盛、中、晚）为序，类下则以人统诗。所录除唐诗名家之外，女流、僧道乃至神仙精怪作品一概编入，其中不乏源于稗史小说者，而其作者又有非唐人者。但总的来说，在唐人绝句诸总集中，此书不失为佼然可观者。

此次整理，以明刊本为底本，参校文渊阁《四库》本等，依原文简体横排。除了明显误植之外，原书中的古体、异体、俗体字等均予保留。与此同时，对文字与别本、尤其时下通行本不同的，也略做查考，随文以〔〕注出异文，或可消疑解惑。

原书的序跋、凡例等，今均弁之卷首，首绍熙元年洪迈序，次万历丙午赵宧光刊定题词、万历丁未黄习远重刻跋，又次《唐绝发凡》及《唐风四始考》。其中涉及本书之成书经过、编辑体例等，对阅读与研究颇有裨益。至于洪迈《重华宫投进箚子》、

《重华宫宣赐白剳子》及《谢表》等，则未予收录。

原书目录以人统诗，诗题均分类系于人下，一人名下，少则一题，多则百数十题。如此虽便于依人按题查检，但却颇形繁复。此次整理，目录以简化形式出之，即人名下不再排次诗题。这样自然节省了篇幅，查检亦不算烦难。

古诗文尤其是诗歌，在流传（诸如口传、抄写、刊刻等）过程中，难免出现异文和舛讹，故而文字的校正，较之于标点更形困难。此次整理，这方面虽也做了些工作，但种种不足、错误应属难免，恳请读者、专家批评指正。

整理者
戊戌秋末

图书在版编目（CIP）数据

万首唐人绝句／（宋）潘永因原编；（明）赵宧光，（明）黄习远编定；乔继堂编．—上海：上海科学技术文献出版社，2019

（传统文化修养丛书）

ISBN 978-7-5439-7759-4

Ⅰ．①万… Ⅱ．①潘…②赵…③黄…④乔… Ⅲ．①绝句—诗集—中国—唐代 Ⅳ．①I222.742

中国版本图书馆 CIP 数据核字 (2018) 第 297797 号

策划编辑：张　树
责任编辑：王倍倍　杨怡君
封面设计：许　菲

万首唐人绝句（上下册）

WANSHOU TANGREN JUEJU（SHANGXIA CE）

[宋]潘永因　原编　[明]赵宧光　黄习远　编定　乔继堂　编
出版发行：上海科学技术文献出版社
地　　址：上海市长乐路 746 号
邮政编码：200040
经　　销：全国新华书店
印　　刷：常熟市人民印刷有限公司
开　　本：889×1194　1/32
印　　张：40.25
字　　数：938 000
版　　次：2019 年 1 月第 1 版　2019 年 1 月第 1 次印刷
书　　号：ISBN 978-7-5439-7759-4
定　　价：180.00 元（全二册）

http://www.sstlp.com